La double vie d'Irina

Du même auteur
aux Éditions J'ai lu

IL FAUT QU'ON PARLE DE KEVIN

N° 8605

Lionel
SHRIVER

La double vie d'Irina

ROMAN

Traduit de l'américain
par Anne Rabinovitch

J'ai lu

Titre original
THE POST-BIRTHDAY WORLD

Éditeur original : HarperCollins Publishers, New York.

« Personne n'est parfait. »

Pour J.

1

Ce qui au départ n'avait été qu'une coïncidence était devenu une tradition : chaque année, le 6 juillet, ils dînaient avec Ramsey Acton pour son anniversaire.

Cinq ans plus tôt, en 1992, Irina et Jude Hartford, son épouse, avaient collaboré à un livre pour enfants. Jude avait fait les premiers pas. Évitant les hypocrisies en usage à Londres, du style il-faut-qu'on-se-voie-un-de-ces-jours, qui ne risquent pas d'encombrer votre planning d'une heure et d'un lieu de rendez-vous, la jeune femme avait semblé décidée à organiser un dîner à quatre afin de présenter Ramsey à son illustratrice. Ou plutôt – avait-elle rectifié –, « Ramsey Acton, mon mari ». La formule était curieuse. Irina avait supposé que Jude se glorifiait, à la manière lassante des féministes, de ne pas porter le patronyme de son époux.

Il est toujours difficile d'impressionner les ignorants. En négociant cette soirée avec Lawrence, Irina n'en savait pas assez pour préciser : « Figure-toi que Jude est mariée à *Ramsey Acton.* » Sinon il se serait précipité sur son agenda de l'*Economist* au lieu de grommeler que si elle était obligée de faire des ronds de jambe pour raisons professionnelles, elle pouvait du moins prévoir de dîner tôt puisqu'il voulait être rentré à temps pour *NYPD Blue*. Ne sachant pas qu'elle disposait des deux mots magiques susceptibles de vaincre l'hostilité de Lawrence pour les mondanités, Irina avait expliqué : « Jude souhaite me présenter son mari, Raymond Je-ne-sais-quoi. »

Quand la date proposée se révéla être celle de l'anniversaire du « Raymond » en question, Jude insista pour maintenir le dîner – plus on est de fous, plus on rit. Redevenu célibataire, Ramsey laisserait échapper assez de détails pour qu'Irina reconstitue les faits : au bout de deux ans de mariage, ils étaient incapables de soutenir une conversation plus de cinq minutes d'affilée. Jude avait sauté sur cette occasion d'éviter un morne tête-à-tête.

Irina en avait été confondue : Ramsey était plutôt de bonne compagnie, et le malaise curieux qu'elle ressentait en sa présence n'aurait sans doute pas existé si elle avait été mariée avec lui. Jude avait peut-être adoré l'exhiber pour en imposer à ses collègues, mais elle ne se sentait guère impressionnée elle-même. Seul à seule, il l'ennuyait à mourir.

D'ailleurs, l'épuisante gaieté de Jude, qui frisait l'hystérie, n'aurait pu pétiller sans ce quatuor, et elle l'empêchait certainement de sombrer dans le désespoir. Si on n'écoutait que d'une oreille son discours bouillonnant, il était difficile de savoir si elle pleurait ou si elle riait. Pourtant, elle riait beaucoup, s'esclaffant à chaque phrase ; sa voix montait dans les aigus tandis qu'elle se laissait gagner par une hilarité débridée alors qu'elle n'avait rien dit de drôle. C'était un rire compulsif, décalé, dû à la nervosité et non à l'humour, un rire destiné à faire écran, et donc un peu malhonnête. Mais son désir de faire bonne figure pour cacher un profond mal-être éveillait la sympathie. Sa joie fébrile incitait Irina à prendre le contrepied de son attitude – à parler avec pondération, d'une voix douce et grave, au moins pour prouver qu'être sérieux n'était pas une tare. Si les manières de Jude l'insupportaient parfois, en sa présence elle se trouvait parfaite.

Le nom du mari ne disait rien à Irina, du moins elle le croyait. Mais lors de ce premier anniversaire, quand son amie s'était élancée dans le Savoy Grill, main dans la main avec le fringant Ramsey – ce mariage, une erreur animée de bonnes intentions, était déjà assez délité pour que son geste n'ait rien de naturel –, Irina croisa le regard gris-bleu de l'homme avec un choc, un imperceptible court-circuit qu'elle interpréta tout d'abord comme une reconnaissance visuelle. Plus tard, bien plus tard, elle y verrait une reconnaissance d'un autre ordre.

Lawrence Trainer n'était pas prétentieux. Certes, il avait accepté un poste de chercheur dans un prestigieux *think tank* de Londres, mais il avait grandi à Las Vegas, et restait foncièrement américain. Il prononçait « *con*troversy », et non « con*tro*versy » ; il n'élidait pas le k de « s*ch*edule ». Il ne s'était donc pas empressé d'acheter un chandail blanc à torsades et d'adhérer à la ligue de cricket locale. Pourtant, son père était moniteur de golf ; il avait hérité de son intérêt pour le sport. Il était curieux des autres cultures, malgré une tendance à la misanthropie qui le poussait à refuser un dîner avec des inconnus pour regarder des rediffusions de séries policières américaines sur Channel 4.

Ainsi, dès l'arrivée du couple à Londres, Lawrence avait conçu une fascination pour le snooker. Alors qu'Irina avait supposé que ce passe-temps britannique était une obscure variante du billard américain, il avait pris la peine de lui expliquer que c'était *beaucoup* plus difficile et *infiniment* plus élégant que le vieux machin à huit billes pratiqué aux États-Unis. La table de snooker, qui mesure trois mètres soixante-quatre sur un mètre quatre-vingt-deux, faisait passer la table de billard américain pour un jouet d'enfant. Il s'agissait d'un jeu de dextérité qui exigeait aussi une préméditation élaborée, contraignant ses maîtres à prévoir jusqu'à douze coups à l'avance, et à développer une sophistication spatiale et géométrique qu'un mathématicien ne manquerait pas d'apprécier.

Irina n'avait pas découragé l'enthousiasme de Lawrence pour les tournois de snooker à la BBC, car le jeu respirait la tranquillité. Le cliquetis cristallin des billes et le bruit feutré des applaudissements polis étaient beaucoup plus apaisants que les coups de feu et les sirènes des séries policières. Les commentateurs chuchotaient presque, s'exprimant avec un accent régional et mélodieux. Leur vocabulaire était suggestif, mais pas vraiment grossier : *au milieu des billes, coup avec gros spin arrière, double contact, rouge libre ;* la noire était *disponible*. Traditionnellement sport de la classe ouvrière, le snooker se pratiquait cependant dans un esprit de bienséance et de raffinement plus en rapport avec l'aristocratie. Les joueurs portaient un gilet et un nœud papillon. Jamais ils ne juraient ; les manifestations d'humeur étaient accueillies par un froncement de sourcils ou, pire, pouvaient se solder par une réduction de votre score. Au contraire des hooligans des stades de football, ou même des spectateurs des courts de tennis – autrefois bastion des snobs, mais depuis quelque temps aussi vulgaires que les fans de rodéo automobile –, le public du snooker restait muet comme une carpe. Les supporters avaient une vessie en acier, car le seul fait de se rendre aux toilettes sur la pointe des pieds faisait l'objet d'un blâme public de la part de l'arbitre, un homme austère qui parlait peu et portait des gants courts et immaculés.

En outre, sur une île aux rivages battus par le ressac culturel des États-Unis, le snooker demeurait intrinsèquement britannique. Certes, en fin de soirée, la télévision regorgeait de rediffusions de *Seinfeld*, son cinéma était dominé par *L.A. Confidential*, et sa langue locale contaminée – *chap* et *bloke* cédant la place à *guy* pour nommer un « mec ». Mais la BBC consacrait encore jusqu'à douze heures de son temps d'antenne quotidien à un sport que la plupart des Américains ne pouvaient distinguer du jeu de puces.

Le snooker constituait donc une agréable toile de fond quand Irina esquissait le story-board d'un nouveau livre pour enfants, ou cousait l'ourlet des rideaux du séjour. Ayant acquis sous la patiente tutelle de Lawrence une vague compréhension du déroulement d'une partie, elle levait parfois les yeux pour suivre une manche. Plus d'un an avant que Jude ait mentionné son mari, déjà, à l'écran, l'œil d'Irina avait été attiré par une silhouette en particulier.

Si elle y avait réfléchi – et ce n'était pas le cas –, elle ne l'avait jamais vu décrocher un titre. Pourtant il semblait apparaître dans les finales de la plupart des tournois télévisés. Il était plus vieux que la majorité des joueurs, en général âgés de vingt à trente ans ; quelques rides sévères sur le long visage anguleux le classaient sans nul doute dans la catégorie des quadragénaires. Même dans ce sport où l'étiquette primait, il se distinguait par sa réserve ; il avait une bonne posture. Dans une certaine mesure, la rigueur du snooker était de la frime (Lawrence lui avait assuré que, loin de la table, ces messieurs n'appréciaient ni l'Earl Grey ni les sandwiches au concombre), aussi beaucoup de joueurs avaient-ils du ventre et, dès trente ans, un teint brouillé, la mine défaite. Dans un jeu tout en finesse, les bras se relâchaient et les cuisses s'étoffaient. Pourtant, ce personnage-là conservait une silhouette étroite, aux épaules et aux hanches minces. Il portait toujours une chemise blanche amidonnée de coupe classique, un nœud papillon noir, et un gilet couleur perle caractéristique – sans doute de marque, et finement broché de soie blanche, le filigrane rappelant à Irina certaines mises en couleur délicates de ses propres illustrations.

Quand elle lui fut présentée au Savoy Grill, Irina ne reconnut pas l'homme des tournois télévisés, malgré son air familier. Il était hors contexte. Lawrence s'empressa de dissiper ses doutes, énumérant brillamment noms, dates et statistiques. (« Pourquoi ne m'as-tu pas prévenu ? » s'exclama-t-il. Ce fut l'une des rares fois où Lawrence Trainer se montra obséquieux.) Le nom de « Ramsey Acton » fit surgir un dossier complet d'un homme qui, quoique rescapé de la génération précédente, était apparemment une icône du jeu. Emprunté au basket-ball américain, « Swish », son surnom dans le circuit, rendait hommage à sa tendance à empocher avec une telle précision que la bille-objet ne touchait jamais le bord de la poche. Son jeu était réputé pour sa rapidité et sa fluidité ; c'était un joueur qui avait du mordant. Professionnel depuis vingt-cinq ans, il était célèbre, si on peut l'être en pareil cas, pour n'avoir *pas* gagné le championnat du monde – bien qu'il ait été cinq fois finaliste. (En 1997, trente ans et six finales plus tard, il n'avait toujours pas de titre.) Lawrence avait aussitôt rapproché son siège de celui de Ramsey, se lançant dans un duo jubilant qui ne souffrait aucune intrusion.

Irina avait maîtrisé l'essentiel : on empoche tour à tour une rouge et une couleur. Les rouges empochées le restent ; les couleurs empochées reviennent sur leurs mouches. Une fois les rouges jouées, on met les couleurs dans un ordre établi. Ce n'était pas trop compliqué. Mais si elle ne savait jamais très bien laquelle venait en premier, la marron ou la verte, elle ne se risquerait pas à engager une discussion approfondie à ce sujet avec un pro. Lawrence, lui, connaissait les règles les plus obscures sur le bout des doigts. Comme il dissertait avec éloquence à propos d'une certaine « noire remise », Swish décerna à Lawrence un surnom de son cru : « Anorak Man ». Coupe-vent inélégant au sens propre et « débile » au sens figuré, le mot *anorak* désignait les passionnés de trains, d'avions et tous les gens qui apprennent par cœur les noms des dix meilleurs joueurs de fléchettes mondiaux au lieu de vivre leur vie. Un peu péjoratif, ce terme était pourtant clairement affectueux. À la grande satisfaction de Lawrence, le sobriquet lui resta.

Irina s'était sentie exclue. Son compagnon avait tendance à se mettre en avant. Elle se voyait comme une femme réservée, silencieuse ; effacée, quand elle était d'humeur sombre. En tout cas, elle n'aimait pas donner de la voix pour se faire entendre.

Lorsqu'elle croisa le regard de Jude ce soir-là, son amie leva les yeux au ciel, une mimique un brin plus agressive que le classique *Oh, les hommes*... Jude avait rencontré son mari alors qu'elle était journaliste dans les années quatre-vingt, quand *Hello !* l'avait chargée d'écrire un article élogieux sur Ramsey, alors vedette de second plan. Pendant l'interview, ils s'étaient emportés, et aussitôt bien entendus. Mais l'intérêt superficiel de Jude pour le snooker avait apparemment dégénéré en indifférence, puis en franche hostilité. Afficher un tel agacement alors qu'elle avait tant insisté pour présenter *Ramsey Acton* à Irina montrait que Jude devait systématiquement entraîner son époux dans des sorties où elle le plantait à côté d'admirateurs inconditionnels comme Lawrence afin d'en avoir pour son argent. Ou pour autre chose.

Ce soir-là, Lawrence négligeait tout à fait celle qu'il appelait sa « femme » en public, sans avoir jamais pris la peine de l'épouser. Ramsey était mieux élevé. Il se tourna vers Irina, déterminé à ne plus parler boutique de toute la soirée. Il fit l'éloge de ses illustrations dans le nouveau livre pour enfants de Jude, s'exclamant : « Ces dessins sont super, mon chou. Ils m'ont beaucoup impressionné. » Il prononçait « *wew* impressed » au lieu de « *very* impressed ». Comme il avait une voix douce, son fort accent du sud de

Londres nécessitait une certaine accoutumance. Il s'excusa, disant que la mousse de poisson était exécrable (« aw*fow* » pour « aw*ful* »), pressa Irina de reprendre du vin car le jour de son « *burf*day » (« *birth*day ») elle n'avait pas besoin de bien se tenir, et marmonna qu'il n'aimait pas le *pudding*. Le verbe « réfléchir » perdait tout son sens ; un mot tel que « motivé » était ponctué de silences imperceptibles, comme un enregistrement numérique défaillant : *mo'i'vé*. Il regardait Irina, et elle seule, d'une manière dont elle avait depuis longtemps perdu l'habitude, elle en fut perturbée, et même déstabilisée ; elle baissait sans arrêt les yeux vers son assiette. C'était un peu trop pour une première rencontre, l'impertinence n'était pas flagrante, mais quand même ! Et Ramsey était incapable de bavarder de tout et de rien ; chaque fois qu'elle évoquait la convention démocrate, ou John Major, la conversation tournait court.

Il paya discrètement l'addition. Le vin, qui leur avait été largement servi, était coûteux. Les professionnels du snooker gagnant des fortunes, Irina décida de ne pas se sentir gênée.

Lors de ce premier anniversaire, le quarante-deuxième, il avait paru tout à fait charmant, mais elle avait éprouvé du soulagement une fois la soirée achevée.

Irina collabora à un second livre pour enfants avec Jude – le parti pris manipulateur de l'album précédent, dans le droit fil de *J'aime nettoyer ma chambre !* avait séduit les parents autant que dégoûté leur progéniture, et assuré des ventes confortables. Leur soirée à quatre se transforma donc en institution, et le quatuor se réunit fréquemment – pour le milieu londonien –, c'est-à-dire deux fois par an. Lawrence, pour une fois, était toujours partant pour ces rencontres, et d'entrée de jeu fit preuve d'un comportement possessif à l'égard de Ramsey, aimant à se vanter de cette relation auprès de ses collègues britanniques. Irina élargit un peu ses connaissances sur le snooker, mais, incapable de se mesurer au savoir encyclopédique de son compagnon, elle resta en retrait. Selon un accord tacite, Jude était son amie, et Ramsey celui de Lawrence, mais elle se demandait si elle n'était pas flouée dans l'histoire. Jude était un peu agaçante.

La deuxième année de leur exubérant quatuor, le dîner eut encore lieu le soir de l'anniversaire de Ramsey. Pour des Occidentaux laïques, il est difficile de créer des rites. Deux anniversaires successifs suffisaient à établir une pratique régulière.

Embarrassée que Ramsey règle toujours la note ce jour-là, Irina avait insisté, le 4 juillet, pour organiser chez elle les festivités. Elle décida d'innover et prépara des sushis-sashimis, dont Ramsey, avait-elle remarqué, était friand. À la différence des portions minuscules des restaurants – trois bouchées de thon et une garniture en plastique vert –, les larges plateaux de cornets et de notimakis sur leur table de Borough ne laissaient pas de place aux assiettes. Elle s'était imaginé qu'une célébrité telle que Ramsey avait l'habitude d'être fêtée, et craignit que son incursion hésitante dans la cuisine japonaise ne soit pas à la hauteur des dîners éblouissants dont il était coutumier. Au lieu de cela, il fut si ému par ses efforts qu'il put à peine aligner deux mots de toute la soirée. Comme si personne ne lui avait jamais préparé de repas. Il était tellement embarrassé qu'Irina se sentit gênée de l'avoir mis dans cette situation, et d'avoir ainsi aggravé le malaise pénible qui caractérisait leurs rares échanges ; elle fut reconnaissante aux deux autres de leur présence tapageuse.

Puis, l'an dernier, elle s'était violemment querellée avec Jude, et les deux femmes ne se parlaient plus. Jude et Ramsey s'étaient disputés plus violemment encore, et avaient divorcé. Sept ans de mariage, ce n'était pas très long, mais cela impliquait un nombre de soirées ahurissant à passer dans la même pièce, et si ces deux-là avaient réussi à rester ensemble jusque-là, c'était dû au fait que Ramsey était en tournée la plus grande partie du temps. S'il n'avait tenu qu'à Irina, elle aurait alors mis un terme à leur relation intermittente avec Ramsey Acton. Ils n'avaient rien en commun, et il la mettait mal à l'aise.

Pourtant, Lawrence était déterminé à venir à la rescousse de cette célébrité de second plan et à ne pas le laisser se noyer dans le groupe de gens, parfois terriblement nombreux vers la quarantaine, avec qui on est lié mais qu'on a perdus de vue, souvent pour une raison futile. Certes, Ramsey avait régressé dans le classement, mais c'était l'un des « géants du jeu ». D'ailleurs, disait Lawrence, « ce type a de la classe ».

Timidement, Irina le pressa de téléphoner, lui suggérant, sans trop de conviction, de l'inviter à dîner ; on pouvait difficilement proposer à quelqu'un de vous offrir le restaurant le jour de son anniversaire. Elle s'attendait cependant à ce que Ramsey refuse un repas préparé par ses soins, ou même oppose un non catégorique. Où que ce soit, un trio aurait été bancal.

Elle n'eut pas cette chance. Après avoir raccroché, Lawrence annonça que Ramsey avait sauté sur l'occasion, ajoutant : « Il a l'air de se sentir seul.

— Il ne s'attend pas à un autre festin de sushis, j'espère ? demanda Irina d'un ton soucieux. Je ne voudrais pas paraître mesquine alors qu'il a payé toutes ces additions. Et l'an dernier, ça s'est très bien passé. Mais c'était beaucoup de travail, et je n'aime pas me répéter. »

Irina était une cuisinière passionnée qui mettait un point d'honneur à ne jamais acheter de cœurs de laitue prélavés dans des sachets en plastique.

« Non, il te prie de ne pas prendre cette peine. Et n'oublie pas, dit Lawrence, c'est moi qui ai fait la vaisselle. L'an dernier, la cuisine ressemblait à Hiroshima. »

Le dîner fut donc, aux yeux d'Irina, assez ordinaire : une pièce de gibier quelconque coupée en dés dans une sauce au vin rouge, agrémentée de champignons shiitaké et de baies de genièvre, une recette qu'elle gardait en réserve. Ramsey se montra aussi chaleureux qu'avant. Cette fois, Irina se demanda si c'était le menu qui captivait autant leur invité. Peut-être était-ce cette minirobe sans manches qu'elle n'avait pas portée depuis des années et que, pour ajouter une touche de nouveauté à un plat qu'elle avait si souvent mitonné, elle avait sorti avant l'arrivée de Ramsey. Le vêtement s'était fait oublier au fond de sa penderie, ou presque, parce que – découvrit-elle cette fois encore – les bretelles étaient un peu trop longues et ne cessaient de glisser sur ses épaules. Le coton élastiss bleu pâle moulait joliment ses hanches et remontait sur ses cuisses chaque fois qu'elle s'asseyait. Quelle idée de se pavaner dans une tenue aussi provocante devant un homme à peine divorcé. En tout cas, ce n'était pas le gibier que Ramsey dévorait des yeux !

Heureusement, Lawrence n'avait rien paru remarquer. Mais il s'aperçut que Ramsey ne voulait plus partir. Même en présence d'une icône du snooker, son goût pour les mondanités avait des limites, et à deux heures du matin son invité les avait largement dépassées. Lawrence débarrassa la table à grands gestes, et fit bruyamment la vaisselle. Tandis que le cliquètement des casseroles résonnait dans la cuisine, Irina se retrouva seule avec Ramsey, paniquée à l'idée de ne pas savoir quoi lui dire. Certes, il abusait de leur hospitalité, mais elle aurait préféré que Lawrence se montre plus discret ! Chaque fois qu'ils se remettaient à parler, Lawrence les interrompait en venant aussitôt essuyer la table ou nettoyer la cire fondue des bougies, sans jamais croiser le regard de

Ramsey. Insensible à la grossièreté de son hôte, celui-ci remplit à nouveau leurs verres. Quand il prit congé, avec un regret évident, il était plus de trois heures.

Durant l'année qui avait suivi, le trio ne s'était pas réuni une seule fois, comme s'ils avaient eu besoin de tout ce temps pour se remettre. Mais Lawrence n'en gardait pas rancune à Ramsey, convenant avec Irina que la nullité de ses talents en société n'avait d'égale que son élégance au snooker. D'ailleurs, il fut dédommagé de ses heures de sommeil perdues par des billets de tournois gratuits durant toute la saison suivante.

De nouveau le mois de juillet. Mais cette année, c'était différent.

Quelques jours plus tôt, Lawrence avait téléphoné de Sarajevo pour lui rappeler que l'anniversaire de Ramsey approchait. « Oh, avait-elle répondu, c'est vrai. J'avais oublié. »

Elle s'en voulut. Elle s'en souvenait très bien, prétendre le contraire était stupide. Ces altérations infimes de la vérité lui inspiraient un sentiment d'isolement, de mélancolie, et même de frayeur. Elle aurait préféré être prise sur le fait plutôt que mentir impunément à Lawrence, et de vivre avec cette horreur sur la conscience.

« Tu vas l'appeler ? » demanda-t-il.

Irina tournait et retournait cette question depuis qu'elle avait appris que Lawrence serait en Bosnie à l'occasion d'un congrès sur le *nation building*, et ne rentrerait pas avant le 7 juillet au soir. « Je ne sais pas, répondit-elle. C'est toi le grand copain de Ramsey.

— Oh, je crois qu'il t'aime bien. » Mais le ton de Lawrence restait modéré, circonspect même, comme s'il avait dit : « Je pense qu'il n'a rien contre toi. »

« Il est si bizarre. Je me demande bien de quoi on pourra parler.

— De la règle du nœud papillon qu'ils envisagent d'abandonner ? Irina, tu devrais vraiment l'appeler, au moins pour t'excuser. Depuis combien d'années est-ce que nous…

— Cinq », répondit-elle sans entrain. Elle les avait comptées.

« Si tu ne marques pas le coup, il va être blessé. Avant de partir, j'ai laissé un message sur la boîte vocale de son portable pour le prévenir que je serais à Sarajevo cette année. Et j'ai laissé entendre que tu restais à Londres. Si tu tiens à y couper, je pourrai toujours l'appeler d'ici, et dire que tu as changé d'avis à la dernière minute et que tu m'as accompagné. Tu sais, quelque chose du genre : "Bon anniversaire, mais quel dommage, nous sommes tous les deux absents."

— Non, ce n'est pas nécessaire. Je déteste mentir pour des raisons mesquines. » Elle se sentit gênée, cela impliquait qu'elle n'hésitait pas à mentir pour des motifs importants, mais exposer plus avant ses réserves compliquerait encore les choses. « Je vais lui téléphoner. »

Elle ne le fit pas. Mais elle appela Betsy Philpot, qui avait dirigé chez Random House la collection de livres auxquels Jude et Irina avaient collaboré, et qui connaissait un peu Ramsey. Betsy et Irina ne travaillaient plus ensemble depuis deux ans et, de collègues, elles étaient devenues amies intimes. « Dis-moi que vous êtes libres le 6, Leo et toi.

— Nous ne le sommes pas, répondit Betsy, qui n'usait jamais de détours.

— Flûte.

— Pourquoi ?

— Oh, c'est l'anniversaire de Ramsey, nous avons pris l'habitude de le fêter ensemble. Mais à présent Jude et lui sont séparés, et Lawrence est à Sarajevo. Il ne reste que moi.

— Et alors ?

— Je sais que ça peut paraître vaniteux, et que je me fais peut-être des idées, mais je me demande si Ramsey n'a pas… s'il n'a pas le béguin pour moi. »

Elle ne l'avait jamais dit à voix haute.

« Il ne me donne pas l'impression d'être un ogre. Tu peux certainement te débrouiller. Mais si tu n'en as pas envie, laisse tomber. »

Pour Betsy, américaine elle aussi, tout était toujours simple. En fait, sa façon froide et méthodique de se comporter dans des milieux difficiles à cerner était d'une étrange brutalité. Lorsque Jude et Irina s'étaient brouillées, elle avait conseillé avec un petit haussement d'épaules : « Autant que je sache, tu ne l'as jamais beaucoup aimée. Fais une croix dessus. »

Irina « régla » ce dilemme d'une manière dont elle ne fut pas fière, c'est-à-dire qu'elle ne fit rien du tout. Chaque jour qui la rapprochait du 6 juillet, elle se promettait le matin de téléphoner l'après-midi à Ramsey, et l'après-midi de le faire le soir. Mais les règles de bienséance s'appliquaient aussi aux oiseaux de nuit, et passé onze heures, elle consultait sa montre en secouant la tête et décidait d'appeler le lendemain à la première heure. Il dormait sûrement tard, se disait-elle en se réveillant, et le cycle recommençait. Le 6 tombait un samedi, et la veille elle admit que dans un délai aussi court il risquait fort d'être déjà pris, et qu'une invitation de dernière minute paraîtrait plus grossière qu'un oubli pur et simple. Elle ne serait donc pas obligée d'affronter seule Ramsey Acton. Une bouffée de soulagement l'envahit, suivie d'un pincement de regret.

Le téléphone sonna vendredi peu avant minuit. À cette heure, elle était si persuadée d'entendre Lawrence qu'elle répondit : « *Zdravstvouï, milyi !* »

Silence. La réplique « *Zdravstvouï, lioubov moïa !* » ne vint pas. Ce n'était pas Lawrence.

« … Désolé, dit une voix au vague accent britannique, après cette pause embarrassante. Je voudrais parler à Irina McGovern.

— C'est moi, reprit-elle, qui suis désolée. J'ai cru que c'était Lawrence.

— Vous deux, vous papotez en… c'était du russe ?

— Euh, le russe de Lawrence est horrible, mais il en sait juste assez… il serait incapable de se débrouiller à Moscou ; nous le parlons à la maison, vous voyez, c'est notre langue à nous… Pour les mots doux, continua-t-elle dans le vide. Ou les plaisanteries.

— … C'est tout à fait délicieux. » Il ne s'était pas encore présenté.

Elle ne pouvait guère le prier de le faire maintenant.

« Lawrence et moi nous sommes rencontrés parce que j'étais son professeur de russe à New York, improvisa Irina pour gagner du temps. Il faisait sa thèse de doctorat à Columbia, sur la non-prolifération. À cette époque, il fallait avoir des notions de russe pour ça. Aujourd'hui, c'est plutôt le coréen… Mais Lawrence n'a absolument aucun don pour les langues. C'est le pire élève que j'aie jamais eu. » Bla-bla-bla. Qui cela pouvait-il bien être ? Elle avait sa propre théorie.

Un petit rire. « C'est vraiment mignon… Je sais pas pourquoi.

— *Alors*, se lança Irina, déterminée à identifier son correspondant. Comment allez-vous ?

— Ça dépend si vous êtes libre demain soir…

— Pourquoi ne le serais-je pas ? risqua-t-elle. C'est votre anniversaire. »

Encore un rire.

« Vous n'étiez pas sûre que c'était moi, hein ?

— Eh bien, pourquoi l'aurais-je été ? Pendant toutes ces années, c'est curieux, je crois que je ne vous ai jamais parlé au téléphone.

— ... C'est vrai ! s'exclama-t-il avec étonnement. Je suppose que non.

— J'ai toujours organisé nos rencontres par l'intermédiaire de Jude, n'est-ce pas ? Et après votre séparation, c'est Lawrence qui s'en est chargé. »

Rien. La cadence du discours de Ramsey au téléphone était syncopée, de sorte que lorsque Irina relança la conversation, ils se mirent à parler tous les deux en même temps. Ils s'interrompirent. Puis elle demanda : « Vous disiez ? » à l'instant où il répliquait : « Pardon ? » Honnêtement, si un simple appel était à ce point insoutenable, comment pourraient-ils endurer une soirée entière ?

« Je ne suis pas habituée à votre voix, reprit-elle. On dirait que vous m'appelez du pôle Nord. Et que vous utilisez un de ces trucs de gosse faits de tasses en plastique et de ficelle de cerf-volant. Quelquefois, vous êtes muet comme une carpe.

— ... Vous avez une voix merveilleuse, répondit-il. Si profonde. Surtout quand vous parlez russe. Dites quelque chose. Kékchose en russe. Ce que vous voulez. N'importe quoi. »

Bien sûr, elle pouvait débiter à toute allure n'importe quelle phrase ; elle était bilingue depuis l'enfance. Mais cette requête la perturbait, lui rappelant les services de téléphone rose qui coûtent une livre sterling la minute – et que Lawrence surnommait « SOS branlette ».

« *Kogda my vami razgovarivayem, mne kajet'sia chto ya golaïa* », dit-elle, plaquant son bras libre sur ses seins. Par chance, plus personne n'apprenait le russe.

« Ce qui signifie ?

— Vous avez dit que ça ne comptait pas.

— Je veux quand même le savoir.

— Je vous ai demandé ce que vous projetiez pour demain soir.

— Hum. J'ai l'impression que vous vous moquez de moi. »

Et que faire pour demain soir ? Devait-elle l'inviter, puisqu'il appréciait sa cuisine ? La perspective de se trouver seule avec Ramsey dans l'appartement la rendait très nerveuse.

« Voulez-vous que je vous prépare à dîner ? proposa-t-elle faiblement.

— C'est bien gentil de votre part, chouchou. » L'étrangeté de ce petit mot affectueux, qu'elle avait entendu une seule fois auparavant, lors d'une collaboration avec un auteur de Newcastle, le rendait d'autant plus chaleureux. « J'ai plutôt envie de vous emmener au restaurant. »

Irina fut si soulagée qu'elle s'affala dans un fauteuil, tirant sur le fil de l'appareil, qui tomba bruyamment au sol.

« C'est quoi, ce boucan ?

— J'ai lâché le téléphone. »

Il éclata de rire, plus franchement à présent, et pour la première fois depuis le début de cette conversation hachée, ce son apaisa Irina.

« Ça veut dire oui ou non ?

— C'est juste que je suis maladroite.

— Je ne vous ai jamais vue maladroite.

— Alors vous ne m'avez pas beaucoup vue.

— Je ne vous vois pas assez. »

Cette fois, ce fut au tour d'Irina de garder le silence.

« Ça fait une année entière, continua-t-il.

— Je crains que Lawrence ne puisse se joindre à nous. » Ramsey le savait, mais Irina tenait à mentionner le prénom de son compagnon.

« Vous préférez reporter la soirée, pour qu'il puisse venir ? »

Il lui avait tendu une perche ; elle devait la saisir. « Ce n'est guère conforme au rituel.

— J'espérais que vous le verriez sous cet angle. Je passerai à huit heures. »

En général, les gens prenaient les couples comme ils se présentaient : vous existiez, ou à un certain point vous n'existiez plus. Au moment le plus torride, votre vie amoureuse émoustillait simplement les autres, et le côté sans surprise des couples établis tels que Lawrence et Irina leur enlevait tout intérêt. Les dégâts causés par les sentiments attiraient, au mieux, une infime sympathie, ou une certaine délectation. Le délire romantique était pire. Amoureux de fraîche date, vous croyiez susciter la jalousie ou l'admiration, mais risquiez plutôt de voir tambouriner un doigt impatient vous enjoignant de tourner la page. Bien sûr, les gens avaient leur opinion, vous jugeant assortis, ou sans doute enclins aux disputes ; presque toujours, vos amis – c'est-à-dire les amis du couple – préféraient l'un des deux. Mais ces avis ne valaient pas grand-chose. Il ne coûtait rien de les formuler, et rien d'en changer.

Certains considéraient Irina-et-Lawrence comme une entité, aussi immuable que l'existence de la France. Pour d'autres, leur couple était une référence, la preuve vivante qu'il était possible d'être heureux ; ce rôle était un fardeau. Certaines amies d'Irina n'avaient guère de temps à consacrer à Lawrence, le trouvant paternaliste ou bourru, jugeant que sa présence était le prix de l'amitié, un contact obligé. De toute manière, Irina s'en moquait.

L'apparition de l'amour dans sa vie n'avait été ni facile ni précoce, aussi Irina acceptait-elle le fait qu'une contribution même mineure de sa part au destin de l'humanité n'ait aucun effet sur sa réussite sentimentale. Personne ne décrirait jamais l'union paisible et agréable d'une illustratrice de livres pour enfants et d'un membre de *think tank* comme un événement susceptible de déclencher une guerre de Troie ou de diviser les nations. Aucun Shakespeare de l'époque moderne n'aurait gaspillé son éloquence pour conter le bonheur ordinaire – si une telle chose existe – qui régnait dans un modeste appartement de Borough pendant les années quatre-vingt-dix.

Cependant, Irina considérait sa relation avec Lawrence comme un miracle. Il était intelligent, drôle, dévoué, et il l'aimait. Pour les féministes, elle n'avait aucun besoin d'un homme, mais leurs professions de foi lui importaient peu ; il lui fallait à tout prix un compagnon. Quand Lawrence était absent, l'appartement semblait s'emplir d'échos. Elle ne comprenait plus ce qu'elle faisait là, à la fois dans un sens purement existentiel et, plus concrètement, sur cette place de style géorgien, au sud de London Bridge. Elle aurait pu mettre à profit ses nombreuses soirées solitaires pour travailler tard dans son atelier, mais ne tirait pas parti de cette opportunité. Elle errait de pièce en pièce. Se versait un verre de vin puis le posait. Aspergeait de décapant l'égouttoir en acier inoxydable afin de nettoyer le dépôt calcaire. (L'eau du robinet était si minéralisée à Londres – avec sa réputation d'avoir cheminé à travers plus de corps humains que n'importe quel liquide sur la planète, chaque goutte évaporée laissant une traînée blanche croûteuse – qu'elle aurait pu se figer sur le plan de travail telles les falaises de Douvres, sans le support d'un verre.) Soudain, l'énergie requise pour frotter la crasse s'envolait. Elle allait se coucher et, le lendemain matin, découvrait dans la cuisine la puanteur du produit chimique qui avait macéré.

Être aimée d'un homme qu'elle aimait en retour était la chose la plus importante de sa vie et elle n'en avait pas honte. Beaucoup plus sociable que Lawrence, elle ne manquait pas par ailleurs de liens d'affection solides et s'était efforcée de tisser un réseau de relations en 1990, quand ils s'étaient installés à Londres. Mais certains appétits ne pouvaient être apaisés par les amis, et si elle faisait la moindre tentative pour obtenir d'eux ce qu'elle désirait, ils s'enfuyaient à toutes jambes. On ne pouvait pas dire qu'elle ne se souciait pas de son « art », même si deux parents impliqués à outrance dans le cinéma et la danse l'avaient encouragée à mettre le mot entre des guillemets revêches. Les illustrations, quand elles étaient réussies, la remplissaient de joie. Mais la joie était plus grande encore si Lawrence se glissait derrière elle pendant qu'elle dessinait, et lui susurrait à l'oreille d'un ton grognon qu'il serait agréable de dîner.

La monogamie ne lui avait demandé aucun effort. En neuf ans, Irina avait été attirée par l'un des membres du Blue Sky Institute pendant une demi-heure exactement – puis l'homme s'était levé pour servir une deuxième tournée et elle avait remarqué que son derrière avait la forme d'une poire. Ce fut tout ; juste un chat dans la gorge qui ne se concrétise pas en rhume.

La période de solitude pendant le séjour de Lawrence à Sarajevo avait été moins pénible que les autres fois, mais l'absence de souffrance fait qu'on ne la remarque même pas. Elle était habituée à lui mijoter sans se plaindre des plats qui demandaient beaucoup de temps, mais c'était merveilleux d'être dispensée de lui préparer des repas complets avec légumes et céréales. Seule, Irina ne se souciait plus de ces bêtises et poursuivait son travail sans s'arrêter pour dîner. Vers dix heures du soir, affamée et agréablement fatiguée, elle dévorait une énorme tranche fondante de gâteau café-chocolat, dont l'achat en soi était insolite ; au huitième jour de solitude, elle en était à son troisième paquet. Plus tard, elle passait la musique bébête que Lawrence détestait – Shawn Colvin, Alanis Morissette, Tori Amos, toutes ces chanteuses en vogue qui déployaient un vibrato excessif pour exalter la mélancolie ou claironner qu'elles n'avaient aucun besoin des hommes (un mensonge bien sûr). À l'abri du regard désapprobateur de Lawrence, dont la mère était alcoolique, elle buvait un petit cognac avant d'aller se coucher. Une pratique que son compagnon n'aurait pas encouragée au-delà d'une fois par mois. Peut-être aurait-il été heureux de savoir que, les vapeurs de l'alcool aidant, elle songeait à la chance qu'elle avait eue de le rencontrer, et qu'elle souhaitait ardemment son retour.

Dans l'ensemble, la semaine avait été sous contrôle. Irina s'était autorisé les petits plaisirs d'une vie sans témoin, y compris la consommation progressive et rêveuse d'un paquet de cigarettes illicite. Mais elle avait beaucoup avancé dans ses dessins, et une femme aussi svelte qu'elle pouvait se permettre quelques douceurs. Dans deux jours, elle reviendrait au régime truite-brocolis, et prendrait soin d'aérer le séjour pour en chasser l'odeur compromettante de nicotine.

Aussi, quand elle se réveilla le samedi, elle découvrit avec stupéfaction que son sang-froid s'était craquelé comme une coquille d'œuf. Il était ridiculement tard, plus de onze heures, alors qu'en temps normal elle se levait à huit. Vacillante, elle reconstitua sa soirée, se souvenant qu'après l'appel troublant de Ramsey, elle n'avait pas, comme il se doit, raccroché le combiné et nettoyé ses dents avec du fil dentaire. Elle avait bu un deuxième cognac. Dans la cuisine, il ne restait rien du gâteau café-chocolat. Debout devant le plan de travail, très agacée, elle avait découpé des tranches de plus en plus minces pour ne laisser que des miettes. Pire, elle avait monté le volume de *Little Earthquakes* au point qu'une locataire du rez-de-chaussée était venue sonner chez elle en robe de chambre. Elle se ferait incendier si Lawrence l'apprenait : le mois dernier il avait tapé à la porte des voisins du dessous en les priant de « mettre une sourdine à la salsa », et il ne parlait pas « de celle qu'on met sur les tacos ».

Les idées confuses, Irina brancha la grosse machine à espresso. Dans son atelier, armée d'une seconde tasse, elle fut incapable de faire autre chose que regarder son dessin inachevé. Elle n'arrivait pas à travailler. Ses ressources personnelles lui permettaient de tenir huit jours sans Lawrence, pas dix. Tout d'un coup, la perspective de deux journées et d'une nuit entières de solitude menaçait d'être une orgie embrumée de bouteilles de cognac, de cigarettes à la chaîne, et de gâteaux industriels infects au glaçage à base de saindoux.

En partant pour le Borough Market, où elle faisait ses courses le samedi, elle claqua résolument la porte derrière elle. Elle était flageolante, et avait besoin de se ressaisir.

Dans la foule animée du marché couvert situé près de London Bridge, les accents américains vous écorchaient les oreilles. C'était ridicule de s'en irriter, mais l'un des traits communs de ses compatriotes semblait être le peu de plaisir qu'ils avaient à se rencontrer par hasard à l'étranger. Peut-être à cause de l'image bruyante, agressive, difforme, que leur renvoyait ce miroir. Être américaine ne posait pas de problème à Irina (tout le monde vient de quelque part, et on ne choisit pas ses origines) mais, étant russe de la deuxième génération par sa mère, elle avait toujours supposé que sa nationalité comportait une clause d'exemption. Elle tressaillait légèrement en entendant fuser un son aigu et familier chez Monmouth Coffees (« La-a-a-rry, ils n'ont plus de Guatema-a-la décaféiné ! »), car elle aimait à croire que la Grande-Bretagne était un lieu différent, une impression de plus en plus difficile à préserver dans une ville colonisée par Pizza Hut et Starbucks. Quand elle entendit un autre Américain demander où se trouvait *South-wark Street*, avec un « a » appuyé, elle eut du mal à ne pas se sentir atteinte elle aussi par son ignorance.

D'autre part, libérée de l'influence de Lawrence, Irina se laissait parfois aller à ce qu'elle appelait la *bonté de l'esprit*. L'exercice n'avait rien à voir avec sa façon de se comporter ; maltraitée dans l'adolescence par ses camarades de classe, elle se refusait obstinément à agir de même avec quiconque. Cela ne se percevait pas dans ses paroles, mais dans son processus mental. Il était louable de se montrer généreuse en *pensée* – d'entendre un compatriote mal prononcer Southwark et de se dire *: Pourquoi les Britanniques ne sont-ils pas un peu plus cool ? Les Américains ne demanderaient jamais à un Londonien de savoir que Houston se prononce différemment au Texas et à Manhattan*. Sûrement, cela valait mieux que de grommeler tout bas : « Pauvre con ! » Bien sûr, on pouvait compatir au sort des gens ou s'accuser soi-même en secret, ça ne changerait rien à la vie d'autrui et ça ne blesserait personne. Pourtant, Irina était persuadée que ses réflexions intimes avaient leur importance, et elle s'obligeait à faire apparaître les inconnus sous le jour le plus aimable possible. À défaut d'autre chose, cette générosité lui était bénéfique.

La *bonté de l'esprit* n'était pas un concept qu'elle partageait avec Lawrence, plus enclin à pratiquer la lacération mentale. Il était terriblement dur avec les gens, en particulier avec ceux doués, selon lui, d'une intelligence inférieure. Son mot préféré était *crétin*. Cette sévérité pouvait être contagieuse ; Irina devait s'en préserver. Il était donc indispensable avant tout de faire preuve de *bonté d'esprit* à son égard.

Lawrence aimait mener une vie simple, limitée à des amis proches et surtout à Irina – qui avait eu la chance extravagante d'être admise dans le minuscule panthéon des élus. Le mépris était une forme de contrôle démographique. Puisqu'on ne pouvait pas inviter à prendre le thé toute la gamme de ses relations, du marchand de légumes au plombier, on avait besoin d'un filtre. Il se trouvait juste que les mailles du tamis de Lawrence étaient d'une extrême finesse.

Il était l'exemple authentique du self-made-man qui avait été autrefois la norme aux États-Unis mais était récemment devenu une espèce en voie de disparition. Lawrence campait farouchement sur ses positions condescendantes, car sa place dans les hautes sphères cérébrales d'un *think tank* britannique ne tenait qu'à un fil. Il avait grandi dans un milieu qui n'avait rien d'intellectuel. Aucun de ses parents n'avait dépassé le lycée, et grandir à Las Vegas n'avait guère été propice à la préparation d'un doctorat en relations internationales dans les meilleures universités. Une enfance passée dans des casinos sordides lui avait laissé la terreur de se retrouver englouti dans un monde de discussions sans fin sur la qualité des œufs Benedict du Bellagio. Il pouvait donc être cinglant, et il fallait parfois l'encourager à se montrer tolérant avec les gens, à souligner leurs qualités et à pardonner leurs défauts. Mais il était du devoir d'Irina de considérer la tendance de Lawrence à mettre les gens au pilori comme un défaut digne de sa clémence.

Elle acheta du chou frisé italien, du saucisson de sanglier fumé, et une malicieuse poignée de piments rouges à des commerçants enjôleurs qui ne connaissaient pas son nom mais avaient fini par reconnaître son visage. Loin d'ignorer que la cadence paisible de ses emplettes n'était qu'un vernis de normalité sur des fondations branlantes, Irina acheta aussi une brassée de rhubarbe pour s'occuper utilement.

De retour dans l'appartement, elle entreprit de confectionner deux tartes à la rhubarbe et à la crème, une qu'elle souhaitait congeler et une pour l'arrivée de Lawrence. Elle multiplia par cinq la dose de muscade préconisée par la recette. En apparence réservée et de goûts modestes, Irina avait une attirance pour les extrêmes qui se manifestait par de petits détails comme l'assaisonnement des plats, et peu de convives se doutaient que ses dons culinaires devaient beaucoup à sa maîtrise hors du commun de la table de multiplication. Les croisillons délicats dont elle ornait la tarte l'aidèrent à recentrer un esprit qui ne cessait de se fragmenter comme les fines parcelles de pâte. Ses mains ne tremblaient pas vraiment, mais se déplaçaient par à-coups, comme sous la lumière d'un stroboscope. (Ce cognac... en avait-elle bu un troisième ?) Il était temps que Lawrence rentre. Elle résistait parfois à son excès de discipline et à son sens strict de l'ordre, mais elle avait sans doute besoin de ce cadre. Sans lui, elle se transformerait du jour au lendemain en fumeuse invétérée, ramasse-miettes accro aux friandises et mégère alcoolique.

Les tartes étaient très réussies, les œufs et le sucre formant de petites bulles dorées entre les croisillons, le parfum acide de la rhubarbe embaumant tout l'appartement, mais la pâtisserie ne l'occupa que jusqu'à cinq heures. Pendant la cuisson, Irina s'était livrée à une activité qu'elle avait presque abandonnée ces dernières années, au moins depuis Lawrence, et après avoir mis les gâteaux à refroidir, elle recommença.

Six heures. Irina n'était pas du genre à hésiter sur le choix d'une toilette ; le plus souvent, elle portait des vêtements dégriffés achetés chez Oxfam, car depuis qu'ils vivaient ici Londres avait été officiellement classée comme la ville la plus chère du monde. D'ordinaire, elle était prête en quinze minutes. Consacrer plus de temps à s'habiller aurait été ridicule.

Mais ce soir, deux heures lui suffirent à peine.

Les chemisiers rejetés s'empilèrent sur le lit. Enfilant une robe après l'autre, elle se souvint d'un livre charmant réalisé quelques années plus tôt, et intitulé *Je n'ai rien à me mettre !* sur une petite fille qui virevolte au milieu de sa garde-robe, vidant l'un après l'autre les tiroirs de sa commode. Les légendes du livre lui revinrent en mémoire : « Je n'aime pas les boutonnières, je n'aime pas le col ! Si je porte la robe à pois, je vais hurler et crier et brailler ! » Le dénouement était prévisible (surprise : la fillette choisit finalement le premier vêtement qu'elle a essayé), mais les vêtements volant dans les airs étaient imprégnés d'une énergie futuriste, et l'inspiration de l'illustratrice en avait été stimulée.

Se démarquant des manies féminines, Irina prenait pose après pose devant la psyché de la chambre dans le but de paraître le plus inélégante possible. Au début de cette agitation, elle avait joué avec l'idée de la robe bleu pâle sans manches qui l'an dernier avait menacé de retenir Ramsey dans leur séjour jusqu'à l'heure du petit déjeuner, mais elle avait aussitôt renoncé. Avait-elle perdu la raison ? Elle se mit alors à fouiller dans les profondeurs de sa penderie pour dénicher les jupes les plus longues, les robes les plus minables et les couleurs les moins seyantes. Hélas ! Elle ne possédait guère de vêtements hideux, une lacune dont elle n'avait jamais eu l'occasion de se plaindre.

Cet exercice pervers était vain. Ramsey ne manquerait pas de choisir un restaurant luxueux où les rares vêtements chic d'Irina seraient appropriés. Lawrence portait toujours une tenue aussi négligée que possible, et les rares fois où Irina osait une pointe d'élégance il s'énervait : « Ce n'est qu'un cocktail à Blue Sky. Pas la peine de faire des chichis. »

Au milieu de ce numéro de chaises musicales vestimentaires, l'interphone retentit, lui rappelant l'heure. Telle une fillette de maternelle qui se rue sur le banc vide le plus proche, elle se trouva prise au piège dans la tenue qu'elle essayait : une jupe droite bleu marine arrivant juste au-dessus du genou, dont le tissu stretch lui moulait les hanches avec une outrecuidance manifeste. Au moins, le haut blanc sans manches ne dénudait-il pas ses épaules ; mieux, de nombreux lavages avaient laissé un trou dans l'encolure, lui donnant un aspect élimé satisfaisant. En fait, l'ensemble était magnifiquement terne. Le bleu et blanc évoquait les costumes marins asexués ou les couleurs des maillots de football du lycée, et elle noua ses cheveux bruns en queue-de-cheval, sans l'aide d'un peigne. Enfilant les seules chaussures possibles, elle nota cependant avec exaspération que les sandales blanches à talons – éculées, datant de dix ans au moins – mettaient ses mollets en valeur et soulignaient la grâce de ses chevilles. *Zut*, conclut-elle, *j'aurais dû mettre un pantalon.*

Décidée à ne pas l'inviter à boire un verre, elle s'empara du combiné, cria « J'arrive ! » et claqua bruyamment la porte.

Ramsey était adossé à sa Jaguar Type E d'un vert opalin, une cigarette à la main. Certes, Irina n'eût jamais encouragé quelqu'un à fumer, mais le vice seyait à son élégance. Au téléphone, ses silences créaient un vide. À présent qu'il était là, ses exhalaisons songeuses meublaient les blancs. Parfaitement droit, Ramsey ressemblait à une queue de snooker posée contre la voiture ; la ligne de ses jambes produisait le même effet fuselé. Sans rien dire – quel homme étrange ! –, il la regarda descendre du perron à grands pas, absorbant l'image avec une dernière bouffée de cigarette. Jetant son mégot à demi fumé dans le caniveau, il s'approcha d'elle sans un mot, l'escortant jusqu'à la portière passager. Sa main frôla ses reins sans tout à fait toucher sa taille, le geste d'un parent prêt à retenir un très jeune enfant qui veut se lancer seul dans la traversée d'une pièce.

Blottie sur le siège-baquet sans même l'avoir salué, Irina retrouva une sensation qu'elle avait éprouvée la première fois au lycée, après que sa mère – à contrecœur – eut donné son accord pour la pose d'un appareil dentaire, et que la détestable quincaillerie eut été retirée. Elle avait mis longtemps à comprendre que les garçons la jugeaient soudain attirante, et plus de vingt-cinq ans après, elle ne saisissait toujours pas la raison de ce changement de statut. Il y avait eu des soirs comme celui-ci, où un jeune homme l'avait invitée à prendre place dans sa voiture. Elle n'avait pas eu l'impression d'être séduisante, mais plutôt de *ne pas être tenue d'amuser la galerie*. C'était prodigieux d'être installée en compagnie de quelqu'un, et en même temps libérée de l'obligation de racheter son existence à chaque minute – car, d'une certaine manière, nous sommes tous réunis sur la scène du *Late Show*, en train de rire et de faire de l'esprit en croisant les jambes alors que dans les coulisses un énorme crochet nous menace. Les mains jointes sur les genoux tandis que la Jaguar démarrait, les yeux sereinement posés devant elle quand le véhicule s'arrêta au feu rouge, Irina se rendit compte qu'à cet instant précis sa présence était en soi une rédemption. Elle s'était rongé les sangs pour savoir comment faire la conversation à Ramsey Acton, mais il semblait déjà ronronner de l'air béat qu'inspire un bonheur suprême, laissant entendre que sa joie ne faiblirait pas de toute la soirée, même si elle s'obstinait à se taire.

« Sushis ? demanda-t-il au troisième carrefour.

— Oui. » C'était merveilleux : elle n'avait pas besoin de s'incliner gracieusement devant sa décision, ni de s'exclamer qu'elle adorait manger japonais. *Oui* était une réponse suffisante.

Tandis que la Jaguar franchissait Blackfriars Bridge avec un bruit sourd, Irina baissa sa vitre. L'air avait la température de l'eau d'un bain qui refroidit, encore assez tiède cependant pour qu'on s'y attarde. La soirée de plein été était limpide. Un vermillon irisé flamboyait sur les vitres des hauts bâtiments et donnait l'impression que la ville entière était en feu. Les vitraux de Saint-Paul s'illuminaient, comme si les nazis avaient finalement réussi à bombarder la cathédrale. Des rideaux de soleil embrasaient la Tamise, telle une nappe de pétrole qu'un voyou aurait effleurée d'une allumette. Pendant ce temps, la Jaguar faisait gicler les gravillons sous le siège-baquet, un souvenir du petit pois sous le matelas de la princesse.

« Aujourd'hui, tout le monde veut un véhicule surélevé, dit-elle enfin. Voyez les quatre-quatre. Quand j'étais petite, les gens branchés roulaient le plus près possible de la chaussée.

— Je suis un homme du passé à tous points de vue, déclara Ramsey, si on en croit la presse.

— S'il s'agit de votre goût en matière d'automobile, je suis pour. »

D'ordinaire, elle se fichait des voitures. Mais celle-ci lui plaisait – c'était un modèle ancien datant de 1965, qui n'avait pas été remis en état et dont les garnitures de cuir étaient usées ; un objet précieux, et pas simplement coûteux. La conduite de Ramsey était agressive, avec des accélérations brutales et des rétrogradations soudaines. Par contraste avec la délicate articulation de son corps, ses traits raffinés, sa déférence ou même sa timidité, et une remarquable fluidité de mouvement qui tendaient à le faire paraître subtilement efféminé, Ramsey maniait le volant comme un homme. En d'autres circonstances, ses imprudents zigzags d'une voie à l'autre et ses coups de frein évitant de justesse les autres pare-chocs l'auraient rendue nerveuse, mais les manœuvres étaient précises, l'audace doublée d'un calcul reproduisant à la perfection l'autorité avec laquelle il officiait à une table de snooker. Elle lui faisait confiance. D'ailleurs, si Irina croyait en théorie que les femmes modernes devaient être indépendantes et énergiques, une passivité démodée pouvait s'avérer somptueuse. Un renoncement total aux responsabilités offrait le même attrait que le sommeil, et l'extase de la soumission expliquait pourquoi une fois par an, l'espace d'un quart d'heure, Irina tombait amoureuse de son dentiste. Si le plaisir d'être transportée et entretenue n'était guère d'actualité, et voué à disparaître, il n'en était pas moins grisant par son côté désuet.

« Alors, t'as fait quoi aujourd'hui ? demanda Ramsey.

— Des tartes, répondit Irina d'un ton enjoué. La pâtisserie a des vertus thérapeutiques.

— Pourquoi t'aurais besoin de thérapie ?

— Quand Lawrence est absent... je me sens un peu déphasée. On ne le croirait pas, mais j'ai une autre personnalité et... je dois la contrôler.

— Il se passe quoi, sinon ? »

Le silence qui suivit indiqua qu'il valait mieux en rester là. « Et toi, tu as fait quoi aujourd'hui ?

— Quelques manches pour m'entraîner, mais j'ai surtout passé l'après-midi à me torturer l'esprit pour savoir où t'emmener dîner. » De la part de beaucoup d'hommes cela aurait été une ignoble flatterie, mais une curieuse naïveté émanait de lui et il disait probablement la vérité.

« Tu es satisfait de ta décision ?

— Je ne le suis jamais. » Comme il lançait ses clés au voiturier, Irina attendit qu'il lui ouvre la portière. Ces manières de reine ne lui ressemblaient pas, mais quelquefois un comportement insolite était une manière de s'évader de sa prison.

Les Japonais avaient beau mettre l'accent sur la seconde syllabe d'*Omen*, le nom du restaurant n'augurait rien de bon. L'endroit, minuscule, était sélect, leur table encore plus, toute seule au fond de la salle en haut de quelques marches. Si Irina avait redouté d'être enfermée avec Ramsey dans le confort embarrassant de son appartement, le placement des clients de marque n'était pas moins oppressant. Quand Ramsey tendit le bras pour tirer le rideau, elle le pria de le laisser ouvert, « pour l'air ». Il céda, avec une expression perplexe. Ils n'avaient pas fini de lire la liste des entrées quand un jeune homme s'élança en haut des marches, agrippant un menu.

« Hé, Ramsey, chuchota-t-il, ainsi qu'on se sent contraint de le faire dans les restaurants japonais, pourriez-vous nous donner un autographe ? Oui, juste là, en travers. » Il avait glissé la carte à côté des baguettes de Ramsey.

« Pas de problème, mon pote. » Ramsey prit un fin stylo-bille en or dans sa poche intérieure ; tout ce qu'il possédait semblait reproduire la ligne pure et tendue de son corps, et la signature elle-même était en forme d'araignée, comme ses doigts.

« Génial ! Dommage pour le kick de l'Embassy », compatit le fan. Étant donné le tressaillement involontaire de Ramsey, ce devait être un coup dans les gencives. Les inconnus ont l'art de vous piquer au vif. « Vous auriez gagné la manche et la partie !

— Ça arrive à tout le monde », répondit Ramsey avec un haussement d'épaules blasé à propos des minuscules particules de craie qui peuvent faire dévier la bille blanche de sa trajectoire. Curieux métier, où on peut tout perdre à cause d'un grain de poussière.

« Bravo et merci, mec ! » Le fan agita son menu, dont le restaurant serait désormais privé, et adressa à Irina un hochement de tête impudent. « Vous autres, champions de snooker, vous ramassez toutes les filles canon. Qu'est-ce qu'il nous reste à nous ? »

« C'est pour ça que tu voulais fermer le rideau », commenta Irina. Ce n'était pas la première fois qu'on réclamait un autographe à Ramsey quand ils se trouvaient en ville, et d'habitude elle trouvait cette adulation amusante. Cette fois, elle n'avait pas envie de le partager pendant une soirée dont la perspective l'avait fait bâiller d'ennui quelques instants plus tôt et qui lui paraissait trop courte à présent.

« Trop tard ! Ce n'est plus un secret. Jude, eh bien, elle vouait une haine féroce à ces chasseurs d'autographes.

— À cause de l'interruption ?

— Cette nana détestait non seulement les fans de snooker, mais l'*idée* même qu'ils puissent exister, dit-il, s'essuyant les mains avec une serviette chaude. Pour Jude, les joueurs de snooker étaient comme des écoliers capables de faire tenir sur la tranche des pièces de dix pence au déjeuner. Félicitations, tout ça est très bien mais on leur demande pas d'autographes. »

La serveuse prit leur commande. Saisie d'une folie dépensière, Irina ajouta des plats à la carte au luxueux plateau de sashimis d'oursins et de crevettes sucrées.

« Si Jude jugeait le snooker sans intérêt, reprit Irina, pourquoi elle t'a épousé ?

— J'avais de la thune et de la chance, et elle pouvait mépriser mon occupation. La belle vie, quoi.

— Elle ne trouvait pas ça chouette que tu passes à la télé, au moins au début ?

— Sûr. Mais c'est bizarre de constater que ce qui t'attire vers quelqu'un est précisément ce que tu méprises chez lui ensuite. »

Irina agita une tranche de concombre translucide. « Si la réaction de Jude à mes illustrations est une indication, tu marques un point. Tu sais ce qu'elle disait ? »

Ramsey tapota la table de sa baguette. « Je parie qu'elle n'était pas diplomate. Mais tu t'es jamais demandé si une ou deux de ses observations n'étaient pas justifiées ?

— Comment aurais-je pu le penser et continuer mon travail ?

— D'après elle, ta composition était brillante, et ton travail superbe. Mais il manquait quelque chose dans ces premiers livres… un peu de folie.

— Eh bien, c'est pas si simple d'ajouter de la “folie”. “Oh, et si je saupoudrais ça de quelques grains de folie !” »

Il sourit avec effort. « Ne le prends pas mal. J'essayais juste de t'aider. J'ai raté mon coup. Je ne connais pas ton métier. Mais je me suis dit que t'étais vraiment douée.

— *Étais* ?

— Ce que Jude voulait… c'est pas facile de l'exprimer avec des mots.

— Jude n'avait aucun problème pour le formuler, répliqua Irina d'un ton amer. Des termes comme *plat* et *sans vie* sont très évocateurs. Elle a aussi concrétisé sa désapprobation et son mépris par des actes, et engagé un autre illustrateur pour son intrigue édifiante. J'ai dû mettre à la poubelle une année de travail.

— Désolé, mon chou. Et tu l'as pris en pleine figure… Oui, c'est pas quelque chose qu'on peut ajouter comme une pincée de sel. Ça se promène pas dans la nature, c'est au fond de toi. Idem pour le snooker.

— Eh bien, je suppose que l'illustration me plaît moins qu'avant. C'est comme tout, hein ? »

Cette vision défaitiste parut l'attrister. « Tu es trop jeune pour parler comme ça.

— J'ai plus de quarante ans, et j'ai le droit de m'exprimer comme je veux.

— C'est juste… tu es trop belle pour parler ainsi, alors. »

Lawrence avait l'habitude de dire qu'elle était *mignonne*, et bien que Ramsey fût un peu hors sujet, le compliment était agréable. Embarrassée, Irina se concentra sur les lamelles d'anguille huileuses. « Si je le suis maintenant, ça n'a pas toujours été le cas. Enfant, j'étais maigrichonne, noueuse, toute en genoux.

— Foutaises ! J'ai jamais rencontré une fille qui soit pas fière d'être mince.

— Mais j'étais empotée aussi. Godiche, disgracieuse. Tu penses que là aussi, je me vante ?

— C'est difficile à croire. Ta mère n'était pas ballerine ? »

Irina était toujours stupéfaite de voir quelqu'un se souvenir de détails mentionnés des années plus tôt. « Après ma naissance, elle a arrêté de se produire sur scène. Et elle ne s'est pas privée de me le rappeler. De toute manière, je la dégoûtais. J'étais raide, incapable de faire le grand écart, de poser les talons derrière ma tête. Je touchais à peine mes orteils. Je renversais sans cesse des objets. » Irina parlait avec les mains ; Ramsey écarta sa tasse de thé vert en souriant.

« Ah, c'était bien pire que ça, poursuivit-elle. Je suppose que beaucoup d'enfants ne sont pas des Anna Pavlova. Moi, j'avais les dents en avant. »

Ramsey inclina la tête.

« Voilà pourtant une belle paire de mâchoires.

— Je ne pense pas que ma mère s'en serait souciée, mais par chance mon père a payé l'appareil d'orthodontie. Mes dents de devant n'étaient pas juste un peu crochues, elles sortaient de ma bouche et appuyaient sur ma lèvre inférieure. » Irina en fit la démonstration, et Ramsey éclata de rire.

« Eh bien, tu m'as permis de comprendre quelque chose, dit-il. Tu n'es pas… consciente de ton apparence. Tu es belle, et j'espère que tu ne m'en veux pas d'insister, mais tu ne le sais pas. »

Confuse, Irina prit sa tasse de saké et, s'apercevant qu'elle était vide, fit mine de boire une gorgée. « Ma mère est bien plus belle que moi.

— À supposer que ç'ait jamais été vrai, dit-il, faisant signe au garçon de servir une autre tournée de saké, tu veux dire qu'elle l'était.

— Non, encore aujourd'hui. À soixante-trois ans. Comparée à ma mère, je suis un laideron. Elle fait toujours des exercices à la barre pendant des heures. Elle se nourrit de trois branches de céleri et d'une feuille de laitue. Rectification : une demi-feuille.

— Elle a l'air vraiment chiante.

— Elle l'est. »

Leurs assiettes de sashimis arrivèrent. Le chef était un tel artiste – thon piquant enveloppé dans une feuille d'or comestible – que manger son travail s'apparentait à un acte de vandalisme.

« Moi, dit Ramsey, examinant son assiette avec la même expression respectueuse qu'il avait eue en voyant Irina ce soir – on ne touche qu'avec les yeux –, quand je regarde ces minettes à poil se pavaner sur le trottoir, la première idée qui me passe par la tête, c'est pas "Mince alors, j'aimerais bien me la taper", mais "Putain ! Elle doit passer ses journées au club de gym". Je ne vois pas de la beauté, seulement de la vanité.

— C'est une bonne excuse pour échapper aux abdominaux : oh, je ne veux surtout pas avoir l'air vaniteuse.

— Pas de danger, lapin. »

Irina fronça les sourcils. « Tu sais, trop de choses ont changé quand on m'a enlevé cet appareil. C'en était effrayant.

— Comment ?

— Tout le monde m'a traitée comme une personne complètement différente. Pas seulement les garçons, les filles aussi. Tu as sans doute toujours été séduisant, alors tu ne peux pas comprendre.

— Je le suis ?

— Pas de fausse modestie. C'est comme moi quand je fais semblant d'avoir honte de ma minceur de jeune fille. » Craignant de l'encourager dans une direction qu'elle ne souhaitait pas, elle ajouta : « Je veux juste dire que tu as des traits réguliers.

— Super, répliqua-t-il d'un ton pince-sans-rire. Le compliment m'enchante.

— Je suis convaincue que les gens bien de leur personne…

— Je préfère "séduisants".

— ... d'accord, séduisants, ne se rendent absolument pas compte que leur apparence joue un rôle essentiel dans la manière dont on les traite. Je parie même que les personnes attirantes ont une plus haute opinion de l'humanité. Comme tout le monde est toujours charmant avec elles, elles croient que c'est normal. Mais c'est faux. Et ces gens-là sont superficiels à un point incroyable. C'est déprimant, quand on a connu l'autre côté. On te traite comme un chewing-gum collé sous une chaussure, comme une moins que rien. Et si tu n'as pas la chance d'avoir un physique ingrat, tu deviens invisible. Les gens laids, gros, et même ceux qui n'ont rien de particulier doivent travailler plus dur pour plaire. Ils doivent trouver le moyen de faire leurs preuves, tandis que si tu es jolie à regarder il te suffit de rester là et tout le monde est sous le charme. »

Irina n'était pas habituée à parler autant. Lawrence l'aurait déjà interrompue pour observer qu'elle l'avait convaincu, et que c'était assez. Ramsey n'avait rien dit pour la réduire au silence, lui inspirant la sensation de perdre pied – de franchir subitement une limite – alors qu'elle s'était attendue, à tort, à rencontrer une résistance.

« Avoir les dents en avant au collège, résuma-t-elle d'une voix hésitante, doit être une préparation idéale à la vieillesse. Pour les jolies filles, vieillir est un choc terrible. Qu'est-ce qui se passe ? Plus personne ne me sourit ni ne se retourne sur moi. Pourquoi ? Pour moi, ce ne sera pas un choc. Je dirai : Tiens tiens. C'est revenu. Les dents.

— Absurde. Tu seras toujours ravissante à soixante-quinze ans.

— Même pas en rêve, mon pote, le reprit-elle avec un sourire. Mais toi... tu as ce visage qui me dit que toutes les filles se pâmaient devant toi au lycée.

— Désolé de te décevoir, rayon de soleil, mais je suis pas allé au lycée. Établissement technique. J'ai raté l'examen d'entrée en sixième. Je ne pense pas que vous ayez ça en Amérique, c'est…

— Je sais. » Les Britanniques s'étaient depuis convertis au système « polyvalent » dans la plus grande partie du Royaume-Uni, mais à l'époque de Ramsey les CM2 tremblants subissaient l'exténuante séparation du bon grain et de l'ivraie, dont le résultat déterminait s'ils entraient dans les lycées préparant à l'université ou dans les établissements techniques de niveau inférieur destinés à orienter les élèves vers des métiers manuels. « Ç'a dû être douloureux.

— Ça m'était égal, tu vois. Je voulais devenir joueur de snooker. Bon Dieu, j'ai séché l'école plus souvent que je n'y suis allé.

— Pourtant, je t'y vois tout à fait. Tu étais le genre de garçon pour qui les laiderons dans mon genre au dernier rang avaient un béguin sans espoir, alors que tu sortais avec la seule fille de la classe qui avait des seins depuis l'âge de dix ans. » L'image lui était venue sans effort. Peut-être était-ce un effet Peter Pan, induit par le fait qu'il passait ses journées à jouer, mais Ramsey avait encore l'air d'un adolescent. Même ses cheveux, qui viraient plus au blanc qu'au gris, se doraient d'un blond de surfeur à la lueur de la bougie.

« J'ai sans doute eu mes chances, concéda-t-il. Mais seulement avec le recul. À l'époque, les filles me fichaient la trouille. J'ai treize ans, OK ? Estelle, qui a un ou deux ans de plus que moi, m'emmène dans sa chambre et enlève son T-shirt. Je regarde ses affiches des Beatles – tout sauf sa poitrine –, je marmonne une phrase à propos d'un entraînement de snooker et je me casse à vélo. J'avais pas la moindre idée de ce que j'étais censé faire.

— Tu l'as plantée là dans sa chambre, les seins à l'air ? Je parie qu'elle a adoré.

— Je crois me souvenir qu'elle ne m'a plus jamais adressé la parole.

— Mais tu as fini par comprendre. Ce que tu étais supposé faire.

— J'en suis pas si sûr.

— Je pourrais te proposer quelques manuels sur les oiseaux et les abeilles, mais je dois t'avertir qu'ils sont surtout destinés à des enfants de cinq à huit ans.

— Pour être honnête, les souvenirs les plus érotiques de ma vie n'ont rien à voir avec le cul, médita-t-il. Tu as raison, j'avais une petite amie au collège. Et elle avait des seins, mais ils étaient petits. Et parfaits. On était inséparables, et je parie que le reste de l'école pensait qu'on s'envoyait en l'air comme des fous. Pas du tout. Denise était toute menue, et brune, comme toi. Silencieuse. Elle passait toutes ses soirées libres au Rackers, le club de snooker de Clapham, à me regarder battre à plate couture des types qui avaient deux fois mon âge pour cinq livres la manche. Je lui confiais la thune et mon manteau, et elle connaissait le signal – “si l'adversaire montre les dents, file à l'anglaise”. Elle aimait enduire ma queue de craie.

— Une métaphore, sans doute.

— Eh bien, c'est sûr que ça veut dire quelque chose, mais rien de cochon, point barre. Quand je finissais ma dernière manche, je la raccompagnais chez elle. Elle portait ma mallette. Je lui tenais la main. On passait toujours par Clapham Common et on s'arrêtait à mi-chemin, sur le même banc. On se bécotait là pendant des heures. Ça paraît innocent ; je suppose que ça l'était. Ces baisers, ils duraient tellement, et chacun était si différent… Je ne cherchais pas vraiment à entreprendre autre chose. Je ne me sentais pas floué. Heureusement, personne ne m'avait prévenu qu'à seize ans je vivais les moments les plus forts de ma vie érotique. Je rêve encore de Denise et de ce banc public. »

Irina éprouva un frémissement qu'elle répugnait à nommer. Au début de sa relation avec Lawrence, ils avaient eux aussi passé des heures sur le canapé marron défoncé de son appartement de la 104e Rue Ouest, s'embrassant à pleine bouche. Mais ces souvenirs étaient devenus trop précieux. À un moment indéterminé de leur seconde année de vie commune, elle avait remarqué qu'ils n'échangeaient plus de baisers, au sens où Ramsey l'entendait, même s'ils s'effleuraient la joue du bout des lèvres en partant. En rejeter la responsabilité sur Lawrence n'était sans doute pas juste, mais Irina ne pouvait chasser l'impression que c'était lui qui avait cessé de l'embrasser. Ils avaient une vie sexuelle vigoureuse, et il semblait absurde de ne retenir que les frustrations dues à ces menus détails. Pourtant, ces derniers temps, quand elle regardait les acteurs se bécoter dans les films, elle éprouvait un troublant mélange d'aliénation et de jalousie – quelle est cette coutume primitive obscure qui pousse les gens à se frotter les lèvres ?

« Le baiser, risqua-t-elle avec mélancolie, est plus chargé d'émotion que le sexe, non ? Surtout aujourd'hui, peut-être qu'il a plus de sens.

— Loin de moi l'idée de dénigrer une partie de jambes en l'air, mais se bécoter peut être plus amusant. »

Pendant la pause qui suivit, Irina se rabattit sur son assiette de sashimis, joliment saccagée à présent. Les tranches de poisson crémeux dansaient avec indolence entre ses baguettes, leur texture charnue empreinte d'une obscénité impalpable. Le goût était pur comme le cristal, un soulagement après neuf jours de gâteau café-chocolat dont le glaçage collait au palais.

« Alors, vous êtes mariés depuis combien de temps ? demanda Ramsey d'un ton formel.

— Euh, concrètement, reconnut Irina, grignotant un clam géant, nous ne le sommes pas. »

Ramsey frappa son assiette de ses baguettes.

« Mais ce type parle de toi comme de sa femme !

— Je sais. Il dit qu'il a quarante-trois ans, et qu'il est trop vieux pour avoir une petite amie.

— Alors, il n'a qu'à t'épouser. Non ? Ça tient pas la route.

— Lawrence déteste les cérémonies. De toute manière, par les temps qui courent, la seule vraie sécurité réside dans les bonnes intentions. On ne peut pas se marier comme autrefois, pas depuis que le divorce par consentement mutuel existe. Alors ça n'a pas d'importance. Je connais ses sentiments.

— Oh, il t'adore, dit Ramsey. C'est l'une des choses que j'aime quand je vous rends visite. Toi et Lawrence vous êtes comme… Gibraltar.

— Et toi ? Tu vas encore essayer ?

— Je suppose que j'ai eu ma dose.

— Tout le monde dit ça après un divorce, et c'est absurde.

— Bien vu. Mais c'est pas sympa de ta part de chercher à me priver d'un fantasme aussi réconfortant. »

Sa loyauté envers Lawrence désormais solidement rétablie, Irina put se permettre de se mêler de ce qui ne la regardait pas. « Dois-je comprendre que tu n'as personne ?

— Apparemment non. »

Elle n'avait aucune raison d'être satisfaite. « Mais les joueurs de snooker sont constamment harcelés par leurs groupies, non ? Comme cette Estelle, elles ne t'entraînent pas dans leur chambre pour te montrer leurs seins ?

— Ce n'est pas aussi horrible que le foot ; le snooker est globalement un sport d'hommes. Mais ce n'est pas très différent du collège. » Il marqua une pause convenable. « Disons que j'ai des possibilités.

— La séparation d'avec Jude t'a échaudé ?

— Jude m'a bousillé. Rien ne lui suffisait jamais. Nous achetons une maison en Espagne, elle aurait dû se trouver en Toscane. Bon, très bien, cette petite attend énormément de la vie, et c'est super. Putain !

C'est vraiment super. Mais quand tu fous la merde dans ce qu'elle veut – quand il te suffit d'entrer dans une pièce pour que ta femme se flingue de déception –, ça finit par t'user. Je ne peux pas dire que j'en suis tout à fait remis.

» Jude avait certaines idées, poursuivit-il. Quand la vraie vie ne lui convenait pas elle essayait de tirer la réalité vers son idée au lieu de faire l'inverse. Tu vois ce que je veux dire ? Le snooker te fait perdre cette habitude. Après chaque coup, une manche tout à fait nouvelle s'ouvre à toi. Tu vis avec les billes telles qu'elles sont positionnées, et non telles qu'elles l'étaient une minute plus tôt, quand tu as prévu une série d'empochages. Elle avait une *idée* précise de ce que devait être la vie d'un auteur de livres pour enfants, et les refus, les ventes merdiques ou la nécessité de transiger avec des illustrateurs comme toi n'en faisaient pas partie. Tu sais, elle se voyait aller dans les bibliothèques et lire ses histoires à des gamins de six ans fascinés, les yeux écarquillés et le menton dans les mains. Bordel ! Elle aurait dû jouer au snooker, si c'était le genre de public qu'elle recherchait. À ce propos, je pense qu'elle s'était fait au départ une image peu réaliste de l'existence avec un joueur de snooker. Le train-train solitaire imposé par mes absences une bonne partie de l'année a été un choc pour elle. Alors elle a exigé que je revienne à Londres entre les tournois, en ayant fabriqué de toutes pièces cette idée de moi, une photo retouchée sur papier glacé, et ensuite, quand je m'exécute et que le vrai Ramsey assure, elle fait la tête.

» En résumé, dit-il en commandant une quatrième tournée de saké, je suppose que ça m'intéresse seulement si c'est parfait. Comme toi et Lawrence. »

Pendant des années, Irina s'était imaginé que seule la présence de Jude et de Lawrence lui avait permis de tenir dix minutes seule à table avec Ramsey Acton.

En fait, depuis 1992, ces deux-là n'avaient pas facilité ses efforts pour se rapprocher de lui. Ils s'étaient mis en travers de son chemin.

Tandis qu'ils partageaient un bol de glace au thé vert, la soirée lui avait donné une impression de grandes vacances. Lawrence aurait été horrifié. S'il avait été là, il aurait siroté une unique bière Kirin avec un teriyaki au poulet (il détestait le poisson cru), fronçant les sourcils au deuxième saké d'Irina et déclarant qu'elle avait assez bu au troisième ; non seulement il l'aurait dissuadée d'en prendre un quatrième, mais il le lui aurait carrément interdit. Dégoûté qu'elle accepte une Gauloise sans filtre à la fin du repas, il aurait chassé la fumée de la main et plus tard, dans le taxi, se serait écarté d'elle – « Ton haleine pue le cendrier ! » – comme si, au cas où elle aurait refusé la clope, il avait eu l'intention de l'embrasser sur la banquette. Il était près de une heure du matin et il aurait depuis longtemps reculé sa chaise pour s'étirer d'un geste théâtral, l'air épuisé, signifiant qu'il voulait rentrer. Il n'était pas obsédé par les microbes, mais Irina avait la curieuse impression qu'il les aurait regardés déguster ensemble ce bol de glace d'un œil réprobateur. Du moins, elle était sûre d'une chose : si Ramsey lui avait proposé, comme à elle qui écrasait à regret sa Gauloise, de venir se défoncer dans son appartement de Victoria Park Road, Lawrence aurait rejeté cette invitation, la jugeant grotesque. Il avait sans doute fumé un peu autrefois, mais aujourd'hui c'était un adulte, il ne consommait plus de drogues d'aucune sorte, et cela sous-entendait qu'Irina devait l'imiter.

Mais il n'était pas là, non ? Elle était en vacances.

Et si elle acceptait et avouait ensuite à Lawrence, à son retour de Sarajevo, qu'elle s'était laissé entraîner chez Ramsey ? Il lui reprocherait de s'être conduite en « adolescente ». Il lui rappellerait que, quand elle planait, elle devenait muette – la dernière fois où ils avaient fumé de la marijuana, dans son appartement de la 104e Rue Ouest, elle avait passé trois heures bouche bée devant la tapisserie à motifs cachemire. Curieusement, Lawrence se garderait de faire les observations suivantes : elle était (à ce qu'on disait) une belle femme et si elle était mariée, sauf sur le papier, Ramsey, lui, était divorcé depuis dix-huit mois et avait clairement laissé entendre qu'il était libre, auquel cas se rendre chez lui à une heure pareille pour fumer de la dope risquerait d'être fort mal interprété. Pourquoi était-ce la seule chose qu'il n'avouerait jamais ? Parce que c'était le cœur du sujet. Et il en avait peur. Il avait tendance à parler d'un ton fiévreux de tout ce qui n'était pas l'essentiel, comme pour l'emballer solidement. Sans doute, s'il passait assez de temps à tourner autour, ce paquet finirait-il par retomber sur le flanc, vaincu, haletant comme un bouvillon ligoté au lasso.

Cependant, le fait d'accepter l'invitation extravagante de Ramsey la contraindrait à cacher à Lawrence la fin de leur soirée. Pour Irina, les secrets dans un couple étaient un véritable poison, mais elle avait conçu une théorie contradictoire sur les *petits* secrets. Il lui arrivait de fumer en douce une cigarette ou deux, non parce qu'elle aimait l'effet de la nicotine en soi, mais pour le plaisir de la cachotterie. Elle se demandait si on n'avait pas besoin de garder pour soi quelques broutilles, même et surtout dans la relation la plus intime, car sinon cette relation menaçait de vous enfermer dans un rôle de sœur siamoise (*qui ne se droguait pas*) défiant toute séparation chirurgicale. Une clope fumée de temps à autre en l'absence de Lawrence était la preuve tangible qu'elle ne cessait pas d'exister dès l'instant où il était parti, et préservait en elle un *mauvais penchant* inavoué qu'elle avait conservé depuis l'adolescence – faisant fi de son image d'excellente élève en séchant les cours en compagnie des éléments les moins recommandables.

« Bien sûr, pourquoi pas ? »

Vacillant sur ses talons hauts, elle quitta leur table avec précaution, chaque marche exigeant une telle concentration que poser un pied devant l'autre était comme réciter un petit poème. Cette fois encore, la main de Ramsey resta en suspens au creux de ses reins, sans la toucher.

Dehors, elle pensa que la température de l'air méritait de s'y arrêter : ni chaude ni fraîche, l'équilibre idéal. Un degré de moins, et elle eût peut-être regretté de n'avoir pas pris de veste. Un degré de plus, et des gouttes de sueur auraient perlé à la racine de ses cheveux. Mais à cet instant, elle n'avait besoin ni d'un châle ni d'un souffle de brise. Seul un corollaire de l'extase insigne éprouvée au contact de l'air aurait pu décrire cette sensation – l'insouciance, la gratuité, l'absence de contraintes, le temps suspendu. D'habitude, la température était une souffrance ; mais à cet instant précis, c'était un pur plaisir.

Ils s'avancèrent sur le trottoir, un peu trop près l'un de l'autre au regard des convenances. Peut-être que lors de cette soirée, rien ne s'était apparenté à une faute, mais rétrospectivement, elle fut certaine qu'en faisant ces quelques pas dans Charing Cross, c'était elle qui s'était rapprochée de quelques millimètres.

Quand le voiturier revint avec la Jaguar, Irina était énervée. Le flot de la conversation au restaurant s'était tari, et leur embarras antérieur avait repris le dessus. C'était ridicule. Elle avait trop bu (quatre grands sakés). Elle ne se souvenait même pas de ce que ça faisait d'être défoncée, sans parler d'en avoir envie. Elle avait laissé les tartes à la rhubarbe refroidir sur le plan de travail, et devait les mettre au frigo. Elle était fatiguée – ou aurait dû l'être. Lawrence risquait de téléphoner ; sans réponse à deux heures du matin, il s'imaginerait qu'il s'était passé quelque chose de terrible. Pourtant un retournement de dernière minute apparaîtrait comme de la lâcheté, et conclurait l'anniversaire de Ramsey sur une note de rejet. Bon, elle dirait à Lawrence qu'ils s'étaient trouvés bloqués dans l'un de ces absurdes embouteillages qui surviennent à Londres aux heures les plus invraisemblables. Parfois, quand on commettait une erreur, il fallait l'assumer.

L'humeur resta morose dans la voiture. Au lieu d'aller faire la fête, Irina aurait pu être l'une de ces gamines anglaises psychorigides d'autrefois, conduite de force à l'examen d'entrée en sixième dont le résultat déterminerait sa carrière : chirurgien cardiologue ou technicienne de surface.

La plupart des collègues de Ramsey avaient passé leur jeunesse dans des enclaves sordides comme East Belfast, ou les secteurs difficiles de Glasgow. Quand les joueurs de snooker des bas-fonds commençaient à amasser des gains, ils s'empressaient de déménager. Mais Ramsey avait grandi à Clapham, un quartier alors peu raffiné, devenu aujourd'hui un lieu stupide et prétentieux, plein de logements exigus et sombres d'un prix exorbitant qui auraient mérité le label « cucul ». Une fois qu'il avait obtenu quelques titres, Ramsey était parti s'installer dans le bastion de la classe ouvrière de l'East End cockney, peut-être pour conserver son image de marque prolétaire.

Bien sûr, cela n'avait rien de pénible. Il possédait une maison victorienne dans Victoria Park Road, à la limite sud de Hackney. Irina y était venue deux ou trois fois quand elle collaborait avec Jude, et c'était là qu'elles avaient eu ces violents échanges qui avaient mis fin à leur amitié. Surexcitée, comme assoiffée de sang, Jude ne s'était pas contentée de contester les illustrations d'Irina, mais lui avait cruellement reproché d'être une « carpette » face à Lawrence et avait décrit comme du « somnambulisme » un bonheur conjugal enviable. Tout cela parce que Irina avait osé insinuer que le dernier récit de Jude, *La Gueule ouverte*, était cousu de fil blanc (à propos de l'histoire – un chien aboie tout le temps et personne ne peut le supporter, jusqu'au moment où, en ouvrant la gueule, il avale une balle et est réduit au silence, et la famille se met à l'adorer –, Irina avait remarqué : « Même les enfants seront capables de comprendre que tu essaies juste de les faire taire »), pour ne pas dire dénué de logique (« Mais, Jude, avait-elle suggéré d'un ton timide, si tu avales une balle, non seulement tu ne peux plus parler, mais tu étouffes et tu meurs ! »). Jude l'avait accusée d'être « passive-agressive », un terme détourné de son sens initial, et avait critiqué son interprétation littérale de la balle du chien, typique, selon elle, de l'univers étriqué et indigeste qu'elle habitait. Quand la Jaguar pénétra dans l'allée, le souvenir resurgit dans l'esprit d'Irina.

Elle ne joua pas les princesses, et ouvrit elle-même sa portière. Mais gravir derrière Ramsey les marches obscures de son perron lui parut porteur du sinistre présage d'un conte de fées, comme si elle entrait dans le palais d'Oz ou le château de Gormenghast, un lieu régi par des lois différentes, où les apparences étaient trompeuses et où les murs des bibliothèques basculaient pour révéler des donjons secrets. Elle entendait déjà l'épilogue du récit et le ton entraînant plein d'emphase que les gens adoptent pour faire la lecture aux enfants : *Irina gravit les larges marches conduisant au manoir obscur de l'homme de haute taille. La porte gigantesque s'ouvrit en grinçant puis se referma sur elle avec un* boum *et un* clic.

Trop tard, la petite fille se souvint que sa mère lui avait recommandé de ne jamais, jamais monter dans la voiture d'un inconnu ! Certes, la mère d'Irina ne lui avait jamais recommandé de ne pas entrer dans la maison d'un étranger, surtout quand elle n'était pas sous la protection de son fidèle ami Lawrence. Mais c'était parce que sa mère n'avait jamais imaginé que sa fille était une crétine.

L'intérieur était encore garni de tapis orientaux et de meubles anciens, mais certains des objets de valeur dont elle avait gardé le souvenir avaient disparu. Pour les femmes, les mariages hypothéqués permettaient souvent d'accumuler un joli butin ; pour les hommes, ces projets ratés d'un optimisme improbable débouchaient plutôt sur une carence matérielle. Il était difficile de résister à l'impression que les femmes se raccrochaient au passé, tandis que les hommes en étaient dépouillés. Ici, un rectangle sombre indiquait l'emplacement du canapé de cuir, et quatre marques profondes sur le tapis témoignaient du départ du buffet massif en marbre rose qu'Irina avait autrefois admiré. Des carrés blancs fantomatiques sur les murs crème apparaissaient comme le nec plus ultra de l'expressionnisme abstrait, alors que les œuvres d'art originales qui avaient autrefois orné le rez-de-chaussée avaient été beaucoup plus classiques. Ramsey avait les moyens de remplacer ce que Jude avait emporté. Soit il tenait à se donner l'image d'un ascète, soit il désirait donner à ses griefs cette dimension visuelle afin de les garder intacts.

Il servit deux généreux cognacs. Jude ayant pris la fuite avec le canapé et les fauteuils, il n'y avait aucun endroit où s'asseoir. « Allons en bas », proposa Ramsey.

Ah. Le donjon.

Irina le suivit au sous-sol. Il alluma la lampe au-dessus de la table de snooker, ce qui conféra un aspect sacré à la surface du tapis vert et à son cadre en acajou étincelant, tandis qu'une clarté tamisée et solennelle baignait le reste de l'immense pièce. Tels des bancs d'église, des canapés en cuir noir garnissaient son parloir privé, et Irina sirota gravement son verre comme si c'était un calice de communion. Elle se trouvait au cœur de la maison, où Ramsey, sans nul doute, passait le plus clair de son temps. Le râtelier de queues accrochait la lumière de la lampe. Une vitrine était remplie de douzaines de trophées ; six plateaux en cristal alignés sur la tranche, deuxième prix du championnat du monde, grimaçaient sur l'étagère du haut comme des mâchoires. Les murs étaient ornés des sous-verres d'affiches de tournois ou de matches-exhibitions, de Bangkok à Berlin – décor que Jude avait gracieusement autorisé son ex à garder. Sans doute s'était-elle rarement aventurée ici, et la décision de Ramsey de réparer le sous-sol avait dû permettre au mariage de tenir sept bonnes années. Irina eut l'impression d'avoir été admise dans une sorte de sanctuaire. La clarté intime et dorée, l'étrange somptuosité du canapé en cuir quand elle s'y enfonça, et les hauts poils cramoisis sous ses sandales accentuèrent la sensation d'avoir pénétré dans un royaume magique à travers une penderie ou un miroir.

Ramsey prit un coffret en bois d'apparence médiévale. Dans Charing Cross, Irina s'était imperceptiblement rapprochée de lui, mais il s'installa à l'autre bout du canapé, s'appuyant sur l'accoudoir. D'un geste plein de respect, il sortit un paquet de papiers Swan, une lame de rasoir unilatérale, et une boîte à pilules en étain qu'il ouvrit pour répandre sur la table son contenu, un morceau compact et foncé. Après avoir fendu une Gauloise avec la lame, il étala le tabac sur un papier à cigarette. Allumant son élégant briquet en argent, il approcha le hasch de la flamme, préleva une pointe de résine ramollie et saupoudra ses grains méthodiquement sur le joint. Les brins noirs tombant de ses doigts évoquaient les potions qui avaient plongé la Belle au bois dormant dans un long sommeil ou projeté Blanche-Neige sur le sol glacé.

Le joint qu'il passa à Irina, tendant le bras puisqu'elle était si loin de lui, était délicieusement fin et régulier, terminé par une pointe délicate. Elle accepta deux bouffées, secouant vigoureusement la tête quand il lui en offrit une troisième. Il haussa les épaules, et le finit seul.

Elle avait redouté de la part de Ramsey les longs discours sans queue ni tête que le cannabis peut provoquer, et les crises de fou rire que la drogue semble susciter dans les films, mais son appréhension n'était pas justifiée. Il se leva du canapé et l'ignora. Il ouvrit sa mallette, assembla la queue, et positionna les billes d'une manche. Il fit la mise en jeu sur la gauche. Quand il empocha une rouge libre avec un spin arrière, la blanche percuta le groupe de billes, dispersant les rouges dont l'approche devint facile.

La démonstration tenait de l'adolescence, comme la dope. Il l'avait invitée chez lui, et avait donc l'obligation de la recevoir. L'attirer dans son sous-sol pour qu'elle le voie jouer était destiné à l'impressionner, une ruse digne d'un enfant, qu'à l'âge de quarante-sept ans il aurait dû surmonter.

En tout état de cause, Irina ne l'avait vu se produire qu'à la télévision, et en trois dimensions, la table de douze pieds sur six semblait beaucoup plus grande que sur un écran. De près, la justesse de son empochage, la sûreté de sa sélection et la précision surnaturelle avec laquelle chaque empochage le préparait aux suivants paraissaient inhumaines. Tandis qu'il évoluait d'une bille à l'autre, sa veste de soie noire flottait dans la brise des fenêtres ouvertes sur le puits de lumière. Les billes semblaient rouler d'elles-mêmes vers leurs poches respectives, se dépassant et se manquant d'un cheveu, mais ne se frôlant jamais à moins que Ramsey n'eût décidé de tirer parti du contact. Elles balayaient le tapis, lumineuses, fascinantes ; les couleurs avaient l'air de palpiter. La brise hérissait le fin duvet des bras d'Irina, la température de l'air était idéale. La résine de marijuana semblait inoffensive, et elle se demanda pourquoi elle avait fait un tel blocage en anticipant les effets d'un stupéfiant aussi ordinaire.

Ramsey avait gagné une autre manche et Irina avait bu une minuscule gorgée de cognac quand… il se passa quelque chose. La dope, découvrit-elle, n'était pas si légère. Après deux bouffées seulement, elle produisait un effet décoiffant. La neutralité de l'air se dissipa, et sous son chemisier blanc tout simple elle sentit ses seins la brûler, comme les sièges chauffants dans les voitures de luxe. Irina pensait rarement à ses seins. Lawrence avait gaiement reconnu que « les nichons, c'était pas son truc » et, depuis, ne leur avait prodigué aucune attention – il ne les touchait pour ainsi dire jamais –, aussi Irina n'avait pas vu de raison de leur accorder un intérêt quelconque. Ils semblaient à présent se rebeller contre cette négligence – une image infrarouge de son corps aurait révélé leur couleur vermillon, celle même qui avait embrasé ce soir les vitraux de Saint-Paul. Atterrée, Irina eut la quasi-certitude qu'ils luisaient sous son corsage, et elle croisa les bras sur sa poitrine, comme l'autre soir, quand elle avait osé lui dire en russe, au téléphone : « Quand nous parlons, je me sens nue. »

L'impression d'être branchée sur un réseau électrique qu'un esprit malin avait mis sous haute tension continua de s'étendre. Son ventre palpitait, envoyant dans son diaphragme et le long de ses cuisses des ondes d'une température alarmante. Irina était contrariée. Aucune femme convenable n'eût apprécié ce genre de sensation alors qu'elle se trouvait en compagnie. Sans doute son torse ne clignotait-il pas comme un passage à niveau, mais elle était certaine que la transformation de l'illustratrice BCBG en torche humaine ne tarderait pas à apparaître, même de manière insidieuse.

Elle tourna lentement la tête face à la table de snooker, toute tremblante car dans son état il semblait prudent de ne pas bouger d'un cheveu. Pourtant Ramsey paraissait ne rien voir. Son visage irradiait d'une concentration si paisible qu'elle se demanda si elle ne lui avait pas rendu un mauvais service ; bien sûr, il avait l'air de frimer, et c'était dommage, mais quand il fumait il avait sûrement l'habitude de descendre au sous-sol pour s'exercer à sa table de snooker, et si elle avait refusé son invitation, il aurait agi de même. Pourtant il lui glissait des regards furtifs quand il réussissait un coup magistral, pour s'assurer que son attention ne faiblissait pas. Après tout, le coup de queue parfait de Ramsey avait été encensé depuis sa plus tendre enfance, et ce n'était pas pour son jeu qu'il recherchait l'admiration. Curieux qu'elle n'eût jamais remarqué avant cet instant – non de l'œil froid avec lequel elle l'avait détaillé plus tôt, tel un témoin qui indique à la police la couleur de cheveux et la taille d'un suspect, mais vraiment remarqué – que Ramsey Acton était un homme assez saisissant.

Un homme très saisissant.

En fait, il était séduisant à un point irrésistible – vertigineux.

Elle ne laissa rien paraître de cette révélation, même si ses yeux étaient un peu exorbités et ses pupilles dilatées. Les signes extérieurs en demeuraient imperceptibles, mais au fond d'elle-même, le désir qui la submergea n'avait rien de subtil.

Si Ramsey ne l'embrassait pas, elle en mourrait.

« Ça te dit d'empocher une bille, pour voir ce que ça fait ? » proposa-t-il aimablement, séparé d'elle par la table. C'était la première phrase qu'il prononçait depuis une heure.

Petite fille, Irina s'était méfiée des bandes de garçons hostiles qui rôdaient dans les couloirs et ne manquaient pas de lancer méchamment sur son passage qu'elle avait une tête de mule. Jusqu'à l'université, elle avait eu sa part de trac aux examens, et avait souvent séché alors qu'elle connaissait la réponse. Elle tremblait dès que ses petits amis dépassaient la vitesse limite. En temps normal, mais pas à cet instant précis, elle se serait souvenue qu'après sa première nuit avec Lawrence, elle avait craint qu'il ne la rappelât plus jamais. Dans sa vie professionnelle, elle ne connaissait que trop bien sa tendance à reporter l'ouverture du courrier d'un éditeur qui la priait peut-être d'un ton sec de venir sans délai récolter le fruit du labeur de six mois dans ses bureaux bondés. À Londres, elle avait eu sa part d'alertes à la bombe de l'IRA, Mais après tant de canulars, les risques de perdre la vie dans un attentat avaient toujours paru minces.

En tout état de cause, Irina, comme la plupart des gens, connaissait bien la peur. Elle savait ce que ce mot représentait. Mais avant le 6 juillet 1997 – non, le 7 –, à deux heures trente-cinq du matin, elle n'avait jamais éprouvé cette terreur brute, abjecte.

Sommée de s'approcher, elle obéit. Sa volonté avait été déconnectée ou, du moins, son pouvoir infime de décision, la petite voix autoritaire qui l'obligeait à mettre du linge sale dans le panier d'osier ou à travailler une heure de plus dans son atelier alors qu'elle n'en avait plus envie. Peut-être existait-il une autre sorte de volonté, une instance qui, au lieu d'être extérieure, faisait partie de son psychisme. Dans ce cas, cette faculté avait pris le contrôle. Sa nature était si fugace qu'Irina n'eut plus la force de résister. Elle ne *choisit* pas de rejoindre Ramsey à la table ; elle se leva, simplement.

Tandis qu'elle se dirigeait vers lui, sa crainte de tomber à tout moment ne semblait pas liée au hasch, au cognac, ni aux talons qu'elle portait. La précarité de son équilibre résidait dans sa tête, comme un trouble de l'oreille interne. Apparemment les pilotes d'avion peuvent être si chamboulés qu'ils ne distinguent plus le haut du bas. Avant l'arrivée des instruments de navigation, plus d'un pilote a piqué du nez dans le brouillard et s'est écrasé au sol. Même en cette ère de radioaltimètres, un amateur sûr de son sens de l'orientation est capable d'ignorer l'affichage de son tableau de bord et d'atterrir sur une maison. Quand on ne peut pas faire confiance à une intuition primitive telle que la notion du haut et du bas, la boussole morale d'un être humain est également à la merci d'une défaillance fatale.

Lorsqu'elle s'approcha de Ramsey – dont la silhouette était à présent définie par une fine ligne blanche, comme découpée dans un magazine –, la soirée s'éclaira d'un coup. Il avait délibérément profité de l'absence de Lawrence. Il l'avait éblouie avec un dîner fin, et avait glissé dans la conversation des récits graveleux et pleins de verve sur son adolescence. Il l'avait *fait boire*, construction grammaticale chère à des femmes qui depuis la nuit des temps répugnent à se reconnaître responsables de leur ivresse. Il lui avait *fait fumer de l'herbe*. Il l'avait attirée chez lui, et il avait déployé ses prouesses à sa table de snooker, tirant avantage de sa célébrité pour l'aveugler. Et maintenant cette ruse – « Ça te dit d'empocher une bille ? » –, c'était le bouquet. Ramsey, naïf ? C'était elle qui était naïve, une idiote frivole sans cervelle qui tombait dans les bras de son séducteur comme une pomme d'un arbre.

La découverte du subterfuge de Ramsey arriva trop tard. Elle ne pouvait détacher ses yeux de sa bouche, ni de ces iris gris-bleu de loup, bien que Betsy lui eût assuré que Ramsey n'était pas féroce. Prête au sacrifice, elle se tint devant lui, présentant sa gorge.

Il lui tendit une queue du râtelier, disant : « J'ai préparé un coup pour toi, cette rouge vers la poche du centre. » *Ça c'est sûr, mon pote, tu as préparé ton coup*, pensa Irina.

Ramsey plaça la queue dans sa main droite. Se penchant au-dessus de la table, il lui montra la position correcte pour viser. Elle s'exécuta. Quand il murmura qu'elle devait « frapper la bille » et ne pas « se retirer après le contact », elle respira son haleine, parfumée au cognac et au tabac torréfié. Lorsqu'il vint derrière elle pour ajuster l'angle de sa queue, leurs doigts se frôlèrent.

Il recula d'instinct, sans tenir compte du conseil qu'il venait de lui donner. Quand il lui enjoignit de placer sa main plus bas sur la queue, au lieu de joindre le geste à la parole, il s'abstint de la guider. Tournant son visage vers lui, Irina fut stupéfaite de découvrir son expression d'innocence idiote.

Elle *pigea* enfin. Alex « Hurricane » Higgins ? Ronnie « The Rocket » O'Sullivan ? Jimmy « the Whirlwind » White ? Sans l'ombre d'un doute, plus d'un joueur de snooker était un voyou. Ils buvaient, fumaient, fréquentaient les putes ; ils n'y réfléchissaient jamais à deux fois avant de « baiser la nana d'un autre ». Bien entendu, Ramsey fumait des clopes, appréciait l'herbe, et avait un faible pour l'alcool. Mais sur un point, son chemin se séparait radicalement de celui de ses célèbres rivaux. *Ramsey Acton était un homme sympathique.* Sans doute la trouvait-il charmante ; elle pouvait difficilement le lui reprocher. Elle lui avait confié que sa relation de couple était solide, satisfaisante et durable. Et Ramsey était l'ami de Lawrence.

Si quelqu'un devait embrasser son partenaire ce soir, ce serait elle.

Même si elle écartait la question de Lawrence, cette perspective était périlleuse. Ramsey n'avait peut-être jamais pensé à elle sous cet angle. Au pire, elle risquait la mortification qu'Estelle avait dû ressentir quand elle avait retiré son T-shirt et que le jeune Ramsey Acton s'était enfui terrifié sur son vélo.

La décision pouvait aussi être sans conséquence. Les fêtards ivres, déjantés, font souvent tard dans la nuit des choses dont ils s'excusent le lendemain matin avec un petit rire. Si les gens voulaient minimiser ces moments-là, ça les regardait. Irina savait avec une entière certitude qu'elle se tenait à présent au carrefour le plus important de sa vie.

« J'ai failli oublier, dit-elle avec un sourire tremblant. Bon anniversaire. »

2

Au cliquetis de la clé dans la serrure, Irina sentit son pouls battre dans ses gencives.

« Irina Galina ! » Ce n'était pas exactement un sobriquet. En écho à l'assonance mélodieuse de la langue russe, la mère d'Irina lui avait donné Galina comme second prénom, et Lawrence aimait la cadence tapageuse et comique du doublé. Pourtant, ce soir, ces mots résonnèrent dans le vestibule avec une inflexion grinçante, comme si elle avait été une adorable Muppet de *Sesame Street*, et non une femme adulte.

Posant ses bagages, Lawrence passa la tête dans le séjour. Elle sentit son cœur défaillir d'un coup. *Jamais je n'ai regardé ce visage sans rien éprouver,* songea-t-elle.

La première fois qu'elle avait posé les yeux sur Lawrence – ayant trouvé son offre de cours particuliers de russe sur un panneau d'affichage de Columbia, il avait pris rendez-vous pour sa première leçon –, son regard s'était attardé sur lui quand elle avait ouvert la porte de son appartement de la 104e Rue Ouest. Elle ne prétendait pas avoir eu le coup de foudre, mais elle avait eu l'impression de l'avoir déjà rencontré auparavant. Sa silhouette svelte était dissimulée par une chemise de flanelle et un jean tombant, mais son visage était saisissant : taillé à coups de serpe, les joues creusées par l'excès de travail, le front figé, les yeux marron enfoncés, immenses, implorants comme ceux d'un limier.

Même alors, Lawrence aimait à se considérer tel un élément autonome, une sorte de dôme géodésique dont l'humidité se propage en circuit fermé et arrose ses propres récoltes. Irina avait bientôt compris que ce jeune homme entreprenant s'était fait tout seul, quittant l'équivalent friqué d'un village de mobile homes sordides pour accéder à l'une des plus grandes universités des États-Unis. Mais ce premier après-midi, elle avait perçu aussitôt le manque affectif dont il souffrait – comme l'un de ces enfants sauvages élevés par des chimpanzés, qui avaient subsisté dans la forêt grâce à des racines et des baies –, et cela avait éveillé sa sympathie. Cette impression initiale lui était toujours restée, ce besoin palpable et cet air suppliant, ce désespoir sous-jacent dont Lawrence lui-même n'avait pas conscience. Même l'impudence avec laquelle il s'était appuyé d'un air suffisant au chambranle de la porte s'était avérée déchirante, car son incroyable nullité en russe ne justifiait aucune fanfaronnade. Au cours des années suivantes, sa sympathie n'avait fait que s'accentuer.

Il avait suffi que la porte d'entrée s'ouvrît pour que cette compassion fût épuisée – un constat amer. Une évidence aussi criante que l'aspect familier du visage de Lawrence – comme si elle avait peu à peu appris à le connaître au cours de ces neuf années, et qu'un beau jour, boum ! elle avait tout su de lui. Elle avait obtenu son diplôme. Plus de surprises, ou bien seulement celle-ci, la dernière : il ne l'étonnerait plus. Pour se torturer, Irina continua de fixer Lawrence, comme si elle mettait le contact plusieurs fois avant de se résigner à admettre que la batterie était morte. Le nez puissant, arrogant : pas d'émotion. Les cheveux ébouriffés de jeune homme : rien. Les yeux marron suppliants…

Elle ne parvint pas à le regarder en face.

« Hé, qu'est-ce qui se passe ? demanda-t-il, effleurant sa joue de ses lèvres sèches. Tu ne vas pas me dire que tu restes assise là à ne rien faire, sans même un livre dans les mains. »

C'était pourtant le cas. Son esprit s'étant transformé du jour au lendemain en un centre hi-fi, télé et vidéo, elle n'avait pas éprouvé le besoin de prendre un livre. En fait, la perspective de lire ne fût-ce qu'une liste d'ingrédients sur une boîte de céréales lui paraissait risible.

« Je pensais, c'est tout, dit-elle faiblement. Et j'attendais ton retour.

— Eh bien, il n'est pas loin de onze heures, non ? s'exclama-t-il, retournant dans l'entrée pour prendre ses bagages et les emporter dans la chambre. La *Late Review* ne va pas tarder ! »

Sa voix se perdit aussitôt et il y eut un temps mort, comme si l'acoustique de leur appartement était réduite à néant. Irina s'efforça de se redresser, mais retomba dans les coussins. Elle entendit du remue-ménage dans la chambre. Naturellement, à peine arrivé, il devait déballer ses affaires. Toujours cette obsession tyrannique de l'ordre.

Quand il revint dans le séjour en traînant les pieds, Irina ne trouva rien à dire. Elle n'était pas habituée à chercher ce qu'elle pourrait bien raconter à Lawrence.

« Bien », coassa-t-elle. Son temps de réaction était décalé, comme si elle avait été contaminée par la syntaxe syncopée de Ramsey, et elle répondait à la proposition de son compagnon avec plusieurs minutes de retard.

« Bien quoi ?

— Regardons la *Late Review*. »

Il y avait trop de vide autour de leurs paroles. Irina visualisa ce discours haché comme un mélange hétéroclite de tailles et de polices de caractères, une demande de rançon composée avec des lettres inégales découpées dans les gros titres de plusieurs journaux. Il lui paraissait incroyable d'avoir jamais eu une conversation satisfaisante avec Lawrence. Elle se demanda de quoi ils avaient bien pu parler.

« Il nous reste vingt minutes, dit-il, s'affalant sur le canapé en face d'elle. Alors, comment va ? Quoi de neuf ?

— Oh, répondit-elle, pas grand-chose depuis notre dernier coup de téléphone. » Attention, un premier mensonge. Irina avait la désagréable impression que ce ne serait pas le dernier.

— Tu n'as pas dîné avec Ramsey ? Ne me dis pas que tu t'es dégonflée !

— Ah oui », répliqua-t-elle d'une voix pâteuse. Elle n'était pas douée pour ça. Elle était déjà en train de tout saboter. Bien sûr qu'elle devait faire un compte-rendu de la soirée d'hier. Mais le seul nom de Ramsey lui donnait des palpitations. « Oui, nous avons dîné ensemble.

— Alors, c'était comment ? Tu craignais que vous n'ayez rien à vous dire.

— On s'est débrouillés, répliqua-t-elle. Je suppose. »

Lawrence commençait à avoir l'air contrarié. « Alors, vous avez parlé de quoi ?

— Oh, tu sais bien. De Jude. Du snooker.

— Est-ce qu'il se présente au Grand Prix cette année ? Parce que je me suis dit que j'irais peut-être.

— Je n'en ai aucune idée.

— Je me demandais si son classement avait baissé au point de l'obliger à passer le cap des éliminatoires.

— J'en sais rien.

— Vous n'avez pas dû beaucoup parler de snooker.

— En effet, dit-elle. Pas beaucoup. » Elle devait arracher chaque mot de sa bouche.

« Est-ce que tu as récolté des potins intéressants, au moins ? »

Elle inclina la tête. « Depuis quand tu t'intéresses aux "potins" ? C'est-à-dire à ce qui se passe dans le cœur des gens, pas dans leur tête ?

— Je voulais dire, c'est vrai que Robert O'Sullivan a commencé une désintoxication ? Enfin, c'est quoi le problème ?

— Excuse-moi », murmura-t-elle, et elle le pensait. Elle ne s'était pas transformée en ogre du jour au lendemain, et elle contempla tristement son compagnon. Il était obscène qu'il n'eût pas vu la différence dès l'instant où il avait franchi le seuil, bien que l'idée contraire eût traversé son esprit agité. Lawrence évitait *l'essentiel* comme la peste, et le fait qu'il n'avait pas commenté son accueil peu enthousiaste était à lui seul un drapeau rouge. C'était facile à interpréter : jusqu'ici la conversation rappelait une visite en prison. Ils semblaient séparés par un épais panneau de verre, et parlaient de manière hésitante, comme dans un combiné. Après tout, Irina avait enfreint une sorte de loi et venait d'entamer la première journée de ce qui serait peut-être une très longue peine. « Je t'ai fait une tarte, dit-elle d'un ton pitoyable.

— J'ai grignoté dans l'avion… Pourquoi pas ? Un petit morceau.

— Tu veux une bière avec ?

— J'ai déjà bu une Heineken… Peu importe, fêtons ça.

— Fêtons quoi ?

— Mon retour. » Il parut blessé. « Tu ne t'en es pas aperçue ?

— Excuse-moi, répéta-t-elle. Oui, bien sûr. C'est pour ça qu'il y a une tarte. Pour te souhaiter la bienvenue. »

Dans la cuisine, elle appuya ses paumes sur le plan de travail, laissa tomber sa tête, et respira. Soulagée d'échapper à la compagnie de Lawrence, même un bref instant ; mais elle ne pouvait pas non plus nier ce sentiment, et cela lui rongeait le cœur.

Le geste lourd, elle prit la tarte dans le réfrigérateur. Elle avait refroidi pendant moins de deux heures, et n'avait pas tout à fait pris. Avec un peu de chance, l'œuf de la crème pâtissière avait assez cuit pour que la tarte restée une journée entière sur le plan de travail ne fût pas mortelle. En tout cas, elle ne pourrait en avaler plus d'une bouchée. (Elle n'avait rien mangé depuis cette dernière cuillerée de glace au thé vert. Mais vers midi elle avait bu un autre cognac...) La part qu'elle choisit était si fine qu'elle s'effrita. Pour Lawrence, elle découpa un morceau plus consistant qu'il ne l'eût souhaité – il surveillait toujours sa ligne. Le gâteau reposait stupidement sur l'assiette ; la crème suintait. Ramsey n'avait pas besoin qu'on admirât son jeu au snooker, et Lawrence n'avait pas besoin de tarte.

Elle prit une bière dans le frigo, dont elle examina le contenu. En temps normal, elle eût accompagné Lawrence avec un verre de vin, mais elle se laissa tenter par la Stolichnaya givrée. Puisqu'elle s'était brossé les dents, Lawrence ne devinerait pas qu'elle s'était déjà envoyé deux grands verres de vodka sans glace pour se préparer à son retour. Ça ne lui ressemblait pas de boire de l'alcool à jeun, mais un comportement insolite vous libérant momentanément de vos habitudes pouvait en un clin d'œil vous éloigner à tout jamais de votre moi antérieur. Elle sortit la bouteille givrée du freezer, but une gorgée furtive, et se versa une ration plus que généreuse. Après tout, ils « célébraient » l'événement.

Lawrence était trop poli pour objecter qu'elle lui avait servi une portion beaucoup plus grosse que ce qu'il avait demandé, et il s'exclama : « *Krasnyi !*

— Ça veut dire "rouge", *dourak,* dit-elle, une taquinerie affectueuse qu'elle s'efforça de rendre le plus sincère possible. "Superbe" se traduit par *krassivyi.* La place Rouge, *krasnaïa plochiad, da ?* »

D'ordinaire, l'absence d'oreille de Lawrence la faisait rire, mais une tension dans sa voix lui fit tourner la tête.

« *Izvini, pojalouïsta,* s'excusa-t-il, avec les termes corrects. *Konetchno, krassivyi ?* Comme dans *krassivyi pirog* – elle fut stupéfaite qu'il connût le mot pour "gâteau" – ou *moïa krassivaïa jena.* »

Pitié. Même en russe, il l'appelait sa « femme ». Le terme ne lui avait jamais paru impertinent jusqu'alors, mais il la choqua.

Il était typique aussi qu'il évoquât sa *beauté* seulement quand il parlait russe. En anglais, elle était *mignonne,* un adjectif inoffensif et réducteur qui se fût aussi aisément appliqué à un hamster qu'à une épouse. Il n'était pas juste de s'offusquer d'un compliment aussi charmant mais le recours à une autre langue quand il abordait une question d'ordre émotionnel lui rappelait douloureusement son père. *Dialogue coach*[1] pour des films de série B, c'était un virtuose de l'accent ; son travail consistait à diriger l'homme qui faisait la voix de Boris Badenov dans *Les Aventures de Rocky et de Bullwinkle* en lui apprenant à instiller la perversité soviétique dans ses consonnes. Il pouvait passer aisément de l'accent chinois à l'accent irlandais, et elle supposait que tout cela était très amusant. Sauf qu'il ne lui avait jamais dit qu'il l'aimait, ni qu'il était fier de l'un de ses succès autrement qu'en roulant les *R* comme Sean Connery ou en prenant une inflexion suédoise – *Chaime ma petite fiiiille, moua !* Elle avait adoré toutes les voix qu'il avait employées pour lui lire des histoires quand elle était enfant, mais lorsqu'elle avait grandi, le charme s'était dissipé. Quoi, il était né dans l'Ohio, mais même son élocution donnait l'impression d'être un accent parmi d'autres.

1. Répétiteur de dialogue. *(N.d.T.)*

D'ailleurs, Lawrence avait peut-être utilisé le russe afin de tenir à distance des sentiments qui auraient pu être embarrassants en anglais, mais c'était aussi leur argot privé et, à cet instant, c'était trop pour elle. Trop intime. Ça la blessait. « Merci », dit-elle fermement en anglais, mettant un terme à la conversation en *russki*.

Lawrence essaya, avec une phrase de plus, de la poursuivre. « *Ty oustal ?* » Sa prononciation en mode mineur était d'une tendresse déchirante, et Irina baissa la tête. Elle n'avait pas touché à sa tarte.

« Oui, je suis un peu fatiguée. J'ai mal dormi. » Elle espéra que ça ne comptait pas pour un deuxième mensonge. Sans doute une « nuit blanche » s'inscrivait-elle dans le chapitre « mauvaise nuit ».

« Tu as des soucis ? » Il avait remarqué. Il cherchait.

« Oh, c'était peut-être les sushis. Il suffit d'une bouchée de thon douteux. Je n'ai pas d'appétit. Je ne vais pas pouvoir avaler ça.

— Tu es pâle.

— Oui, répondit-elle. Je me sens pâle. » Ne voulant pas paraître trop soucieuse de l'heure, elle jeta un coup d'œil furtif à la montre sur le poignet de Lawrence. Zut. Encore cinq minutes avant la *Late Review*.

« Alors, comment s'est passé le congrès ? » Elle s'en préoccupait si peu que c'en était honteux.

Il haussa les épaules. « Un voyage aux frais de la princesse. Sauf que j'ai pu voir Sarajevo, une perte de temps. Trop de conseillers de l'ONU et de losers d'ONG. Tu sais, il faut une force de police. Bof. Au moins je n'ai pas eu à payer un sou.

— Dieu merci, tu n'es pas revenu en ayant appris quelque chose que tu ne savais déjà, ni en ayant rencontré quelqu'un que tu appréciais vraiment. » La phrase lui avait échappé. Elle tenta d'adoucir la pique avec un sourire, mais vit à l'expression de Lawrence qu'elle lui avait fait l'effet d'une gifle. « *Milyi ?* balbutia-t-elle – "chéri" était plus affectueux en russe. Je te taquine. Ne prends pas l'air si sérieux. »

Elle devait cesser de le critiquer à tout bout de champ. Qu'était-il advenu de la *bonté de l'esprit* ? Et de la bonté tout court ? Lawrence avait été absent dix jours, et elle ne trouvait rien d'autre à lui dire que des paroles pleines de méchanceté ou des réponses d'une lassitude insultante. Un autre homme eût saisi la balle au bond. Mais Lawrence n'aimait pas les histoires, et cherchait à se tenir à distance.

Irina médita l'expression. Le fait que Lawrence préférait de loin se tenir *à distance* semblait approprié.

Encore une critique.

Quand l'émission de BBC2 commença, elle fut si reconnaissante de la diversion qu'elle aurait pu embrasser le poste. D'habitude, elle recousait des boutons ou épluchait des haricots devant la télé, mais cette fois-ci elle se concentra sur l'écran avec, espérait-elle, un air d'intense fascination.

Elle était captivée, certes, mais pas par la *Late Review*. Irina voyait des choses. Comme si elle avait été possédée, ou schizophrène. Des formes s'empoignaient dans les ombres. Derrière le poste, un homme et une femme s'étreignaient si fort qu'il était impossible de savoir à qui appartenaient les bras et les jambes. Leurs bouches étaient ouvertes et collées ensemble. Quand elle regarda à gauche, le même type plaqua son amante contre le mur, levant ses bras au-dessus de sa tête et lui maintenant les poignets contre le plâtre, tandis qu'il enfouissait le visage dans son cou. Si Irina tournait légèrement les yeux vers la droite, ils étaient là de nouveau, devant les rideaux, et la silhouette la plus haute pressait si violemment la femme contre le cadre de la fenêtre avec son pubis que son coccyx devait lui faire mal. (Irina sentait encore le sien, mais très légèrement. La douleur venait du rebord de la table de snooker. Le frottement eût été pire s'ils n'étaient pas tombés ensemble sur le sol.)

Elle n'avait pas invité ces formes qui envahissaient son séjour, ni ne les avait priées de s'exhiber de la sorte contre ses murs. (Et sur son tapis. Elle baissa les yeux, et vit le même couple déchaîné. Il était dessus. Assez léger pour que la femme puisse encore respirer, mais assez lourd pour l'immobiliser. Si elle l'avait voulu, elle n'aurait pas pu se dégager. Elle n'en avait pas envie.) Certes, les visiteurs ne faisaient *que* s'embrasser, mais si cette restriction s'appliquait à ce genre de baiser, on aurait pu aussi bien dire que Jeffrey Dahmer avait *seulement* assassiné et découpé les gens en morceaux, ou que Hitler avait *juste* essayé de gouverner le monde.

Les hallucinations étaient un handicap. Elle essayait de regarder la télévision avec son compagnon, de déguster une part de tarte et un petit verre – sa vodka semblait s'être évaporée, mais elle ne se souvenait pas de l'avoir bue – et il y avait ces gens chez elle qui ne pouvaient pas se tenir tranquilles, et qui l'incitaient à contracter les muscles de ses cuisses en les serrant l'une contre l'autre.

« Le sujet ne doit pas t'emballer, dit Lawrence. Mais ça vaut la peine d'être vu. »

Irina s'arracha au spectacle de ses invités impudiques. « Qu'est-ce qui vaut la peine d'être vu ?

— *Boogie Nights* ! »

Hardiment, elle avança : « Euh, je n'ai pas beaucoup aimé *Flashdance*, mais *La Fièvre du samedi soir*, c'était pas mal. »

Lawrence parut incrédule. « Comment est-ce que tu as pu écouter une discussion d'un quart d'heure sur ce film et penser qu'il a le moindre rapport avec *La Fièvre du samedi soir* ? »

Irina eut un mouvement de recul. « Ah. Ça parle de quoi, alors ?

— De l'industrie du porno !

— J'étais un peu distraite.

— Un *peu* ?

— Je t'ai dit que j'étais fatiguée.

— Manquer de sommeil peut te ralentir le cerveau, mais ça ne fait pas plonger ton QI au-dessous de cinquante.

— Ce n'est pas parce que mon esprit vagabonde que je suis une imbécile. Tu fais ça tout le temps. Tu me répètes sans cesse que je suis stupide.

— Au contraire. Je te pousse constamment à avoir confiance en toi et à exprimer tes opinions avec plus de force en public. Je te répète que tu *es* intelligente, et très clairvoyante à propos des événements dans le monde, même si tu n'as pas un PhD en relations internationales. Ça te rappelle quelque chose ? »

Irina baissa la tête. Il disait vrai. Il était parfois tenté de la traiter de crétine, mais il le faisait tôt ou tard avec tout le monde, sans distinction, et il n'y avait aucune raison de le prendre personnellement. Très souvent, il l'avait encouragée à formuler ses idées avec plus de conviction lors des dîners avec ses collègues.

« Oui, tu es d'un grand soutien, concéda-t-elle.

— Pourquoi cherches-tu la dispute ? » De la part de Lawrence, c'était courageux.

« Je ne sais pas », répondit-elle avec une perplexité qui n'était pas feinte. Elle ne comprenait pas pourquoi elle s'obstinait à le provoquer alors qu'elle tenait à éviter les problèmes, ni dans quel but elle se comportait d'une manière chaotique et irascible qui ne manquerait pas d'éveiller la curiosité de son compagnon, alors qu'elle ne souhaitait en aucun cas attirer son attention ce soir. *Voulait*-elle qu'il sache ? Peut-être le forçait-elle à jouer à un jeu de société, comme le Botticelli : *Je suis un personnage célèbre, et mon nom commence par un A écarlate*.

Tu es morte ?

(À partir de ce soir ? Jusqu'à la moelle.)

Tu es une femme ?

(Beaucoup trop féminine, apparaît-il.)

Où étais-tu ce matin à cinq heures, putain ?

(On ne répond que par oui et par non. La question est perfide.)

C'est toi qui parles de perfidie !

Ou peut-être Lawrence était-il supposé jouer au pendu au dos du programme de sa conférence, et se préparer à se pendre lettre par lettre, puisqu'il ne devinerait jamais en un million d'années qu'elle avait choisi I-N-F-I-D-È-L-E D-É-V-E-R-G-O-N-D-É-E ?

Ils continuèrent de regarder l'émission. Semblant avoir perdu espoir en sa capacité à assimiler les aspects factuels les plus primitifs du roman et de la pièce du West End dont les invités continuaient de débattre, Lawrence ne sollicita plus son avis. Il éteignit le poste, et quand l'écran devint noir, Irina pensa : *Reviens !* Généralement contrariée par le bavardage incessant des émissions, elle aurait pu, ce soir, rester des *heures* devant la télé. Au lieu de se préparer pour la nuit, Lawrence s'enfonça dans le canapé ; horreur, le martèlement de ses mains sur ses genoux signifiait qu'il voulait parler. Irina s'efforça de combler le silence béant par de petits sourires encourageants, sans vraiment savoir ce qu'elle entendait par là. Elle dit à tout hasard : « Je suis heureuse que tu sois rentré », une phrase qui constituait indiscutablement son troisième mensonge, mais qu'elle ne lançait pas pour noyer le poisson. C'était une parole sincère, et elle espérait à moitié qu'en prononçant ces mots avec force, ils deviendraient réalité.

« Alors ? demanda-t-il enfin. Quoi de neuf ? »

Irina le regarda sans expression. Soupçonnait-il quelque chose ? « Rien que je ne t'aie dit au téléphone. J'ai avancé dans mon travail, répondit-elle sèchement.

— Je peux le voir ?

— Plus tard... Quand j'aurai terminé. » Elle ne voulait pas montrer ses nouvelles illustrations à Lawrence. Mais à Ramsey.

Renonçant, Lawrence se leva en détournant le visage, mais elle vit qu'il était blessé.

Ils mirent la chaîne à la porte, fermèrent et verrouillèrent les fenêtres, tirèrent les rideaux, prirent leurs vitamines, et se brossèrent les dents. Un rituel répété chaque soir, mais aujourd'hui empreint d'une monotonie meurtrière. Bien qu'elle eût passé une nuit blanche et que la tête lui tournât d'épuisement, Irina redoutait de se mettre au lit.

Méthodiquement, ils retirèrent leurs vêtements et les suspendirent à des cintres. Irina ne se souvenait pas de la dernière fois où ils avaient arraché leurs habits pour les jeter à terre dans la frénésie du désir. Ce n'était plus nécessaire quand on partageait le même lit depuis des années, et il eût été très déraisonnable de se morfondre à ce sujet. Tout le monde le savait : c'était ce qu'on faisait « au début », et son couple avait atteint l'étape du milieu. Ou bien elle le croyait depuis des lustres, mais on ne pouvait lire sa propre vie comme un livre, ni évaluer la longueur des chapitres restants en les feuilletant. Rien ne vous empêchait de tourner une page ordinaire un soir ordinaire et de vous apercevoir brusquement que vous n'étiez plus au milieu mais à la fin.

Irina accrocha le chemisier blanc fripé sur le cintre avec plus de soin que cette loque ne le méritait ; le petit accroc du col s'était allongé. La jupe bleu marine s'était étirée ; à son retour, elle avait eu la présence d'esprit de jeter un coup d'œil dans la glace et de la tourner pour remettre le bouton derrière. Pour la première fois de la journée, elle avait peigné ses cheveux, si hérissés qu'elle donnait l'impression d'avoir été électrocutée.

Mais elle n'avait pas eu le loisir de prendre une douche. Elle avait eu toutes les peines du monde à s'arracher à la Jaguar, et était rentrée à la dernière minute. Se préparant à l'apprentissage sévère et déprimant qui accompagne les séparations sordides, elle avait refusé d'embrasser Ramsey devant son immeuble ; un voisin aurait pu la voir. Elle avait bu deux vodkas, gaspillant le peu de temps qui lui restait pour se donner du courage, et était restée debout dans le séjour, pétrifiée, les mains écartées comme si elle avait eu peur de toucher ce corps brusquement animé d'une volonté perverse. Mais sa peau risquait à présent de la trahir par une odeur compromettante, même si elle n'était due qu'à un excès de transpiration.

La puanteur la plus significative émanait de ces pensées dans sa tête. Elles avaient un goût rance.

Elle était nue à présent, mais Lawrence ne lui lança pas un coup d'œil. Cela aussi, c'était normal. On s'habituait à l'autre, et le corps déshabillé perdait son effet de surprise. Pourtant cette sensation d'être invisible l'attrista, lui rappelant les garçons de cinquième qui l'avaient regardée sans la voir jusqu'au jour où elle n'avait plus porté d'appareil dentaire. D'un autre côté, peut-être traitait-elle son compagnon de la même façon, l'ignorant d'un *oh, ça.* Dans cet instant d'intimité indifférente, elle prit le temps d'examiner, pour une fois, le corps nu de son partenaire.

Il était en forme. Grâce au régime militaire qu'il s'imposait, passant l'heure du déjeuner dans une salle de sport proche de son bureau, ses épaules étaient bien musclées, ses cuisses fermes. Son pénis, même au repos, avait une taille plus que respectable. Certes, de légères poignées d'amour enrobaient sa taille, mais elle ne pouvait lui reprocher un petit kilo dû aux tartes qu'elle confectionnait. D'ailleurs, elle pardonnait avec joie ses défauts mineurs – ses pieds plats, ses tempes dégarnies – car ils avaient établi une sorte de contrat, qu'elle aurait pu réciter comme le Notre Père : *Pardonne mes défauts, comme j'ai pardonné tes manques*. Après tout, ses seins commençaient à tomber ; elle se réveillait à présent avec de petites poches sous les yeux ; le hiéroglyphe d'une varice solitaire sur son mollet gauche annonçait l'immense décrépitude à venir, et elle aurait bientôt besoin de son infinie mansuétude. Il se tenait voûté, sur la défensive, et c'était regrettable car s'il avait redressé le dos il eût été un fort bel homme pour ses quarante-trois ans. La plupart des femmes de l'âge d'Irina étaient obligées de faire abstraction d'imperfections autrement déplaisantes, et couchaient tous les soirs avec des ventres grassouillets, des épaules poilues, des doubles mentons, et des crânes chauves. Elle avait de la chance. Beaucoup de chance.

Alors pourquoi pensait-elle le contraire ?

« On lit ? » proposa-t-elle.

Après dix jours d'absence, il aurait dû dire non. Il aurait dû glisser une main dans le creux de ses reins, et plaquer ses lèvres dans son cou. « D'accord, répondit-il en repoussant la couette sur ses pieds. Quelques minutes. »

Irina se demandait comment il pouvait passer directement du ronron monotone du *nation building* à *La Fin de l'État providence*. À sa place, elle eût recherché désespérément un antidote, une relecture somptueuse d'*Anna Karénine*, ou un policier bon marché. Mais puisque le pain quotidien professionnel de Lawrence était si sec qu'il ressemblait plutôt à un toast carbonisé, elle ne comprenait pas à la base ce désir de passer sa vie à parler à tort et à travers du *nation building*. Le sérieux n'était pas son fort. Pourtant elle eût aimé qu'il rendît son existence un peu plus légère. Autrefois il n'avait pas été hostile à James Ellroy, Carl Hiaasen, ou P.J. O'Rourke. Depuis qu'il était devenu membre de Blue Sky, chaque instant comptait : c'était une obsession chez lui. Mais pour quoi faire ?

Irina se cala contre l'oreiller voisin avec *Les Mémoires d'une geisha*. Elle pouvait prendre son temps, car Lawrence ne demanderait sûrement pas à le lire après elle. On y évoquait la soumission, la faiblesse et la servitude. Pas du tout une victoire sur un préjudice qui eût rappelé la manière dont M. Think-Tank rejetait son éducation vulgaire à Las Vegas (il était, disait-il, « un phénix renaissant de ses déchets »). Dans le livre, l'héroïne vivait avec un préjudice, et même, en tirait parti. Un roman qui parlait trop des femmes, se dit-elle.

Ils ne se touchaient pas. Lawrence posa sa jambe droite contre son mollet gauche. Elle se déplaça pour rétablir une distance. Elle tourna quelques pages, mais le couple du séjour était de retour, rampant sur les caractères. Prudemment, Lawrence éteignit la lampe, juste au moment où Irina avait enfin réussi à digérer une phrase entière. Il aurait pu lui demander son avis.

Il y avait une règle. Lawrence lui avait assuré que tous les couples le faisaient presque chaque fois de la même façon, même si « au début » on essayait d'être inventif. Elle ne savait pas comment il en était arrivé à cette conclusion. C'était un homme qui, livré à lui-même en société, était capable de parler des heures d'affilée de sujets neutres et sans risque tels que l'élection du New Labour, et il était donc terriblement difficile de s'imaginer Lawrence en train de questionner ses collègues autour d'un verre : « Est-ce que tu gardes toujours la même position quand tu baises ta femme ? » Néanmoins, il avait sans doute raison. On mettait au point ce qui fonctionnait, et c'était trop ennuyeux de concocter une nouvelle entorse à des variantes qui, en tout état de cause, demeuraient limitées. Et une fois qu'on avait réglé une séquence bien rodée et réussie sur tous les plans – elle ne voyait pas la nécessité d'appeler cela un « rut » –, si on se mettait brusquement à sucer l'autre alors que ça ne faisait plus partie du programme depuis des années, eh bien, ça paraissait bizarre, non ? Du genre, qu'est-ce qui te prend ? Pas seulement bizarre, mais alarmant. Et la dernière chose que voulait Irina ce soir-là, c'était alarmer Lawrence.

D'ailleurs, ça ne la dérangeait pas de le faire chaque fois de la même manière, la monotonie n'était pas le problème. (Avant la nuit dernière, il n'y avait pas eu le moindre souci, ou du moins, aucun souci urgent. Quelles que fussent ses modestes frustrations, leur réparation pourrait toujours être reportée au soir suivant – indéfiniment, en fait. Et pourquoi ne pas s'estimer heureuse ? N'avait-elle pas joui – combien de femmes pouvaient-elles l'affirmer ? –, n'avait-elle pas joui *chaque fois* qu'elle avait fait l'amour avec Lawrence ?) Le problème – s'il y en avait un –, c'était de savoir la même-manière-que-quoi.

Comme toujours, Irina se tourna sur le côté droit. Lawrence l'imita, et se cala derrière elle, enlaçant sa taille du bras gauche, et blottissant ses genoux dans le creux de ses jambes. Ensemble ils formaient deux Z, symbole du sommeil dans les bandes dessinées. Et les nuits où ils s'étaient donné le signal – un bâillement léonin, un marmonnement à propos d'une journée trop longue –, ils se contentaient de s'endormir. Mais Lawrence *était* parti pendant dix jours, et il glissa une main hésitante sur ses fesses. « Ça va ? chuchota-t-il. Tu as parlé d'un poisson pas frais. »

À moins d'être prête à révéler la vérité – et à un moment si déroutant, elle ne savait pas quoi dire exactement –, Irina ne pouvait paraître froide à ses avances. Ç'eût été une sorte d'aveu. Elle devait se comporter comme d'habitude.

« Je vais très bien », répliqua-t-elle (quatrième mensonge, et celui-ci était énorme). Espérant lui fournir les garanties qu'il méritait, elle saisit sa main gauche qui errait, perdue, sur sa hanche, et l'attira entre ses seins.

Le bras de Lawrence était raide comme un bout de bois. Sa proximité n'avait pas toujours éveillé en elle un désir ravageur, mais le contact de sa poitrine contre son dos lui avait toujours procuré un profond confort animal et un sentiment de sécurité. Mais ce soir, elle avait l'impression d'être prise au piège. Quand son pubis s'appuya doucement contre son coccyx (à l'endroit même de la meurtrissure causée par la table de snooker), son érection avait l'inconsistance répugnante d'un doigt baladeur.

C'était effroyable ! *Qu'avait-elle fait ?* Lawrence avait-il déjà senti, en s'allongeant près d'elle, qu'à l'intérieur elle était ratatinée telle une poignée de cassis desséchés, que ses membres étaient comme des bûches, que la pression de sa chair était un piège, et que ses coups légers et polis à la porte du sexe n'étaient qu'un harcèlement fastidieux ?

Avec une agilité éprouvée et la coopération muette d'Irina, Lawrence la pénétra par-derrière. C'était un angle plaisant, ils en étaient convenus. Mais une approche de l'acte sexuel qui devait avoir plus d'un sens pour lui. Avant que ce protocole eût été établi, ils avaient essayé l'assortiment habituel des positions. Mais à cet instant, elle fut frappée – c'était vraiment affreux, il avait fallu la nuit dernière pour qu'elle s'en rendît compte – de constater que parmi les options possibles, rien ne les avait contraints à choisir cette posture en particulier et à la garder. En outre, c'était Lawrence qui avait décidé de faire l'amour en cuiller pendant les dizaines d'années à venir, cela n'avait été ni le hasard ni un choix arbitraire – ils avaient pris ce pli-là, de la même façon qu'elle avait porté cette jupe marine et ce chemisier blanc loqueteux au dîner de la veille, parce qu'elle était habillée ainsi quand l'interphone avait retenti. Ils couchaient ensemble dans cette position depuis près de *neuf ans* et elle n'aurait jamais dû l'accepter plus d'une fois ou deux et maintenant il était trop tard pour protester et c'était tragique. Elle avait capitulé devant la faiblesse de Lawrence, sa faiblesse réelle, sans aucun rapport avec ce qu'il redoutait – l'atrophie de ses pectoraux, par exemple, ou l'abandon d'une discussion sur un rapprochement avec l'IRA.

Par lâcheté, il avait fait en sorte qu'ils ne s'embrassent jamais. Qu'ils ne se regardent jamais. Ainsi, il distinguait seulement le contour flou de sa tête, et elle fixait toujours le mur. Elle n'avait pas l'occasion de croiser ces yeux marron implorants et de les voir obtenir ce qu'ils la suppliaient de leur donner. À l'époque de la 104e Rue Ouest, ils avaient allumé des bougies sur la table de chevet, mais à présent la lumière était toujours éteinte, comme si – pour faire bonne mesure – fixer le plâtre blanc du mur n'était pas assez impersonnel. L'ironie était que Lawrence l'aimait. Mais il l'aimait trop. Il l'aimait tant que c'en était effrayant, et il n'était pas plus capable de la regarder dans les yeux quand ils baisaient que de scruter le soleil.

Par habitude, au bout de deux minutes il se mit discrètement en quête de ses parties intimes, tournant les doigts pour atteindre le point sensible. Empreintes de sérieux, ses manipulations n'étaient jamais tout à fait adéquates, bien sûr – et manquaient leur objectif de justesse. Certes, ce repli de chair tortueux était difficile d'accès, ne fût-ce qu'à cause de l'échelle minuscule du clitoris. Faire jouir une femme avec le bout du doigt exigeait d'un homme le talent spécial de ces surprenants marchands ambulants du centre de Las Vegas capables d'inscrire votre nom sur un grain de riz.

Car un millimètre à gauche ou à droite équivalait géographiquement à la distance entre le Zimbabwe et le pôle Nord. Rien d'étonnant à ce que, dans sa jeunesse, plus d'un amoureux, croyant approcher les chutes du lac Victoria, eût, sans commettre la moindre erreur, pataugé dans l'océan Arctique de sa glaciale indifférence. Pour aggraver les choses (et il suffisait d'un cheveu pour retourner la situation), l'ignoble bout de chair avait le pouvoir de provoquer non seulement le plaisir mais aussi une douleur atroce – retour à la case départ, descente aux enfers –, et comment quelqu'un pouvait-il négocier ce nœud périlleux avec succès s'il en était lui-même dépourvu ? Elle s'était parfois réjouie de ne pas être un homme, confronté à cet organe fébrile et mystérieux d'à peine soixante millimètres de large, et dont les femmes étaient le plus souvent incapables d'expliquer le fonctionnement. Il eût été déraisonnable de se formaliser d'une erreur infime dans un sens ou dans l'autre et, considérant que l'entreprise tout entière était impossible à la base, Lawrence se montrait étonnamment doué dans ce domaine.

Ce soir, pourtant, Irina ne parvint pas à suivre le mouvement. Elle était trop concentrée sur les larmes qu'elle s'efforçait de retenir. Et en vérité, elle résistait à son propre plaisir. Pour une fois, sa froideur n'était pas due au fait que le majeur de son partenaire s'activait un poil trop bas. Elle sentait que c'était mal, mal d'un point de vue moral. Mais si elle ne jouissait pas, Lawrence s'en apercevrait, et il devinerait alors d'autant mieux qu'il s'était passé quelque chose pendant son séjour à Sarajevo.

Ce qu'elle fit pour arriver à ses fins était pire encore ; c'était monstrueux.

Irina avait eu sa part de fantasmes. Elle avait imaginé « un » homme faisant telle ou telle chose, ou même « une » femme, bien qu'elle ne l'eût jamais admis devant quelqu'un d'autre ; il n'y avait que deux sexes, après tout, et pour s'amuser il fallait se servir de toutes les combinaisons possibles. Mais ces personnages jetables, tels des mannequins à la tête coupée, n'avaient pas de visage. Jamais auparavant elle ne s'était représenté un homme réel, avec une adresse, un numéro de téléphone, une préférence pour le saké chaud, un visage allongé et une veste de soie noire. Un homme grand et svelte, aux lèvres minces et à la bouche d'une profondeur si infinie, avec un déploiement de recoins si inépuisable, que l'embrasser évoquait une visite des catacombes de Notre-Dame. La veille, elle n'avait pas eu l'impression de glisser sa langue à l'intérieur de sa bouche, mais de ramper dans la gueule d'un animal avec tout son corps. C'était un monde en soi, un univers insoupçonné, et l'explorer créait le même émerveillement que de glisser sous un microscope une goutte d'eau claire du robinet, pour découvrir des bancs entiers de créatures fibrilleuses et fantastiques, ou d'orienter un télescope vers un coin de ciel noir où jaillissaient des étoiles.

Elle l'avait *seulement embrassé*. Alors pourquoi la modestie de sa faute était-elle une consolation aussi négligeable ? La jupe avait tourné, mais elle l'avait gardée. L'accroc du chemisier s'était un peu agrandi, mais elle ne lui avait pas permis de le soulever. *Permis ?* Il n'avait pas essayé. Elle devait lui rendre cette justice, il avait tenté de l'arrêter. Ce qu'elle aurait dû faire en premier, mais elle s'en était bien gardée, et quand on y met du sien on y arrive, non ? Certes, elle n'avait pas sorti le T-shirt de son pantalon, ni glissé la main sur son ventre nu pour la remonter jusqu'à ses mamelons. Mais elle en avait eu envie, et à présent elle ne pouvait plus empêcher son esprit misérable et sans scrupules de rattraper le temps perdu. Elle n'avait pas détaché son épaisse ceinture de cuir, avec sa lourde boucle en étain. Elle n'avait pas défait le bouton de la taille, ni ouvert la fermeture éclair jusqu'en bas, avec une extrême lenteur. « Ce n'est pas possible », avait-il dit, à l'instant même où cela se passait. Et à un autre moment, plus précisément : « Nous ne devrions pas », un point sur lequel leur accord demeurait fort théorique. Plus tard, d'un ton plaintif, pestant en vain contre les dieux qui lui infligeaient une épreuve à laquelle, malgré tous ses efforts, il était incapable de résister : « Mais Lawrence est *mon ami* ! » Cependant, derrière le rempart infranchissable de la fermeture éclair, du bouton, de la boucle et de la ceinture, le membre captif qui s'était joliment durci au creux de sa hanche avait indiqué sans le moindre doute que, si l'esprit était réticent, le corps, lui, ne l'était pas du tout.

Pourtant elle n'avait pas couché avec lui, non ? Ç'aurait été mal. Mais elle en avait eu envie. Terriblement. Plus qu'avec n'importe quel autre homme. Elle avait voulu baiser avec lui, pas lui faire l'amour. Elle ne savait pas comment s'empêcher de crier de toutes ses forces, et saisit un coin de la taie d'oreiller avec ses dents. Elle mourait d'envie de lui sauter dessus. Elle s'y voyait. Elle le sentait presque. Ce n'était pas une envie parmi d'autres, c'était la seule chose qu'elle voulait. Le baiser. Elle ne voulait rien d'autre dans ce putain de monde, et une seule fois ne lui suffirait pas, elle recommencerait, encore et encore. Elle ferait n'importe quoi, elle renoncerait à tout, elle s'humilierait pour le baiser et, s'il la rejetait, elle le supplierait à genoux, elle le *supplierait*…

« Waouh ! » s'exclama Lawrence.

Irina était en nage, et elle dut attendre un instant que sa respiration redevînt normale et que le champignon atomique se dissipât derrière ses yeux. Lawrence était un homme attentionné, et d'ordinaire galant en amour, mais son enthousiasme l'avait stimulé ; il avait conclu, lui aussi, à un moment ou à un autre, et elle ne s'en était pas aperçue.

« J'ai dû vraiment te manquer, dit-il, l'étreignant une dernière fois.

— Mmm », répondit-elle.

Il se mit à ronfler légèrement, mais elle ne parvint pas à trouver le sommeil. Elle était inconsolable. Il ne savait rien, ne saurait jamais ce qui s'était passé hier soir, ni cette nuit. Elle se tenait pour responsable, non seulement de sa perfidie dans Victoria Park Road, mais de l'énorme infidélité commise quelques minutes plus tôt dans sa tête. C'était le fondement de la théorie de la *bonté de l'esprit*, n'est-ce pas ? Le jour d'un Jugement dernier digne de ce nom, vous seriez confronté à ceux que vous aviez insultés ou volés, et contraint de visionner la cassette vidéo de votre sordide petit esprit depuis le berceau jusqu'au cercueil. Avant ce soir, Irina ne s'était jamais imaginée couchant avec un autre – avec un homme qu'ils connaissaient. Elle l'avait embrassé alors que son compagnon s'était absenté en toute confiance, et cette nuit, elle avait couché avec lui. Oublions le réalisme à trois sous. Elle avait cocufié Lawrence dans son propre lit.

Rien ne serait plus pareil. Au restaurant, elle avait craint de saccager une somptueuse assiette de sashimis garnie d'un supplément de poisson-chat, et, en une nuit d'insouciance, elle avait piétiné sans le moindre scrupule neuf années d'attachement mutuel. Pathétique. Un seul baiser avait suffi à faire voler en éclats l'accomplissement majeur de sa vie, comme les innombrables vases et cruches en cristal qu'elle avait renversés autrefois par maladresse. À quarante-deux ans, elle était toujours malhabile, mais à dessein, avec brutalité. Pourtant il existait peut-être une justice, après tout. Tandis que Lawrence dormait près d'elle d'un sommeil paisible, elle examina l'ombre de son visage sur l'oreiller, et resta de glace. En agissant ce week-end comme un éléphant dans un magasin de porcelaine, elle avait non seulement rompu leur contrat, mais brisé son propre cœur.

Une femme adulte aurait dû être capable de se maîtriser. La maturité vous apprenait à contrôler vos pulsions. Elle n'avait pas réfléchi avant de sauter, et tout était perdu. *Elle avait tourné le dos à sa vie.* Alors même qu'elle se fustigeait pour s'être conduite en mégère égoïste et écervelée indigne de l'amour éternel d'un homme loyal et intelligent tel que Lawrence, elle avait encore des visions de la ceinture noire, de la veste de soie.

Pendant quarante-deux ans, Irina avait assumé les conséquences de chacun de ses actes. Elle avait subi sa punition pour avoir méchamment caché les ballerines de sa sœur la veille d'un récital. Quand l'université de Columbia avait ajouté un zéro de trop au règlement de ses cours aux étudiants de licence et découvert l'erreur, elle avait remboursé la somme jusqu'au dernier *cent*, prenant un emprunt à vingt pour cent sur sa carte de crédit. Chaque fois qu'elle avait trahi une confidence, lancé une remarque blessante, livré au public une illustration ratée, elle en avait assumé les conséquences. Elle ne demandait pas grand-chose cette fois-ci, juste de reculer la pendule – pas de plusieurs années, ni de mois ou même de semaines, mais d'une petite journée. Ils se pencheraient à nouveau au-dessus de la table de snooker, tout près l'un de l'autre, tandis que Ramsey lui apprenait à tenir la queue. Cédant malgré elle au sommeil, Irina regarda la tentation bien en face, sourit bravement, et se retira.

(2)

Pour Irina, cette symphonie n'était pas estimée à sa juste valeur : le tintement de la sonnette, le grincement de la clé, le son creux du verrou qu'on tourne, la porte qui s'ouvre. Le léger frottement du bois contre la moquette. Plongée dans sa lecture, elle avait baissé Shawn Colvin afin de guetter l'arrivée de Lawrence. Gagnée par l'impatience, elle avait eu plusieurs fausses joies en entendant des voisins passer bruyamment sur son palier avant de poursuivre leur ascension. La vie domestique était faite de ces instants ordinaires et merveilleux où le cœur bondit à l'heure où l'homme aimé rentre à la maison.

« Irina Galina ! »

Depuis le vestibule, il ne vit pas le sourire qui illuminait son visage, mais il y en aurait d'autres. Lawrence était le seul à glorifier son deuxième prénom, qu'elle jugeait impropre et ironique. Dans les années quarante, Galina Ulanova avait été la *prima ballerina* du Bolchoï, et les pliés ramassés d'Irina (avant que sa mère eût perdu tout espoir en elle) n'avaient manifestement pas été à la hauteur de ceux de son homonyme. Elle avait toujours détesté ce prénom, jusqu'au jour où Lawrence l'avait tourné à la plaisanterie. Elle l'associait désormais à sa voix, et il la mettait en joie.

« Lawrence Lawrensovitch ! » s'écria-t-elle, réplique rituelle dont elle ne se lassait jamais. Le père de son compagnon s'appelait lui aussi Lawrence, d'où ce patronyme humoristique.

Il déposa un baiser léger sur sa joue, et inclina le menton vers la stéréo. « Hé ! Toujours en train d'écouter cette musique larmoyante.

— C'est vrai. Quand tu n'es pas là je ne fais que sangloter.

— Tu lis quoi ?

— *Les Mémoires d'une geisha*. Tu détesterais, le taquina-t-elle.

— Oh, sans doute, dit-il d'un ton désinvolte, repartant dans l'entrée. Je déteste tout, hein ?

— Reviens !

— Je voulais juste défaire ma valise.

— Oublie ça ! Tu es parti dix jours. Reviens, et embrasse-moi convenablement ! »

Il reposa docilement sa valise et fit demi-tour en direction du salon, mais quand elle noua les poignets derrière sa nuque, il prit un air perplexe. Il essaya de garder la bouche fermée, mais elle ne l'entendait pas ainsi, et glissa la langue entre ses lèvres. Ils n'avaient guère pratiqué, ces dernières années, et leurs dents se heurtèrent – elle se revit à l'âge de dix ans, se cognant à ses partenaires pendant un pas de deux. Malhabile, il s'écarta trop tôt, et un filet de bave s'étira entre leurs bouches – l'image n'était pas très romantique. Il la considéra avec méfiance : « Qu'est-ce qui te prend ? »

Elle ne voulut pas répondre, et s'en abstint. « Tu m'appelles ta femme. Eh bien, c'est ce que font les maris quand ils rentrent chez eux. Ils embrassent leur épouse. Et quelquefois ils y prennent même plaisir.

— Il est bientôt onze heures, dit-il, s'éloignant dans le couloir avec ses bagages. J'ai pensé que tu avais peut-être envie de regarder *Late Review*. »

C'était un dur à cuire.

Quand il s'affala sur le canapé après avoir déballé ses affaires, elle étudia son visage pendant un moment. Elle en éprouva de la joie, ne fût-ce qu'à cause de la retenue dont elle avait fait preuve la veille. Pour la première fois elle avait frôlé le désastre, et une ombre fugace traversa son esprit, reflet de cette autre vie où, animée par la volonté de brouiller les pistes, elle n'eût ressenti face à Lawrence que honte et culpabilité. Par contraste, un sentiment de pureté eût été plus rafraîchissant si elle avait eu l'intention de tout lui raconter, mais ils évitaient l'essentiel depuis si longtemps que lancer qu'elle avait failli embrasser Ramsey Acton la veille et s'était ravisée eût été risqué, même si elle avait pris un ton détaché. Ce qui eût de toute manière supposé une déformation grossière des événements, et à moins de présenter cette crise comme le chemin qui conduit à la croix, le récit n'aurait présenté aucun intérêt. Si elle s'était montrée tout à fait sincère, elle aurait suscité son inquiétude, et provoqué chez lui une méfiance durable à l'égard de Ramsey. Quand elle avait souhaité un bon anniversaire au joueur de snooker, pour s'enfuir aussitôt, paniquée, dans les toilettes, elle avait songé à l'amitié des deux hommes autant qu'à son amour pour Lawrence.

Pourtant, en contemplant son visage, elle fut plus sensible au mystère insondable qui en émanait qu'au sentiment de familiarité qu'il lui avait inspiré le jour de leur première rencontre. Elle n'était jamais sûre de savoir ce qui se passait dans sa tête ; il existait chez lui un malaise que masquaient ses fanfaronnades, tels les éléments de décor d'une scène de théâtre qui vous cachent les poulies des coulisses. Elle songea même un instant : *Il a l'air un peu mélancolique*.

Lawrence avait indiscutablement un beau visage. Un visage *fascinant* aux traits puissants où on pouvait plonger et se perdre comme dans une eau profonde. Elle se sentit privilégiée d'être autorisée à le contempler, à suivre les nuages inexpliqués qui le traversaient, puis se dispersaient, aussi variables que le temps sur une île. Curieusement, plus on connaissait quelqu'un, plus on se rendait compte qu'on ne savait presque rien de lui – comme si l'intimité graduelle, au lieu de vous rendre plus perspicace, aggravait encore votre ignorance. Quel qu'eût été le degré d'achèvement de ce portrait de Lawrence Trainer, sa délicatesse s'inscrivait dans une forme de déconstruction. À peine avait-elle ébauché telle ou telle qualité qu'elle l'effaçait en raison de son caractère inexact ou caricatural dans sa simplicité ou son exagération. Il était gentil ; non, désolée, il était sauvage. Il lui était dévoué corps et âme ; au contraire, il gardait quelque chose pour lui avec un égoïsme extrême. Il était sûr de lui : comment aurait-elle pu croire à cette assurance de surface alors qu'elle le savait si angoissé ? En même temps, il était gentil, dévoué, et cette confiance en lui était en partie sincère. Si l'image mentale qu'elle avait de lui avait été une de ses illustrations, au bout de neuf ans elle aurait ressemblé à une vilaine traînée due à des coups de gomme successifs. À quatre-vingt-cinq ans, elle atteindrait peut-être le moment où elle ne saurait plus qui était Lawrence, alors qu'avant elle aurait peut-être été en mesure d'établir une liste des traits de caractère censés le représenter. Arriver à une telle impasse était sans doute un succès. Vivre auprès de quelqu'un revenait à comprendre à quel point il était différent de vous – et donc à admettre, comme nous le faisons si rarement, que la personne affalée sur le canapé en face de vous est vraiment là.

« Qu'est-ce que tu regardes ?

— Toi.

— Tu m'as déjà vu.

— Quelquefois, j'oublie comment tu es.

— Je suis parti dix jours, pas dix ans. » Il consulta sa montre. Il n'était pas encore onze heures.

« Tu ne m'as pas demandé comment ça s'est passé hier, avec Ramsey.

— Ah oui. J'ai oublié. » Elle sentit qu'il mentait.

« Notre soirée a été beaucoup plus agréable que je ne l'aurais cru.

— Vous avez parlé de snooker ? Au moins je t'ai suffisamment mise au courant pour que tu sois capable de garder la tête hors de l'eau.

— Non, nous n'avons presque pas parlé de snooker.

— Quel gâchis ! Qui d'autre connais-tu comme joueur professionnel de snooker ? Tu aurais pu au moins obtenir un tuyau sur Ronnie O'Sullivan.

— Ramsey n'est pas seulement un joueur de snooker. C'est une personne. » Habilement, elle choisit d'utiliser le terme de *personne,* et non d'*homme*. « Il a l'air plus à l'aise en tête à tête. »

Lawrence haussa les épaules. « Qui ne l'est pas ?

— Des tas de gens. » Elle vit qu'il était jaloux. Elle eut envie de rire. Lawrence, jaloux de *Ramsey*. Il avait un droit sur lui, et sa soirée avec son pote aurait dû être une corvée. Irina avait été envoyée en mission pour entretenir leur amitié par procuration, mais était censée apprendre sa leçon par la même occasion : elle et Ramsey étaient comme chien et chat, et elle était incapable de se lancer dans les plaisanteries jubilatoires sur le snooker dont Anorak Man était seul à connaître le secret. Ramsey était lui aussi supposé connaître sa leçon : si Irina était agréable à regarder, des jambes bien galbées ne savent rien de Stephen Hendry ni de sa célèbre maîtrise des poches latérales, et à la fin de la journée, son cher et tendre était de bien meilleure compagnie qu'elle. Hélas, ce programme ne s'était pas déroulé selon les plans de son architecte.

Bien sûr, la soirée avait été assez embarrassante, et elle en était ressortie troublée, ébranlée même, mais aussi intriguée. Que s'était-il donc passé ?

Pourquoi ce désir incongru d'embrasser à pleine bouche la mauvaise personne ? Après que Ramsey l'eut raccompagnée – dans un silence de plomb –, elle s'était enfermée chez elle, tournant le verrou du haut, fixant la chaîne, avant d'appuyer son dos à la porte, les mains plaquées sur le bois comme si quelque chose s'efforçait de pénétrer à l'intérieur. Elle respirait encore un peu trop fort, elle s'était persuadée que la haute tension de cette salle de snooker en sous-sol se dissipait déjà, changée en électricité statique. Se brossant les dents avant de se coucher, elle avait anticipé le soulagement de se réveiller le lendemain matin seule, en toute sécurité, dans son lit pour-ainsi-dire-conjugal – sans avoir rien fait de répréhensible, rien qu'elle fût obligée de cacher à Lawrence ou tentée de divulguer par des aveux précipités, après quoi sa confiance en elle risquait d'être à tout jamais entamée. Une fois qu'elle aurait dessoûlé et repris ses esprits, sa scandaleuse pulsion à l'instant où elle s'était appuyée à cette élégante table de snooker de compétition se réduirait à une stupidité due à l'alcool et à la dope, à une simple bêtise, à un engouement illusoire qu'à la dernière minute elle avait eu le bon sens de ravaler – Dieu existe. À la lumière du jour, elle considérerait avec soin cette étrange soirée comme la preuve qu'elle devait éviter de prendre des drogues et de boire. Lawrence lui manquait et elle avait besoin d'être baisée. Devant ta tasse de café, s'était-elle dit en se rinçant la bouche, tu secoueras la tête d'un air pince-sans-rire et tu feras *ha-ha-ha*.

Pourtant, sirotant son cappuccino ce matin, elle avait songé à l'impair évité avec un sentiment de terreur et de respect. L'instant n'avait pas rétréci. Au contraire, ce qui était apparu au départ comme un simple flirt de la part de Ramsey, et qui aurait pu s'avérer gênant ou déplaisant pour Irina, n'avait fait que prendre de l'importance à mesure que le temps passait. Hier elle avait eu l'impression d'errer à tâtons dans le brouillard, s'attendant à se heurter à un muret en pierre, mais elle s'était cognée le nez contre une pyramide égyptienne. Dans Victoria Park Road, elle s'était trouvée face à un monument, avant de faire sagement demi-tour et de repartir aveuglément dans la direction opposée. Un bref instant, une vie tout autre s'était offerte à elle, et son refus de saisir l'occasion au vol ne détruirait pas cette image.

Un autre souvenir l'avait hantée toute la journée. À la fin du trajet, Ramsey s'était garé dans la petite aire de stationnement devant son immeuble. Il aurait dû laisser tourner le moteur, pour indiquer qu'à trois heures du matin il ne s'attendait pas à être invité à « prendre un café » (une offre périlleuse, en pleine nuit, de la part d'une femme, car ce clin d'œil codé ne nécessitait ni lait ni sucre). Au lieu de cela il avait coupé le contact et était resté assis pendant ce qui avait paru une éternité, les mains immobiles sur ses genoux. Des mains exquises, avec de longs doigts sinueux et des métacarpes délicats, celles d'un musicien et non d'un sportif. Pourtant elles reposaient là, inertes comme si elles avaient appartenu à un cadavre, la fragile poussière de craie bleue incrustée dans les cuticules des ongles leur donnant un éclat morbide. Il avait les yeux fixés sur le pare-brise, le visage au repos, presque dénué d'expression ; il aurait pu méditer une liste de courses à faire au retour dans un Tesco ouvert vingt-quatre heures sur vingt-quatre. Irina n'avait pas ébauché un geste pour sortir de la voiture.

Mais ce n'était pas ce souvenir-là qui subsistait. Au bout d'un instant, ils s'étaient de nouveau animés, et Ramsey était sorti. Irina n'avait pas bougé. C'était un gentleman. Il avait fait le tour et ouvert la portière avec la gravité d'un chauffeur aidant les endeuillés à quitter le corbillard. Cette fois encore, sa main frôla le creux de ses reins tandis qu'ils avançaient d'un demi-pas. Pourtant, quand elle chercha ses clés et se dirigea vers la porte, elle découvrit en se retournant qu'il était resté dans la rue – comme s'il avait craint, en franchissant le trottoir, de dépasser une limite interdite. Il se tenait à trois mètres d'elle et ne fit pas mine de s'approcher ; tout baiser d'adieu intempestif fut donc écarté.

Le pâté de maisons géorgiennes où habitaient Lawrence et Irina était classé, et pour changer ne fût-ce que la couleur extérieure des cadres de fenêtre, qui étaient noirs, afin de les peindre en blanc, leur syndic devait demander l'autorisation à la Caisse nationale des monuments historiques et des sites (qui avait refusé). Cette propriété était si parfaitement préservée que des sociétés de production telle Merchant-Ivory l'utilisaient souvent comme décor pour des films historiques. Les réverbères standard en aluminium de Londres projetaient une clarté orangée dans la rue, mais la lanterne placée à gauche de Ramsey était la reproduction d'un bec de gaz en fer du XIXe siècle. L'ampoule avait la forme d'une flamme, et diffusait une lueur surannée. Sous cet éclairage théâtral, Ramsey, entre ombre et lumière, aurait pu jouer dans un drame d'époque ; sa verticalité sans faille semblait une posture d'un autre âge. De sa haute silhouette austère vêtue de noir émanait une solennité qu'elle n'associait pas à *Snooker Scene Magazine,* mais à Thomas Hardy.

« Bonne nuit, dit-elle. Merci pour le dîner. J'ai passé une très bonne soirée.

— Oui », répondit-il. Il avait la voix rauque, pour n'avoir pas assez parlé, ou pour avoir fumé trop de cigarettes. « Moi aussi. Merci de m'avoir tenu compagnie. Bonne nuit. » Il restait planté là. « Rentre bien, mais j'ai l'impression que ça ira. » Un sourire fugace.

Elle aurait dû lui rendre ce sourire, et pousser la porte. Elle ne le fit pas. Elle le considéra. Immobile au bord du trottoir, Ramsey lui rendit son regard. Au contraire de la pause dans la voiture, qui n'avait duré qu'un court instant, ce moment suspendu se prolongea quinze bonnes secondes – ce qui, lorsqu'on s'est déjà souhaité bonne nuit, est à la limite du supportable. Un sentiment indicible plana dans l'air, et si Irina avait pu en décider, le silence l'eût englouti. Pour toujours. Elle s'était tournée vers la porte avec détermination, résolue à revisser le couvercle de cette boîte de Pandore. Après en avoir prélevé une demi-cuillerée alléchante, elle avait rangé le pot sur l'étagère du haut, et refermé le placard.

« J'ai un aveu à te faire », lâcha-t-elle sans réfléchir.

L'expression de méfiance immédiate sur le visage de Lawrence indiqua qu'il ne souhaitait pas d'*histoires*, merci beaucoup, car il n'appréciait pas les « aveux », et eût même préféré, s'il le fallait, qu'on lui mentît. Il pouvait être très assidu, mais sous certains aspects il était paresseux.

« Quand nous avons terminé de dîner..., poursuivit-elle, en l'absence de tout encouragement. Oh, tu aurais détesté ça...

— Avons-nous *quelque chose* en commun ? »

Elle rit. « J'aime *Les Mémoires d'une geisha* et les sushis. Toi pas. En tout cas, il était encore tôt quand la note est arrivée... » C'était totalement faux. Irina voulait bien être damnée si elle comprenait ce désir de modifier des détails insignifiants qui ne comptaient même pas quand on remaniait *l'essentiel*. « Alors, Ramsey a demandé si j'avais envie de me défoncer et, je ne sais pas pourquoi, j'ai dit oui.

— Tu détestes ça !

— Je n'ai plus dit un mot, comme d'habitude. Je ne le ferais pas souvent. Une fois de temps en temps, ça ne me dérange pas.

— Où ?

— Où quoi ?

— Ça s'est passé où ?

— Euh, pas dans la rue à Soho. On est allés chez lui, bien sûr, dans Victoria Park Road. J'y ai souvent travaillé avec Jude.

— Ils sont divorcés.

— Je sais.

— Donc tu n'y es pas allée avec Jude.

— Oh, on s'en fiche ! Je n'ai pris que deux bouffées, et ensuite il a joué des dizaines de manches pour s'entraîner, m'ignorant totalement, et il m'a raccompagnée. J'ai pensé que ça t'amuserait. En fait, j'étais sûre que tu dirais que je m'étais comportée en ado.

— Tu t'es comportée en ado.

— Merci. C'est gentil. » Elle aurait voulu... lui répondre autre chose, mais, comme pour la somptueuse assiette de sashimis, elle fut à court d'idées.

« Sottises. Je ne veux pas rater le début. » Il tendit la main vers la télécommande.

« On a encore cinq minutes. Oh, j'oubliais ! » Elle se leva d'un bond. « Je t'ai fait une tarte ! Tu en veux un morceau ? À la rhubarbe et à la crème. Elle est très réussie !

— Je ne sais pas, répondit-il, la scrutant avec l'extrême attention dont elle avait fait preuve à son égard un instant plus tôt. J'ai grignoté dans l'avion...

— Je parie que tu as passé tout ton temps dans la salle de gym de l'hôtel. Et nous avons quelque chose à fêter.

— Quoi ?

— Ton retour, idiot. »

Il inclina la tête. « Qu'est-ce que tu as ce soir ? Tu es si... pétillante. Tu es sûre que l'effet de la dope a disparu ?

— Qu'y a-t-il de mal à me réjouir de ton retour ?

— Il y a manière et manière. Il est tard. D'ordinaire, tu n'as pas autant d'énergie. Je ne suis pas sûr de pouvoir suivre.

— *Tih ustal ?* demanda-t-elle, dans le tendre registre qui était le leur.

— Oui, je suis claqué. » Il plissa les yeux, l'observant attentivement. « Tu as bu ?

— Non, pas une goutte ! déclara-t-elle, blessée. À propos, tu veux une bière avec ta tarte ?

— Je ne sais pas ce que tu as pris, mais je dois moi aussi boire quelque chose. »

Dans la cuisine, dégoûtée d'avoir abusé de l'alcool la veille, Irina se versa un demi-verre frugal de vin blanc. Elle sortit la tarte, bien ferme après avoir refroidi une journée entière, et en découpa des parts parfaites qui auraient pu rejoindre la collection des photographies mensongères d'un bar de restauration rapide chez Woolworth's. Elle n'aurait pas dû en manger ; bizarrement, elle avait grignoté tout l'après-midi. Mais sa faim dévorante n'avait pas été apaisée par ces innombrables miettes de cheddar, aussi se servit-elle un beau morceau de tarte, dont la garniture rose vif évoquait une bouche charnue. Elle couronna le tout d'une boule de glace à la vanille. Elle prit soin de découper une part plus modeste pour Lawrence, avec juste une cuillerée de glace. Il n'eût pas été généreux de lui donner l'impression qu'il prenait du poids.

« *Kraznyi !* s'exclama-t-il quand elle posa devant lui sa tarte et sa bière.

— Ça veut dire rouge, *dorak* », rectifia-t-elle tendrement. Elle trouvait toujours adorable le russe boiteux de Lawrence. Peut-être parce qu'il était si cassant d'habitude, et qu'un talon d'Achille le rendait plus humain. D'ailleurs, son manque d'oreille rétablissait le rapport d'égalité. Sans cela, elle se fût sentie stupide à cause de son doctorat, mais il s'inclinait toujours humblement devant sa maîtrise de la langue. « "Beau" se dit *krasivy*. La place Rouge, *krasnaya ploshchad, da ?*

— *Konyeshno, krassivyi !* » Il savait qu'elle était charmée par ses fautes, et celle-ci était si grossière qu'il l'avait sans doute commise à dessein. « Comme dans *krassivyi pirog* – elle approuva d'un signe de tête, car il s'était souvenu du mot pour "gâteau" –, ou *moya krasivaya jena.* »

Il ne l'avait peut-être pas épousée légalement, mais chaque fois qu'il employait le mot *épouse* – qui avait un son plus tendre en russe –, Irina savourait le plaisir d'être reconnue comme telle. Elle comprenait sa superstition à l'égard de l'institution du mariage. Quelquefois, quand on cherchait à bétonner une situation, tout l'édifice se fissurait. Pourtant, lors de certaines scènes d'*Urgences*, un homme s'exclamait « C'est ma femme ! » en se penchant sur une civière, et les yeux d'Irina s'humectaient de larmes. Le mot lui allait droit au cœur. Jamais « C'est ma *compagne* ! » ne l'eût fait pleurer.

Blottie dans son fauteuil, Irina prit une première bouchée de tarte avec la sensation que tout allait bien dans le monde – ou plutôt, dans le sien, le seul qui comptait à cet instant. La garniture crémeuse était parfaitement dosée entre sucré et acidulé, et sa texture offrait un contraste plaisant avec la pâte croustillante des croisillons. La *Late Review* venait juste de présenter son générique de début. Germaine Greer intervenait ce soir – une femme au discours clair, qui avait été superbe autrefois et qui, en vieillissant, avait conservé une beauté classique. C'était un animal rare, une féministe douée d'un sens de l'humour, ferme sur ses positions sans être emmerdante. En outre, il se dégageait de cette écrivaine d'une cinquantaine d'années une chaleur et une sagesse qui compensaient les méfaits de l'âge. Germaine inspirait à Irina de l'espoir en son propre avenir et la rendait fière de son sexe. La brise qui pénétrait par les fenêtres ouvertes avait la température idéale, et elle réussit à ne plus penser à la dernière fois où elle avait médité sur l'équilibre exact entre le chaud et le froid. Elle n'était pas une épouse infidèle. Lawrence était rentré, et ils étaient heureux.

Irina avait établi un jour, elle ne savait plus quand ni pourquoi, que le bonheur était par définition un bien-être dont on n'avait pas conscience sur le moment. L'habiter exigeait d'être totalement présent, sans satellite en orbite pour procéder à des relevés sur l'état de la planète. On prend conscience de ce bonheur à l'instant précis où il commence à nous échapper. Lorsqu'on ne l'emploie pas dans un sens impropre pour se persuader de quelque chose – ou se mentir –, ce mot est un constat a posteriori, une étiquette collée après coup sur une époque.

Elle n'avait pas l'intention d'être odieuse, ni de gâcher son plaisir de retrouver Lawrence, d'écouter les commentaires astucieux de Germaine Greer sur *Boogie Nights* et de déguster cette merveilleuse tarte à la crème et à la rhubarbe. Elle se dit que si la guerre ravageait une si grande partie du monde, c'était à cause d'une carence internationale en hommes fascinants, d'une écoute trop faible des émissions de BBC2, et d'une pénurie de tarte. Pourtant, une mauvaise herbe devait pousser dans ce jardin, sinon cette autosatisfaction serait passée inaperçue. Son propre bonheur s'était rappelé à elle lorsqu'elle avait frôlé la perspective d'un avenir différent où il serait anéanti.

En tout état de cause, le croisement où elle s'était trouvée la veille lui avait ouvert l'un des horizons les plus intéressants qu'elle eût contemplés depuis longtemps, et Lawrence était la seule personne avec qui elle avait vraiment envie d'en parler, et ne pouvait le faire. Ce singulier tabou semblait injuste. Mais sans doute ne l'était-il pas. Pas de vagues, telle était la règle de base sur laquelle elle s'accordait, entre autres choses, avec son compagnon. Peut-être tragiquement. Irina n'aimait pas non plus les aveux – ceux des autres, s'entend – et souhaitait elle aussi que tout se passât bien. Pour elle, le fait de pouvoir dire, avec la gravité appropriée : « Hier soir j'ai failli embrasser Ramsey, je me suis ravisée malgré la folle envie que j'en avais, et je pense que nous devrions parler de ce qui aurait pu me pousser à le faire », sans risquer un drame, eût exigé de leur part, au cours des neuf dernières années, un travail qu'ils s'étaient gardés d'accomplir. Elle n'avait pas choisi la voie de l'honnêteté, et ne pouvait donc jouer ce jeu-là. À cet instant précis, il leur était impossible d'éteindre la télé pour démêler ensemble ce qui s'était passé la veille, et elle en souffrait cruellement. En même temps, il semblait exister un lien tortueux entre le fait qu'ils étaient incapables d'aborder cette question et l'événement lui-même.

« Ça vaut la peine d'être vu, dit Lawrence. Mais peut-être que le sujet ne te passionne pas.

— Pourquoi, tu t'imagines que je suis bégueule ?

— Non, mais le porno, c'est pas ton truc.

— *Boogie Nights* n'a rien de pornographique. *La mention contre l'usage* ne s'y applique pas. »

Argument à logique fallacieuse, *la mention contre l'usage* suppose que vous faites ce que vous feignez d'éviter – par exemple, vous affirmez : « Je *pourrais répondre* que ça ne vous regarde pas », alors qu'en réalité vous voulez dire : « Ça ne vous regarde pas ! » Comme le sophisme s'appliquait à une panoplie de « documentaires » britanniques soi-disant corrects et purement théoriques sur la prostitution et les films pornos, *la mention contre l'usage* fournissait une couverture respectable pour l'attrape-nigaud à sensation classique du magazine *T&A*[1] – masquant les *tut-tut* par des *ah-ah*.

« Le film passe en salles à partir de la semaine prochaine. Allons-y... Alors, s'écria-t-elle gaiement, éteignant la télé. Parle-moi de la conférence. »

Lawrence haussa les épaules. « Un voyage aux frais de la princesse, c'est tout. Sauf que j'ai vu Sarajevo, une totale perte de temps...

---

1. Tits&Ass (Cul et Nichons). *(N.d.T.)*

— C'est ce que tu dis après chaque conférence. Tu as parlé de quoi ? »

Il parut agréablement surpris. « Une grande partie de ce *nation building* a un rapport avec la police. Faut-il intégrer les trous-du-cul, ou les ex-trous-du-cul – si ça existe – et prendre le risque de leur donner des armes et du pouvoir, ou les exclure et courir le risque qu'ils disposent encore d'armes et de pouvoir et provoquent des troubles ? Et peut-on imposer la démocratie de l'extérieur ou doit-elle, pour se maintenir, venir de l'intérieur, de sorte que, même si on leur impose une constitution, dès qu'on aura le dos tourné le naturel reviendra au galop ? En Bosnie, bien sûr, la grande question est la suivante : maintenant que l'OTAN est dans le coup, comment sortir de là ? Une fois qu'on bâtit des institutions fondées sur la puissance d'une force internationale, c'est comme si on mettait la table pour vérifier ensuite si on peut tirer la nappe sans casser de vaisselle. »

Irina décrochait souvent quand Lawrence évoquait ces questions – ça arrivait chez tous les couples, aurait-il pu dire, car comment ne pas succomber à l'impression de connaître par cœur tout ce que raconte votre compagnon ? Cette fois, elle l'avait écouté, et en avait été récompensée. Oh, elle ne se souciait guère de la Bosnie, un bourbier auquel elle n'avait jamais rien compris. Mais Lawrence savait aller droit au fait ; dans son travail, sa spécialité même était l'*essentiel*.

« C'est une belle image, dit-elle.

— Merci », répondit-il timidement. Elle devrait le complimenter plus souvent. Rien ne comptait plus à ses yeux qu'un mot gentil de sa part, et ça ne lui coûtait pas grand-chose.

« *Bethany* était là ? »

Il fit mine de scruter la foule qui se pressait dans son esprit, alors qu'il avait affirmé au téléphone que le groupe était restreint. « Mmm… ouais.

— Elle portait quoi ?

— Comment veux-tu que je m'en souvienne ?

— Je suppose qu'elle n'avait pas grand-chose sur le dos.

— Un vrai pot de peinture, pour reprendre ton expression.

— Un jour je vais te faire admettre qu'elle te plaît.

— Noon ! s'exclama-t-il. Ça n'arrivera jamais. Elle est un peu trash. C'est pas mon genre. »

Membre de l'institut, Bethany Anders était une petite poule bien fichue avec une cervelle. Minuscule, et presque toujours vêtue de noir de pied en cap, elle portait des minijupes et des bottes en cuir, des bas à dessins, et de voluptueux décolletés drapés ; elle avait un penchant pour les corsages sans manches qui dénudaient ses jolies épaules, même au cœur de l'hiver. Lawrence avait raison, son visage était un peu vulgaire ; elle mettait des tonnes de maquillage et avait des lèvres boudeuses. Cette espèce féline arpentait les allées de la plupart des grandes villes, mais fréquentait peu les bureaux des *think tanks*, dont les rares éléments féminins s'affublaient d'horribles robes-chemisiers à motifs cachemire. Dans les couloirs de Churchill House, Bethany détonnait. Loin de se montrer froide et distante chaque fois qu'elle croisait Irina, elle débordait de gentillesse – l'agaçant beaucoup plus que si elle l'avait ignorée.

C'était grâce à *Bethany* – Irina ajoutait les italiques, par dérision, chaque fois qu'elle prononçait son nom – que Lawrence avait repris à l'institut un poste dont personne ne voulait. Autrefois un bastion de la stratégie de la guerre froide, Blue Sky avait regorgé d'experts en affaires russes après la disparition du rideau de fer. (Avec la chute de l'Union soviétique, le statut d'Irina avait aussi sombré. Projetée dans une diaspora peu reluisante, plus inoffensive et économiquement instable, elle regrettait de ne plus se sentir dangereuse.) Désireux de se distinguer, Lawrence s'était attaqué à la lecture d'ouvrages sur l'Indonésie, le Pays basque, le Népal, la Colombie, le Sahara occidental, le Kurdistan turc et l'Algérie. Ayant beaucoup écrit sur l'Irlande du Nord (dont les politiciens blafards auraient sans doute juré avoir été interviewés par un renard en talons aiguilles), *Bethany* lui apprenait les ficelles, car durant cette ère d'optimisme clintonien, son sujet favori était ennuyeux, moralisant, et éculé aux yeux de ses collègues de Churchill House. Si Lawrence voulait orienter sa recherche sur le terrorisme de papa, libre à lui de le faire.

Irina se demandait comment Lawrence allait prendre ce qui s'était passé la veille, et une partie de son hésitation était liée à la tutelle de *Bethany*. Mais du moins, le « Dr Pouffiasse », ainsi qu'elle l'avait surnommée, stimulait une jalousie élective qui frôlait le divertissement. Le loyal Lawrence Trainer ne risquait pas plus de la tromper que de sortir dans la rue en pyjama à pois, et Irina n'avait rien à craindre.

« Je pense que tu lui plais, le taquina-t-elle.

— Foutaises. Elle serait capable de flirter avec un butoir de porte. »

Lawrence était audacieux sur le plan intellectuel, mais timide dans le domaine du sexe – ce qui expliquait sa posture voûtée. Irina n'était jamais parvenue à lui faire comprendre son besoin que d'autres femmes s'intéressent à lui car cette perspective l'excitait. S'il éprouvait lui aussi, parfois, un léger frémissement, c'était bien naturel, elle ne pouvait être la seule à...

« On va se coucher ? » proposa-t-elle, ramassant les assiettes à dessert.

Lawrence prit les verres ; il restait un fond de vin dans celui d'Irina – signe d'un regain de tempérance. « Mais je n'ai pas vu tes derniers dessins !

— Ah, c'est vrai – et j'étais impatiente de te les montrer. » Pour Irina, la suprême satisfaction, quand elle achevait un travail, était de le dévoiler à son compagnon, et dès qu'ils eurent posé la vaisselle, elle l'entraîna dans son atelier.

« Tu te souviens du projet, n'est-ce pas ? *Voir rouge* ? Un petit garçon vit dans un monde où tout est bleu. Puis il rencontre un voyageur venu d'un autre pays où tout est rouge, les gens et les choses, et ça le fait flipper. Bien sûr, à la fin ils sont tous les deux aux anges, et ils ont appris à fabriquer du violet. Une intrigue prévisible de plus, mais un paradis pour l'illustrateur. Cet après-midi, j'ai abordé le rouge.

— Mon Dieu, ce bleu est incroyable. Ça me rappelle Picasso.

— Je n'irais pas jusque-là, répondit-elle, embarrassée. Mais ça n'a pas été facile d'obtenir toutes ces nuances au crayon de couleur. Aujourd'hui, la tendance est d'utiliser le même matériau que les enfants : les feutres, les crayons – comme s'ils avaient eux-mêmes fait les dessins.

— Je ne *crois* pas que ce soit possible. » Lawrence reconnaissait gaiement n'avoir aucun talent artistique, et son émerveillement était sincère.

« *Voilà*[1]. » Elle tourna la dernière page. Rouge.

« Waouh ! »

Il s'était passé quelque chose cet après-midi. Peut-être en raison du sentiment refoulé qu'avaient inspiré ces semaines consacrées au bleu, l'arrivée du Voyageur cramoisi avait libéré quelque chose. Sur fond indigo, entourée d'un fin halo rose, la haute silhouette dépouillée était saisissante. Presque effrayante.

« Tu es géniale ! s'écria Lawrence avec émotion. J'aimerais vraiment que tu puisses travailler avec des écrivains de ton niveau.

— Oh, on m'a refilé des textes bien pires. L'idée me plairait même, si je pensais qu'elle avait vraiment un rapport avec la couleur : petite, je rêvais de trouver

1. En français dans le texte. *(N.d.T.)*

une couleur différente, vraiment nouvelle, pas une resucée des couleurs primaires. Malheureusement, j'ai la désagréable impression que cette histoire a été financée à cause de son thème multiculturel.

— Du genre, on baise tous ensemble et on fabrique des bébés violets ?

— Oui.

— Ce dernier dessin... » Il examina le fruit d'un après-midi fébrile ; elle avait été comme possédée. « Il a un esprit tout à fait différent des autres. Et même une qualité de trait singulière, et le style est plus... » Lawrence n'était pas critique d'art. « Dingue. Ça pose un problème ? Si ça ne cadre pas avec le reste ?

— Peut-être. Mais je devrais retravailler les premiers, plutôt que d'éliminer celui-ci.

— T'es une pro, tu sais ça ? » Il lui ébouriffa les cheveux. « Je ne pourrais jamais faire ce que tu fais.

— Et moi, je serais nulle en *nation building*, alors on est quittes. »

Sa mère eût été enchantée : leur numéro de repli était chorégraphié avec la précision d'un ballet. Pourtant le pas ultime de leur valse vers le sommeil était un peu chancelant, jugea Irina. Y ajouter un peu de cha-cha-cha.

Méditant la question, elle mit de l'ordre dans la chambre. Elle avait été si épuisée en rentrant la nuit dernière qu'elle avait posé ses vêtements en vrac sur la chaise. Irina éprouva une pointe d'aversion devant ce fouillis. Elle s'aperçut en plissant le nez que la jupe bleu marine empestait la fumée de Gauloise et la fourra dans le panier à linge sale. Pour le chemisier, la petite déchirure du col n'était pas réparable, et elle le jeta à la poubelle. Elle fut soulagée de faire disparaître ces habits de sa vue, bien que sa douche du matin eût été prolongée par l'envie d'évacuer autre chose que la saleté.

Ils se déshabillèrent tous les deux. Certes, la vision du corps nu de l'autre ne leur inspirait plus un désir à l'état brut, mais un bien-être qui ne manquait pas de volupté. Aussi Irina eut-elle une sensation étrange quand Lawrence se coucha et que son cœur se mit à battre la chamade. Pourquoi la proposition qu'elle s'apprêtait à faire lui paraissait-elle aussi radicale ?

« On lit ? suggéra son compagnon.

— N-non, répondit-elle à ses côtés. Pas vraiment.

— Bon. » Il tendit la main vers la lampe.

« Ne... n'éteins pas encore.

— Bien. » Il eut le même air perplexe que lorsqu'elle avait insisté pour être « embrassée correctement ».

« Je me disais – quand tu étais parti – ... je me disais, euh, qu'on pourrait le faire un peu différemment.

— Faire... ? »

Elle se sentait déjà stupide, et regrettait d'avoir commencé.

« Tu sais... l'amour.

— Ça te convient pas, ce qu'on fait d'habitude ?

— Si ! Bien sûr. Ça me plaît.

— Alors pourquoi changer quelque chose ? C'est pas agréable ?

— C'est super ! Bon. Laisse tomber. Oublie ce que j'ai dit.

— Euh... tu voulais quoi exactement ?

— Je me demandais juste si, peut-être, euh, on pourrait pas essayer... d'être face à face pour une fois. » L'idée était de pouvoir le fixer dans les yeux, mais à présent elle était si embarrassée qu'elle regardait ailleurs, et ils n'en étaient même pas aux préliminaires.

« Quoi, tu veux dire... dans la position du missionnaire ? demanda-t-il, incrédule.

— Si tu l'appelles comme ça. Je suppose que oui. » La voix grave d'Irina était passée à l'aigu.

« Mais tu m'as déclaré il y a très longtemps que c'était nul, que ça marchait pas, et qu'à ton avis, c'était pour cette raison que les femmes baisaient ensemble. Tu m'as expliqué qu'il y avait pas de friction au bon endroit. Tu te souviens ?

— Ça marche pas, euh... sans un petit coup de pouce.

— Ça m'est plus facile de te donner... ce *petit coup de pouce*... tu sais bien, par-derrière.

— Exact. Bon... laissons... pas de problème. Faisons-le... comme d'habitude, c'est très bien.

— Quelque chose te dérange ? Dans la posture habituelle ? »

Visiblement, c'était le cas ; par exemple, depuis au moins huit ans, elle n'avait pas vu son visage pendant l'acte, mais elle ne put se résoudre à l'avouer tout haut. Elle se rendait compte qu'elle le perturbait, et c'était bien la dernière de ses intentions. Il devait se sentir accueilli et entouré de tendresse, et non s'inquiéter soudain à l'idée que leur vie sexuelle la frustrait et qu'elle n'en avait jamais rien dit. C'était aberrant et cela produisait l'effet inverse de ce qu'elle aurait voulu.

« Pas du tout, répondit-elle avec douceur, lui baisant le front et se tournant sur le flanc droit pour caler son dos contre sa poitrine. Tu m'as manqué, et c'est merveilleux de t'avoir tout contre moi.

— ... Je peux éteindre ? »

Elle eut un léger coup au cœur. « Bien sûr. Pas de souci. »

Dans la plus solide des relations, il n'est pas toujours possible d'organiser des épiphanies à l'unisson. Irina ne pouvait guère reprocher à Lawrence de n'avoir pas éprouvé le désir brûlant de violenter Bethany Anders le soir même où elle avait fait une fixation sur la bouche finement ciselée de Ramsey Acton, de sorte que, pris d'une panique simultanée, ils auraient pu tourner les talons et se jeter dans les bras l'un de l'autre. Cette nuit n'était sans doute pas la mieux choisie pour chambouler le rituel amoureux, et le réajustement de leur méthode confirmée pouvait attendre la fois d'après. D'ailleurs, c'était agréable. Vraiment. De fixer le mur. Dans le noir.

Un des avantages de cette routine, qui mettait son visage à l'abri des regards, était que son esprit pouvait plus facilement vagabonder dans ses allées les plus honteuses. Dans le secret de ses pensées, l'obscénité ne lui déplaisait pas. Mais quand Lawrence allongea le bras pour glisser les doigts entre ses cuisses, son esprit resta figé, et refusa de lui présenter de vilaines scénettes. Elle n'avançait plus. Au lieu de cela, elle s'imagina dans une petite pièce fermée, très immobile. Il y avait une porte qu'elle pouvait ouvrir, si elle le souhaitait. Mais ce n'était pas une bonne idée. Il était interdit de franchir ce seuil. *Défense d'entrer*. Le temps passait et Irina était toujours dans ce lieu désolé, impuissante – tout était d'un blanc terne, aseptisé, les murs, le lino, comme dans une salle d'attente austère où aucune réceptionniste n'appelait jamais son nom –, et elle commença à comprendre qu'elle n'atteindrait l'orgasme que si elle franchissait ce portail interdit.

Les soins délicats de Lawrence se prolongeaient à tel point qu'elle en eut honte. Elle était certaine qu'il ne voyait pas d'inconvénient à lui donner un coup de pouce, mais ça prenait trop longtemps, et elle ne voulait pas que le processus devînt fastidieux, auquel cas il perdrait son érection. Elle se tracassait à l'idée que le souci de son plaisir devînt une corvée pour lui, ce qui n'arrangea pas les choses. Ça ne marchait pas. C'était si bizarre. Elle n'avait jamais eu de vraie difficulté avec Lawrence, mais elle n'avait jamais renoncé non plus à examiner un sujet qui la préoccupait. Le problème était cette porte close, et puisqu'elle refusait de défier ses propres interdits et de la pousser, le seul recours qui lui restait pour mettre fin à ces attouchements laborieux était la simulation.

Elle fit dans la sobriété. Elle ne se lança pas dans une reprise de la scène du dîner de *Quand Harry rencontre Sally*. Avec un faible gémissement, elle tenta d'insinuer que c'était un orgasme très silencieux. Elle craignit que sa démonstration trop discrète eût échappé à Lawrence, mais il finit par réagir et elle le sentit palpiter en elle ; il avait dû se laisser prendre, car il l'attendait toujours.

Avoir joué impunément cette comédie était décourageant. Après toutes ces années, il aurait dû percevoir la différence. À présent la tromperie sexuelle rejoignait la liste des autres pieux mensonges : ainsi elle avait juré que l'anniversaire de Ramsey lui était sorti de la tête, et prétendu que lorsque le serveur leur avait apporté la note du restaurant Omen il était encore très tôt dans la soirée. Et elle avait écorné un record parfait. Elle ne pourrait plus jamais se dire qu'elle avait joui chaque fois qu'elle avait couché avec Lawrence. Elle savait maintenant ce que ressentait un joueur de flipper quand il parvenait à une victoire sans précédent et que la boule tombait d'un coup, *clac*, dans la machine.

La déception était infime. Si elle avait passé un faux billet au lit, sa valeur était minime – cinq livres au plus. Sans doute certaines femmes simulaient-elles pendant des années ; un faux orgasme en neuf ans de plaisir intense ne comptait guère. Alors pourquoi était-elle aussi triste ? Elle aurait dû déborder de joie. Lawrence était de retour. De plus, elle avait été mise à l'épreuve la veille, et sa fidélité avait été à la hauteur. Elle se laissa gagner par le sommeil, envahie par un sentiment de malaise, sans savoir si elle avait vraiment réussi le test.

3

Se privant de quelques minutes de grasse matinée, Irina fut la première à se lever le lendemain. Le vrombissement et les klaxons des voitures pare-chocs contre pare-chocs dans Trinity Street la rendaient folle. Le soulagement d'être seule quand elle acheta le *Daily Telegraph* au bout de la rue fut de courte durée. Tandis qu'elle moulait les grains de café en attendant que le lait se mît à crachoter dans la buse vapeur, la monotonie de leur routine matinale l'agaça. Elle avait hésité un instant entre remplir le récipient d'eau minérale et se tirer une balle. Du moins, pendant qu'elle accomplissait ce rituel, elle n'avait pas besoin de regarder Lawrence, ni de lui parler. Une fois assise, elle considéra le *Telegraph* d'un air absent ; en l'espace d'une nuit, l'ivresse sexuelle avait fait d'elle une illettrée. Elle ne mangeait plus, ne parvenait pas à travailler, dormait peu – que faire quand on était fou de quelqu'un ? On baisait. Et c'était la seule chose qu'elle s'interdisait. Même pour une demeurée, il y avait des limites.

L'hyperactif Lawrence traînait. Il n'en finissait plus de grignoter son toast. Son café était froid. Pour l'amour du ciel, s'il voulait lire *La Fin de l'État providence*, il lui serait plus facile de se concentrer au bureau. Il était près de neuf heures ! Tout en tournant les pages du journal, elle eut du mal à ne pas les rabattre avec violence. Quand la grande aiguille de sa montre dépassa le chiffre douze, sa poitrine s'emplit d'une fureur ridicule, pénible, et de toute évidence, injustifiable. Lawrence n'avait-il pas le droit de s'attarder quelques instants en compagnie de sa « femme » avant de gagner le bureau où il passait de longues heures ? Si, exaspéré par sa seule présence, il avait souhaité un jour la chasser sans ménagement de la maison, elle en serait morte. Tout simplement.

Elle ne parvint pas à se contenir. « Après une absence de dix jours, je suppose qu'une masse de travail t'attend à Blue Sky. » Un sentiment qui aurait pu paraître normal, sans le frémissement de colère dans sa voix.

« En effet », concéda-t-il. Depuis qu'elle s'était levée, elle s'était persuadée que Lawrence ne la connaissait pas du tout. Une soudaine vigilance lui suggéra tout le contraire.

« Je me demande si j'ai envie d'un autre toast, déclara-t-il.

— Enfin, décide-toi ! explosa-t-elle. Soit c'est oui, soit c'est non, mais ne tourne pas autour du pot ! Ce n'est qu'un toast, bon Dieu ! »

L'air blessé, il débarrassa. « Dans ce cas, je m'abstiens. »

Elle tressaillit comme si elle évitait un boomerang. La cruauté infligée à l'homme qu'on aime – qu'on aimait encore deux jours plus tôt, ou qui en tout cas ne méritait pas d'être traité ainsi – avait tendance à se retourner aussitôt contre vous.

Lawrence prit enfin son porte-document. Quand il s'immobilisa sur le seuil, Irina fut gagnée par le remords. À présent qu'il partait vraiment, elle le retint sur le pas de la porte avec des phrases toutes faites, essayant de se montrer chaleureuse, de donner l'impression honorable d'être une épouse qui va rester seule toute la journée et répugne à dire au revoir.

« Je suis désolée de t'avoir crié après, insista-t-elle. Je prends du retard sur les illustrations de *Voir rouge*, et je suis pressée de me mettre au travail.

— Je ne t'en empêche pas.

— Non, bien sûr que non. Je ne sais pas, mes règles ne vont sans doute pas tarder.

— Impossible. » Lawrence n'oubliait rien.

« Alors, c'est la pré-ménopause. En tout cas, je regrette. C'était tout à fait injustifié.

— En effet.

— Je t'en prie, ne m'en tiens pas rigueur ! » Elle lui pressa le bras. « Je suis vraiment désolée. »

Un sourire éclaira son visage affligé. Il lui baisa le front, et dit qu'il l'appellerait peut-être plus tard. Tout était pardonné. Il avait été trop facile de recoller les morceaux. Elle ne put déterminer s'il acceptait ses excuses parce qu'il avait confiance en elle, ou parce qu'il la redoutait.

Au début, elle se tint à distance du téléphone, heureuse de pouvoir mettre de l'ordre dans ses pensées, ou du moins, d'être seule. D'ailleurs, Lawrence risquait toujours de revenir s'il avait oublié quelque chose, et elle ne voulait pas être obligée d'expliquer à qui elle était en train de parler. À neuf heures et demie, ce n'était pas vraiment le bon moment, mais elle ne se souciait guère des subtilités de la vie de noctambule de Ramsey quand, par sa faute, tout son univers s'effondrait.

« Allô ? »

Certains correspondants omettaient de se présenter, et Irina le déplorait. « Salut », dit-elle timidement.

Le silence à l'autre bout de la ligne parut interminable. Qui sait, ce voyage exotique sur un tapis volant était peut-être pour lui une banale partie de jambes en l'air sur la moquette. Il était sans doute l'homme à femmes décrit par les magazines, et elle devait raccrocher avant de se ridiculiser.

Un soupir retentit, aussi vaste que l'océan. « Je suis tellement soulagé d'entendre ta voix.

— J'avais peur de te réveiller.

— Pour ça, faudrait que j'aie réussi à dormir.

— Mais tu n'as pas fermé l'œil la nuit d'avant non plus ! Tu dois avoir des hallucinations !

— Depuis que tu es partie... Oui, je crois bien que oui.

— Je me demandais... si pour toi, ça avait un sens.

— Ça a un sens, répondit-il pesamment. Un sens merdique.

— Ce n'est pas mon impression.

— C'est mal. » Le ton, qu'il avait voulu catégorique, exprimait le désarroi.

« Étrange, dit-elle. Il n'y a pas si longtemps, j'arrivais sans peine à me représenter ton visage. Maintenant je ne me souviens plus à quoi tu ressembles.

— Moi si. Mais tu as deux visages. Avant et Après. Après, tu es une personne très différente. Plus belle. En trois dimensions. Plus compliquée.

— C'est ce que j'ai ressenti, dit-elle. Je ne me suis pas reconnue. Ce n'est pas un progrès. J'aimais bien me regarder dans la glace et savoir à qui j'avais affaire. »

Malgré une chasteté symbolique, ils avaient déjà adopté les longs silences chargés des amants – ces temps morts caractéristiques qui portent tout ce que les mots ne disent pas. Les amants ne communiquent pas par des phrases. La passion se cache dans les interstices. Elle s'insinue dans les joints, et non dans les briques.

« Tu lui as dit ?

— J'ai promis de ne pas le faire.

— Je sais, mais tu le lui as dit quand même ?

— Je tiens mes engagements. » À chaque seconde de cette conversation, elle manquait à sa parole. Il était déconcertant que sa promesse hâtive à Ramsey pesât déjà plus que neuf années de serments implicites à Lawrence.

« Je ne peux pas... » Il s'interrompit, comme s'il consultait un aide-mémoire. « À cause du snooker et du reste, tu as peut-être fait fausse route. Je ne veux pas d'une relation bricolée. Avec moi, c'est tout ou rien.

— Et si c'était tout ?

— Tu as Lawrence. » Sa voix était de marbre. « Tu es heureuse. Tu as une vie.

— C'est ce que je croyais.

— Il faut que tu arrêtes. Tu savais pas ce que tu faisais. Tu as trop à perdre. » Les mots étaient ternes et sonnaient creux.

« Je ne peux pas, répliqua-t-elle. Je suis comme possédée. Tu as vu *Les Liaisons dangereuses* ? John Malkovich répète sans arrêt à Glenn Close : "Ça m'échappe." Il évolue dans sa relation catastrophique avec Michele Pfeiffer comme un zombie ou un toxico. "*Ça m'échappe.*" Ce n'est pas censé être une excuse. Juste la vérité. Je n'arrête pas de penser à toi. J'ai toujours été quelqu'un de pragmatique, mais j'ai des visions. J'aimerais bien exagérer, ou faire du mélo, mais c'est pas le cas.

— J'ai pas vu ce film, dit-il. Ça finit bien ?

— Non.

— Si tu y as pensé, il y a une raison. Il arrive quoi à la poule ?

— Elle meurt, reconnut Irina.

— Et son mec ?

— Il meurt.

— Parfait. Dans la vraie vie, chérie, c'est plus embrouillé que ça, hein ? Je pense que c'est pire.

— Dans le film, insista-t-elle, il y a une sorte de... rédemption par la mort.

— Une fois que t'es sortie du cinéma, tu peux oublier tes violons. Ça va te tuer, mais tu te retrouveras debout. Le problème, hors écran, ce n'est pas que t'arrives pas à survivre, mais ce que tu fais. Tout le monde survit. C'est le plus atroce de l'histoire. »

Ramsey avait tendance à philosopher.

Irina avait trouvé sa réplique. « *Ça m'échappe.*

— Alors c'est à moi de décider. » Sa douceur était empreinte de sévérité. « Je vais renoncer à ta place. »

Irina se félicita d'avoir sauté le petit déjeuner, car elle eut soudain la nausée. « Je n'ai pas besoin qu'on se soucie de mon bien-être. Ça fait des années que Lawrence s'en charge, et tu vois le résultat. Je n'ai pas besoin qu'on s'occupe de moi.

— Oh si, murmura-t-il. On en a tous besoin.

— Tu ne peux pas m'obliger à renoncer. Tu n'en as même pas le droit.

— C'est ma responsabilité, répondit-il, prenant la voix de robot de Malkovich dans le film qu'il n'avait pas vu. Je m'en rends compte à présent. Je suis le seul à pouvoir arrêter ça. »

Irina versa des larmes cruelles. C'était du vol. Ce qu'elle avait découvert dans le sous-sol de cette maison lui appartenait.

« Tu as dit... hier. » Une référence au temps qui lui déchira le cœur. Elle avait l'impression qu'ils étaient séparés depuis des mois. « Que j'ai éveillé quelque chose en toi. Peut-être que tu pourrais l'emporter, et en faire cadeau à Lawrence.

— Ce que j'ai découvert, dit-elle, c'est toi. C'est toi le cadeau. Dans tous les sens du mot. Mon "réveil" entre Lawrence et toi un beau matin risquerait d'être problématique.

— Personne n'a parlé de se retrouver au lit.

— Ce n'était pas nécessaire.

— On l'a pas fait.

— Non, reconnut-elle. Pas encore.

— *Je serai pas ton cinq-à-sept.*

— Je ne veux pas non plus d'une liaison.

— Alors tu veux quoi ? »

Irina eut l'impression d'avoir été kidnappée. Elle aurait pu être embarquée dans une voiture, les yeux bandés, puis relâchée dans un quartier de Londres qu'elle ne connaissait pas. Comment retrouver son chemin ? C'était un quartier intéressant. Voulait-elle vraiment rentrer chez elle ? Elle était atteinte du syndrome de Stockholm, et était tombée amoureuse de son geôlier.

« Je veux te voir le plus vite possible. »

Un autre soupir retentissant. « C'est raisonnable ?

— Aucun rapport avec la raison. »

Il grogna : « Moi aussi, j'en meurs d'envie.

— Je peux prendre le métro. Jusqu'à Mile End, c'est ça ?

— Une dame comme toi n'a pas sa place dans le métro. Je viens te chercher.

— Pas question. Hier, tu n'aurais pas dû venir ici non plus. Tu es trop reconnaissable, les gens t'ont vu à la télévision.

— Tu vois ce que c'est ? Un film d'épouvante ! Ça ressemble déjà à une liaison, sans le bon côté.

— Quelle est l'autre possibilité ?

— Tu le sais.

— Pas question. Je viens. » Cet entêtement révélait un aspect tout à fait nouveau de sa personnalité. C'était grisant.

« Tu dois marcher un bon moment en sortant du métro.

— Je suis une femme solide.

— Tu es une fleur rare et délicate qu'il faut tenir à l'abri des regards avides et grossiers des voyous de l'East End. » Il ne plaisantait qu'à moitié. « Et Lawrence ?

— Il est au bureau. Il appelle pendant la journée, mais je peux raconter que je suis allée faire des courses.

— Tu n'auras rien pour le prouver.

— Une promenade, une visite inutile à la bibliothèque ? Je peux écouter mes messages de chez toi et le rappeler.

— Tu n'es pas très douée pour ça.

— Je le prends comme un compliment.

— La plupart des téléphones des bureaux affichent le numéro qui appelle. Ton… – il faillit dire *mari* – … Anorak Man a la mémoire des chiffres. Il saura que ça vient de chez moi. Je devrais t'offrir un portable.

— C'est gentil, mais Lawrence et moi avons déjà décidé que c'était trop cher. Il pourrait s'en apercevoir. J'aurais un mal fou à expliquer pourquoi j'en ai un. Oh ! là là ! il y a mille façons de se trahir, non ?

— Ouais. Même quand il ne s'est rien passé.

— Ton anniversaire ? Pour toi, ce n'est rien ? Si je t'appartenais ?

— Tu m'appartiens, dit-il doucement. La nuit dernière. T'as couché avec lui, non ?

— Évidemment : on couche dans le même lit.

— Ce n'est pas ce que je veux dire et tu le sais. Il est parti en voyage. Quand un type revient après une absence, il saute sa femme. » Il prononça le mot sans une ombre d'hésitation.

« Bon. C'est vrai. Si j'avais refusé, il aurait su qu'il y avait quelque chose dans l'air.

— J'aime pas ça. J'ai pas le droit de le dire, mais ça me plaît pas.

— Ça m'a pas plu non plus, admit-elle. Je… je n'y suis arrivée qu'en pensant à toi. Mais c'était malsain d'imaginer un autre homme.

— Il vaut mieux que tu penses à moi dans ses bras que l'inverse, je suppose.

— Être dans tes bras en pensant à toi me séduit nettement plus.

— Alors tu ramènes quand ton joli cul à Mile End ? »

C'était toujours la même histoire : on passait un temps fou à expliquer pourquoi on ne devait pas se rencontrer, et on finissait par discuter des détails du rendez-vous. Elle eût préféré se sentir différente.

Dans le métro, on la regardait. Autant les hommes que les femmes. Si les têtes se tournaient, ce n'était pas à cause de sa jupe courte en jean ou de son minuscule T-shirt jaune. Les autres passagers n'avaient peut-être pas identifié ce qui émanait d'elle, mais leur intuition ne les trompait pas. Les gens n'arrêtaient pas de faire des bébés, de copuler, et pourtant un tel rayonnement était rare. *Le sexe était rare*. On ne pouvait pas le deviner d'après les affiches publicitaires de cette voiture – les bustes dénudés pour la promotion des vacances dans les îles, les sourires aguicheurs aux dents éblouissantes. Mais les pubs étaient supposées torturer les voyageurs en évoquant ce qui leur manquait.

Irina McGovern n'aurait jamais cru faire ce trajet. Elle était résolue à ne pas retirer sa jupe, mais elle ne se leurrait pas. Elle s'apprêtait à trahir.

La rame s'immobilisa brusquement, sans la moindre annonce par haut-parleur. Il était si courant de se trouver bloqué sous quatre cents mètres de roc sur la Northern Line, la pire de la ville, qu'aucun des passagers ne prit la peine de lever les yeux de son *Daily Mail*. Quant aux excentricités du « service » du métro, les habitués avaient dépassé les stades de la consternation, du désespoir et d'une patience à toute épreuve et arboraient désormais un calme olympien. L'absolue résignation qui se lisait sur leurs visages était soit un signe de raffinement, soit une preuve de stupidité.

Pourtant cette panne fut pour Irina l'occasion d'une pause au sens littéral du terme. D'abord Ramsey, puis ce train lui disant avec insistance : *Tu dois arrêter*.

Spontanément vint la tenailler un souvenir de l'époque où elle partageait avec Lawrence le bol traditionnel de pop-corn avant le dîner. Ayant emménagé depuis peu dans l'appartement de Borough, ils n'avaient pas encore pris l'habitude d'y plonger la main distraitement en regardant en silence les nouvelles de Channel 4.

« De toute évidence, il n'y a aucune garantie, avait-elle observé, cherchant les grains les plus soufflés. Pour nous. Tant de couples ont l'air solides, et puis boum, c'est fini. Et s'il nous arrivait quelque chose ? Je pense que je perdrais confiance dans le projet. Bien sûr, rien ne dit que nous tenions la route. Mais si nous échouons, peut-être que personne ne peut réussir. Ou bien moi je ne peux pas, c'est pareil.

— Ouais », avait opiné Lawrence, prenant une poignée de grains aplatis qui, l'avait-elle prévenu, risquaient d'endommager son bridge. « Je sais que les gens disent ça, et deux ans plus tard ils sont de nouveau d'attaque, mais pour moi c'est fini. Les choses empirent ? Je laisse tomber. »

L'échange avait été vif. Pour Irina, Lawrence avait toujours été le cas ultime qui ferait jurisprudence. Il était beau, brillant, et drôle ; ils étaient bien assortis. Ils avaient surmonté les obstacles majeurs – la précarité de la première année, Lawrence aux prises avec des difficultés professionnelles avant d'être engagé à Blue Sky, plusieurs des projets d'illustration d'Irina refusés par les éditeurs, et même l'emménagement dans un nouveau pays. Les choses auraient pu devenir plus faciles, non ? Au bout de neuf ans, on était en roue libre. Ils avaient résolu les problèmes, éliminé les causes de friction, et leur relation aurait dû progresser sans heurt, comme l'un de ces élégants trains japonais portés par un coussin d'air. Au lieu de cela, ils s'étaient arrêtés net entre deux gares, les yeux rivés sur des fenêtres aveugles. Du jour au lendemain, leur relation était passée du rail oriental high-tech à la Northern Line.

Pourquoi personne ne l'avait-il prévenue ? On ne pouvait pas rester en roue libre. En fait, sa propre sensation de sécurité l'avait mise en péril. En se glissant à l'intérieur de cette Jaguar dans un esprit d'innocence insouciante, elle n'avait pas regardé pardessus son épaule, et les victimes d'agression péchaient toujours par excès de confiance. Elle avait été agressée. Tabassée. C'était ainsi qu'elle se sentait. Elle aurait pu aussi bien saisir ce rouleau à pâtisserie dimanche après-midi et se défoncer la cervelle avec.

Soudain, la rame frémit, haleta, et accéléra. Ce répit, cet intermède de réflexion offert par le métro, prit fin officiellement. Les autres passagers devaient se rendre quelque part, et ne pouvaient attendre qu'une femme solitaire et bien conservée d'une quarantaine d'années se fût ressaisie.

Si Lawrence était un cas de jurisprudence, et si aller jusqu'au bout avec lui voulait dire perdre foi dans le projet tout entier, c'était par cynisme, et non par romantisme, qu'elle s'engouffrait dans ce tunnel.

Il était malheureux, pensa Irina alors qu'elle quittait la station de Mile End et s'élançait avec appréhension dans Grove Road, qu'on ne pût décider de tomber amoureux, car cela aurait évité de se sentir aux abois. Si elle en jugeait par son indifférence à l'arrivée de Lawrence hier soir, elle ne pouvait pas en rester là. Et encore moins s'interdire d'aimer cet homme, car jusqu'ici, ses faibles efforts pour ne pas se ruer à Hackney ce matin n'avaient servi qu'à rendre plus intense le désir irrépressible d'y courir. On était donc constamment tyrannisé par un sentiment insaisissable, à l'image du chat qui rentre et sort par une chatière. Si l'amour avait été un mets élaboré selon une recette fiable, ou quelque chose qu'on pouvait, avec une certaine perversité, jeter à la poubelle, c'eût été beaucoup plus agréable. Mais il n'y avait rien à faire. Malgré l'adage populaire, l'amour ne se fabriquait pas. On ne s'en débarrassait pas simplement parce qu'il était dérangeant ou même pernicieux et détruisait votre vie, et celle d'un autre par la même occasion.

Plus encore que par ce baiser au-dessus de la table de snooker – et les dix-huit heures qu'elle venait de vivre n'avaient été qu'un très long baiser –, elle était aujourd'hui obsédée par l'instant meurtrier où Lawrence avait franchi la porte et où elle n'avait rien éprouvé. Ce désenchantement l'accablait. Elle n'était pas déçue par Lawrence ; elle avait l'impression que les écailles lui étaient tombées des yeux et le voyait soudain comme le petit homme ordinaire que les autres connaissaient. Un tour de clé dans la serrure avait suffi à détruire la moindre parcelle de romantisme dans son corps. Sa fidélité et sa constance en amour avaient forgé depuis longtemps le socle de l'affection qu'elle portait à son personnage. C'était la relation qui avait volé en éclats. La transgression du week-end avait violé les termes fondamentaux de son contrat avec elle-même, et elle en avait éprouvé de la déception. Elle se sentit plus petite, et fragilisée. Ordinaire, même, et elle crut pour la première fois au mythe de sa propre mortalité, qu'elle avait toujours jugé extravagant.

Pourtant, à mesure qu'elle avançait, elle eut l'impression d'être envoûtée. Victoria Park semblait sorti d'un conte de fées, avec son kiosque pointu désuet, sa joyeuse fontaine jaillissant au milieu de l'étang, les oiseaux au long cou prenant leur envol. Elle se sentit jeune et légère, l'héroïne d'un livre de contes tout neuf dont les aventures ne faisaient que commencer.

En outre, quand elle fut sur le point de bifurquer dans Victoria Park Road, un changement inquiétant se produisit dans le paysage.

En 1909, au sommet de Copps Hill à Boston, une cuve de stockage de vingt-sept mètres de large destinée à la production du rhum céda sous la pression et dix millions de litres de mélasse se déversèrent dans la ville. Le mur de mélasse monta à quatre mètres cinquante et atteignit une vitesse de soixante kilomètres à l'heure, noyant vingt et un Bostoniens dans son sillage.

D'une manière très semblable, une vague de douceur dévorante inondait Victoria Park, les lotus scintillant d'un éclat si sucré qu'elle aurait pu tendre la main et les lécher. Le lac sombre frémissait délicieusement, tel un bocal de mélasse évasé. L'air même était caramélisé, et le respirer était aussi exquis que de sucer un bonbon. Pas de doute, le bâtiment qui s'était fissuré et tapissait de sirop tout le voisinage devait être cette maison-là.

Gravissant les hautes marches de pierre de l'austère demeure victorienne, elle éprouva une pointe d'appréhension. Jusqu'au retour de Lawrence hier soir qui lui avait inspiré une cruelle apathie, ses sentiments avaient été, en principe, peu fiables. Elle était devenue une mégère qui reprochait à un honnête travailleur d'avoir envie d'un autre toast – une harpie versatile qui tombait amoureuse et devenait de glace la minute d'après. Ramsey avait semblé très charmant dimanche, mais nous étions lundi. Rien ne lui assurait que le visage apparu dans l'encadrement de la porte exprimerait autre chose qu'une indifférence barbare.

Mais il n'en fut rien. Ce visage était magnifique.

Glissant ses longs doigts sous son T-shirt extracourt, il les plaqua dans le creux de ses reins, que la veille encore ils n'avaient pas même effleuré. Elle poussa un léger cri. Il l'attira à l'intérieur.

Elle rentra chez elle juste à temps. Le voyant du répondeur clignotait. Passant un peigne dans ses cheveux emmêlés, elle appuya sur Play. « Veuillez raccrocher et rappeler ultérieurement. Veuillez raccrocher et rappeler ultérieurement » – agréable mais insistante, la voix féminine faisait rimer « ultérieurement » avec « malheureusement ». Par une bizarrerie du système téléphonique de Blue Sky, l'enregistrement utilisait jusqu'au bout les trente secondes de bande chaque fois que Lawrence appelait sans laisser de message. Il semblait avoir tenu compte du conseil de la machine. Tandis que la voix monocorde psalmodiait ces mots sans fin, Irina compta : il avait appelé à cinq reprises.

Derrière elle, la serrure cliqueta, et son cœur se mit à battre la chamade. « Irina ? » Il n'était de retour que depuis la veille, mais il avait déjà abandonné le pendant mélodieux de son second prénom. « Hé ! » Il posa son porte-document dans le vestibule. « Tu étais où cet après-midi ?

— Oh, bafouilla-t-elle, j'ai fait des courses. »

Erreur. Les gens qui vivaient ensemble depuis des années ne faisaient jamais de « courses ». Elle aurait pu dire qu'elle était passée à Tesco parce qu'ils étaient à court de yaourts à la grecque, ou à la quincaillerie d'Elephant & Castle parce que l'ampoule du bureau de l'atelier avait grillé – c'était ce qu'une femme répondait à l'homme qui partageait sa vie. Irina avait l'expérience de ce reportage domestique et savait combien il était astreignant. Puisqu'elle était incapable de fournir des détails crédibles, elle aurait pu aussi bien s'affubler d'un panneau publicitaire portant l'inscription : VOICI MON CŒUR ADULTÈRE. Certes, elle enviait plus d'un talent – celui de sa sœur pour la danse, celui de Lawrence pour la politique. Mais le génie de la duplicité ? Elle ne souhaitait pas l'acquérir.

« Je croyais que tu étais très pressée d'avancer dans ton travail aujourd'hui.

— Je ne sais pas. Ça ne marchait pas. Tu sais comment c'est.

— Non, puisque tu fais brusquement tant de mystères au sujet de tes dessins, je n'en ai aucune idée. » Elle le suivit mollement dans la cuisine, où il se prépara un sandwich au beurre de cacahuètes. Il avait des mouvements saccadés. Ces cinq appels sans réponse lui étaient restés en travers de la gorge.

« Quoi de neuf à Blue Sky aujourd'hui ?

— Il paraît que le cessez-le-feu de l'IRA va bientôt être rétabli. » Il parlait d'un ton sec. « Rien qui puisse t'intéresser… Que signifie cet accoutrement ? »

Elle croisa les bras sur son ventre dénudé, un style qui lui parut soudain trop jeune. « J'en ai eu envie. Ça commence à m'ennuyer d'être toujours habillée comme l'as de pique.

— C'est une expression que les Américains n'emploient pas.

— Je suis à moitié russe.

— Pas la peine de monter sur tes grands chevaux. Tu as un accent américain, un passeport américain, et ton père vient de l'Ohio. D'ailleurs, un Russe dirait *khlam,* ou *moosr. Da ?* » Quand il ne cherchait plus à lui plaire, le russe de Lawrence s'améliorait de façon impressionnante.

« Qu'est-ce… qu'est-ce qui te préoccupe ?

— Tu m'as pris la tête ce matin parce que tu étais si impatiente de te mettre au travail. Je t'ai appelée vers dix heures, ça sonnait occupé, et une demi-heure plus tard tu étais déjà en vadrouille. D'après ce que je vois, tu as passé la journée dehors. As-tu accompli quelque chose ? J'en doute.

— Je suis un peu bloquée.

— Tu n'as jamais pris ce genre de pose… à trois sous. Une vraie pro s'accroche et fait son boulot, qu'elle en ait envie ou non. C'est ce que tu avais l'habitude de dire.

— Les gens changent.

— Apparemment. » Il scruta son visage. « Tu portes du rouge à lèvres ? »

Irina ne se maquillait presque jamais, et humecta sa bouche. « Non, bien sûr que non. Il a fait un peu chaud, tu sais. Elles sont juste gercées. »

Quand il sortit de la cuisine pour mettre les nouvelles de Channel 4, Irina se glissa dans la salle de bains pour s'examiner dans la glace. Ses lèvres étaient rouge cerise ; son menton râpé et rose vif.

Ramsey avait une barbe de deux jours. Elle avait peut-être eu de la chance. Lawrence n'avait pas fait de remarque sur son menton, ni détecté l'odeur de vin blanc dans son haleine. Ils avaient sifflé deux bouteilles de sauvignon, pendant que Ramsey avait insisté pour lui montrer une vidéo mouchetée d'un célèbre match de snooker de 1985 sur sa télé à écran plat dans le sous-sol – qui ne pouvait rivaliser avec le sport sur son canapé. Elle avait à peine réussi à avaler une bouchée de saumon fumé et de caviar bélouga, mais le poisson sentait peut-être encore, et elle avait accepté plus d'une Gauloise de Ramsey. Ne laissant rien au hasard, elle se brossa les dents. Elle n'avait pas l'habitude de le faire à sept heures du soir, mais elle pouvait toujours prétendre avoir eu un renvoi acide. Malheureusement, même quand on ne voulait pas exceller dans ce genre de mensonge, on y parvenait.

Ça ne ressemblait pas à Lawrence de ne pas avoir senti le vin. Il avait un flair de chien courant. Cela signifiait qu'il avait aussi remarqué son menton, et le relent de poisson fumé. Dans le séjour, il écoutait Joe Snow avec une concentration excessive.

« Le pop-corn sera prêt dans une minute ! cria-t-elle gaiement par la porte. Et pour le dîner, si on faisait des pâtes ? » Elle avait oublié de sortir le poulet du congélateur.

« Comme tu voudras. » Un reportage de plus sur la maladie de la vache folle n'aurait pas été plus engageant. Depuis des mois, le gouvernement britannique massacrait ces pauvres bêtes par dizaines de milliers.

« Je pourrais préparer celles que tu préfères, avec des piments rouges et des anchois.

— Oui, bien sûr. » Il se tourna vers elle avec un sourire reconnaissant. « Ça serait super. Très épicées. Avec une sauce qui vous emporte la bouche. »

Elle n'avait pas besoin d'en offrir autant. Il se contentait déjà de miettes.

(3)

La couette était tentante, mais sans Lawrence, s'y enrouler perdait son charme. Le rêve dans lequel elle échappait à ses ravisseurs l'avait troublée – elle se trouvait avec les Beatles dans sa chambre à coucher, et ils se moquaient de ses seins plats. Lawrence la laissait quelquefois dormir, mais si elle découvrait en se levant qu'il était déjà parti au travail, elle se sentait chagrinée et trahie. Elle se glissa hors du lit. Même s'ils ne faisaient pas grand-chose, accomplir côte à côte les premiers gestes du matin sans avoir besoin de parler était un plaisir en soi, et elle aimait commencer la journée en équipe.

Après avoir couru acheter le *Telegraph*, elle revint dans la cuisine en bâillant, vêtue d'un pantalon de peintre et d'une chemise souple à col boutonné, et se coula dans la routine matinale. Certaines personnes jugeaient fastidieuses les répétitions infinies de la vie domestique. Pour Irina, ces rythmes s'inscrivaient dans une mélodie ; le grincement du moulin à café était la fanfare d'ouverture. Elle était contente d'entendre un refrain qu'elle aurait presque pu chantonner : le glouglou et le toussotement de la machine à espresso, le rugissement aussitôt étouffé de la buse vapeur quand elle faisait mousser le lait. Si doser des proportions identiques chaque matin conférait une inévitable monotonie à sa préparation du café, elle ne réduirait pas la quantité de lait juste pour le plaisir de boire un café différent, mais mauvais. Le réglage idéal du grille-pain se situait entre 3 et 4, et c'était parfait, puisque Lawrence aimait son toast très grillé. Les vertus de la répétition, selon elle, étaient complexes. Jusqu'à un certain point, la répétition servait à mettre l'habitude en valeur, à l'élever au rang de rituel. Poussée trop loin, elle devenait un facteur d'érosion, et risquait de se limiter à un stupide exercice de perroquet. De même la force des vagues, selon les marées, déposait le sable sur la grève, ou l'emportait.

Irina n'était pas hostile à la variété – le café venait d'Éthiopie, ou parfois d'Uruguay – mais, dans l'ensemble, c'était une notion surfaite. Elle préférait les fluctuations de la monotonie. Si on recherchait le changement à tout prix, on ne tardait pas à être à court de boissons pour le petit déjeuner. Elle appréciait les gens avides de sensations, déterminés, comme l'avait dit un ancien amoureux, à « presser l'orange », à puiser dans chaque journée une expérience nouvelle. Mais cette méthode avait fait son temps. Les expériences se comptaient sur les doigts de la main – une découverte déprimante en soi – et il valait mieux essayer de reproduire les moments agréables le plus souvent possible.

En outre, médita-t-elle, remuant le lait avec la petite cuiller Horlicks fournie avec la poudre de malt (qui atténuait l'acidité), l'impression d'infinie répétition est une illusion. L'ennui issu de la routine est un luxe d'une brièveté infaillible. On vous accorde un nombre donné de jours, et vous seriez bien avisé de savourer tous les matins que ne gâchent ni l'arthrite ni la maladie d'Alzheimer. Vous boirez un nombre donné de tasses de café. Vous lirez un nombre donné de journaux, pas un de plus. À l'heure du dîner, vous jouirez d'un nombre spécifique de moments de communion avec votre âme sœur – comptez-les, si vous en avez envie – jusqu'au jour où, fatalement, l'un de vous deux aura disparu. (Il n'y avait pas si longtemps, Irina avait redouté une brouille risquant d'ébranler sa foi dans « le projet tout entier », mais cette inquiétude avait été éclipsée par la crainte, plus profonde, de la mort de Lawrence. La sensation de sécurité dans un domaine engendrait donc un sentiment accru de menace dans un autre, où l'avenir était compromis dans l'absolu.) Chaque fois qu'Irina lisait ces informations dans les articles de presse, sur le nombre de repas qu'un individu lambda absorbait dans sa vie, le nombre d'années qu'il passait à dormir, le nombre de fois où il allait aux toilettes, elle n'était jamais éblouie par tous ces chiffres, mais humiliée par leur mesquinerie et leur finitude. Selon la moyenne d'espérance de vie, c'était l'un des soixante-dix-huit étés qu'elle était supposée goûter, et quarante-deux étaient passés. C'était affreux.

« Je suis resté absent une semaine, marmonna Lawrence, la bouche pleine de toast. Une tonne de boulot m'attend. Il faut que j'y aille.

— N'avale pas tout rond ! lui reprocha-t-elle. Et si tu bois ton café trop vite, tu te brûleras la gorge. Prends ton temps, lis quelques pages de *La Fin de l'État providence* !

— Je me concentre mieux au bureau.

— Tu ne veux pas un autre toast ? C'est cette magnifique miche de pain du Borough Market, et elle durcit vite. Manges-en tant qu'elle est fraîche.

— Non, répliqua-t-il, essuyant les miettes de sa bouche. J'y vais.

— Tu as vu cet article sur la vache folle ? » Elle essayait sans honte aucune de le retenir quelques minutes de plus, comme la fois où elle s'était emparée de la cheville de son père alors qu'il partait pour la Californie pour six semaines de tournage et tentait d'atteindre la porte. « Maintenant que le prix du bifteck haché est tombé à quarante-neuf pence la livre, les ventes de bœuf commencent à remonter. Tu sais à quoi ressemble la maladie de Creutzfeldt-Jakob ? Qu'importe le risque d'une longue agonie où ton cerveau se transforme en éponge si tu peux économiser une ou deux livres pour ton dîner. C'est absurde ! À une livre trente-neuf, personne ne touche à cette viande parce qu'elle risque de te tuer, mais à quarante-neuf pence, pas de souci !

— Ça vaut la peine ! On mange des hamburgers ce soir ?

— Jamais de la vie ! On a du poulet pour le dîner. »

Elle l'accompagna jusqu'à la porte, et réussit à retarder son départ en babillant quelques minutes de plus jusqu'au moment où elle le salua d'un *do svidanya* sans entrain.

Elle fit le ménage et mit le poulet à décongeler, luttant contre un abattement coutumier. Même un jour de semaine ordinaire, l'abandon de Lawrence lui inspirait un peu de chagrin.

Une fois installée dans son atelier, elle eut de la peine à se concentrer sur l'illustration suivante de *Voir rouge*. L'envie était forte de passer un coup de téléphone. Un appel de politesse, bien sûr. C'était une règle de savoir-vivre, n'est-ce pas, que de remercier un homme pour sa générosité quand il vous avait offert un dîner somptueux. Elle serait brève.

Dans son carnet d'adresses, le numéro était encore au nom de Jude. Sa main resta posée quelques secondes sur le récepteur. Son cœur battait à se rompre. *Un appel de politesse.* Elle décrocha. Puis reposa l'appareil sur son socle. Elle le reprit.

« Allô ? »

Elle coupa la communication. Il avait paru endormi. Il était trop tôt. Et elle l'avait déjà remercié. Samedi soir, devant la porte. C'était idiot de l'avoir réveillé pour rien. Encore plus idiot, elle tremblait comme une feuille. Du moins il n'avait aucun moyen de savoir qui avait appelé, et raccroché grossièrement. Il supposerait que c'était l'une de ces sollicitations enregistrées sur ordinateur, ou une erreur de numéro.

Pourtant, quand elle revint s'asseoir à sa table de travail, il lui vint à l'esprit avec un haut-le-cœur qu'il saurait. Il saurait avec une absolue certitude qui avait appelé, entendu sa voix et, saisi par une terreur obscure, reposé le combiné sur son socle comme s'il lui brûlait les doigts. Ils étaient presque des étrangers, et elle fut troublée de réaliser qu'il la connaissait aussi bien.

L'illustration ne progressait pas. L'idée lumineuse qui l'avait inspirée dans son ébauche du Voyageur cramoisi était en train de lui échapper. Le dessin de la veille était pour l'instant le meilleur de la série. Mais elle avait beau essayer, elle fut incapable de recréer le style « dingue » que Lawrence avait remarqué. Si elle ne parvenait pas à insuffler la même énergie frénétique à la série de tableaux, elle devrait jeter celui-là. Il n'allait pas avec le reste. Il détonnait. L'apparition du rouge avait eu quelque chose d'inquiétant, d'audacieux, d'électrisant. À chaque effort avorté de ce matin, la couleur semblait ordinaire. Associée aux différents bleus, elle produisait du violet, mais le violet aussi était ordinaire. Quoique élargie par la dualité des teintes, la palette demeurait étriquée, et Irina eut grande envie d'un Voyageur jaune qui lui permettrait de jouer avec le spectre. Elle nota à l'intention de l'auteur qu'il serait logique de faire intervenir un Voyageur jaune, afin que les enfants comprennent mieux la nature des couleurs. Elle pouvait insinuer que cet ajout plairait beaucoup aux Chinois.

Lawrence téléphona en début d'après-midi. Il appelait souvent sans raison, et plus son excuse était fausse, plus Irina était charmée. « Hé, j'ai voulu te joindre à dix heures, et c'était occupé. Une conversation intéressante ?

— Oh, tu as essayé juste au mauvais moment. J'ai décroché pour faire le numéro de Betsy, et puis je me suis dit que je ferais mieux de me concentrer, et j'ai raccroché. »

Quel curieux petit bobard. Elle aurait pu aisément dire la vérité : elle avait composé le numéro de Ramsey pour le remercier du dîner, elle avait dû le réveiller, et, honteuse, avait simplement coupé la communication avec la maladresse qui la caractérisait en société, pour reprendre la formule de Lawrence. Pourtant elle ne tenait pas à mettre Ramsey sur le tapis. Il était devenu... son affaire privée. Ce qui s'était passé entre eux le soir de son anniversaire lui appartenait, et elle était heureuse de ce jardin secret d'où son compagnon était exclu.

« Comment ça avance ?

— Mal. Je passe mon temps à tout déchirer.

— Fais une pause ! Celui d'hier était formidable. Tu pourrais prendre ton après-midi pour une fois. Va te promener, fais un tour à la bibliothèque. Va jusqu'à ce magasin de Roman Road où tu trouves toutes ces épices indiennes bon marché. Pendant que tu y es, tu pourrais aller fumer un joint avec Ramsey et glousser devant la vidéo du match de 1985 entre Steve Davis et Dennis Taylor. »

Elle aurait mieux fait de ne pas lui parler de ça. « Très drôle.

— Je ne plaisante pas pour le match. Tu devrais en regarder une rediffusion un jour. C'est le plus connu. Je t'ai déjà raconté cette histoire ? »

Sans doute l'avait-il fait, mais dans ce cas, elle n'avait pas écouté. Combien d'époux devenaient sourds l'un à l'autre ? Il aurait visiblement du plaisir à raconter une fois de plus la célèbre confrontation, et elle l'y encouragea.

« Le championnat du monde s'est déroulé au Crucible. Dennis Taylor – cet Irlandais du Nord à l'air débile avec des grosses lunettes à monture d'écaille, tu vois ? Eh bien, il a passé treize ans dans le circuit sans gagner un seul tournoi. Il faisait pas le poids face à Steve Davis. Ce n'était pas un adversaire sérieux. En 85, Davis était un génie du snooker. Un champion qu'on croyait imbattable. La finale devait être un laminage en règle.

» Ça a commencé comme ça : Taylor a perdu huit à zéro dans la première session. Mais il s'est ressaisi dans la deuxième, égalisant presque le score à quatre-vingt-dix-sept, et à la troisième session il a terminé, à deux manches près, à trente-sept. "C'est super que ce pauvre connard se batte avant de couler", ont dit tous les commentateurs. Du genre, c'est mignon tout plein, vous trouvez pas ?

» Mais dans la dernière session, Taylor égalise à dix-sept chacun. Un à dix-huit, d'accord ? Alors le championnat coule non seulement jusqu'à la dernière manche, mais jusqu'à *la dernière bille*. La noire, bien sûr. Il y a cette séquence incroyable où Taylor manque un double et où Davis merde lui aussi, et puis Taylor tente un coup très long et manque la poche de justesse, pense que tout est perdu et s'affale sur sa chaise comme si son chat venait de mourir. Mais c'est ric-rac, et Davis sabote lui aussi sa chance, manquant une noire très facile. Quand Taylor l'a empochée pour le titre, le public du Crucible était hystérique.

— En somme, c'est l'histoire de David et Goliath. *The Little Engine That Could*, de Watty Piper.

— Ouais. Et avec la diffusion de cette dernière session, la BBC a atteint un record d'audience. Dix-huit millions de téléspectateurs l'ont suivie. Jamais une émission sportive n'avait touché autant de monde. Ramsey dit que c'était une sacrée époque. Dans les années quatre-vingt, les joueurs de snooker étaient de vraies rock stars. Ils avaient la belle vie et pouvaient se permettre de faire n'importe quoi. De vrais voyous. Ramsey dit que la nouvelle fournée de joueurs est trop sérieuse, et que le public boude les matches à cause de ça. »

Ramsey dit. Bien qu'il eût généreusement prêté son ami pour une soirée, Lawrence voulait se le réapproprier. Comme Dennis Taylor, elle n'avait pas l'intention de céder son précieux trophée sans se battre. « Au contraire. *Ramsey dit* que les joueurs sont trop bons, et que c'est pour cette raison que les gens ne s'intéressent plus au snooker.

— L'idée est la même, répliqua Lawrence. *Ramsey dit* que si on est trop bon on devient ennuyeux. »

L'adjectif qu'ils employaient tous les deux se référait au snooker, et non à la vertu. La conversation prit fin, et Irina fut la dernière à raccrocher.

Le concept de la fête de Thanksgiving est tout à fait louable. Pourtant, il ne rime à rien. Il est impossible de s'estimer heureux le dernier jeudi de novembre simplement parce qu'on est censé l'être. L'événement est gâché par les tracas de la cuisinière qui craint que le blanc de la dinde se dessèche tandis que l'intérieur des cuisses est encore rose.

Pourtant la gratitude peut se manifester de façon inopinée. Ce soir-là, quand Lawrence s'écria « Irina Galina ! » sur le pas de la porte et qu'Irina enchaîna depuis son atelier : « Lawrence Lawrensovitch ! », elle fut reconnaissante. Lorsqu'il lui raconta sa journée en grignotant des biscuits au beurre de cacahuètes – ses contacts avaient fait courir le bruit que le cessez-le-feu de l'IRA ne tarderait pas à être rétabli –, peut-être ne comprit-elle pas vraiment le sens des échauffourées en Ulster et ne sut-elle plus très bien si les paramilitaires bombardaient ou non les Anglais ces temps-ci, ni pour quelle raison ils l'auraient fait, mais elle fut reconnaissante de constater que Lawrence était fasciné par son métier, même si elle ne partageait pas ce sentiment. Reconnaissante qu'il prît la peine de la mettre au courant de ce qu'il avait fait dans la journée et respectât son avis. Si elle le lui demandait, il lui expliquerait patiemment les tenants et les aboutissants de la situation en Irlande du Nord, avec tous les détails souhaités. Il ne se vexerait pas si ce soir-là elle préférait se passer de l'exégèse. Quand ils s'installèrent devant le journal de Channel 4, elle fut heureuse de ne pas être une productrice laitière dont le troupeau partait en fumée sous ses yeux. Tandis que, de son propre aveu, elle était lasse d'entendre l'histoire de la maladie de la vache folle, les bulletins d'information britanniques étaient dans l'ensemble supérieurs à leurs équivalents américains – plus sérieux, plus fouillés –, et de cela aussi elle était reconnaissante.

Préparant leur traditionnel pop-corn pour l'apéritif, Irina se sentit comblée par cette routine inscrite dans l'équilibre parfait des fluctuations de la monotonie. Elle avait mis au point le dosage exact d'huile et de grain qui permettait d'obtenir le volume maximum avec un minimum de matière grasse ; après avoir expérimenté un certain nombre de marques de pop-corn, elle prenait toujours du Dunn's River, le moins susceptible de sécher. Une étagère de son placard à épices était réservée à un large éventail de condiments exotiques – cajun, créole, mélange Fujita –, de sorte qu'elle pouvait servir chaque jour du mois un bol différemment assaisonné. Ce soir, elle choisit du poivre noir, du parmesan et de la poudre d'ail, son assortiment préféré, et tandis qu'ils dévoraient les grains soufflés, elle fut contente de pouvoir s'en gorger l'estomac vide.

Ramassant d'un doigt humecté de salive les débris de fromage au fond du bol, Irina songea qu'ils étaient tous les deux en parfaite santé, et que parfois le bien-être physique, au lieu d'être un espace neutre entre les maladies, pouvait se transformer en plaisir conscient. À l'entrée de la quarantaine, ils restaient un beau couple ; elle avait survécu à une orgie de gâteau café-chocolat sans prendre un seul gramme. Aucun de leurs proches n'était mort récemment. Lawrence, ronchonnant parce que ce reportage sur l'ESB n'en finissait plus, était bien vivant. Le dîner serait succulent – le poulet avait mariné dans une sauce indonésienne épicée, une merveille.

Tout allait bien. Surtout, l'air était limpide entre eux. Sans doute avait-elle omis de mentionner un ou deux apartés intimes avec Ramsey Acton durant le week-end, mais cet après-midi elle s'était autorisée à dissimuler ces cartes insignifiantes. Certes, la tentation troublante de samedi soir avait ébranlé cet appartement, mais le sol était redevenu stable. Ni Lawrence ni elle n'avaient de vrais secrets l'un pour l'autre, et le croire n'avait rien de naïf. Lawrence ne dilapidait pas en cachette leurs économies aux courses – s'il disait qu'il allait en salle de gym à l'heure du déjeuner, c'était la vérité –, il ne faisait pas non plus semblant de se rendre tous les jours au bureau alors qu'il avait été licencié des mois plus tôt. Peut-être fumait-elle en douce une cigarette ou deux, mais elle ne se bourrait pas d'amphétamines pendant que Lawrence était à Blue Sky. Elle n'avait pas pris l'habitude de boire un sherry tous les matins, ni acquis une discrète dépendance au Valium. Lawrence n'entretenait pas une autre famille à Rome à laquelle il rendait visite alors qu'il prétendait assister à une conférence à Sarajevo. Il se pouvait fort bien qu'un livreur de pizza se trompât d'interphone ce soir, mais aucun adolescent maussade ne viendrait sonner à leur porte pour réclamer de l'argent au père qui n'avait jamais avoué son existence à sa compagne. Pendant le journal télévisé, Irina ne se demandait pas comment annoncer à Lawrence que sa mère égocentrique n'avait plus les moyens de garder sa maison de Brighton Beach et emménagerait dans leur chambre d'amis la semaine suivante. De son côté, Lawrence n'était pas en train de réfléchir à la manière d'annoncer à Irina qu'après toutes ces années il avait pris conscience de son homosexualité. Et samedi soir, elle n'avait pas embrassé un autre homme en son absence.

Cette année, elle célébrait Thanksgiving en juillet.

4

Un après-midi d'août, exaspérée, Irina feuilleta les illustrations de *Voir rouge* jusqu'à l'arrivée flamboyante du Voyageur cramoisi, saisit les pages par le bas et les arracha de son bloc de croquis. Sans s'accorder le temps de revenir sur sa décision, elle déchira immédiatement en deux les dessins bleus sans vie, les mit en boule, et les jeta à la poubelle. Seuls les plus récents étaient inspirés. Et tolérables à ses yeux : habités par une haute silhouette terrifiante venue d'un autre monde dont les coloris crus, extravagants eussent ébloui toute personne dénuée de culture artistique, et limitée à un spectre allant du bleu nuit à l'azur. Comment avait-elle pu ébaucher ces neuf dessins ordinaires sans une touche de rouge ? Elle allait les réaliser dans un autre esprit. Elle y ferait vibrer la nostalgie, le manque et la privation, elle insufflerait dans la série des « Bleus » le chagrin et la souffrance qui en détermineraient le climat affectif et les références musicales.

Son attitude, se dit-elle, était simplement professionnelle, et pourtant son empressement à détruire ses premiers croquis la perturbait encore. Aurait-elle été capable de détruire un autre projet, mis au point avec un soin minutieux, simplement parce qu'elle le jugeait « sans vie » et « ordinaire » ?

Pendant ce temps, tandis qu'Irina passait maître dans l'art de justifier son absence quand Lawrence appelait, il cessa de poser des questions. Vers la fin du mois, alors qu'une fois de plus elle rentrait chez elle à la dernière minute, aucun message du style « Veuillez raccrocher et rappeler ultérieurement » ne l'attendait sur le répondeur. Si elle n'était pas là, il ne voulait pas le savoir, et peut-être souhaitait-il aussi ignorer pourquoi.

Sa compagnie lui était insupportable.

Toujours un peu excessive, leur dépendance à la télévision devint insensée. Soir après soir, ils se calaient dans leurs sièges attitrés, l'air hébété, heureux de l'existence de cet objet miraculeux – qui leur permettait de passer des heures d'affilée dans la même pièce sans se parler, et, par la même occasion, donnait à cette inertie misanthrope une apparence de parfaite normalité. Redoutant de devoir affronter dans le programme un trou noir qui les obligerait à éteindre le poste – par exemple, la confluence mortelle de *Turbo Flics*, *Gardener's World*, et *Dr House* –, Lawrence prit l'habitude de rentrer tous les jours du travail avec une cassette vidéo.

Irina ne parvenait pas à suivre les intrigues les plus simplistes des films qu'il louait. Les visions qui avaient commencé ce premier dimanche fantasmagorique n'avaient fait que se multiplier, offrant un drame plus stupéfiant que tout ce que Lawrence glanait chez Blockbuster. Des visions sans aucun rapport avec des fantasmes. Elle ne semblait pas les concocter comme un fabuliste, mais en être le jouet, tel Alex dans *Orange mécanique*, les bras ligotés, les paupières maintenues ouvertes par des écarteurs. Même si elle essayait, elle ne pourrait pas les chasser. Elle s'en abstint.

On frappe à la porte. Il est tard. « Nous n'attendons personne ce soir », dit Irina. Elle sait déjà qui est là, et ce que le visiteur va exiger d'elle. Elle se sent toute molle dans son fauteuil, et met du temps à se lever. Elle suit Lawrence dans le vestibule. Ramsey Acton se tient sur le palier, raide comme un piquet, immobile. Dans la vraie vie, jamais il n'aurait transporté son bien le plus précieux hors de son étui. Mais dans ce mystère de la passion, il agrippe sa queue, plantant son fût sur le lino comme un bâton. Vêtu de noir, il ressemble à l'un des prophètes de l'Ancien Testament. Le regard gris-bleu de Ramsey est insoutenable. Il ne s'arrête pas sur Lawrence, mais fixe Irina, derrière son épaule. Le fait qu'il ignore délibérément son compagnon n'a rien de grossier. Il implique que, quelle que soit la raison de son étrange apparition sur leur seuil, dans une ville où les gens ne viennent pas sonner chez vous sans s'annoncer, Lawrence n'est en rien concerné par cette histoire. Irina croise ce regard. Elle y lit l'intransigeance. Pas un mot n'est prononcé. Ramsey n'a pas besoin de parler. C'est un ultimatum. Si elle ne s'exécute pas, il ne reviendra plus.

L'air nocturne de Londres fraîchit à la fin de l'été. Irina prend sa veste sur le portemanteau de l'entrée. Suivant le regard de Ramsey, Lawrence se tourne vers Irina qui enfile son vêtement.

Il a l'air médusé. Il n'a pas vu Ramsey Acton depuis plus d'un an. Il ne comprend pas pourquoi cet homme est venu chez lui sans prévenir. Mais l'heure n'est plus aux explications. Elle est désolée. Étrangement, pour elle aussi, tout cela n'a aucun rapport avec Lawrence. Elle décroche son sac de la patère. Elle n'emporte rien d'autre. Ni maintenant ni jamais. Il y a peu de chances qu'elle revienne un jour dans ce merveilleux appartement. Frôlant son compagnon au passage, elle se glisse près de Ramsey. Sa main froide et sèche lui entoure la taille. Enfin, ses yeux se posent sur Lawrence. Dans ce regard, tout est dit. Durant des semaines, elle s'est sentie pétrifiée par la perspective d'un tête-à-tête avec lui, un soir où elle aurait lâché ce qu'il redoutait le plus d'entendre.

La scène qu'elle a passée et repassée dans son esprit ne sera plus nécessaire. Lawrence sait. Il titube, submergé par ce flot d'informations. Personne ne peut rien pour lui. Il aura tout le temps de retrouver ses repères – de reconstituer péniblement ce qui a pu la pousser à se fâcher contre lui à cause d'un simple toast.

Ramsey lance sa queue en l'air avec légèreté et la rattrape au vol, la maintenant en équilibre. Le bâton biblique s'est transformé en un objet plus ludique qui ressemble à la canne d'un numéro de claquettes de Fred Astaire. D'un geste gracieux, il l'entraîne sur le palier. Ils descendent l'escalier.

L'autre vision récurrente était plus étrange, car elle ne conduisait jamais nulle part. Elle existait, simplement.

Ramsey et Lawrence sont assis à la table du séjour de l'appartement de Borough. À cette même table, l'année dernière, Irina et Lawrence – surtout Lawrence, en réalité – ont pris une résolution solennelle : même si le quatuor fondé avec Jude et son mari éclatait, Ramsey ne perdrait pas leur amitié. Que c'est émouvant : c'est uniquement grâce à l'insistance de Lawrence que Ramsey n'est pas tombé dans l'oubli général. S'il n'avait tenu qu'à elle, Irina n'eût pas levé le petit doigt pour le retenir. Comme si elle avait su ce qui allait se passer, et s'était gardée de la tentation en abandonnant cruellement l'objet de son désir inconscient sur un petit radeau emporté au gré des vents. Comme si Lawrence l'avait su lui aussi, et s'était précipité pour écoper le radeau de Ramsey et l'offrir à Irina – devenant le maquereau de sa soi-disant femme.

Sa femme. *Comme une décoration florale sur une table, le mot est au centre du mirage. Lawrence et Ramsey sont assis face à face. Dans la scène du coup de sonnette, Lawrence paraît être un personnage sans importance. Dans celle-ci, c'est Irina qui est de trop. Elle se tient à l'écart dans le couloir. C'est une affaire qui se règle entre hommes. Bien que le décor soit civilisé – la table est un meuble de l'époque victorienne, les rideaux cousus main sont tirés et discrets –, l'ambiance évoque le Far West, ou un règlement de comptes à OK Corral. Il pourrait aussi y avoir un gantelet sur la table, et deux pistolets.*

Le visage de Lawrence respire la tolérance. Quoi qu'il arrive, il écoutera Ramsey jusqu'au bout. L'expression de Ramsey est simple, ouverte.

« J'aime ta femme », dit-il.

La vision se résume à cette seule réplique. Elle ne pose pas de question et ne propose aucune solution. Elle décrit une situation inextricable, c'est tout. La scène s'arrête là, car elle ne peut aller dans aucune autre direction. Si la confrontation se poursuivait – Lawrence pourrait dire d'un ton bourru : « Le coup est rude », et Ramsey répondrait aussitôt : « Rude pour qui ? » –, l'impasse resterait. Même si la marge d'intervention d'Irina est réduite, elle, et elle seule, a le pouvoir de faire progresser cette relation au-delà de la confrontation, de développer l'intrigue.

Ce deuxième scénario était assez banal pour l'embarrasser. Mais elle ne se sentait pas du tout gênée. C'était trop intéressant. *J'aime ta femme.* Irina n'était pas mariée avec Lawrence. Pourtant le mot avait surgi dans son esprit parce qu'il correspondait à la vérité. Même si au regard de la loi, elle n'était pas sa femme.

Les jours où elle avait été capable de se concentrer sur autre chose que son propre malheur, Irina avait compris quels étaient les thèmes récurrents des drames et des thrillers dont Lawrence gorgeait leur insatiable magnétoscope. Dans l'ensemble, les films placent leurs protagonistes devant un dilemme moral, ou bien les mettent à l'épreuve pour qu'ils montrent de quoi ils sont capables. Pourtant, peu de téléspectateurs sont tenus d'affronter ce genre de situations dans la vraie vie. La plupart des gens n'ont pas besoin de trouver le moyen de dénoncer les complots des gouvernements sans se faire tuer. En général, ils ne s'engagent pas à protéger leur président au prix de leur vie. La Seconde Guerre mondiale est finie, et aucune mère occidentale ne se voit contrainte de choisir lequel de ses deux enfants échappera à la chambre à gaz.

Par contraste, il existe une région où, tôt ou tard, chacun de nous obtient le premier rôle – le héros, l'héroïne ou le bandit. La performance sur cette scène est un test de caractère aussi éprouvant que la tentation de vendre des secrets nucléaires à Pékin. Loin des dilemmes quotidiens auxquels se trouve confronté le citoyen moyen dans d'autres domaines – faut-il déclarer ou non ses revenus en espèces au fisc ? –, les enjeux sont ici beaucoup plus élevés. Le risque est grand de jouer avec les sentiments d'autrui. Il n'y a pas de plus grande responsabilité sur la planète. Votre manière de gérer ce cœur énamouré, qui bat ou s'arrête selon votre caprice, montrera votre vraie valeur.

Irina s'était plu à croire qu'elle était une femme correcte. Pourtant, dans cette sphère des plus révélatrices, son comportement était devenu abject du jour au lendemain. Elle eût préféré considérer son infidélité conjugale comme « incohérente », mais il n'est guère convaincant d'avancer qu'on n'est pas le genre de personne capable de faire ce qu'on est précisément en train de faire. Par conséquent, ses après-midi furtifs avec Ramsey Acton étaient cohérents. D'ailleurs, hors les manifestations des maladies dégénératives du cerveau telles que les variantes de Creutzfeldt-Jakob, il n'existe sans doute pas de comportement « incohérent ». À supposer que vous échouiez à vous conduire en fonction de ce que vous croyez être votre personnalité, votre idée de vous-même est certainement inexacte (et optimiste de surcroît). Puisque Irina n'avait pas encore consommé assez de bœuf anglais pour accuser la maladie de la vache folle, elle n'était pas « une personne correcte », mais une clocharde fourbe et perfide aux attachements superficiels, dont la parole, implicite ou non, ne signifiait rien, déterminée à souiller les plus belles choses de sa vie et de sa personne.

Pourtant, chaque fois qu'elle posait les yeux sur le visage de Ramsey, qui avait une délicieuse façon de changer d'âge selon la lumière – en l'espace de cinq minutes son expression passait du je-m'en-foutisme adolescent à la gravité de l'adulte, puis à la résignation fataliste d'un vieillard, et elle avait souvent l'impression d'être en présence d'un homme complet, depuis le berceau jusqu'au tombeau –, elle se sentait bien, un bonheur sans aucun rapport avec le plaisir insignifiant et complaisant procuré par la dégustation du chocolat. Quand il la touchait – et il n'avait pas besoin de lui caresser les seins ni de glisser les doigts sous sa jupe, il suffisait qu'il lui tînt la main, ou appuyât le front contre sa tempe –, elle avait le sentiment de connaître la révélation qui transporte de joie les physiciens quand ils ont enfin mis sur pied cette théorie insaisissable de l'univers, trouvé le prion ou le quark qui lie toute matière. Dans l'instant, il était impossible de concevoir que ce sentiment pût être mauvais. Dans les bras de Ramsey, son attirance pour ce remarquable joueur de snooker (qui l'eût cru) non seulement était bénéfique et lui inspirait une sensation de bien-être, mais semblait l'entraîner vers le bien suprême – cet absolu qui rend la vie digne d'être vécue, et dont le rejet serait moralement répréhensible et inhumain. Mais à son retour dans l'appartement de Borough, confrontée à l'homme qui lui avait accordé sa générosité sans compter et ne méritait pas, en échange de son dévouement, d'être traité avec cette froideur et cette perfidie, Irina se sentait sale.

Le matin du 31 août, Irina alla une fois de plus chercher le *Sunday Telegraph* chez le marchand de journaux, plongée dans ses pensées. En chemin, elle se reprocha d'imputer son désarroi intérieur à des inconnus, car les autres passants lui paraissaient tous affligés. Contrainte de se faufiler parmi ces gens à la mine défaite, foulant le trottoir dans un état second, elle s'autorisa une pointe d'irritation. Bizarrement, les clients du kiosque se parlaient tout bas, comme si les règles de la vie citadine avaient été suspendues pour la journée.

Les gros titres alarmants étaient peu explicites, les photos occupant une bonne partie des premières pages.

Le front soucieux, Irina se hâta de rentrer, et découvrit la fille de l'appartement du rez-de-chaussée assise sur une marche, la tête dans les mains. Irina n'avait jamais su son nom, mais n'était pas attachée à l'étiquette de la vie urbaine, ni rendue insensible par son égocentrisme récent au point de contourner allégrement une voisine décomposée en train de sangloter à fendre l'âme.

Elle effleura l'épaule de la fille. « Ça va ? Vous avez besoin d'aide ? Il y a un problème ? »

Cette fois encore, le protocole londonien fut balayé si radicalement que Westminster aurait pu prendre un arrêté. La petite ne se contenta pas de bredouiller à travers ses larmes que tout allait bien, merci, mais commença à s'épancher : « Mon chéri ne comprend pas ! Il est furieux contre moi ! Il dit que je n'ai pas pleuré comme ça quand sa mère est morte ! Mais je n'arrive pas à le croire ! Je suis écœurée ! C'est tellement triste ! »

Irina déploya timidement le journal qu'elle avait plié en deux, non pour le tenir plus facilement, mais par respect. « Je suis désolée, je viens de me réveiller, et la presse ne… »

Submergée, la fille réussit juste à hocher la tête. « Tous. Tous les deux. »

Ce drame n'était pas tout à fait du même ordre que l'effondrement de l'Union soviétique, mais en Grande-Bretagne, il n'en était pas très éloigné.

« C'est absolument incroyable ! » Fermant la porte, elle plaqua le gros titre contre elle. « Diana !

— Qu'est-ce que cette vache a encore fait ? » s'exclama Lawrence. Elle savait qu'il se lancerait dans l'une de ses cruelles imitations. *Oh,* dit-il d'une voix de fausset, baissant la tête et battant des cils, *j'aimerais aider les défavorisés, mais je viens d'avaler cinq bocaux de guimauve et il faut que j'aille vomir ! Pendant que j'enfonce ma main tout entière dans mon gosier, vous pourriez dire à ces charmantes personnes que ce qu'on voit sur mes cuisses, ce n'est pas de la cellulite ? Je venais juste de m'asseoir sur un dessus-de-lit en chenille ! Après, je pourrai raconter cette histoire sur Charles qui a dit : "Peu importe ce que signifie l'amour." Parce que, avec toutes les robes que je ne porte qu'une fois, c'est important que les roturiers aient pitié de moi !*

— Tu as terminé ?

— Je ne fais que commencer.

— Parce qu'elle est morte, déclara Irina.

— À d'autres !

— À Paris, Dodi al-Fayed et Diana ont été pourchassés par des photographes et ils ont eu un accident dans un tunnel. » Irina annonça la nouvelle d'un ton de triomphe malveillant. Elle avait rarement vu Lawrence rester sans voix (il parvint juste à dire : « Waouh ! C'est étrange »), et le regarder bredouiller était gratifiant. « Alors, la prochaine fois que tu diras des méchancetés sur quelqu'un que tu connais à peine, tu devrais peut-être y réfléchir à deux fois et te demander ce que tu éprouveras si tu apprends un jour qu'il est mort. »

Pendant le concert de lamentations nationales des semaines suivantes, Irina se sentit directement concernée par la mort de la « princesse du peuple ». En termes narratifs, l'histoire de Diana avait sauté d'un genre à l'autre. Comme pour l'idylle autrefois enchantée d'Irina avec Lawrence Trainer, un conte de fées avait viré au feuilleton mélo, puis sombré dans la tragédie.

« Tu as dit que tu voulais me parler de quelque chose, et il vaudrait mieux que ce ne soit pas encore une pleurnicherie sur Lady Di. » Betsy posa brutalement le merlot sur la table, à côté du zinfandel d'Irina. « Si je me coltine tout le trajet jusqu'à l'East End, j'espère qu'il s'agit au moins d'un scandale. »

Pour certains, les secrets étaient vivifiants, mais Irina se sentait minée par cette situation ; en septembre, elle était sur le point d'exploser. À défaut de thérapeute, la personne la plus indiquée était Betsy Philpot, qui ne mâchait pas ses mots. Elles étaient convenues de se retrouver au Best of India, un boui-boui de Roman Road. Betsy et Leo vivaient à Ealing, très à l'ouest, et Betsy avait rechigné à traverser tout Londres alors qu'il y avait cinq restaurants indiens dans son quartier. Mais Irina avait affirmé qu'on y servait des plats typiques pour un prix raisonnable ; le Best of India n'avait pas de licence de débit de boissons, mais ne facturait pas le débouchage des bouteilles. Cadre chez Universal – récemment racheté par Seagram's –, Leo venait d'accepter une baisse de salaire pour garder son poste. Heureuse d'économiser quelques livres sur le vin, Betsy avait cédé. D'ailleurs, comme toutes les personnes d'excellente compagnie, c'était une commère, et elle eût rejoint Irina en Sibérie pour entendre « ce qu'elle avait à lui dire ».

Avec l'obséquiosité des serveurs indiens (qui masque à peine leur mépris), le garçon déboucha le vin, puis, d'un geste théâtral, présenta les poppadoms et l'assortiment d'épices. Irina se promit d'éviter le condiment aux oignons crus.

« Allez, accouche, dit Betsy. La vie est courte, et cette soirée encore plus. »

Irina hésita. Manifestement, il était dangereux de vendre la mèche à quiconque était aussi l'ami de Lawrence. Mais révéler l'histoire au grand jour, c'était également renoncer au droit exclusif de propriété. Quand on livrait sa vie privée aux gens, ils se sentaient libres de formuler des opinions cavalières à ce propos ; vous pouviez aussi bien offrir à vos invités votre précieuse miniature originale de Monet en guise de dessous-de-verre. Dès l'instant où elle ouvrirait la bouche, ses péchés deviendraient de notoriété publique. Tout démenti futur laisserait une trace indélébile.

« Tu ne vas pas approuver, dit Irina.

— Je suis ton juge et ton jury ?

— Tu aimes faire la morale. » Il y avait des années que Betsy n'était plus l'éditrice d'Irina, mais l'ombre de la hiérarchie planait encore. Betsy se moquait de l'opinion qu'Irina pouvait avoir d'elle.

« Excuse-moi, je ne savais pas qu'il s'agissait d'une critique de mon caractère en bonne et due forme.

— Il ne s'agit pas de ça. » Irina but une gorgée de vin. « Désolée. Je n'ai aucune raison de me défendre contre tes commentaires désagréables alors que tu n'as encore rien dit.

— J'imagine que c'est toi qui as dit des méchancetés sur ton propre compte.

— Tu as raison sur ce point : des horreurs. » Encore une gorgée de vin. « Bon, en juillet, il m'est arrivé… un truc.

— Tu sais, quand tu es dans la salle de gym et que tu dois faire tes pompes, tu vas chercher de l'eau et tu renoues tes lacets. Repousser ce qui te dérange ne rend jamais les choses plus faciles. »

Émiettant son poppadom, Irina ne parvenait pas à croiser le regard de Betsy. « J'ai rencontré quelqu'un. Ou plutôt, on s'entrevoyait depuis des années, mais on a vraiment fait connaissance ce soir-là. » Malgré le mal qu'elle se donnait, l'histoire paraissait minable. « Je crois que je suis tombée amoureuse de lui.

— Je croyais que tu l'*étais* déjà », répliqua Betsy d'un ton sévère. Son sympathique mariage avait la dynamique d'un partenariat d'entreprise, et elle s'était plus d'une fois montrée envieuse du couple chaleureux d'Irina.

« C'est vrai, répliqua son amie d'un air accablé. Et il a suffi d'une seconde pour que je ne ressente plus rien à son égard, à part de la pitié. J'ai l'impression d'être un monstre.

— ... Depuis quand tu t'es mise à *fumer* ? » Les amis britanniques d'Irina lui en auraient volontiers demandé une, mais Betsy était une compatriote, et au lieu de sortir discrètement son paquet de Gauloises, Irina aurait pu aussi bien exhiber un sachet de poudre blanche, une seringue usagée et une cuiller.

« Ça m'arrive de temps en temps. » Irina essaya de chasser la fumée du visage de Betsy, mais le système de ventilation la renvoya vers elle. « Ne le répète pas à Lawrence. Il en ferait une maladie.

— Je parie qu'il le sait.

— Je fais des bains de bouche à la menthe, tout le tintouin, mais tu as sans doute raison.

— Oh, il est sûrement au courant pour les clopes. Mais c'est le moindre de ses soucis. Il sait que tu as une liaison, c'est ce que je voulais dire. »

Irina leva brusquement les yeux. « C'est faux. »

Betsy l'examina d'un air sceptique. « C'est une aventure platonique ? Vous allez dans les musées et vous tombez en extase devant un tableau ?

— Je n'ai jamais très bien saisi le sens du mot "platonique". Nous, euh... bon, c'est physique. Mais, euh, nous n'avons pas conclu. J'ai pensé que c'était important. » Elle n'en était pas du tout certaine. La retenue recelait un érotisme particulier, et la souffrance due au renoncement sexuel lui procurait depuis des semaines une sensation de douceur proche du ravissement. Si c'était cela la loyauté, à quoi ressemblait donc la trahison ?

« Ça va si mal que ça avec Lawrence, côté cul ? Ça se relâche ?

— Si ça va mal ? Jamais de la vie. On couche ensemble trois ou quatre fois par semaine, ou du moins on le faisait jusqu'à ces derniers temps. Mais c'est curieusement impersonnel.

— *Trois ou quatre fois par semaine*, et tu te plains ? Leo et moi, on baise à peu près chaque fois qu'on tourne le matelas.

— Je ne sais jamais ce qui se passe dans sa tête.

— Pourquoi ne pas le lui demander ?

— J'ai trop peur qu'il me retourne la question.

— Et ta réponse serait ? »

Le serveur arriva, et Irina rougit. L'Indien supposait sans doute que les femmes occidentales aux mœurs légères avaient couramment ce genre de conversation en grignotant des poppadoms.

« Je pense à un autre, murmura-t-elle quand il eut pris leur commande. Si je ne me représente pas un homme en particulier, je n'arrive pas... à aller jusqu'au bout.

— Ce type, il gagne sa vie comment ?

— Si je te réponds, tu vas savoir qui c'est.

— Tu as l'intention de manger un agneau korma, un poulet vindaloo et une garniture d'épinards et de pois chiches sans me dire son nom ? »

Irina remua une tige de coriandre dans le chutney.

« Tu vas penser que je suis folle.

— Tu projettes encore. Tu te *crois* folle.

— C'est pas aussi dingue que ça en a l'air. Si on y réfléchit bien, il n'y a aucune raison non plus pour qu'une illustratrice de livres pour enfants ait grand-chose en commun avec un chercheur de *think tank*.

— Ah, ce type est jardinier ou quelque chose dans ce genre ?

— Il voudrait bien appartenir à la classe ouvrière. Mais il a beaucoup d'argent.

— Écoute, je ne vais pas jouer aux devinettes. »

Irina secoua la tête.

« Si notre relation devient officielle un jour, Jude va sûrement penser qu'on se voyait dans son dos quand ils étaient encore mariés. Ça n'a jamais été le cas.

— *Ramsey Acton ?* s'exclama Betsy, incrédule. Je t'accorde qu'il est bel homme.

— Je ne l'avais jamais remarqué avant ; ou seulement de manière abstraite.

— Depuis les années soixante-dix, tout le pays a remarqué que ton chéri était beau. »

On les servit, Irina prit une minuscule cuillerée de chaque plat, et de vilaines flaques d'huile rouge se formèrent dans son assiette.

« Tu as perdu du poids, tu sais. » Un peu de rancune perçait dans cette observation. Betsy était jolie, mais bien charpentée – et Irina n'avait jamais trouvé les mots pour le lui dire. « Pour l'instant, c'est super, t'es une vraie bombe… mais n'exagère pas. Si tu maigris encore, tu vas devenir transparente.

— Je ne fais pas de régime, je suis incapable de manger, c'est tout.

— C'est le régime de l'amour. Ça vaut cinq kilos. Mais ne t'inquiète pas… tu les reprendras à la fin de l'histoire.

— Qui dit qu'il y aura une fin ?

— Irina, sois réaliste. Tu ne vas pas t'enfuir avec Ramsey Acton. Jude a commis cette erreur ; retiens la leçon. Oublie-le. D'ailleurs – si tu me dis la vérité –, tu devrais peut-être en finir pour de bon et baiser avec ce salopard. Arrête d'en faire tout un monde et découvre une fois de plus que le cul n'est rien d'autre que le cul. À ce titre, la plupart des hommes sont fongibles. Ensuite, raccommode-toi avec Lawrence. Que tu lui en parles et pleures un bon coup ou que tu gardes ça pour toi comme une adulte, c'est à toi d'en décider. Mais à long terme, tu n'as pas d'avenir avec Ramsey.

— Pourquoi ?

— Pour commencer, rappelle-toi ce que tu viens de dire à propos de l'argent. Certes, il en a beaucoup gagné. Mais selon Jude, bien mal acquis ne profite jamais. Il y a un corollaire. Quand ils ont divorcé, elle a été stupéfaite de découvrir qu'il ne restait presque rien à taxer.

— Elle a sa maison en Espagne !

— Sur les *millions* qu'il a gagnés ! J'ignore ce que tu sais du snooker, mais ces types se font un fric fou quand ils sont connus. Pourquoi il ne leur reste plus un sou ? Je ne parle pas seulement de l'aspect financier, mais de leur nature. Tu fais tout le trajet jusqu'à Roman Road pour pouvoir apporter ta bouteille de vin rouge. Tu es sobre. Ramsey ne l'est pas.

— Ça ne me ferait pas de mal d'apprendre à être un peu dépensière. J'aime bien ça, en fait.

— Jude t'a jamais raconté comment c'était de vivre avec un joueur de snooker ?

— Un peu, répondit Irina, sur la défensive. Elle se plaignait beaucoup. Mais c'était son genre. Comme le dit Ramsey, elle est chroniquement insatisfaite. Ils étaient mal assortis.

— Parce que toi, tu t'accordes avec lui ? Pars en tournée avec eux, et tu te retrouveras coincée dans des chambres d'hôtel, en train de te débattre avec le distributeur de thé. Mais ils n'ont pas vraiment envie que tu les accompagnes. Ils aiment aussi s'amuser loin de la table. Alors tu te morfonds chez toi, tu es une veuve saisonnière, et tu te demandes s'il boit, s'il prend de la coke, et qui se glisse près de lui au bar.

— C'est un cliché.

— Ils viennent toujours de quelque part.

— Ramsey est différent.

— J'ai déjà entendu ça quelque part. »

Irina, boudant devant ses épinards, avala une autre rasade de vin d'un air de défi. Quand le serveur ouvrit la deuxième bouteille en silence, elle perçut sa désapprobation.

Betsy n'en avait pas terminé. « Si tu envisages sérieusement un avenir avec Ramsey, pouvons-nous parler franchement ? Ramsey a quoi, cinquante ans ?

— Seulement quarante-sept.

— La différence est énorme. Dans le snooker, c'est l'équivalent de quatre-vingt-quinze ans pour tous les autres gens.

— Ramsey dit que, quand il a commencé, beaucoup de joueurs de snooker n'atteignaient le sommet que vers la quarantaine.

— Les temps ont changé. Les superstars ont toutes vingt ans. Ramsey perd du terrain. Tu peux t'attendre à ce que ça continue. Peut-être à cause de sa vue, ou d'un tremblement de la main, ou juste parce qu'il commence à s'épuiser malgré lui, mais jamais il ne retrouvera sa place d'avant. Il n'a jamais réussi à gagner le championnat du monde, et il n'a pas l'ombre d'une chance d'y arriver maintenant. Le problème, c'est que tu le récupères en fin de course. Ce n'est pas le plus amusant. Bientôt il va être obligé de se retirer, à moins qu'il n'ait envie de se mettre publiquement dans l'embarras. Le snooker est toute sa vie, autant que je sache. La retraite ne va pas être un beau spectacle. Quand je l'imagine, je vois en premier plan des siestes arrosées de cognac.

— Ils se mettent presque toujours au golf.

— Oh, super. » Betsy se servit encore une cuillerée de l'agneau méprisé, regardant d'un œil réprobateur Irina se remplir un autre verre de vin. « Écoute, ça ne doit pas être facile pour toi. Mais avant de te précipiter, essaie d'avoir l'esprit pratique. Jude dit qu'il est parano.

— Ça m'étonne pas d'elle.

— Je veux juste que tu ouvres les yeux. Elle dit qu'il est hypocondriaque. Qu'il est superstitieux et susceptible, surtout quand il s'agit du snooker. Il n'y a que le snooker, le snooker et encore le snooker. Tu ferais mieux d'aimer ça.

— Ça me plaît, répliqua Irina. De plus en plus.

— Ça signifie qu'avant, tu n'en avais rien à foutre. Mais je crois que ce qui t'excite dans l'affaire ce n'est pas la passion du snooker.

— Très bien. Tu as raison. » Irina n'avait jamais essayé de le formuler avec des mots, et avait le désagréable pressentiment qu'une telle entreprise se révélerait humiliante. Mais elle se lança. « Chaque fois qu'il me touche, je me sens mourir. Je pourrais rendre l'âme à cet instant et quitter cette terre dans un état de grâce. Et tout est parfait. Peu importe de quelle façon nous sommes assis l'un à côté de l'autre, c'est toujours merveilleux. L'odeur de sa peau me fait planer. Sérieusement, j'ai l'impression de sniffer de la colle quand je plaque mon visage contre sa nuque. Un relent de sucre et de musc à la fois. Comme une de ces sauces par réduction, intenses et délicates, dont on ne parvient jamais à déterminer les ingrédients, qu'on vous sert dans les restaurants de classe. Et l'embrasser… je devrais être gênée de le dire, mais quelquefois cela me fait pleurer.

— Ma chère », répliqua Betsy, nullement ébranlée ; Irina eût mieux fait de se taire. « C'est ça, le sexe.

— C'est un mot étriqué. Ce dont je parle n'est pas de cet ordre. C'est grand.

— Sûrement pas, même si tu le crois quand tu es portée par ça. La fumée finit par se dissiper, et tu te retrouves avec ce type dans le sous-sol, en train d'empocher des petites billes rouges toute la journée, et tu te demandes ce que tu fais là.

— Tu penses que ça ne dure pas ?

— Bien sûr que ça ne dure pas ! se moqua Betsy. Tu n'as pas vécu le même genre de chose avec Lawrence ?

— Si on veut. Peut-être. En moins intense. Je ne sais pas. J'ai un peu oublié.

— Ça t'arrange d'oublier aujourd'hui. Vous n'avez pas connu quelques mois de passion torride ? Vous n'auriez pas emménagé ensemble, sinon.

— Oui, je suppose. Mais cette fois-ci c'est différent.

— Ça paraît "différent" parce que tu baignes dedans en ce moment. Et pendant ce temps, des bornes se dressent dans ton cerveau pour t'empêcher de te souvenir comment c'était autrefois avec Lawrence. Mon petit doigt me dit que c'était exactement pareil.

— Tu crois que chacun de nous suit le même cycle. Au début on est très amoureux, comme étourdi, et ensuite, inévitablement, le feu s'éteint et il ne reste que des braises pitoyables. Alors en moins de deux, j'aurai trois fois par semaine des rapports impersonnels et hygiéniques avec Ramsey, au lieu de Lawrence.

— Si tu as de la chance.

— Je refuse de l'accepter.

— Alors tu en feras l'expérience par toi-même, ma petite. » Betsy surprit Irina qui jetait un coup d'œil furtif à sa montre. « Je te soutiendrai quoi que tu fasses, parce que tu es mon amie. Et je promets de ne plus le répéter. Mais je m'en voudrais si je ne te le disais pas au moins une fois. Lawrence n'est peut-être pas un cadeau du ciel pour la gent féminine. Mais – ne ris pas, ce n'est pas négligeable – c'est un bon pourvoyeur. Il est solide, et je suis sûre qu'il t'aime profondément, même s'il n'est pas toujours capable de le montrer. C'est le genre d'homme qu'on veut avoir près de soi en cas d'inondation ou de tremblement de terre, ou quand un voleur s'introduit dans la maison. Cerise sur le gâteau, ce gars-là a un esprit caustique et iconoclaste, et je l'adore. Je ne dis pas qu'une fille ne doit pas faire ce qu'elle veut. Ce n'est pas parce que tu vas lui briser le cœur en le quittant que tu ne dois pas suivre ton instinct – littéralement. Mais je pense qu'il te manquera.

— Et inversement, Ramsey ne me manquerait pas ?

— Je ne doute pas que couper court à cette liaison serait aussi douloureux que de te trancher le bras. Mais ce bras repoussera. Tu vis avec Lawrence depuis quoi… dix ans ?

— Pas loin, répondit Irina distraitement.

— C'est comme un compte en banque qui accumule des intérêts. Tu es sobre. Ne gaspille pas ton fric. Tu peux tout claquer pour un gadget de luxe. Et quand il tombera en panne, tu te retrouveras coincée avec ce vulgaire presse-papiers dans ton lit, et tu n'auras plus un sou. »

Ce n'était pas poli, mais Irina ne lui prêtait plus attention, et elle demanda l'addition. C'est ce qui se passe quand les gens vous donnent des conseils dont vous ne voulez pas : leur voix devient ténue et lointaine, comme une radio allumée dans une autre pièce.

Betsy croisa les bras. « Ramsey habite à quelques rues d'ici, non ?

— En fait, oui. » Irina cherchait son portefeuille dans son sac.

« Question suivante. » Betsy la foudroyait du regard. « Tu m'accompagnes jusqu'à la station de métro de Mile End, ou non ?

— Je vais peut-être… prendre un taxi.

— Super. On peut le partager.

— Borough n'est pas sur ton chemin.

— Ça ne me dérange pas de faire un détour.

— Oh, ça suffit ! Oui, si tu veux savoir, je vais chez lui. Nous avons rarement l'occasion de nous retrouver le soir. Il ne me reste guère de temps.

— Tu voulais vraiment me rencontrer ? Ou bien je te sers d'alibi ?

— Oui, je tenais à te voir. Tu le sais bien, non ? Je profite de l'occasion, c'est tout.

— Et tu m'obliges à faire tout le trajet jusqu'à l'East End...

— Je suis désolée. Je me sens bien dans cet endroit. Nous... euh, la direction ne connaît rien au snooker, aussi personne ne sait qui il est. Et la nourriture me plaît.

— Curieux. Tu n'as rien mangé.

— Je t'ai dit que je n'avais pas d'appétit.

— Si Lawrence me demande à quelle heure nous nous sommes séparées, je devrai lui dire la vérité.

— Il ne posera pas de question. » C'était vrai, et cela la rendait triste.

Irina essaya d'inviter son amie, mais Betsy refusa tout net, comme si elle ne voulait pas être achetée. Chacune paya sa part. Elles descendirent Roman Road en silence.

À Grove, où l'une prenait à gauche et l'autre à droite, Betsy fit face à son amie : « Je n'aime pas qu'on se serve de moi, Irina.

— Je regrette. » Elle luttait contre les larmes. « Ça ne se reproduira pas. Je te le promets.

— Tu dois parler à Lawrence.

— Je sais. Mais ces derniers temps nous ne parlons de rien.

— Je me demande pourquoi.

— Il est si puriste quand il s'agit de loyauté. Si je laisse entendre que je suis attirée par un autre homme, il me claquera la porte en pleine figure. Et je détruirai son amitié avec Ramsey. Je ne crois pas pouvoir annoncer quoi que ce soit sans être sûre de ce que je veux faire.

— Lawrence est un homme bien, Irina. Il n'y en a pas beaucoup comme lui. Réfléchis-y à deux fois. »

« Tu es tout essoufflée !

— J'ai couru. On n'a pas beaucoup de temps.

— Rentre, lapin, tu vas attraper la mort. Tes mains ! »

Ils franchirent le seuil, les hanches emboîtées comme des wagons de marchandises. Refermant la porte avec son dos, Ramsey lui massa les doigts.

C'était une maladie mineure, et courante : la maladie de Raynaud, qui provoquait des spasmes dans les artérioles des extrémités, même à des températures modérément basses. Le mois de septembre avait commencé, et le problème était revenu. Quand le syndrome avait été diagnostiqué, Lawrence lui avait suggéré de porter des mitaines quand elle travaillait dans son atelier pendant la journée.

Ce n'était pas un mauvais conseil. Mais la semaine dernière, quand elle l'avait expliqué à Ramsey au Best of India, il avait spontanément pris sa main dans les siennes pour masser la chair inerte et glacée jusqu'à ce qu'elle retrouve une température normale de femme bien vivante.

Une différence mineure, aurait-on pu dire. Lawrence avait proposé une solution technique, et Ramsey une solution tactile. Mais pour Irina c'était le jour et la nuit. Oh, elle ne s'en plaignait pas souvent. Elle avait froid aux doigts, la belle affaire ; il y avait pire dans la vie. Lawrence lui avait même acheté ces mitaines, qui la soulageaient un peu. Mais certains soirs d'hiver ses mains étaient si engourdies qu'elle ne parvenait pas à tourner la clé de la porte d'entrée, et devait frapper avec son pied. Pas une fois Lawrence ne lui avait réchauffé les doigts dans les siens. C'était un homme prévenant, il lui signalait toujours les éditeurs en vue, et lui offrait de petits cadeaux, parfois sans raison. Mais elle n'avait que faire de ses conseils professionnels, ou des colifichets qu'il s'ingéniait à lui offrir. Elle voulait qu'on lui tienne la main.

« Cognac ?

— Oh, je ne devrais pas, dit-elle, acceptant un petit verre. J'étais tendue au dîner et j'ai sifflé une bouteille de vin comme de l'Alka-Seltzer. »

Selon son habitude, il l'entraîna dans le sous-sol où ils se blottirent dans le canapé en cuir, la lampe allumée au-dessus de la table de snooker. L'étendue du tapis vert luisait devant eux comme un pré luxuriant en été ; ils auraient pu être en train de pique-niquer dans un pâturage.

« Je me sens très mal, dit-elle. J'ai parlé de nous à Betsy, et...

— Tu n'aurais pas dû.

— Il fallait que j'en parle à quelqu'un.

— *Tu n'aurais pas dû.*

— Betsy est capable de garder un secret !

— Personne ne respecte les secrets des autres comme les siens... la plupart des gens en sont incapables. Même toi, lapin, si j'en juge par ce que tu viens de faire ce soir. » Il paraissait amer.

« Je ne peux pas tout raconter à Lawrence. Tu n'es pas vraiment objectif. Si je ne m'étais pas confiée à quelqu'un, je serais devenue folle.

— Mais ce qui se passe entre toi et moi est d'ordre privé. Tu salis notre amour. C'est le genre de sujet dont raffolent les secrétaires quand elles prennent leur café. C'est dégradant.

— C'est souillé de toute façon.

— Ce n'est pas ma faute.

— Parce que c'est la mienne ?

— Oui, répliqua-t-il, à sa surprise. Tu dois prendre une décision. Je pourrais supporter ce genre de situation, même si ça me plaît pas. Mais une seule chose m'en empêche, Irina : *tu fous en l'air mon jeu*. »

Elle eut envie de riposter du tac au tac : *Et alors ?* mais elle se contint. « Quel rapport y a-t-il entre moi et le snooker ?

— Tu as bousillé ma concentration. Je joue une bille que j'ai pas l'intention d'empocher, et tout ce qui me passe par la tête c'est le moment où tu vas me téléphoner. Au lieu de rouler contre la bande du tapis juste derrière la marron pour bloquer les rouges, la blanche reste au milieu de la table avec accès sur une rouge facile à empocher par l'adversaire.

— Ton entraînement est perturbé, quelle tragédie, quand je remercie l'homme le plus généreux de ma vie par le mensonge et la trahison ! »

Ramsey écarta son bras de ses épaules. « Le plus généreux ? dit-il d'un ton glacial.

— Bon, l'un des plus généreux, répondit-elle, énervée. Il ne s'agit pas d'une compétition.

— Foutaises. Bien sûr que si. Fais pas ta naïve, mon chou.

— Je déteste que tu m'appelles comme ça. » La manière dont Ramsey le disait (en Grande-Bretagne plus personne n'utilisait cette expression anachronique, sauf dans les reprises de *My Fair Lady*) n'était guère aimable. Irina préférait de loin *lapin*. Un petit nom tout aussi excentrique, mais plein de tendresse, et – détail plaisant – elle n'avait jamais entendu Ramsey appeler une autre femme ainsi. « J'ai si peu de temps. C'est dommage de le gâcher par une dispute ! »

Il s'était installé à l'autre bout du canapé. « Je te l'ai dit dès le début. Je ne veux pas d'une histoire vulgaire. Ça fait près de trois mois qu'on joue à cache-cache, et trois mois de trop à passer de la pommade à un pote en sautant sa poule.

— Mais nous ne...

— On aurait mieux fait. J'avais le bras enfoncé dans ta chatte jusqu'au coude. » En Angleterre, on ne tripotait pas affectueusement cette partie de l'anatomie en public. « Va dire ça à Anorak Man et demande-lui si ça change quelque chose que j'y aie pas planté ma queue. Je te parie à cinquante contre un qu'il va pas me serrer la main pour cette preuve de respect, mais me balancer son poing dans la gueule. Et il aura raison. Je déraille complètement, et toi aussi. »

Irina baissa la tête. « Tu n'as pas besoin d'en rajouter. Je me sens déjà assez mal, au cas où tu n'aurais pas remarqué.

— Mais je veux pas que t'en chies. Je veux pas en chier. Je veux pas penser que tu vas repartir ce soir et te mettre cul nu au lit avec un autre mec. Je veux pas et j'y suis pas obligé et je le ferai pas. »

Irina s'était mise à pleurer, mais il poursuivit dans le même registre, comme si ses larmes étaient une ruse : « Si j'étais une poule, on me prendrait pour une poire si je permettais à un type plus ou moins marié de s'amuser avec moi pendant la journée. Mais je suis un mec, alors au lieu de ça je suis un frimeur. La main dans la culotte, et ça me coûte pas plus qu'une bouteille de chardonnay.

» C'est ce que pense l'homme de la rue, mais pas moi, chérie. Je sais que je suis une poire. Tu t'introduis ici et tu te presses contre moi comme un chat qui se frotte le derrière sur un poteau, et puis c'est : "Mince alors, t'as vu l'heure !" Et tu repars en courant, en me laissant seul avec le poteau. Me branler ne me pose aucun cas de conscience, mais ça n'arrive pas à la cheville d'une bonne partie de jambes en l'air.

— Tu ne devrais pas parler de nous comme ça, renifla-t-elle. Ni de moi. C'est laid.

— C'est notre faute à tous les deux ! Va te faire foutre, petite. » Il fit un bras d'honneur. « *Je veux te baiser*. »

Tassée à l'extrémité du canapé, Irina n'en ressentit pas moins un frémissement. Il la tenait au bout d'une ficelle, et tirait sur le crochet planté entre ses cuisses comme si elle avait été un jouet à roulettes. L'orgueil que lui inspirait sa déclaration se mêlait au ressentiment. C'était exaltant d'avoir conçu une passion dévorante avec en toile de fond sa relation discrète avec Lawrence. Mais elle n'avait aucune porte de sortie ; elle ne pouvait pas se contenter d'une sexualité torride à la petite semaine. Son désir était constant, et à cet instant – Ramsey se tenait à un mètre d'elle –, la frustration, même fugace, était intolérable. « Moi aussi je te veux, murmura-t-elle d'un ton morose.

— Tu me traites comme un gigolo ! Ça a assez duré ! Tu me salis, et tu nous salis. Tu te salis toi-même. Si Lawrence a pas encore pigé, tu peux retourner dans ton nid douillet et y rester. Ou tu peux mettre ton cul dans mon lit et t'y installer. Tu peux pas nous avoir tous les deux. Pasque chuis une ruine. Chuis à moitié fou. Je t'attendais ce soir, et j'arrivais pas à placer les couleurs sur les mouches alors que j'étais capable de le faire debout sur un cageot à fruits quand j'avais sept ans.

— Trois mois te paraissent peut-être une éternité, mais pour moi l'enjeu est énorme, j'ai vécu neuf ans avec Lawrence. Je dois être sûre de moi. Je ne pourrai pas revenir en arrière.

— On ne revient jamais en arrière. Dans le snooker, tu apprends à tes dépens que chaque coup est définitif. J'ai pas de temps à perdre avec des cons qui coupent les cheveux en quatre – *Hé, si seulement j'avais pas joué ce coup sur la bleue avec un gros spin arrière !* Tu joues la rouge suivante, ou pas. Tu vis avec ça. Tu fais de ton mieux sur le moment, et ensuite tu assumes les conséquences. À cet instant, c'est ta visite. Tu es au milieu des billes. Tu dois décider si tu joues la rose ou la noire, point barre.

— C'est Lawrence la rose ? Parce que je ne pense pas qu'il apprécierait cette couleur. »

Ramsey ne parut pas amusé.

« Désolée, poursuivit-elle avec un sourire nerveux, c'est juste que *Reservoir Dogs* est un de ses films préférés, et qu'il y a cette scène où Steve Buscemi se plaint de devoir jouer Mr Pink… Oh, peu importe.

— Je participe au Grand Prix le mois prochain, dit posément Ramsey. Je dois me préparer au tournoi, et me concentrer. Dans le meilleur des cas, je te demanderai de m'accompagner à Bournemouth. Mais c'est un projet voué à l'échec.

— Oh, j'adorerais…

— J'ai peut-être jamais été champion du monde, asséna-t-il, mais j'ai joué dans six finales, et la reine m'a décoré de l'ordre de l'Empire britannique. Ça pèse peut-être pas très lourd pour un Amerloque puant, mais pour moi ça compte. Je vais pas me laisser traiter comme un yoyo par une poule qu'est à la colle avec un autre type mais qu'a besoin d'un peu de frisson. Les planches pourries, c'est pas pour moi. J'ai jamais joué une seule manche si je savais par la bande que le trophée était promis à un autre. »

Le monologue avait tout du discours préparé à l'avance. Mais Irina commençait à connaître Ramsey, et elle pensa que non. C'était un artiste, et son jeu était la spontanéité même. Ce numéro avait pris un tour improvisé à cause de son éclat imprudent – et elle s'était permis de contester l'importance capitale du snooker. Il avait démarré au quart de tour et s'était lancé tête baissée. Sa voix avait un ton mesuré ; la discussion elle-même échappait à tout contrôle. Irina devinait déjà où elle conduirait, et se mordit les joues. Elle se retint de bondir à l'autre bout du canapé et de plaquer sa main sur sa bouche.

« Je veux pas te revoir avant le Grand Prix, déclara-t-il. Je veux pas de mots doux, pas de coups de bigo. À mon retour à Londres, je te reverrai seulement si t'as dit à Lawrence que tu m'aimes, et que c'est fini avec lui. »

Ramsey avait pas mal bu et faisait dans le mélo, mais son ultimatum c'est-moi-ou-lui était d'une logique imparable. Il avança encore d'un cran, donnant à sa proposition un accent téméraire et prématuré : « Et c'est pas tout, *mon chou*. Quand tu quitteras Lawrence, si tu le quittes un jour, tu t'installes pas chez moi comme la pute de service. *Tu m'épouses.* Pigé ? *Tu m'épouses,* et fissa. À quarante-sept ans, j'ai passé l'âge des longues fiançailles. »

Ça ressemblait plus à une agression qu'à une demande en mariage en bonne et due forme. Sa déclaration était cruelle, et supposée rendre encore plus difficile un choix déjà terrible. Il n'y aurait pas de « séparation à l'essai » avec Lawrence, et elle ne pourrait pas déguster l'offre de Ramsey comme ces petits carrés de cheshire distribués à Borough Market sans obligation d'achat. D'ailleurs, aucun homme n'avait jamais proposé de l'épouser. Sa demande, lancée telle une serpillière mouillée depuis l'autre bout du canapé, picota la nuque d'Irina.

« Ramsey... je ne suis même pas mariée avec Lawrence, après neuf ans de vie commune.

— CQFD. »

De retour chez elle, Irina ne se donna pas beaucoup de peine pour cacher qu'elle avait pleuré. À minuit passé, dans une ville aux prétentions cosmopolites mais dotée de transports en commun provinciaux, le métro était fermé. Lui jetant à la tête la froideur de son absolutisme tout neuf, Ramsey n'avait pas commandé de taxi, mais l'avait abandonnée sur le perron, la laissant libre de décider comment elle allait rentrer. La poignée de main à la porte avait dépassé les limites, déclenchant une telle cascade de sanglots pendant qu'elle s'enfuyait que, lorsqu'elle finit par héler un taxi dans Grove Road, le chauffeur dut lui demander trois fois de répéter l'adresse.

Ramsey ne fut pas le seul à afficher son indifférence. S'abstenant de tout commentaire sur ses yeux rouges et gonflés, Lawrence déclara d'un ton guindé : « Il est tard.

— J'ai raté le métro. J'ai mis un temps fou à trouver un taxi.

— Toi, prendre un taxi ? Toi qui consultes ta montre toutes les cinq minutes pour être sûre d'attraper le dernier train ?

— Je n'ai pas vu le temps passer. C'est vendredi soir, et les taxis étaient tous réservés, j'ai dû attendre. » Puisqu'elle mentait, elle pouvait bien aller jusqu'au bout, et dissimuler le fait qu'elle avait hélé dans la rue un de ces taxis pirates aux tarifs exorbitants.

« Pourquoi tu n'as pas appelé pour me prévenir que tu rentrerais aussi tard ? J'aurais pu m'inquiéter. » Il n'avait pas l'air inquiet du tout. Il eût volontiers payé un homme de main pour l'assommer en chemin, se dit-elle.

« Chercher un téléphone public qui fonctionne m'aurait encore plus retardée. » Elle articulait péniblement, et le cœur n'y était pas.

« Si tu as pu joindre un taxi, répliqua Lawrence, c'est que tu en avais déjà trouvé un. À supposer que Betsy n'ait pas eu son portable sur elle. » Sa façon de prononcer ce prénom laissait entendre qu'Irina n'avait peut-être pas rencontré son amie. Apparemment, l'un des sacrifices liés au mensonge était la possibilité de dire la vérité.

« Bon, je n'y ai pas pensé au moment où ç'aurait été possible. Je suis tête en l'air, dit-elle sans conviction. Peut-être qu'il est temps d'oublier nos préjugés et d'acheter des portables.

— Ouais, ça serait super. Je pourrais t'appeler, ou bien tu m'appellerais, toi, et je ne saurais pas où tu es, et tu n'aurais pas besoin de me le dire. »

Irina ne releva pas, laissant stoïquement ce crachat dégouliner le long de sa joue. « Si tu veux connaître la raison de mon retard, c'est que nous nous sommes disputées, Betsy et moi. J'ai eu du mal à régler ça. » L'effort exigé pour élaborer une excuse crédible était prodigieux, et elle se demanda pourquoi elle prenait cette peine. Il était près de deux heures du matin et pour une sortie ordinaire entre filles, cette soirée avait été d'une improbable longueur.

« À quel propos ? »

Irina passa en revue sa conversation avec Betsy, cherchant un os à lui lancer, mais elle ne dénicha pas grand-chose. « Je ne vais pas t'ennuyer, c'était stupide. Tu sais que Betsy t'adore. Elle te trouve merveilleux.

— Je suis heureux que quelqu'un m'apprécie. » Il alla se coucher.

Pendant les dix jours du compte à rebours jusqu'au Grand Prix de Bournemouth, Irina aurait pu graver des croix tremblantes sur les murs en pierre de son goulag, marquant l'inexorable marche du temps jusqu'à son exécution.

Des fantasmes de mort dansaient dans son esprit. Elle n'en était pas au point de songer à mettre la tête dans le four à gaz, mais chaque fois qu'elle traversait Borough High Street elle avait l'image d'un camion brûlant le feu de signalisation et fonçant dans sa direction. Elle regrettait amèrement que l'IRA eût rétabli la trêve, ainsi que l'avait prédit Lawrence, rendant d'autant plus impossible l'éventualité d'une explosion spontanée dans leur station de métro à l'instant où elle sortirait de l'ascenseur. En marchant sous les échafaudages des nombreux ensembles immobiliers de luxe qui bourgeonnaient dans le quartier, elle ne souhaitait pas qu'un parpaing basculât dans le vide et le *voyait* pourtant dégringoler deux étages et l'assommer. Ces idées morbides étaient absurdes mais, à l'instar des visions de Ramsey à la porte et des couples s'étreignant sur la moquette, ces divagations étaient indépendantes de sa volonté.

Elle n'avait aucun pouvoir non plus sur les rêves éveillés où elle surprenait Lawrence, le cœur gros, épluchant son carnet d'adresses pour informer ses amis de sa disparition. Betsy demandait en hésitant : « Quelqu'un a prévenu Ramsey ? » Lawrence se demandait pourquoi le joueur de snooker figurait en tête de liste, alors qu'il avait été si difficile de pousser la malheureuse Irina à dîner avec lui le jour de son anniversaire. Malgré son franc-parler, Betsy restait discrète, mais proposait d'annoncer elle-même la triste nouvelle à Ramsey. À l'enterrement, Lawrence ne comprenait pas pourquoi son ancien ami était ravagé par le chagrin. Quelque chose finirait par lui revenir – cet anniversaire ; l'attitude lointaine si exaspérante d'Irina, à son retour de Sarajevo ; sa mauvaise humeur, ses absences inexpliquées pendant la journée… Il serait d'abord en colère, mais ne pourrait plus s'en prendre à elle, et sa fureur se changerait rapidement en chagrin. Avec le temps, leur amour de la même femme lierait peut-être les deux hommes, et cimenterait leur amitié. (Absurde, mais séduisant néanmoins.) Elle ne souhaitait pas vraiment être morte. Pourtant, l'idée d'annoncer à Lawrence qu'elle en aimait un autre lui était insupportable – sauf si elle ignorait les conséquences de cet aveu.

Tous les trois ou quatre ans, en bon fils, Lawrence se rendait à Las Vegas, mais ses parents ne voyaient pas l'intérêt des *think tanks*, qu'ils trouvaient prétentieux, et il jugeait l'enseignement du golf futile et insipide ; la déconnexion était totale. Son frère était accro à la meth et venait toujours taper son père ; sa sœur, dénuée d'ambition, travaillait dans un Wal-Mart à Phoenix. Irina ne faisait pas partie de la famille de Lawrence ; elle *était* sa famille. Étant donné les discours sur les livres et la politique qui meublaient ses rares sorties en société, elle était aussi sa seule véritable amie. La responsabilité qui en était résultée n'avait jamais pesé aussi lourd. Elle était aujourd'hui écrasante.

Pourtant, pas une journée ne s'écoulait sans qu'elle fixât le téléphone quand Lawrence était au travail, ou sortît une pièce de vingt pence devant une cabine publique. La sensation ressemblait à ce qu'éprouve un fumeur désireux d'arrêter le tabac quand il examine l'unique paquet qu'il a caché en cas d'urgence dans ce petit tiroir en verre grossissant posé sur l'*Oxford English Dictionary*, se disant : *Juste une, juste une clope ne changera rien à long terme... n'est-ce pas ?* Ramsey avait sans doute fixé des ultimatums sous l'effet du cognac, mais si la voix tremblante d'Irina résonnait dans son appareil il pousserait un profond soupir de soulagement, et quelques minutes plus tard elle courrait se jeter dans ses bras à Hackney.

Sans doute la résolution de Ramsey serait-elle aussi facile à briser que les fibres d'un morceau de bœuf baignant dans le contenu d'une bouteille de barolo. Mais une solution temporaire n'était pas la réponse. Elle devait prendre une décision. Ainsi que Betsy l'avait observé, l'exercice ne serait pas moins éprouvant si elle renouait les lacets de ses baskets.

À l'œil nu, ses promenades désespérées de l'après-midi – qui tendaient insidieusement à conduire ses pas vers l'East End, une fois qu'elle avait franchi le fleuve – donnaient l'impression qu'elle s'apitoyait sur son sort. Bien au contraire.

Elle était désolée pour Betsy, maintenant chargée d'un secret dont elle ne voulait pas et qui, lors d'une prochaine rencontre en présence de Lawrence, lui ferait sentir qu'elle l'avait trahi.

Elle était désolée pour Ramsey, qui avait en toute innocence invité une amie à manger des sushis et n'aurait pu prévoir qu'après deux bouffées d'herbe sa muette et timide compagne de table se transformerait en prédatrice sexuelle ; Ramsey qui témoignait d'une foi émouvante dans le « code » des hommes qui juraient de ne pas toucher à *la poule de leur pote* et méprisaient quiconque violait cette loi, à commencer par lui. À cet instant précis il était obligé de concentrer toute son énergie sur le prix de soixante mille livres de Bournemouth, fou d'angoisse à l'idée que l'unique objet de son désir se détournât déjà de lui, préférant une relation sûre et confortable avec son rival. Face à cette situation, il était impuissant. Une posture romantique dont les effets désastreux se feraient sentir dans la dernière manche de six finales de championnats, au cours de laquelle il en serait réduit à siroter une Highland Spring alors que le trophée tant convoité lui échappait.

Irina était surtout désolée pour Lawrence. Quand il pensait qu'elle ne le regardait pas, elle avait plus d'une fois surpris sur son visage l'expression d'un petit garçon abandonné par sa mère à Disney World. La nostalgie s'y mêlait à la perplexité et à l'accablement. On le punissait, et il ignorait pourquoi. Tout ce que son partenaire avait adoré la rendait folle aujourd'hui. Elle ne lui adressait plus un seul mot en russe, et depuis des mois n'avait pas employé le tendre patronyme « Lawrence Lawrensovitch ». Chaque fois qu'il lui parlait de son travail, par exemple du projet que *Foreign Policy* avait accepté – un joli coup –, elle prenait un air excédé, et ne feignait même plus de l'écouter. Quand il rapporta une photocopie de l'article publié, elle le laissa traîner sur la table sans le lire jusqu'au moment où il le remit dans son porte-document, tout penaud. Il lui suffisait de l'entendre marcher dans une pièce pour s'irriter et se sentir prisonnière. Chaque fois qu'il lui proposait de voir

Boogie Nights un week-end, de faire ensemble, pour une fois, l'une de ses longues promenades du dimanche après-midi, ou de se rendre avec elle à Borough Market pour acheter des légumes, elle refusait d'un haussement d'épaules, ou le décourageait, par considération, prétendait-elle, pour le travail énorme qu'il devait accomplir. Alors que quelques mois plus tôt elle avait préparé des repas succulents pour lui plaire, elle concoctait maintenant, à défaut d'autre chose, des menus plus recherchés, mais il voyait qu'elle cherchait simplement à se réfugier dans la cuisine pour échapper à sa compagnie. Rien de ce qu'il faisait n'était bien, et ces derniers temps il semblait vain d'essayer. Elle s'expliquerait sans doute quand ça lui conviendrait. Tous les signes indiquaient que cette explication serait un désastre, et il avait tout intérêt à en repousser le plus possible l'échéance.

Parmi les protagonistes de ce drame – tout à fait ordinaire, elle n'avait aucune illusion à ce sujet, considérant que, sur le plan technique, toutes les expériences de la vie, la naissance, la mort, l'amour, la trahison, étaient « ordinaires » –, un seul ne lui inspirait pas la moindre sympathie. Si elle avait fait preuve de constance dans ses sentiments, Ramsey se serait concentré sans peine sur le Grand Prix à venir. Betsy se serait chargée sans peine du seul fardeau des récriminations d'Irina concernant Jude Hartford. Et Lawrence aurait été heureux comme un poisson dans l'eau.

L'avant-veille du début du tournoi à Bournemouth, Lawrence, dans l'espoir d'obtenir un peu de silence, éteignit la télévision.

« Écoute, je sais que le snooker ne t'intéresse pas beaucoup. » Les genoux ouverts, les bras déployés sur le canapé, il cherchait la confrontation. « Mais je me suis dit que *Ramsey* t'intéressait peut-être. »

Irina sentit le sang se retirer de son visage, et un frisson glacé lui remonta jusqu'à la racine des cheveux ; elle eut l'impression d'avoir plongé dans un océan Arctique rempli d'aiguilles. Elle ne s'était pas attendue à cela. Elle avait envisagé de préparer une liste de raisons, ou un discours. Une révélation, même composée avec soin, eût été de toute façon calamiteuse. Mais s'il avait découvert la chose par lui-même, c'était infiniment pire.

« Le snooker ne me dérange pas, articula-t-elle faiblement.

— Je veux dire, son histoire est intéressante, non ? Au début, c'est un prodige, ensuite il disparaît parce que les prodiges grandissent, et d'après la légende, il est tombé dans le ruisseau. Mais il remonte la pente et cette fois, plus à force d'assiduité que grâce à un réel talent, il parvient au sommet. Mais pas tout à fait. Il devient l'ultime perdant de ce sport. Sur six finales de championnat, il n'en gagne aucune. Alors voilà ce type sur le retour qui n'a jamais tenu la coupe entre ses mains, et qui commence à décliner. Mais il ne connaît rien d'autre que le snooker. Que peut faire un type comme lui ? Quand il ne voit se profiler que sa propre déchéance ? Où va-t-il trouver une nouvelle raison de vivre ? »

Une sueur fétide perlait entre ses seins. Lawrence avait peut-être évité *l'essentiel,* selon son habitude historique, mais ce jeu sadique du chat et de la souris ne lui ressemblait pas.

« Il y aura autre chose, je suppose, répondit Irina.

— Un autre sport, par exemple ? Une autre sorte de jeu ?

— D'après ce que je sais – Irina fut elle-même stupéfaite d'être encore capable de parler –, les joueurs de snooker à la retraite se mettent souvent au golf.

— Mais le golf n'a pas l'élégance du snooker. Ni la stratégie ni l'intelligence – ni l'art de penser une douzaine de coups à l'avance, d'anticiper le succès final.

Jouer aux échecs serait plus logique, s'il avait un peu de cervelle.

— Ramsey n'est pas stupide.

— Il a abandonné les études à seize ans. Oh, il est capable de décrire pendant des heures les mérites d'un pourcentage contre un jeu d'attaque. Mais ne lui parle pas du programme des tories récupéré par le New Labour. J'ai essayé une fois ; j'ai essuyé un échec cuisant. Et il s'agit de son pays.

— Il existe différentes sortes d'intelligence », dit Irina d'un ton neutre. Elle voulait qu'il aille droit au but, et cesse d'étaler son savoir.

« Je vois pourquoi les joueurs de snooker sont attirés par le golf, poursuivit Lawrence, montant sur ses grands chevaux. Ce n'est pas un combat direct. On joue contre un adversaire en se battant côte à côte, chacun son tour. Quand tu es sur le green, ou à la table, les mains de ton rival sont liées. C'est poli – pas du tout un sport de gladiateur, comme le foot ou même le tennis. Le snooker et le golf sont faits pour les mauviettes.

— Les vrais hommes se battent à mains nues ?

— Ouais. Absolument. Mais on ne peut pas dire que Ramsey soit macho.

— C'est un lâche, d'après toi ?

— Les sportifs recherchent des jeux qui conviennent à leur nature. Il est faible, aussi il a évité de mettre sa force physique à l'épreuve. Et il déteste l'affrontement – avec un autre homme, du moins. Dans le snooker, ton adversaire est une abstraction. Le placement des billes pourrait aussi bien être programmé par ordinateur. En fin de compte, tous les joueurs de snooker jouent contre eux-mêmes, contre leur propre score. Maintenant, Ramsey joue contre lui-même et perd.

— Dans certains tournois, suggéra-t-elle, Ramsey se défend très bien.

— Alors, tout ce théâtre, ça te captive ?

— Oui, Ramsey me captive, répliqua-t-elle d'un ton appuyé, fixant ses mains.

— Bien. Parce que le Grand Prix a lieu la semaine prochaine. Ramsey fait partie de l'équipe, et Bournemouth est à une heure et demie de train. On prend un bed and breakfast, ça nous fera une sortie ?

— Tu veux dire, demanda-t-elle, levant des yeux incrédules, que tu comptes y aller ?

— Tu n'as pas l'air très emballée. » Sa posture assurée se relâcha d'un coup, et ses bras retombèrent sur ses genoux. « C'est juste, reprit-il d'un ton morose, qu'on n'a rien fait ensemble depuis un bon moment. J'ai assisté à des tournois, mais pas toi. Et quand tu connais un des joueurs, tu as une approche… une… raison de t'intéresser… »

Irina se tamponna discrètement le front de sa manche.

« Un tournoi de snooker, c'est très britannique, ajouta Lawrence. Tu sais, ça pourrait être débilitant… » Il se reprit, embarrassé : « Je veux dire, édifiant. » Lawrence s'était résigné à parler un mauvais russe. Pour l'anglais, c'était autre chose.

« Je serais heureuse de voir le tournoi avec toi, prononça-t-elle prudemment, s'efforçant de bien respirer, de ralentir son pouls. Mais tu dis toujours que tu suis mieux les manches à la télé, non ?

— Oui, mais l'ambiance n'y est pas. Et je parie que Ramsey nous emmènerait dîner quelque part. »

Bon, il n'était pas au courant. Pourtant, l'instinct de Lawrence le poussait à utiliser Ramsey comme appât. Irina imagina leur trio se forçant à passer ensemble une soirée entière… Elle espéra que l'effroi ne transparaissait pas sur son visage.

« Et puis Ramsey dit qu'il est optimiste, pour le Grand Prix, déclara Lawrence.

— Tu lui as parlé ? demanda aussitôt Irina.

— Bien sûr. Pour les billets gratuits.

— Comment va-t-il ? » Avec un peu de chance, sa nostalgie n'était pas perceptible.

« J'en ai pas la moindre idée. Ce pauvre type ne sait peut-être pas se comporter en société, mais cette communication dépassait les bornes. Un inspecteur du fisc n'en aurait pas tiré plus. Peut-être qu'il n'est pas à l'aise au téléphone.

— Je parie que non. » Au théâtre, les sous-entendus des dialogues produisaient un effet comique, mais dans la vie c'était atroce.

— Alors tu en penses quoi ?

— Si tu veux qu'on fasse quelque chose ensemble, tu ne préférerais pas qu'on soit juste tous les deux ?

— Ça n'a pas l'air de te plaire qu'on soit *juste* toi et moi, ces derniers temps. J'ai pensé que peut-être avec un tiers… un peu d'animation…

— Je n'ai pas besoin de cette sorte d'animation, répliqua-t-elle en toute sincérité.

— Tant pis, alors, dit-il d'un air abattu. C'était une idée comme ça.

— Tu l'as remarqué… Je ne suis pas aussi fan de snooker que toi, reprit-elle avec douceur. Ça paraît bien compliqué d'aller à Bournemouth. On pourrait regarder le tournoi ensemble. Les premières manches sont diffusées tard, n'est-ce pas ? Après onze heures et demie ? Avant, on pourrait manger un morceau dehors. Ça nous ferait une sortie. »

Lawrence parut ragaillardi. « D'accord. Ça te plairait ? »

L'espoir qui perçait dans son regard était démoralisant. Ces jours-ci les petites gentillesses d'Irina, auxquelles il avait aujourd'hui tendance à attacher une importance exagérée, semblaient carrément méchantes, encourageant un optimisme qu'elle aurait pu réprimer sans peine. Elle était donc cruelle tout le temps, même quand elle se montrait aimable. Ça ne comptait pas, aussi elle était libre de le traiter comme bon lui semblait. C'était ce qu'on appelait le « pouvoir ». C'était surfait.

« Oui, ça me plairait », répondit-elle d'une voix suave.

Pourtant elle pensait : *Oh, j'aimerais tant que ça me plaise.* Un instant, Irina perçut la présence obsédante de cette autre vie où la perspective d'un dîner dehors en compagnie de Lawrence et d'une soirée blottie contre son épaule devant un match de snooker était une simple merveille.

Quand elle avait proposé de « manger un morceau dehors », elle avait eu en tête un restaurant turc bon marché, Tas, à dix minutes à pied dans Borough High Street. Mais Lawrence avait voulu marquer le coup, et réservé une table au Club gascon, dont les prix avaient restreint leur dégustation de grande cuisine basque à des occasions exceptionnelles.

Irina ne choisit pas son ensemble le plus seyant (elle gardait ses tenues les plus élégantes pour l'East End) mais se rendit présentable. Elle ne put en dire autant de Lawrence. « Tu vas mettre *ça* ? Le Club gascon est assez chic ! »

Il était vêtu du même uniforme – jean flottant et chemise de flanelle écossaise – qu'il avait porté le jour de leur rencontre. Elle aurait dû être habituée à son aspect négligé chronique, mais à présent, elle était gâtée. Ramsey savait s'habiller.

Lawrence haussa les épaules. « Si je dois payer aussi cher, je veux me sentir à l'aise. »

Irina roula les yeux. « J'ai l'air d'une pute à côté de toi ! Je me pavane en jupe et hauts talons à côté d'un homme habillé à la va-comme-je-te-pousse !

— C'est bon, grommela-t-il, retournant dans la chambre en traînant les pieds. J'y vais. »

Il réapparut en pantalon bleu marine et chemise bleu-vert à col boutonné. Des années de vie commune avec une artiste n'avaient pas amélioré son sens des couleurs. « Ces bleus jurent, marmonna-t-elle.

— Les bleus ne peuvent pas jurer, répliqua-t-il avec humeur.

— J'ai illustré près d'un livre entier en bleu, et je t'assure que si. »

Lawrence s'élança vers Black Friars Bridge la mine renfrognée, le torse penché comme pour lutter contre un vent violent. Ses foulées étaient petites mais son pas vigoureux, et Irina avait du mal à le suivre sur les pavés ronds.

Assis dans le restaurant obscur, avec ses décorations florales exotiques tarabiscotées, Lawrence se plaignit que leur table fût trop proche des autres dîneurs – « pas très romantique ». Irina se retint de remarquer qu'une idylle naissante pouvait aisément s'épanouir dans un bar de restauration rapide devant un hachis Parmentier. Tandis qu'elle passait en revue l'impressionnante carte, elle fut gagnée par l'apathie. Lorsque Lawrence proposa de choisir le menu à cinq plats avec les vins assortis au prix exorbitant de soixante livres par tête – qui ne manquerait pas de les mettre K-O avant leur retour à la maison pour le Grand Prix –, Irina acquiesça pour s'épargner l'effort de commander à la carte. L'idée d'être beurrée pour leur rendez-vous sportif lui plaisait. Si elle n'avait pas désiré à toute force voir Ramsey Acton, même à la télévision, elle se fût volontiers soûlée à mort.

Une fois la commande passée, Lawrence écarta son cocktail champagne-armagnac et se pencha sur la table. « Alors, dit-il en la fixant intensément. Comment vas-tu ? »

Irina recula comme si un fusil chargé la menaçait. « Ça va, répondit-elle évasivement. Les premières illustrations pour *Miss Angleterre sans les mains* ont l'air réussies. »

Il la considéra un instant. Son expression était impassible. Il soupira. « J'espère que tu n'en seras pas fâchée, reprit-il, mais pendant que tu dînais avec Betsy l'autre soir, j'ai jeté un coup d'œil à tes dessins.

Ils sont assez extravagants. Dans le bon sens du terme, je veux dire. Mais… tu ne crois pas que ces illustrations sont un peu *adultes* ?

— Comment ça ?

— Euh… sensuelles.

— Les enfants ont des sens.

— L'héroïne est une boiteuse dans un fauteuil roulant magique, non ? Pas une vamp.

— Le fait d'être handicapé ne signifie pas qu'on ne soit pas beau.

— Je croyais que les personnages des livres pour enfants étaient plutôt censés être mignons.

— La Belle au bois dormant ? Dans les classiques, les personnages féminins avaient des seins et étaient réveillés par des baisers. Mais aujourd'hui le sexe a été expurgé de la littérature enfantine, et les lecteurs brûlent de se débarrasser de leurs jouets, ou d'apprendre que les petits Somaliens sont comme eux.

— Mais tes illustrations sont destinées à notre époque.

— Je suis désolée que tu juges mon travail peu professionnel.

— Je n'ai pas dit ça. Ce que j'ai regardé m'a juste paru un peu risqué.

— Je ne montre aucune partie choquante du corps.

— Ce n'était pas nécessaire. Cela tient à l'esprit des dessins, à ce qu'ils inspirent. L'expression de la boiteuse… Je ne trouve pas d'autres mots pour le dire… elle est lascive.

— Je suis sûre que si mes illustrations étaient obscènes à un point intolérable, Puffin ne se priverait pas de m'en faire la remarque. »

Le vin blanc qui accompagnait le foie gras était un vin de vendange tardive, de l'or doux-amer et mélancolique du couchant qui embrase le paysage, d'autant plus douloureux qu'il s'estompe aussitôt. Le foie d'oie à peine cuit se prélassait sur un fouillis de brindilles, évoquant une horloge molle de Dalí. Quand

Lawrence leva son verre, aucune idée de toast ne lui vint à l'esprit, et leurs flûtes s'entrechoquèrent sans raison particulière.

« Tu sais, cette crise financière en Asie est galopante, et le baht est en chute libre, dit Lawrence. Je suis un peu inquiet pour nos investissements. Mais il y a un bon côté. Dans les prochains mois les vacances en Thaïlande risquent d'être extraordinairement bon marché.

— Pourquoi irions-nous en Thaïlande ?

— Pourquoi pas ? Nous n'y sommes jamais allés. Il paraît que les plages sont géniales.

— Tu détestes la plage. Et depuis quand est-ce que tu as envie d'aller dans un endroit où tu n'es pas en mission ? Il n'y a pas de terroristes en Thaïlande, que je sache.

— Maintenant que tu en parles, j'avais pensé faire un voyage en Algérie. » Il attendit. Pas de réaction. « Ça ne te dérange pas que je parte là-bas ? »

Tout déplacement de Lawrence signifierait qu'elle pourrait voir Ramsey impunément, même la nuit. « Pourquoi ça me dérangerait ?

— C'est l'un des pays les plus dangereux du monde en ce moment. En août, pendant le raid islamique sur Sidi Raïs, trois cents villageois ont été massacrés à la machette.

— Ah bon ? » Ses yeux s'obscurcirent. « Ça m'a échappé.

— Comment est-ce que ça a pu *t'échapper* ?

— C'est ton affaire de suivre ces choses. Pas la mienne.

— Le reste du monde est notre affaire à tous ! Tu *dois* t'y intéresser.

— L'Algérie ne sera pas plus sûre si je prends la peine de m'informer des dangers qu'on y court.

— De toute façon, je ne parlais pas sérieusement, pour Alger. Mais pour Bangkok, si. »

Elle faillit objecter : *Je ne pense pas que nous devions faire des projets parce que je vais peut-être te quitter dans quelques jours,* mais elle n'en était pas encore là. « Peut-être », répliqua-t-elle d'un ton dubitatif. La déception de Lawrence était palpable.

Son programme pour la soirée ayant inspiré si peu d'intérêt, Lawrence retomba dans son travers habituel : le terrorisme. Une fascination qu'elle ne comprenait pas du tout. Il n'avait rien vécu de l'expérience des victimes d'attentats. Il n'avait pas perdu sa mère à Lockerbie. Il ne pouvait pas établir que sa famille était originaire de Belfast. Ils avaient parfois été contraints d'évacuer le métro lors d'une alerte, mais dans leur quartier rien n'avait jamais sauté. Les intérêts professionnels de Lawrence étaient le fruit d'un curieux arbitraire ; ils venaient de nulle part, n'avaient pas de racines organiques. Il s'était fait tout seul, rejetant la frivolité et l'anti-intellectualisme de Las Vegas, et c'était peut-être ce qui conférait un inévitable artifice à son personnage d'adulte. Par ailleurs, il avait sans doute de bonnes raisons d'être terrorisé, considérant qu'il vivait depuis des mois avec une femme dont le cerveau bouillonnait pour une raison inconnue, dont le comportement s'était transformé de manière radicale, en pire, à cause d'une faute qu'il aurait commise et ne parvenait pas à identifier, une femme dont les allées et venues étaient si manifestement suspectes que les scénarios les plus sombres hantaient son imagination, et – plus grave encore – dont il ne pouvait plus espérer ni sincérité ni gentillesse.

« Cette décision d'inviter le Sinn Fein à négocier, moins d'un mois après le rétablissement du cessez-le-feu – il attaqua ses coquilles Saint-Jacques comme si elles l'avaient insulté personnellement –, me paraît précipitée. On ne les punit pas pour Canary Wharf et Birmingham, on les récompense. Oh, pas de souci, revenez au bercail, peu importe que vous ayez rompu le dernier cessez-le-feu sans prévenir et causé des dommages commerciaux de millions de livres ! C'est un manque de dignité, c'est de l'excès de zèle. Blair lèche le cul du Sinn Fein, et l'effet est désastreux.

— Tu ne crois pas qu'il y a une place pour le pardon ? Qu'on peut tirer un trait et dire : Oublions le passé, prenons un nouveau départ ?

— Les gens qui ont agi de mauvaise foi avant sont susceptibles de recommencer. Tu ne facilites pas les choses en jouant la carte de la crédulité.

— Si on raisonne comme ça, on ne négocie pas avec les terroristes, point barre.

— On ne devrait sans doute pas le faire. On ne peut pas l'éviter. Mais il serait logique d'imposer une longue période de probation. Quand tu ne peux pas te fier à la parole de quelqu'un, tu l'obliges à faire ses preuves par ses actes. »

Ils vinrent à grand-peine à bout des trois derniers plats, comme s'ils se traînaient dans les derniers mètres d'un footing éprouvant. Le dîner était un gâchis. Lawrence se donnait un mal fou, il voulait tellement réussir une soirée gaie et pleine d'entrain et prouver qu'Irina avait juste traversé une période difficile et fantasque, aujourd'hui tout à fait terminée. Elle fit elle aussi de réels efforts, souriant pendant les pauses, admirant chaque plat, se creusant la tête pour alimenter la conversation, mais tous les sujets semblaient piégés ; même son hypothèse sur le mariage « d'affaires » de Betsy était lourde de sous-entendus. Leur incapacité à trouver une harmonie entre le cadre du dîner et la scène qu'ils y jouaient révélait que cette sortie était un jeu de dupes. Le prix du repas eût permis de subvenir aux besoins d'un enfant d'Afrique de l'Est pendant un an, et un Big Mac leur eût apporté la même valeur nutritive.

Ils avaient des comptes bancaires séparés. Lawrence put ainsi régler l'addition. « Merci beaucoup pour le dîner, dit-elle d'un ton formel. J'ai passé un très bon moment.

— Waouh, c'était super ! s'exclama Lawrence. On devrait le faire plus souvent. »

Ils conspiraient donc : ils avaient passé *un très bon moment*. Avec tant de bonnes intentions mises en pratique de part et d'autre et la généreuse contribution de la haute finance, l'événement ne pouvait raisonnablement pas tourner court.

Après le repas ils se hâtèrent de rentrer, pour s'adonner à une distraction des plus perverses.

Lawrence alluma la télé à l'instant où le commentateur présentait les joueurs. Les fidèles de Ramsey le suivirent en hurlant : *Ram-sey ! Ram-sey !* quand il entra. « Tu sais, ce slogan d'Avis on-y-met-du-cœur que Ramsey a repris à son compte, dit Lawrence, se ruant sur le canapé. Je me demande si ça ne l'a pas rendu plus populaire. Je parie que le public ne s'emballerait pas autant s'il avait gagné ces six championnats. »

Fascinée par ce visage, Irina se contenta de grogner. La caméra fit un panoramique sur huit hommes en T-shirt noir, portant chacun une lettre de G-O-R-A-M-S-E-Y sur le devant.

« Ça alors ! s'écria Lawrence quand fut présenté l'adversaire de Ramsey. Dur dur. Stephen Hendry tiré au sort pour la première partie ! »

Le champion du monde fut accueilli par des applaudissements polis.

« Il faut vraiment voir ça, hein ? poursuivit Lawrence. Hendry est considéré comme le meilleur joueur de snooker de l'histoire. Mais écoute cette foule... Ils n'en ont rien à foutre ! Plus il excelle dans son jeu, plus les fans le détestent. Peut-être que c'est une question d'origine sociale, cet amour du défaut qui tue. La plupart des fans de snooker sont bedonnants, boivent, battent leur femme et achètent des billets de loterie toutes les semaines sans jamais gagner. Je parie qu'ils ne peuvent pas s'identifier à quelqu'un comme Hendry, qui ne rate jamais un coup. C'est là que Ramsey devient l'incarnation des défavorisés... avec cette incapacité tragique à gagner la finale – "J'aurais pu concourir pour le championnat[1]". »

Ravalant son impatience devant ce bavardage incessant, Irina dit : « Je ne connais rien à tout ça. Le problème de Hendry, c'est qu'il n'est pas sexy. »

Lawrence lui lança un coup d'œil. « Tu trouves Ramsey sexy ? »

Irina haussa les épaules, les yeux rivés sur l'écran. « Je ne sais pas. c'est la réputation qu'il a. » Elle tenta de s'aventurer sur un terrain moins risqué. « Du moins ce n'est pas un rabat-joie. Si Hendry est ennuyeux ce n'est pas seulement parce qu'il est parfait. Le personnage est barbant. »

En vérité, selon Ramsey, cette redoutable excellence n'était qu'une partie du problème de Hendry. Hors du périmètre de la table, il était loin d'être génial. Il n'avait pas trente ans, aimait la vie de famille, avait inauguré dans les années quatre-vingt-dix une ère sage et docile du snooker, se couchait tôt et mangeait des légumes, aussi on aurait pu l'accuser d'avoir à lui seul réduit de moitié la popularité du jeu. Il avait une carrure moyenne, des cheveux châtains coupés ras. L'expression de son visage empâté restait étrangement neutre même après les rares coups qu'il bâclait. Sa peau était grêlée, sa posture cambrée, ses fesses protubérantes. Dans les interviews, il se montrait bien élevé, reconnaissant toujours le talent de ses adversaires. Hendry était un joueur sans éclat, et la seule chose qu'il apportait au jeu, c'était le jeu lui-même. Il se trouvait juste avoir gagné autant de finales de championnats du monde

1. Phrase prononcée par Marlon Brando dans *Sur les quais*. *(N.d.T.)*

que Ramsey en avait perdu. Il avait accumulé plus du double de « Centuries », ou breaks de cent points, que n'importe qui d'autre dans l'histoire du sport, et il collectionnait les titres comme des petits pains. Qui s'en souciait ? Sûrement pas ce public, où personne n'avait pris la peine de se procurer des T-shirts avec l'inscription G-O-S-T-E-P-H-E-N.

Bien sûr, Irina n'éprouvait aucun intérêt pour Stephen Hendry, s'irritant chaque fois que la caméra se posait sur son visage figé et lui cachait Ramsey. Elle n'avait d'yeux que pour la haute silhouette à l'air sévère en gilet gris perle griffé. Quand il trouva son ouverture dans la première manche et élabora son break avec des mouvements rapides aux angles nets qui lui valurent l'hommage de Clive Everton : « Ramsey Acton ne traîne pas ! », elle eut l'impression d'entendre des voix. Everton semblait indiquer à Irina en particulier que M. Acton n'attendrait pas son verdict au-delà de cette semaine.

Elle se pencha en avant sur son fauteuil, plus anxieuse à chaque empochage. Lorsque Ramsey empocha une longue rouge spectaculaire, et que la blanche la suivit dans la poche pour un « cafouillage », elle grogna si bruyamment que Lawrence la regarda, perplexe. « Ça, c'est malheureux », glissa le commentateur.

« Tu as remarqué que les coups foireux sont toujours *malheureux* ou *fâcheux* ? dit Lawrence. Les présentateurs sont si convenables. *Malheureux* est un euphémisme pour *incroyablement stupide*. »

Une observation sensée, et même intéressante, mis à part le fait qu'elle venait de Lawrence. Irina pinça les lèvres. Pourquoi ne pouvait-il pas se taire et regarder le match ?

Le second présentateur, Dennis Taylor, entonna : « On ne peut pas se permettre ce genre d'erreur, car elle ouvre la porte à un autre joueur. Pas quand cet autre joueur s'appelle Stephen Hendry. »

Ce qui comptait dans le snooker, c'était de tirer parti d'occasions qui ne se représenteraient peut-être jamais, ce qui était vrai aussi en amour. Hendry commença donc à démontrer qu'un vrai champion n'a besoin que d'une seule chance. Le break de cinquante-sept de Ramsey était respectable, mais avec soixante-quinze points laissés sur la table, la manche était encore accessible. Hélas, le pénultième empochage de Ramsey avait envoyé la blanche caramboler dans le triangle, et les rouges étaient éparpillées comme des cerises prêtes à être cueillies.

Lorsque Hendry entreprit d'empocher les billes de l'air consciencieux de l'un de ces enfants modèles décrits dans les livres, qui débarassent la table après le dîner, Lawrence dit : « Quand ces joueurs de génie sont au sommet, on trouve ça normal. Eh oui, Stephen Hendry gagne encore une manche. Et j'encourage Ramsey parce que c'est notre ami. Mais bon Dieu, il n'arrive pas à la cheville de Hendry. Il n'y a jamais eu de joueur comme lui, et il n'y en aura peut-être plus jamais. C'est seulement quand ces êtres parfaits commencent à faiblir que tout le monde se met à les apprécier rétrospectivement. Du genre, ils étaient sûrement fantastiques autrefois ; quelle époque c'était. Ou bien, on ne comprend son bonheur qu'une fois qu'on l'a perdu. »

Tais-toi ! pensa Irina, exaspérée, tandis que Hendry, conformément à la parfaite étiquette du snooker, laissait la dernière noire sur la table. *Ferme-la donc*.

Lorsque la deuxième manche commença, elle se concentra sur l'attitude de Ramsey, cherchant des indices sur son état d'esprit. Il jouait avec une férocité inhabituelle, et elle perçut en lui la fureur contenue du voyageur en apparence normal mais d'une nervosité à fleur de peau auquel on se cogne dans le métro, et qui brandit un couteau à cran d'arrêt sans attendre vos excuses. Il avait la même expression de marbre que lorsqu'il lui avait donné jusqu'à la fin du tournoi pour prendre sa décision. Elle se demanda s'il pensait qu'elle regardait.

Sur la même inspiration tendue, explosive, Ramsey joua un long coup ridicule en diagonale, lançant la blanche vers l'angle opposé à une telle vitesse que non seulement elle empocha la rouge la plus éloignée avec un craquement sonore, mais ricocha pêle-mêle autour de la table, dérangeant plusieurs autres billes et se cognant à trois rebords distincts.

« Il s'est pas retenu sur ce coup-là ! » s'exclama Everton, tandis que Taylor observait : « Il a pas mis de gants ! » Pourtant c'était un jeu imprudent, déplacé, que les commentateurs chevronnés désapprouvaient sévèrement. Everton grogna : « Je trouve scandaleux certains des empochages de cet homme. » Quand il ajouta : « Mais on ne peut pas critiquer quand ils attaquent », il voulait dire le contraire – car pour un puriste du snooker, une fin opportune ne justifie jamais des moyens expéditifs.

« Il a eu de la chance ? » se demanda Taylor quand la blanche s'immobilisa. Lawrence avait raison, bien sûr, de dire que les commentateurs de snooker employaient des mots comme *chance* ou *malchance* sur un ton catégorique qui indiquait que ce sport, quand il était convenablement joué – malgré une particule de craie ou deux –, n'avait absolument rien à voir avec la chance. Avoir de la *chance*, c'était s'en tirer avec une faute qui aurait dû être punie dans les règles.

Dans ce cas, la démonstration agressive et désinvolte de Ramsey *avait* été punie. Sa position sur le coup suivant laissée au hasard, la voie vers la seule couleur disponible était solidement bloquée par une rouge isolée. Il s'était snooké tout seul.

Tandis qu'Irina contemplait avec nostalgie le bel homme pris au piège de l'autre côté de l'écran comme l'un des visiteurs de Narnia de C.S. Lewis bannis derrière les manteaux de la penderie et que Lawrence, vautré sur le canapé, s'indignait devant un coup aussi peu professionnel – y allant de ses deux commentaires à trois sous du haut du poulailler (à quoi servaient donc les présentateurs ?) –, le concept du *snooker* prit une signification plus vaste. Un obstacle que vous ne vouliez pas heurter – car le règlement vous l'interdisait – se dressait entre vous et votre objectif. Irina s'était elle aussi snookée toute seule. Ramsey avait échappé à cette situation fâcheuse en jouant un coup avec un spin extrême. Pourtant elle ne pouvait imaginer aucun équivalent métaphorique à ce coup extravagant, un plan d'action qui la remettrait en contact avec Ramsey Acton sans pulvériser son cospectateur agaçant sur le canapé.

« Eh bien, il s'en est sorti avec panache, dit Lawrence, mais il n'est pas sur une rouge...

— *Veux-tu bien ?* cria enfin Irina.

— Comment ?

— Parler moins fort, pour que je suive le match !

— D'habitude tu restes là à coudre, répondit-il. Depuis quand le snooker te passionne-t-il autant ?

— Tu vis dans ce pays depuis sept ans, et tu n'es même pas capable de prononcer ce mot correctement ! » hurla Irina, hors de ses gonds.

L'expression blessée de Lawrence hésita entre la colère et la stupéfaction. Irina baissa la tête, honteuse. Sans doute avait-elle ardemment voulu savoir, un instant plus tôt, si Ramsey entamait la deuxième manche, mais à présent le commentaire poli et assourdi du présentateur soulignait l'incivilité choquante de son éclat. Le cœur lourd, elle prit sur elle et éteignit la télé.

Une ouverture d'une originalité fracassante aurait pu produire une dramaturgie plus élaborée. Mais à des tournants cruciaux – lorsque le but d'une repartie brillante brouille la clarté du propos – on a tendance à s'appuyer sur les codes établis de sa propre culture.

Irina se rabattit donc sur la formule classique qui précède les cataclysmes :

« *Il faut qu'on parle.* »

Dans ses attaques virulentes contre des collègues, son mépris cinglant à l'égard des nombreux *crétins* de son entourage, Lawrence laissait toujours percer une violence à peine contenue. Il ne l'avait jamais frappée, mais elle ne lui en avait pas fourni l'occasion. Par conséquent, quand elle avait envisagé la scène qui se déroulait à présent inexorablement dans leur salon, l'idée qu'il pourrait avoir envie de lui décocher une droite dans la mâchoire lui avait traversé l'esprit. Elle avait déploré que son partenaire fût un homme sans surprise – se disant souvent, depuis le mois de juillet, que leur vie commune avait échoué parce qu'une relation est avant tout un projet de recherche : maintenant qu'elle avait achevé son doctorat privé sur Lawrence James Trainer, le mystère s'était évanoui. Pourtant elle se trompait. Recroquevillé sur le canapé, il gémit d'une petite voix enfantine qu'elle n'avait jamais entendue auparavant : « J'avais ce que je désirais le plus au monde, et je l'ai gâché. »

Elle avait cru qu'il l'assommerait ou la jetterait contre le mur, mais ces images avaient été un pur effet de son imagination. Des images dont elle n'avait pas peur, mais besoin. Car sa réaction fut d'une brutalité incomparable.

Il pleura.

(4)

Pendant les bucoliques après-midi d'août, Irina travailla d'arrache-pied dans son atelier. Quand Lawrence l'appelait, sous un prétexte quelconque, elle était toujours touchée de l'entendre, mais n'avait pas grand-chose à lui dire. Le livre avançait bien. Ce n'était pas suffisant. Alors qu'elle avait à contrecœur écarté le dessin à cause de sa dissemblance avec les autres, elle avait punaisé le Voyageur cramoisi au-dessus de sa table pour garder en mémoire cette qualité fugace qui se dérobait à elle. Il brûlait d'un feu intérieur et d'une vitalité qui, depuis, n'avaient plus resurgi dans son travail. Ses dessins étaient bien exécutés, et parfois ravissants. Mais ils ne l'inspiraient pas. Le Voyageur cramoisi avait fait une brève apparition et n'était pas revenu.

Un après-midi où l'ouvrage en cours l'ennuyait prodigieusement, elle se glissa dans sa chambre pour chasser la fébrilité qui l'habitait. Grâce au programme d'orgasmes passables que lui procurait sa vie avec Lawrence, elle avait rarement besoin de décompresser dans la solitude. Mais elle ne tenait plus en place, et son compagnon était absent. Et même dans le cas contraire, elle ne se souvenait plus de la dernière fois où ils avaient couché ensemble l'après-midi – abstinence qui peut constituer le point de non-retour d'une vie amoureuse.

Il y a toujours un intermède particulier, entre la pudeur du labeur quotidien et la démence de l'abandon intime, pendant lequel on se résout, l'esprit encore lucide, à oublier toute retenue. Par exemple, il lui était arrivé dans sa jeunesse de fixer une minuscule boulette de papier ou un coin de buvard taché, frôlant la paranoïa ou une exaltation injustifiée. Mais renoncer à sa propre santé mentale n'est pas sain, et au moment où elle décida de se masturber, elle avait pénétré dans une région secrète, proche de la folie.

Elle ne se sentait pas tout à fait à l'aise. Se libérer de cette légère tension en solitaire n'avait rien à voir avec un corps à corps, mais elle avait l'impression que ça ne plairait pas à Lawrence. Le tromper avec elle-même, sentait-elle confusément, était l'ultime adultère.

Elle ne lui avait jamais demandé s'il se soulageait de la même façon ; elle espérait que oui. Elle ne savait presque rien de ce qui se passait dans sa tête quand ils faisaient l'amour (ah… rien du tout, en fait). Dans leur intérêt à tous les deux, il valait mieux qu'il gardât secret son jardin pornographique, garni de vidéos lascives qu'il pouvait louer gratuitement.

À l'époque de ses vingt ans, l'image d'un homme en train de se branler l'avait excitée par-dessus tout. Pourquoi donc ? Si elle se fiait à ses sensations, le rapport sexuel avec une autre personne n'était jamais tout à fait abouti. L'idée de la perfection lui avait plu – la vision d'un homme aveuglé par son propre plaisir. Et l'auto-érotisme était le sanctuaire le plus privé, la vraie définition de l'intimité. Ses amants passés avaient été à la hauteur des variantes classiques et plus encore, mais tous – sauf un – avaient refusé de se branler devant elle. Pourtant c'était la découverte initiale, l'origine de la sexualité. La plupart des garçons s'étaient masturbés des centaines de fois avant de rencontrer une fille en chair et en os, et la branlette adolescente est connue pour ses effets hallucinogènes. En comparaison le tâtonnement maladroit qui caractérise les épisodes de dépucelage doit être une déception. Même dans la vie adulte, beaucoup d'hommes atteignaient une extase plus intense en se faisant jouir au-dessus des toilettes avec des partenaires imaginaires qu'en sautant de vraies femmes avec de la cellulite et une agaçante manie de commencer chaque phrase par « en fait ». C'était drôle. Puisqu'on pouvait en dire autant des femmes, il était curieux que quiconque se souciât de baiser.

Pourtant, cet après-midi, quand elle s'allongea sur le dessus-de-lit, jean baissé, les caresses préliminaires d'Irina furent distraites. Elle resta lucide. Jusque-là, c'était aussi ennuyeux que de colorier en bordeaux les briques monotones de la maison de son personnage handicapé.

Elle y mit plus de vigueur, mais ne réussit guère qu'à endolorir ses grandes lèvres. Elle ne pouvait se défaire d'une gêne consciente, de l'image de son corps sur le lit, les mains agrippées sur son entrejambe, les tennis souillant la chenille blanche. Elle se sentait bête. Il y avait quelque chose de dérisoire dans cet acte féminin – un acte mineur, frénétique. Elle enviait aux hommes la flamboyance de leur exhibition. Ils observaient une partie rabougrie de leur anatomie se durcir, grossir, et se dresser en l'air. Ils voyaient leur propre excitation, rouge, agressive, exploser enfin. Ils pouvaient la tenir à pleines mains, s'en emparer, étreindre la réalité à trois dimensions de leur désir. Un petit cri nasillard et un bruissement de tissu n'étaient rien en comparaison. En atteignant l'orgasme, les hommes avaient quelque chose à montrer. Ce n'était pas juste.

Elle avait besoin d'orienter ses pensées, d'inventer des scènes illicites pour jouir, car sinon elle pourrait employer plus utilement cette énergie à astiquer la porcelaine des toilettes. Mais la vision d'un homme au-dessus des cabinets la laissa insensible. Le fait de coucher avec Lawrence nuit après nuit, de le voir nu avant sa douche, avait rendu son appendice, si exotique auparavant, infiniment accessible, et donc aussi ordinaire qu'un bras ou un orteil. Il y avait toujours dans sa tête cette porte qu'elle avait refusé d'ouvrir jusqu'à ce jour, mais elle était verrouillée depuis tant de semaines que le plâtre semblait suinter dans les fissures et qu'à présent seul un mur vide se dressait devant elle. Elle se demanda distraitement ce qu'il y avait eu derrière.

S'autorisant à être très perverse – et cet exercice eût été absurde dans le cas contraire –, Irina conjura ce qui, ces dernières années avec Lawrence, était devenu un classique : une chatte béante où elle vissait mentalement sa bouche. Pourtant, même dans l'extase la plus intense, une parcelle de son esprit restait perturbée – et même troublée – par ce fantasme. Elle n'avait rien contre ces gens-là, bien sûr, mais ne se considérait pas comme une lesbienne, n'avait jamais été attirée par une fille, et était encore moins tombée amoureuse d'une autre femme. En outre, cette inclination récente n'avait aucun sens dans son histoire. Dans sa jeunesse, sa fixation exclusive sur le pénis avait frisé la nymphomanie. Si elle imaginait un rendez-vous secret avec une brouteuse de gazon authentique, elle se voyait debout, tout habillée, regardant une inconnue aussi attirante qu'un piquet de clôture, discutant nerveusement de la décoration de la chambre d'hôtel. Par obligation, elle tentait peut-être un baiser bouche fermée qui lui donnait l'impression d'embrasser du gombo trop cuit tant il lui répugnait. Elle ramassait ses affaires en hâte, et se répandait en excuses, avouant à cette dame très charmante qu'elle avait commis une terrible erreur.

De plus, ce sexe imaginaire flottait toujours dans l'espace ; aucun corps n'y était rattaché, aucun visage non plus. Elle accédait enfin à un état qui ressemblait à de l'excitation, mais sa rêverie fut interrompue par une révélation malvenue qui lui passa par la tête comme l'une des annonces entrecoupées de parasites de la Northern Line : elle s'imaginait elle-même. En étant à la fois infiniment disponible sur un plan physique et inaccessible dans tous les autres domaines, Lawrence avait sans le vouloir transformé le sexe en une énorme corvée. Irina McGovern était une incurable hétéro, aussi son univers sexuel s'était-il rétréci à sa propre personne, point barre.

Ça n'était pas suffisant. Son vagin se contracta, frémit, et se détendit. Ce n'était pas un orgasme. Mais une halte feutrée – aussi peu cérémonieuse que la secousse et l'arrêt brutal d'un train au point mort sous la Tamise. Très dépitée, Irina passa en revue sa jolie chambre, puis regarda le jean tassé autour de ses genoux. Elle le remonta en se tortillant, fixant la boucle de sa ceinture avec un « on en reste là » pragmatique. Elle n'avait pas joui. Cependant, le divertissement de l'après-midi était terminé.

Étrange, que ce fût aussi perturbant. Au cours de son ingénieuse vie intime, Irina n'avait jamais manqué de conclure un épisode de cette nature de façon satisfaisante, et elle se souvenait de s'être masturbée pour la première fois à l'âge de quatre ans. Comment avait-elle pu perdre la main à ce point ? Que le fantasme lesbien eût été une projection visuelle d'elle-même ou qu'elle fût une gouine déchaînée mais refoulée, le fantasme était aussi usé que le coton défraîchi de son jean d'occasion. Usé jusqu'à la corde.

Trop troublée pour se remettre au travail, Irina s'offrit une promenade, s'aventurant jusqu'au London Bridge pour se diriger vers la City. Comme d'habitude, elle pesta contre la prolifération des ensembles immobiliers de luxe tape-à-l'œil qui détruisaient l'atmosphère dickensienne réaliste de Borough, contournant prudemment les échafaudages où s'entassaient des parpaings en équilibre précaire. Elle se rua sur le trottoir pour éviter le pare-chocs d'un camion qui brûla le feu de Trinity Street, maugréant contre le niveau exécrable des conducteurs de cette ville. Les Londoniens n'avaient aucun respect pour les piétons et, tout bien considéré, il eût été moins risqué de sauter en parachute en chute libre que de faire le tour de son pâté de maisons à pied.

Bientôt une humeur plus pensive envahit son esprit. Les affiches des abribus la frappèrent par leur inconsistance – les allusions salaces, les femmes à la poitrine généreuse vantant les produits. Presque toutes les campagnes publicitaires avaient un rapport avec le sexe, et Irina ne parvenait pas à comprendre pourquoi. La plus vieille recette du monde, appliquée sans relâche. Passionnant ! Des couples enlacés semblaient inexplicablement occupés, et elle se demanda pourquoi ils n'allaient pas plutôt au musée de la Guerre impériale, ou à la bibliothèque, pour y lire des livres sur l'architecture géorgienne.

Lawrence était doté d'une solide libido pour son âge, et elle avait de la chance. Mais la triste vérité était que les soirs où il bâillait et s'étirait – un code établi entre eux – pour lui faire savoir qu'il préférait dormir tout de suite, elle était souvent soulagée. La sensation lui rappelait sa mère (qui s'employait à être ravissante mais semblait considérer le sexe comme un désagrément fâcheux ; elle préférait les à-côtés – le pouvoir, l'attention et la jalousie des autres femmes, sans oublier celle de ses propres filles). Le désir de plus en plus fort chez Irina de se soustraire à toute cette frivolité reproduisait la sexualité des générations précédentes, dont les femmes exploitées considéraient le coït comme un « devoir conjugal », prix élevé du soutien financier. À l'âge de dix-huit ans, elle avait risqué toutes sortes de punitions en se glissant par la fenêtre de sa chambre, à Brighton Beach, pour courir après des garçons boutonneux. Maintenant qu'elle pouvait baiser jusqu'à plus soif en se glissant dix centimètres à droite n'importe quel soir, elle préférait s'en passer.

C'était peut-être ça, vieillir. Le sexe, même quand on y prenait plaisir, devenait aussi fastidieux qu'un plat de spaghettis à la carbonara si on en mangeait trois fois par semaine. À moins qu'elle ne fût atteinte de *paresse sexuelle*. Elle s'appliquait dans tout ce qu'elle faisait ; jamais elle n'achetait de carottes prétranchées. L'extase aussi était un effort.

Perdue dans ses pensées, Irina leva les yeux avec surprise ; elle était presque arrivée dans l'East End.

Le matin du 31 août, après avoir réconforté pendant vingt minutes une locataire inconsolable au bas de l'escalier, sans guère de résultats, Irina rentra chez elle, brandissant le *Sunday Telegraph*. « Tu ne le croiras jamais ! Diana !

— Qu'est-ce que cette vache a encore fait ? » dit Lawrence, qui baissa la tête avec un battement de cils hostile.

Irina connaissait bien ce tic, et elle agita la main frénétiquement. « Ne commence pas ! Pas ce matin ! Tu vas le regretter !

— "Je voudrais tant aider les défavorisés..."

— Arrête ! Ça suffit ! Elle est *morte*. »

Quand elle lut à voix haute l'article à la une, elle eut pitié de Lawrence. Ce genre d'actualités le laissait froid. On ne pouvait qu'être triste de cette mort. La princesse Diana n'avait sans doute pas été très brillante, mais elle ne méritait pas de mourir. Certes, les paparazzi auraient dû se montrer moins zélés en poursuivant les célébrités. La leçon était discutable, et le thème n'intéressait pas Lawrence, car aucune morale susceptible d'attirer ses foudres n'émergeait de ce drame. Il ne pouvait que se tenir dans les coulisses et s'associer à la compassion collective.

Sans doute était-ce de la perversité, mais pour Irina, se sentir vraiment triste du malheur d'autrui était naturel.

Irina ne voyait personne à qui confier sans difficulté : « Je suis un peu troublée, parce que l'autre jour je me suis masturbée et que je n'ai pas réussi à jouir. » La seule candidate était Betsy Philpot, dont la franchise frisait la grossièreté.

Betsy et Leo avaient deux enfants, et au contraire d'une certaine illustratrice free-lance feignante, ils travaillaient tous les deux dans des bureaux. Aussi Irina insista pour faire le déplacement jusqu'à Ealing. Betsy protesta pour la forme, puis choisit un bistrot indien à deux rues de chez elle.

Le trajet fut un cauchemar, comme d'habitude, et Irina arriva avec quarante minutes de retard. Quand elle accusa les travaux de la Piccadilly Line, Betsy l'interrompit :

« La vie est courte, et cette soirée plus encore. Tu n'as toujours pas appris les usages de Londres ? Personne ne veut entendre parler des problèmes de métro. Tu es là. Ce qui, considérant l'état du métro, suffit à prouver l'existence de Dieu. Prends quelque chose. »

Souvent tentée de boire un peu plus quand elle échappait au regard désapprobateur de Lawrence, Irina se servit un verre de vin rouge de la carafe qui brillait par sa sobriété. Tout en dévorant des poppadoms, elle interrogea Betsy sur ses nouveaux projets éditoriaux, sur les chances de Leo de conserver son emploi, sur les progrès des deux garçons en classe. « Oh, s'exclama-t-elle, assaisonnant le dernier poppadom de sauce épicée aux oignons crus. Nous devrions peut-être en commander une autre corbeille. Tu n'as presque rien mangé.

— C'est parce que je n'ai pas arrêté de parler.

— Ça me convient très bien, répondit Irina. Honnêtement, parfois j'hésite à voir des amis parce que je ne sais pas quoi leur dire. "J'ai fini par trouver le jaune idéal pour le canard en caoutchouc dans la baignoire" n'est pas une repartie très brillante.

— Il y a toujours les événements de tous les jours.

— Si je veux discuter des articles parus dans le journal, je peux rester chez moi.

— Tu parles d'autre chose avec Lawrence ? »

Irina fronça les sourcils. « Pas vraiment. Oh, et il y a la télé. Lawrence est intarissable quand il s'agit de vanter la supériorité d'*Homicide* sur *Law and Order*.

— Tu ne dis jamais rien de ce que tu ressens ?

— Qu'y a-t-il à ressentir ? »

Betsy redressa la tête. « Tu es un robot ?

— Lawrence s'intéresse au monde extérieur. Ce qui se passe, ce qui pourrait se passer, et comment l'empêcher.

— Et toi ? Tu t'intéresses à quoi ?

— Euh... À la même chose, je suppose. J'essaie de me tenir au courant.

— La question de savoir si le cessez-le-feu de l'IRA va tenir, c'est de ça que tu as envie de discuter ?

— Ça pourrait être pire. Qu'y a-t-il d'autre ? » Irina ne comprenait absolument pas pourquoi ce sentiment lui paraissait nihiliste, et elle fut heureuse d'être interrompue par le serveur qui vint prendre leur commande. Elle demanda encore des poppadoms, ainsi que du riz basmati, des chapatis, des samosas, un poulet vindaloo, et un plat de légumes.

« L'armée que nous nourrissons campe dehors, je présume ? » Betsy s'était limitée à un agneau korma.

« Je meurs de faim. Je ne sais pas pourquoi, mais depuis des semaines je suis affamée.

— Tu as l'air... en pleine santé. »

C'était l'expression codée de sa mère. « Tu me trouves grosse ?

— Non, ça te va bien d'avoir des formes. » Betsy battit en retraite. « Quelquefois tu es fluette. »

Betsy avait raison ; Irina ne voulait pas gâcher leur soirée à parler du cessez-le-feu de l'IRA. Entre les samosas, elle risqua : « Au mois de juillet, il m'est arrivé… quelque chose.

— Tu as déniché le jaune parfait pour le canard en caoutchouc.

— J'ai failli embrasser quelqu'un.

— *Failli ?* Chérie, tu as vraiment besoin de trouver un sujet de conversation.

— Je ne l'ai pas fait, mais j'ai été terriblement tentée. J'ai l'impression d'avoir évité la catastrophe de justesse. »

Betsy éclata de rire. « Irina, quelle mère la morale tu fais ! Je parie que tu es de ces gens qui, découvrant une erreur en leur faveur sur leur relevé de compte, appellent immédiatement leur banque.

— Ne te moque pas de moi. Je n'avais jamais éprouvé de forte attirance pour un autre homme depuis que je vis avec Lawrence.

— C'est stupéfiant.

— La loyauté commence dans la tête.

— Alors tu as péché dans ton cœur ?

— *Jimmy Carter était sur une piste.*

— Pourquoi n'es-tu pas allée jusqu'au bout ? Ça t'aurait peut-être fait du bien. Il m'est arrivé d'embrasser quelqu'un à un lancement de livre où j'avais trop bu. Tu dessoûles, tu n'oses pas croiser le regard du type pendant deux ou trois jours, et puis tu en ris. Ça fait circuler le sang.

— Oh, ne joue pas les dures, Betsy. Ça ne prend pas. Ce moment-là m'a vraiment préoccupée. Je ne croyais pas que c'était possible.

— Côté cul, ça va comment avec Lawrence ? Ça ne marche plus ?

— Si, tout va bien ! Mais c'est la routine, apparemment.

— Pourquoi ça ?

— Euh, tous les couples le font pratiquement chaque fois de la même façon.

— Comment tu le sais ? »

Irina se retint de répondre : *Lawrence me l'a dit.* « C'est ce qu'on raconte.

— Leo et moi, on le fait tous les six mois, j'appellerais pas ça la routine.

— Mais tu penses vraiment que ça compte, de ne pas le faire très souvent ?

— Oui, répliqua Betsy d'un ton bourru. Je suppose que oui.

— Je n'en suis pas si sûre. En fait, je ne comprends plus rien au monde ces derniers temps. À la télé, dans les pubs, au cinéma, tout le monde met la main dans la culotte de tout le monde. C'est tellement ennuyeux. Est-ce que c'est terrible à dire ? Le sexe m'ennuie.

— Waouh ! T'es sûre qu'on parle du vrai sexe, là ?

— Du vrai sexe pendant des années, oui. Franchement, la plupart du temps, ça n'en vaut pas la peine. Je préfère dormir. Mais c'est comme ça que ça finit toujours. Au début on est tout chose, et puis le feu s'éteint, et ce qui devient décisif, ce n'est pas le piment dans ta chambre à coucher, mais le fait que vous aimiez tous les deux le poulet vindaloo. L'autre jour, j'ai lu dans le journal une étude qui mesurait le taux des substances qui affluent dans ton sang quand tu tombes amoureuse. Apparemment, ça ne dure pas plus d'un an et demi. »

Betsy lui lança un coup d'œil. « Et moi qui me croyais cynique !

— Je ne suis pas cynique, je suis pragmatique. Je sais que tu es frustrée dans ta vie de couple. Mais tu as deux fils magnifiques, et tu es capable de mener une conversation. Que veux-tu de plus ?

— J'ai toujours cru que Lawrence et toi étiez mieux lotis que ça, dit Betsy, l'air accablé.

— Nous sommes très bien lotis ! Et tout va bien au lit. Il y a juste, euh, un petit souci… » Irina posa un piment vert entier sur un petit morceau de poulet. « Il ne m'embrasse plus. Depuis des années. »

Betsy cessa de manger. « C'est ça qui t'inquiète, si je comprends bien.

— Ça ne devrait pas compter autant. » *Ah*. Le chili lui enflamma le gosier, et ses yeux s'emplirent de larmes.

« Ce qui signifie que ça compte.

— Non, que ça ne devrait pas, et peut-être que ça n'a aucune importance.

— Quelque chose t'empêche de l'embrasser ?

— Non. J'essaie quelquefois. Mais ça fait une drôle d'impression. C'est radical.

— Embrasser quelqu'un est un geste radical. Voilà pourquoi c'est essentiel. »

Irina eut un sourire victorieux. « Tu as dit il y a quelques minutes que flirter avec des collègues dans les cocktails littéraires était une chose qu'on traitait à la légère. Il y a quelques instants, j'aurais dû embrasser cet homme sur un coup de tête au moins pour améliorer ma circulation. Et maintenant tu dis qu'un baiser est *radical* !

— Je n'ai jamais prétendu être cohérente. Mais tu ne l'es pas non plus. D'après toi, en t'abstenant d'embrasser ce mystérieux personnage tu as échappé à une descente aux enfers, mais quand il s'agit de Lawrence, un baiser est insignifiant. Tu ne peux pas avoir le beurre et l'argent du beurre, ma jolie. Et pendant qu'on y est, revenons aux choses sérieuses ! Qui est le type en question ?

— Tu vas me trouver cinglée.

— Je le pense déjà… pour te ronger les sangs à ce point à cause de quelque chose que tu n'as même pas fait.

— Tu dois me promettre absolument de ne pas le répéter à Jude.

— Attends une seconde… *Ramsey Acton ?* » Malgré son incrédulité, Betsy ajouta : « Je ne sais pas si tu as perdu la boule. Il est sacrément bel homme.

— J'ignore ce qui m'a pris. Je ne l'avais jamais regardé de cette façon avant.

— Je l'ai toujours vu sous cet angle-là. Pour moi, le snooker est d'un ennui mortel. Mais cette bouche n'a rien de soporifique. Tu es sûre de n'avoir pas eu tort ?

— Je n'ai jamais été aussi soulagée que le lendemain matin. Je veux que tout soit clair et net dans ma vie. Je déteste les subterfuges. Je n'ai rien à cacher à Lawrence, et j'ai l'intention de continuer dans cette voie.

— Rien du tout ? C'est difficile à croire. Et si c'est vrai, c'est déprimant.

— Bon, je ne lui ai pas parlé de cette pulsion. C'était juste un de ces drôles de moments qui-auraient-pu-avoir-lieu. »

Méditative, Betsy mâcha son agneau. « Vous avez déjà pensé à avoir un enfant, Lawrence et toi ?

— Nous n'arrivons pas à nous décider. Ce n'est jamais le bon moment.

— Le moment n'est jamais bon. On le fait, c'est tout.

— Tu crois que j'ai besoin de plus m'impliquer dans les choses ? Je crains de t'avoir brossé un tableau terne et sans vie de notre couple. Ça n'est pas la réalité ; le sexe ne m'intéresse plus, c'est tout. Coucher, ce n'est pas grand-chose, et à cet égard les hommes sont interchangeables. C'est dans les autres domaines qu'ils diffèrent – qu'ils connaissent le Sahara occidental, ou soient capables de vous sauver d'un incendie.

— Tu te souviens comment c'était avec Lawrence, au début ?

— Bien sûr. C'était super. On était si excités d'être dans le même lit que dormir semblait être un gâchis insupportable. Bon, on a eu ça, et au bout d'un moment on passe à autre chose. C'est comme en musique : on commence avec les sopranes, et on poursuit dans les basses.

— Ça peut encore se jouer en sourdine – au sens le plus trivial. Tu penses que c'est impossible ? Que le désir s'évanouit ? Que ça ne dure pas ?

— Je pense que c'est pratiquement impossible. C'est ce que tout le monde dit, non ?

— Et tu crois ce qu'on raconte ? »

Irina pouffa. « Je ne t'aurais jamais crue aussi romantique.

— Je ne le suis pas. En fait, en t'écoutant, j'ai le sentiment désagréable que dans une autre conversation c'est ce que *je* dirais. C'est plus décourageant quand ça vient de quelqu'un d'autre. C'est foutrement déprimant. »

Irina grignota un dernier morceau de chapati. « Mais j'aime Lawrence. Il se trouve que c'est un amour chaleureux et enveloppant au lieu du je-n'arrive-pas-à-baisser-ta-braguette-assez-vite. Je ne vois pas ce que ça a de déprimant.

— Vous avez songé à vous marier ? Ça pourrait vous faire du bien à tous les deux.

— On pourrait. Mais je ne sais pas ce que ça changerait.

— Je ne t'ai jamais connue aussi sombre.

— Je ne le suis pas ! Je suis parfaitement heureuse !

— Ton bonheur parfait ressemble étrangement au désespoir des autres gens. Ce... moment avec Ramsey. Tu crois qu'il l'a remarqué ? Il peut être assez opaque.

— J'ai eu la forte impression qu'il éprouvait la même chose. Mais qu'il a dû se convaincre ensuite que c'était dans sa tête. Et nous n'avons pas reparlé depuis. D'ailleurs, j'ai peur de le revoir.

— Par conséquent tu as peur de toi-même.

— Il y a quelque chose en lui... J'ai ressenti une émotion qui hiberne peut-être depuis longtemps.

— C'est la parole la plus saine que tu aies prononcée de toute la soirée.

— Je dois me tenir à distance.

— Peut-être. Mais ce qui hiberne pourrait se réveiller. »

Reconnaissante qu'Irina fût venue dans son quartier, Betsy paya l'addition, et les deux femmes se séparèrent dehors.

« Tu dois parler à Lawrence, conseilla Betsy.

— De quoi ? de l'Algérie ?

— Aucun homme ne serait ravi d'apprendre que sa femme s'ennuie au lit et préfère dormir. À défaut d'autre chose, oblige-le à t'embrasser.

— Tu sais à quel point c'est humiliant de devoir demander ça à un homme ? Quand il s'exécute, on a l'impression qu'il se comporte en bon élève.

— Je connais Lawrence, et il n'aime pas courir de risques. Il est très courageux sur le plan intellectuel, mais sur le plan émotionnel il vit dans une forteresse. Tu ne devrais pas le laisser s'en tirer comme ça. Force-le à baisser le pont-levis de temps en temps. »

Quand elle rentra enfin chez elle, Lawrence cria depuis le séjour : « Il est tard ! »

Elle avait attendu une heure à la station South Ealing avant que la direction du réseau daignât annoncer qu'il n'y aurait plus de trains pour Piccadilly cette nuit. « J'ai raté le métro. J'ai mis un temps fou à trouver un taxi.

— Toi, te rabattre sur un taxi ? » Son ton n'exprimait pas le reproche, mais la gratitude. Il était près de deux heures du matin, une soirée incroyablement longue pour un dîner entre filles, et il avait dû s'inquiéter comme un fou, imaginant agressions, viols, et accidents de métro. « Pourquoi ne m'as-tu pas prévenu ? Je me suis fait du souci.

— Désolée, j'aurais dû t'appeler. Mais trouver une cabine publique en état de marche m'aurait encore plus retardée. Peut-être qu'on devrait enfin se décider à acheter des portables.

— Ils coûtent une fortune ici. Et je ne supporte pas les gens qui crient à tue-tête dans la rue en s'adressant à leurs amis invisibles. On ne voit plus la différence entre attachés de direction et sans-abri. Comment tu as fait pour appeler un taxi alors ?

— Je ne voulais pas te l'avouer, dit-elle honteuse. Je n'avais aucun numéro sur moi, alors j'ai hélé un taxi pirate dans la rue. Je refuse de te dire ce que ça m'a coûté.

— On s'en fout, s'exclama Lawrence. Je gagne bien ma vie. Je suis heureux que tu sois saine et sauve. »

Irina se laissa tomber près de lui et il lui lança un regard interrogatif. Lawrence occupait toujours le canapé, et elle se cantonnait au fauteuil. Elle l'embrassa sur la bouche, lèvres closes. « Tu es merveilleux.

— Qu'est-ce qui te prend ?

— Je ne te le répète pas assez souvent, c'est tout. » Quand elle osa poser le bras sur ses épaules, son corps se raidit, et il eut l'air envahi. Il attendit quelques secondes sans rien dire, se dégagea poliment, et se prépara à se coucher.

Ce vendredi soir, le pragmatisme rabat-joie d'Irina n'avait pas seulement perturbé Betsy, mais l'avait ébranlée elle aussi. Le fait qu'elle considérât sa relation avec Lawrence comme un miracle ne s'accordait pas avec le peu qu'elle en attendait. Elle jugeait inconcevable de « travailler » à une relation, mais l'idée d'être plus attentionnée à l'égard de son conjoint était intéressante.

Fâcheux contretemps pour Irina et ce nouveau départ, Lawrence ne s'était pas encore remis de sa frayeur lorsqu'elle l'avait embrassé. Les ferventes déclarations de sa compagne l'incitant à passer plus de temps avec elle obtenaient son accord de principe, mais son affable coopération ne semblait jamais s'étendre à un après-midi en particulier. Elle lui demanda à trois reprises s'il voulait aller voir *Boogie Nights*, mais il avait un article à terminer. Elle lui proposa de l'accompagner au Borough Market, mais « il détestait faire des courses » et préférait rattraper son retard au bureau. Quand elle voulut savoir s'il se joindrait à elle ce dimanche pour l'une de ses longues promenades dans Hyde Park et Regent's Park, elle utilisa une construction négative : « Tu n'aurais pas envie de X, n'est-ce pas ? » et un ton désolé. La réponse fut non, bien sûr.

Ses avances n'eurent pas plus de succès. Lorsqu'elle se blottissait contre lui le matin, il se dégageait en marmonnant qu'il avait trop chaud. Ses passages sur le canapé ressemblaient toujours à des incursions territoriales, et elle finit par se rabattre sur le fauteuil. Si elle lui prenait la main dans la rue, il avait besoin de se gratter le nez. Son unique tentative pour imposer un face-à-face au lit s'était soldée par un tel échec qu'elle ne se risqua pas à recommencer, de la même façon qu'elle hésitait à réclamer encore un baiser. On ne sollicitait pas ce genre de choses, c'était trop humiliant.

Hélas, elle traitait les symptômes, et non le mal. Il était décontenancé de la voir se vautrer sur lui, s'affaler sur son canapé, lui étreindre la main, le regarder dans les yeux au lit, et – très bizarrement – l'embrasser avec la langue. Il y avait une raison à cela. Une quantité d'étiquettes obscures définissaient cet état latent, et « Lawrence » était la plus elliptique. Une affection liée à un prénom aussi dense et compliqué serait difficile à guérir.

Irina se résolut donc à traiter un symptôme qui était devenu une maladie en soi : *la télévision*. Lawrence mettait les informations en rentrant à la maison, laissait toutes sortes d'inepties défiler en arrière-fond pendant le dîner, et ils s'affalaient devant le poste jusqu'à l'heure du coucher. Se tenir la main était un détail ; cette fois elle chercha l'affrontement.

Quand elle annonça qu'elle désirait, à titre d'essai, bannir la télé de leurs soirées, il fut consterné. Que proposait-elle à la place ? demanda-t-il. Écouter de la musique... lire..., hasarda-t-elle. Lawrence observa qu'il passait *toute la journée* à lire ou à écrire, merci beaucoup, et qu'il avait besoin d'une pause. En outre, il ne jouait d'aucun instrument, ne bricolait pas, et ne construisait pas des bateaux dans des bouteilles. Lui suggérait-elle de se mettre au tricot ? Ce fut l'un de ces moments existentiels où le nombre de choses à faire semblait limité à un point consternant. Irina était perdue.

« On pourrait... parler, suggéra-t-elle.

— Nous parlons. Mais ça veut dire plus de mots encore, objecta-t-il. Avant l'ère de l'électricité, on se levait avec le soleil, on peinait dans les champs tout le jour, et quand on dénichait quelque chose à manger il faisait nuit – totalement nuit. Il ne restait qu'à dormir. Aujourd'hui, même les gens comme moi qui travaillent un nombre d'heures considérable disposent de plus de loisirs – et de lumière – qu'il ne leur en faut. C'est à ça que sert la télévision. Ça comble les temps morts.

— La télévision aussi, c'est des mots, dit-elle humblement.

— La télévision ne demande aucun effort, et c'est ça l'intérêt. Quand je rentre, je suis épuisé.

— Mais ce bruit constant. C'est envahissant. Nous ne sommes pas vraiment ensemble. »

Lawrence céda – ou feignit de céder, bien que rétrospectivement l'expérience eût été plombée. Trois soirs d'affilée il se mit à sa disposition, une élégante façon de dire qu'il déposait sur ses genoux ses quatre-vingts kilos. La seule diversion qu'Irina pût inventer fut le Scrabble, qui, s'abstint-il avec tact de remarquer, était *encore* une affaire de mots, et auquel il parut destiné à gagner haut la main, après avoir placé le *Q* sur « lettre compte triple » dans deux parties successives. Vaincue, le troisième soir Irina alluma la télé elle-même.

Le plus extraordinaire fut que deux jours plus tard, Lawrence l'éteignit. « Écoute, commença-t-il, se redressant sur le canapé, prêt à la confrontation. Je sais que tu ne t'intéresses pas au snooker. D'ailleurs, Ramsey n'a jamais paru beaucoup t'intéresser non plus.

— Le snooker ne me dérange pas, répondit-elle, curieuse, avec un haussement d'épaules.

— Tu vois, le Grand Prix a lieu à Bournemouth, la semaine prochaine, et je me suis dit que je pourrais suivre une ou deux parties.

— Si tu me demandes la permission de regarder la télévision, j'ai renoncé.

— Non, je pensais me rendre sur place pour assister au tournoi.

— Tout seul ?

— Pas exactement. Ramsey sera là-bas. On pourrait organiser une sortie tous les deux – comme toi et Betsy.

— Tu ne veux pas m'emmener ?

— Ça n'a rien de personnel ! Je serais content de passer une soirée entre hommes.

— D'où vient cette envie irrépressible d'être pote avec Ramsey ? Vous n'avez pas grand-chose en commun. Il a arrêté ses études à seize ans.

— Ramsey n'est pas un imbécile.

— C'est possible, mais on ne peut pas dire que ce soit un intellectuel. Je doute qu'il sache grand-chose sur la politique britannique, sans parler des Tigres tamouls d'Indonésie.

— Je peux parler des Tigres tamouls à Blue Sky tant que je veux.

— Avec *Bethany*, je suppose, dit-elle, trop bas pour être entendue – et quand il la pria de répéter elle répondit “ce n'est rien”.

— Avec Ramsey, reprit-il, je parle de snooker.

— C'est de ça qu'il a envie ? Avec moi, il n'en a pas touché un mot.

— Écoute, je ne serai absent qu'une nuit, et tu m'as tanné pour que j'arrête de regarder la télé. Je fais un projet, et tu m'envoies promener. »

Irina marmonna en fixant ses mains, de nouveau glacées. « Je voulais qu'on fasse des choses ensemble, et tu es toujours occupé. Tu ne fais jamais de voyage pour le plaisir. Et maintenant tu te décides, mais tu veux partir seul. Pourquoi cherches-tu à t'éloigner de moi ? »

Se radoucissant, Lawrence s'agenouilla près de son fauteuil. « Hé ! Ça n'a pas de sens que nous allions tous les deux à un tournoi de snooker. Tu t'ennuierais. D'ailleurs, Ramsey sera là. Si tu veux qu'on fasse quelque chose ensemble… tu ne préférerais pas qu'on soit tous les deux ?

— *Tous les deux*, ça n'a pas l'air de t'intéresser ces derniers temps, dit-elle d'un air sombre.

— Foutaises. Ce serait beaucoup de tracas de faire le voyage jusqu'à Bournemouth pour un match qui ne t'intéresse pas. Mais on pourrait le regarder ensemble. Les premières parties sont diffusées en fin de soirée, vers onze heures et demie. On irait manger un morceau avant. Ça nous ferait une sortie. »

Irina s'éclaira un peu. « Bien. Ça te plairait ?

— Bien sûr ! Et si Ramsey fait la deuxième partie, j'irai peut-être une soirée à Bournemouth. Il avait l'air optimiste.

— Tu lui as parlé ? demanda-t-elle vivement.

— Bien sûr. J'ai des billets gratuits.

— Comment va-t-il ? » Avec un peu de chance, le regret n'était pas perceptible dans sa voix.

« Il a reconnu qu'il se sentait seul. Ce qui, considérant la vie mondaine qui s'offre aux seize premiers joueurs de snooker, est étrange en soi. Mais il s'est lancé ensuite dans une longue litanie sur la chance que j'ai d'avoir chopé une "poule aussi classe". C'était assez bizarre.

— Pourquoi ?

— D'habitude les hommes ne se disent pas ce genre de chose.

— Eh bien, commenta Irina, peut-être qu'ils devraient. »

Pour leur petite sortie, Irina avait espéré un dîner de gala au Club gascon, mais Lawrence préféra limiter les frais à un repas chez Tas, au bout de la rue, ce qui leur permettrait de rentrer à temps pour la première partie de Ramsey. Elle se consola en se mettant sur son trente et un.

« Tu vas porter ça ? demanda Lawrence. Tas est assez populaire !

— Pourquoi es-tu gêné quand je suis élégante ? » Elle n'avait pas eu l'intention de donner un ton rhétorique à sa question, mais Lawrence considérait que l'introspection était bonne pour les losers, et elle n'obtint pas de réponse.

Établissement agréable, avec des tables en bois blond, Tas avait un éclairage trop violent et un service trop rapide ; c'était l'un de ces restaurants où on entrait sans se presser pour se retrouver trois quarts d'heure après sur le trottoir en se demandant ce qui s'était passé. « Ce n'est pas très romantique, dit faiblement Irina une fois qu'ils furent installés près des cuisines.

— D'habitude, tu n'es pas aussi sentimentale. La nourriture est correcte, et j'ai faim.

— Alors, demanda-t-elle avec une intensité qui jurait avec leur rouge tord-boyaux, comment vas-tu ? »

Lawrence ne leva pas les yeux. « Ça va, dit-il d'un ton absent. On a invité le Sinn Fein à la table des négociations sans qu'il ait fait l'effort de présenter ses excuses, et c'est une mauvaise nouvelle. Mais je vais sûrement décrocher quelques articles grâce à mon indignation, alors c'est bon pour moi. »

Irina avait demandé comment il allait, et non où en était son travail, mais pour lui c'était la même chose. « Je suppose que pour toi c'est bien que le monde aille aussi mal.

— Très juste ! s'écria-t-il gaiement. De toute façon on va à la catastrophe. Autant en tirer profit.

— Je ne sais pas pourquoi tu étudies le menu. Tu prends toujours le même plat.

— Des feuilles de vigne farcies à l'agneau ! » Lawrence avait une foi aveugle dans les bienfaits de la répétition et n'avait sans doute jamais médité ses effets insidieusement érosifs. Peu à peu, le charme de ces feuilles de vigne s'émousserait. Mais Lawrence ne vivait pas dans un monde de subtilités et de demi-teintes, et il se lasserait d'un coup. Il ne se préoccupait pas des degrés de décomposition d'un mets. Pour Lawrence, un reste dans le frigo était soit mangeable, soit gâté, alors qu'Irina décelait l'atténuation du goût et les prémices de la fermentation sans avoir besoin de trouver une forêt de moisissure pour jeter l'aliment. Dans le cas de la nourriture, sa vision en noir et blanc avait des répercussions négligeables, mais dans son rapport à Irina, son aveuglement aux couleurs pouvait s'avérer périlleux. Il n'était pas *vigilant*.

Tandis qu'Irina trempait un carré de pain au sésame spongieux dans la tahina, elle s'interrompit pour repenser à l'imprudence de sa réflexion de ce soir. Certes, Tas n'était pas romantique, mais quand on cherchait à mettre une idylle en scène elle était susceptible de vous échapper. À défaut d'autre chose, la spontanéité ne pouvait pas être préméditée.

Lawrence observa alors : « J'espère que tu ne m'en voudras pas, mais j'ai jeté un coup d'œil aux dessins que tu fais pour Puffin. Ils sont vraiment... professionnels. »

Irina soupira. « Ils sont simplement satisfaisants. Même Ramsey a laissé entendre que Jude avait peut-être eu raison quand elle a dit que mon dernier travail était plat.

— Plat mon cul. Ces dessins sont très beaux.

— Ils sont simplement jolis. Je fais des illustrations, mais – désolée d'être aussi prétentieuse – ce n'est pas de l'art.

— Pourquoi es-tu si dure envers toi-même ? Je pense que tout ce que tu réalises est magnifique ! »

Ils ne communiquaient pas. Lawrence mettait l'esprit humain dans le même sac que les lutins et les fées.

En mangeant sa salade, Irina déclara : « Tu sais, cette crise financière asiatique nuit peut-être à nos investissements, mais elle a un avantage. Le baht est en chute libre. Si nous partons en vacances en Thaïlande dans les mois qui viennent, ça nous coûtera trois fois rien.

— Pourquoi irions-nous en Thaïlande ?

— Pourquoi pas ? Nous n'y sommes jamais allés. Les plages y sont superbes, paraît-il.

— Je déteste les plages. Et si je pars à l'étranger, j'irai plutôt dans un pays où j'ai une mission. Franchement, j'ai songé à l'Algérie.

— Pas question ! s'exclama Irina.

— Pourquoi donc ? » Son innocence était feinte.

« C'est l'un des pays les plus dangereux du monde en ce moment, voilà pourquoi.

— D'après qui ?

— D'après *toi*. J'ai lu ton article dans *Foreign Policy*.

— Ah oui ? demanda-t-il timidement.

— Tu l'as laissé traîner.

— Je l'ai sorti de mon porte-document, c'est tout.

— Pour que je le lise, non ?

— Bon. » Il sourit. « Peut-être.

— Alors, tu peux oublier l'Algérie. Je te menotterai au bois du lit pour t'en empêcher.

— Super. »

Si seulement il prenait les choses au sérieux. « Pour la Thaïlande... – Irina se jeta à l'eau – j'ai pensé que ce serait un bon endroit pour une lune de miel.

— Tu parles de qui ? » demanda-t-il sans rire.

Irina le regarda fixement.

« Oh, dit Lawrence.

— C'est tout ? *Oh ?*

— Je suppose qu'une "lune de miel" implique qu'on se marie d'abord.

— C'est une condition préalable. En général. » Les choses s'enclenchaient mal.

Lawrence haussa les épaules, exprimant le même degré d'émotion que si elle avait réussi à le convaincre de commander un nouveau plat du menu. Et les mêmes émotions : le scepticisme, la méfiance, et la terreur.

« Sans doute, dit-il. Si tu veux.

— Si *je* veux. Cela nous concerne tous les deux, non ?

— C'est ton idée.

— Nous vivons ensemble depuis plus de neuf ans. On ne peut pas dire que ce soit une idée bizarre.

— Je n'ai pas dit ça. Qu'on se marie ou non, c'est égal.

— *C'est égal.*

— Tu répètes ce que je dis souvent.

— Peut-être que je voudrais que tu dises autre chose.

— Écoute... Tu sais que je ne supporte pas les cérémonies.

— Comme les plages. Et les autres gens.

— Nous parlons bien d'une robe blanche et d'une réception ? Parce que je suis allé à un tas de mariages, et j'ai ma dose. Les amis n'apprécient pas de payer les billets d'avion et les notes d'hôtel ; l'*heureux couple* est contrarié par la facture du traiteur. Chacune des deux parties est persuadée de faire une énorme faveur à l'autre. Le brouhaha s'évanouit en deux temps trois mouvements, et tout ce qui reste aux invités, c'est une bonne gueule de bois. Les mariages sont un racket, et les fleuristes et les barmen sont les seuls à en profiter.

— Tu as terminé ? Parce que je n'ai jamais parlé de réception. Un bureau d'état civil et un toast privé avec du mousseux me suffisent.

— Nous pourrions au moins nous offrir un Veuve Clicquot, protesta Lawrence, qui avait ses critères. Mais qu'est-ce qui te prend ? Bien sûr qu'on peut le faire, mais on pourrait aussi s'en passer, non ? Pourquoi ne pas rester comme on est ?

— Pourquoi ne pas commander des feuilles de vigne farcies à l'agneau un soir de plus ? »

Lawrence parut décontenancé. Irina n'eut pas l'énergie de s'expliquer ; cela n'aurait pas dû être nécessaire. Pourquoi se marier ? Parce que ce serait amusant. Parce que les gens qui affirmaient « détester les cérémonies » étaient précisément ceux qui en avaient besoin et qui, en l'absence de tout événement festif, commanderaient des feuilles de vigne farcies à l'agneau jusqu'à la fin des temps. Parce que – comment pouvait-elle le dire, alors que c'était à Lawrence de le faire ? – il voulait passer le reste de sa vie avec la délicieuse Irina McGovern à nulle autre pareille.

« Peu importe, déclara-t-elle d'un ton las.

— Tu voulais dire quoi, à propos des feuilles de vigne ? Elles sont très bonnes, comme toujours. Tu en veux une ?

— J'en ai déjà mangé, *spassibo bolchoï.* » Son instinct lui conseillait d'employer une formule plus cérémonieuse pour dire merci.

Ils rentrèrent largement à temps pour la rediffusion du Grand Prix à onze heures et demie, et Irina fit du pop-corn. Elle se taisait, bien que Lawrence ne parût pas s'en apercevoir.

N'ayant pas posé les yeux sur Ramsey depuis cette obsédante soirée d'anniversaire, elle était curieuse de savoir comment elle réagirait en voyant son visage. Quand il entra dans l'arène, elle dut se rappeler qu'elle le connaissait. Il paraissait plus vieux que dans son souvenir, hagard, même. Ce soir de juillet, une malice adolescente avait éclairé ses traits, surtout quand il avait parlé de Denise, sa fidèle petite amie qu'il raccompagnait chez elle après avoir joué au club de Clapham, et qu'il embrassait sur le Common. Il avait dit une fois que Denise était le nom de sa queue, ce qui lui laissait un curieux arrière-goût de jalousie, presque indétectable.

Elle fut soulagée que son accès de passion inavouable ne revînt pas. Elle était reconnaissante de n'éprouver que de vagues souhaits de réussite pour sa performance. Par chance, le fait que Ramsey Acton fût un homme séduisant relevait désormais du domaine de l'abstrait. Parallèlement, elle était rongée par un mystérieux sentiment de perte. D'ordinaire, on regrette amèrement qu'un désir n'ait pas été comblé. Pourtant, le désir en soi était une denrée plus précieuse que son assouvissement. Un genre de réflexion subversivement antiaméricaine ; l'économie occidentale prospérait grâce à la satisfaction sérielle et tenace de ses besoins. Pourtant, le cycle tumultueux de la demande et de l'acquisition était peut-être aberrant. Le désir était sa propre récompense, et un luxe plus rare qu'on ne l'aurait cru. On pouvait parfois acheter ce dont on avait envie ; mais jamais l'envie de l'acheter. Il était possible d'écraser un désir, de s'en détourner, mais pas l'inverse ; on ne pouvait pas se forcer à aspirer à quelque chose dont on ne voulait pas. Ce que recherchait Irina, c'était le désir. Elle rêvait de rêver ; elle soupirait après la langueur.

Curieusement figé, Ramsey élabora son break avec la léthargie d'un ouvrier sous-payé renforçant une digue avec des sacs de sable. On n'eût jamais deviné que dès l'âge de sept ans il avait souhaité faire carrière dans le snooker. En outre, ce joueur connu pour son audace se mit à traîner, jouant des billes dans l'intention de rendre impossible l'empochage de l'adversaire lors du coup suivant, retardant les longs empochages pour lesquels il était célèbre. En principe, les commentateurs se tenaient sur la réserve, mais les voix off étaient teintées de déception.

« Ce coup était bien prudent, Clive, observa Dennis Taylor. Pourtant le Ramsey Acton des années quatre-vingt n'aurait jamais pu résister à empocher cette rouge éloignée dans la poche d'angle. »

« Qu'est-ce qu'il a ? demanda Irina. Il a l'air si flegmatique, si… apathique. Tu crois qu'il est déprimé ? »

Lawrence grogna.

« …C'est quoi, un "plant" ?

— Un coup dans une bille pour frapper la bille objet, répondit Lawrence, laconique.

— Comment ils décident qui commence ?

— Ils tirent à pile ou face, je crois.

— Est-ce que réussir le premier empochage est considéré comme un avantage ?

— Irina, veux-tu bien te taire, pour que je suive le tournoi ?

— Comment suis-je censée m'intéresser au snooker si je n'y comprends rien ?

— La meilleure manière d'apprendre quelque chose, c'est de PRÊTER ATTENTION À LA MANCHE ! »

Son ton acerbe la dissuada de faire d'autres efforts. Elle n'avait pas encore compris ce qui s'était passé ce soir. Elle s'approcha du poste et l'éteignit.

« Hé, je regrette d'avoir élevé la voix, mais ce n'est pas pour ça que nous devons arrêter de regarder le match. Ne fais pas l'enfant.

— Je suis sûre que tu voudrais l'oublier, et même si ça m'est presque sorti de la tête, ce soir, je *t'ai demandé de m'épouser.* »

Il croisa les bras. « Et alors ?

— Tu n'as répondu ni par oui ni par non. »

Visiblement, il dirait ce qui lui permettrait de rallumer la télé. « OK.

— *OK ?*

— Oui. *OK.* »

Elle s'affala dans son fauteuil. « J'ai donc ma réponse. *OK* égale *non.*

— Je suppose que tu n'es pas très forte en maths. Je ne sais pas d'après quel calcul *OK* égale *non.*

— Je te dois des excuses, dit-elle. Tu es un homme très traditionnel, et je n'aurais pas dû prendre l'initiative de demander ta main. J'aurais dû attendre que tu sois prêt à t'agenouiller par terre avec une bague et un bouquet de roses – ce qui aurait sans doute impliqué des fiançailles dans un long séjour, quand tu seras trop vieux pour plier les genoux sans l'aide d'une solide infirmière.

— Je ne comprends pas, reprit-il. J'ai dit oui. Pourquoi es-tu perturbée ?

— Je ne le suis pas. » Étonnamment, c'était vrai. « Mais tu n'as pas répondu oui, tu as dit *OK.* Et aucune femme qui se respecte n'épousera un homme qui répond *OK.* Si la perspective de te marier avec moi ne t'apparaît pas comme la chose que tu désires plus que tout au monde, alors laisse tomber.

— Mais ça me convient !

— *Ça te convient.* La vérité, c'est que tu ne supporterais pas de prendre un dimanche après-midi simplement pour te marier alors que tu pourrais avancer dans ton travail à Blue Sky. De toute façon, c'est trop tard. »

Lawrence regrettait peut-être d'avoir raté le Grand Prix, mais il ne voulait pas la blesser. Il consacra donc plusieurs minutes à expliquer ses réserves au sujet du mariage par celui de ses propres parents et sa répugnance à changer quoi que ce soit alors qu'il était déjà si heureux avec Irina, ajoutant qu'il était « disposé » à l'épouser si elle y tenait, sans se rendre compte le moins du monde qu'il aurait dû y tenir lui aussi.

Irina en retira l'impression que ce mariage viendrait *trop tard*. Il y avait peut-être eu un moment propice pour célébrer leur rencontre, et peut-être inviter leurs amis pour l'occasion – au diable l'avarice. Mais ce n'était plus d'actualité. Comme les serments que se font les couples d'âge mûr, le geste aurait paru être un effort désespéré pour faire revivre un amour moribond. Alors qu'il était empreint de sérénité.

Sa relation avec Lawrence avait suivi son cours, et il n'y avait aucune raison de la changer de force. Elle était satisfaisante, stable, sympathique. Irina pouvait se reposer sur lui en toute confiance. Mais une cérémonie larmoyante à l'église et le désir impérieux de se jeter sur un homme rencontré par hasard en juillet ne figuraient pas dans le projet.

Elle laissa Lawrence bredouiller ses excuses et ses regrets jusqu'au bout, mais insista pour retirer sa proposition, jusqu'au moment où il la supplia de l'épouser, comiquement, un genou à terre, tandis qu'elle lui opposait à son tour un refus catégorique. Elle le fit rasseoir sur le canapé, et tint à préparer une nouvelle fournée de pop-corn, car le bol inachevé avait refroidi. Le fiasco consommé, elle se blottit dans son fauteuil habituel, et n'eut pas même envie de pleurer.

Peut-être qu'elle aurait dû.

5

Quand elle arriva deux minutes plus tôt au coin de la rue après avoir quitté son appartement, Irina se rendit compte que son départ avait été mal préparé. Cette veste était trop légère pour le vent glacial d'octobre ; le tissu n'était pas étanche, et il pleuvait. Son imperméable était encore accroché bien au chaud au portemanteau de l'entrée, sous le toit d'un homme qui l'avait autrefois tenue dans la plus haute estime, et qui avait maintenant toutes les raisons de la mépriser. Que ce fût le cas ou non, ils auraient tous les deux le loisir de le méditer, à moins qu'elle ne fît demi-tour tout de suite, prise de remords, pour implorer son pardon, et jurer que son flirt avec l'improbable – non, Lawrence avait dit « risible » – objet de désir Ramsey Acton n'avait été qu'un accès de folie de la quarantaine.

Peut-être avait-elle perdu la boule, songea Irina sombrement, immobile sur le trottoir, bien que le feu piéton fût vert. Mais cette folie lui appartenait, et exigeait d'elle une loyauté imbécile.

La froide vérité – le feu était repassé au rouge –, c'était qu'elle ne savait pas du tout où elle allait. D'après le trajet des billes dans ces deux premières manches, Hendry avait sans aucun doute vaincu Ramsey, qui avait dû rentrer chez lui, sinon cette nuit, du moins ce matin. Mais elle ignorait combien de temps il fallait pour gagner l'East End depuis

Bournemouth. D'ailleurs, le pauvre homme ne se doutait pas que sa prétendue amante se morfondait au coin d'une rue de Borough, trempée et désespérée, se demandant où il était. Ignominieusement éliminé dès la première partie, Ramsey s'était peut-être même réfugié dans un pub minable près du lieu du match pour noyer son chagrin. Elle décida de l'appeler, avec une pointe de pessimisme, car il prenait rarement la peine d'ouvrir son portable.

Quand elle repéra la cabine publique de l'autre côté de Borough High Street, le feu était de nouveau rouge. Au risque de se transformer en statue de sel, elle lança un regard nostalgique par-dessus son épaule. Et eut la surprise de découvrir Lawrence, debout devant leur immeuble.

« Où vas-tu ? cria-t-il. Sais-tu seulement où il est ?

— Ne t'inquiète pas ! C'est mon problème ! » répondit-elle plaintivement. Mais Lawrence considérait depuis si longtemps que ses problèmes étaient aussi les siens qu'il *ne cesserait de s'inquiéter* pour rien au monde. D'autre part, c'était le milieu de l'après-midi, il n'avait pas encore mangé, et vu les circonstances – elle le quittait –, elle dut se retenir de le gronder : *Lawrence Lawrensovitch, va te préparer un sandwich !* Le sens profond de la responsabilité du bien-être de l'autre avait résisté, intact, à la trahison.

Comme pour en faire la preuve, Lawrence ajouta : « Tu es trempée ! Tu n'es pas assez habillée ! Tu vas t'enrhumer ! Et tu n'as même pas pris ta brosse à dents !

— Je me débrouillerai ! » affirma-t-elle, sachant parfaitement que Lawrence la jugeait incapable d'affronter le monde extérieur sans son aide. Il n'était pas seulement condescendant ; il se voulait indispensable.

L'unique pâté de maisons qui les séparait, si proche mais si lointain en réalité, recréait l'obstacle inviolable d'une barrière de sécurité d'aéroport, et lui rappela plus d'une séparation joyeuse, lorsqu'elle partait voir sa famille et ses amis à New York et que Lawrence l'accompagnait à Heathrow. Il restait toujours de l'autre côté du détecteur de métaux, souriant et l'encourageant du geste jusqu'à ce qu'elle eût récupéré son bagage et se fût tournée, après un dernier signe d'adieu, pour gagner sa porte d'embarquement. Qui avait dit récemment : « Chacun de nous a besoin d'un ange gardien » ? Malgré ses défauts, Lawrence avait pris soin d'elle – jusqu'à l'excès, mais on ne pouvait guère le lui reprocher. Chose extraordinaire de la part d'un homme aussi rationnel, il avait toujours fait le trajet d'une heure et demie en métro jusqu'à l'aéroport, pour repartir seul après l'avoir laissée, saine et sauve, sous l'aile protectrice de British Airways. Ces longs retours avaient dû être fastidieux et mélancoliques. Et comme remerciement ? *Il faut qu'on parle.*

Pour la seconde fois en moins d'une journée, Lawrence pleurait. Cette fréquence était si anormale que, sous une pluie torrentielle, elle n'aurait pas dû s'en rendre compte. Mais d'habitude le visage de Lawrence affichait le clair-obscur irrégulier d'une gravure sur bois, les orbites sombres, les pommettes accentuées, les plis aigus et sévères encadrant la bouche maussade. Le portrait s'était estompé, ses contours taillés à la serpe s'étaient brouillés, comme si l'encre noire bavait sous la pluie. Ses lèvres d'ordinaire fermes et serrées étaient entrouvertes et tremblaient. Quand il la salua une dernière fois, il ne put lever la main au-dessus de sa taille, comme si, malgré ses séances quotidiennes au gymnase, il n'avait plus la force de la porter à son cœur. Ses doigts s'agitèrent faiblement, et Irina souhaita être morte.

Ramsey. C'était lui qui avait dit que nous avions tous besoin d'un ange gardien.

Elle ne savait plus à quoi il ressemblait. Ni pourquoi elle s'aventurait dehors aussi peu couverte par un temps pareil, alors qu'elle avait à deux pas d'ici un appartement agréable et chaleureux, où vivait un homme charmant. À cet instant, sa liaison-encore-en-pointillé lui donnait l'impression d'être un livre à peine ouvert qu'elle était libre de reposer. Elle ne se comprenait pas elle-même. En tant que lectrice, elle avait tendance à terminer les ouvrages commencés. Elle procédait avec méthode. Être allée à ces rendez-vous clandestins pendant plus de trois mois, et avoir révélé dans la douleur son désir coupable à Lawrence, pour tourner les talons et dire « oublions ça et déjeunons ensemble » eût été contraire à ses convictions. Toute tâche entamée devait être achevée. Elle pensa : *La situation m'échappe*.

Elle lui rendit tristement son salut. Agrippant sa veste trempée, elle traversa la rue au pas de course, pressée de disparaître de son champ de vision par égard pour lui.

La cabine lui accorda un répit à l'abri des éléments, mais son soulagement fut de courte durée. Ramsey était sur répondeur, et elle laissa un message incohérent : « Chéri, je l'ai fait, je suis à toi maintenant, mais je n'ai aucune idée de l'endroit où tu es… » et ne put lui donner de numéro où la rappeler, puisqu'elle ne possédait pas de portable. Elle craignit que sa déclaration lui parût pesante. Ce matin à peine, Lawrence avait soulevé la question de la fiabilité de Ramsey. Entretenir une liaison secrète avec *la poule d'un autre* et accepter l'entière responsabilité d'une femme sans le piment de la rivalité étaient deux choses très différentes. Le cynisme de Lawrence était contagieux – surtout après qu'elle eut cherché à joindre Ramsey à Hackney.

Elle pouvait toujours téléphoner à Betsy pour se réfugier chez elle, mais le but de ce départ brutal n'était pas de se terrer dans une chambre d'amis à Ealing. Cherchant une idée, elle passa chez le marchand de journaux pour acheter l'*Evening Standard* et apprit, en lisant un petit article de la rubrique Sports, le « coup de théâtre » de la veille à Bournemouth. Ramsey avait battu Hendry lors d'un combat serré qui avait duré quatre heures. Elle aurait dû être là pour l'applaudir furieusement et fêter son succès dans un bar, suspendue à son bras. Fermant les yeux sur le commentaire narquois du journal – « On parle du come-back de Ramsey Acton, mais ça fait déjà dix ans que Swish est "sur le retour", et on est en droit d'espérer qu'il touche enfin au but » –, elle comprit que la seconde partie de Ramsey contre Ronnie O'Sullivan était prévue pour le soir même à sept heures et demie. Même dans un pays qui se passionne pour le sport, le vendeur pakistanais dut être déconcerté de voir une cliente émue aux larmes par les résultats d'un tournoi de snooker. Elle l'avait retrouvé.

Irina acheta un parapluie peu robuste et parvint à ne casser que trois baleines sur les huit pendant le quart d'heure où elle batailla contre le vent pour arriver à Waterloo Station. Elle était si économe que l'idée de prendre un taxi ne lui vint pas à l'esprit.

S'efforçant de décrypter l'accent cockney en rafales du guichetier à l'humeur grincheuse, elle comprit que le prochain train pour Bournemouth partait dans une heure. L'achat du billet, qui l'obligea à prier l'homme de répéter ses explications, suffit à la décourager ; c'était toujours Lawrence qui se chargeait de ces questions de logistique. Elle alla s'asseoir sur un banc dur, la haute structure métallique de la gare lui donnant l'impression d'avoir été engloutie par un cachalot, et elle souffla sur ses mains glacées. Elle avait négligé de prendre une paire de gants, ce qui au mois d'octobre, pour une femme atteinte de la maladie de Raynaud, était beaucoup plus imprudent que d'avoir quitté son appartement sans brosse à dents.

Désormais privée du soutien matériel de Lawrence, et officiellement sans abri, puisque Ramsey ne l'avait pas encore prise sous son aile, Irina fut envahie par une sensation qui eût indigné la gent féminine de son époque. Elle était *sans protection*. L'autonomie financière et un compte bancaire séparé n'entamaient pas cette impression de vulnérabilité mortifiante. Il était absurde qu'elle se sentît abandonnée ; elle avait quitté Lawrence de son plein gré. Il était irrationnel qu'elle en voulût à ce point à Ramsey parce qu'il avait fermé son portable ; il n'avait aucune raison d'attendre son appel. Dans sa jeunesse, elle eût jugé exaltant de se trouver livrée à elle-même dans une ville européenne. Plus âgée, elle avait perçu les difficultés qui pouvaient surgir aussi brusquement que les intempéries et, au contraire des féministes, elle pensait qu'une femme était plus en sécurité quand elle concluait un pacte de survie avec un mâle de l'espèce. Sur ce banc, son angoisse avait quelque chose d'animal, et elle sut qu'elle avait commis un acte stupide, au sens biologique du terme.

Il eût été censé de téléphoner à Ramsey plusieurs fois de suite, jusqu'à ce qu'il décrochât. Mais elle était à court de monnaie ; appeler un portable depuis une cabine coûtait près d'une livre la minute. D'ailleurs elle voulait lui faire une surprise. Une impulsion non dénuée de crainte – elle redoutait que Ramsey n'appréciât pas ce geste. Peut-être l'attirait-elle uniquement parce qu'elle était inaccessible. Et que sa proposition de l'épouser n'avait pas été sincère ; il pensait sans doute que toutes les filles avaient envie d'être demandées en mariage. Peut-être que c'était un opportuniste sans cervelle (l'expression de Lawrence) et une ordure. Elle était en train de commettre la plus grave erreur de sa vie.

Dans le train, où elle sacrifia le mince réconfort de sa veste trempée pour la déposer sur le siège voisin afin de décourager les importuns, son sentiment de fragilité céda à une impression de sécurité si somptueuse qu'elle eût été enchantée de ne jamais arriver nulle part. Elle était douillettement blottie dans une boîte rectangulaire dont le *teuf-teuf* régulier l'apaisait comme le roulis d'un berceau à bascule. Avant sa première soirée avec Ramsey, elle avait parfois gaspillé sa solitude en concoctant des recettes à base d'ail sauvage, mais à présent sa tête fourmillait de pensées autrement importantes que la préparation du dîner.

À sa stupéfaction, aucun torrent de récriminations n'avait suivi sa petite phrase – *Il faut qu'on parle*. Plutôt que de s'en prendre à son infidélité, Lawrence avait endossé tout le blâme, se rendant responsable des carences de leur couple – la tête courbée, les épaules basses, les genoux serrés, tandis que des larmes coulaient sur ses poignets crispés. Son effondrement évoquait ces démolitions de grands immeubles en ruine : les charges de dynamite placées de façon que les briques s'affaissent vers l'intérieur ; les structures environnantes demeurent intactes, mais une épaisse couche de poussière les recouvre. Le plus souvent, l'autodestruction d'un être humain engloutit dans les décombres tout ce qui l'entoure. La scène sur le canapé avait été un spectacle horrible et extraordinaire à la fois : une implosion totale, qui laissait son témoin indemne.

Au début, il avait tant répugné à lui reprocher son égarement qu'elle avait été prise de court. Jamais elle n'avait eu l'intention de s'en tirer impunément. Mais Lawrence affirma qu'il était responsable de leur éloignement progressif. Il l'aimait plus que tout au monde, mais comment aurait-elle pu apprécier l'intensité de ses sentiments, quand il faisait mine de les prendre à la légère ? Il aurait dû lui demander depuis longtemps de l'épouser, et se reprochait de ne pas l'avoir fait. Il savait qu'il était trop rigide, trop strict – obsédé par l'ordre et la maîtrise des choses, répétant les mêmes actes jour après jour –, et qu'il avait rendu leur vie routinière. Ils auraient dû faire plus de voyages ensemble, aller à Paris en Eurostar.

Il avait abusé de ses talents de cuisinière et aurait dû la sortir plus souvent.

« Mais ça me plaisait de te préparer à dîner, avait-elle objecté. Ce n'était pas ça le problème. » Horrible, elle parlait déjà de leur relation au passé.

« C'est quoi, alors ?

— Tu as cessé de m'embrasser. »

Elle s'était surprise elle-même. Depuis des mois elle dressait des listes cruelles des carences de son partenaire : il était dur avec les autres, il regardait trop la télévision, il ressassait les aspects extérieurs de la vie, comme la politique, aux dépens des choses de l'esprit. Elle avait été stupéfaite de découvrir que, pendant tout ce temps, un seul détail avait compté. Si infime, si facile à réparer. Si Lawrence pressait sa bouche sur la sienne, oublierait-elle Ramsey, et tout irait-il pour le mieux ? Mis à part le fait indéniable qu'elle n'avait plus envie de l'embrasser. C'était Ramsey qu'elle voulait.

Lawrence ne rejeta pas son seul grief en arguant de son insignifiance. Ses parents, expliqua-t-il, n'avaient jamais été démonstratifs, ni avec leurs enfants ni entre eux. Quand elle l'y avait incité, il avait essayé de penser à l'embrasser plus souvent, et ne savait pas pourquoi il n'avait pas continué, car cela lui avait plu. Mais il n'avait plus osé. Les émotions fortes l'embarrassaient, l'effrayaient même un peu. Ça lui donnait un sentiment de faiblesse. Ça ne semblait pas viril.

« La passion, dit Irina, est la chose la plus virile au monde. »

C'était exactement le genre de conversation qu'ils auraient dû avoir, et qui l'aurait peut-être empêchée de franchir ces quelques centimètres fatidiques au-dessus de la table de snooker pour embrasser Ramsey en juillet dernier. Maintenant qu'ils avaient enfin appris à se parler, c'était trop tard.

Préparée à un assaut de rage et de calomnie, Irina avait été prise d'un accès de générosité et de remords. À deux heures du matin, il avait semblé naturel qu'ils se mettent au lit ensemble. Il n'avait pas été question de sexe, mais ils avaient dormi nus dans les bras l'un de l'autre. Lawrence ne s'était pas plaint une seule fois d'avoir trop chaud.

Elle s'était donc éveillée dans un état de contentement. Elle s'était armée contre le pire, et à présent – d'une manière inattendue, émouvante et merveilleuse – le pire était passé.

Pas si vite.

La veille, Lawrence n'avait à aucun moment demandé l'identité de son rival, bien qu'elle eût été disposée à la révéler. Peut-être n'était-il pas prêt, et devait-il ingérer son poison à petites gorgées. Mais le lendemain matin il se redressa d'un seul coup dans le lit, un geste qui évoquait la célèbre phrase – « Je crains que nous n'ayons réveillé un géant endormi » – souvent citée après Pearl Harbor au sujet des États-Unis.

« Très bien, grogna-t-il. *C'est qui ?* »

Irina ramena le drap sur ses seins. Le nom pesait lourd dans son esprit, mais quand elle croassa les syllabes il eut un écho peu convaincant.

« *Ramsey Acton ?* » Lawrence employa le même ton d'incrédulité consternée que Betsy au Best of India. Ça ne suffisait pas à faire référence, mais la symétrie était impressionnante. Il bondit furieusement hors du lit. « Tu as perdu la tête ? »

Ce matin, il n'exprimerait aucun regret de ne pas l'avoir emmenée à Paris.

Elle avait juré la veille, avec sincérité, qu'elle n'avait jamais couché avec l'Autre. Pourtant, malgré l'esprit conventionnel de Lawrence dans ce domaine, cette chasteté factice ne changeait rien pour lui. Elle n'avait servi qu'à donner bonne conscience à Irina, mais n'avait en rien épargné son compagnon.

Enfilant son jean en quatrième vitesse, il grommela : « Bordel, tu aurais dû le laisser te sauter et l'oublier. Je croyais que tu avais trouvé quelqu'un de *crédible*, pas un *loser* ! Ce coup de folie insensé ne durera pas cinq minutes ! Il n'est pas laid, et il a un charme visqueux, superficiel. Mais, Irina, tu n'as absolument rien en commun avec ce type !

— Ce n'est pas mon avis, répondit-elle tranquillement, enfilant ses vêtements.

— Alors je vais te dire le mien ! Tu ne t'intéresses absolument pas au snooker ! Ça te plaît de coller au train d'une vedette ? Parce que, dans ce cas, tu aurais pu trouver mieux. C'est un has been ! Tu as vu comment il s'est comporté hier soir. On le considérait comme un joueur audacieux, et maintenant il est je-m'en-foutiste. Balancer la bille blanche autour de la table comme un derby de démolition…

— Il n'était pas dans son assiette. Il sait que j'hésite à prendre une décision, et je pense que la situation l'a déstabilisé.

— Comme c'est *flatteur* ! s'écria Lawrence. Mais même s'il reste dans la course, combien de temps vas-tu supporter de regarder toutes ces manches ? Il va s'attendre à ce que tu sois gaga, à ce que tu te passionnes pour chaque empochage. Tu peux faire une croix sur ta carrière d'illustratrice. Tu seras sa groupie ! C'est ce que tu veux ?

— J'ai l'intention de suivre ses progrès…

— Ses *progrès* ? railla Lawrence. Parle plutôt de son déclin ! As-tu la moindre idée de là où tu mets les pieds ? Cet homme est *vaniteux*. C'était une star, et il va compter sur toi pour le traiter comme telle. Non seulement tu vas te transformer en fanfare portative, mais tu devras encourager son aveuglement ! C'est un narcissique pathologique, et tu te prépares une vie d'*histoires de snooker* interminables et nostalgiques.

— Je t'écoute parler de l'Algérie. Quelle est la différence ?

— Elle est énorme, voilà tout. Tu es une femme intelligente ! Tu es habituée à fréquenter des gens qui se soucient du monde et qui lisent le journal. Tu crois que *Swish* a acheté un seul journal de qualité en cinq ans ? Il pense sans doute que BSE[1] est un titre honorifique accordé par la reine ! Avant d'avoir carrément abandonné ses études, il a manqué la plupart de ses cours. Ne me le demande pas, adresse-toi plutôt à lui... parce qu'il en est fier ! Il filait au club de snooker de Clapham au lieu d'apprendre à épeler D-O-G. En vérité, je ne suis même pas sûr qu'il sache *lire.* Je parie que si tu lui faisais passer un de ces tests pour savoir si tu es en pleine possession de tes facultés mentales – on te demande qui est le président des États-Unis et si tu es capable de compter de cent à un – ce champion échouerait haut la main sans le bénéfice d'un alzheimer. Irina... ce type est un *con fini* !

— Il n'a peut-être pas un PhD de Columbia, mais il a une intelligence naturelle. » Elle se sentit obligée de défendre vaguement l'homme qu'elle aimait ; plus tard, elle se dirait qu'elle avait essayé.

« Sa tête est pleine de petites billes rouges, Irina. Et *c'est tout.*

— Je croyais que tu l'aimais bien, marmonna-t-elle.

— Oui. Au passé. Si je revois jamais ce salopard, il est grillé. Il est plus grand que moi, mais il est maigre et faiblard. » Avec ses doigts, Lawrence forma un cercle du diamètre d'une pièce de vingt-cinq *cents*. « Ses poignets ne sont pas plus gros que ça. Je peux le flanquer par terre en trois secondes.

— Je n'en doute pas, dit-elle d'un ton las, préparant le café comme un automate.

1. ESB en français. *(N.d.T.)*

— J'aime bien notre marchand de journaux pakistanais. Ça ne veut pas dire que j'ai envie de passer toutes mes soirées à l'écouter me parler de tous les magazines passionnants qu'il a vendus dans la journée. Un peu de Ramsey, c'est largement suffisant. Deux fois par an, c'était déjà trop. Une bonne semaine de tu-n'imagines-pas-mon-angle-sur-la-bleue, et tu t'écrouleras d'ennui sous la table. »

La buse vapeur haleta, son flot de bruit blanc obligeant Lawrence à élever encore la voix. « Tu sais à quoi ressemble la vie des joueurs de snooker ? Combien de temps ils passent en tournée ? Combien de putes ils se font ? Quelle quantité de coke ils sniffent ? Combien de paquets ils fument ? Ce qu'ils perdent au jeu ? Ce qu'ils boivent comme alcool ?

— Ramsey est plutôt modéré, vu le contexte, hasarda-t-elle, hébétée.

— Tu sais quelque chose du "contexte" ? Jimmy White abandonne sa femme pendant des semaines pour aller se cuiter en Irlande. Alex Higgins est ruiné au point qu'il en est réduit à poursuivre les compagnies de tabac à cause de son cancer de la gorge. Loin d'être le milliardaire qu'on croit, Higgins tape les rares amis qui lui restent, arnaque des amateurs dans les clubs de snooker louches – et *perd encore* la plupart du temps –, et maintenant, il n'a plus de domicile fixe ! »

Cela avait duré des heures. Lawrence avait clairement l'intention de l'épuiser, de la convaincre de la folie de ses sentiments avec des arguments somme toute bien construits. Mais ce combat ne pouvait se gagner par la discussion. Il aurait aussi bien pu lancer un ballon en caoutchouc contre le mur d'un court de squash dans l'espoir de l'enfoncer. À la fin, il s'effondra sur le canapé, épuisé par ce match-marathon. Le mur était toujours debout.

Quand Irina émergea du cocon de son wagon, il faisait déjà nuit à Bournemouth, et il était près de six heures et demie. N'étant pas d'humeur à se lancer à pied hardiment avec le plan schématique obtenu au bureau des chemins de fer, elle sauta dans un taxi. Quand elle indiqua sa destination, le chauffeur bavard demanda si elle se rendait au Grand Prix.

« Bien sûr. » Les amants ne se lassent jamais de répéter le nom de leur bien-aimé, et elle s'écria : « Ramsey Acton joue contre Ronnie O'Sullivan ce soir.

— Swish a connu de meilleurs jours, non ? dit l'homme. Mais c'est un vieux de la vieille, et c'est sacrément étonnant qu'il ait pas encore décroché. Sa forme est revenue, ces derniers temps. J'ai manqué le tournoi parce que je travaillais, mais on raconte qu'hier soir, la confrontation avec Hendry, c'était quelque chose. Ramsey a frappé ces billes à vous en faire siffler les oreilles.

— Je crains d'en avoir manqué une bonne partie, dit-elle avec mélancolie. Ce qui est vraiment dommage, parce que Ramsey… est un de mes amis.

— C'est vrai ? Ces joueurs de snooker ont pas mal d'amis, je parie.

— En réalité, Ramsey ne voit pas grand monde. »

Le chauffeur émit un grognement avisé qui résumait sa pensée – sûr-vous-connaissez-Ramsey-Acton-et-la-reine-vient-prendre-le-thé-chez-moi. « Rocket – ce petit gars est de la même trempe que votre Ramsey Acton. On raconte qu'il a hérité du même génie. Lui aussi, il a le vent en poupe. Mais il se comporte comme un voyou, il a pas hérité de sa classe. Swish est un vrai gentleman, et on l'entend jamais remettre une décision en question. Mais ce week-end, vous auriez dû entendre O'Sullivan se plaindre de l'état du tapis. Il a fait un scandale à l'arbitre, il a juré qu'il avait pas soulevé l'orteil en empochant une longue rouge. Je parie que l'Association a collé une belle amende à ce gars-là pour le grabuge qu'il a fait – et on peut pas dire qu'il ait les moyens. Bien sûr, faut laisser sa chance à ce garçon, son père est en prison et tout ça. Pas de pot ! Mais ça vous donne pas tous les droits. Tout le pays attend que ce gosse grandisse.

— Ramsey dit que O'Sullivan a un talent formidable, mais que s'il n'apprend pas à se maîtriser dans la vie il ne l'exploitera jamais à fond. » Irina s'entraînait. Ce style de conversation serait sans doute le quotidien de son existence future. Et elle devait s'habituer à ce que les excentricités de son amant soient examinées à la loupe par des millions de gens.

« Je crois bien que je l'ai entendu dire la même chose à la télé », dit le chauffeur.

Elle garda pour elle ses réflexions pendant le reste de ce court trajet.

Irina pénétra dans le bâtiment colossal en brique rouge avec une pointe de déception. À la télévision, les matches de snooker paraissaient si intimes – les tables rougeoyant dans l'obscurité, les billes animées de l'émotion vibrante d'un tableau d'Edward Hopper. Dans les années quatre-vingt, le snooker était devenu un sport national aux enjeux élevés, mais il s'était développé dans un grand nombre de clubs locaux enfumés, dans des villes miteuses comme Glasgow, Belfast et Liverpool. Ces trous cradingues étaient des aimants non seulement pour les garçons qui séchaient l'école mais pour des hommes qui fuyaient leur femme, les doigts jaunis par des cigarettes roulées à la main, les veines gonflées par l'alcool, le teint terreux à force d'avaler des curry-frites à deux heures du matin, quand on les mettait dehors. Le soupçon de déviance qui planait sur ce sport avait inspiré l'adage selon lequel une bonne partie de snooker était « le signe d'une folle jeunesse ». Pour Irina, le snooker appartenait au passé : elle y associait promiscuité, odeurs fétides, et éclairage faiblard. C'était l'Angleterre de la bière tiède, non carbonisée, des tabourets de bar en velours râpé, des pâtés de porc trop gras, et des accents chargés, inintelligibles.

Pourtant, le Centre international de Bournemouth constituait l'essence de « Cool Britannia », la nouvelle campagne publicitaire roublarde de Tony Blair, qui présentait le Royaume-Uni non comme un empire réduit en déclin, mais comme un modèle MBA[1] de progrès et d'efficacité. « Cool Britannia » bannissait les bars à vins impersonnels en acier chromé de l'île, son secteur d'informatique florissant, la nourriture trop recherchée des restaurants où on servait du bar chilien à la citronnelle. Le Centre international de Bournemouth était flambant neuf et brillait de tous ses feux. Sous les plafonniers éblouissants reluisait le marbre poli de l'entrée. Les fenêtres de trois mètres de haut s'ouvraient sur la baie obscure. Jurant avec le caractère douillet et chargé d'histoire du snooker, ce lieu n'avait ni mémoire ni âme.

Irina se précipita vers le bureau des réservations et apprit qu'il ne restait plus de billets pour le match.

« Pourriez-vous contacter Ramsey Acton dans sa loge ? demanda-t-elle. Je suis sûre qu'il me trouvera une place.

— J'en doute pas, madame », répondit l'homme. Sa politesse cassante parodiait les bonnes manières ; les Britanniques utilisent souvent les convenances comme arme. « Mais les joueurs vont entrer dans quelques minutes. Vous ne souhaitez pas déranger votre homme quand il est en train de se concentrer. »

« Votre homme » n'était qu'une expression, et Irina dut se retenir d'insister : *Vous ne comprenez pas, c'est vraiment « mon homme »*. Elle s'efforça de ne pas élever la voix. « Je pense que si vous contactez M. Acton, il vous sera très, très reconnaissant de lui avoir

1. Maîtrise de gestion. (*N.d.T.*)

signalé ma présence. Il ne m'attend pas, mais il serait ravi de savoir que j'ai pu finalement assister au match. Je m'appelle Irina. Irina McGovern. »

Le visage impassible, le vendeur de billets négligea de noter son nom. « Je suis sûr que M. Acton est reconnaissant de jouer devant une salle pleine, répondit-il, et tout aussi désolé qu'un certain nombre de clients comme vous aient été refoulés.

Hélas, la voix d'Irina devint stridente : « *M. Acton* sera très, très fâché d'apprendre que vous avez refusé de l'informer de mon arrivée, et si vous ne prenez pas au moins la peine de me vendre un billet – vous en avez en réserve ! –, je crains que vous n'ayez de GROS ENNUIS.

— Vraiment, répliqua-t-il sèchement. Votre sollicitude me touche. Mais je prends le risque, madame. Au suivant ! »

Menacer l'homme avait été une erreur. Chassée du guichet, Irina se mit à sangloter. Elle n'avait pas coutume de pleurer en public, mais quitter un homme absolument merveilleux pour se jeter à la tête d'un joueur de snooker n'était pas non plus habituel chez elle. Se donner en spectacle était le moindre de ses soucis.

« Excusez-moi… » Le personnage corpulent aux cheveux sauvagement rasés ressemblait à un videur, mais la main qu'il posa sur son bras était légère. « Je n'ai pas pu m'empêcher de vous entendre dans la queue. Il se trouve que ma copine ne se sentait pas bien ce soir, et j'ai un billet qui va finir à la poubelle. Vous le voulez ? Je supporte pas de voir une dame pleurer. »

Irina sécha ses larmes et accepta le billet offert. « Oh, merci infiniment ! Vous n'imaginez pas combien c'est important. Vous m'avez sauvé la vie. Combien vous dois-je ?

— Je veux pas de votre argent. Je suis drôlement content qu'il soit pas perdu.

— Oh, il ne l'est pas. Je ne suis pas n'importe qui, quoi que ce billettiste ait pu penser. » Incapable de se contenir, elle lâcha : « Ramsey, vous voyez... je suis amoureuse de lui. »

Son bienfaiteur lui lança un triste sourire. « Vous ne seriez pas la première, ma belle. »

Irina s'en voulut : le type la prenait sûrement pour une groupie folle de Ramsey. Mais d'après Lawrence, c'était précisément ce qu'elle était devenue.

Irina suivit les pancartes jusqu'au Purbeck Hall, devant lequel les bookmakers avaient griffonné au feutre sur un tableau blanc les enjeux pour ce match. Pour Ramsey, c'était cinq contre un. (C'était vraiment horrible que l'absence de foi des gens en vous s'exprimât par des calculs aussi brutaux.) À sa grande satisfaction, on lui indiqua le deuxième rang, mais elle se retrouva à côté du robuste jeune homme qui lui avait passé la place. Avant de se couvrir de ridicule elle aurait dû comprendre que s'il avait deux billets, elle resterait assise près de lui pendant des heures. Elle essaya de lui adresser le sourire cordial d'une personne normale.

Avec un battage de jeu télévisé, un animateur annonça que Rocket « n'avait pas besoin d'être présenté », et entreprit de le faire. Irina connaissait bien les statistiques. O'Sullivan avait battu les records déjà établis par Ramsey – break maximum le plus rapide, break achevé avec empochage de la bille noire le plus rapide, plus jeune joueur d'un tournoi de haut niveau.

Ronnie surgit devant le rideau, levant sa queue très haut pour saluer ses fans déchaînés. Âgé d'une vingtaine d'années, il avait une beauté vulgaire, sans finesse. Le teint pâle, avec de longues boucles noires qu'il lavait sans doute tous les jours mais qui gardaient un aspect huileux, les traits grossiers, les sourcils bas, il avait l'air d'un rustre.

Irina savait tout de lui. Son passé était pittoresque. Ses parents avaient tenu un sex-shop, jusqu'au jour où son père avait été mis au frais pour avoir assommé un patron de pub noir et où sa mère avait été incarcérée pour fraude fiscale. Le porno et la fraude fiscale rapportaient, mais il avait un accent prolétaire impeccable ; dans les interviews après les matches, il s'en donnait à cœur joie : « J'au'ais dû le savoi' avant. » (L'un des luxes dont étaient privés les défavorisés du Royaume-Uni, c'était l'emploi des consonnes.) Quant au jeu de Ronnie, il était vif, agressif et – quand il était en forme, ce qui n'était pas toujours le cas – incroyablement parfait.

Lawrence le détestait. La tendance de Ronnie à brailler quand il perdait un match, à se présenter devant les caméras dans un état de totale déconfiture, jurant de ne plus jamais jouer au snooker de toute sa vie et de reprendre ses billes, était selon Lawrence la conduite d'un arriéré. Plus impardonnable encore, Ronnie était un loubard incapable de s'exprimer, un *savant imbécile*.

Dans un souci paternel, Ramsey craignait que le garçon ne réussît jamais à exploiter son potentiel, à moins de maîtriser son ego surdimensionné (Ronnie se gorgeait de l'adulation de ses fans comme une plante grasse, ou était aussi desséché et meurtri qu'un pétunia écrasé). Connu pour son élégance, Ramsey répugnait à se laisser aller au ressentiment, à la jalousie ou à l'amertume. Pourtant, ces sentiments auraient été justifiés. Ce chauffeur de taxi avait exprimé l'opinion générale : en termes de technique, sinon de tempérament, Ronnie O'Sullivan était Ramsey Acton ressuscité. Les parents ont souvent du mal à accepter le succès de leur enfant, et de la même façon, Ramsey hésitait à se reconnaître dans ce garçon qui bondissait autour de la table et empochait des couleurs comme s'il tirait des mortiers dans des tranchées ennemies. Personne n'aime être remplacé.

L'animateur présenta Ramsey « Swish » Acton ; le fait d'être toujours décrit comme un simple « finaliste » dans six championnats du monde avait dû le piquer au vif. Quand le rideau s'entrouvrit, des applaudissements fusèrent parmi les spectateurs les plus âgés. En comparaison du tumulte causé par les supporters enthousiastes de O'Sullivan, ils durèrent nettement moins longtemps.

Cependant, le cœur d'Irina fondit. Ronnie O'Sullivan avait peut-être une beauté rustique, mais il n'arrivait pas à la cheville de Ramsey Acton. Ronnie était un cheval de trait, et Ramsey un pur-sang – de longues jambes minces comme des boulets bien nourris, une vibration aiguë émanant de sa silhouette de handicap nerveux tenu en bride. Son visage allongé avait un raffinement classique, et son maintien une grâce verticale que n'égalerait jamais la présence vulgaire et fanfaronne de O'Sullivan.

Les applaudissements déchaînés d'Irina ne parvinrent pas à attirer l'attention de Ramsey. Elle ne savait pas si elle devait essayer d'accrocher son regard ou non, car elle craignait de le distraire de sa tâche. Le seul acte que cet homme lui reprocherait jamais serait de porter atteinte, même de manière infime, à ses chances de gagner un match de snooker.

Les lumières baissèrent, la foule se tut, et la partie commença. Ronnie fit l'ouverture, délogeant du rebord de la table une rouge solitaire, qui pouvait être empochée de justesse. Ramsey enchaîna sans réfléchir. Le courage et l'imprudence vont de pair, et il empocha la rouge. Il fit une splendide mise en jeu de cinquante-six billes, pas assez ample cependant pour emporter la manche. Hélas, une fois que Ronnie fut revenu à la table, il l'accapara comme un gros bonhomme qui se jette sur un buffet à volonté. Après avoir conclu la manche à soixante-dix contre cinquante-six,

Rocket empocha la noire finale, faisant ricocher la blanche contre trois rebords juste pour frimer. Un style déplorable, mais typique.

C'était le premier tournoi auquel Irina assistait en direct, et au début elle regretta les commentaires à la BBC des anciens très classe. Il y avait du dépouillement dans ce combat dénué d'anecdotes historiques, où aucun « Ooooh, Clive, celui-là est traître ! » n'anticipait les coups. Le son du jeu était si différent, avec tous les *waouh* silencieux, l'espace vide. Mais peu à peu, tandis que la deuxième manche progressait, elle commença à apprécier la pureté de l'exercice sans qu'une voix off lui murmurât ce qu'elle devait penser – pourquoi ce coup était problématique, ou si un joueur se positionnait sur la rose. En l'absence de tout bavardage, l'écho des billes résonnait pendant plusieurs secondes dans la salle, et les rouges cliquetaient au bord des poches avant d'y dégringoler avec le vacarme plein de suspense d'un roulement de tambour. Les concurrents glissant autour de la table dans un silence total conféraient au jeu une atmosphère plus religieuse que sportive, évoquant le déroulement mystique et insondable de la messe catholique lorsqu'on la disait encore en latin. Suivre la partie exigeait plus d'efforts sans la becquée de Clive Everton. Il fallait se montrer plus attentif.

Irina avait beaucoup de difficultés à se concentrer. Le visage de Lawrence sous la pluie ce matin s'interposait constamment – le tremblement des lèvres, le geste d'adieu inachevé.

Au centre de la salle, devant plusieurs centaines de spectateurs, Ramsey lui parut presque inaccessible. Elle se sentait fière de sa célébrité, et en même temps elle en voulait à ces inconnus d'avoir fait de lui une star – un jouet qu'elle devrait partager avec eux. Il lui appartenait si peu que son charme était une torture.

Que faisait-elle ici ? Égarée sur la côte sud de l'Angleterre, elle eut l'impression d'être une fillette fugueuse – qui, sans moyen de subsistance et sans endroit où dormir, se rend rapidement compte que son projet est voué à l'échec, mais qui s'obstine à marcher dans la rue avec son lapin en peluche et une poignée de biscuits jusqu'à ce qu'une voiture de patrouille la ramasse. Peut-être que son départ de la maison avait été un acte de pure obstination et rien d'autre.

D'après le moniteur de contrôle, Ramsey avait perdu encore trois manches pendant qu'elle rêvassait. Elle se força à suivre la cinquième. Le schéma se reproduisit : Ramsey élabora une mise en jeu substantielle mais loin d'être parfaite. Une fois que Rocket eut mis son grain de sel, Ramsey passa le reste de la manche à siroter sa Highland Spring.

Irina n'était pas d'humeur à s'intéresser au sport, mais elle se laissa peu à peu envoûter par le spectacle. Les styles des deux joueurs se reflétaient à tel point que le match semblait être l'expression suprême de la maxime de Lawrence, à savoir que dans le snooker, en définitive, on « joue contre soi-même ». Car si Ronnie O'Sullivan avait jamais étudié quelque chose dans sa vie (on pouvait en douter), c'était le jeu de Ramsey Acton. Le match s'anima d'un esprit œdipien, le fils déterminé à assassiner l'homme qui l'avait engendré.

Mais dans les conflits œdipiens, le protagoniste le plus jeune apprécie réellement son avantage. Le snooker était encore nouveau pour O'Sullivan ; il était absorbé par ses vicissitudes, il maîtrisait son jeu avec jubilation. Par contraste, Ramsey semblait un peu las des configurations qu'il avait vues et revues dans le passé, bien qu'on ne retrouvât jamais la même constellation sur la table. Sa joie paisible, décente quand il empochait une bille, semblait subtilement obscurcie par la certitude qu'il y aurait d'autres matches, d'autres tournois, d'autres saisons – et que les embûches seraient légion dans la phase à venir. La sagesse et l'expérience sont le réconfort des vieillards, mais ne sont pas d'un grand secours sur le moment.

Ramsey jouait vite ; O'Sullivan encore plus. Ramsey faisait des empochages incroyablement longs ; ceux de O'Sullivan étaient interminables. Ramsey empochait les couleurs à la vitesse de Mighty Casey à la batte ; O'Sullivan plaça la barre technologique plus haut, et les lança dans l'oubli avec la force d'un accélérateur de particules.

Irina avait renoncé à applaudir avec une force et une cadence extravagantes dans l'espoir d'attirer l'attention de Ramsey ; les coups d'œil soucieux de son voisin l'avaient embarrassée. Un halo de lumière enveloppait la table, plongeant la salle dans l'obscurité ; il ne pouvait pas la voir. Elle se creusa la tête pour trouver un plan B. L'accès à la loge de Ramsey Acton serait sans doute aussi bloqué après le match qu'au début de la soirée. Comment parviendrait-elle à lui faire savoir que la femme qu'il aimait était à portée de la main ? Elle ignorait dans quel hôtel il était descendu, et l'employé glacial du guichet serait peu susceptible de lui fournir l'adresse.

À l'entracte, sur un score décourageant de six à deux, les joueurs retournèrent dans leur loge, et Irina osa un discret : « Ramsey ! » Mais, trop habitué à entendre les spectateurs prononcer son nom, il disparut sans se retourner.

Comble de malchance, son voisin était maintenant convaincu d'avoir cédé son billet supplémentaire à une folle. Quand ils se levèrent tous les deux pour se dégourdir les jambes, Irina lui glissa faiblement : « O'Sullivan brûle les planches, ce soir.

— On dit que le talent de Ronnie dépasse tout ce qu'on a vu dans un tournoi », répliqua-t-il avant de s'esquiver.

Irina se rassit en roulant des yeux. Elle avait déjà entendu des dizaines de fois ce vieux dicton sur

O'Sullivan. Elle se promettait un bel avenir. Soir après soir, elle devrait répondre au pied levé à des clichés et des banalités sur le snooker.

Du moins les appréciations de Ramsey étaient plus nuancées. Alors que Stephen Hendry, le champion du monde avachi, et Ronnie O'Sullivan, le mauvais garçon voûté, semblaient se disputer le titre du meilleur joueur de snooker de tous les temps, Ramsey avait observé que les deux jeunes gens revendiquaient des couronnes nettement différentes. Hendry avait la maîtrise, O'Sullivan l'inspiration ; Hendry s'attelait au jeu comme à un travail, O'Sullivan le transformait en art. En bon écolier, Hendry semblait comprendre la nature de la géométrie ; à la manière d'un évangélique illuminé, O'Sullivan paraissait saisir la nature de l'univers. Hendry n'était que savoir, O'Sullivan n'était qu'instinct, et – bien que ce soit inexplicable – l'intuition est plus fascinante que l'intelligence. (Il y eut un déclic en elle : rien d'étonnant à ce que Lawrence ne supportât pas O'Sullivan.) Pourtant, quand Ramsey et sa réincarnation revinrent sur scène, Irina en arriva à cette sinistre conclusion : l'intelligence est digne de foi, mais le génie peut vous lâcher à l'improviste.

Cette fois, elle n'applaudit pas du tout. Elle n'en avait pas envie. Elle posa les mains sur ses genoux, une posture paisible inspirée par la résignation. La mission de Bournemouth tournait au fiasco, et accepter ce désastre sans appel était délassant. Après l'angoisse de la séparation d'avec Lawrence et la course jusqu'à Waterloo sous une pluie glacée, sans gants ni brosse à dents, elle devrait sans doute trouver une chambre d'hôtel dans les environs et se blottir, solitaire, sur un matelas humide. Ramsey aurait tout de même pu relever ses messages.

Ce fut peut-être parce qu'elle était la seule à ne pas applaudir. Ou bien le sixième sens de Ramsey s'éveilla-t-il enfin. Ou encore, il avait profité de la pause pour écouter son putain de répondeur. En tout cas, il se tourna carrément vers le deuxième rang, visant Irina McGovern comme s'il s'apprêtait à empocher une couleur.

Il sourit.

Ramsey souriait rarement dans les tournois. Il n'en avait sûrement aucune envie avec un score de six à deux, quand il se faisait battre à plate couture par son propre double. Mais lorsque son visage s'éclairait, tout son environnement se transformait, et la table de snooker semblait illuminée, non par les plafonniers, mais par l'éclat de ses dents. Ce sourire n'exprimait pas seulement la chaleur, la gentillesse et la grâce conformes à sa réputation, mais comportait un élément loufoque, dément, affolant. Un sourire anarchique, et d'une indifférence festive. Après avoir repéré une certaine personne dans le public, Ramsey Acton se *fichait éperdument* de compenser ses pertes dans ce match, car il semblait avoir remporté aujourd'hui une bataille autrement plus difficile.

En retour, Irina lui adressa une expression pleine de douceur, non dénuée d'une certaine suffisance. Elle se cala sur son siège, qui lui parut soudain plus confortable, et croisa les jambes. Son voisin, qui n'avait cessé de feuilleter son programme pour éviter de lui parler, lança un coup d'œil admiratif à celle qu'il avait prise pour une *poule*.

Le comportement de Ramsey sur l'estrade se détendit comme un ressort. La vibration aiguë qui avait saccadé ses gestes disparut, remplacée par un son régulier de guitare. Au mépris de sa célèbre légèreté, ses mouvements devinrent rêveurs, presque apathiques. Ronnie fit la mise en jeu, mais cette fois, quand une longue rouge qui aurait pu à la limite être empochée émergea du triangle initial, Ramsey l'ignora froidement. Il joua une safety à la place, plaçant la blanche si près derrière la jaune qu'il empêcha son adversaire de frapper directement toutes les rouges restantes sur la table.

Ronnie aimait jouer vite, Ramsey fit traîner le jeu en longueur. Ronnie aimait empocher, Ramsey paralysa la table avec des safeties. Une fois le rythme de O'Sullivan brisé, Ramsey commença à appâter l'impudent parvenu en laissant des billes disponibles, franchement ridicules mais terriblement attrayantes, auxquelles le garçon fut incapable de résister. Ronnie essaya chacun de ces coups improbables et les manqua. La démonstration magistrale de Ramsey manipulant non seulement les billes, mais aussi son adversaire, posa à Irina la question de savoir si elle-même n'avait pas été un jouet entre ses mains. Dans ce cas, elle ne pouvait que l'admirer. Il progressait autour de la table avec l'agilité et la langueur qu'il avait déployées pour négocier son corps.

En la repérant dans le public, Ramsey semblait avoir découvert la femme sous un aspect stratégique. Après tout, si on mise sur la réorganisation vigoureuse de son propre jeu, on ne peut pas négliger l'âge et la fatigue. À quarante-sept ans, Ramsey ne battrait jamais O'Sullivan grâce à son énergie et son agressivité, mais par la fourberie – par une sournoiserie et une ruse félines. C'était la sorte de snooker que méprisait O'Sullivan. Et que Ramsey abhorrait : un snooker lent, ennuyeux, et retors. Il connaissait ses défauts. Il savait que les joueurs en perte de vitesse commettent des erreurs quand ils doivent se lever de leurs sièges pour un seul coup, et retourner ensuite à leur place. Lorsqu'il était un jeune prodige, il avait lui aussi négligé de pratiquer le « jeu défensif », et maintenant, à l'âge mûr, il en subissait les terribles conséquences.

Après avoir perdu quatre manches d'affilée avec cette maladresse, Ronnie alla à vau-l'eau. Il fit des empochages de plus en plus ridicules, et les manqua somptueusement – tandis que Ramsey devenait plus hypocrite encore. À la fin de la session, Ronnie jouait le « snooker de derby de démolition » – une expression de Lawrence –, frappant des billes dans tous les sens, sauf dans les poches. Le snooker viril fut tourné en dérision, et le snooker de filles l'emporta à neuf contre sept.

Quand les lumières revinrent, le voisin d'Irina se tourna vers elle avec un hochement de tête respectueux. « Alors, vous êtes une copine de Ramsey Acton ? »

Irina tripota sa veste mouillée. « Je croyais l'avoir mentionné dans l'entrée.

— Ah, oui. Ça fait longtemps que vous le connaissez ?

— Quelque temps », répondit-elle d'un ton vague. La brusque sollicitude du jeune homme était déplaisante. Peu soucieuse de devenir elle-même célèbre, Irina ne recherchait pas la notoriété par personne interposée. Elle n'avait aucune intention de répandre des ragots intimes comme certaines personnes qui mettent sur eBay des lettres d'écrivains connus. Donc, quand son voisin lui demanda s'il était vrai que les parents de Ramsey, qui lui avaient interdit dès son plus jeune âge de faire carrière dans le snooker, n'avaient jamais assisté à un seul tournoi, Irina ne répondit pas : « Oui, et à quarante-sept ans il en souffre encore », mais prétendit ne pas être au courant.

Le public se dispersa. Des sous-fifres ramassèrent les programmes et les papiers d'emballage de bonbons, lui lançant des regards intrigués. Ramsey devait faire son interview avec la BBC. Le fauteuil 2F était le « dernier endroit où elle avait été vue », selon le jargon des détectives. Quelquefois, quand quelqu'un essaie de vous retrouver, il vaut mieux rester à la même place. Elle était venue de très loin aujourd'hui, à tous points de vue, et la perspective d'arpenter le palais des Congrès et de manquer de peu son joueur de snooker préféré pour finir dans un

Novotel dont le room-service avait fermé à dix heures du soir lui était absolument intolérable.

L'attente lui donna le loisir de se préoccuper de son apparence. Ce matin, afin que Lawrence ne la vît pas s'habiller pour un autre homme, elle avait enfilé le jean, le haut en velours broché et les tennis noires qu'elle portait la veille. Et qu'elle n'avait pas quittés depuis trois jours, aussi les vêtements étaient-ils fripés. Le jean lui allait bien, mais sa coupe était démodée, et le pull était trop large. Pire, cette triste tenue avait pris la pluie à Londres et, en séchant, s'était mise à la gratter. L'humidité la glaçait, et elle tremblait sans arrêt. Ses mains jointes évoquaient une piété déplacée. Se pomponner en public était mal vu, mais l'état de sa coiffure la préoccupait.

Elle avait aussi besoin de se remettre les idées en place. De se ressaisir. Elle attendait Ramsey, mais ne pensait qu'à Lawrence. Elle se demanda s'il avait mangé. S'il avait préparé du pop-corn – mais il ne connaissait pas la proportion d'huile et de grains, ni le réglage du feu sur la cuisinière. S'il s'était changé après la pluie de cet après-midi. Elle se demanda comment ce serait de quitter *un nid d'amour* pour s'installer dans une *garçonnière*. Des expressions vulgaires, peu appropriées dans ce contexte. Elle réprima l'envie de chercher une cabine pour téléphoner chez elle – Trinity Street était toujours sa maison, n'est-ce pas ? – et demander s'il allait bien, ou lui donner ce soir-là la permission officielle de se verser un deuxième remontant. Elle voulait lâcher dans le combiné qu'elle l'aimait, ce qui vu les circonstances était déplacé, et même insultant.

Un quart d'heure s'écoula. Les placeurs auraient pu la chasser, si l'immobilité de cette femme incrustée au deuxième rang – l'étrange position de ses mains, cette posture ramassée des sans-abri – ne l'avait fait paraître, sinon dangereuse, du moins difficile.

Il surgit brusquement. Au milieu de la scène. Avec son gilet gris perle habituel, mais il avait retiré le nœud papillon. Quand il jeta son blouson en cuir noir sur son épaule, ses boutons de manchettes en or accrochèrent la lumière des lampes. Assise, seule, dans cet auditorium désert du palais des Congrès de Bournemouth, Irina leva les yeux, et sut qu'à cet instant, elle aurait dû se sentir submergée par l'amour. Si elle n'était pas follement éprise de cet homme, elle n'avait rien à faire dans ce cadre incongru, loin du compagnon dont elle avait brisé le cœur. Quand elle croisa le regard de Ramsey, elle contrôla sa réaction, comme si elle tapotait les poches de son manteau, paniquée à l'idée d'avoir perdu son porte-monnaie.

Rien. Pas d'émotion. Ce très charmant gentleman approchant de la cinquantaine se trouvait être un parfait inconnu.

Avec la même langueur exaspérante qui avait vaincu Ronnie O'Sullivan, Ramsey se dirigea vers une allée et entra dans la rangée pour s'asseoir près d'elle. Il cala ses longues jambes sur le siège de devant et renversa la tête en arrière. Il tendit le bras pour lui prendre la main, partageant l'accoudoir qui les séparait. Sa paume était asséchée par la craie de sa queue. Il ferma les yeux.

« Mince alors, dit-il, t'es gelée.

— J'ai oublié mes gants. » Elle prit la même position que lui et fixa le plafond.

Ramsey resta ainsi, immobile, lui tenant les doigts, mais sans les serrer ni jouer avec. Si elle ne l'avait pas connu, elle aurait pensé qu'il priait.

« Tu es belle, dit-il.

— Qu'est-ce que tu en sais ? Tu as les yeux fermés.

— Je le sais.

— Je suis affreuse. Excuse-moi. » Son nœud à l'estomac s'atténua un peu. Elle s'était préparée à un assaut frontal, à un baiser profond. Un main dans la main paisible était parfait.

« Je ne vais pas très bien, dit-elle.
— Je m'en suis aperçu. Tout de suite.
— En fait, je me suis demandé si je ne devrais pas essayer d'attraper le dernier train pour Londres. » Ramsey réussissait toujours à lui faire dire ce qu'elle pensait. Curieux qu'elle se sentît si différente.
« Pourquoi tu le fais pas ?
— Tu m'as vue. Je n'ai pas pu.
— Tu peux encore. Je te conduis à la gare, si tu veux.
— Je ne sais pas si j'ai pris la bonne décision. » Elle mettrait un certain temps à réaliser qu'elle ne le saurait peut-être jamais.
« Il me semble que t'as rien décidé encore.
— Mais si. Je suis là, non ? »
Il ouvrit les yeux, tournant lentement vers elle sa tête toujours appuyée au dossier, comme s'il savait qu'elle ne se laisserait approcher par l'homme dont elle croyait être amoureuse que s'il s'y prenait avec une extrême douceur. « Le lui dire… c'était dur ?
— D'une certaine façon, pas assez. Ce qui a empiré la chose.
— Il s'est mis en colère ?
— Pas au début. Plus tard, mais il a eu raison.
— Il a répondu quoi quand tu lui as appris que c'était moi ?
— Je pense qu'il t'a rayé de sa liste de cartes de Noël, résuma-t-elle.
— Il va me manquer un peu, dit Ramsey d'un ton mélancolique. *Anorak Man*.
— Je ne me suis jamais sentie comme ça, reprit-elle. Je ne suis pas du genre femme battue. Mais j'ai vraiment eu envie qu'il me frappe. Fort. Cela aurait été plus facile.
— On dirait qu'il t'a fait souffrir autrement.
— Il m'a blessée parce qu'il m'adore, et qu'il est difficile d'en vouloir aux gens pour cette sorte de violence. C'est un homme merveilleux. Je suppose que

je l'avais oublié. Ce serait beaucoup plus facile s'il ne l'était pas.

— Je suis un homme encore plus merveilleux, lui rappela Ramsey.

— Je sais. Franchement, c'est terrible. Et ce n'est pas juste. Vous êtes si rares. On peut dire que j'ai l'embarras du choix. Ça ressemble à de la cupidité. Les autres femmes auraient toutes les raisons de mal accepter que je tire la couverture à moi. »

Timidement, elle posa le creux de sa tempe contre son épaule. Sa chemise blanche était humide, il avait dû faire chaud sous les projecteurs. Ramsey l'entoura de son bras, tel un animal agité qu'il faut calmer, calant sa tête avec précaution dans son cou. Puis il marqua une pause, la laissant s'habituer à son contact, comme on dresse un cheval sauvage à porter une couverture avant de lui imposer une selle.

« Tu vas trouver ça stupide, dit-elle, le nez dans son col dur ouvert. Mais je l'aime. » Elle devait le dire à quelqu'un, même si c'était la personne la plus mal placée.

« Je sais, répondit-il – et elle l'admira infiniment d'accepter cela sans broncher, comme s'il faisait un rempart de son corps à son président.

— Ça m'a plu de te voir jouer, marmonna-t-elle. Je suis heureuse que tu aies gagné.

— De toute façon ça m'est égal.

— Mais *ça ne t'est égal* que quand tu gagnes. »

Il pouffa. « Tu piges tout à demi-mot.

— C'était malin, approuva-t-elle, de jouer avec les nerfs de O'Sullivan de cette façon.

— C'est pas compliqué de savoir ce qu'il a dans le crâne, répondit Ramsey, fermant de nouveau les yeux.

— Ça veut dire qu'il est comme toi ?

— Comme moi autrefois.

— Ç'a dû te coûter, dit-elle. Toutes ces safeties.

— J'ai croisé Ronnie qui sortait de sa conférence de presse. Il m'a fusillé du regard. Il a dit que j'avais joué comme une vieille dame. »

Un air de normalité planait sur leur conversation, donnant l'impression que depuis des années ils faisaient le point après les matches de snooker. Non que cela parût ordinaire. C'était simple, rien d'autre.

La limousine blanche garée devant l'entrée des coulisses lui rappela l'époque de son enfance, où les difficultés économiques de la famille tenaient de la politique du tout ou rien, comme l'ego de O'Sullivan. Les cours de danse de sa mère étaient aléatoires ; les gros apports d'argent venaient des tournages sporadiques de son père comme répétiteur de dialogues. Quand une de ces baleines blanches étincelantes venait le chercher à cinq heures du matin devant leur vieil immeuble de l'Upper West Side pour le conduire à l'aéroport, elle était intimidée, et frustrée que l'heure matinale empêchât ses amies de la voir. Plus âgée, elle avait partagé le désespoir de sa mère qui aurait préféré que le studio le laissât prendre un taxi et lui remît un chèque couvrant la différence, ce qui aurait permis de régler le loyer du mois suivant. Une limousine n'avait rien de plus à offrir qu'un véhicule normal et, en plus, avait du mal à prendre les tournants ; si l'un des principaux avantages d'être riche, c'était le paraître, les vrais bénéfices de la richesse étaient minces. Elle ne pouvait s'empêcher d'être impressionnée par le tapage qui entourait Ramsey, tout en refusant de l'être.

Comme pour démontrer non seulement les limites de l'argent, mais le sacrifice qu'il impliquait, la limousine longea un kilomètre de côte en direction du Royal Bath Hotel, tandis qu'Irina contemplait d'un œil nostalgique la baie dont le sable immaculé luisait au clair de lune à travers les vitres teintées. Il eût été tellement plus agréable de flâner main dans la main au bord de la plage. Mais Ramsey avait besoin de se protéger de la foule surexcitée, et on attendait de lui qu'il se comportât en snob.

Découragée par les accessoires criards de la profession de Ramsey, Irina fut soulagée quand ils arrivèrent à l'hôtel, qui était ancien. Immense, certes, blanc et chatoyant comme la baie, vestige d'une ère disparue de maillots de bain descendant au genou et de parasols. Un de ces palaces où c'était toujours l'heure du thé, semblait-il. Pourtant ce qui coulerait à flots ce soir-là ne serait certainement pas du thé.

Le personnel de l'hôtel se confondit en félicitations pour la victoire de Ramsey sur O'Sullivan. Mais les propositions de porter sa mallette furent vaines ; le refus s'adressait aussi à Irina. *Denise* serait l'autre femme de cette relation.

Ramsey la fit entrer dans une immense suite au dernier étage, qui donnait sur la baie. En admirant la vue, elle fit glisser dans ses doigts les embrasses à glands soyeux des lourds rideaux marron. Dans le salon extérieur, la direction avait placé un bouquet d'oiseaux de paradis sur la table basse en acajou, avec ses compliments. Quand elle se retira dans les toilettes, elle se rinça les mains sous des robinets plaqués or et s'essuya avec l'une des épaisses serviettes blanches, fournies en quantité prodigieuse. Le rideau en tissu-éponge s'ornait d'une broderie en couleurs de l'imposant Royal Bath vu de la plage. L'opulence de l'hôtel tranchait peut-être avec les valeurs réalistes du sport de Ramsey. Mais aujourd'hui, les joueurs de snooker à succès vivaient sur un grand pied, même s'ils étaient nés dans un trou à rats. Lorsqu'elle réapparut, la manière dont Ramsey jeta son gilet sur le dessus-de-lit en brocart, puis prit dans le frigo du minibar deux petites bouteilles de champagne à quinze livres pièce, d'après la carte posée dessus, était délibérément blasée.

Il était debout près du lit, sa chemise à demi ouverte exposant un triangle de peau. Bien que les femmes aient coutume de se pâmer devant des pectoraux musclés, ce fut la subtilité des légers mamelons qui fascina Irina et lui inspira le désir de les toucher. Son torse lisse et crémeux était celui d'un garçon de l'équipe de natation du lycée.

Quand elle se débarrassa de ses tennis et s'allongea sur le large matelas, Ramsey lui lança un regard aigu, versant le champagne dans des verres à eau avec autant de cérémonie que du Coca Light. « Tu es venue ici avec que dalle ? Même pas de quoi te changer ?

— Au lit, ça ne sert à rien, hasarda-t-elle.

— Ton message, continua-t-il. J'ai pigé que t'avais quitté Lawrence. Pas que tu venais pour un week-end de cul. Je me trompe ?

— Non. » Irina fronça les sourcils. Pourquoi cherchait-il des histoires à un moment pareil ?

« Alors, pourquoi t'as pas préparé un sac ? Puisque tu es venue pour de bon, à moins que je me fasse des idées, tu aurais dû prendre un énorme sac. »

Irina baissa les yeux. « Lawrence était là. Je ne pouvais pas le forcer à me regarder remplir une valise... de vêtements qu'il avait lavés et pliés. C'était trop cruel.

— C'est pourtant bien ce qui s'est passé, non ? Tu l'as quitté. Si t'emportes pas de culotte propre, tu lui donnes de faux espoirs. Du genre, t'en fais pas chéri, je reviens. Si tu embarques quelques robes sous son nez, il comprend ce qui se passe. Mais si t'agis comme ça, le pauvre bougre se dit que tu vas reparaître d'une minute à l'autre parce que t'as besoin de ton shampoing.

— Je peux aller en acheter, dit-elle d'un ton las, serrant ses genoux contre elle.

— Tu as peur d'être cruelle avec Anorak Man. Et moi, tu y as pensé ? »

Irina fronçait les sourcils très fort, et si elle ne décrispait pas son front très vite, elle aurait la migraine. « Je viens de quitter un homme pour toi. Cet après-midi. Je ne vois pas en quoi c'est un acte de cruauté, sinon pour Lawrence. »

Il ne lâchait pas prise. « Quand tu quittes un type, tu fais les choses correctement. Tu t'arrêtes sur le seuil et tu le salues une *valise* à la main. »

Irina sentit monter en elle une émotion si rare ces derniers temps qu'elle faillit ne pas la reconnaître. Mais si elle ne se trompait pas, c'était de la rage. « J'ai eu une dure journée, Ramsey. Une formule très britannique, bien faible par rapport à ce que je ressens.

— Ce match avec O'Sullivan n'a pas été non plus du gâteau. »

Elle redressa le dos. « Aujourd'hui, tu as joué une *partie*. Moi, j'ai quitté un *homme*. Un compagnon qui pendant près de dix ans a toujours été d'une extrême gentillesse avec moi. Je ne suis pas sûre que je mettrais sa répudiation dans la catégorie des divertissements. » Il y avait dans sa voix une tension qu'elle n'était pas habituée à entendre. C'était intéressant.

« Je suis vachement content que tu aies autant de considération pour mon métier.

— Je n'ai rien dit sur ce que je pense de ta profession, ni pour la rabaisser ni pour l'encenser.

— J'ai compris le message.

— Tu n'as rien compris du tout. »

Ramsey se tenait à trois mètres d'elle, ayant déjà vidé son champagne. Irina était recroquevillée sur le lit. C'était aussi un jeu, mais elle ne l'avait jamais pratiqué.

« Pourquoi tu fais ça ? demanda-t-elle.

— Je fais quoi ?

— Tu sais.

— Tu aurais dû prendre une valise, répéta-t-il.

— Tu fais ça. »

Il avait l'expression d'un chien qui a une corde dans la gueule. Si elle tirait dans un sens, il s'acharnerait plus encore. « Je veux savoir pourquoi tu es venue sans rien. Ça paraît futile. Pas sérieux. Comme si t'étais pas vraiment là. Comme si t'avais l'intention de repartir. »

En effet, les cent soixante kilomètres en train depuis la gare de Waterloo n'avaient pas servi à grand-chose s'ils ne parvenaient pas à franchir les trois derniers mètres. Irina se sentit devenir toute molle. Elle se rassit au bord du lit, aussi laborieusement que si elle avait soulevé le fourre-tout plein à craquer qu'elle avait omis d'emporter. Elle enfila ses tennis mouillées, qui avaient rétréci sous la pluie. Une sensation désagréable.

« C'était une erreur, dit-elle à ses chaussures, nouant les lacets avec peine à travers des larmes exaspérantes. Peut-être qu'il y a encore un train pour Londres. »

Essuyant ses yeux d'un geste impatient, elle se dirigea vers le salon. Ramsey s'avança d'un pas mal assuré pour lui bloquer le passage.

« Laisse-moi partir », dit-elle d'un ton las.

Il hésita un instant avant de se jeter à l'eau. Elle lut l'indécision sur son visage, tandis qu'il se préparait à asséner une fois de plus *qu'elle aurait dû préparer un sac*, puis se ravisait. D'un geste fluide qui démentait la faiblesse décrite par Lawrence, il l'attrapa par les aisselles et la souleva au-dessus de sa tête. La laissant redescendre lentement, il fit glisser son corps contre le sien jusqu'à ce que sa bouche fût à un cheveu de ses lèvres.

« C'est une dispute ? » Elle respira l'odeur du tabac et du champagne dans son haleine.

Il réfléchit à la question. « Non.

— Alors ça s'appelle comment ?

— Je ne vois pas pourquoi il faut lui donner un nom.

— Si on disait que c'est du "gâchis" ? »

Juste avant de l'embrasser, Irina eut la présence d'esprit de cocher les cinq dernières minutes pour une référence future.

Quand elle ouvrit un œil le lendemain, croyant que c'était le matin, elle eut de la peine à se souvenir de sa folle nuit. Non qu'elle eût trop bu ; elle n'avait pas même fini sa bouteille de champagne quand ils s'étaient écroulés sur le lit. Mais l'amour avec Ramsey avait quelque chose de mystérieux et d'insaisissable.

Se tournant pour consulter sa montre, elle découvrit qu'il était deux heures de l'après-midi. Elle s'éveilla avec l'impression qu'un camion lui était passé sur le corps. Ah... l'ambiance de la soirée de la veille lui revint en mémoire. Une fois la sueur évaporée, Ramsey avait admis qu'après un retournement aussi spectaculaire, il était censé faire une apparition au bar de cet hôtel, où étaient descendus la plupart des autres candidats au Grand Prix. Par malchance pour Irina, le bar ouvrait tard, et ils avaient dû passer deux heures à trinquer avec les collègues de Ramsey. Elle n'avait rien avalé de la journée, et personne n'avait parlé de manger. Après une soirée sous l'aile de Ramsey, elle était déjà au régime Alex Higgins, ainsi que Lawrence l'avait prédit.

Toute la soirée, Ramsey l'avait gardée contre lui, et elle avait apprécié cette manière d'afficher leur relation. Cependant, le flot des plaisanteries des joueurs et de leurs managers, la cacophonie d'accents gallois, écossais et irlandais, et les allusions à des empochages notoires la dépassaient, et elle parla peu. Pendue au bras de Ramsey sans dire un mot, elle eut l'impression d'être une potiche, et avec son jean humide et son pull trop large, elle ne brillait pas par son élégance. Appliquant la méthode de Lawrence quand il était mal à l'aise en société, elle essaya d'engager avec Ken Doherty une discussion sur la politique de l'Ulster, puisqu'il était originaire de la République d'Irlande. Mais il s'empressa de s'éclipser pour une autre tournée dès qu'il eut fini son verre.

Ramsey lui-même fut une découverte. Il s'était montré timide lors des rencontres à quatre, avec sa femme l'écrivain et Lawrence le bosseur de *think tank*, et elle avait cru qu'il préférait se taire en public. Mais quand il s'encanaillait avec les gens de son espèce, il était volubile, drôle, à son aise, dirigeant l'interprétation d'une chanson loufoque et interminable intitulée « Snooker Délire », reprise par toute l'assistance. Elle fut heureuse d'apprendre que Ramsey avait auprès de ses collègues une réputation de boute-en-train, mais si elle se fiait à la soirée de la veille, c'était le maximum qu'elle pouvait supporter.

Il ferait nuit dans quatre heures, et la journée était déjà un fiasco. Irina se blottit contre la poitrine d'albâtre de Ramsey et baisa l'arête de son nez pour le réveiller. Après tout, quand on voulait vérifier certaines sensations, le meilleur moyen de rafraîchir sa mémoire était de recommencer.

(5)

Quand Lawrence atteignit l'angle de la rue, Irina comprit que son départ précipité sous cette averse avait été mal préparé. Après leur affrontement de la veille à propos du mariage, il s'était un peu attardé au petit déjeuner, puis avait attrapé une veste légère et couru vers la porte. Elle décrocha son trench-coat, dévala l'escalier, heureuse qu'il eût manqué le feu et attendît de traverser Borough High Street.

« Hé, Anorak Man ! Tu es déjà trempé ! lui cria-t-elle depuis le perron, agitant le manteau. Tu n'es pas habillé pour cette pluie ! Tu vas prendre froid ! »

Le feu piéton était passé au vert, et il était en retard. « Je me débrouillerai ! » répondit-il.

Dans son autre main elle agitait l'argument décisif, un sandwich jambon-fromage dans un sachet refermable qui dégoulinait de pluie. « Mais tu as oublié ton déjeuner ! »

Après un instant d'hésitation, ils coururent l'un vers l'autre, couvrant la distance qui les séparait en une comique reprise de scène au ralenti entre deux amoureux qui se rejoignent dans un champ – sauf qu'Irina ne sautillait pas pieds nus dans le trèfle, mais trottinait en chaussettes sur un trottoir de Londres mouillé et grumeleux.

« Tu as perdu la tête ? demanda Lawrence. Tu n'as pas de chaussures !

— J'ai une jolie maison bien chaude qui m'attend, répondit-elle, lui retirant sa veste – un *anorak*, en fait – pour l'aider à enfiler son imperméable et lui tendre leur parapluie le plus robuste. Je peux changer de chaussettes. » Après avoir fourré le sandwich dans la poche ample du trench-coat, elle reprit le parapluie, l'ouvrit, et le glissa dans sa main libre. Elle essuya les gouttelettes accrochées à ses sourcils, repoussa ses cheveux emmêlés de son front et sourit.

« Merci », dit-il, les abritant tous les deux. Il parut se souvenir de quelque chose, et se pencha pour l'embrasser. C'était un petit baiser chaste, mais tendre.

L'une des nombreuses séquences interstitielles qui n'étaient pas faciles à raconter : *Lawrence est parti au travail avec une veste qui n'était pas imperméable, et je lui ai couru après sous la pluie avec son pardessus et son déjeuner.* Il n'était pas étonnant qu'Irina ne sût pas de quoi parler quand elle déjeunait avec des amies telles que Betsy. Mais ces moments étaient la matière même de la vie, de leur belle vie.

Irina rentra chez elle, frissonnante. Elle traversa le vestibule à pas feutrés, laissant des empreintes humides sur la moquette, et se dit que l'histoire la plus importante de leur duo n'était pas non plus *intéressante à raconter*. Le seul élément original de leur vie commune était cette part d'exil mais, à Londres, on trouvait des Américains à la pelle, et *Plusieurs années au Royaume-Uni* ne ferait jamais des Mémoires à succès. Ils n'attendaient aucun événement en particulier. Lawrence continuerait sans doute de s'implanter dans la recherche, de gagner plus d'argent, et peut-être ferait-il bientôt partie des invités réguliers du journal télévisé. Le travail d'Irina récoltait des éloges discrets ; qui sait, peut-être obtiendrait-elle un prix. Ils repartiraient un jour aux États-Unis, mais elle n'était pas pressée. Ils hésitaient encore à avoir un enfant, mais, quelle que soit leur décision, elle n'aurait rien d'historique. Ils vieilliraient et auraient des problèmes de santé. Sous certains aspects, leur vie commune se résumait à une énorme feuille de vigne farcie d'agneau. Voyez seulement : le résultat de leurs palabres d'hier, c'était qu'ils ne changeraient rien à leurs habitudes. *Quel choc !*

Elle rangea la vaisselle du petit déjeuner, puis alla chercher le courrier, séparant les offres de supermarché des factures. La pluie éclaboussait les vitres, mais l'immeuble était vieux et solide et ils n'avaient jamais eu de problème de fuite. Elle s'autorisa à monter le thermostat, glissa une cassette de nocturnes de Chopin dans la stéréo et s'installa dans son fauteuil pour rédiger des chèques sur la table de la salle à manger. Son pull en velours broché était trop grand et un peu sale, mais épais et confortable. Elle se sentait protégée.

Blottie dans l'appartement le reste de la journée, pendant qu'il pleuvait à seaux, elle se rappela sa nuit de camping dans le Talbot Park, à quatorze ans, avec sa meilleure amie. Après leur barbecue, le ciel s'était assombri ; sous des vents violents, Sarah avait tout juste réussi à planter la tente. Refermant la fermeture éclair de la porte sous des trombes d'eau, les deux filles avaient déroulé leurs duvets en riant. Seule une mince cloison en nylon les isolait du déluge, et cette fragilité rendait Irina plus reconnaissante encore d'être à l'abri. Elles avaient joué au rami à la lumière d'une lampe électrique, tandis que la pluie fouettait le dôme de tissu, les coutures du toit scintillant à peine. Mais la tente résista, les rafales résonnant dans leur nid douillet garni de livres, d'un transistor et d'un thermos de minestrone. La nuit passée dans Talbot Park fut marquante pour Irina. Ce soir-là, elle avait ressenti une joie explosive simplement parce qu'elle se sentait au chaud et au sec.

Pour la plupart des Américains, la sécurité était un pis-aller négligeable. On la citait souvent d'un ton désapprobateur comme la raison qui poussait certaines femmes à rester mariées, pour des questions d'argent – un arrangement qui frisait la prostitution. Les gens qui optaient pour la *sécurité* étaient censés échanger l'aventure et la spontanéité contre une subsistance spirituelle convenue. Pour Irina et Lawrence, obtenir un semblant de sécurité avait été le résultat d'un dur combat. Trouver un asile sûr était sans doute difficile pour la plupart des gens, dont l'abri était beaucoup plus précaire qu'il n'y paraissait – guère différent de cette tente de Talbot Park, et aussi aisément renversé par une bourrasque de circonstance : une fermeture d'usine, une chute des marchés, une inondation le mois où la maison, bizarrement, n'était pas assurée. La *sécurité* était donc une denrée plus précieuse que ce qu'on prétendait – et avec le recul, c'était une source inépuisable de tranquillité.

Non seulement Lawrence avait obtenu un doctorat en relations internationales dans une grande université après avoir grandi dans un désert, mais il ne trouva pas de poste ensuite. Pendant leurs trois premières années ensemble, il adressa une multitude de candidatures aux universités, aux revues, et aux *think tanks*, tout en travaillant à mi-temps dans des librairies. De temps à autre, l'un de ses articles ou l'une de ses chroniques étaient acceptés, mais le plus souvent il se heurtait à des refus. Il passait ses week-ends à regarder le golf à la télévision d'un air morose. Ils n'avaient donc aucune raison de s'attendre à ce qu'un miracle se produisît enfin dans leur boîte aux lettres, sous la forme d'une enveloppe à en-tête impeccable, avec des timbres à l'effigie de la reine Élisabeth. Jusque-là, toute dépense imprévue, même la réparation d'un grille-pain, provoquait une crise.

Le chemin qui l'avait conduite à l'illustration n'avait pas été facile non plus. Tourmentée par ses dents en avant, Irina avait été une enfant recluse qui dessinait souvent, seule dans sa chambre, après l'école. À l'âge de dix ans, elle tenait un journal en images avec des légendes en lettres d'imprimerie (« Irina doit passer devant le stupide studio sur la pointe des pieds sinon elle aura de gros ennuis » ; « Les élèves du cours de danse de maman sont vraiment coincés »), mais ses parents narcissiques qui dramatisaient tout l'avaient rendue allergique aux arts. Elle avait donc fait ses études à Hunter, et non à Pratt ou Cooper Union, et tiré parti (un peu paresseusement) de ses origines en prenant le russe comme matière principale. Elle avait d'abord gagné sa vie en traduisant des textes arides de sismologie, et s'était mise à l'illustration par hasard.

Vers la trentaine, elle était la compagne d'un divorcé instable et maussade du nom de Casper, un romancier frustré (à supposer que certains ne le soient pas) qui habitait dans l'Upper West Side et avait la garde alternée de sa fille de sept ans. Inspiré par les ouvrages qu'il empruntait pour elle à la bibliothèque, il s'imagina, comme une légion d'écrivains naïfs avant lui, que, comparé à la fiction, le marché du livre pour enfants serait du tout cuit. Irina avait continué de dessiner le soir dans son journal pour passer le temps, et il lui proposa une collaboration.

Convaincu qu'il n'était jamais trop tôt pour présenter « le monde réel » aux enfants, Casper écrivit l'histoire d'un petit garçon Spacer (anagramme peu pertinent du nom de l'auteur) qui tenait par-dessus tout à gagner la course en sac de la compétition sportive de l'école. Il s'entraîne encore et encore dans son arrière-cour (pour Irina, dessiner tous ces sacs différents – non seulement le sac de patates classique, mais des sacs marins, des housses de duvet, de jolis sacs en plastique orange et blanc de Zabar's – avait été très amusant). Quand le grand jour arrive, Spacer ne gagne pas la course. Il n'est même pas qualifié.

Pourtant, Casper refusa de conclure son histoire par une morale qui avait fait ses preuves, du genre :

il ne s'agit pas de gagner ou de perdre. Selon lui, l'histoire ne devait pas suggérer que Spacer devait juste persévérer, ni qu'il gagnerait l'année suivante, mais qu'il avait fait de son mieux et que ça n'avait pas suffi. Casper ne reconnaissait pas que son personnage gagnerait à apprendre à perdre avec élégance, et ne voulait pas non plus tirer le pauvre gamin de ce mauvais pas en minimisant l'importance des courses en sac en général. L'idée de Casper d'enseigner de but en blanc aux enfants qu'on n'obtient pas toujours ce qu'on veut, *point barre*, était... euh... très élaborée, supposait-elle, mais un peu brutale. Alors qu'elle était aussi capable de se rabattre sur des titres tels que *Le Perdant* et *Le Petit Moteur qui a calé*, le choix définitif de l'auteur, *La Course hors sac*, n'était pas plus engageant.

Le texte fut rejeté de façon catégorique. Mais à sa stupéfaction, un éditeur de Farrar, Strauss et Giroud, manifesta de l'intérêt pour l'illustratrice. Bien que ce choix séduisant mît fin non seulement à la collaboration, mais à la relation, griffonner toute seule avec des crayons de couleur était plus attrayant que de traduire des articles sur la tectonique des plaques.

Cela n'avait pas été facile avant, et ça ne l'était pas non plus aujourd'hui. Elle avait passé de longues périodes à travailler au hasard, et plusieurs de ces projets n'avaient jamais vu le jour. Même maintenant, après huit albums publiés, son travail ne jouissait pas d'une large audience. C'était seulement grâce aux patients encouragements de Lawrence qu'elle n'avait jamais renoncé.

Cela étant, chavirer dans l'oubli professionnel n'avait rien eu d'exaltant. Plus récemment, payer la note de téléphone ne l'avait pas ennuyée du tout. Mais le contraire avait été un réel handicap.

Dans le domaine amoureux, Irina n'en revenait pas que les gens vantent les bienfaits du risque permanent. La certitude que votre partenaire rentre à la maison chaque soir n'avait rien d'horrible. Le profond sentiment de sécurité d'Irina venait de la solidité de son lien avec Lawrence, qu'elle se représentait comme l'un des bouts en sisal qui arriment les paquebots – d'un gris patiné par les éléments, mais d'une épaisseur de quinze centimètres et enroulés de multiples fois sur un taquet en cuivre de cinquante kilos. Lawrence ne la quitterait jamais. Il ne la tromperait jamais. Irina ne lisait pas son courrier et ne fouillait pas ses poches, non parce qu'elle était crédule ou craignait de se faire prendre, mais parce qu'elle était certaine de ne rien trouver. Elle non plus ne tromperait pas Lawrence, malgré ce bizarre moment de tentation en juillet. À moins d'un accident de voiture prématuré, la perspective de vieillir ensemble n'était pas une simple aspiration, mais une réalité. Elle en mettait sa main au feu. C'était cela la *sécurité*, même si Lawrence perdait son emploi ou si ses projets d'illustration s'espaçaient. Elle se demandait vraiment comment on pouvait préférer se lever le matin et affronter la question rageuse : « Très bien ! *C'est qui ?* » Elle ne voyait pas en quoi il était amusant que son compagnon quitte l'appartement fou furieux, pour ne plus jamais revenir.

Leur différend de la veille à propos du mariage avait-il été une dispute ? s'interrogea-t-elle en examinant sa facture d'électricité. Curieusement, elle l'espérait. Étrange, ce besoin de conflit qu'elle éprouvait parfois, puisque leurs rares querelles semblaient donner à leur existence le grain et le moelleux d'une belle viande rouge. Mais elle pouvait compter sur les doigts de la main les prises de bec sérieuses qui les avaient opposés.

Une hostilité mémorable avait salué la table basse en marbre vert italien qu'elle avait repérée dans le magasin Oxfam de Stretham, dont Lawrence avait rejeté l'installation avec une férocité excessive – convaincu d'après sa description que le meuble était tape-à-l'œil. Irina avait tenu à l'acheter en dépit de ses objections, et bien que le livreur refusât de la monter au premier. En signe de protestation, Lawrence n'avait pas voulu l'aider, et elle avait hissé toute seule la lourde plaque jusqu'au premier, marche après marche. Puis elle l'avait glissée en silence devant le canapé du même ton. « Euh, avait-il dit honteux. Ça donne une unité à la pièce, non ? »

De même, quand on lui avait offert le poste de chercheur à Londres, elle avait été heureuse pour lui, bien sûr – mais fâchée de n'avoir pas son mot à dire sur le sujet, compte tenu de son attachement à New York. Pourtant elle n'avait pas tardé à aimer Londres, la vie à l'étranger lui avait plu, et elle avait reconnu gaiement qu'il avait eu raison d'accepter la proposition.

Leurs rares affrontements avaient donc été motivés par des questions de pouvoir : qui décidait quoi. Les résolutions impliquaient la division du territoire. La plupart des couples semblent morceler le monde comme les puissances coloniales rivales partageant le butin de leurs conquêtes. De même que l'Allemagne avait obtenu la Tanzanie et la Belgique le Congo, de même Irina se chargeait de l'aspect esthétique, et Lawrence du domaine intellectuel. Elle parlait avec autorité de l'effroyable file d'attente pour le prix Turner à la Tate Gallery cette année, et lui de la politique d'immigration inconsistante du Labour.

Certes, la perspective de paix perpétuelle qui s'ouvrait devant eux pouvait être débilitante. Mais avec des parents qui se querellaient en permanence, l'enfance d'Irina n'avait guère été étouffée par la sérénité. Le fracas de la porcelaine sur le sol leur avait peut-être procuré un frisson éphémère, mais aujourd'hui Irina et sa sœur n'hériteraient que de quelques pièces disparates du service bleu de cobalt que leur grand-mère maternelle avait sans doute emporté dans une caisse à thé en fuyant l'Union soviétique sous la menace des armées de Hitler pour se réfugier à Paris, dans une enclave russe. Leur mère avait-elle pris la peine d'expédier le tout par bateau quand elle avait immigré aux États-Unis, afin de s'assurer qu'elle et son mari se jetteraient à la figure de la vaisselle fine ? Incroyable, cette porcelaine avait survécu au choc des civilisations, mais pas à ce mariage minable.

Pourquoi ses parents se disputaient-ils – à cause de l'argent, bien sûr ; son père refusait de vendre des assurances quand la répétition de dialogues se faisait rare, juste pour que Raïssa puisse s'offrir une robe trapèze à trois cents dollars chez Saks. Parfois il y avait des scènes de jalousie, bien que Raïssa fût en général furieuse que son mari ne réagît pas assez quand elle mentionnait un veuf séduisant, père d'une élève de son cours de danse, lors de ses appels coûteux en Californie. Ils ne s'aimaient guère. Puisque même les querelles mineures tendaient à révéler cette déplaisante vérité, Irina se gardait d'idéaliser leur « relation tumultueuse » à cause de ces piques malsaines.

Lawrence et elle étaient heureux ensemble. Si c'était un problème, elle était capable de vivre avec.

Lawrence téléphona tôt cet après-midi. « Yo, Irina Galina ! J'ai une surprise !

— Tu viens de dépenser mille livres pour une bague de fiançailles.

— Quoi, tu essaies de faire croire que ma surprise ne vaut rien du tout ?

— Mais non, je veux transformer un point de discorde en plaisanterie. Et si tu faisais une chose pareille, je t'en voudrais à mort, *milyi.*

— Eh bien, j'ai regardé les résultats du snooker d'hier. Il se trouve que Ramsey a battu Hendry d'une manche. Le démarrage a été lent, mais c'était un grand match.

— Et je t'en ai privé. Tout ça pour une discussion futile sur notre projet de mariage. » Mais elle avait un ton enjoué.

« Tu peux rattraper le coup, reprit Lawrence. Ramsey joue le Big Baby ce soir dans la seconde partie. Si nous prenons le 16 h 32 à Waterloo, nous arriverons à temps. »

C'était censé être un petit geste de rapprochement, destiné à compenser sa réaction peu enthousiaste de la veille. Curieusement, Irina sentit son estomac se nouer, après son léger repas. « Tu veux dire... aller à Bournemouth ?

— Oui ! Tu étais froissée que je veuille y aller sans toi, tu te rappelles ? »

Être blessée qu'il rejette sa compagnie n'avait rien à voir avec l'envie de faire le voyage. « Oui, répondit-elle faiblement. Je m'en souviens. Mais la pluie...

— Oublie la pluie ! s'écria Lawrence. J'ai essayé d'appeler Ramsey sur son portable, mais il est éteint – alors je n'ai pas pu nous avoir des billets gratuits. Mais j'ai appelé pour réserver nos places, et j'ai eu de la chance ; il en restait juste quelques-unes. J'ai trouvé un hôtel dans les environs, et nous pourrons y passer la nuit.

— Alors... on va dîner dehors ?

— Bien sûr, il faudra s'assurer que Ramsey est libre après. Il serait vexé si nous venions sans essayer ensuite de nous incruster.

— Pas forcément, dit-elle d'un ton que Lawrence ne sut pas interpréter.

— Prends quelques affaires, et retrouve-moi au bureau d'information de Waterloo à quatre heures et quart. »

Lawrence pouvait se montrer un peu autoritaire.

Après sa rêverie égoïste de ce matin elle ne voulait pas donner libre cours à ce genre de pensées désagréables. Il lui restait deux heures avant de quitter la maison, mais ce brusque changement de plans la perturba à tel point qu'il ne fut plus question de dessiner. Elle n'avait pas revu Ramsey Acton depuis ce troublant dîner d'anniversaire en juillet, et n'avait nulle envie de le rencontrer.

Lawrence ne verrait aucun inconvénient à ce qu'elle arrivât à la gare de Waterloo habillée des vêtements fripés qu'elle avait sur elle, mais brusquement son jean lui parut crasseux, son pull volumineux informe et peu seyant. Après avoir éliminé une série de tenues devant la glace, elle se demanda si se présenter au match de Ramsey avec une mini-jupe impertinente en coton noir, évasée au niveau des cuisses, et des escarpins à lanières années quarante qui faisaient paraître ses jambes gainées de nylon noir longues d'un kilomètre serait un manque d'égards pour un homme qui avouait se sentir « solitaire ». Mais enfin, ce n'était pas sa faute s'il ne se trouvait pas de fille. En vérifiant l'effet produit dans la glace avant de se précipiter hors de chez elle, elle pensa, *Mon Dieu... je ressemble à* Bethany.

Elle partit pour la gare à vive allure, munie de leur autre parapluie robuste. Au guichet des renseignements, Lawrence ne lui reprocha pas de s'être mise sur son trente et un, mais siffla entre ses dents ; il avait l'air d'aimer cette tenue qui rappelait *Bethany*. Ayant déjà acheté les billets de train, il imita l'employé cockney, tandis qu'ils cherchaient le quai : « Y a pus de t'ains pou Lond' ap'ès dizeu'e'demie, m'sieu ! » Il avait une bonne oreille.

Une fois qu'ils furent bien installés dans leur voiture et que le train s'ébranla, elle fut libre de s'appuyer contre le dossier et de penser à l'Angleterre. Derrière la vitre, des maisons exiguës, aux cours grandes comme des baignoires, cédèrent la place aux moutons.

« Ramsey doit en avoir ras le cul de la presse, dit Lawrence. Il gagne la partie, d'une manche, et le reportage est mi-figue mi-raisin. Ce rôle d'"autre concurrent" qu'on lui donne – ce n'est pas comme s'il était un *perdant.* Pour se maintenir en lice pendant trente ans, il faut gagner une charretée de matches, même s'il n'a jamais obtenu le titre.

— Je m'inquiète pour son avenir, dit-elle. Il ne peut pas continuer de jouer indéfiniment ; qu'est-ce qu'il fera après ?

— Tant que ses mains ne tremblent pas et que sa vue se maintient, rien ne l'oblige à se retirer. D'ailleurs, il peut toujours être présentateur à la BBC, ou faire des pubs.

— Je le vois mal commenter les matches. Il s'exprime parfois horriblement mal en public. Faire des pubs ? Super. Quand j'imagine sa vie ces derniers temps, c'est plutôt déprimant. Je pense que c'est terrible d'*avoir été* quelque chose.

— Has been vaut mieux que rien du tout.

— Je sais que le snooker te branche, hasarda-t-elle. Mais je trouve quand même ton amitié pour Ramsey difficile à comprendre. Tu ne sembles pas avoir grand-chose en commun avec lui. Tu es habitué à fréquenter des gens qui lisent le journal.

— Tu ne comprends rien à la *fraternisation masculine.* Et Ramsey raconte des histoires de snooker géniales.

— Elles ne sont pas éculées, à la fin ?

— Alex Higgins qui jette sa télé par la fenêtre ? Tu plaisantes !

Dans la gare de Bournemouth, Lawrence fit signe à un taxi. S'il était agréable d'être prise en charge – de ne pas encombrer *sa jolie tête* de problèmes de billets, de réservations et de taxis –, la passivité était irritante. Une fois qu'ils furent en route, Lawrence bavarda du Grand Prix avec le chauffeur, tandis qu'Irina se taisait.

« Swish a connu des jours meilleurs, hein ? dit le type. Mais c'est un vieux de la vieille, et c'est sacrément étonnant que le bonhomme ait pas décroché...

— Ramsey n'a pas seulement de l'endurance, mais de la classe, déclara Lawrence. O'Sullivan est un pleurnichard et un mauvais perdant. Et un crétin par-dessus le marché. »

Irina tressaillit. Le chauffeur risquait fort d'être un fan de O'Sullivan.

« Vous l'avez entendu brailler pendant la première partie ? » renchérit l'homme. Lawrence avait de la chance. « Il a pas arrêté de se plaindre – du tapis, des décisions de l'arbitre. Il a obligé l'arbitre à nettoyer deux fois la bille. Rien n'est jamais assez bien pour Rocket.

— Ce gars-là est une prima donna, et un enfant gâté. Quelquefois on a trop de talent. Il n'a jamais eu à travailler dur. Quand les matches ne lui tombent pas tout cuits dans le bec, il fond en larmes. »

Le chauffeur dressa l'oreille. « Américain ?

— Las Vegas. » Lawrence revendiquait gaiement la ville qu'il détestait, si cela ajoutait de la couleur à sa biographie, et appuyait sur les *r* pour souligner son refus de s'excuser pour son accent. Puisqu'en Grande-Bretagne les Américains avaient tendance à se sentir intimidés à cause de leurs voyelles grossières et de leurs consonnes agressives, la prononciation naturelle de Lawrence était sans aucun doute le signe d'une forte personnalité. Mais pour quelque raison, l'aigu de sa voix écorcha les oreilles d'Irina ce soir-là.

« Vous autres Yankees ne suivez pas beaucoup le snooker, je me trompe ? »

Irina tenta d'intervenir : « Non, aux États-Unis...

— C'est vrai en général, la coupa Lawrence. Mais j'adore le snooker. En comparaison, le billard américain ressemble à un jeu de bac à sable. Et nous avons appris à connaître un peu Ramsey depuis quelques années, vous savez, c'est un ami d'ami. Ça m'aide à comprendre de quoi il retourne.

— Pas possible ! Vous le trouvez comment, vieux ?

— C'est un type formidable. Modeste. Incroyablement généreux.

— Bien qu'il soit un peu aigri…, commença Irina.

— Il a le sens de l'honneur, insista Lawrence. C'est un homme comme on n'en fait plus.

— Oh, d'après ce que j'entends, ce gars-là a aussi beaucoup de succès auprès des dames, continua le chauffeur, l'œil égrillard. Ce n'est plus tout à fait le joyeux drille d'avant, avec ses tempes grises. Mais faites attention à votre femme, ce type est plus manipulateur qu'il en a l'air.

— J'en savais rien. Il a été marié plusieurs années. À une idiote insupportable, je précise. »

Quand le taxi les déposa au palais des Congrès, Lawrence lui donna un énorme pourboire – trente pour cent de la course, une largesse non pas inspirée par sa sympathie pour les travailleurs des métiers de services, savait Irina, mais par sa gratitude envers l'homme qui s'était abaissé à bavarder avec son modeste passager. Lawrence pouvait se montrer odieux et arrogant, mais parfois, dans un moment d'humilité, son éducation sans amour ressortait, tel un os.

À l'image de Lawrence, le palais des Congrès en faisait des tonnes. Les matériaux du bâtiment de brique massif étaient tape-à-l'œil, et Irina se demanda si ses concepteurs se doutaient que leur projet était raté et hideux. Vue des hautes fenêtres teintées ouvrant sur la baie, la longue jetée piétonne qui s'avançait dans l'eau était attirante et inaccessible à la fois, un peu comme Lawrence. Il semblait méditer sa propre expérience, telle Alice au pays des merveilles quand elle a grignoté le mauvais côté du champignon et est devenue beaucoup trop grande pour passer par la porte, contemplant le minuscule jardin avec nostalgie.

Lors de ces sorties, ils essayaient de prendre du plaisir, et chaque minute était pétrie de bonnes intentions. Cela ne semblait le gêner en rien, mais la joie véritable lui échappait mystérieusement, et Irina désirait la lui offrir en guise de cadeau, lui apprendre à jouir de la vie.

Derrière eux dans la queue, un garçon trapu aux cheveux rasés s'impatientait. Glacial au début – *monsieur* par-ci, *monsieur* par-là –, le préposé aux réservations s'était animé quand Lawrence avait engagé la conversation sur le match à venir, et reconnaissait que, même si ça ne rapportait pas grand-chose, il avait parié son argent sur O'Sullivan. « L'avenir c'est Ronnie, mon vieux !

— Écoutez, dit Lawrence. Vous pourriez transmettre un message à Ramsey Acton ?

— Vous vous croyez dans un bureau de poste ?

— Je peux passer devant, m'sieur ? intervint enfin l'homme qui attendait derrière eux. J'essaie juste de rendre un billet avant qu'il se transforme en citrouille.

— Pas de problème, pas de problème ! répliqua Lawrence très énervé. Je posais juste la question. Merci beaucoup, dit-il, acceptant avec gratitude les billets qu'il avait payés, et il ajouta à l'intention du type de la queue : Désolé, vieux, vraiment désolé de vous avoir fait attendre ! »

Il aurait pu insister *un peu plus* au sujet du mot à Ramsey, et tous ces discours serviles étaient tout à fait inutiles.

Elle devait se contrôler, et cesser ces critiques systématiques.

Purbeck Hall était spacieux, et dès qu'ils eurent trouvé leurs places elle ne put saisir d'où lui venait cette sensation de claustrophobie explosive. Lawrence avait eu la gentillesse de lui acheter un programme hors de prix, mais elle le feuilleta sans rien lire, juste pour ne pas avoir à le regarder. Elle ne parvint pas à chasser un sentiment de contrainte, comme si elle avait été attachée, et quand Lawrence tendit la main pour écarter une mèche de ses yeux, elle résista à l'envie ridicule de la repousser d'une claque. Mais lorsque Ramsey entra sur scène, Irina comprit que cette excursion à Bournemouth n'était pas simplement un voyage improbable sous la pluie pour voir un sport qui ne l'intéressait guère alors qu'elle aurait préféré rester chez elle à travailler ; c'était une catastrophe.

En d'autres termes, une collision : deux objets essayant d'occuper le même espace. Dès que Ramsey apparut en chair et en os, un vent d'immoralité envahit la salle, la perception d'un événement qui n'aurait pas dû être physiquement possible, comme la rencontre de deux lignes parallèles, ou le fait d'assister à son propre enterrement. Soudain elle eut la sensation décalée qu'on éprouve dans l'instant incertain qui précède une forte nausée, et où on refuse encore l'idée du malaise.

Elle avait ressenti ce léger pincement la veille en voyant Ramsey à la télévision sans éprouver le moindre désir, mais tout compte fait, cette réaction neutre devant son image avait été un soulagement. À présent qu'il s'était échappé de la cage de l'écran, le désir de poser les mains sur ces hanches étroites la subjuguait. Quand Ramsey positionna les billes après le break de O'Sullivan, son œil intérieur cala spontanément son bassin dans le creux à peine plus larges de ce pelvis. À son corps défendant, elle glissa en pensée deux mains autour de ce dos droit aux muscles délicats, les remonta sous la chemise, frôlant le tissu blanc amidonné. Irina se sentit gagnée par la folie. Ça ne devait pas arriver. Cette attirance de juillet avait été néfaste, déloyale et stupide ; et le résultat d'un excès d'alcool et de dope ; mais ce soir elle était tout à fait sobre. Juillet était censé être *unique*. Le coup n'eût pas été plus terrible si, une fois franchie l'étape cruciale des cinq ans, un médecin lui avait annoncé tristement la réapparition d'un cancer mortel.

Il semblait impossible que Lawrence ne vît rien. Mais l'attaque sexuelle de sa compagne, dont la peau s'enflamma de la clavicule à la racine des cheveux, ne parut pas le distraire de la partie. Elle songea à prétexter un malaise soudain pour rentrer directement à l'hôtel, mais maintenant qu'elle avait posé les yeux sur un Ramsey charnel – elle se répéta ce mot, *charnel* –, il était trop tard.

Dans sa jeunesse, Irina avait essayé quelques drogues illicites, mais avec discernement – quelques comprimés de LSD et de mescaline, un peu d'ecstasy et d'herbe, un excitant de temps à autre. Elle n'avait pas touché à l'héroïne, ni au crack, ni à la meth en cristaux. Qu'elle fût ou non sensible à ces substances qui rendaient excessivement dépendant, elle émit l'hypothèse qu'il existait pour chacun une drogue impossible à refuser, pour laquelle il vendrait son âme – et celle des autres. Il n'y avait aucun moyen de savoir quelle quantité produisait un manque permanent jusqu'au moment où vous la preniez. Dès que vous y goûtiez, même une seule fois, à titre expérimental, vous en vouliez encore. Dans ce cas, la seule manière de vous protéger de vous-même était de ne jamais l'essayer. Si on lui présentait une poignée de cachets qui, lui assurait-on, lui procureraient le bonheur suprême dont elle rêvait, elle les jetterait au vent.

Pourtant, Ramsey Acton se dressait sur scène telle une pilule miracle dont la substance concoctée dans un laboratoire anonyme était la seule au monde à laquelle Irina Galina McGovern ne pût résister. Elle avait reçu un avertissement en juillet, sniffant quelques particules dont le parfum enivrant s'échappait d'une fiole fêlée, juste assez pour savoir que c'était la drogue qu'elle avait évitée toute sa vie.

Malgré l'état dans lequel elle se trouvait, Irina n'avait pas besoin du moniteur de contrôle pour connaître le score. Elle pouvait interpréter sans peine le cours de la partie grâce au langage du corps de Ramsey.

Il gagnait. Sa façon de manier la queue était un modèle d'économie ; pas un muscle ne bougeait qui ne fût au service d'un coup. Au repos, il restait exquisément immobile, s'abstenant même de boire quelques gorgées d'eau. Hier soir à la télé, il avait paru sans vie, comme si tout lui était égal. Ce qu'il semblait avoir récupéré n'était pas tant sa maîtrise du maniement de la queue que l'énergie dont il avait besoin. Il avait retrouvé de l'intérêt pour le jeu. Ce n'était pas un mince exploit, quand elle y pensait – de se préoccuper d'un tas de petites billes, de la façon dont elles rebondissaient les unes contre les autres à travers le rectangle de la table, afin d'atterrir dans les poches.

Lawrence applaudissait frénétiquement après chaque manche, espérant attirer l'attention de leur ami sur la présence d'un certain couple dans la salle. Irina eut la réaction contraire, et se tassa dans son fauteuil du deuxième rang, priant pour que les projecteurs ne diffusent pas une lumière d'ambiance suffisante pour illuminer leurs visages.

Pendant l'entracte, elle fut soulagée que Ramsey disparût de son champ de vision, car le seul fait d'être assise en sa présence était un exercice d'aérobic. Malgré la fraîcheur de la salle, son front était moite. Quand les joueurs s'étaient retirés, Lawrence avait appelé « Ramsey ! », mais leur ami avait disparu sans se retourner.

« C'est un match formidable, s'exclama Lawrence. Je parie qu'en ce moment même, O'Sullivan s'est réfugié dans sa loge pour brailler. »

Irina le regarda curieusement. Car si elle comprenait chaque mot qui sortait de sa bouche, elle ne parvenait pas à donner un sens à ses paroles. Son cœur battait la chamade, sa peau était gluante de sueur, et tant de scènes de porno soft défilaient dans son esprit qu'elle aurait pu les commercialiser. Elle ne s'expliquait pas pourquoi M. Trainer s'obstinait à parler d'un match de snooker.

« ... Tu as l'air de t'ennuyer, dit son compagnon sans cacher sa déception.

— Pas du tout, répondit-elle avec sincérité.

— Alors, jusqu'ici, tu es contente d'être venue ? »

Irina croisa les jambes. C'était ce qu'elle avait de plus beau ; Lawrence les admirait rarement. « C'est très intéressant », dit-elle, et elle le pensait. Mais les pluies acides l'étaient aussi, sans parler de Srebrenitza.

Les applaudissements retentirent au retour des joueurs sur scène et Lawrence s'y joignit fébrilement. Irina battit des mains sans bruit, pour la forme. Malgré l'écho pâteux de ses paumes, ou peut-être à cause de cela – comme si Ramsey avait une sensibilité canine au moindre son dans la salle –, avant que les lumières baissent, il se tourna pour regarder le deuxième rang – un premier coup avec la main gauche pour déstabiliser l'opposant, un deuxième avec la droite pour le mettre K-O –, ciblant d'abord Irina McGovern, puis Anorak Man rayonnant à côté d'elle.

Il sourit.

Ce n'était pas le sourire de bien-être, d'exubérance, de triomphe par anticipation qu'on aurait pu attendre d'un sportif qui avait l'avantage de six manches contre deux. Léger, asymétrique, il était pâle, aigre-doux, sardonique, avec une pointe d'autodérision. Une expression étrange chez un joueur qui avait une avance aussi spectaculaire, un sourire fripé, un peu tordu, *bousillé* comme de la tôle froissée. Un sourire vaincu.

Apparemment déterminé à harmoniser son jeu avec son visage, de la même façon que certaines femmes choisissent des sacs assortis à leurs chapeaux pour agrémenter leurs toilettes, Ramsey dégringola. C'était un spectacle horrible, comme de voir un joueur au compte créditeur gaspiller sa prodigieuse pile de jetons jusqu'à ce qu'il ne lui reste plus rien à parier, sauf sa maison. Quand Ramsey eut perdu huit manches *d'affilée*, Irina eut l'impression confuse que non seulement il agissait à dessein, mais qu'il le faisait pour frimer. Le sacrifice rituel de son avance lui faisait penser aux gens riches qui essaient de vous impressionner non par ce qu'ils possèdent, mais par ce qu'ils sont disposés à dépenser.

Irina se demanda si elle était censée être flattée. Ramsey lui avait, à sa manière, offert le Grand Prix – pourtant, des hommes *normaux* auraient essayé d'impressionner une fille en le *gagnant*, non ? Ramsey Acton avait beau afficher une retenue de gentleman, il y avait chez lui une tendance autodestructrice franchement puérile, et peu importait à Irina qu'il eût gagné ou perdu le Grand Prix.

Lorsque le reste du public eut décampé, avec l'impression absurde d'avoir assisté à un événement sportif qui avait commencé du feu de Dieu et fini en eau de boudin, Ramsey traversa calmement la scène avec son nœud pap défait accroché au cou et son gilet gris perle déboutonné, jetant sur son épaule un blouson noir dont le cuir paraissait assez épais pour seller un cheval. Après une performance aussi scandaleuse, il aurait dû traîner les pieds et courber les épaules. Au lieu de cela il s'approcha de leurs sièges, se rengorgeant comme un paon, avec l'expression imperturbable qu'arborent la plupart des gens derrière des lunettes noires. Irina s'irrita d'éprouver une frustration aussi violente. L'ex-mari d'une amie avec qui elle était brouillée aurait dû susciter des émotions parfaitement anodines.

« Yo, Ramsey ! s'écria Lawrence en se levant. Que s'est-il passé ? »

Ramsey respirait une gaieté ridicule, évoluant avec la légèreté festive d'un homme qui vient de perdre beaucoup de poids. « Je fais ça depuis une éternité, dit-il en plissant les yeux. Quelquefois ça m'intéresse plus. Je peux pas le prédire. Ni m'en empêcher.

— Quand le snooker t'ennuie, demanda Irina, il y a quelque chose d'autre qui t'intéresse ?

— À quoi je pourrais bien m'intéresser, *lapin* ? répliqua-t-il, la fixant droit dans les yeux.

— Écoute, intervint Lawrence, son regard passant de l'un à l'autre avec la vivacité d'un animal aux aguets – une expression qu'on a rarement l'occasion de découvrir ailleurs que dans les émissions sur la vie sauvage. Il faut qu'on aille à notre hôtel. D'après Internet, il n'est pas loin d'ici. Tu es libre pour manger un morceau avec nous ?

— Si j'avais gagné, j'aurais été tenu de faire une apparition au bar du Royal Bath. Mais quand on perd, ça rend les collègues nerveux – ils ont peur que ça s'attrape, comme les morpions –, alors je suis libre. La limousine peut s'arrêter à votre hôtel, et nous passerons la soirée ensemble. » Ses yeux gris-bleu scintillèrent. « J'ai sûrement pris beaucoup de retard sur l'Afghanistan. »

Une plaisanterie aux dépens de Lawrence, sans doute. Avant de se laisser dépasser par les deux hommes, Irina souffla à Ramsey : « Depuis quand sais-tu que l'Afghanistan existe ? Je parie cent livres que tu serais incapable de le trouver sur une carte.

— Je suis plein de surprises, répliqua-t-il.

— Tu es plein de quelque chose, en tout cas. »

Il valait mieux s'en tenir là. Irina se tut.

Devant l'entrée des vestiaires, Ramsey les fit monter dans sa limousine, murmurant à l'oreille d'Irina : « T'es très chic. » Elle se faufila sans grâce devant Lawrence pour le laisser près de leur ami, se glissant sur le siège de cuir noir comme si elle repoussait un verre de vin hors de sa portée.

Quand Lawrence indiqua l'adresse au chauffeur, Ramsey s'interposa : « Anorak Man, le Novotel est une poubelle ! Je vais vous trouver une chambre au Royal Bath !

— Non, dit Lawrence. Je suis allé sur leur site, et c'est au-dessus de nos moyens.

— À mes frais », proposa Ramsey.

Lawrence refusa catégoriquement l'offre généreuse de Ramsey, et ils prirent le chemin du Novotel. Irina surmonta son désappointement. Ils ne descendaient jamais dans des hôtels haut de gamme ; les serviettes à profusion, les peignoirs en tissu-éponge et les robinets plaqués or lui auraient plu. Sa déception fut d'autant plus grande quand ils arrivèrent – à une adresse qui n'avait pas dû voir beaucoup de vedettes du snooker se présenter à bord d'une limousine. Un portier se précipita pour demander au chauffeur s'il était perdu.

Lawrence passa à la réception, puis ils gravirent l'escalier (recouvert d'une mince moquette bleu et or à motifs cachemire) pour jeter un coup d'œil à la chambre. Et voilà, c'était un de ces endroits surchauffés avec des gobelets en plastique, des sachets de café soluble, des savonnettes Ivory et des fenêtres dont les cadres en aluminium marron ne s'ouvraient pas. Un camaïeu de mauves. Lawrence appuya sur la télécommande, fit défiler les chaînes et fronça les sourcils : « Pas de câble.

— Pas de fleurs fraîches ! Pas de champagne ! Pas de corbeille de fruits !

— Hé, tu voulais que je le prenne au mot ?

— Non, tu as eu raison. Il va certainement nous inviter à dîner, et ce sera assez cher comme ça.

— Quelquefois, ce gars-là jette l'argent par les fenêtres d'une manière qui... je ne sais pas. Nous autres devons travailler pour gagner notre vie, hein ? Et il n'a pas besoin de qualifier cet hôtel de poubelle. C'est correct, non ?

— Ça va, répondit-elle. Ce qui compte, ajouta-t-elle en souriant, c'est que ce soit chaud et sec.

— Trop chaud, s'exclama Lawrence, examinant les murs. Et je ne vois pas de thermostat.

— Je reconnais que c'est un peu minable, mais c'est seulement pour une nuit.

— Écoute, si tu préfères descendre au Royal Bath, je peux me le permettre ! Il suffit de demander !

— Nous pouvons nous le permettre, tu veux dire. Mais il n'y a pas de raison de claquer des centaines de livres pour une savonnette emballée. »

Au chapitre des dépenses, leur parcimonie était identique. Jetant un dernier coup d'œil à la chambre dont le désodorisant était si nauséabond qu'il donnait envie de fumer pour chasser ses effluves, Irina se demanda quel genre de folie ils ne jugeaient pas exagérée. Il ne s'agissait que d'une nuit, mais après une succession de nuits comme celle-là ils seraient morts.

Faisant signe au chauffeur de ne pas bouger, Lawrence tint la portière, de sorte qu'Irina n'eut d'autre choix que de se glisser près de Ramsey. Pendant le trajet jusqu'au restaurant, elle rapprocha les coudes et garda les genoux serrés. Les yeux rivés devant elle, elle ressemblait à une prisonnière qu'on aurait conduite en limousine au couloir de la mort. Quand le véhicule malhabile manœuvrait dans les tournants, son bras gauche frôlait le blouson de cuir de Ramsey, provoquant de brèves décharges électriques.

Ramsey s'excusa car, en raison de l'heure tardive, ils n'avaient d'autre choix que d'aller chez Oscar, le restaurant du Royal Bath, qui fermait tôt lui aussi, mais ferait une exception dans son cas. L'hôtel gagnait des sommes folles avec les joueurs de snooker cette semaine, et se devait d'être aimable. La réplique laconique de Lawrence, « Bien sûr », sous-entendait : *Oh, misère !* C'était peut-être le traitement de faveur exigé par Ramsey qui lui restait sur le cœur.

Cela, et le fait qu'ils ne couperaient pas au spectacle du grand hôtel qu'ils manquaient. Quand ils s'approchèrent de l'imposant édifice blanc – cinq étages entre deux tourelles de conte de fées sur fond de jardins paysagers, et illuminé comme Disneyland –, Irina se retint de s'extasier sur sa splendeur.

Un portier accourut pour aider le champion à descendre de voiture, puis Ramsey tendit la main à Irina, qui eut de la peine à ne pas offrir, sous sa minijupe, une vue plongeante de ses cuisses qui laissait deviner une tout autre partie de son anatomie. Le portier la jaugea d'un coup d'œil et adressa un signe d'approbation à Ramsey. Lawrence sortit de l'autre côté et les rejoignit, attrapant la main de sa compagne d'un air possessif qui ne plut guère à Irina.

« Pas de chance, vieux, lança un groom à Ramsey quand ils entrèrent.

— En général, ça n'a rien à voir avec la chance, fils », répondit-il.

Le restaurant qui leur était échu ne manquait pas de clinquant, et le maître d'hôtel était en effet disposé à garder la cuisine ouverte pour sa clientèle de choix. Quand Ramsey s'éclipsa pour changer de chemise, Lawrence passa en revue d'un œil inquiet les rares clients qui finissaient de dîner, tous au dessert. « Nous n'allons pas tarder à être seuls, se tracassa-t-il. Nous devrions aller dans un bistrot ouvert toute la nuit.

— Nous ne sommes pas à New York. Ça n'existe sûrement pas à Bournemouth.

— Au moins, contentons-nous de prendre une entrée, pas d'extras, et de demander l'addition à l'avance.

— Tu sais très bien que Ramsey ne va pas commander un verre d'eau et des boulettes de viande à emporter. Pourquoi ne pas te détendre et profiter du dîner ?

— Parce que c'est grossier ! Ces serveurs veulent rentrer chez eux !

— Ils sont peut-être payés en heures supplémentaires. Le maître d'hôtel a touché quelque chose ; Ramsey lui a glissé un gros billet ; je n'ai même pas reconnu la coupure.

— C'est dégoûtant. Acheter les gens de cette façon !

— Tu peux parler ! Tu n'es pas du genre à donner de gros pourboires !

— Je ne soudoie pas les gens pour qu'ils restent debout jusqu'à trois heures du matin à cause de moi, au cas où j'aurais envie d'un deuxième espresso.

— Si nous restons là aussi tard, je parie que ce ne sera pas pour prendre un *café*.

— À propos. Chaque fois que nous sortons avec Ramsey, tu bois beaucoup trop. Tu devrais te surveiller.

— Je n'ai pas bu une seule goutte de vin, et déjà tu m'accuses d'abuser de la bouteille ?

— Les bonnes résolutions ne font jamais de mal... D'ailleurs, tu es vraiment mal coiffée.

— Merci de me remonter le moral. Je croyais que ma tenue te plaisait.

— Euh, bien sûr. Tu es très bien.

— Très bien ?

— Bon, tu es parfaite.

— Alors pourquoi cela t'agace-t-il ?

— Je ne suis pas agacé, j'ai seulement faim, et je voudrais que Ramsey arrête de se poudrer le nez et ramène son précieux petit cul ici avant que nous soyons obligés de commander un petit déjeuner à la place du dîner.

— Je croyais que tu l'aimais bien.

— C'est vrai.

— Je veux dire, que tu l'aimais beaucoup.

— Oui, en effet. Qu'est-ce que tu as, enfin ?

— Vous êtes en train de vous disputer ? demanda plaisamment Ramsey en prenant place, vêtu d'une chemise blanche fraîchement amidonnée.

— Non, dit Lawrence.

— Alors tu appelles ça comment ? rétorqua Irina.

— Pourquoi faut-il lui donner un nom ? protesta-t-il.

— Que penses-tu d'"inepte" ? dit-elle.

— Depuis quand emploies-tu ce mot ? l'accusa Lawrence.

— Il ne te plaît pas ?

— C'est prétentieux.

— Je prétends quoi ? se rebella-t-elle. Avoir vécu sept ans à Londres ? D'ailleurs, depuis quand as-tu cessé de te délecter de tous les synonymes possibles et imaginables de *stupide* ? » Elle s'était efforcée de donner un tour affectueux à sa taquinerie, mais n'y avait pas réussi.

« Désolé, mais je me sens un peu exclu, intervint Ramsey. Hé, continuez, pas de souci. Mais quelqu'un pourrait me mettre au parfum sur les raisons de cet ergotage.

— L'ergotage – si je puis me permettre – tourne autour du fait que les meilleures discussions n'ont absolument aucun objet, interpréta Irina à l'intention de leur hôte. Il est pur, comme l'expressionnisme abstrait. Ni vases ni faisans morts. La matière du sujet fait obstruction.

— N'aie pas la langue aussi bien pendue, l'interrompit Lawrence. Nous parlions de quelque chose de très important. Cela me gêne de faire travailler tous ces employés de restaurant après la fermeture.

— J'ai l'intention de les récompenser pour leur peine, répondit Ramsey d'un ton égal, en consultant la liste des vins, et pour la tienne, mon ami. »

Le serveur prit d'abord la commande d'Irina, et elle opta pour les coquilles Saint-Jacques en entrée, avec de la perche sauvage et des morilles en plat principal.

Lawrence tiqua quand Ramsey s'aligna sur son choix, sans oublier les épinards en accompagnement. Bien que son abnégation ne permît pas aux employés de rentrer chez eux une minute plus tôt, fidèle à sa promesse, Lawrence ne prit pas d'entrée et choisit le plat le plus simple et le moins cher du menu, genre poulet rôti.

La chaise d'Irina avait été placée devant un pied de la table ronde, et pour être plus à l'aise, elle s'était décalée. Rapprocher sa chaise de Ramsey et isoler ainsi son compagnon avait été une erreur, mais si elle poussait maintenant son siège vers lui cela paraîtrait bizarre.

« Un excellent choix, monsieur », approuva le serveur quand Ramsey commanda le vin – par conséquent, il coûtait les yeux de la tête. Lorsque la bouteille arriva, Lawrence posa la main sur son verre et demanda une bière. C'était grossier. Irina et Ramsey s'extasièrent sur la crème au safran qui accommodait les coquilles Saint-Jacques, mais il refusa d'en goûter, et s'acharna sur un petit pain à la croûte aussi dure que le cuir du blouson de Ramsey.

Puisque Anorak Man ne jouait pas son numéro habituel de fan de snooker cultivé, Irina n'eut d'autre choix que de le remplacer. Après tout, comme beaucoup de gens à la spécialité limitée, Ramsey aurait pu souhaiter exprimer de l'intérêt pour des professions telles que l'illustration ou l'analyse militaire, qui dépassaient ses capacités d'entendement, mais il ne tenait pas à poser des questions stupides. Ce rôle revenait donc à ses invités. On n'entendait plus à leur table que le tintement des couverts et le déclic du briquet de Ramsey, et Irina jugea qu'une piètre entrée en matière était préférable au silence.

« Est-ce que le snooker est un jeu très ancien ? demanda Irina. Et d'où vient-il ?

« Le snooker est très récent. C'est une variante du billard, qui remonte au XVIe siècle. La Chine, l'Italie et l'Espagne prétendent toutes l'avoir inventé.

— Intéressant sujet de dispute », commenta Irina. Cette soirée suggérait tout le contraire.

« Le snooker s'inspire d'une version du billard qui s'appelle le *blackpool*.

— Comme la ville côtière ? demanda Irina. C'est ce qui a donné son nom à la ville ?

— Blackpool, rumina Ramsey. Peut-être. Je n'y ai jamais pensé.

— Comment peux-tu resservir des histoires sur le blackpool sans y avoir songé ? demanda Lawrence.

— Pasque chuis un pauv' con borné, répliqua Ramsey d'un ton aimable, laissant entendre que c'était le sens exact du commentaire de son hôte. Pour l'origine du snooker, les gens racontent qu'il a été inventé par Neville Chamberlain.

— Au moins ce type a eu des couilles pour quelque chose », dit Lawrence.

Ramsey ne saisit pas l'allusion. Il payait à présent toutes les années où il avait manqué l'école. « Chamberlain était un colonel de l'armée britannique, stationné en Inde. Ces gars-là devaient s'ennuyer à mourir. Le blackpool utilisait déjà quinze billes rouges et une noire. Chamberlain a ajouté les autres couleurs, et inventé de nouvelles règles. En Inde, à l'Ooty Club d'Ootacamund, le berceau du jeu, il y a encore une salle de snooker, préservée en l'état. J'ai toujours voulu aller la voir, vraiment. La table est censée être le top du top. Ils autorisent pas n'importe qui à jouer, mais je parie qu'ils laisseraient Ramsey Acton frapper quelques balles.

— C'est l'idée que tu te fais d'un pèlerinage ? demanda Lawrence. L'*Ooty Club* ?

— On peut voir ça comme ça, répondit Ramsey sans broncher. Autrefois, les billes étaient en ivoire. Il fallait les découper au cœur même de la défense. On raconte que douze mille éléphants ont donné leur vie pour la gloire du snooker. Je possède moi-même un assortiment de ces billes – ça m'a coûté une fortune, ça c'est sûr. Vous devriez passer un jour y jeter un œil. Je joue presque jamais avec. Mais les billes modernes peuvent pas égaler le cliquetis, le tintement de l'ivoire.

— Lawrence adorerait.

— Oh, je suppose que ces billes en ivoire sont le genre de choses qui plaisent à un artiste.

— Je ne suis pas un amateur de pèlerinages, intervint Lawrence. Mais n'hésite pas, Irina. Va voir ses estampes.

— C'est Lawrence le fan de snooker, déclara-t-elle d'un ton ferme.

— Tu m'as l'air assez au courant, lapin.

— Jusqu'à un certain point », dit-elle, sauçant son assiette avec une croûte de pain.

Ramsey remplit leurs deux verres de châteauneuf-du-pape. Sa main s'immobilisa au-dessus de son couvert – le poignet mince, les doigts effilés. Lawrence but une minuscule gorgée de lager. Ramsey alluma une autre cigarette. Son ami chassa la fumée de la main.

« Alors, les billes sont en quoi, aujourd'hui ? reprit Irina, au désespoir, comme si, voyant que personne ne lui offrait son aide, elle hissait à nouveau une lourde valise.

— En plastique, répondit Ramsey, exhalant une bouffée. C'est grâce au snooker que le plastique a été inventé. Ce jeu a changé la face du monde, c'est sûr. Pas dans le bon sens, diraient certains. » Il frappa la salière du bout de l'ongle.

Lawrence plissa les yeux. « Neville Chamberlain a inventé le snooker, et le snooker a inventé le plastique. Tu as trouvé ça tout seul ?

— Je suis pas si malin, mon pote. Ces billes en ivoire étaient si chères qu'il fallait trouver un matériau de remplacement, et on a proposé une récompense, tu piges ? C'est vous qui avez réglé le problème, au temps où les Amerloques inventaient toujours de la merde. Une usine, Phelan, passe des annonces, offrant dix mille dollars en or pour une bille qui exige pas le sacrifice d'un éléphant – pas très pratique, tu reconnais. À Albany, un certain John Wesley Hyatt obtient le premier modèle par accident. Il renverse du bidule d'imprimeur qui durcit à merveille.

— Le téléphone a été inventé de la même manière, tu te souviens », dit Lawrence.

Comme Alexander Graham Bell n'avait rien à voir avec le snooker, Ramsey ne sut pas quoi dire. « Y avait un problème, avec ces premières billes en plastique. Si tu les frappais assez fort, elles explosaient. »

Irina éclata de rire. Lawrence se taisait.

« Qu'est-ce que je ferais pas pour en avoir un assortiment, s'exclama Ramsey avec tendresse. Ça donnerait un sens tout nouveau au *safety play*.

— Lawrence ! Le snooker et le terrorisme se rencontrent enfin !

— Les billes modernes, dit Lawrence d'un ton inflexible, sont en Super Crystalate.

— Bravo ! » Ramsey leva son verre (bien qu'il n'eût pas besoin de prétexte pour cela), et l'arrivée du plat principal changea le cours de la discussion. « Alors, Anorak Man. Quoi de neuf en politique et tout le reste ? »

Irina eût préféré que Ramsey fût assez habile pour s'enquérir des affaires de son compagnon sans donner l'impression qu'il cherchait à alimenter la conversation. Mais elle supposait qu'il n'avait pas la moindre idée de ce que représentait un *think tank*.

« Cette année, l'essentiel de mon travail concerne l'Irlande du Nord. »

Comme si Lawrence avait déclenché un mécanisme d'hypnose, les yeux de Ramsey se voilèrent spontanément. Irina avait déjà assisté à ce phénomène : partout dans le monde, l'incantation *l'Irlande du Nord* avait des pouvoirs magiques. Menaçant de mettre les fabricants de somnifères au chômage technique, ces mots pouvaient plonger en l'espace d'une minute des insomniaques invétérés dans un profond sommeil sans rêves.

« Maintenant qu'il a un cessez-le-feu dans les pattes, poursuivit Lawrence sans lui prêter attention, Blair a abandonné toutes les autres conditions préalables que les unionistes ont posées pour entamer les négociations avec le Sinn Fein – par exemple la remise des armes de l'IRA et une déclaration comme quoi la guerre est finie. Les concessions honnêtes de Blair pourraient être les signes avant-coureurs de concessions plus scandaleuses dans un règlement futur. »

Ramsey leva les yeux de son poisson avec une lueur de panique. La pause dans le monologue de Lawrence semblait appeler un commentaire. Il n'y en eut aucun.

« Quel genre de concessions ? » Irina eut l'impression d'être la mère d'un très jeune acteur soufflant les mots à son protégé interloqué depuis la salle alors que l'enfant n'a qu'une réplique à dire.

« *Manifestement*, céder sur l'unification de l'Irlande, dit Lawrence, lançant à Irina un regard tu-es-stupide-ou-quoi qu'elle ne connaissait que trop bien. Mettre sur pied une fédération merdique, ou donner le pouvoir à Dublin et la facture à Londres. Mais il y a d'autres problèmes… les prisonniers, la RUC[1]… »

Il continua dans cette veine pendant plusieurs minutes, jusqu'à ce que Ramsey parût sur le point de s'effondrer. Chaque fois que Lawrence parlait boutique, il utilisait des mots tels que *distribution* et *attribution* et des expressions obscures : *Ça ne fait pas partie des talents d'Adams*. Il était fier de maîtriser les

1. *Royal Ulster Constabulary* : force de police en Irlande du Nord de 1922 à 2001. *(N.d.T.)*

subtilités de son sujet, mais ne comprenait pas qu'avec des gens comme Ramsey il faille relier les points, raconter une histoire, et expliquer pourquoi diable un joueur de snooker aurait dû s'en préoccuper.

« Alex Higgins est de Belfast, non ? demanda Irina.

— Ouais, répondit Ramsey, avec un regard reconnaissant. Et moi aussi, j'ai toujours l'impression que ça amuse les cathos et les parpaillots de s'étriper, qu'ils veulent pas que ça finisse, que ça leur plaît. » Encouragé, ou un peu plus réveillé, il lança une autre idée : « Mais le putain d'empire est fini, non ? On pourrait pas accorder la liberté à ces connards ?

— L'Irlande du Nord n'a rien à voir avec le colonialisme ! explosa Lawrence. Il s'agit de démocratie ! Les protestants sont dans la *majorité,* et la *majorité* veut continuer de faire partie du Royaume-Uni. Ils ne *veulent* pas de leur putain de liberté ! »

Ramsey eut l'air perplexe. « Mais… toutes ces bombes et ce… » Irina eut l'impression de voir un petit garçon perdu au milieu de la circulation. « Pourquoi ne pas donner à ces branleurs de l'IRA ce qu'ils veulent et nous laver les mains de tout ce bordel ? »

Les yeux de Lawrence s'allumèrent comme les phares d'un semi-remorque. « C'est exactement la réaction qu'ils ESPÈRENT ! Pourquoi, vous autres Britanniques, vous comportez-vous en MOUTONS ? Ce pays a résisté à HITLER ! Ton ami Neville Chamberlain était peut-être un froussard de mes deux, mais Churchill avait des couilles en cuivre ! Londres a été à moitié rasée par les nazis et a tenu bon, et maintenant, à cause de quelques voitures piégées dans des centres commerciaux, tout le pays est prêt à céder. »

Ramsey arracha la cellophane d'un nouveau paquet de Gauloises. « J'ai jamais compris toutes ces histoires, marmonna-t-il.

— En fait c'est assez simple, intervint Irina, qui ne se lancerait pas dans les *subtilités*, puisqu'elle n'en avait gardé aucun souvenir. Les terroristes se servent de tes bonnes manières comme d'une arme. Tu ne veux pas que des gens soient blessés, alors tu fais ce qu'on te dit. La suite des événements nous montrera si ça paie de se comporter en imbécile.

— Bien sûr que oui ! s'exclama Ramsey, lui adressant un autre regard reconnaissant. Prends Alex Higgins ! Il a pratiquement gagné aucun tournoi et dix ans se sont écoulés entre ses deux championnats du monde. Il gagne un paquet de fric en se comportant comme le trou-du-cul le plus odieux, le plus grossier, destructeur, insultant et insupportable de toute la planète. Tu te rends compte qu'aucun hôtel en Grande-Bretagne l'accepte, même pour une nuit ? Il est interdit de séjour des Cornouailles aux Hébrides ! Si je foutais le bordel dans autant de chambres d'hôtel que lui, y aurait aussi cinq biographies contradictoires de moi !

— D'après ce que je comprends, le parallèle est intéressant, ajouta Irina, avec un hochement de tête respectueux vers Lawrence. Tu te souviens de tous les blocages de la circulation sur les autoroutes au printemps dernier ?

— Je suis resté coincé sur la M-4 pendant une bonne partie de la journée alors que je me rendais à Plymouth pour le British Open.

— L'IRA a lancé des fausses alertes à la bombe, mais ça a marché. Et tu te rappelles qu'en avril une autre alerte a retardé le Grand National ? Eh bien, donner à ces gens-là ce qu'ils attendent c'est comme d'offrir à Alex Higgins un bouquet et deux bouteilles de champagne après qu'il a saccagé sa suite. »

Pendant cet échange – qui, par ses insinuations mystérieuses, déformait, et même blasphémait un sujet cher à Lawrence –, les épaules d'Irina s'étaient carrément tournées vers Ramsey. Quand elle essaya de les remettre dans une position plus neutre, elles parurent moulées dans le bronze.

« L'Irlande du Nord n'est pas un sujet ennuyeux, insista Lawrence, comme si la vigueur de cette affirmation pouvait le confirmer. Les détails sont peut-être difficiles à suivre. Mais c'est le plus gros problème de ce pays, et d'autres salopards dans le monde vont observer de près le tour que prendront les négociations. Si le Sinn Fein s'en tire avec les honneurs, beaucoup d'autres villes vont disjoncter. Ça me choque vraiment que les Britanniques s'en fichent. »

Un chœur s'était élevé dans le bar de l'hôtel. Un pâle sourire se dessina sur les lèvres de Ramsey. À côté, ses amis s'en donnaient à cœur joie, alors qu'il était obligé de subir une discussion assommante sur l'*Irlande du Nord* dans ce restaurant merdique ! Quand le tapage du bar devint assourdissant, Ramsey entonna le refrain : « *Nous sommes les dingues en délire du snooker/Moi et lui et eux et moi...*

— Qu'est-ce que c'est ? demanda Irina en riant.

— *Avec des tonnes de billes et une queue de snooker...* » L'air était aussi niais que les paroles, mais le timbre de Ramsey était clair, et le ton juste.

« C'est... horrible, s'écria Irina en essuyant ses larmes.

— “Snooker Délire”, expliqua Ramsey, tandis que ses amis entamaient un autre couplet abominable. Par Chas et Dave et le Matchroom Mob. Numéro 6 du hit-parade 86, tu arrives à le croire ? Conçu comme promo pour les championnats. Ça ressemble à ce que vous avez dit tous les deux sur le terrorisme. C'est horrible, ça n'aurait pas dû payer, mais ça a payé.

— D'où vient le mot *snooker,* à propos ? » demanda Irina. Après plusieurs tentatives infructueuses, elle avait renoncé à associer Lawrence à la conversation.

« C'était un mot d'argot pour, euh, *crétin*, chez les militaires, répondit Ramsey. Un type de l'Ooty Club traite un autre joueur de vrai *snooker* quand il rate une couleur facile. Chamberlain intervient très diplomatiquement, du genre "Allons, allons, les gars, derrière la table on est tous des *snookers*, non ? Eh bien, dit-il, si on donnait le nom de *snooker* à tout ce fourbi ?" Et c'est resté.

— L'expression initiale, rectifia Lawrence, signifiait *néophyte*.

— *Néophyte*. » Ramsey fit tourner les syllabes dans sa bouche comme une arête de poisson. « Ça ressemble à un mot fabriqué. Hé, les mecs, vous vous servez encore de Super Crystalate, mais moi j'ai des billes en *néophyte* !

Irina éclata de rire. Lawrence resta de marbre.

« Tu aurais pu me demander d'où venait le nom *snooker*, dit Lawrence en gravissant l'escalier du Novotel.

— Je faisais juste la conversation, répondit Irina.

— Tu n'as pas arrêté de parler.

— Il fallait bien que quelqu'un s'en charge, rétorqua-t-elle, accrochant son talon dans la moquette.

— Tu es soûle », déclara sèchement Lawrence, qui n'employait jamais de mots hauts en couleur pour évoquer l'ivresse – *bourré, schlass, pompette*. L'adjectif *soûl*, dénué de fioritures, n'avait rien de charmant. « Et je n'ai pas besoin que tu interprètes mes idées politiques. » Il enfonça leur carte magnétique dans la fente. « Je pense m'exprimer très clairement. C'est mon boulot, tu sais. Mon russe est peut-être nul, mais je n'ai pas besoin d'une traductrice pour mon anglais.

— J'essayais juste d'arrondir les angles. Quelquefois tu oublies à qui tu parles.

— Merci de témoigner autant d'estime pour mon professionnalisme.

— Je n'ai rien dit à ce propos, ni en mal ni en bien. C'est juste que tu lances des *unionistes* par-ci et des *unionistes* par-là, alors que Ramsey ne voit peut-être pas la différence entre un *unioniste* et une ornière.

— Eh bien, c'est pathétique, commenta Lawrence, laissant la porte se refermer derrière eux. C'est son pays. Et il faut l'admettre, ses opinions sur le sujet sont la preuve qu'il a l'instinct d'une mauviette.

— Il n'a pas d'opinions. Il joue au snooker.

— Ça, c'est difficile de l'oublier. » S'affalant sur le lit, Lawrence alluma la télé par automatisme. « Son interprétation de "Snooker Délire" était incroyablement embarrassante !

— Il n'y avait plus personne dans le restaurant, dit-elle d'un ton las.

— Je l'avais prédit, reprit Lawrence. Chanter à tue-tête, se bourrer la gueule, abuser de l'hospitalité, se comporter en maître des lieux… c'est assez vulgaire.

— Les célébrités britanniques sont censées agir de la sorte. Nous avons suivi le mouvement, en tout cas. »

Sa défense de leur hôte était aussi pâle que maladroite, et elle s'approcha de la fenêtre, jouant distraitement avec le pompon en polyester de l'embrasse. Cet hôtel était éloigné de la baie, et donnait sur le parking d'un McDonald's, dont les poubelles débordaient. Morne consolation, des draperies en satin broché n'eussent pas amélioré la texture de la soirée. On pouvait se sentir seul partout, au bord des larmes, même dans un hôtel de luxe tel que le Royal Bath. Si Lawrence n'avait pas été informé à la gare que le dernier train pour Londres partait à 22 h 43, elle l'eût pressé de rentrer.

« Tout ce battage publicitaire, dit Irina. Mais nous sommes dans le Dorset. C'est difficile de se rappeler que c'est la région de Thomas Hardy. Landes, mélancolie et tragédie…

— Je ne sais pas, répondit Lawrence. Encore beaucoup de matches comme celui de ce soir, et *Ramsey l'Obscur* commencera à sonner juste. »

Le bourdonnement qui diminuait peu à peu n'était pas dû au vin. Irina se sentait vaguement coupable, mais en analysant son comportement, elle n'y décela aucune offense. Elle s'était montrée attentive à leur hôte par obligation. Séduisante, mais non vulgaire. Et son charme avait rejailli sur son compagnon. Elle avait été une convive animée, riant aux plaisanteries de Ramsey, et il n'y avait rien d'anormal à manifester sa joie quand le dîner coûtait un prix pareil. Il n'y avait pas eu de batifolage, pas de frôlements de pieds ni de mains égarées au mauvais endroit. Elle s'était bien conduite. Elle n'avait rien à se reprocher.

Cependant, elle savait très bien qu'il était possible de respecter les convenances à la lettre et, par une sournoiserie ingénieuse, de violer une quantité de lois non écrites sans se faire prendre. Ce qui à certains égards était la pire grossièreté, qu'on pouvait oser impunément parce qu'elle ne figurait pas dans le code des bonnes manières. Lawrence ne se permettrait pas de nommer ses transgressions, au risque de paraître susceptible ou parano. Comment lui aurait-il reproché une lueur dans le regard ou un éclat de rire hors de proportion avec les faibles mots d'esprit qui les avaient suscités ? Il n'assumait pas ses intuitions, incapable de se plaindre de son manque d'intérêt pour sa conversation, bien qu'elle eût paru captivée en l'écoutant et ne l'eût pas interrompu une seule fois. Quant à sa tenue provocante, il eût aimé retirer son sifflement admiratif de la gare de Waterloo, ou du moins poser le genre de question que Lawrence Trainer semblait par nature incapable de poser : *Tu as vraiment mis cette minijupe pour moi ?*

« Comment était ce gâteau ? grogna-t-il, jetant un œil renfrogné sur la rediffusion tardive du match de Ramsey sur la BBC.

— Délicieux », dit-elle à la fenêtre. Ramsey avait commandé un gâteau au chocolat sans farine avec un coulis de framboises et de la crème pâtissière.

Lawrence, qui avait déjà boudé les deux bouteilles de vin, ne s'était pas laissé tenter. Ramsey et Irina avaient donc picoré de minuscules bouchées dans la même assiette. Il n'y avait rien de mal à partager une pâtisserie. N'est-ce pas ? N'est-ce pas ? « Tu aurais dû y goûter.

— Je n'avais plus faim... dit-il avec force. Tu ne prends jamais de dessert.

— Ce n'est pas moi qui l'ai choisi.

— Non, répliqua-t-il d'un ton bourru. Je suppose que non. Et il faut une bonne dose de discipline pour résister à une douceur que tu n'as même pas commandée. »

Ayant frôlé *l'essentiel* d'aussi près, Lawrence se rabattit sur la télé. « En rediffusion, la deuxième partie est encore pire. Avant la mi-temps, Ramsey était en train de crucifier O'Sullivan. Ensuite, vlan ! Il a perdu les pédales. Quelquefois je ne comprends pas ces gens.

— Mais si, médita-t-elle. Ce sont des êtres humains. Pas des machines. Mais ils essaient de l'être. C'est pourquoi les meilleurs de tous, sur la durée, ce sont les types comme Stephen Hendry. Des types pas compliqués et un peu creux. Il y a chez eux une absence d'ordre mécanique. Le bon snooker, le snooker parfait, et peut-être que ça s'applique à tous les sports, c'est la mise en échec de sa propre humanité. J'ai été touchée, d'une certaine façon, quand Ramsey a implosé. Quand ils sont trop bons, je trouve ça presque déplaisant. Ce n'est pas naturel. Pas vivant. »

Lawrence la regarda avec curiosité. Tant de considération pour une question qui l'avait si peu préoccupée auparavant semblait constituer une infime trahison de plus.

Dans la chambre manquait la panoplie d'accessoires que procure sa propre maison – des journaux à feuilleter, des abat-jour à épousseter, des moulins à poivre à remplir. À court d'idées, Irina alla chercher son peigne dans son sac, posé aux pieds de Lawrence.

« Ton haleine empeste », dit-il.

Elle n'était pas assez près de lui pour qu'il s'en aperçût. « J'ai fumé une cigarette. Juste une. Honnêtement, Lawrence – elle défit son chouchou –, tu exagères avec tes leçons de morale. On se croirait revenu dans les années vingt, quand les femmes qui fumaient avaient la réputation d'être faciles. Toute cette réprobation n'a plus grand-chose à voir avec le cancer du poumon.

— Aucun tabac n'est dénué de risques. Et quand on t'embrasse, on a l'impression de nettoyer la grille de la cheminée. »

Depuis quand tu m'embrasses ? Elle tint sa langue, démêlant ses cheveux devant la glace. Lawrence lui avait reproché d'être décoiffée, mais il avait omis d'ajouter que le fouillis improvisé de ses mèches était plutôt seyant.

« À propos de mauvaise haleine, reprit-il, où as-tu rangé nos brosses à dents ?

— *Bolje moï !* s'exclama-t-elle. Ça m'est sorti de la tête.

— Je t'ai demandé d'emporter quelques affaires. Pas étonnant si j'ai eu l'impression qu'on avait oublié quelque chose. Je le crois pas, où tu avais la tête ?

— Euh, on avait besoin de trois fois rien…

— Raison de plus pour te souvenir du peu qu'il nous fallait !

— J'étais pressée.

— Je t'ai laissé largement le temps de te préparer.

— Je me suis remise au travail. » Elle sentit le son discordant du mensonge vibrer dans sa bouche comme une corde de piano qui casse. Elle n'était pas retournée dans son atelier. Elle avait passé deux heures à décider ce qu'elle allait mettre.

« J'aurais aimé avoir une chemise propre. » Il renifla sa manche et fit la grimace. « Ramsey a fumé près d'un paquet, celle-ci pue le cendrier. Et demain tu vas reprendre le train dans cet accoutrement !

— Et alors ?

— Tu auras l'air d'avoir découché. Les gens vont croire que tu as rencontré quelqu'un et baisé comme une folle toute la nuit.

— Ça risque pas, marmonna-t-elle.

— Je suis censé le prendre comment ? »

Elle faillit répondre : *Je m'en fiche*, mais se força à dire : « Tu n'as pas l'air de très bonne humeur.

— Je ne supporte pas de ne pas me brosser les dents.

— Je vais descendre à la réception et demander s'ils vendent des trousses de toilette.

— Trop tard, s'écria-t-il furieux. Il n'y a plus personne en bas. J'y crois pas, t'as rien emporté, même pas un sac de voyage ! »

Il se leva du lit et fit mine d'aller dans une direction, puis dans l'autre. Irina comprit que ce qui le perturbait plus encore que la perspective de se réveiller avec les dents entartrées, c'était la rupture du rituel. Enfin, il partit d'un air décidé vers la salle de bains. Elle le retint.

« Laisse-moi, s'écria-t-il avec impatience. J'ai envie de pisser. » Il parut heureux d'avoir pu définir un besoin.

Lui barrant le chemin, Irina sentit son humeur basculer, gagnée d'abord par l'agacement : elle s'était inclinée devant son souhait, elle avait assisté à un match de snooker et fait un effort pour que l'expédition soit réussie, et ensuite il avait ronchonné au restaurant pendant presque toute la soirée sans autre raison que son souci de libérer les employés avant minuit. Elle n'avait commis aucune faute et ne méritait pas d'être traitée avec cette rudesse et cette mauvaise humeur pour deux malheureuses brosses à dents et une chemise de rechange.

Mais cette contrariété dissimulait une frustration moins excusable : Lawrence n'était pas petit, mais pas très grand non plus. Musclé, mais pas élancé ; les redressements assis n'affineraient jamais sa silhouette, car il était bâti ainsi. Il réussissait dans son domaine, mais n'avait pas un métier exotique qui lui ouvrait comme par magie les cuisines des restaurants à toute heure du jour et de la nuit, et lui donnait accès à des hôtels de luxe. Lawrence était vertueux, et il n'émanait pas de lui ce parfum enivrant de tabac torréfié, de vin coûteux et d'un ingrédient indéfinissable qu'Irina préférait ne pas explorer. Lawrence avait un discours cohérent, mais un affreux accent américain, exactement comme elle.

À l'opposé de cette critique trônait la *bonté de l'esprit*. D'une certaine manière, les défauts de Lawrence la touchaient – ou bien son amour lui permettait de fermer les yeux sur ses faiblesses. Elle n'oublierait jamais la première fois qu'elle avait remarqué ses cheveux un peu clairsemés, ni la tendresse aiguë que lui avait inspirée cette découverte. Paradoxalement, elle l'aimait encore plus à cause de son crâne dégarni, comme pour compenser ce préjudice esthétique. Ce soir, sa petite taille la mit dans une disposition des plus charmantes, ainsi que son discours un peu ennuyeux au dîner ; son côté méfiant et peu sympathique, pour ne pas dire sévère, catégorique et impatient, la petite tache de moutarde sur le col de son trench-coat, laissée par le sandwich au jambon de son déjeuner, l'indifférence du serveur à son égard, le fait qu'il n'avait ni l'accent désarmant du sud de Londres, ni des mains d'une finesse exquise, mais des doigts courts et épais comme des saucisses : tout cela joua en sa faveur. Elle glissa les bras autour de la taille de Lawrence, qui l'étreignit furieusement.

6

Les fantasmes étaient une chose. Mais pendant ces mois de frustration, et avec un tel enjeu, Irina avait accepté à l'avance l'idée qu'une partie de jambes en l'air avec Ramsey Acton se révélerait sans doute décevante. Elle s'était préparée à des étreintes maladroites, et même à une panne d'érection au moment crucial. Porté en triomphe au Royal Bath, Ramsey lui-même avait dit bizarrement avant de plonger : « Dans le snooker, lapin, c'est ce qu'on appelle "un empochage sous pression". » En outre, au risque de verser dans la redondance, le sexe n'était que le sexe – le plaisir ne durait qu'un temps, et ça n'avait pas tellement d'importance. Après, on s'inquiétait de savoir s'il fallait acheter du lait, ou on se précipitait pour mettre les informations.

Le cul avait toujours été un peu frustrant, comme la plupart des expériences de la vie – des vacances sur les îles (avec des mouches noires qui piquent) aux dîners français à trois cents dollars (qui ne valent guère mieux qu'une délicieuse assiette de pâtes). La perte de sa virginité, en particulier, n'avait pas été à la hauteur de ses espérances. Chris, guitariste dégingandé à la longue chevelure blonde d'un groupe de musique garage, avait été son amoureux au lycée pendant la terminale ; patient, plein de sollicitude, ce n'était pas un coureur, mais pas un novice non plus. Quand le jour J arriva, un après-midi où, par chance, sa mère faisait des courses à Jersey, Chris eut des difficultés à s'exécuter, et la capote était hideuse – le lubrifiant visqueux, le latex couleur mue de serpent. Une fois qu'il eut forcé son hymen à grand-peine, avec tout le romantisme d'un menuisier vissant une cheville dans un trou étroit à l'aide d'une épaisse couche de graisse à essieux, sa défloration fut terminée en deux temps trois mouvements, et la laissa meurtrie. L'expérience de la pénétration n'avait pas été concluante ; c'était une nouveauté, mais un pénis ne différait guère d'un doigt ou d'un tampon. Elle avait anticipé une sensation grandiose, fabuleuse. Non seulement l'amour physique avec un garçon avait paru tout à fait banal, mais Irina s'était imaginé des transports plus exaltants. S'étant agréablement divertie dans le secret de sa chambre, elle avait supposé que l'orgasme irait de soi. Personne ne l'avait prévenue que les femmes devaient réapprendre à jouir – que pour elles, avoir du plaisir dans les bras d'un homme était souvent laborieux, au point que, parfois, le résultat ne méritait pas autant d'efforts. Mais puisque pour les hommes, baiser se rapprochait fortement de ce qu'ils faisaient derrière la porte des toilettes, Chris éjacula trop tôt, une difficulté courante chez les adolescents, et Irina se sentit flouée. Une fois l'exercice expédié, elle n'avait pas été gagnée par une satisfaction rêveuse, mais s'était repliée contre les oreillers avec une mauvaise humeur à peine dissimulée. Elle attendait ce moment depuis des années, pour s'apercevoir que le sexe était une escroquerie, comme bien d'autres choses.

Certes, elle avait pris goût à ce passe-temps, cherchant systématiquement les positions qui procuraient au moins une légère friction au bon endroit, entretenant cette gymnastique suédoise par de petites histoires sordides dans sa tête. L'avantage de ces coucheries de hallebardier était que l'érotisme n'avait plus de secrets pour elle. Au mieux, il serait agréable de se mettre au lit avec Ramsey. Elle n'avait pas pensé en éprouver du plaisir. Après tout, sa vie sexuelle avec Lawrence, qui avait fait ses preuves, n'avait jamais perdu un petit côté laborieux, exigeant beaucoup trop d'énergie et de concentration pour une récompense aussi mince.

Si Irina avait tenu à valider sa vision du monde – si elle s'était davantage souciée d'avoir raison que d'être heureuse, ce qui était le cas de la plupart des gens –, elle aurait été fort mécontente. Mais l'amour avec Ramsey dans les épais draps de lin du Royal Bath fut une expérience inattendue. Étourdie, hébétée comme si elle avait subi un choc frontal, elle eut la nette impression de n'avoir jamais *baisé* avant, se demandant ce qu'elle avait bien pu faire à la place durant toutes ces années.

« Quand j'y pense, avança-t-elle, blottie dans le creux du bras de Ramsey, le troisième jour, à Bournemouth (il était difficile de se repérer dans le temps, devenu léthargique, paresseux et gras comme un chat trop nourri), avant ton anniversaire, je n'ai jamais eu de fantasmes de cul. Ça m'avait toujours paru, en théorie du moins, trop facile. Même quand je baisais, j'avais la tête ailleurs. Je pensais à des choses interdites.

— Comme quoi ? » demanda Ramsey.

Curieux, personne ne lui avait posé cette question auparavant. Avec un peu d'appréhension, elle osa : « La fellation.

— Tu veux dire, tailler une pipe ? » rectifia-t-il.

Elle rit. « Oui, *tailler une pipe*. Mais avec une variante. J'aime l'idée d'être forcée. Je ne pense pas que les femmes soient censées admettre ce genre de choses, mais oui, forcée… à boire le sperme. Dans l'abstrait. Je ne sais pas si j'aimerais ça dans la vraie vie.

— Hé, j'ai eu des fantasmes de viol pendant des années, dit-il spontanément. J'en ai eu un sur toi la semaine dernière. Je te *violais*. Contre un mur. Tu te débattais comme une folle au début, mais ensuite tu en réclamais encore. »

S'enhardissant, elle continua : « Pendant un moment, j'ai trouvé excitante l'idée de deux hommes ensemble. Ces derniers temps, avec Lawrence… Je ne devrais pas te le raconter, c'est trop embarrassant.

— Tu peux tout me dire. L'oublie pas.

— Très bien. J'ai pensé à des femmes.

— Sucer une chatte ? C'est quoi le problème ? J'y pense, moi aussi.

— Tu es un homme. C'est normal que tu fantasmes là-dessus.

— Y a rien de *normal* là-dedans.

— Je ne veux pas que tu me prennes pour une gouine. C'est juste que… j'étais à court d'idées.

— Le nombre de joujoux est limité. J'ai déjà songé à sucer un mec.

— Vraiment ?

— Mais oui. Y a pas beaucoup de types qui le reconnaîtraient, mais je parie que c'est fréquent. Ça veut pas dire non plus que tu vas le faire avec un branleur puant.

— Merci. Je me sens mieux, répondit-elle, posant la tête sur sa poitrine. Après ton anniversaire, tu sais ? Quand on n'a pas pu ? Pour la première fois, j'ai eu des fantasmes de cul. Tout le temps. Tous les jours. J'ai eu l'impression de devenir un peu folle.

— Et c'est quoi maintenant, ton impression, quand on baise pour de vrai ? » demanda Ramsey d'un ton endormi. C'était le début de l'après-midi. Il jouait la troisième partie du match ce soir, et il aurait déjà dû se trouver à sa table d'entraînement.

« Je ne pense à rien, s'émerveilla-t-elle. Avec toi, je ne m'évade nulle part. Si je fantasmais quand je fais l'amour avec toi, je m'imaginerais que je couche avec toi. Tu vois, pour la première fois, le cul a un goût de *scandale. Ça,* tu vas le mettre *là*. Et ça répond à une pulsion… primitive. C'est un acte qui répond à un impératif, pas une convention sociale. J'ai l'impression d'être en rut. »

Il gloussa, glissant sur sa hanche un doigt effilé. « Tu es un animal, tu sais ça ? Un putain d'animal. Avec tes airs de girl-scout et tout le reste. Tu fabriques des tartes. Personne le devinerait en te voyant. Sauf moi. Je l'ai vu, même si toi tu t'en rendais pas compte, lapin. Enfermer une bête de sexe comme toi dans un placard, c'est un crime. Comme les branleurs qui enchaînent des tigres dans le fond du jardin, et ils deviennent galeux, tout maigres et déprimés.

— Tu devrais le signaler à la PETA[1].

— À Peter… ?

— Peu importe. »

Ce n'était pas que le sexe à proprement parler, mais l'ensemble. Pour dormir, ils devaient encore trouver une position dont le confort sublime ne lui donnât pas envie de pleurer. Chaque baiser était une longue traversée à la brasse dans l'eau d'une piscine sous abri. Sa peau était toujours fraîche, avec un grain aussi fin que celui du chevreau, un mot approprié puisque Ramsey semblait figé dans l'adolescence par un procédé cryogénique.

Long, étroit, avec juste une touffe de poils brun clair sous les aisselles et à l'entrejambe, son corps était lisse, intact comme s'il avait été conservé sous cellophane à son intention, telle une pièce d'argenterie polie. Le snooker l'obligeait à vivre à l'intérieur, et sa peau avait le même ton crème de la tête aux pieds, sans marques sous la chaussette ou le bracelet-montre. Il avait l'une de ces rares silhouettes qui, dévêtues, paraissent tout à fait naturelles – solides, harmonieuses, intactes –, alors que les hommes ont

1. People for the Ethical Treatment of Animals (équivalent de la SPA). *(N.d.T.)*

souvent un air incongru une fois dépouillés de leurs habits, mal à l'aise et pas vraiment eux-mêmes. Nu, il arpentait la chambre d'hôtel telle une bête sauvage dans son environnement naturel, sans avoir plus besoin de vêture qu'un cerf dans les bois. Son odeur de sucre caramélisé était ensorcelante, et parfois elle se blottissait contre lui pour humer le parfum distillé à la base de sa nuque comme l'effluve d'un four entrouvert.

Objectivement, Ramsey Acton n'était pas l'homme le plus beau du monde. Ses cheveux grisonnaient ; son visage s'était modifié en douceur avec l'âge, mais le tourment le rongeait. Certes, c'était l'un de ces êtres agaçants qui pouvaient manger et boire à leur guise sans jamais prendre un gramme, et qui gardaient une musculature ferme et mobile sans faire d'exercice. Cependant, il n'arborait pas la virilité vantée par les magazines. C'était le plus important. Sa beauté insupportable ne plaisait pas à toutes les femmes. Seulement à Irina. La légère courbe de ses fesses, dont chacune tenait dans le creux de la main, ses orteils émoussés, la cambrure de ses pieds et ses hanches minces étaient destinés à satisfaire l'esthétique personnelle et utopiste d'Irina McGovern. Ramsey Acton était fait sur mesure pour elle.

Pourtant, un aspect de ce piège à glu était assez horrible. Baiser et dormir avec Ramsey, l'embrasser, le regarder aller du lit au minibar et le laisser la soulever dans les airs comme cette première nuit, avec autant de légèreté que s'ils avaient abandonné une valise remplie de billets de banque sur un quai de gare… Elle ne voulait rien faire d'autre. Elle ne désirait pas manger, ni illustrer des livres pour enfants. Elle n'avait pas envie de retrouver ses amis dans des restaurants indiens. Elle ne souhaitait pas voir *Panorama* démontrer que le gouvernement de Sa Majesté avait essayé de cacher la vérité sur la vache folle. À ce propos, supposait Irina, intriguée, et même un peu effrayée, il était fort possible que son seul désir fût de passer le restant de ses jours à coucher avec Ramsey Acton. Elle s'était toujours considérée comme une femme dotée d'intérêts multiples, soucieuse des affaires du monde, entretenant des rapports d'amitié avec beaucoup de gens, et pleine d'ambition sur le plan professionnel ; dans ces circonstances, découvrir qu'elle avait toujours rêvé de se faire sauter par un joueur de snooker avait quelque chose de déprimant.

« Fais-moi une faveur, dit Irina ce soir-là dans la limousine. Ne passe pas par l'entrée des artistes. » S'il pénétrait dans le palais des Congrès par la porte principale, Ramsey serait contraint de signer une vingtaine de programmes, et il se soumit de mauvaise grâce. « Enlace-moi. » Une requête inutile ; mis à part quelques passages précipités aux toilettes, ils étaient restés en contact étroit depuis la première étreinte au Royal Bath, se tenant la main ou se noyant dans un enchevêtrement de lignes concaves et convexes si compliqué qu'ils formaient ensemble l'un de ces Rubik's Cubes qui agacent les invités d'un dîner. Ainsi enlacés, en une syncope de jazz – trois pas d'Irina, deux pas de Ramsey –, ils dépassèrent le guichet des billets, et Irina croisa le regard du vendeur insolent. Il hocha la tête, optant finalement pour une déférence servile au lieu d'une insolence hypocrite. « Merci, chuchota-t-elle, repoussant l'écharpe soyeuse en rayonne bordeaux sur l'épaule de l'élégante robe noire moulante que Ramsey lui avait achetée dans l'après-midi. Tu as illuminé ma soirée.

— Enfin une poule facile à satisfaire », dit Ramsey, qui la conduisit à sa place, dans une section spéciale réservée à la famille, aux managers et aux invités. La vue sur la table était exceptionnelle. « Souhaite-moi bonne chance. » Il l'embrassa longuement sur la bouche, devant tout le monde. Les autres spectateurs glissèrent des regards curieux vers la femme brune du premier rang.

Irina était pleine d'appréhension. Ils avaient passé trop de temps à faire des achats pour sa nouvelle garde-robe, et Ramsey n'avait pas eu le loisir de s'échauffer à la table d'entraînement. S'il perdait ce soir elle l'aurait tout à elle, mais elle ne supporterait pas la responsabilité d'une défaite.

L'adversaire de Ramsey était John Parrott, un joueur bon enfant qui, à trente-trois ans, avec sa face de lune semblait prématurément vieilli. Ses épais sourcils noirs s'élançant vers la racine de ses cheveux dans un étonnement perpétuel ou plongeant vers son nez de désespoir, transmettaient avec une telle précision chaque nuance du jeu qu'il aurait pu être commentateur pour les sourds. (Le maître des cérémonies le désigna par son surnom le plus évident, « L'Amuseur » ; pourtant les sobriquets étaient monnaie courante dans le snooker, et les critiques servaient aux fans des pelletées de noms à rallonge comme « Le Golden Boy » pour Stephen Hendry, ou « Le Chéri de Dublin » pour le charmant Ken Doherty, que même Anorak Man n'eût pas employés avec un revolver braqué sur sa tempe.) Ramsey disait que Parrott était un type génial, avec un sens de l'humour à froid et une tendance cocasse à l'autodérision.

Ramsey et Parrott illustrèrent parfaitement leur sens légendaire des convenances. Après quelques coups chaotiques, le manque de préparation de Ramsey ne se fit guère sentir. Irina fut heureuse de remarquer une nouvelle exubérance dans son jeu. Espérant exercer une influence positive, elle fut soulagée qu'à la mi-temps il eût une manche d'avance.

Pendant l'interruption, un homme assis derrière elle lui toucha le bras. La quarantaine, un visage rubicond plissé par le sourire exagéré qu'il lui décocha aussitôt, sans que ses yeux expriment la moindre sympathie. Des cheveux un peu trop longs pour son âge trahissaient sa vanité, et sa cravate était si voyante qu'elle faisait mal aux yeux. « On t'a pas prévenue, ma jolie, que notre Ramsey était déjà marié ? » Son haleine sentait la bière.

Les lèvres d'Irina s'entrouvrirent, et elle dut pâlir malgré elle.

Étreignant son épaule, le type rit bruyamment. « Je te fais marcher, mon ange ! Tu en as fait une tête ! Je voulais dire marié au snooker, mam'zelle. Le snooker est sa première épouse, et, ne t'y trompe pas, ce sera la dernière. » Il tendit la main. « Jack Lance. Match Makers. Quelque chose entre la bonne à tout faire et la maman de Ramsey. »

Irina serra sa main, aux doigts tapissés de poils noirs. Elle manquait de sommeil, et il lui fallut un moment pour comprendre qu'il s'agissait du manager de Ramsey. La nécessité de faire bonne impression eut raison de son hostilité instinctive. « Enchantée. Irina McGovern.

— Américaine ? accusa-t-il.

— Un défaut congénital, répliqua-t-elle. Ce n'est pas poli de se moquer.

— Bien sûr ! » Jack s'esclaffa trop fort, comme s'il était stupéfait qu'une Amerloque pût oser une plaisanterie. « Vous êtes en visite, alors. Vous faites le tour des monuments ? La cathédrale de Westminster ? Big Ben ? Vous mangez de la barbe à papa sur la jetée ?

— Non, j'habite Londres. Vous pouvez donc en conclure que je vais visiter Big Ben aussi souvent que les New-Yorkais prennent le ferry pour la statue de la Liberté. C'est-à-dire jamais. »

Heureusement, Jack abandonna le sujet. « Je n'ai pas vu votre homme à la table d'entraînement ces trois derniers jours. Je comprends à présent qu'une aussi belle femme puisse être une distraction redoutable.

Mais nous ne souhaitons pas que notre ami commun néglige ses responsabilités, n'est-ce pas ? »

Elle indiqua la table d'un signe de tête. « Il est en train de gagner, non ? Que voulez-vous de plus ?

— Ma part des trois cent cinquante mille livres. »

Son sourire disparut.

« J'ignorais que les enjeux étaient aussi élevés.

— Tu vas suivre ce sport avec les pros, chérie, conseilla-t-il, ce sont les premières stats à maîtriser. Break le plus rapide, centuries pour l'éternité... de quoi remplir le site Web pour les fans.

— J'y travaillerai. » Coupant court à la conversation, elle se retourna vers la table.

« Travaille d'abord Ramsey, dit Jack dans son dos.

— Excusez-moi, nous n'avons pas été présentées, intervint la jolie brune à droite d'Irina, afin de la tirer de ce mauvais pas. Vous êtes l'amie de Ramsey, c'est ça ?

— Oui. Irina McGovern.

— Nous n'avons pas misé sur le même cheval, je le crains ! Je suis Karen Parrott. Mais John a une grande estime pour Ramsey. Il trouve scandaleux qu'il n'ait jamais gagné le championnat du monde.

— Oui. J'aimerais que ça ne compte pas autant pour lui.

— Oh, ils ne s'intéressent qu'à ça, dit Karen. Le Crucible[1], le Crucible. On dirait presque une prière, vous ne trouvez pas ?

— Oui, *Crucible* pourrait être un nom d'église, n'est-ce pas ? »

Karen jeta un regard derrière elle ; Jack Lance avait quitté la salle. « Désolée pour Jack, dit-elle tout bas. Ce n'est pas un mauvais type. Mais soit les managers voient les femmes comme des ennemies, soit ils font copain-copain avec vous et essaient de vous

1. Temple mondial du snooker. (*N.d.T.*)

enrôler dans l'équipe. De toute façon, ils sont drôlement possessifs.

— C'est vrai, il n'a pas eu l'air très content que Ramsey ait trouvé une *compagne*. Il considère sans doute qu'il a fait un investissement, et qu'il a droit à une participation majoritaire. Vous l'avez dit, pour eux les joueurs sont des chevaux de course.

— Ou, plutôt, des phoques dressés dont le manager se considère comme le copropriétaire. »

Repérant Jack qui approchait, Irina demanda vivement : « Vous assistez à tous les matches de John ?

— Jamais de la vie ! Mais cette semaine je me suis dit que ça plairait aux enfants de venir au bord de la mer avant qu'il fasse trop froid. Désolée de me mêler de ce qui ne me regarde pas, mais… vous êtes l'amie de Ramsey depuis longtemps ?

— Non, pas très. C'est drôle, avant je trouvais le snooker un peu ennuyeux. Mais maintenant je commence à m'y intéresser. Ça tient de la danse et des échecs.

— Rajoutez la bataille de Waterloo, et vous obtiendrez un résultat.

— Au début, j'ai eu l'impression que c'était un sport falot… soporifique. Mais quelquefois c'est incroyablement excitant.

— Hum, hum, répondit Karen d'un ton évasif.

— Alors, vous assistez souvent aux tournois de John ?

— Oh, certaines années je vais à Sheffield pour le championnat du monde. Et il m'arrive de rester s'il participe à la finale d'un événement important. Trois fois par an… C'est à peu près tout.

— Pas plus ?

— Eh bien, une fois que vous avez vu une partie, vous les avez toutes vues… Ce n'est pas tout à fait ça, mais… Vous verrez.

— D'habitude, les épouses et les fiancées ne suivent pas la tournée ?

— Ça arrive, répondit prudemment Karen. Mais ça ne dure pas très longtemps. Pas longtemps du tout, en fait. C'est dur. Il n'y a pas de place pour vous. Les hommes entre eux, vous savez. L'alcool. Et le snooker. Des *tonnes* de snooker. Ils ne parlent que de ça. Peut-être que vous aurez une impression… différente, ajouta-t-elle avec un optimisme affable. Mais, euh, la plupart des filles s'y brûlent les ailes. »

Quand les lumières baissèrent pour la seconde partie, une petite ride se creusa entre les sourcils d'Irina. Elle n'avait pas réfléchi à la situation. Elle s'était imaginée accompagnant Ramsey lors de ses voyages, dans d'innombrables hôtels de luxe ; elle avait aussi vaguement envisagé une vie confortable dans la maison de Victoria Park Road, plus ou moins semblable à son existence auprès de Lawrence, avec le sexe en plus. En outre, elle avait ses propres engagements, qu'elle négligeait déjà. Qu'importe. Combien de temps passait-il chaque année sur les routes ?

Le débriefing au bar du Royal Bath après la courte victoire de Ramsey sur John Parrott fut assez jovial. Ses collègues étaient tous curieux de savoir comment Irina le connaissait. « Nous avons tous les deux divorcé de la même femme » : la formule était commode. Pendant ce temps, Ramsey s'assura qu'elle avait à boire (tout le monde était soûl) et ne la lâcha pas une seconde (le moindre contact la faisait vibrer comme un grille-pain), tenant fermement *Denise* de son autre main. Lorsque John Parrott raconta la terrible histoire de la queue avec laquelle il avait gagné le championnat du monde en 1991, et qui lui avait été volée dans sa voiture à Heathrow, Ramsey renchérit : « Ça t'apprendra, espèce de branleur ! Je préférerais enfermer un chien dans le coffre plutôt que de laisser ma queue dans un parking !

— Oui ! cria John Higgins, plutôt boucler ta femme dans le coffre ! » Et Karen répliqua aussi sec : « Ne lui donne pas d'idées ! » On s'amusa beaucoup de l'un des empochages d'attaque de Ramsey, qualifié de « division des eaux de la mer Rouge » : les billes s'étaient miraculeusement disposées de manière à laisser la voie libre à la rose jusqu'à la poche latérale. La troisième fois qu'elle entendit cette histoire, Irina réussit tout juste à sourire poliment. Si c'était l'un de ces *Il fallait y être pour comprendre,* elle y était, et ça ne lui servait à rien.

On plaisantait donc beaucoup, mais chaque fois qu'être amusant se transformait en obligation, Irina perdait ses moyens. Étourdie par les paillettes des jeux de mots et des histoires idiotes, elle eut soif de substance, à défaut de sérieux. Parler à ces gens donnait l'impression de manger de la barbe à papa, mais, dégoûtée du sucre, elle avait envie d'un steak. Au milieu d'une discussion *fascinante* de vingt minutes à propos d'un courant d'air dans Purbeck Hall qui aurait rendu les bandes supérieures trop élastiques, Irina se dit que le métier de Ramsey était dénué de *contenu moral.* Oh, certaines questions avaient à voir avec l'honneur (attirer l'attention de l'arbitre sur votre propre faute) ou l'humilité (cette inclinaison de la tête quand vous réussissiez un empochage sur un coup de chance). Mais dans l'ensemble, le but du snooker était l'excellence à l'état pur. Le jeu ne comptait pas : c'était sa beauté et sa limite. Il ne sauvait pas les Tutsis au Rwanda, ni le troupeau bien-aimé d'un fermier de la maladie de la vache folle. Certains soirs Irina puiserait de l'apaisement dans un monde hermétique aux nouvelles du dehors ; d'autres jours, elle craignait de juger le spectacle frivole et creux.

Pendant une accalmie, elle eut même recours à Lady Di. Au début elle avait été triste, de façon un peu abstraite, comme elle l'aurait été à cause de la mort prématurée de toute jeune femme inconnue, mais après des semaines de deuil empreint de mièvrerie, elle en était venue à partager à contrecœur l'idée de Lawrence, à savoir que l'exercice national consistant à s'arracher les cheveux, à se frapper la poitrine et à lacérer ses vêtements tenait de l'hystérie de masse, et qu'au lieu de représenter une abréaction salutaire, il prouvait que les Britanniques avaient lâché prise, et qu'il ne restait plus de vrais Anglais. Mais quand le sacro-saint sujet fut abordé au bar, toutes les personnes présentes firent une figure de circonstance, laissant Irina méditer l'emploi des adjectifs *larmoyant* et *pathétique*.

Elle mentionna que sa mère était née en Union soviétique, mais l'information n'eut aucun écho ; en effet, le snooker n'était pas très populaire chez les Russes. Dès qu'un brin de conversation s'échappait du circuit, il mourait sur pied. Ces hommes s'étaient produits sur toute la surface du globe, de Hong Kong à Dubaï, et une anecdote typique décrivait Alex Higgins jouant à Bombay, soûl et torse nu. Parrott enchanta l'assistance par son récit sur le Zimbabwe, où le boucher local avait agrafé le tissu à la table. « On voyait les agrafes dépasser ! » précisa-t-il, déclenchant des fous rires dans l'assistance. Irina se garda de presser Parrott de donner son point de vue sur le projet de Robert Mugabe de confisquer les terres des Blancs. Comme les personnages d'Anne Tyler, ces touristes accidentels voyageaient dans une capsule hermétique tapissée de feutre vert.

Peut-être n'était-ce pas très surprenant. Mais lorsqu'elle s'allongea sur le couvre-lit en brocart, un détail flagrant lui revint : personne ne lui avait demandé comment elle gagnait sa vie.

C'était officiel : plus tard dans la semaine, *Snooker Scene* publia un petit entrefilet sur la liaison entre Ramsey Acton et une « beauté russe sensuelle ». L'article était nul et ne racontait que des sottises sur « Irina McGavin », mais elle conserva précieusement son exemplaire en guise de souvenir.

Ramsey poursuivit sa route vers la victoire en jouant les demi-finales. S'il avait manqué à son jeu un ingrédient impalpable, l'arrivée d'Irina dans sa vie avait dû ajouter l'indispensable demi-cuiller de poivre de Cayenne qui donne son fumet à un plat. Elle s'était souvent acharnée sur une sauce de la même façon que Ramsey bataillait à sa table de snooker, dénichant à la dernière minute sur son étagère à épices le condiment qui transformerait une cacophonie de parfums en un triomphe d'harmonie. À quarante-sept ans, Ramsey Acton semblait avoir découvert d'un seul coup l'amour et la maîtrise du jeu.

Le vainqueur de l'autre demi-finale fut, contre toute attente, un jeune joueur chétif et inexpérimenté du nom de Dominic Dale, cinquante-quatrième meilleur joueur, et Ramsey considéra alors que la finale serait une simple formalité. Ex-joueur non confirmé, soumis à la joyeuse condescendance des anciens, il aurait dû se méfier. Mais avec l'âge, on perd la sagesse de ses débuts. L'éducation n'est pas un processus d'accumulation, mais un combat entre le savoir et l'oubli : comme si on essayait de remplir un évier plus vite qu'il ne se vide. Dominic et les gens de son espèce tiraient toujours profit de l'erreur de jugement de leurs « supérieurs ».

Après la finale ils dînèrent chez Oscar, et la célébration prévue se limita à un tête-à-tête silencieux destiné à panser les plaies. Ils avaient établi un rituel, commandant un menu identique de coquilles Saint-Jacques à la crème au safran et de perche sauvage aux morilles, avec des épinards.

« Bien sûr, commença Irina en dégustant son entrée, que si c'est important de gagner le Grand Prix, avoir la deuxième place veut aussi dire quelque chose. »

Ramsey écrasa une coquille Saint-Jacques d'une fourchette vengeresse. « Ça veut dire que j'ai perdu. »

Irina roula les yeux. « Être incapable de puiser de la satisfaction ailleurs que dans une victoire totale est la garantie d'une vie malheureuse. Quand obtient-on une victoire absolue ?

— Quand on gagne le championnat mondial au Crucible, répondit aussitôt Ramsey.

— Je pense que nous devrions parler d'autre chose que du snooker.

— Qu'y a-t-il d'autre ? »

Elle examina son visage. Il ne plaisantait pas.

Pendant sa série de matches sans défaite, les conversations du dîner avaient déployé leurs vies comme une vaste lande où ils s'arrêtaient pour examiner chaque taillis, chaque petit étang : Ramsey de plus en plus préoccupé par l'idée que pour sortir de l'impasse avec ses parents, il fallait que l'un d'eux meure ; les raisons d'Irina de s'écarter des beaux-arts ; l'attitude exubérante de sa sœur, une manière de surcompenser son ressentiment (« Tuer par excès de gentillesse, avait-elle noté, reste un meurtre ») ; son projet de visiter enfin la Russie, et son étrange regret à l'idée que, désormais, elle ne connaîtrait jamais l'Union soviétique dans toute son horreur ; le déchaînement comique de certaines des groupies de Ramsey qui le poursuivaient parfois de ville en ville afin de le mettre dans leur lit. Bien qu'Irina s'efforçât d'éviter un certain bosquet obscur – se demandant avec angoisse comment Lawrence vivait sa désertion –, dans l'ensemble ces pérégrinations théoriques avaient été stimulantes et enrichissantes. Maintenant que Dominic Dale s'était, disait-on, « surpassé » (un curieux concept, selon Irina : comment pouvait-on aller au-delà de soi-même ?), Ramsey était tombé dans un trou.

« Disons que je me plais dans cet hôtel délicieux, mais que j'ai envie de rentrer à la maison. Voilà de quoi on pourrait discuter. »

Il leva brusquement les yeux. « Tu veux dire chez Lawrence ?

— Mais non, tu es bête. Je parle de Victoria Park Road. Tu te souviens de cet endroit vieillot ? Ça s'appelle *ta maison*.

— Et quand veux-tu y aller ?

— Demain, je suppose.

— Le championnat Benson & Hedges commence demain à Malvern. »

Irina lâcha sa fourchette. « Malvern. Et ça se trouve où ?

— T'inquiète. Jack a tout organisé.

— Ça va durer combien de temps ? demanda-t-elle mollement.

— Douze jours.

— Ah », répondit-elle. La sauce au safran lui parut moins intéressante ce soir ; peut-être s'en était-elle lassée. « Et après… Malvern ?

— Le championnat Liverpool-Victoria du Royaume-Uni à Preston, bien sûr.

— Bien sûr, répéta-t-elle faiblement. Et combien de temps y aura-t-il entre ce machin à Malvern et le Liverpool je ne sais quoi ?

— Mmm, répondit-il, massacrant sa dernière coquille Saint-Jacques. Entre la finale du B & H et la première partie à Preston ? Trois, quatre jours. Il faut que je vérifie le planning. Demande à Jack.

— Quand prends-tu du temps *pour toi* ?

— Voyons voir, réfléchit-il. Il y a une semaine entre le Liverpool-Victoria et le German Open à Bingen-am-Rhein. Une bonne quinzaine à Noël. Et nous n'avons pas décidé si nous participerons au China Open cette année.

— Dis-moi que le China Open aura lieu à Leicester Square.

— À Shanghai, la coupa-t-il gaiement. Si on s'en passe, on aura quelques jours de farniente fin février. Mais si on va à Shanghai, ça serait pas malin de ne pas faire le Thailand Masters à Bangkok tout de suite après.

— J'ai peut-être raté un chapitre, mais ce temps libre, on l'aura quand ?

— En mai. Après le Mondial.

— En mai, répéta-t-elle lentement. Et nous sommes en octobre.

— Après la tournée il y a le circuit d'exhibition, mais ça dépend de moi.

— Ramsey, je ne peux pas t'accompagner à tous ces tournois. J'ai du travail. » Bien qu'il prétendît adorer ses illustrations, Ramsey ne paraissait jamais prendre son occupation au sérieux, comme un métier ou une création artistique. Mais malgré elle, elle se souvint avec soulagement qu'elle avait eu la négligence de laisser son passeport dans son sac à main depuis le dernier voyage à Brighton Beach.

« Oh, mais il faut que tu viennes ! cria-t-il. Je vais être nul à chier si t'es pas là !

— T'as été *nul à chier* pendant trente ans, et j'y étais pas.

— Si t'as un truc à faire, prends-le avec toi, alors. On a plein de temps morts. »

Qu'ils avaient jusqu'à présent passés à baiser, à parler, à boire et... euh... à baiser. Il n'était guère étonnant qu'Irina doutât de trouver le moyen de passer de longues heures à dessiner dans des chambres d'hôtel. « Peut-être, répondit-elle d'un ton dubitatif. Tu joues toujours à cette cadence ?

— Tu devrais le savoir. Toi et moi on a mis le paquet, là-haut. » Il se pencha pour lui prendre les mains. « Tu vois, quand je suis parti pour Bournemouth je savais pas si je te reverrais un jour. J'ai fait la part des choses, Lawrence est un type correct, un type brillant qui a jamais levé la main sur toi, pourquoi tu le larguerais pour un joueur de snooker à la manque ? Alors j'ai dit à Jack de remplir tout mon calendrier. J'ai pensé qu'y me fallait un truc pour t'ôter de ma tête.

» Maintenant je suis sur les listes. Mais c'est pas si terrible. Je fais tout ce circuit seul depuis que j'ai onze ans. Mes parents pensaient qu'un joueur de snooker valait à peine mieux qu'un délinquant, et pour payer les droits d'inscription aux tournois juniors, je gagnais de la thune en arnaquant des vieux branleurs à Rackers. J'ai pris plus d'une raclée quand y z'étaient pas contents qu'un morpion effronté leur tape cinq livres. J'étais bien seul, contrairement à ce que racontent ces torchons sur le snooker. J'ai jamais eu personne. Jude a fini par détester le snooker, sans parler de moi, et putain, elle détestait poser son cul dans une salle de tournoi. Je peux pas t'obliger à venir, et je comprendrai si tu le fais pas. Mais s'il y a une justice dans cette vie, je mérite enfin une poule qui lève son verre à ma santé après six heures d'affilée à la table.

— Moi aussi j'ai une vie, dit-elle avec douceur.

— Bien sûr, lapin. » Son ton désinvolte impliquait tout le contraire. « Prends un tournoi à la fois. Mais au moins, viens avec moi à Malvern.

— Bien, répondit-elle à contrecœur. Mais seulement Malvern. »

Quittant le Royal Bath comme en rêve à bord d'une autre limousine, encore un peu ivre, Irina ne comprit jamais où se trouvait Malvern – sans doute quelque part dans le comté de Worcestershire, dont elle ne vit pas grand-chose, puisque la nuit était réservée au snooker et la journée au sommeil, et qu'elle assimila par la suite à une sauce de steak.

Bien qu'elle ne gardât pas le souvenir d'avoir accepté de l'accompagner au championnat du Royaume-Uni, elle apparut ensuite à Preston, comme dans une scène d'héliportage de *Star Trek*. Tous les soirs après les matches, elle se présenta au Squares, le bar à deux pas de la Guildhall ; apparemment, trois ou quatre tournées avec les gars faisaient partie de ses attributions. Elle aimait à croire qu'elle parlait boutique avec un peu plus d'aisance, mais jugeait malgré tout l'exercice épuisant. Et vers la fin de la première semaine elle se retira après une séance de ce style aussi soulagée que satisfaite de sa prestation.

De retour dans leur chambre d'hôtel, Ramsey l'interpella d'un ton qui ne présageait rien de bon : « Tu sais, *mon chou*. Quand tu parles à l'opposition, tu dois tenir ta langue. Y z'ont peut-être tous l'air bien sympa et tout ça, mais c'qui compte, c'est la compétition. Oublie jamais ça.

— J'ai dit quoi ? demanda prudemment Irina, se retenant d'ajouter *cette fois*.

— Ce discours sur le Mondial.

— Tu as perdu six finales du championnat mondial, c'est un fait. Ce n'est pas un secret enfoui dans les limbes, mais un détail que Clive Everton commente chaque fois que tu joues.

— Venant de toi, ça a un autre sens.

— Puisque tu as surpris ma conversation, as-tu écouté mes paroles ?

— Je ne l'ai pas *surprise*, je l'ai *entendue*.

— J'ai expliqué qu'on disait souvent, pour interpréter ces six défaites, que tu t'accrochais, que tu voulais trop gagner, ou pas assez, ou que tu t'effondrais sous la pression des derniers instants. En somme, que c'était un défaut de caractère. J'ai affirmé qu'au contraire, tu avais perdu chacun de ces matches pour des raisons diverses, et que l'idée du schéma comportemental était une illusion. J'ai observé que quelquefois tu décides de ne pas frapper une bille, point barre. Ça ne signifie pas que ta mère ne t'a pas aimé, ni que tu te détestes, ni que tu as peur du succès. Puisque ce que j'ai dit était la quintessence de tes interminables discours entre deux bouteilles de vin, j'ai *cru* que tu apprécierais mes efforts.

— C'est sympa, mon chou, mais trop raffiné pour la moitié de ces types. Ils pigent une seule chose, c'est que la poule de Ramsey pense qu'il est fichu. C'est comme si tu me roulais dessus en bagnole.

— Mais pas du tout ! » Irina se demanda ce qui se passait quand des gens qui se croyaient offensés à tout bout de champ étaient réellement insultés. Cependant, l'hypersensibilité était une tactique ingénieuse. Sa réaction indignée à cette remarque des plus inoffensives indiquait qu'après avoir été proprement humiliée elle s'attirerait ses foudres, une manière pour lui de s'assurer qu'elle y réfléchît à deux fois avant de le critiquer.

« Le problème, c'est que tu te concentrais sur l'aspect négatif, dit Ramsey. Sur ce que j'ai pas gagné. J'ajouterai, sur le *seul* tournoi que j'aie perdu. Tu dois comprendre que ce jeu est pour moitié de l'intox. Quand ces mecs viennent à la table, je veux pas qu'ils pensent : *Hé, Ramsey Acton, ce vieux schnoque, ça va être du gâteau*. Je veux qu'ils baissent leur froc. Je veux qu'ils se disent : Ce mec a gagné presque tous les tournois de haut niveau. Si je les intimide, ça me donne l'avantage. Ils tchatchent avec la poule, elle balance des excuses, comme s'il y avait quelque chose à excuser, et je perds l'avantage. Je sais que c'est pas ce que tu voulais. Mais ce soir tu m'as causé beaucoup de tort.

— J'essayais d'être sociable, marmonna-t-elle. Je ne connais pas ces gens. Je ne sais pas grand-chose sur le snooker. Je n'ai jamais eu l'intention de t'embarrasser.

— Je n'ai pas dit que tu m'avais embarrassé. J'ai dit que tu m'avais fait du tort. » C'était classique. Il allait toujours un peu trop loin – il *exagérait*, comme disent les Britanniques. Les Américains ne prenaient pas de gants, et auraient déclaré qu'il *remuait le couteau dans la plaie*.

« Je regrette, répondit-elle. Mais je ne sais pas très bien ce que je suis censée regretter.

— Tes excuses me tapent sur les nerfs. »

Ramsey se tenait loin d'elle, à plusieurs mètres du lit. C'était déjà une caractéristique de leur relation, soit ils s'étreignaient si fort qu'une feuille de *papier à cigarette* n'aurait pas tenu entre eux, soit ils se trouvaient à des années-lumière l'un de l'autre. Il n'y avait pas d'intermédiaire. Avec Lawrence, ils avaient stagné dans cet état transitoire, et cette danse du chat et de la souris n'était pas facile à intégrer. Cela lui rappelait un jeu populaire dans les années soixante, où vous tendiez les bras avant de tomber en arrière comme un poids mort, comptant aveuglément sur votre partenaire pour vous rattraper. Soit Ramsey était tout près d'elle, la retenant au moindre faux pas, soit il tournait les talons et la laissait s'écraser au sol.

« Je suis censée raconter quoi à ces gens ? demanda-t-elle, effondrée. Je dirai ce que tu veux.

— Que j'ai une pêche d'acier. Que tu ne m'as jamais vu mieux jouer.

— Ça ressemble à ce que ton ami Jack met dans ses communiqués dc presse.

— Très juste. Et puis dis-leur que j'ai une queue longue comme ça. »

Elle leva les yeux. Il souriait. Il avait défait sa braguette. Il avait une longue queue.

Un vol plané de deux mètres, et l'affrontement avait pris fin. Libérée de sa mauvaise humeur, elle eut l'impression qu'il l'autorisait à aller jouer après l'avoir envoyée au coin avec un bonnet d'âne. De même qu'au téléphone, selon une règle tacite, la personne qui appelle a la prérogative de mettre fin à la communication, de même Ramsey était le seul à pouvoir conclure ce qu'il avait entamé. Puisque Irina ne prenait jamais l'initiative, il était l'unique gardien de leur jardin, l'exilant ou la reprenant au gré de ses caprices.

À Noël, quand les deux semaines promises arrivèrent enfin, après Bingen-am-Rhein, Ramsey l'emmena pour une escapade en Cornouailles – mais elle aurait préféré, à ce moment-là, se passer de vacances supplémentaires.

Leur premier après-midi sur la côte désolée et rocheuse du Sud-Ouest, Ramsey la conduisit à leur voiture de location, et refusa de lui donner une explication. Il roula jusqu'à Penzance – comme dans *Les Pirates*... – et s'arrêta devant un bâtiment municipal sombre. Elle se souvenait d'avoir signé un papier préliminaire, une nuit de novembre, après une empoignade vertigineuse, mais elle ne comprit où il voulait en venir que quand elle lut l'affichette. « Mais je suis ficelée comme l'as de pique ! » Il affirma qu'elle était magnifique, comme toujours. « Mais je ne t'ai pas acheté d'alliance ! » Ramsey fronça les sourcils, palpant ses poches, puis repéra un bout de métal dans le caniveau. Il lui fourra dans la main un anneau en acier décoloré avec deux pointes émoussées. « Je crois que c'est une bague de tuyau de radiateur, expliqua-t-il.

— Ramsey, je ne peux pas t'épouser avec une pièce détachée ramassée dans la rue !

— Lapin, tu peux m'épouser avec un tortillon ou un élastique pourri. Regarde, il me va à merveille. Je ne l'enlèverai jamais, promis. »

À l'intérieur, l'employée était nerveuse, sans doute parce qu'elle avait espéré finir tôt et faire des courses de Noël ; au grand mécontentement de Ramsey, la petite femme grassouillette aux dents gâtées ne parut pas reconnaître celui qui venait d'entrer. Ils remplirent des formulaires. La cérémonie fut expédiée en dix minutes. Ramsey avait acheté une bague ; il lui assura qu'elle n'était pas chère du tout, et mentait sans doute.

Irina n'avait certes pas rêvé de tulle blanc ni de pièce montée à trois étages, mais ce « mariage » sans falbalas avait été d'une discrétion notoire. D'un autre côté, peut-être que le plus sordide, c'était le juste milieu : avoir un gâteau traditionnel, mais pas très bon, une robe blanche, mais pas sur mesure. Elle voyait l'intérêt de dépenser vingt mille livres pour inviter cinq cents amis proches, mais aussi celui de s'unir par un après-midi pluvieux avec une bague de tuyau de radiateur. La seconde version avait l'avantage de se concentrer non sur une seule journée, mais sur le reste de votre vie. Ramsey n'était pas impatient de *se marier*, mais d'*être marié*, et il ne pouvait pas lui faire de plus grand compliment.

Irina ressortit dans un rêve. Ils étaient mari et femme. Ils vivaient ensemble depuis moins de deux mois.

Après avoir suivi son « mari » – il lui faudrait du temps pour s'habituer à ce mot – au Regal Welsh Open à Newport, au B & H Masters à Wembley et au Regal Scottish Open à Aberdeen, il eût été judicieux de sa part de résister à Ramsey, qui lui intimait de suivre le mouvement, ct de s'atteler à son propre travail. Mais il déploya tant de charme pour la supplier. Elle fut touchée par sa gratitude d'avoir enfin une compagne dans une vie qui, voyait-elle à présent, avait été solitaire et éreintante. Les collègues étaient aussi des rivaux, et on ne pouvait jamais être l'ami inconditionnel de son ennemi déclaré. Leur lien était si total, mais si fragile – il suffisait d'un souffle pour l'éteindre ou le rallumer – qu'elle redoutait d'intercaler des semaines entières de séparation et d'isolement dans leur idylle. D'ailleurs, elle n'était jamais allée en Chine.

De l'extérieur, Irina semblait être une chiffe molle à la dérive, accrochée à son homme ; en vérité elle était animée par l'avidité égoïste et insatiable d'une junkie au dernier degré. Elle prenait sa dose de Ramsey Acton deux fois par jour, et la perspective d'être en manque pendant un tournoi entier était trop horrible pour seulement y songer.

Pourtant, comme c'est le cas pour plus d'un toxicomane, elle sentit qu'un flou incohérent embrumait sa tête, surtout les rares après-midi où Ramsey s'arrachait à elle pour affiner son jeu. Seule, elle ne savait plus que faire d'elle-même, ni qui elle était. Malgré les protestations de Ramsey elle se refusa à porter son nom, non par zèle féministe, mais parce qu'elle ne pouvait pas se le permettre ; en devenant *Irina Acton,* elle officialiserait sa propre disparition qu'elle s'employait déjà à mettre en scène avec brio. Elle feuilletait des magazines au lieu de lire des livres, elle se versait parfois une mignonnette du minibar plus tôt qu'elle ne l'aurait dû, et attendait Ramsey avec une impatience étrange pour une artiste free-lance habituée à travailler seule de longues heures. Elle était experte en plaisanteries sur le snooker – prenant soin de faire des remarques assez anodines pour ne pas en prendre pour son grade à son retour à l'hôtel –, elle aurait dû se sentir gratifiée ; pourtant, elle en était troublée. Sa nouvelle compétence était fabriquée, artificielle. Elle apprenait à discourir sur un sujet qui ne l'intéressait guère et savait se montrer persuasive. Ou bien elle se souciait du snooker seulement parce qu'elle aimait Ramsey, et la relation transitive était faible. Il avait eu la générosité de l'inclure totalement dans son univers, mais l'inclusion pouvait sournoisement se transformer en occlusion. Certains jours, cet enveloppement chaleureux dans les replis du snooker ressemblait à une couverture sous laquelle elle était colonisée, dévorée, récupérée. *Irina McGavin*, célèbre nouvelle épouse de Ramsey Acton, légende du snooker, marchait très fort. *Irina McGovern,* illustratrice trop peu connue pour avoir jamais été mentionnée dans le Bottin mondain sous son vrai nom, était en danger mortel.

(6)

Après son retour de bournemouth avec Lawrence, Irina fut hantée par une question qu'elle voulait poser depuis une éternité, mais qu'avec les années il était encore plus difficile de formuler. Le premier soir, quand ils se blottirent ensemble dans le lit, elle n'eut pas de plaisir à le sentir contre ses fesses, et encore moins à subir le rapport sexuel qui s'ensuivit, car pendant tout ce temps, elle tenta d'aborder le sujet qui l'obsédait, n'y parvint pas, et s'en voulut de sa lâcheté, maintenant qu'il était l'heure de dormir. Elle ne comprenait pas pourquoi Bournemouth avait fait resurgir cette ancienne curiosité, ni pour quelle raison ce genre de sujet paraissait aussi inquiétant.

L'embarras dû à sa timidité avait eu raison de la gêne causée par la question elle-même. Au début de la quatrième soirée, elle se jura qu'au moment d'éteindre la lumière elle exposerait ce sujet *parfaitement inoffensif* à son compagnon, se répétant cette promesse solennelle avec tant d'ardeur pendant la préparation du dîner qu'elle fit brûler l'ail des aubergines. Elle ne prêta pas attention à la troisième partie du Grand Prix que Lawrence, comme on pouvait s'y attendre, regarda après le repas. De toute manière, Ramsey n'y jouait pas.

Fermeture des verrous. Thermostat. Brossage de dents – le compte à rebours avait commencé. Lawrence s'affala dans le lit et prit son livre. Irina se glissa près de lui, furieuse contre elle-même car son cœur battait la chamade et que c'était ridicule.

« Lawrence, dit-elle, d'un ton trop grave – elle avait voulu se donner un air légèrement pensif. Je me demandais... à quoi penses-tu quand nous faisons l'amour ? »

Mauvaise pioche ! Ils n'employaient jamais l'expression « faire l'amour », que Lawrence jugeait bébête.

Il tourna la tête avec un léger sursaut, prenant plus de temps qu'il n'en fallait pour réagir. « Eh bien, à te baiser, qu'est-ce que tu crois ? »

Elle crut défaillir. Elle comprit alors ce qu'elle avait redouté. Ses mensonges. Ensuite il s'en tiendrait à son histoire, et elle ne pourrait jamais l'interroger à nouveau. Elle se rendit compte trop tard que sa seule chance d'obtenir une réponse sincère et risquée eût été d'évoquer le sujet à brûle-pourpoint dans le feu de la passion (c'est-à-dire face au mur), et non à la lueur de la lampe de chevet, pendant qu'il lisait les dernières pages du soir.

Sentant s'échapper cette seule et unique occasion d'aborder la question, elle insista : « Tu n'as jamais de fantasmes sexuels ?

— Je ne dirais pas que ça ne m'arrive *jamais*.

— Et à propos de quoi ? »

Il parut irrité. « De sexe, évidemment. » Si c'était si évident, on pouvait se demander pourquoi tant de livres, de films et d'études sociologiques s'étendaient inutilement sur le sujet.

« Mais tu ne fantasmes pas quand tu baises avec moi ? Tout seul ?

— Je ne fais rien tout seul, je t'ai, toi. »

Les mensonges s'accumulaient. Elle ne croyait pas qu'il pratiquait une abstinence parfaite en privé, ni que la seule chose qui l'excitait était un rapport sexuel carré et formaté.

« Pourquoi cette question ? ajouta-t-il. Et toi, tu fais quelque chose toute seule ?

— Quelle idée ! s'exclama-t-elle avec un éclair de défi. Comme tu l'as dit, je t'ai, toi. »

Pat.

— « Tu ne... » Elle essaya encore. « Par exemple, la fellation. On le faisait, et puis on a arrêté. L'idée d'être sucé... ça ne te tente pas, dans ta tête ?

— Oh, c'est un truc typique d'adolescent. Tous les garçons sont obsédés par ça. C'est une phase. » Lawrence se réfugiait souvent dans les généralités, espérant cacher l'arbre derrière la forêt.

« Tu voudrais qu'on le fasse encore ?

— Pas vraiment. Ça me met mal à l'aise. J'ai l'impression de me servir de toi. Et ça me paraît un peu dégradant. Pour toi. Je n'aime pas ça. »

Très élégant.

« Mais il me semble que tu dois avoir des fantasmes, reprit-il. Quand on baise. Puisque tu t'imagines que j'en ai.

— Peut-être. » Elle s'était instinctivement repliée dans ses oreillers. Alors que la conversation portait en théorie sur des sujets « intimes », la distance entre leurs corps était plus grande que d'habitude, et ils ne se touchaient pas. « De temps en temps.

— À propos de quoi ? »

Cette dernière question expliquait pourquoi elle avait craint d'ouvrir la boîte de Pandore : il venait de retourner la situation. Mais enfin, il reconnaissait n'avoir fantasmé que sur les positions recommandées par les « guides conjugaux » des années cinquante, et elle admettrait qu'elle rêvait de sucer une chatte ? Elle lui offrait un catalogue classé X des maladies à travers les âges, alors qu'elle rêvait d'un homme éjaculant sur sa figure et la forçant à boire son sperme ? *Soyons réalistes*.

« Eh bien, de baiser, répliqua-t-elle, *évidemment*.

— Pourquoi fantasmer à propos de quelque chose que tu es en train de faire ?

— Je ne sais pas. Peut-être qu'on n'appelle pas ça fantasmer dans ce cas.

— Alors pourquoi tu me l'as demandé ?

— J'étais juste curieuse, dit-elle d'un ton morose. Les gens sont différents.

— Je suis peut-être excentrique dans ma manière de traiter la question irlandaise, mais dans ce domaine, je pense être assez conventionnel. »

Le désir dévorant de forcer sa femme à boire son sperme était sûrement plus banal que la décision de se cantonner au coït classique. Irina se recroquevilla de son côté, et Lawrence reprit sa lecture. Au bout de quelques minutes il éteignit la lumière et se blottit contre elle, glissant une main hésitante sur son épaule. « J'ai cru que tu étais d'humeur...

— Mmm », fredonna-t-elle. S'il restait un étranger sous certains aspects, il était déterminé à le demeurer. Le fantasme sexuel manquait de dignité de par sa nature et, tragiquement, Lawrence jugeait plus important d'être respecté que connu.

Irina ne pouvait pas prouver que ce qu'il racontait sur les images qui lui traversaient l'esprit au lit était un mensonge, mais, tel un bluffeur au poker, il fut trahi par un signe imparable. Il avait réussi à se lover derrière elle, mais son pénis était à des millions de kilomètres de là et ne se prêta pas à ce petit jeu. Lawrence eut beau se frotter avec insistance contre ses fesses, sa queue refusa de coopérer avec son maître menteur.

« Je dois être fatigué, dit-il enfin.

— Ça ne fait rien. Peut-être demain », chuchota-t-elle, se tournant pour l'embrasser sur le front. Elle vit qu'il était agacé. Pendant leurs années de vie commune, il ne manquait jamais de bander sur commande ; c'était la preuve qu'il avait de solides fantasmes, puisqu'ils faisaient chaque fois l'affaire.

La seule exception avait été leur première nuit ensemble. Le lendemain matin, vêtu d'un caleçon avachi maintenu par un élastique crénelé, Lawrence l'avait rejointe dans la cuisine, où elle préparait le café, et avait fixé le sol d'un air piteux. « Mais tu me plais *tellement* ! » avait-il dit plaintivement. Levant le menton, elle avait souri et répondu : « Je crois que c'est ça le problème. » D'ordinaire, un dysfonctionnement sexuel n'était pas susceptible d'inspirer de la nostalgie, mais ce souvenir lui était cher. De la part de Monsieur Je-suis-sûr-de-moi, l'impuissance avait été un compliment.

Calant son bras entre ses seins pour le rassurer, Irina ne parvint pas à s'endormir tout de suite. Pourquoi ne pouvait-il pas être honnête sur la raison de son échec ? Et pourquoi lui avait-elle menti en retour ?

La réponse évidente était la honte, mais une honte d'une tonalité particulière. Peut-être n'était-ce pas l'extravagance du « Je t'imagine en train de m'éjaculer en pleine figure » qui était inavouable, mais la comédie que ça impliquait. Dit à visage découvert, ça paraissait idiot. Vulgaire, et pas même assez inventif pour être publié dans le courrier des lecteurs du *Hustler*.

Plus crucial encore, peut-être l'envie de mentir sur ce qui vous rendait dingue en privé (et Lawrence n'était pas seul dans ce cas ; ses amants précédents lui avaient confié ce qu'ils « aimaient », mais presque jamais ce à quoi ils *pensaient*) venait-elle du désir de préserver le pouvoir mystique de ces vignettes sordides. Ces scénettes, si risibles quand on les décrivait à voix haute, étaient les clés du royaume, et l'idée que le ridicule pouvait les ronger risquait de vous chasser de votre palais du plaisir. Si d'autres yeux les jugeaient laides, galvaudées ou sales dans le sens d'une profanation, et non d'une stimulation érotique, elles se bloqueraient peut-être dans la serrure. Même préservés au fond de son cerveau, les fantasmes d'Irina s'étaient usés jusqu'à la corde, et ces derniers temps elle avait eu toutes les peines du monde à inventer quelque chose de nouveau. (À quoi pensait-on à quatre-vingt-cinq ans, une fois qu'on avait fait le tour de tous les orifices et sécrétions possibles et imaginables ? Même la perversion a ses limites.) Il n'était donc guère surprenant que Lawrence gardât ses cartes érotiques contre lui, ou qu'à la seule idée d'exposer son jeu, son pénis se fût rétracté d'horreur. Pourtant, elle se sentait flouée. Elle aurait trouvé ses fantasmes excitants. À défaut d'autre chose, elle avait besoin d'en emprunter un.

La semaine suivante, Irina tint à assister à une conférence que Lawrence donnait à Churchill House. Il en fut très heureux.

Devant l'auditoire peu nombreux, Lawrence avait belle allure dans le costume qu'il portait rarement, et elle fut flattée d'avoir un compagnon considéré comme un expert en affaires du monde. Il était si sérieux et si clair. Assise humblement dans le fond, elle se sentit très fière de lui.

Cependant, Lawrence n'était pas un orateur-né. La tribune lui arrivait au milieu du torse et le faisait paraître petit. Il lut mot à mot un texte préparé, sans les apartés caustiques qui illustraient sa conversation. Les phrases étaient longues, pleines de subordonnées, et il était difficile de suivre le fil de sa pensée. Alors qu'à table c'était un rhétoricien imprudent, ici, ses arguments étaient nuancés ou alambiqués. Elle regretta qu'il ne fût pas capable d'intégrer son caractère irrespectueux et narquois à son personnage public – qu'il ne comprît pas que les idées étaient un divertissement. Sa communication portait sur la mortelle *Irlande du Nord*, ce qui n'arrangeait rien. Plus d'une fois, après une succession soporifique d'expressions en vogue telles que *corps transfrontaliers avec des pouvoirs exécutifs*, *mesures de renforcement de la confiance*, et une allusion collet monté à quelque chose qui s'appelait la *Commission de déclassement*, et qui semblait sorti tout droit d'un sketch des Monty Pythons, elle se reprit : pendant les cinq dernières minutes elle avait essayé d'imaginer le prochain dessin de *Miss Angleterre sans les mains,* et n'avait pas entendu un seul mot de son discours. Elle savait que l'IRA avait assassiné près de deux mille personnes, et que l'idée qu'une stratégie aussi ignoble pouvait porter ses fruits en politique rendait Lawrence furieux. Pourquoi cette passion ne s'exprimait-elle pas dans son exposé ? D'une manière intangible, l'échec était lié au fait que Lawrence adorait Irina de tout son être, mais ne parvenait pas à transposer cette passion au lit.

La conférence terminée, il y eut des applaudissements polis et de rares questions. Ce fut seulement quand un auditeur demanda si un accord de paix conduirait à la libération massive des terroristes incarcérés que le vrai Lawrence pointa son nez. « Ces taulards ? railla-t-il. Ça risque pas ! Même Tony Blair les laissera pourrir en enfer ! » Irina sourit. C'était le Lawrence qu'elle aimait, et cette réponse insuffla une joie sincère dans le baiser qu'elle déposa sur sa joue en chuchotant : « Tu as été formidable ! »

Ensuite, il y eut une réception. Surtout des collègues de Lawrence à Blue Sky, mais aussi quelques journalistes et des représentants du Foreign Office et de l'ambassade d'Irlande. Irina avait déjà assisté à ce genre d'événement, et se sentait toujours un peu dépassée. Certes, elle lisait les journaux, mais ces gens étaient au courant de détails subtils qui rendaient stupide et malhabile tout commentaire d'une illustratrice de livres pour enfants. Elle eût sans doute été heureuse de mentionner que la campagne publicitaire ringarde de Tony Blair, « Cool Britannia », semblait inconvenante aux Britanniques ; lors d'une discussion sur ses propositions byzantines d'un « partenariat privé-public » concernant le métro londonien, elle se sentit perdue. Quand elle se mit à discuter du programme de confiscation des terres des Blancs au Zimbabwe avec un dandy du Foreign Office, elle fut incapable de citer le nom du président du pays et dut s'interrompre, sur quoi le dignitaire, après avoir complété sa phrase par « Robert Mugabe », s'éclipsa sous prétexte de grignoter une figue fourrée.

Chacun se fit un devoir de demander à Irina quel était son métier. Elle les vit chercher quelque chose à dire sur le sujet, et dans cet auguste environnement, les titres qu'elle avait publiés – *Bubble Boy fait du camping, Le Monde de Buh* – semblaient grotesques. S'enquérir de la carrière d'une femme était une obligation, de nos jours, mais après avoir subi ce pénible exercice quatre ou cinq fois, elle finit par souhaiter qu'il lui fût épargné.

Cherchant une solution de repli pour tirer d'embarras un chercheur (« Vous utilisez de l'aquarelle, ou de la craie ? »), elle réussit à glisser que sa mère avait fui l'Union soviétique, et le visage de son interlocuteur s'illumina. Certes, les réponses d'Irina le déçurent – non, sa mère n'était pas une réfugiée politique, mais une personne déplacée au cours de la Seconde Guerre mondiale ; non, elle n'était même pas juive – mais ses questions devinrent plus assurées et plus détendues. La mention de la Russie permit aussi d'enchaîner sur la sécurisation de l'ancien arsenal nucléaire et des armes chimiques soviétiques, qui les préoccupait énormément – sans doute une manière, pour ces gens, de passer du bon temps.

Pour l'amour du ciel, ils étaient censés communiquer ! Alors pourquoi personne dans la salle (à l'exception des Irlandais) n'osait-il boire plus d'un verre de vin blanc ? Pourquoi ne pas raconter quelques anecdotes amusantes, un peu badines, des plaisanteries futiles pour décrisper l'atmosphère ? Pourquoi se sentaient-ils obligés d'être si pesants et si sérieux, comme si spéculer sur une éventuelle liaison entre Niles et Daphne dans *Frasier* au lieu de s'inquiéter des violations des zones d'exclusion aérienne en Irak devait mettre en péril le destin de l'humanité ? Après environ une heure de ce régime à hautes protéines intellectuelles, l'équivalent en paroles d'un châteaubriant d'une livre, il lui restait à peine un brin d'appétit pour le dessert.

Par hasard, elle trouva une solution miracle dans sa poche arrière. De même que la mention de *l'Irlande du Nord* avait déclenché instantanément un accès de narcolepsie chez Ramsey, le mot *snooker* interrompit net le discours suffisant de ces cerveaux.

« Vraiment ? commenta un dignitaire très chic, quand Irina lui apprit qu'elle et Lawrence avaient assisté au Grand Prix la semaine précédente. Je ne m'intéresse pas à ce sport. Veuillez m'excuser. »

L'assistance diminua, et il y eut un instant de légèreté quand quelqu'un évoqua le sujet de Diana. Toutes les personnes présentes roulèrent les yeux en chœur, et un farceur baptisa l'accident dans le tunnel parisien « la mort qui n'a pas Di son nom ». L'éclat de rire général fut un soulagement.

Par malchance, il restait à présent si peu de monde qu'il devint impossible de fuir *Bethany*. Jusqu'ici, Irina avait réussi à éviter la gracieuse collègue de Lawrence en restant de l'autre côté de la salle, tout en la surveillant discrètement du coin de l'œil. Comme d'habitude, la petite garce était attifée d'une jupe extra courte et chaussée d'escarpins vulgaires. Elle avait l'habitude de faire reposer son poids sur une hanche où elle calait son coude, ce qui lui servait de support pour son verre de vin. Sa main pendait langoureusement, au risque de lâcher la coupe, et elle se penchait pour laper de petites gorgées. Il faisait beaucoup trop froid fin octobre pour porter ce haut noir sans manches qui révélait un soutien-gorge en dentelle, mais la musculature des bras indiquait que *Bethany* passait chaque semaine des heures en salle de gym, où elle devait s'ennuyer à cent sous de l'heure. Les épaules souples et les avant-bras veinés de bleu évoquèrent à Irina le désagréable souvenir de sa mère, à qui elle devait une aversion viscérale pour tous les fous de sport sans distinction.

Hélas, Bethany traversa la salle la première, et s'attribua le mérite d'avoir fait les premiers pas avant qu'Irina se fût résignée à accepter l'inévitable. « Irina, *zdravstvouï !* » Elle l'embrassa sur les deux joues et continua en russe : « Je garde le meilleur pour la fin ! »

L'une des paupières d'Irina se mit à cligner nerveusement. Ce lutin évaporé parlait quatre ou cinq langues et, en comparaison, son bilinguisme semblait être quantité négligeable. Bethany s'adressait toujours en russe à Irina, et se justifiait en disant qu'elle avait besoin de « pratiquer », ce qui était absurde, car elle s'exprimait parfaitement. Elle cherchait seulement à se rendre intéressante. En outre, sa manière de s'approprier cette langue était impertinente. Après avoir vécu des années loin de Brighton Beach, Irina en était venue à oublier que le russe n'était pas seulement un code secret entre Lawrence et elle, mais que deux cents millions de Slaves le parlaient aussi.

Passer à l'anglais eût paru hautain. « *Privyet, kak dela ?* » demanda Irina d'un ton neutre, résignée à poursuivre la conversation en russe.

« Lawrence est devenu si savant ! s'exclama Bethany. Il y a deux ans il aurait confondu le Cachemire avec le motif des rideaux. Maintenant, pour l'Irlande du Nord, il connaît la question sur le bout des doigts. Et il est magnifique, n'est-ce pas ? Je le vois rarement avec une cravate. Je lui dis qu'il devrait faire plus d'efforts vestimentaires. Votre mari cache ses talents. »

Au mot *mooch,* Irina tressaillit. Mais elle n'allait pas dire à Bethany qu'ils n'étaient pas mariés. Chaque fois qu'elle cherchait ses mots, elle laissait échapper ses pensées les plus intimes, par manque d'esprit de repartie. À cause de ce réflexe exaspérant, elle avait tendance à confier ses secrets à des inconnus, des asociaux, des gens qu'elle n'aimait pas.

« *Da,* dit-elle. Mais je voudrais qu'il se serve plus de son sens de l'humour dans ses discours. Et qu'il improvise un peu, au lieu de lire son texte. C'est trop aride.

— Oh, je pense que le puzzle politique est tout sauf aride ! s'écria Bethany. Et la conception d'un accord potentiellement acceptable par les deux parties telle que Lawrence l'envisage est très astucieuse.

— Bien sûr. Son discours était merveilleux, je suis tout à fait d'accord.

— *Konyeshno,* ronronna Bethany avec un sourire. Vous savez, avec vos origines, vous devez être si excitée que Lawrence parte en Russie !

— En Russie ?... Oui... bien sûr que oui, balbutia Irina.

— Lawrence est enchanté, ajouta Bethany, observant attentivement Irina. Vous viendrez aussi ?

— Je... je ne sais pas, nous... n'avons pas encore décidé. Rappelez-moi... quel est le but de ce voyage ?

— Vous savez, cette commission d'enquête sur la Tchétchénie. Carnegie a envoyé des fonds pendant l'été. Lawrence travaille son russe au bureau. J'ai essayé de l'aider pendant nos déjeuners au Prêt-à-Manger, mais il est désespérant. Il est si intelligent, mais pour les langues étrangères...

— C'est un *crétin* », conclut tendrement Irina en anglais, enlaçant Lawrence qui s'approchait. Elle lui préparait toujours un sandwich pour qu'il puisse le grignoter devant l'ordinateur après sa séance en salle de gym. Depuis quand déjeunait-il dehors ?

Comme ils rentraient à pied après la conférence, Lawrence s'exclama avec effusion : « Merci d'être venue. Je sais que l'Irlande du Nord n'est pas ton sujet préféré.

— Pour rien au monde je n'aurais manqué ça, répondit Irina. Mais la réception… euh, je ne connais pas ces gens. Je ne sais pas grand-chose en politique. J'espère que je ne t'ai pas mis dans l'embarras.

— Sûrement pas ! La compagnie d'une artiste me rend plus intéressant, que tu sois capable ou non de raconter des bêtises sur le *déclassement*. Et tu es brillante. Si ça ne suffit pas à ces vieux croûtons, qu'ils aillent se faire foutre.

— Ton exposé m'a plu.

— Bethany m'a dit que tu l'as trouvé dénué d'humour.

— Je ne voulais pas… !

— Pas de souci. Tu as raison », observa Lawrence d'une voix enjouée. Se confronter à un amour-propre aussi tonique était reposant… comme de dîner avec des gobelets qui ne se cassent pas s'ils se renversent, et des assiettes qu'on peut laisser tomber sur le sol.

« Je comprends que l'Irlande du Nord n'est pas un sujet de comédie, reprit-elle. Mais tu pourrais sortir une vanne de temps en temps. Tu es drôle. Tu devrais en profiter. C'est tout ce que je voulais dire. Je n'avais pas l'intention de te critiquer.

— Ça ne me dérange pas que tu me critiques, répliqua Lawrence. Tu as raison. Je devrais me décontracter un peu. Quoi d'autre ? »

Elle lui conseilla de raccourcir ses phrases, de moins insister sur les termes techniques, et d'essayer de ne pas se renfrogner tout le temps. Il ne se vexa pas, et parut en prendre note mentalement.

« J'ai entendu une partie de ta conversation, ajouta-t-il, à propos du PPP et de l'Irak. J'ai pensé que tu te défendais bien.

— Merci. Mais au bout de deux minutes je ne sais plus quoi dire. Ils ne savent pas quelle question poser à propos de l'illustration. De quoi est-ce que je pourrais bien parler à ces gens ?

— J'ai une idée. Dis-leur que j'ai une très, très longue queue. »

Elle rit. « C'est de ça que je voulais parler. Sers-t'en dans tes exposés.

— De ma queue ?

— Métaphoriquement, oui. »

Quand ils arrivèrent dans Borough High Street, Lawrence était de nouveau rassuré sur le succès de sa conférence. Pourtant, si la fatuité était son état naturel, l'humilité la sous-tendait. Ce qu'il attendait de lui-même restait dans la limite du raisonnable. Il n'avait pas trébuché pendant son exposé. Ses idées étaient solides. Le public avait été de qualité. C'était suffisant. Il n'allait pas pester contre les dieux parce qu'il n'avait pas changé le cours de l'histoire ni attiré Premiers ministres et présidents, et n'avait pas été ovationné par la salle. Il savait apprécier les succès modestes, et c'était sûrement la clé de la satisfaction.

En montant l'escalier, Irina faillit demander : « C'est quoi, cette mission en Russie ? » et, d'instinct, ravala sa question. Pendant le reste de la soirée, elle se contraignit à ne pas aborder le sujet, pour voir s'il le ferait lui-même. Il avait obtenu le financement pendant *l'été* ? À quelle date était programmé ce voyage ? Lui proposerait-il de venir ? Même si elle n'y était jamais allée, elle avait le sentiment que ce pays lui appartenait.

La soirée s'acheva, puis la semaine, et le mois de novembre, sans que Lawrence évoquât une seule fois une éventuelle visite dans sa mère patrie, et Irina, renonçant à son parti pris de discrétion, décida de tenter une expérience scientifique. À Noël, ils décommandèrent pour une fois le voyage à Brighton Beach, et sa proposition de passer leur lune de miel en

Thaïlande se réduisit à une escapade en Cornouailles. Leur voiture de location vétuste perdit une bague de radiateur, et cela perturba Lawrence ; mais ce petit ennui mécanique ne l'aurait empêché en rien de profiter de l'une de leurs longues promenades au bord de la côte pour évoquer sa mission en Russie. L'indépendance était une chose, mais elle pouvait conduire sournoisement à l'exclusion, et Irina se sentit rejetée. Pendant les mois suivants, cette omission devint une tumeur qu'elle effleurait du bout des doigts comme si elle avait découvert une boule dans son sein en prenant sa douche. Semblable à la plupart des femmes qui avaient ainsi risqué leur vie, elle refusa d'y attacher de l'importance et s'abstint de la palper pour en évaluer la taille et en déterminer la texture, craignant de découvrir une discrète aberration kystique, ou une grosseur maligne plus invasive.

7

Le British Open se déroula à Plymouth pendant les vacances de Pâques. De plus en plus encline à se cacher dans leurs chambres d'hôtel, Irina regardait souvent le journal télévisé. Au bar, elle avait été incapable d'arracher aux joueurs de snooker un seul « Hé, c'est super, non ? », mais toutes les chaînes débordaient d'informations sur un événement d'une ampleur « historique » : tard dans la nuit du vendredi saint, les politiciens de Belfast étaient parvenus à un accord qui mettrait officiellement fin aux conflits en Irlande du Nord, lesquels perduraient depuis trente ans.

La signature de l'accord du Vendredi saint ne fut pas un événement salutaire dans la vie d'Irina. Mais elle le fut sans aucun doute pour Lawrence Trainer, que les magnats de la BBC et de CNN se chargèrent de rappeler à son bon souvenir. Lawrence, expert reconnu, était *partout*. Pendant des jours et des jours, elle ne pouvait allumer le poste sans se trouver face à son ex, qui la transperçait d'un regard où elle croyait lire du reproche. Lawrence était ambitieux. Lawrence était bien considéré. Lawrence réussissait dans son métier. Lawrence n'abusait pas de l'alcool et ne fumait pas trop – pas du tout, même – et était seul maître de son emploi du temps, ne régressant pas du stade d'acteur à celui de fan.

Il était beau, le costume marron qu'il portait pendant les interviews faisant ressortir la chaleur de ses yeux terre de Sienne. Son discours était si plein d'assurance qu'elle se demanda s'il ne s'en sortait pas mieux sans elle que prévu – une bonne chose, bien sûr, alors pourquoi sa belle forme lui donnait-elle le sentiment d'être délaissée ? Quand il cita des extraits mot pour mot, il semblait avoir mémorisé tout le document, et avait une opinion toute prête sur chacun de ses aspects. L'esprit méprisant des dîners d'autrefois émergeait chaque fois que le journaliste soulevait la question de la sortie de tous les prisonniers paramilitaires, une « libération sans condition » qui dégoûtait carrément Lawrence. « Ça signifie qu'un tas de criminels finiront par purger une peine plus courte que s'ils avaient dépassé l'heure de leur ticket de stationnement, dit-il à Jeremy Paxman sur BBC2. Mais on donnerait n'importe quoi pour la *paix,* n'est-ce pas ? On peut se passer de la justice. »

Seule Cassandre au milieu d'un chœur de Pollyanna, Lawrence était la coqueluche des médias. Impatients de voir la fin de tout ce chaos, les commentateurs couvraient l'accord de fleurs sans en examiner les clauses imprimées en petits caractères. Lawrence fut le seul à remarquer que la super majorité exigée pour l'adoption au Parlement d'une loi de portée politique était la garantie d'une impasse, et que les points de friction les plus importants dans les négociations – la réorganisation de la force de police et le désarmement paramilitaire – n'avaient pas été résolus mais reportés aux calendes grecques. Sa mise en garde fut noyée dans l'euphorie générale, mais parut d'autant plus courageuse face aux vents dominants. Qu'il eût raison ou non, elle était fière de lui.

Pourtant le sixième sens d'Irina lui dit qu'il vaudrait beaucoup mieux – *n'importe quoi pour* la paix, *n'est-ce pas ?* – que Ramsey manquât les apparitions de son prédécesseur à la télévision. De telles intuitions lui venaient souvent ces temps-ci, la conduisant à éluder toute conversation où le nom de Lawrence risquait d'être mentionné. Mais étant donné qu'elle pensait souvent à lui – comment le contraire aurait-il été possible ? – et que la plupart des sujets la concernant depuis une dizaine d'années l'impliquaient d'une manière ou d'une autre, cela l'obligeait à éradiquer de son discours la plus grande part des confidences qui la rapprochaient de son mari. Peut-être cet excès de prudence était-il dangereux.

Puisque Ramsey ne s'intéressait pas plus à l'accord du Vendredi saint qu'aux trajets migratoires des caribous, il avait été assez facile de le priver de ces bulletins d'information, bien qu'un ou deux soirs elle ait eu à peine le temps d'éteindre le poste à l'instant où il introduisait son passe dans la serrure. Une fois où il s'entraînait à la table d'exercice, et où Lawrence dissertait encore à la télévision, elle fut gagnée par un tel attendrissement qu'elle posa la joue contre l'écran, consciente du ridicule d'un geste aussi théâtral – un défaut qui la faisait ressembler à sa mère.

Elle avait mal évalué le temps dont elle disposait. La télécommande était encore sur le lit quand Ramsey franchit le seuil. Irina s'écarta d'un bond, chercha en vain le bouton d'arrêt qu'elle n'utilisait jamais, et s'empara d'une chaussette. « L'écran était poussiéreux », dit-elle, l'essuyant en hâte. Elle attrapa la télécommande, mais trop tard.

« C'est Anorak Man.

— Ah ! mais tu as raison, s'exclama-t-elle vivement.

— Tu vas pas me faire croire que tu entends la voix du mec avec qui tu vivais, que tu vois sa tête grandeur nature à la télé, et que tu le reconnais pas.

— Mais bien sûr, maintenant que je regarde bien, je le *reconnais*.

— Tu savais qu'il passerait à la télé, hein ? C'est pour ça que tu m'as poussé à aller m'entraîner. Ça s'appelle un *rendez-vous télé*.

— Mais, Ramsey... Ça fait une semaine que Lawrence est sur toutes les chaînes ! »

Erreur.

« Vraiment. Et tu es restée collée au poste. C'est curieux que t'en aies rien dit et tout ça. Pas une seule fois.

— Pourquoi l'aurais-je fait ? Il parle de l'accord du Vendredi saint, qui t'endort.

— Pasque chuis pas *intellectuel*. J'me fous des *affaires du monde*. J'm'intéresse qu'au *snooker*. »

C'est juste serait une faute de diplomatie grossière. « Tu ne peux pas lui garder rancune de ces quelques jours sous les projecteurs. Il n'y a pas beaucoup d'experts sur *l'Irlande du Nord*. Et si on y réfléchit bien... il a dû voir tout le temps ta tête à la télé.

— Il est pas obligé de te voir me regarder à la télé, hein ?

— Non, répondit-elle. Au lieu de ça il est obligé de me voir, du moins en imagination, en train de baiser avec toi comme une folle toutes les nuits. Qui s'en tire le mieux ? »

Bien sûr, ce n'était que le début, et comme les disputes précédentes, celle-ci dura jusqu'au petit matin. Mais cette fois, Irina ne prit pas une énième résolution de mener sa vie avec Ramsey comme si Lawrence Trainer n'avait jamais existé, mais garda en mémoire l'image obsédante de ces yeux marron sur l'écran, qui la fixaient d'un air de reproche. Que faisait-elle à Plymouth ? Depuis quand tuait-elle le temps en augmentant sa consommation de *cigarettes* ? À propos, depuis quand avait-elle du temps de reste ? N'avait-elle pas eu horreur de l'oisiveté ? Puffin avait eu la correction de lui accorder six mois de plus pour terminer *Miss Angleterre sans les mains* pour « raisons personnelles », mais n'aurait-elle pas dû se réserver la possibilité de demander ce genre de faveur en cas d'urgence ou de maladie ? Avait-elle déjà trouvé un autre contrat ? Ne s'était-elle pas toujours assurée d'avoir constamment un projet sur le feu ? Et ne regrettait-elle pas ces après-midi fiévreux où elle était si absorbée par une illustration qu'elle en oubliait de manger ? Il n'y avait rien de mal à prendre du bon temps à l'occasion, mais sa conception du bonheur n'avait-elle pas été autrefois cette immersion dans le travail, plutôt que ce brassage d'alcool, de sexe et de plaisanteries ineptes avec les joueurs de snooker ? D'une certaine façon, Lawrence s'était transformé en son alter ego, son ange gardien, la voix de la parfaite élève qu'elle avait été.

Sa métamorphose ne fut pas seulement mentale. C'était peut-être obscène de profiter ainsi de ce que Ramsey lui avait donné libre accès à son ordinateur portable (dont il se servait surtout pour répondre au courrier de ses fans sur son propre site Web), mais Irina avait établi timidement un contact par courriel avec son ancien compagnon. Elle prenait soin de ne poursuivre cette correspondance que lorsque son mari n'était pas susceptible d'entrer dans la chambre ; toutes les semaines, elle changeait subrepticement le mot de passe de son compte Yahoo. Ses mots étaient discrets, laissant dans l'ombre toute allusion aux fréquentes « divergences d'opinions » qui entachaient sa nouvelle vie. Elle se gardait d'informer Lawrence du degré de dépravation de ses soirées et du nombre de tournois (à peu près tous) auxquels elle avait accompagné Ramsey cette saison.

Bien sûr, il eût été cruel d'évoquer les bons moments – les festivals de chansons éraillées dans les bars, son état d'oubli amniotique quand elle se réveillait dans les bras de Ramsey. Mais ce dont elle le protégeait l'eût encore plus blessé. Au mépris de la sombre prédiction de Lawrence, qui lui avait assuré qu'une vie avec Ramsey promettait une litanie sans fin des mêmes histoires de snooker, c'était la *conversation,* plus que le sexe, qui maintenait le couple éveillé jusqu'à quatre heures du matin. Ramsey écoutait ; Lawrence avait attendu qu'elle finisse de parler. Ramsey était si déterminé à disséquer *l'essentiel* qu'il aurait pu apprendre à apprécier le non-dit.

Par contraste, les discussions avec Lawrence avaient toujours une étrange tendance à être tronquées. Quand il jugeait une de ses relations, il se hâtait de mettre une étiquette sur l'objet de leur discussion – « C'est un idiot » –, comme s'il avait collé une adresse sur un paquet à la poste. *Zoum*, envoyé, et il n'y avait plus rien à dire. Avec Ramsey, la conversation démarrait – et pouvait se prolonger des heures – à l'instant même où, avec Lawrence, leur échange terre à terre prenait fin. En ce qui concernait les autres, Ramsey était aussi fasciné par les *subtilités* que Lawrence par les menus détails de l'accord du Vendredi saint. Tant qu'elle entraînait délicatement son mari loin du snooker, comme si elle l'avait aidé à contourner une bouche d'égout ouverte, il faisait preuve d'une intuition remarquable, à propos de son père, par exemple, qui selon lui se cachait derrière des accents étrangers parce qu'il avait perdu le sens de sa propre voix. Ou bien Irina se souvenait que, lorsqu'elle avait douze ans, sa mère s'était agenouillée avec sollicitude chez le dentiste, murmurant tendrement que pour des raisons esthétiques elle n'eût jamais accepté de lui faire poser cet appareil gênant, mais qu'elle se voyait contrainte de s'incliner devant l'avis du dentiste pour qui c'était « une nécessité médicale ». « La salope ! s'exclama Ramsey. Ta mère t'aurait empêchée de redresser tes dents si ça avait pu *juste* te rendre jolie ? » Bizarre, Irina n'avait jamais vu le côté sordide de cette petite scène avant.

Certes, l'Irlande du Nord plongeait Ramsey dans le coma, mais pour de nombreuses questions d'actualité, il était capable de faire preuve de clairvoyance sur le comportement des gens, même s'il avait des difficultés à se souvenir des faits exacts. Lawrence s'en était tenu aux faits exacts. Il se concentrait sur le *quoi*, Ramsey sur le *qui*. Pour ce dernier, les politiques étaient des cinglés qui cherchaient la petite bête et ne faisaient rien de bon. Il disait que Milosevic avait la tête « d'un bébé qui vient de chier dans sa couche – et qui est ravi de vous laisser nettoyer ce merdier ». Quand deux garçons assassinèrent plusieurs de leurs camarades avec les fusils de chasse de leur grand-père dans l'Arkansas, Irina resta perplexe ; Ramsey déclara : « Eh bien, dans ton pays, c'est pas en obtenant des bonnes notes en anglais qu'ils vont impressionner leurs copines, hein ? » Les « regrets » exprimés par Clinton pour le rôle des États-Unis dans la traite des esclaves lors d'un voyage en Afrique le firent ricaner : « À quoi bon s'excuser pour quelque chose qu'on n'a pas fait ? Moralisateur à la con... il se rengorge comme un paon ! Quand tu regrettes vraiment quelque chose, tu vas te cacher ! » Et s'il se promenait dans la pièce pendant le journal télévisé, il égrenait des commentaires d'une finesse surprenante : « On dirait les Marvel Comics, non ? Ton président et le Premier ministre parlent tous les deux d'“armes de destruction massive” en gardant leur sérieux ? Tu te rends compte ? » Mais la toute dernière chose qu'elle ne confierait jamais à Lawrence, c'était que les discussions sur l'actualité avec Ramsey étaient plus drôles et plus profondes que les cours laconiques qu'il lui avait infligés en faisant la vaisselle, aussi ses courriels tendaient-ils à être brefs. Ceux de Lawrence l'étaient plus encore. Parfois il se laissait aller à une sauvage diatribe au sujet de Ramsey. (Par loyauté conjugale, elle aurait sans doute dû lui conseiller de garder pour lui ses pensées hostiles à l'égard de son époux, mais elle n'avait jamais pu se résoudre à lui révéler son mariage avec Ramsey.) Toutefois Lawrence insistait surtout sur le fait qu'elle devait à tout prix se remettre au travail. Il avait raison. Il la connaissait si bien. Il savait lui rappeler qui elle était – lui donnant des indices pour trouver le mot qu'elle avait sur le bout de la langue – *la première lettre est un J.*

Au moment précis où Irina se préparait à reprendre sa propre activité, le championnat du monde se profilait à l'horizon – c'était le seul tournoi pour lequel Ramsey comptait absolument sur sa présence. Irina accepta donc, mais s'en voulut pour la première fois de ce geste qu'elle jugea un brin trop généreux.

Les joueurs et les commentateurs parlaient du « Crucible » de Sheffield d'une voix si étouffée qu'elle s'était imaginé un lieu ancien et doré, avec une façade grandiose ornée de guirlandes de rameaux d'olivier sculptés dans la pierre et encadrée par des gargouilles, une salle garnie de loges tapissées de velours rouge et de lustres scintillants. Quelle déception ! En réalité, c'était un bâtiment massif en béton qui datait des années soixante, peu sensibles à la belle architecture. Son lino était grisâtre, sa moquette mince, et l'atmosphère globale de l'intérieur rappelait un lycée allant à vau-l'eau. Une découverte qui contribua à mettre Irina de mauvaise humeur.

Elle avait vu un nombre incalculable de matches. Elle avait appris la plupart des règles les plus ardues – comment un score bloqué était résolu par une noire remise. En outre, quand elle regardait Ramsey jouer, Irina était directement concernée par les résultats. En cas de victoire, Ramsey ferait bombance avec une jubilation survoltée, la projetant dans les airs et dansant dans leur suite au son de la musique de Charlie Parker, mais s'il perdait il bouderait tout au long du dîner servi dans leur chambre, et se disputerait avec elle. Mais une saison entière de matches de snooker comprenait des *milliers* de manches. Irina était à présent capable de se rendre compte qu'aucune manche n'était pareille à une autre, mais au bout de sept mois d'overdose de snooker, elles se ressemblaient toutes. Suivant sans entrain les premières parties du

Mondial, elle dut reconnaître qu'elle s'ennuyait. Pire, elle s'ennuyait à mourir, à tel point qu'elle aurait pu sauter par la fenêtre ou assassiner quelqu'un.

Cette année encore, Ramsey parvint à la finale, et Irina, qui rongeait son frein en secret, ayant espéré qu'il perdrait avant et qu'ils pourraient enfin rentrer chez eux en éprouva de l'exaspération. Lorsque, à la fin du match, Ramsey tendit la main pour féliciter John Higgins, puis accepta le septième trophée de sa carrière – non pas l'élégante urne en argent du vainqueur, mais le disque en verre du perdant –, la meilleure grâce du monde ne put dissimuler son désarroi, que toute épouse digne de ce nom eût jugé préoccupant.

Elle était donc mariée à un homme au talent singulier, dont raffolaient les intervieweurs de la BBC et les amateurs de fanzines ; des inconnus le harcelaient dans la rue. Tout le pays, à l'exception notable de sa femme, était enchanté par le jeu de Ramsey Acton. Ces derniers temps, plutôt que d'être captivée par ses longs et mystérieux empochages, ses doubles ingénieux et ses coups éblouissants dans une bille rouge qui en frappe une autre qui est alors empochée, Irina regardait les matches de Ramsey les yeux en berne. Ce qui le distinguait le plus des autres était devenu l'excellence qu'elle considérait comme allant de soi, mais ne voyait plus. Quand elle se faufila d'un air coupable hors de la section réservée aux amis et à la famille pour aller le consoler, une réplique de ce dîner d'anniversaire décisif lui revint : *C'est bizarre de constater que ce qui t'attire vers quelqu'un est précisément ce que tu méprises chez lui.* Il avait raison. Car maintenant, le snooker l'ennuyait. Si elle le suivait pendant une seconde saison, elle en arriverait à détester ce sport.

Début mai, quand leur limousine les ramena enfin à Victoria Park Road, Ramsey broyait du noir. Sa deuxième place le rendait toujours susceptible, car son échec fortifiait le mythe populaire, à savoir qu'il ne croyait pas en lui-même, et perdait ses moyens au moment crucial. Il se plaignait d'un vague désordre intestinal, mais était trop réservé pour expliquer s'il chiait trop ou pas assez. Irina commençait à trouver son incompréhensible relation à ses entrailles un peu éprouvante, et jugea ridicule une pareille timidité entre époux sur une question purement biologique.

Depuis des mois elle attendait le moment de rentrer « chez elle », mais quand elle pénétra dans l'austère demeure à trois étages, son cœur défaillit.

En réalité, le foyer dont elle avait rêvé était l'appartement de Borough. Elle regrettait ses faïences victoriennes dépareillées, ses multiples rangées de bocaux d'épices, son mixeur des années quarante retouché avec de l'émail vert et vanille. Le fait d'avoir renoncé à ses possessions disparates lui donnait l'impression d'être une femme dévergondée qui avait plaqué sa marmaille. Pourtant, regretter les objets familiers de sa maison abandonnée – les piles de grands bols à pâtes, la coupe à sucre en porcelaine de Delft et le pot à crème assorti – aurait pu lui servir à concrétiser un chagrin qu'elle ne pouvait pas encore affronter sous sa forme réelle. Car tandis qu'elle revoyait son ancien appartement en imagination, il résonnait du cliquètement rituel des clés dans la serrure et de l'écho d'« *Irina Galina !* » sur le seuil.

C'était un frais après-midi printanier. Quand Irina suggéra une promenade dans Victoria Park, elle espéra qu'après avoir tant insisté pour rentrer, son désir impérieux de ressortir à peine arrivée n'était pas trop flagrant. Les canards de l'étang avaient des bouts de brindille et des coques de cacahuète collés aux pattes. Après des mois d'orgies au champagne et d'innombrables heures passées à regarder des matches de snooker dans l'obscurité de salles étouffantes, Irina était épuisée et ne trouvait pas grand-chose à dire, en dehors du seul sujet qu'elle devait garder pour elle. Ramsey était son mari. Il ne serait pas gentil – ni sage – de lui confier le jour même où il l'introduisait sous son toit qu'elle avait la nostalgie d'un autre homme.

« Je meurs d'envie de manger à la maison ce soir, dit-elle dans le kiosque du parc. Ça t'ennuie ?

— C'est une vraie galère, répliqua-t-il. Il faut faire des courses et des courses, et ensuite, la vaisselle !

— J'ai tellement envie d'une soirée calme et normale.

— Comme avec Lawrence.

— Comme avec toi, idiot. Et tu m'as invitée au restaurant tous les soirs depuis le mois d'octobre. Le moins que je puisse faire en retour, c'est de te préparer à dîner. »

Ils se dirigèrent donc vers le Safeway de Roman Road, salués par de nombreux passants. Quelquefois la gentillesse des inconnus était touchante, mais aujourd'hui elle aurait préféré qu'ils laissent Ramsey tranquille. Dans l'allée des primeurs, alors qu'Irina envisageait de faire sauter des aubergines avec beaucoup d'ail, Ramsey ajouta des brocolis bio dans leur chariot. Elle n'avait rien contre les brocolis, mais ce n'était pas dans le menu.

« Écoute, j'ai prévu un plat d'aubergines, commença-t-elle avec tact.

— Ça, j'aime pas du tout, répliqua-t-il, attrapant des carottes et des courgettes.

— Pour ce soir… tu as envie de quoi ? »

Il haussa les épaules. « À la maison, je mange toujours la même chose : des légumes vapeur avec du riz complet.

— Mais tu es un *joueur de snooker* ! explosa-t-elle, consternée. Quand vous n'êtes pas en train de jeter votre argent par les fenêtres, vous êtes censés manger des frites et des tartines grillées de haricots blancs à la sauce tomate ! Pas des bons petits plats macrobiotiques, ça ne va pas du tout !

— Nous autres, rétorqua-t-il sèchement, on n'a pas besoin de bouffer de la merde pour plaire à des Mme Tout-le-monde dans ton genre. »

Irina considéra, exaspérée, le paquet de piments dans sa main. « Je voulais te faire du poulet kung pao.

— C'est quoi ? demanda-t-il d'un air soupçonneux.

— C'est fort.

— Tu veux dire épicé ? Je mange rien d'épicé. Je comprends pas pourquoi se nourrir doit être une torture. » En effet, il ne commandait jamais de plats avec une sauce piquante. Même au Best of India, il avait toujours pris le poulet tikka, un ersatz écœurant de cuisine indienne aussi goûteux que le potage à la tomate.

« Ma mère prétend que mon appétit anormal pour les plats pimentés est un signe de rébellion. Elle raconte qu'un jour, quand j'étais bébé, elle a mis du tabasco sur mon pouce pour m'empêcher de le sucer, et que ça vient de là. J'ai continué de le sucer, même si mes yeux larmoyaient. On dirait que ç'a fini par me plaire. »

Ramsey haussa un sourcil. « On pourrait mettre du tabasco sur autre chose.

— Mmm. Ça pourrait piquer un peu. » Hélas, le flirt ne résoudrait pas ce désaccord culinaire qui inspirait à Irina une déception aiguë.

« Garde ton poulet po-po si tu y tiens, la pressa Ramsey. Je peux m'occuper de mon riz et de mes légumes.

— Je ne vais pas me faire un dîner à part. » Reposant les piments d'un air résigné, Irina marmonna : « *Boljemoï !* Ma mère aurait mieux fait de me tartiner le doigt de légumes vapeur et de riz complet pour m'empêcher de le sucer ! »

Quand elle prit un litre de lait, Ramsey déclara : « Je mange pas de laitages. »

Irina croisa les bras.

« Ça fait sept mois que je te vois absorber des laitages. Les coquilles Saint-Jacques avec de la *crème au safran* ? Tu t'imagines qu'Oscar se sert de tofu mixé ?

— Quand je mange dehors, je fais des exceptions.

— Mais tu dînes tous les soirs dehors.

— Raison de plus pour arrêter le lactose quand j'reste chez moi. Sinon, la crème au safran serait plus une exception. »

Irina fronça les sourcils. Des incompatibilités aussi minimes auraient dû être négligeables au regard d'un véritable amour ; mais elle luttait contre l'impression absurde que le régime tatillon de Ramsey était catastrophique. « Si tu permets, tu te mets le doigt dans l'œil, et tu es un hypocrite.

— Merde alors ! T'emploies de bien grands mots pour Safeway.

— J'accorde beaucoup d'importance à la nourriture.

— Alors tu peux comprendre que c'est aussi mon cas.

— C'est le cas de beaucoup de gens. »

Enfin, ils étaient d'accord sur quelque chose. Pour confirmer que par ailleurs ils s'opposaient en tout, elle ajouta : « *Au moins*, tu aimes le pop-corn ?

— Ça me colle aux entrailles. Et ç'a un goût de polystyrène, non ?

— Si tu le dis », répondit-elle d'un ton chagriné, et elle reposa les quatre sacs de Dunn's River dans leur rayon.

Ils redescendirent Roman Road avec leurs provisions assommantes, portant chacun un poids excessif d'un seul côté afin de se tenir la main. « D'ailleurs, reprit Irina, je soupçonne le tabasco de ma mère d'être apocryphe.

— *Apo*… quoi ?

— Oh, peu importe. »

Ramsey dégagea sa main. « Ça me blesse quand tu fais ça.

— Je fais quoi ? » Irina s'arrêta et se tourna vers lui. « De quoi parles-tu ? »

Ramsey posa son fardeau sur le trottoir. « Chaque fois que tu utilises un mot que je connais pas, ou que tu mentionnes un sujet d'actualité qui m'a échappé…

— Tu veux dire, comme la mort de Lady Di ? »

Leurs regards se croisèrent, et ils se jaugèrent. Ramsey mit un instant à comprendre que la remarque était à double sens, et qu'elle le taquinait. Il prit une expression horrifiée. « Quoi, elle est *morte* ? »

Irina lui tapota l'épaule. « Désolée de te l'apprendre.

— Eh bien, ça m'a coupé l'appétit », répondit-il hardiment. Il reprit les sacs de provisions et se remit en route. « On laisse tomber le thé, je sens que je vais me mettre à pleurer comme un veau.

— Au point où on en est, ça ne suffira pas, mon ami, dit-elle en le rattrapant. Pour produire un peu d'effet, il faudrait au moins un sati.

— Un sauté ?

— Je plaisante. » Elle voulut lui saisir la main, mais il la repoussa.

« Tu recommences, dit-il d'un ton tranchant. *Peu importe.* C'est condescendant. Je sais que ma bite te plaît. Mais tu as l'air de croire que ma tête est juste un GPS qui sert à la conduire jusqu'à ta foufoune.

— Écoute. On n'explique pas une plaisanterie, sinon c'est plus drôle.

— Tu me prends pour une bille.

— Je te suis pas.

— Quand on est mariée avec un joueur de snooker, on devrait savoir ce que c'est.

— Bon, dit-elle. *Sati.* Une coutume, en Inde, qui veut qu'une veuve se jette sur le bûcher funéraire de son mari pour y brûler vive.

— C'est exagéré.

— L'idée est d'être enterré avec tous tes biens, dont ta femme fait partie. Il y a une grande polémique à ce sujet chez les féministes du sous-continent.

— Normal. C'était pas si mal, hein ? Pasque pour moi ça serait intéressant. Et si on ajoutait un tas de tu-sais-quoi ?

— Un tas de... d'apocryphes ? » Elle sourit et lui étreignit la main. « Plus ou moins, *un tas de merde* ? Ça veut dire mythique.

— Alors pourquoi tu dis pas *mythique* ?

— Parce que si je changeais le mot que je préfère employer en partant du principe que tu ne le comprendras pas, ça serait condescendant. Vraiment, je regrette. Je ne pense pas que tu sois une bille. Tu vis dans... » (Elle chercha un terme plus approprié qu'*étroit*.) « ... dans un univers très raréfié. J'ai peut-être un vocabulaire plus étendu que toi, parce que je suis allée à l'université et que je n'ai pas manqué le lycée pour traîner dans les salles de snooker. Mais je ne gagne pas des centaines de milliers de livres par an pour mon célèbre coup d'attaque. Et pour les événements d'actualité, en vivant avec Lawrence, je n'avais pas d'autre choix que de me tenir au courant – parce que nous passions le plus clair de notre temps à parler politique. Je ne fais pas ça pour me vanter. En fait, c'est assez terrifiant. »

L'immense cuisine démodée de Ramsey avait conservé ses aménagements victoriens, car il avait acquis la maison avant le fléau londonien de la « rénovation » – cette mystérieuse pratique qui permet d'augmenter de façon substantielle le prix d'une propriété parce qu'on a pris la peine de la détruire. Les boiseries de Ramsey étaient en chêne massif, son double évier ancien en porcelaine. Le carrelage était en ardoise, et les plans de travail d'un gris froid n'étaient pas en marbre concassé et résine époxy, mais en vrai marbre, et l'imposante cuisinière Aga était une pièce de musée. Les rares ustensiles de Ramsey comprenaient un couteau émoussé et une cuiller en bois ; il possédait une petite casserole (pour le riz) et une grande marmite (pour les légumes), ainsi que l'un de ces paniers cuit-vapeur ringards qui perdent toujours leurs lames.

Quand, découragée, elle entreprit de découper les brocolis en morceaux, Irina s'enquit plus avant des paramètres de son nouveau régime alimentaire : pas de beurre. Pas de fromage. Pas de farine ni de céréales traitées. Pas de viande rouge. Pas de sel. Pas de sucre.

« Tu ne prends pas de sucre, mais à ton avis, qu'est-ce qu'il y a dans le sauvignon blanc ? » demanda-t-elle, indiquant du menton son verre plein à ras bord, aussi large qu'un bocal de poissons rouges.

— Raison de plus pour ne pas en rajouter, répliqua Ramsey, perché sur un tabouret près de la longue table en bois.

— Et la sauce soja ?

— La sauce soja fait l'affaire.

— Mais c'est bourré de sodium, beaucoup plus qu'une pincée de sel de table. »

Ramsey haussa les épaules. « J'aime ça.

— Et moi, j'aime le beurre irlandais, le parmesan et l'entrecôte !

— Continue.

— On ne va pas avoir des menus séparés. Sinon, avant longtemps on dormira dans des lits séparés.

— Comment tu le sais ?

— Je ne peux pas t'expliquer, je sais juste qu'il y a un rapport. Nous devons être capables de manger ensemble. Mais d'où sort cet ascétisme absurde ? Tu as été kidnappé par une secte rabat-joie ? »

Tandis qu'elle hachait les légumes, il expliqua que dans les années quatre-vingt il avait traversé une crise. Adolescent, il avait été un prodige, battant des records à droite, à gauche. Quand il était passé professionnel, il avait fait des ravages dans les tournois avec la même facilité qu'une tondeuse à gazon électrique. Mais ensuite Steve Davis et Alex Higgins étaient entrés dans le circuit, et il s'était « retrouvé le bec dans l'eau ».

« Steve Davis était un genre de Stephen Hendry, à son époque, non ?

— Oui... terne comme l'eau d'un fossé. Un type maniéré, genre mange-ta-purée-de-petits-pois-jusqu'au-bout, qui joue avec une lenteur terrifiante. Tu n'imagines pas à quel point les parieurs se sont énervés quand Davis a gagné encore un putain de championnat du monde. Et d'un autre côté, il y avait Higgins. Le petit frimeur, le mauvais garçon. Rapide et odieux. On parlait plus de ses excentricités loin de la table que de son jeu. Surévalué en termes de production, mais... un génie tout de même, reconnut Ramsey à contrecœur. Il portait toutes sortes de conneries en cachemire et des chapeaux ridicules. Tu sais que Higgins a un *certificat médical* qui le dispense de mettre un nœud papillon ? Il a raconté qu'il avait une *allergie !*

— Ramsey, ce type est aujourd'hui à deux doigts de devenir un de ces sans-abri habillés de sacs-poubelle qui se lavent dans les gares routières. Pourquoi t'agace-t-il encore autant ?

— Parce que *je me suis retrouvé le bec dans l'eau* ! » (Un mantra.) « Je mets pas mes adversaires K-O dans les loges et je me déguise pas pour offenser les arbitres. Je pouvais pas me conduire en ordure pour rivaliser avec Higgins, et j'ai pas essayé. J'étais incapable d'être aussi chiant et aussi con que Davis. À défaut d'autre chose, j'étais un *fêtard*.

— Nous étions en train de parler de sel », intervint Irina. Elle avait mal à la main, à force de couper les carottes avec cette lame émoussée. « Et surprise ! nous voilà en train de discuter de snooker.

— Peut-être que je tourne autour du pot parce que j'aime pas trop me rappeler cette période. J'ai quitté le circuit. La plupart du temps, j'étais soûl comme un Polonais. Je me nourrissais de chips, je claquais tout mon fric. J'peux pas sentir les types qui pensent qu'il faut du talent pour rouler dans le ruisseau. Mais je peux te dire que Ramsey Acton ne fait rien à moitié.

— Alors, comment tu t'en es sorti ? » demanda Irina avec méfiance. Les hommes semblaient toujours tirer vanité de leur déchéance passée. « Tu as touché le fond ?

— Le fond, ça existe pas. Les choses peuvent qu'empirer. Alors, chérie, qu'est-ce qui remet un homme d'aplomb ?

— Les céréales complètes ?

— Une poule, bien sûr. Ariana. Je t'ai parlé d'elle. »

Quand il avait mentionné cette femme, la première fois, à Shanghai, le prénom l'avait agacée. « Tu veux dire, l'idiote, d'une patience à toute épreuve ?

— Elle m'a vu jouer à Pontins quand j'avais dix-sept ans et elle l'a jamais oublié, hein ? Alors, vers 85, Ariana me trouve dans un pub de Manchester en train d'engueuler le barman à propos d'une commande. Elle s'approche, tel un ange. Elle m'impose un régime strict de riz complet et me conduit tous les jours au club de snooker local. C'est dur, mais je retrouve la forme. Je pense tout de même que ça revient jamais comme avant. On se fie pas à quelque chose qu'on a perdu, même si on le récupère. C'est pareil avec une poule, tu vois. Elle fait des conneries, elle revient, on s'embrasse et on se raccommode, mais on n'est jamais aussi bien qu'avant. »

Hacher des légumes dans le seul but de les faire cuire à la vapeur était laborieux. Toute la joie de faire la cuisine s'envolait si elle ne pouvait pas ajouter des cuisses de poulet tranchées, des cacahuètes et des montagnes de piments toxiques. « On dirait que tu collectionnes les femmes qui te suivent pour t'essuyer le nez. Quelquefois, j'ai l'impression que tu en veux à Jude parce qu'elle n'était pas à ta botte.

— C'est quoi ces conneries ?

— D'abord, répondit-elle, entamant une carotte, la connerie, c'est que je suis en train de préparer le dîner le plus merdique de ma vie pour me plier à une superstition qui date des années quatre-vingt. En tournée, c'est-à-dire presque toute l'année, tu ignores totalement ces diktats nutritionnels. Pourquoi dois-je cuisiner comme si j'étais dans un ashram zen pour que tu puisses retrouver le fil d'une conversion sur le chemin de Damas avec une bouillasse végétarienne répugnante ?

— Damas ?

— Peu importe.

— Tu peux appeler ça de la *superstition*, ça change rien pour moi, dit-il d'un ton glacial. Quand la saison est finie, j'ai besoin de me nettoyer l'organisme. De le purifier. Tu peux te moquer si ça te chante. Anorak Man s'en priverait pas. »

Irina se figea. Le reste de son appétit s'envola avec la dernière tranche de courgette. Cette soirée échouerait sans doute à incarner la « normalité » dont elle rêvait. Mais, elle l'avait compris depuis longtemps, cette normalité appartenait au passé. Jusqu'ici, elle et Ramsey soit avaient plané complètement – sous l'effet de l'alcool, du sexe, ou de la simple présence de l'autre –, soit s'étaient déchirés car elle venait d'infliger au malheureux Ramsey une insulte monstrueuse sans même s'en apercevoir. En quittant Lawrence elle avait rejeté sans le vouloir le train-train quotidien et, pour l'instant, elle n'avait pas encore décidé si échanger les eaux lisses du pop-corn-télé contre la chute à pic tumultueuse des sept derniers mois était une escroquerie criminelle ou l'affaire de sa vie. En fait, une fois qu'on s'était lancé à l'assaut d'un brisant en pleine mer, ça ne servait pas à grand-chose de se demander s'il n'aurait été plus sage ou plus reposant de pagayer dans une mare aux canards.

« Je suis déçue ! s'exclama Irina, sans lâcher son couteau. Tu peux trouver ça pathétique, mais j'aime nourrir les gens !

— Tu me nourris, moi.

— Tu appelles ça te nourrir ? Pouah !

— C'est ce que je veux. Tu devrais être heureuse comme une reine !

— Mais j'aime faire des choses. Ce n'est pas très différent de l'illustration... qui m'occupait aussi pas mal *autrefois*. J'aime préparer des plats intéressants, excitants et jolis à regarder. C'est l'équivalent culinaire des bonshommes et des arbres en sucettes !

— Dans ce cas, tu cuisines pas pour moi. Tu le fais pour ta satisfaction personnelle, pas pour *nourrir les gens*. Tu veux que je te dise que c'est délicieux et que t'es géniale.

— Oh, merde ! Tu aimes bien jouer pour ton public, non ? » La comparaison avec son propre travail était tombée dans l'oreille d'un sourd. « Eh bien, préparer du riz complet et des légumes à la vapeur tous les soirs, c'est comme replacer sans fin les couleurs sur leurs mouches !

— Merde, s'exclama Ramsey, se levant de son tabouret et balayant tous les légumes du revers de la main. Allons dîner dehors. »

Irina considéra le tas de branches de brocolis et de rondelles de carottes coupées avec soin et se hérissa devant ce gâchis. Pourtant, sa peau la picotait. Jusqu'ici, Ramsey avait enclenché toutes les disputes, pour une fois, il avait été stimulant de ne pas se laisser gagner par la trouille et de piquer une colère.

Ramsey leva le menton. « Alors c'est quoi, le problème ? Ça peut pas être les brocolis. »

Irina ferma les yeux, puis expira. « Lawrence adorait ma cuisine, dit-elle d'une voix frémissante.

— Anorak Man habite de l'autre côté du fleuve, dit Ramsey, attirant ses hanches contre lui. Je peux t'y mener en vingt minutes. Je parie qu'il serait vachement content de te voir. Dis-lui que toute cette rigolade a été une erreur. Si on prend la bagnole, tu y seras à temps pour lui préparer un bon petit dîner. Avec du sucre et du sel et des tonnes de piments rouges. »

Ce n'était pas la première fois que Ramsey formulait cette généreuse offre, et s'il était resté planté à l'autre bout de la pièce, c'eût été une déclaration de guerre. Mais les bras noués dans son dos faisaient toute la différence, et elle glissa les mains derrière sa nuque. « Ne fais pas la bête. Viens t'asseoir un moment. Sers-moi un verre de ce sauvignon. Tu as raison, il y a un sujet dont nous devons discuter. Et il ne s'agit pas des brocolis. »

Ils descendirent dans la salle de snooker, au sous-sol, et s'installèrent sur le canapé. Irina prit une Gauloise à Ramsey, exhalant un flot de fumée qui saluait l'absence du regard désapprobateur de Lawrence et oubliant à dessein que sa dose quotidienne, qui autrefois n'avait pas dépassé une ou deux cigarettes au plus, était discrètement passée à un demi-paquet.

« Je peux vivre sans mes vêtements et mon mobilier, dit-elle, blottie sous le bras de son mari. mais j'ai laissé un projet inachevé. Il faut que j'aille chercher mes dessins et mon matériel. Alors prépare-toi, je vais devoir passer chez Lawrence. »

Le bras qui l'enlaçait se raidit. « T'as pas besoin de le voir ! Il travaille, non ? T'as encore les clés ? On peut y aller ensemble, et ramasser tes affaires pendant qu'il est au bureau.

— Écoute. » Irina se leva sous le prétexte de faire tomber les cendres de sa cigarette. « Je ne veux pas que Lawrence rentre un soir pour s'apercevoir que tout a disparu sans que je lui aie seulement dit bonjour. C'est trop brutal. D'ailleurs... je veux m'assurer qu'il va bien.

— Comment veux-tu qu'il aille bien, si sa poule l'a quitté ? Laisse-le se remettre !

— Une seconde. Tu ne t'attends pas à ce que je ne le revoie plus jamais, n'est-ce pas ?

— C'est exactement ce que je veux ! Tu es ma femme maintenant, tu dois filer droit.

— S'il m'avait battue ou s'il avait vidé mon compte en banque, ce serait autre chose. » Elle but une longue gorgée de sauvignon. « Mais il a été la gentillesse et la générosité mêmes, je ne vais pas le payer de retour en lui tournant le dos sans pitié.

— Je commence à en avoir ras la casquette de t'entendre répéter qu'Anorak Man était *si bon et si gentil* – s'il est si foutrement *bon et gentil*, retourne chez ce peigne-cul ! »

Elle se leva. « Tu sais, quand on se dispute, c'est-à-dire trois fois par semaine, tu remets en cause le fait que nous restions ensemble. À quoi bon nous être mariés si c'était seulement pour te fournir l'occasion de brandir le divorce à tout bout de champ ? C'est du chantage. Tu es comme un joueur de poker qui mise des piles de jetons à chaque partie, de sorte que pour enchérir, l'autre joueur doit risquer tout ce qu'il possède. Ce qui signifie donc, puisqu'on parle de poker, que tu *bluffes* !

— Putain, je bluffe ! cria Ramsey, se levant d'un bond et agitant ses clés de voiture sous son nez. Je vais te conduire immédiatement chez le gentil Anorak Man qui t'adore !

— Ce qui est une manière de ne parler d'aucun problème en particulier ! hurla Irina en retour. Du genre, j'ai besoin de mon matériel, et je ne veux pas m'introduire dans l'appartement à l'insu de Lawrence. Ou bien : oui, je t'aime, mais je n'ai jamais dit que je ne reverrais jamais Lawrence juste pour que tu te sentes en sécurité. Non ? Nous devons toujours aborder la grande question de savoir si nous allons réussir notre couple, et jamais nous ne posons les questions mineures qui sont les seules que tu aies le moindre espoir de résoudre un jour ! C'est puéril, Ramsey ! Qu'on ne puisse pas régler à la fois les petites questions et la grande est un *point discutable*.

— *Discutable,* c'est quoi *discutable* ? Tu peux te torcher avec ton *point discutable* ! »

Elle éclata de rire. Apparemment, les querelles domestiques étaient un sport. À l'automne, elle s'était sentie complètement ramollie, mais le tonus revenait. Peut-être la solution n'était-elle pas de faire de ce mariage un bel aspic gélifié, mais d'apprendre à rendre coup pour coup.

Ramsey l'attrapa par la taille et la projeta sur le canapé. « Allons te chercher une platée de piments. Ça va te réchauffer le gosier. Et tout le reste pendant qu'on y est.

— Best of India. Je vais sauter le plat principal et me goinfrer de citrons verts. »

Quand Irina s'allongea sur les genoux de Ramsey et retrouva son souffle, il glissa l'index sur son front moite. « C'est quoi, cette folie des plats épicés ? Pourquoi cette passion ? »

La tête renversée en arrière, elle médita la question. « J'aime évoluer à la limite… du plaisir et de la douleur. Les fromages si forts qu'ils ont presque mauvais goût, mais pas tout à fait. Et avec les piments, c'est aussi une question de sensation. De sensation brute. Extrême.

— La sensation, hein ? dit Ramsey, glissant la main à l'intérieur de son jean. Je vais t'apprendre ce que c'est. »

Ils n'allèrent pas manger au Best of India ce soir-là. Mais, avec ou sans citrons verts, Irina évoluerait longtemps à la limite du plaisir et de la douleur.

Pour Ramsey, mettre entre parenthèses un point de discorde, c'était se débarrasser d'une revendication parfaitement légitime. La question de savoir comment Irina irait récupérer son matériel était donc loin d'être réglée, et occupa pratiquement toutes les soirées des deux semaines suivantes. Épuisée de répéter qu'elle *n'aimait plus* Lawrence, d'assurer à de multiples reprises qu'elle n'intriguait pas pour organiser un rendez-vous galant et de subir des interrogatoires en règle sur ce qu'elle entendait par « savoir s'il allait bien », elle négocia un compromis : elle prendrait ses affaires en cachette dans l'appartement pendant que Lawrence serait au travail, mais sans Ramsey. Irina parvint à le convaincre que ce serait affreux si par un hasard, même improbable, Lawrence choisissait cet après-midi-là pour rentrer tôt, et trouver non seulement son ex en train de s'enfuir en douce avec ses affaires, mais la fripouille qui la lui avait enlevée. En faisant appel à la lâcheté de Ramsey, elle recourait à un talent qui serait sans doute resté en sommeil si elle ne l'avait jamais rencontré.

Elle mentit.

En réalité, elle envoya un discret courriel à Lawrence depuis l'ordinateur de Ramsey. Leur échange fut bref. Il accepta de prendre un après-midi, et de la retrouver à l'appartement.

L'ironie de cette rencontre secrète avec Lawrence, rappelant ses rencontres clandestines avec Ramsey, n'échappa guère à Irina. Mais elle n'avait aucune intention de disparaître de Borough comme une voleuse, laissant Lawrence recevoir ce coup de poing en pleine figure quand il rentrerait chez lui. D'ailleurs, elle ne souhaitait pas expliquer la raison profonde qui la poussait à arranger une entrevue avec lui. Depuis qu'elle était revenue de Sheffield, se consumant dans les brumes de l'ivresse amoureuse, une vision s'était peu à peu imposée dans un recoin de sa conscience.

Il est tard. Plus de huit heures du soir, presque neuf. Sans personne qui bondit de joie à son retour ni ne court gaiement à la cuisine pour préparer du pop-corn, il n'a plus de raison d'écourter le travail dans lequel il s'est plongé ces derniers mois avec un esprit vengeur. Ce soir, après s'être attardé au bureau, surfant au hasard d'un site Web à l'autre, il longe lentement l'allée au bord de la Tamise dans la bruine d'un printemps glacé. Vêtu d'un Dockers noir délavé et d'une chemise à col boutonné rayée de marron et de noir qu'Irina avait toujours aimée, il enfonce les mains dans les poches de la veste de baseball – une copie des années cinquante –, reçue en cadeau pour ses quarante ans. Peut-être devrait-elle lui répugner aujourd'hui. Au lieu de cela, tous les présents d'Irina, qui ne lui en fera plus, sont devenus plus précieux encore. Il s'obstinera à porter cette veste pour se rendre au bureau même quand elle sera devenue trop chaude pour la saison.

Dans les lumières de South Bank, de l'autre côté du fleuve, miroite l'éclat de toutes les pièces de Shakespeare et de Pinter qu'il aurait tant aimé voir autrefois. Maintenant il n'imagine pas avoir le courage d'aller au théâtre. Seul – pas question. La pente du Blackfriars Bridge lui paraît plus raide que d'habitude. À sa gauche, Tower Bridge scintille dans le lointain. Ses tourelles de conte de fées étaient autrefois, sinon belles, du moins hilarantes, mais aujourd'hui elles ont un air cucul la praline. Si la promenade lui paraît plus longue qu'autrefois, il aimerait qu'elle le soit encore plus.

En s'approchant de la maison, il parcourt des yeux ce quartier postindustriel aux massif vestiges victoriens de brique rouge. Il cherche dans sa mémoire ce sentiment de propriété, cette satisfaction d'avoir annexé un domaine dickensien loin de l'inculte Las Vegas. Au contraire, il a l'impression d'être redevenu un étranger, et se demande ce qu'il fait ici. Au début, s'installer en Grande-Bretagne avait paru être une aventure raisonnable. Du moins en théorie, les habitants y parlent l'anglais. Un Américain peut saisir les nuances et s'adapter vraiment au pays. Mais à présent, l'Angleterre semble être un quelconque ailleurs, où il n'est pas à sa place. Il se demande si le moment n'est pas venu de déménager et de rentrer aux États-Unis. Il préfère toujours la compagnie de ses compatriotes, qui n'ont pas avalé un manche à balai. Peut-être que repartir aux États-Unis éloignerait la sensation déroutante qui le saisit presque toutes les nuits : le besoin démesuré de rentrer « chez lui », alors qu'il y est déjà.

Il gravit pesamment les marches du premier étage. Il cherche la bonne clé. La minuterie de la cage d'escalier est en panne. C'était toujours Irina qui harcelait le syndic pour qu'il s'occupe rapidement des réparations. À l'intérieur, l'appartement aussi est plongé dans l'obscurité. Il a oublié d'ouvrir les rideaux ce matin. Sans la clarté des réverbères derrière les vitres, il tâtonne pour trouver l'interrupteur. Le silence n'est pas total. Après l'heure de pointe, la circulation est encore dense dans Trinity Street. Mais le vrombissement des moteurs et les coups de klaxon exaspérés ne procurent pas le sentiment rassurant d'une activité humaine. Ils confirment simplement l'existence de millions d'inconnus dont il n'a rien à foutre.

Surprise : il allume la télé. Son vacarme pourrait lui rappeler trop de soirées plus heureuses gâchées devant son écran, mais il n'est pas du genre à-se-lamenter-sur-le-passé. BBC2 annonce la diffusion imminente du championnat du monde de snooker à Sheffield. La plupart des hommes dans sa situation se hâteraient de changer de chaîne. Mais pas lui. Il apprécie l'ironie. Il aime peut-être même se torturer, bien que les circonstances semblent s'en charger sans son aide. D'ailleurs, il ne considère pas que laisser un match de snooker en fond sonore soit un acte de masochisme. Il regarde la réalité en face. Peut-être court-il le risque lointain de tomber sur cette misérable ordure. Mais il est fort. Il peut la fixer droit dans les yeux. Il y a toujours le danger qu'il balance son poing dans l'écran. Une satisfaction qui lui coûterait quelques centaines de livres. L'image lui plaît. Il va grignoter un cracker au beurre de cacahuètes à la cuisine.

Il a décidé de prendre des repas corrects avec des légumes. Mais une fois qu'il a avalé une poignée de ces biscuits, il ne peut se résoudre à faire cuire des brocolis à la vapeur. Il ramasse les miettes sur la planche à découper. Son regard erre dans la cuisine. À côté de la cuisinière, les étagères sont encore remplies de toutes ces épices dont il n'a aucun usage ; un bon tiers des produits sont sans doute destinés à l'assaisonnement du pop-corn. Les épices vont s'éventer. En attendant, les longues rangées de bocaux sont une décoration passable. Bien sûr, chaque pièce de l'appartement porte la marque d'Irina. La seule fois où il a essayé de participer à l'aménagement, c'est quand il a réagi à propos de cette table basse en marbre vert. Et maintenant il l'adore. Mais c'est dans la cuisine que sa présence est le plus insistante. Ces condiments mystérieux des Antilles et de Thaïlande, alors qu'il a seulement besoin de moutarde. La machine à pâtes, le robot culinaire et le hachoir à viande encombrent le plan de travail, quand un couteau à découper bien aiguisé lui suffit. Il pourrait empiler toute cette quincaillerie dans des cartons. Il ne le fera pas.

Il revient dans le séjour avec une bière, se calant, comme toujours, sur le canapé vert ; il ne s'est pas encore assis dans son fauteuil. C'est agréable ici. Elle a bien travaillé, dénichant tous ces meubles loufoques de seconde main qui forment un ensemble réussi, et pour trois fois rien. Elle était – est ? – vraiment près de ses sous. (Ce salopard est plein de thune.) Si seulement il avait pu prévoir, il aurait dépensé plus d'argent. Pour elle. Il l'aurait emmenée en voyage.

C'est ce que se disent les gens sur leur lit de mort. Pourquoi je n'ai pas explosé mes cartes de crédit ? Enfin, il n'est pas encore mort. Juste malade. Il s'en remettra. C'est encore le début, et les premiers mois sont les plus difficiles. Il faut le prendre comme une discipline, du genre je dresse la liste de toutes les choses qui m'ennuient – réviser l'article sur le processus de paix en Ulster pour cet imbécile du National Interest, *faire mes abdos en salle de gym. Tandis qu'il médite, presque toutes les tâches de sa journée entrent dans cette catégorie.*

Bordel, elle a dû passer une semaine entière à coudre ces rideaux, avec la doublure et le reste. Elle n'en avait jamais fabriqué avant, et on aurait dit qu'ils sortaient de chez le tapissier. Elle était adroite.

Curieusement, les souvenirs qu'il a d'elle le consolent plus qu'ils ne l'affligent. Ce qui est plutôt absurde. Il sait qu'il devrait être en colère. Il sait qu'il l'est probablement. Il sait qu'il s'en sortirait mieux s'il la haïssait, juste un peu. Mais il ne le veut pas et ce sentiment ne lui vient pas naturellement, et après tout cela ne l'aiderait sans doute pas. C'est une parfaite imbécile, et c'est dommage. Mais ça ne signifie pas qu'elle soit mauvaise. Peut-être aurait-il dû tenir compte de cette distinction.

Il n'avait pas l'habitude de réfléchir ainsi – à ce qu'il ressent. Il préfère penser à ce qu'il fait, à ce qu'il va faire. Mais Irina ne se rend pas compte que si on ne s'attarde pas sur ses sentiments, ça ne veut pas dire qu'on n'éprouve rien. Il n'aime pas être embarrassé, et il croyait qu'elle l'avait compris. Apparemment pas. Ou peut-être se fiche-t-elle de ce qu'il pense, bien qu'il ait de la peine à s'en convaincre. En tout cas, pour clore ce fatras amoureux, une seule règle s'impose, qu'il applique avec une discipline quasi militaire : il est libre de penser à n'importe quoi d'autre. Mais il s'interdit absolument de penser qu'elle va revenir.

Le snooker n'est pas très captivant. Il ne peut pas déterminer si c'est le match lui-même – Graeme Dott, qui a l'air d'avoir quatre ans, et ce Peter Ebdon à tête de fouine, qui lance toujours des coups de poing débiles dans le vide quand il gagne – ou si c'est son état d'esprit. (Si Misérable Ordure avait joué ce soir il aurait peut-être jugé cet exercice d'antipathie revigorant. Pourtant il est soulagé de l'avoir manqué. Il est resté douze heures au bureau aujourd'hui, et il est fatigué.) Désormais, quand il regarde ce sport, il risque toujours de tressaillir. Mais il ne voit pas pourquoi il devrait renoncer totalement au snooker. En fait, il refuse qu'on l'en prive avec tout le reste. Putain, qui eût cru qu'un passe-temps aussi inoffensif pouvait avoir des conséquences aussi catastrophiques ? Mais peut-être que, s'il n'y avait pas eu ce connard narcissique et menteur, il y aurait eu un autre salopard. Lui-même est un type fiable, brillant, correct – même Irina serait d'accord –, mais c'est sans doute juste une façon de dire qu'il est le genre d'homme que les femmes quittent tôt ou tard.

À la fin de la soirée, il s'est accordé une deuxième bière. Il décide qu'à l'avenir il se limitera à une seule, comme avant. Il va dans la salle de bains. Sa brosse à dents est à l'endroit où elle l'a laissée. Il doit se rappeler de baisser le chauffage et de mettre la chaîne sur la porte, car Irina avait toujours assumé ces tâches. Mais dans l'ensemble, le cours de sa soirée n'a guère changé depuis qu'elle est partie. C'est vrai, il mange trop de biscuits au beurre de cacahuètes et de plats indiens à emporter. Sa cuisine lui manque, mais moins qu'elle n'aurait pu le croire. La nourri-

ture compte beaucoup moins pour lui que pour elle. Ce qu'il regrette le plus – même si ça paraît sordide –, c'est qu'elle ne fasse plus les courses.

Et il a dû renoncer à un rituel en particulier. Il a essayé une fois d'en refaire les gestes, et s'est mis à pleurer. Il ne peut donc plus manger de pop-corn. Le tableau d'un homme adulte braillant devant un bol de pop-corn avait été trop humiliant pour qu'il recommence. De toute manière il avait mis trop de sel. Le fond de la fournée avait brûlé ; sous le couvercle, les éclats étaient insipides et irréguliers. les grains explosés étaient durs, et collaient aux dents. Ou plutôt dans sa gorge.

Au lit, il parcourt quelques pages, et songe à se branler. (Ici, l'imagination d'Irina tarissait ; elle n'avait jamais su ce qui se passait dans sa tête quand il bandait, et ne le savait toujours pas.) *Il décide que c'est trop compliqué. Il faut qu'il aille chercher un linge pour après, ou il salira tout.*

Il a beaucoup avancé dans son travail aujourd'hui, il a écrit une bonne dizaine de pages de son article pour Foreign Affairs[1]. *Il a fait une bonne séance d'entraînement en salle de gym, et a sauté le déjeuner. Il devrait être content de lui. Mais la seule chose qui lui fait plaisir, c'est qu'une journée de plus soit passée.*

Dans ce genre de situation, l'étiquette était obscure, mais Irina ne prit pas de risque et frappa. Elle avait une clé, et cette marque de respect manquait de naturel. À la dernière minute, elle glissa son alliance dans sa poche. Elle lui annoncerait la nouvelle en douceur le moment venu – quand, elle n'en savait rien. Lorsque Lawrence ouvrit la porte, elle eut un léger choc : c'était un homme d'âge mûr à présent, et jamais elle ne l'avait appréhendé ainsi. Les derniers

1. Bimestriel publié à New York. *(N.d.T.)*

mois avaient dû l'ébranler. Ou peut-être lui avaient-ils permis de le voir tel qu'il était vraiment.

« Bonjour », se dirent-ils tous les deux timidement. Lawrence déposa un baiser hésitant sur sa joue.

« Tu prends un café, ou tu préfères t'y mettre tout de suite ? proposa-t-il.

— Prenons d'abord un café », répondit-elle, bien qu'elle n'en eût pas envie. Elle le suivit dans la cuisine. L'appartement était en ordre, et rien n'avait changé. Lawrence était chez lui à présent, et il prépara le café. Elle regarda autour d'elle pendant qu'il moulait les grains.

Elle était incapable de se concentrer sur ce qu'il disait. Le lieu en lui-même était trop dérangeant. Entrer dans ces pièces était non seulement une plongée dans le passé, mais aussi une ouverture sur un présent différent, et leur réalité matérielle exerçait sur elle une attirance troublante, lui inspirant le désir irrépressible d'accrocher son sac au portemanteau et de ne jamais retourner à Hackney. L'appartement recelait un secret qu'elle devait percer. Tandis que Lawrence tenait de menus propos, parlant d'un joint du robinet d'eau chaude, le regard d'Irina errait de l'étagère à épices aux anchois espagnols, s'arrêtant sur son visage brusquement vieilli, cherchant désespérément à prendre la mesure de ses sentiments. À quoi avait ressemblé cette vie ? De quoi avait-elle manqué ? Tout cela avait-il été une imposture ? Non… La vie à Borough était simplement différente de la vie dans l'East End. Elle était familière, mais c'était normal quand on avait habité dans un endroit ou vécu avec quelqu'un. Elle n'avait pas été malheureuse ici ; ils avaient dû avoir une vie agréable ensemble. C'était un peu étouffant, crispant, mais le verdict de ce premier retour était qu'elle aurait pu partir, ou rester. À quoi bon se torturer ?

« Alors, dit Lawrence une fois qu'ils eurent emporté dans le séjour leur café servi dans les tasses habituelles, bien que Lawrence n'eût pas ajouté assez de lait pour le sien. Tu vas bien ?

— Ça va, dit-elle.

— Tu es pâle. Et trop maigre.

— Je manque de sommeil. » Embarrassée par ce que sa réponse semblait impliquer, elle ajouta : « Ces dernières semaines. Nous avons eu des conflits. Ça prend des heures et des heures pour les résoudre. » Au bout d'un quart d'heure, elle était déjà en train de trahir des secrets.

Lawrence avait un sens plus strict des convenances, et ne posa pas de questions.

— Toi et moi on ne s'est jamais beaucoup disputés, poursuivit-elle, mal à l'aise. Je ne suis pas douée pour ça. »

Ses yeux se durcirent. « Il ne te bat pas, j'espère ?

— Non, jamais !

— S'il ose lever la main sur toi, je lui briserai les pouces. »

Elle sourit. « *L'Arnaqueur*.

— Bonne pioche. Au moins il n'a pas fait de toi une idiote complète. »

Elle soupira. « Oh, tu peux y aller. Amuse-toi. Tu l'as bien mérité.

— Je n'ai rien *mérité*, ça m'est tombé dessus. Et ce n'est pas drôle.

— Je m'inquiète pour toi, Lawrence.

— Ça sert à quoi ?

— À rien. Mais ce serait horrible si je ne me souciais pas de toi. Tu n'es pas inquiet pour moi ?

— On ne se refait pas.

— À propos, avant que j'oublie. » Elle fouilla dans son sac. « Je t'ai apporté un cadeau. » Elle lui tendit un sachet. « C'est tout petit et très bête. »

Lawrence sortit le paquet de poudre rouge foncé et le fixa sans comprendre. « Hé, merci ! » dit-il. Il ne savait pas de quoi.

« Un mélange d'épices pour le pop-corn, expliqua-t-elle. L'un de tes préférés. Je savais que nous n'en avions plus – le *nous* était un lapsus, mais le rectifier n'eût fait qu'empirer les choses –, alors, quand j'ai trouvé du chutney d'ail séché dans l'East End, je t'en ai pris un peu. »

Tandis qu'il tenait mollement le minuscule paquet sur ses genoux, elle se rendit compte que son geste était déplacé. Enchantée de dénicher l'obscur massala dans le magasin indien de Roman Road, elle s'était souvenue que l'allergie soudaine de Lawrence au pop-corn n'existait que dans son imagination. Il en mangeait sûrement encore avec sa bière le soir, avait-elle conclu, parce qu'un homme aussi routinier puiserait du réconfort dans le rituel, la répétition. Mais à présent elle soupçonnait son intuition initiale d'avoir été la bonne, et que du jour au lendemain il avait pris cet amuse-gueule en horreur. Le chutney d'ail séché le déprimait visiblement. Quand il le posa sur le canapé elle se demanda même s'il ne s'empresserait pas de le jeter dès qu'elle aurait le dos tourné, allant tout de suite le mettre dans une des poubelles à roulettes à l'arrière de la maison, de la même façon qu'il se débarrassait des carcasses de poulet, de crainte qu'elles n'empestent.

Elle s'excusa. « C'est étonnant que je ne sois pas arrivée les bras chargés de provisions, avec tes vêtements sortis du pressing.

— Tu n'es plus responsable de moi.

— C'est drôle, j'ai l'impression que si. Une fois qu'on assume certaines obligations, je ne suis pas sûre qu'on ait la liberté d'y renoncer.

— Bien sûr que si, répliqua-t-il d'un ton ferme. Écoute, je vais m'en sortir. Quant à notre séparation, c'est pas génial. Ce n'est pas ce que je voulais. Mais je m'en remettrai. On dit que ça prend environ un an.

— Tu n'as jamais fait beaucoup de cas de ce qu'*on* raconte.

— Ouais. C'est peut-être un tas de conneries. » Il feignait de s'attacher aux détails pratiques, mais il lui était difficile de croiser son regard. Formant un angle aigu avec sa joue gauche, ses yeux étaient braqués sur la table, comme si une troisième personne y était assise. « D'ailleurs, on m'a proposé de partir en Russie le mois dernier. Pour une mission importante en Tchétchénie, mais j'ai refusé.

— Je suis surprise. Pourquoi n'es-tu pas parti ?

— Il ne faut pas que ça te monte à la tête, mais... la Russie est trop liée à toi. Même la langue. Je me suis dit que j'entendrais dans la rue *Privyet, milyi !* et que je croirais reconnaître ta voix. Peut-être que si nous avions pu aller ensemble à Moscou... Je sais, ce qui est fait est fait. C'est curieux, je pensais que ce pays m'intéressait vraiment. Quand le financement du projet est arrivé, j'ai été très excité au début. Mais sans cette... association... il s'avère que je n'ai rien à foutre de la Russie. C'est assez bizarre.

— *Nou chto je tak* », déplora-t-elle. Mais la langue détonnait, comme le chutney à l'ail séché, revendiquant une intimité qu'elle avait abandonnée.

« Tu sais, j'étais sûr que tu reviendrais, dit Lawrence. Tu dois rendre à la fin du mois tes illustrations de *Miss Angleterre sans les mains,* et tu es une pro.

— Tu te souviens de ma date limite ?

— Je me souviens de tout ce qui compte pour toi, de ce qui est important dans ta vie.

— Je suis un peu en retard, reconnut-elle. J'ai obtenu un délai supplémentaire.

— Je ne t'ai jamais vue rendre un projet après la date prévue. Mais ces derniers mois tu n'as pas dû travailler beaucoup. À moins que Plein-aux-as t'ait racheté du matériel de dessin.

— Non, c'étaient plutôt des vacances impromptues.

— Ç'a dû être quelque chose. Tu as maigri, mais ton visage est bouffi.

— Je t'ai dit que je manquais de sommeil.

— Et tu fumes.

— Juste un peu !

— Je le sens à ton odeur. » Il s'interrompit net. Il n'avait pas voulu s'engouffrer dans cette voie. « Je sais que tu me trouves tyrannique. Mais je veux juste que tu prennes soin de toi. Il ne s'agit de rien d'autre. Je n'essaie pas de te *contrôler* ni rien de ce genre.

— Ce n'est pas ce que j'ai dit.

— Je suppose que tu peux m'apprendre une ou deux choses sur le snooker, à présent », dit-il avec une fausse gaieté.

Elle eut un sourire en coin. « Plus que je ne le voudrais.

— Fais attention à ce que tu souhaites.

— Je n'ai pas voulu le snooker. Ça fait partie du reste.

— Je me demande bien ce que tu as pu désirer, mais c'est mon problème.

— Je ne pense pas que tu comprennes.

— Bien. Tu as raison. » Il parut lutter contre un sentiment, et réussir à le maîtriser. « Tu ne peux pas négliger ton travail, Irina. Tu le regretteras. Plaque-moi, mais garde ça.

— C'est un énorme changement. Je n'ai pas atteint mon équilibre.

— Tu vas à tous ses tournois ?

— Pour l'instant, oui, répondit-elle prudemment.

— Si tu n'y prends pas garde il va te *dévorer toute crue*. » Lawrence était la voix de sa conscience. Il avait toujours assumé ce rôle, rien d'étonnant à ce qu'elle se soit enfuie. Votre conscience n'est pas toujours une compagnie agréable.

« Tu devrais me faire confiance, dit-elle sans réfléchir, car la réplique était prévisible.

— Je l'ai fait. »

Irina baissa les yeux. « Je crains de ne plus jamais être la même. J'ai encore l'impression de n'être pas digne de confiance. De n'être *pas bonne*. C'est-à-dire fidèle.

— Je n'aurais pas voulu que tu restes avec moi par vertu. Comme si tu m'avais fait une faveur. » Il haussa les épaules. « Il fallait faire ce dont tu avais envie.

— Ce n'était pas si simple.

— Bien sûr que si. » Son visage pencha d'un côté comme l'eau dans un seau. Ce n'était pas une expression narquoise, comme on aurait pu le croire, mais un accès d'angoisse qu'il essayait de camoufler. « Tu avais envie de me baiser, moi ou n'importe qui d'autre.

— Non... Je voulais surtout être une femme de parole.

— On ne s'est jamais mariés. Tu n'as pas rompu une promesse.

— Je crois que si, dit-elle. Et j'ai toujours souhaité être une femme qui aime longtemps le même homme. Maintenant ce n'est plus possible. Même si je reste avec Ramsey jusqu'à ce que la mort nous sépare, je t'aurai toujours quitté. Au début, je redoutais de te trahir ; à présent, je crains de me trahir moi-même. »

Il n'avait jamais été à l'aise avec ce genre de sujet, et c'était encore le cas. « Ne te mets pas martel en tête pour moi. Je suis un *survivant*. » Son intonation était amère, comme s'il disait : Regarde les clichés auxquels tu m'as réduit. En fait, toute la scène parut brusquement l'embarrasser car elle évoquait le mélodrame qui dans la vie d'autrui éveillait son mépris, et il se leva. « Tu veux commencer ? »

Irina glissa son verre sur la table basse en marbre vert. Le peu qu'elle avait bu lui restait sur l'estomac. L'image de Lawrence vidant dans l'évier le reste de son café torréfié du Guatemala après son départ lui était intolérable. « D'accord. »

Dans l'atelier, plusieurs cartons pliés étaient posés contre sa table à dessin, sur laquelle s'entassaient un rouleau de ruban adhésif, un dévidoir, et un feutre noir achetés chez Ryman, encore dans leur emballage. Il y avait un portfolio neuf pour les dessins ; il avait choisi une marque chère.

« Ç'a dû te coûter les yeux de la tête, dit-elle. Je vais te rembourser...

— Ne sois pas stupide. » Tandis qu'il assemblait rapidement un carton, le comportement efficace de Lawrence l'autorisa à exécuter cette tâche avec un stoïcisme similaire. S'ils pleurnichaient sur chaque pinceau, ils y passeraient la semaine.

« Lawrence, je peux le faire toute seule.

— Ça ira plus vite si on s'y met tous les deux, dit-il sombrement. Allez, au boulot ! »

Irina retroussa ses manches et se concentra sur le matériel dont elle avait un besoin vital, écartant ce qui avait été un flirt éphémère auquel elle ne reviendrait sans doute pas – comme les pastels. Se tournant vers les étagères remplies de crayons, de fusains et d'encres de couleur qui devaient partir, Lawrence les emballa dans d'impeccables rouleaux de vieux *Daily Telegraph*. C'était un homme assidu, même quand il s'agissait de détruire systématiquement son propre univers. En fin de compte, le fait de participer de nouveau à un projet commun sembla leur procurer à tous les deux un plaisir pervers, et leur inspira de la mélancolie une fois que les cartons furent fermés avec du ruban adhésif et étiquetés, et les portfolios attachés.

« Tu veux emporter autre chose ? » Il indiqua du geste les gravures sur les murs.

« Non ! » L'idée d'enlever le moindre élément de son paysage familier était horrifiante.

— Et tes vêtements ?

— Je ne sais pas… je n'ai pas de place où les mettre. Tu connais l'architecture britannique, il n'y a pratiquement pas de placards, et Jude est partie avec sa penderie. J'ai acheté deux ou trois choses, et Ramsey a… beaucoup d'habits. » À cet instant, le jeu de chaises musicales des amours modernes parut se résumer à un manque d'organisation. Apparemment, le phénomène qui alimentait le plus la demande immobilière à Londres était le divorce, car il exigeait d'avoir deux résidences, alors qu'une seule avait suffi autrefois. La monogamie n'était-elle pas plus rationnelle ? Combien de fois dans votre vie avez-vous envie de racheter un mixeur ?

« C'est un genre de dandy, commenta Lawrence.

— Je te connais… Tu veux dire un pédé.

— J'aimerais bien qu'il le soit. » Il sourit. Ils jouaient.

Irina se rendit dans la chambre et passa en revue sa garde-robe acquise dans des magasins de bienfaisance, minable en comparaison des tenues que lui avait achetées Ramsey, sans jamais regarder à la dépense. En fait, elle s'était sentie mal à l'aise en arrivant cet après-midi chez Lawrence avec un chemisier qu'il n'avait jamais vu. En tant que blanchisseur principal du couple, il connaissait intimement la moindre de ses chaussettes, et était attaché à ses hauts les plus mal en point. Il avait dépensé cinq livres pour un produit de prétraitement destiné à enlever les taches de safran de ce col roulé bleu passé, qui avait coûté une livre cinquante chez Oxfam. En prodiguant tant de soins à ses vêtements, il avait fini par se les approprier, et Irina referma la penderie les mains vides.

« Encore une chose, annonça Lawrence dans le séjour, sans lever les yeux de l'*Economist* de la semaine précédente. Ta mère. Elle a appelé plusieurs fois. J'ai inventé une excuse et raconté que nous étions trop pris pour venir à Brighton Beach à Noël dernier, mais elle nous attend cette année.

Manifestement, tu ne lui as pas dit que nous étions séparés. Je ne pense pas que ce soit dans ton intérêt que je le lui explique. Alors règle ça.

— Elle t'aime bien, protesta Irina, désespérée.

— Et moi je ne peux pas la supporter. Alors ? Je ne veux plus avoir à répondre à ses appels.

— Je vais lui parler. » La voix d'Irina était terrorisée.

« Trou-du-cul vient te chercher ?

— Non. Je suis censée prendre un taxi.

— “Censée”. Tu reçois des ordres maintenant ?

— Je reçois toujours des ordres de *quelqu'un*, semble-t-il. »

Lawrence commanda un taxi, et négocia avec la société pour qu'elle envoie un véhicule doté d'un coffre spacieux. (L'échange dura plus longtemps que prévu parce qu'il employa à dessein un terme américain que son interlocuteur refusait de comprendre.) Il descendit les cartons, et l'empêcha d'en porter un seul. Il attendit avec elle sur le trottoir, chargea le taxi, et tendit un billet de vingt livres pour la course.

Elle hésita. C'était trop, et Ramsey était riche. Mais si elle disait non, cela pourrait sous-entendre qu'elle n'avait pas besoin de lui maintenant, ou que son geste ne l'avait pas touchée. Elle accepta l'argent. Ils se firent face sur le trottoir.

« Jusqu'ici, demanda-t-il, tu crois que tu vas tenir bon ? » Quelque chose avait changé. Lawrence apprenait à poser des questions sur *l'essentiel*.

Elle eut de la peine à s'arracher les quatre mots de sa réponse : « Je pense que oui. » Ce serait encore plus difficile de lui apprendre qu'elle était mariée.

« Sois prudente », dit-il. Il ne précisa pas pour quoi.

« La prudence aurait été de rester avec toi, protesta-t-elle faiblement.

— Ne bois pas trop !

— Entendu.

— Travaille !

— Je vais m'y mettre.

— Et *arrête de fumer !*

— *Je porterai toujours mon chapeau*, chanta Irina, comme dans *Amahl et les visiteurs du soir*. » La scène de séparation entre le fils et la mère (*Lave-toi les oreilles !/Oui, c'est promis !/Ne dis pas de mensonges !/ Non, c'est promis !/Tu me manqueras beaucoup*...) lui avait toujours donné la chair de poule.

« Tu devrais emporter ce CD, dit Lawrence. Tu aimes l'écouter à Noël. »

Irina scruta son visage. « *Pourquoi es-tu si gentil avec moi ?*

— Tu l'as été avec moi pendant près de dix ans, répondit-il d'un ton bourru. Pourquoi ça compterait pour du beurre juste parce qu'il n'y en aura pas onze ? »

(7)

Une fois que l'accord du Vendredi Saint fut signé, Lawrence fut invité presque tous les soirs à en débattre à la télévision. Naturellement, en attendant son retour, Irina regardait toutes les émissions où il était supposé apparaître. Il était beau dans son complet marron – à un point troublant – et son acuité d'esprit face à la caméra l'impressionnait. Personne n'aurait deviné que quelques années plus tôt cette gloire toute neuve avait travaillé dans des librairies et passé ses week-ends à broyer du noir devant les retransmissions de parties de golf. Irina ne prétendait pas avoir la nostalgie de cette époque difficile, mais quand Lawrence se sentait diminué, triste ou abattu, il émanait de lui un charme qui disparaissait dès qu'il reprenait confiance. Son succès le gonflait d'orgueil. En déployant tous ses efforts pour le « soutenir », avait-elle fabriqué un monstre ? Plus il s'affirmait avec éclat, moins il semblait avoir besoin d'elle. En l'encourageant toutes ces années à voler de ses propres ailes, Irina avait peut-être tout fait pour s'éliminer elle-même, tel le membre d'un détachement spécial chargé de la réduction d'effectifs d'une entreprise qui finit par se licencier lui-même.

Craignant de devenir superflue, et d'être dépossédée de son rôle de compagne pour régresser au stade de la subalterne qui réchauffe à minuit le dîner du

Grand Homme au micro-ondes, Irina se surprit à suivre ses interviews d'un œil amer. Lawrence réagissait sans doute d'une façon aussi négative à la signature de l'accord parce qu'il ne l'avait pas anticipé ; la semaine précédant le vendredi saint, il avait prédit que le problème des *corps transfrontaliers dotés de pouvoirs exécutifs* conduirait les deux parties à poursuivre les combats pendant des années. Il détestait avoir tort. Elle ne pouvait partager son indignation à propos des libérations de prisonniers. Leurs victimes étaient mortes ; qu'y avait-il à gagner à maintenir les coupables en détention ? Lawrence méprisait ce point de vue, mais quelques peines réduites étaient, selon Irina, un prix bien faible à payer pour mettre fin à ces tueries. Elle se gardait de lui faire part de ces idées peu amènes, mais quand il citait mot pour mot des extraits entiers de l'accord, on aurait cru entendre M. Je-sais-tout, l'élève qui connaît toute les réponses et que ses camarades de classe détestent.

Donc, après plusieurs soirées de cet ordre, elle s'autorisa à regarder une chaîne où Lawrence ne risquait pas d'apparaître – BBC1, qui retransmettait le British Open. Comme par hasard, Ramsey Acton était en train de jouer. Depuis Bournemouth, Lawrence s'était mystérieusement désintéressé du snooker ; ayant vu peu de matches pendant tous ces mois, Irina avait aiguisé son appétit pour ce sport. Après tant de discours pontifiants sur la paix et les paramilitaires, il était merveilleux de voir un homme évoluer sur scène sans ouvrir la bouche. Lawrence n'avait jamais reparlé de dîner avec Ramsey, et un tournoi de snooker était sa seule façon de retrouver leur vieil ami.

Pas de doute : Ramsey était un homme superbe. Elle n'avait jamais vraiment regretté de ne pas l'avoir embrassé le jour de son anniversaire, mais tandis qu'elle l'observait empocher toutes les billes qui restaient pour un score de 132 points, elle reconsidéra la tentation. Il exécuta une série de longs empochages, de doubles ingénieux et de coups éblouissants dans une bille rouge qui en frappe une autre qui est alors empochée avec une grâce et un savoir-faire fascinants. Malgré sa performance irréprochable, un détail subtil dans le comportement de Ramsey – cette façon de résister, de ne pas plier, avec le genre de courage qu'on remarque aux enterrements – lui rappela Lawrence à l'époque difficile de la 104e Rue Ouest. Il émanait de Ramsey une souffrance qui lui donna envie de tendre la main à travers l'écran et de lui caresser la tempe. Lawrence n'était pas encore rentré, et elle se laissa aller à poser la joue sur le verre glacé. Un geste stupide, sans doute.

Elle fit un bond quand son compagnon franchit le seuil. « L'écran était poussiéreux ! » Elle se hâta de l'essuyer de sa manche.

« C'est Ramsey.

— Mais tu as raison ! s'exclama-t-elle gaiement.

— Tu ne vas pas me faire croire que tu vois à la télé un type avec qui nous dînons deux fois par an depuis 1992 et que tu ne le reconnais pas.

— Euh, bien sûr, maintenant que je fais attention, *je le reconnais*…

— Parfait, tu l'as reconnu, l'interrompit Lawrence. Maintenant, on passe à autre chose. La séquence pour *Newsnight* a été préenregistrée, et je veux la regarder. »

Sans lui demander son avis, il s'empara de la télécommande et mit BBC2. Les épaules d'Irina s'affaissèrent. D'ordinaire, elle se tenait au courant de l'actualité, mais ce soir, honnêtement, l'idée d'un autre bulletin d'information la laissait sans voix. Et elle ne se moquait pas quand elle protesta : « Mais je me fiche des *affaires du monde*. Il n'y a que le *snooker* qui m'intéresse. »

Un samedi de début mai, Irina convainquit enfin son célèbre compagnon je-sais-tout de faire un petit tour avec elle. À Noël, leurs promenades en Cornouailles avaient été assombries par l'inquiétude que lui inspirait l'étrange silence de Lawrence sur son voyage imminent en Russie. Depuis six mois, il n'en avait pas soufflé mot, et Irina commençait à se détendre. En passant devant Buckingham Palace (qui, chose incroyable, était encore jonché de bouquets fanés en hommage à Diana), toujours en rogne, elle se dit que la mission en Russie avait dû être annulée. Malheureusement, ils durent renoncer à la partie du trajet qu'elle préférait, la traversée de Hyde Park et de Kensington Gardens, parce que Lawrence devait trouver des toilettes – non, il « avait envie de chier », une expression grossière qui la hérissait. Il évoquait ses besoins naturels avec jubilation, d'une manière on ne peut plus explicite, et bien qu'Irina fût attachée, comme toute femme, à l'intimité de son couple, ces comptes-rendus sur la texture et la poussée des matières dépassaient les limites.

Ils étaient à deux rues de leur maison quand Irina remarqua qu'il leur manquait deux ou trois choses pour le dîner, et proposa de passer au supermarché, à dix minutes de là.

« D'accord, dit Lawrence. Je te retrouve à l'appartement.

— Tu ne viens pas avec moi ? » Les bras d'Irina n'étaient pas gonflés, comme ceux de *Bethany*, par les bancs de musculation Nautilus, mais raffermis par les vingt kilos de courses qu'elle portait régulièrement toute seule.

« Je déteste les magasins. Tu le sais.

— Pour moi non plus ce n'est pas une partie de plaisir. Tu te crois au-dessus de ça ? Tu penses que c'est un boulot de femme ?

— La division du travail. Plus efficace.

— Nous ne sommes pas une entreprise, mais un couple. Et j'apprécierais ta compagnie. »

Il céda avec humeur. Dès qu'ils atteignirent Elephant & Castle – orné d'un éléphant géant de plâtre hallucinant, un centre commercial d'un design si lugubre qu'on s'étonnait de ne pas devoir éviter tous les jours des clients se jetant du toit – il se mit à marcher devant, à quelques pas d'elle, comme pour se dissocier de cette corvée. Quand elle le rattrapa à Tesco, il se débattait violemment avec un chariot. Peu habitué à faire des achats dans ce pays, il ne comprenait pas qu'il fallait glisser une pièce d'une livre dans la poignée pour le dégager.

« Tu as envie de quoi pour le dîner ? » demanda Irina en lui montrant comment faire. Chez les hommes, la maladresse était une ruse. *Je suis nul ; occupe-t'en.*

« Ta cuisine est toujours délicieuse, Irina, dit-il d'un ton las. Choisis ce que tu veux. » Sa participation aux repas consistait à les manger. *La division du travail.*

Aussi, quand elle proposa : « Du poulet kung pao ? » il répondit « Parfait », d'un ton neutre. Le libre choix du menu aurait pu représenter une sorte de pouvoir. Mais cédé trop facilement, il n'avait aucune valeur.

Se frayant un chemin entre les gens, Irina prit des piments, des cuisses de poulet, un choix de légumes, du lait, du fromage, du jambon, du pain et de la moutarde Coleman. Mais elle perdait constamment Lawrence de vue ; il s'élançait au bout d'une allée dégagée ou traînait derrière elle d'un air maussade, refusant de demander qu'on le laisse passer. C'était bien pire de faire les courses avec lui que sans lui – il avait atteint son objectif.

« C'est quoi, tout ça ? se plaignit-il en voyant le chariot se remplir.

— Tes sandwiches pour le déjeuner, entre autres. Tu crois qu'ils tombent du ciel ? » Le sujet jeta un froid. Elle se demanda ce qu'ils devenaient si Lawrence prenait vraiment ses repas au Prêt-à-Manger avec *Bethany*.

L'heure était mal choisie. Après le travail, la foule avait envahi le magasin et les queues aux caisses s'allongeaient sur une quinzaine de mètres dans les allées. Le teint cramoisi, Lawrence consultait sans arrêt sa montre. Tandis qu'ils progressaient peu à peu, il refusa d'ébaucher un sourire, même quand elle lui lut la liste des parfums exotiques des chips : « Steak grillé au feu de bois et sauce aux grains de poivre », « Poulet Pasanda à la crème et à la coriandre », « Travers de porc laqué aux cinq épices », qui offraient un repas complet tenant dans une poignée de glucides et douze cents calories de matières grasses.

« Et que dirais-tu de chips "Dinde rôtie et farcie aux patates douces caramélisées, aux choux de Bruxelles trop cuits, avec un verre de cabernet-merlot" ? proposa-t-elle. Ou "Saumon à la roquette, au gâteau au fromage et café, avec une double dose de Hennessy XO, habillé d'une veste de smoking rouge et noir devant une rediffusion de *Yes Minister*" ? Je parie qu'ils pourraient même ajouter un arrière-goût de cendre de cigarette. »

Lawrence ne jouait pas.

« Merde ! s'exclama-t-il quand ils furent enfin dehors. Je préfère mourir de faim.

— C'est ce qui se passerait si je ne faisais pas des queues comme celle-ci deux ou trois fois par semaine.

— Je ne sais pas comment tu supportes ça. Si ça ne tenait qu'à moi, je me nourrirais de crackers au beurre de cacahuètes et de bière de la supérette.

— Sûrement pas en vivant avec moi. Mais ne t'inquiète pas, je ne te le demanderai plus jamais.

Tesco est manifestement trop bas de gamme pour M. L'Expert-de-la-résolution-des-conflits. »

À leur retour dans l'appartement, l'humeur était donc un peu aigre. Mais, lassée par le silence qu'elle s'était imposé, et persuadée à présent que l'affaire était classée, Irina décida qu'il était temps de dissiper le doute semé dans son esprit par cette petite garce.

« Écoute, commença-t-elle, désossant des cuisses de poulet pendant que Lawrence faisait la vaisselle. Il y a quelque temps, j'ai entendu dire à Blue Sky qu'il était question d'un voyage en Russie.

— Oh. » Il savonna soigneusement un verre qui avait juste besoin d'être rincé. « Je croyais t'en avoir parlé. »

Un morceau de cartilage à découper exigea la même concentration. « Tu sais très bien que non.

— Euh… je suppose que j'ai remis ça à plus tard.

— Ça c'est sûr. Tu pars combien de temps ?

— Environ un mois.

— Un mois ! » Irina reposa son couteau. « Et tu t'en vas… ?

— Dans deux semaines.

— Et tu avais l'intention de me prévenir quand ? Au moment de préparer tes bagages ?

— Ce soir, en fait, si tu n'avais pas mis ça sur le tapis.

— C'est facile à dire maintenant.

— Je n'allais pas disparaître comme ça. »

Arrachant la peau d'une autre cuisse de poulet, Irina constata une fois encore qu'il lui était très difficile de dire simplement à Lawrence le fond de sa pensée. Elle se força à demander avec audace : « Tu n'as pas envisagé de m'emmener avec toi ?

— Non, répliqua-t-il, renversant de l'eau de rinçage sur le sol. Tu t'ennuierais.

— C'est mon pays. Pourquoi ça m'ennuierait-il ?

— Ça ne peut pas être *ton pays* si tu n'y es jamais allée. Et tu as dit toi-même que tu essayais de mettre autant de kilomètres que possible entre toi et ton héritage.

— C'est de ma *mère* que j'essaie d'être le plus loin possible, déclara Irina en hachant les piments. Et je n'ai jamais cru à ses débordements de sentimentalité à propos d'un endroit qu'elle a quitté à l'âge de dix ans. Ça ne veut pas dire que la Russie ne m'intéresse pas.

— Oublie ça. Ton voyage coûterait une fortune. Les hôtels de Moscou sont hors de prix pour les étrangers... et ne t'imagine pas que tu passeras pour une indigène.

— Je gagne ma vie ; je peux le payer de mes deniers. D'ailleurs, ajouta-t-elle timidement, découpant une poche de graisse de poulet, je pourrais peut-être te servir d'interprète et être payée pour ça.

— La bourse Carnegie couvre les honoraires d'un interprète, qui sera beaucoup plus expérimenté. Et nous essayons d'organiser une visite en Tchétchénie. Tu n'obtiendras jamais l'autorisation des services de sécurité.

— Je n'aurais pas besoin d'aller en Tchétchénie. Je pourrais rester à Moscou.

— Irina, tu n'y penses pas ! Tu as du travail. Tu devrais profiter de cette belle opportunité pendant mon absence.

— Je suis déjà en avance pour Puffin, et je pourrais emporter mon matériel de dessin.

— Tu ne seras pas productive, si tu es cloîtrée dans une chambre d'hôtel ! protesta Lawrence, tartinant un cracker de beurre de cacahuètes. Et si tu y réussis, je ne vois pas ce que tu viendrais faire en Russie. »

Cette conversation évoquait jusqu'ici la ballade de Peter Paul et Mary intitulée « Cruel War ». Une jeune fille demande à plusieurs reprises au soldat qu'elle aime de lui permettre de l'accompagner au combat. Elle énumère différentes solutions, proposant par exemple d'attacher ses cheveux et de mettre un uniforme afin de passer pour son camarade. Le refrain, *Laisse-moi venir avec toi !*, est suivi chaque fois du mélancolique *Non, mon amour, non…*, bien que la mélancolie fût absente des arguments de Lawrence pour la décourager. Les supplications de la fille sont vaines, à l'exception de la dernière – Irina chercha le vers décisif. *Lawrence, oh Lawrence !* (bon, le soldat de la chanson s'appelait Johnny, mais ce nom-là sonnait bien). *Que tu es cruel ! Je t'aime plus que l'humanité tout entière ! Je t'aime plus que les mots ne pourront jamais l'exprimer ! Laisse-moi t'accompagner !* Et le garçon dit enfin, d'une voix douce et sifflante : *Oui, mon amour, oui.*

« Mais je t'aime ! bredouilla Irina, se rendant compte en disant ces mots que les chansons populaires nunuches n'étaient pas la meilleure source d'inspiration pour argumenter avec un petit malin comme Lawrence Trainer. Je ne peux pas t'obliger à m'emmener, et je comprendrai que tu ne le fasses pas. Mais tu vas me manquer. Je ne veux pas que nous soyons séparés un mois entier. »

Hélas, le *Oui mon amour, oui* ne vint pas.

« Moi non plus, répondit-il. Mais nous devons faire ce que nous avons à faire, n'est-ce pas ? Et personne ne part plus en voyage d'affaires avec sa femme ou sa copine. On sera entre hommes.

— Ça signifie que *Bethany* ne vient pas ?

— *Bethany* n'est pas l'épouse de quelqu'un. C'est une chercheuse. »

Irina prit une nouvelle poignée de piments. « Donc, elle part aussi.

— Je ne sais pas… peut-être.

— Tu ne le sais pas ? Et ce “peut-être” veut dire oui ?

— Qu'est-ce que ça fait ? Elle parle parfaitement le russe.

— Moi aussi !

— Mais tu n'es pas chercheuse à Blue Sky, tu ne travailles pas sur la guerre séparatiste en Tchétchénie, et tu n'es *pas* lauréate d'une bourse Carnegie !

— Tu as oublié de mentionner que je ne suis pas une pute. » Les piments hachés formaient maintenant une vraie montagne, même aux yeux d'Irina, dont les critères dépassaient la normale, et ils luisaient de méchanceté.

« Écoute, nous allons faire des interviews toute la journée, tu auras l'impression d'être la cinquième roue du carrosse.

— Tu veux vivre seul cette expérience, c'est tout ! » explosa Irina. Brièvement, elle se vit balayer d'un geste théâtral tous les préparatifs du dîner – mais ils n'étaient pas ce genre de couple. « Tu *sais* que je pourrais venir à nos frais, et tu as dit que je tenais la route quand il s'agissait de discuter avec tes potes du *think tank*. Mais tu ne veux pas me laisser venir parce que tu veux avoir la Russie pour toi tout seul. Comme ça elle sera à toi, et pas à moi ! »

Appuyé contre le plan de travail, Lawrence plissa les yeux. Ils n'avaient pas l'habitude de décortiquer les non-dits, et lui-même se refusait à admettre qu'ils existaient. « Et si je voulais vivre seul mon expérience, reprit-il après une pause, qu'y a-t-il de mal à ça ?

— Rien, répondit-elle, vaincue, examinant les ingrédients du poulet kung pao sans appétit. Sauf que ce serait l'occasion de faire quelque chose ensemble et de partager la Russie, alors que si tu y vas le premier tu vas te l'approprier.

— Irina, dit-il avec un sérieux inhabituel. Il est important que nous gardions tous les deux notre indépendance.

— Je ne pense pas que ce soit un problème pour nous.

— J'ignorais que nous avions un problème.

— Bien sûr, dit-elle tristement. Le contraire m'aurait étonnée. »

Si le but d'une cuisine épicée était d'évoluer à la limite du plaisir et de la douleur, il était apparemment possible de basculer d'un coup dans la souffrance, point barre. Le poulet vous emportait la bouche comme jamais, et ils parvinrent à peine à en avaler quelques bouchées.

Les deux semaines précédant le départ de Lawrence furent courtoises mais tendues. Irina ne retira pas ce qu'elle avait dit sur *l'expérience qu'il voulait vivre seul*, et l'humiliation de n'avoir pas été invitée ne s'atténua pas. Quand l'heure fut venue de partir pour Heathrow, ils convinrent qu'il n'était pas *raisonnable* qu'Irina l'accompagnât à l'aéroport. Tandis qu'il guettait son taxi par une fenêtre du séjour, Lawrence demanda avec une légèreté apparente : « Alors… tu vas voir des gens pendant mon absence ?

— Oui, je suppose.

— Euh… qui, par exemple ? »

Irina pencha la tête d'un air interrogateur : « Betsy. Melanie. Les suspects habituels.

— Et ton éditeur, sans doute. Et cet auteur pour qui tu travailles.

— C'est juste. » C'était du dialogue de remplissage, et elle ne saisit pas pourquoi il insistait sur ce sujet. Il connaissait ses amies, et lors de leurs conversations au téléphone, elle ne manquerait pas de lui dire qui elle avait choisi de fréquenter en son absence.

« Quelqu'un d'autre ? » Son expression était si anxieuse qu'elle comprit.

Dans une autre vie, ou dans une autre relation, Irina aurait pu le rassurer franchement. Mais, pour les mêmes raisons qui retenaient Lawrence d'avouer à quoi il pensait quand ils couchaient ensemble, ils n'avaient jamais discuté de ce qui s'était réellement passé à l'automne dernier pendant la soirée à

Bournemouth, et encore moins du chemin de croix dans le sous-sol de Ramsey. S'ils devaient le faire un jour, ce n'était ni l'heure ni le lieu – l'air chargé d'électricité entre eux depuis des semaines, le taxi qui allait arriver d'un instant à l'autre. Elle soutint son regard une fraction de seconde, et empreignit sa réponse d'une gravité qu'il saisirait peut-être, du moins elle l'espérait : « *Non.* »

L'étincelle de soulagement qui éclaira son visage parut indiquer qu'il avait saisi le fond de sa pensée, mais comment en être certaine ?

Pendant le séjour de Lawrence en Russie, Irina fut très productive. Furieuse contre lui, et loin de se morfondre, elle n'erra pas dans l'appartement, déconnectée de la réalité, comme elle l'avait fait pendant son voyage à Sarajevo. Elle se levait dès la sonnerie du réveil, rangeant le café en grains une fois que la machine était en route, filant dans son atelier avec sa tasse. Elle travailla si diligemment à sa table à dessin que les illustrations de *Miss Angleterre sans les mains* menacèrent d'être trop recherchées, et elle termina le projet bien avant la date de remise. Lors de ses longues promenades en fin d'après-midi, elle ne flâna pas, mais marcha d'un pas énergique. Elle trouva le temps de voir ses amies deux ou trois fois par semaine, insufflant une telle vivacité à ces soirées que Betsy en fit la remarque. Elle prit soin de ne pas trop boire, de manger correctement, mais ne put résister à une cigarette occasionnelle, un geste de défi adressé à Lawrence.

Ce mécanisme fonctionnait donc à merveille, elle avait son travail et ses amies, et le fait qu'elle *allât très bien* en l'absence de Lawrence, merci beaucoup, lui procurait une cruelle satisfaction. Pourtant cet équilibre n'était pas sans lui laisser une impression de fragilité, comme si elle s'était transformée en l'un de ces pains scandinaves qui ne sont jamais assez salés. Si ses dîners composés d'un sandwich au bacon avalé en vitesse étaient d'une simplicité rafraîchissante, ils manquaient de fantaisie. C'était peut-être embarrassant pour une femme libérée des années quatre-vingt-dix, mais Irina était animée du profond besoin de s'occuper d'une autre personne, et si sa vie se résumait à sortir sa propre poubelle, à satisfaire son envie d'un biscuit d'avoine et d'une tranche de cheddar, la moitié du temps elle ne prenait pas cette peine.

Quand elle se masturbait, les après-midi où elle se sentait agitée, le plaisir physique était techniquement plus intense que lorsqu'elle était forcée de dépendre des soins de Lawrence, inadéquats à un point pathétique. Pourtant, ici aussi, la simplicité manquait de charme. Ce qui donnait du piment aux rapports sexuels, c'étaient peut-être leurs lacunes. L'orgasme le plus puissant paraissait insignifiant s'il n'était pas partagé, et à l'inverse de la torpeur rêveuse qui suivait une étreinte, dans la solitude aucune sensation de bien-être ne l'envahissait. La volupté d'après l'amour lui manquait – cette satisfaction du travail accompli.

Au cours de ce mois, sa compétence en matière de solitude servit seulement à démontrer que quand on vivait seule, on ne pouvait pas espérer mieux. C'était loin d'être suffisant. Rentrant dans un appartement vide après ses promenades, elle ne pouvait pas parler à Lawrence de l'invasion agaçante du Speaker's Corner de Hyde Park par les évangélistes américains qui couvraient la voix des socialistes bourrus sur leurs tribunes improvisées – anachronismes pittoresques réservés aux touristes, à l'ère post-Blair, comme la cabine téléphonique rouge d'antan. Quand on ne les racontait pas, les histoires ne semblaient pas être vraiment arrivées. Irina était renvoyée à cette image d'une femme qui, avant d'avoir obtenu la gloire professionnelle, la prospérité, le respect de ses pairs ou la camaraderie de ses amies proches, avait besoin d'*un homme*. Si cela faisait d'elle un être mesquin, banal, inachevé, ou dénué de dignité, elle s'en moquait.

L'homme dont il s'agissait ne se montrait guère expansif. Lawrence mettait la rareté de ses appels sur le compte d'un emploi du temps chaotique, mais ses silences étaient si nombreux qu'elle croyait parfois que la communication avait été coupée. Certes, il n'aimait pas parler au téléphone, et si son discours comportait des récits de réunions ou des cours savamment préparés sur les justifications historiques de la sécession de la Tchétchénie, il se réfugiait toujours dans les faits. Ils étaient incapables d'aborder des sujets délicats face à face, et la querelle qu'elle avait provoquée à cause de ce voyage ne serait pas résolue en quelques coups de téléphone hors de prix passés depuis un hôtel de Moscou. Du moins il ne s'offusqua pas de l'entendre répéter avec insistance qu'elle avait une vie merveilleuse en son absence ; elle eût préféré le contraire. Autrefois, ils avaient eu de la peine à s'accorder la plus difficile des libertés en amour : la permission de s'amuser l'un sans l'autre. Pour sa part, Irina se forçait à paraître intéressée par ses aventures. Pourquoi n'avait-il pas voulu de sa compagnie ? Pourquoi le plaisir mesquin de s'approprier *son* pays n'avait-il pas été balayé par la joie de découvrir la toundra avec elle ?

La musique de la serrure de la porte d'entrée sonna faux. L'habituelle symphonie du tintement de ses clés retentit dans l'air immobile de l'après-midi ; le choc du métal dans l'écusson lui écorcha les oreilles. Maintenant accoutumée à avoir l'appartement pour elle, Irina se sentit envahie. C'était aussi la maison de Lawrence, se dit-elle, et il n'y avait rien de présomptueux à ce qu'il arrivât sans frapper. Elle guetta l'appel traditionnel du mâle – *Irina Galina !* – dans le vestibule, mais n'entendit qu'un pas traînant et un claquement de porte. Il s'avança pesamment dans le séjour et posa ses bagages. Malgré son air épuisé, il paraissait plus jeune que dans son souvenir, et il avait perdu du poids.

« Hé ! » Il l'embrassa sur la joue, sans croiser son regard.

Pour des intimes, même des petites séparations sont une source d'éloignement, mais un instant la distance entre eux parut si grande qu'il aurait pu s'agir d'une première rencontre platonique après une rupture difficile. « Salut, dit-elle timidement – et elle ajouta : Tu veux un café ? Ou tu préfères commencer à défaire tes valises ?

— Prenons un café d'abord. » Il la suivit dans la cuisine, regardant autour de lui avec la curiosité nerveuse d'un invité qui n'est venu qu'une fois et ne se souvient plus de l'emplacement des toilettes. Il vérifiait sans doute, avec son paternalisme habituel, qu'elle avait aspiré la moquette. Mais l'air ailleurs pendant qu'elle moulait les grains, il paraissait distrait, lui donnant l'impression que ses commentaires sur un problème de robinet d'eau chaude n'étaient qu'un ennuyeux bavardage domestique. Pourtant, il fallait bien parler. Après un mois en Russie il aurait dû avoir quelque chose à dire !

« Alors », demanda-t-elle une fois qu'ils eurent emporté leur café dans le séjour. Lawrence regarda sa tasse d'un œil critique. Il l'aimait avec moins de lait. « Tout va bien ?

— Oui, très bien.

— Tu es pâle. Et amaigri.

— Je manque de sommeil, dit-il. Les dernières nuits. Il y a eu des conflits dans le groupe, à propos de notre sympathie, ou de notre manque de sympathie, pour les Tchétchènes. On a mis des heures à les résoudre. Et pour mon poids… euh… tu sais comment est la nourriture en Russie.

— Non, en fait je n'en sais rien. Je n'y suis jamais allée.

— Je suis là depuis dix minutes, et tu veux te disputer ?

— Je regrette. Je disais ça sans arrière-pensée. Je ne veux pas me quereller. À défaut d'autre chose, je ne suis pas douée pour ça.

— Avant mon départ tu as prouvé le contraire. » C'était Lawrence qui était d'humeur à se fâcher. Formant un angle aigu avec la joue gauche d'Irina, son regard était braqué sur la table, comme si une troisième personne y était assise. Il ne toucha pas à son café.

« Eh bien, tu seras heureux d'apprendre que Betsy te soutient. Elle a dit : "Hé, c'est un voyage d'affaires !" Et elle a fait remarquer que si je voulais tant partir en Russie, je n'avais qu'à y aller de mon côté.

— Elle a raison.

— Je sais. C'est agaçant. » Elle but une gorgée. « Mais je doute de le faire. *Ya nye khotela syejdit ve Rosiyou. Ya khotela syejdit se toboï.*

— Irina, ça suffit ! » s'exclama-t-il.

Elle tressaillit. Elle s'était efforcée de formuler sa pensée avec une tendresse conciliante. Pourtant, dans *Je ne voulais pas aller en Russie, mais y aller avec toi*, il n'avait perçu que du reproche. « Je suis désolée. Le dessin peut être très absorbant, mais je travaille enfermée dans une pièce, et parfois je t'envie de voyager dans des endroits intéressants et de rencontrer des gens nouveaux.

— Eh bien, c'est pas ma faute. Si tu as envie d'une vie professionnelle plus aventureuse, change de métier. »

C'était déconcertant ; au fond, ils disaient tous les deux la même chose, mais la convergence de vues prenait la forme d'un conflit. Même quand elle baissa la tête et répondit : « Je sais que tu n'y es pour rien.

C'est ce que je dis », ils semblaient encore s'opposer. Elle renonça, et changea de sujet :

« À propos, ma mère veut déjà savoir si nous venons pour Noël.

— Oh, super.

— Bien sûr, on peut toujours aller à Las Vegas à la place…, menaça Irina.

— Tout sauf Vegas. Je suppose que Brighton Beach nous permet d'y échapper.

— Ma mère t'aime bien.

— Je pourrais être n'importe qui, tant que je lui dis qu'elle a une jolie robe. »

Irina désespérait de lui fournir une raison positive d'être rentré chez lui. Jusqu'ici, il avait retrouvé une femme qui lui en voulait de ne pas l'avoir emmenée, dont le métier était dénué d'intérêt, et dont la famille était un fardeau. Mais la seule chose qui lui vint à l'esprit fut le compliment douteux critiqué à l'instant par Lawrence : « Ton nouveau pull est très beau. »

Quand il était entré, elle l'avait trouvé plus insolite encore à cause de ce vêtement surprenant. Le ras-du-cou orné d'une ligne rouge en diagonale et un point blanc évoquant le constructivisme russe était plus audacieux, et beaucoup plus élégant, que ce que portait Lawrence d'habitude.

« Ah oui. Je l'ai acheté à Moscou, au Goum.

— Tu as fait du *shopping* ? Sans y être conduit manu militari ?

— Je ne vois pas ce qu'il y a de louche là-dedans. Ça m'est déjà arrivé de faire des achats.

— Je n'ai pas dit que c'était "louche". Seulement curieux.

— Eh bien, je… euh… je cherchais quelque chose pour toi. En fait… » Il se leva pour fouiller dans ses bagages, et revint avec un sachet en plastique qu'il lui fourra dans les mains. Il n'y avait pas de carte. L'objet n'était pas emballé.

Le geste demandait du courage, beaucoup de cadeaux ont un effet inattendu. Une surprise qui ne s'accorde en rien avec vos goûts révèle seulement que la personne ignore tout de vous. En conséquence, se présenter à la porte avec un paquet peut être aussi dangereux que d'arriver les mains vides. Ne rien donner vous fera paraître négligent ou radin. À moins qu'une bonne bouteille ne résolve le problème – mais le cadeau neutre n'est pas dénué de pièges, et semble parfois trop impersonnel ou prudent –, l'offrande risque de faire passer le généreux donateur pour un imbécile, et de transformer la relation en parodie.

Mais le collier ras-de-cou qu'elle sortit du sachet était très joli – une bande de velours noir garnie d'une délicate plaque de métal émaillé. Le bouquet peint avec finesse sur un fond crème était caractéristique du Finift de Rostov. Alors pourquoi l'objet lui faisait-il un effet un peu bizarre ? À cause de son nom, qu'elle associait à un collier étrangleur ? Étant donné le climat épineux de son retour, l'idée de « l'étrangler » était-elle dérangeante ? Absurde. Non, c'était juste l'impression curieuse que ça aurait pu être n'importe quoi d'autre. Lawrence n'avait pas paru impatient de lui tendre le paquet dès son arrivée, et ne s'était pas inquiété non plus de savoir s'il lui plaisait quand elle l'avait sorti de son papier de soie, et maintenant il ne se précipitait pas pour lui montrer comment l'agrafer. Elle eut donc l'intuition que, peut-être acheté à la va-vite le dernier jour pour lui rapporter « quelque chose », le présent n'avait guère de sens pour Lawrence, auquel cas il ne comptait pas pour elle. Même si le collier était coûteux, Irina eût été plus touchée s'il était arrivé avec un petit paquet d'épices russes pour leur pop-corn.

Oh, elle déraisonnait ! Lawrence avait été débordé, et c'était adorable de sa part d'avoir pris le temps de lui acheter un cadeau. Elle le remercia abondamment, et mit le bijou.

Elle le suivit dans la chambre, où il emporta ses bagages pour les défaire, frustrée qu'il fût seulement quatre heures de l'après-midi, ce qui, dans l'immédiat, excluait de prendre un verre ou de dîner ensemble. Mais elle fut décontenancée quand il annonça qu'il devait apporter à Blue Sky un carton de documents réunis au cours du voyage, et partait au bureau.

« Tu ne peux pas attendre demain ?

— Je dois consulter mes mails. Ne t'inquiète pas, je serai de retour à temps pour le dîner. »

Le carton était lourd, et il décida d'appeler un taxi. Irina descendit avec lui pour attendre son arrivée. Elle savait qu'il était occupé, et en retard dans son travail. Mais il était tout à fait anormal qu'au bout d'un mois d'absence il s'éclipsât après s'être arrêté chez lui le temps d'un café qu'il n'avait pas bu. C'était bizarre, déstabilisant au point que le sol semblait se dérober sous ses pas, et au lieu d'y penser, elle se surprit à se demander s'il valait mieux agrémenter le saumon de ce soir d'une sauce à la vanille ou de graines de sésame et de soja.

Quand le taxi s'arrêta, ils se firent face sur le trottoir.

Exprimant le sentiment d'insécurité déplacé que Lawrence ne supportait pas, elle demanda : « Tu es heureux de me voir, n'est-ce pas ? »

Pourtant, au lieu de paraître agacé, il la fixa longuement et croisa son regard pour la première fois depuis son arrivée. Il la prit dans ses bras et la pressa contre sa poitrine. « Bien sûr que oui, répondit-il. Très heureux. »

Elle fut si reconnaissante de cet instant chaleureux que toute sa combativité s'envola d'un seul coup, et elle toucha le collier, résolue à ne pas le trouver insignifiant, mais à le garder précieusement, parce qu'il était magnifique et qu'un cadeau de Lawrence suffisait à son bonheur. Mais quand il s'engouffra dans le taxi et la salua de la main, lui assurant qu'il serait de retour à neuf heures au plus tard, elle eut l'étrange impression de lui répondre avec une gravité plus lourde de sens que lorsqu'une femme dit au revoir à un homme qui doit rentrer pour le dîner.

8

Pour Ramsey, jouer était un travail. L'été, il travaillait à jouer. En juillet, en l'honneur de son quarante-huitième anniversaire, il emmena Irina en Inde pour visiter l'Ooty Club, où il fit une impressionnante démonstration de coups éclatants sur la première table de snooker du monde. À leur retour, il y avait toujours quelque chose qui détournait Irina de sa table à dessin dans sa tourelle étouffante – déjeuners trop arrosés, séances de cinéma l'après-midi, excursion impromptue à Douvres. Quand la saison de snooker reprit en octobre, l'illustration de *Miss Angleterre sans les mains* n'avait guère progressé.

Se souvenant qu'elle s'était promis au printemps de s'atteler au travail, elle renonça à Bournemouth, mais avec regret ; si l'Ooty Club était « le berceau du jeu », Bournemouth avait été le berceau de leur mariage. Pourtant, le décalage qu'elle éprouvait en tournée devint encore plus criant dans leur grande maison vide. Elle se coupait les ongles, taillait des crayons, se préparait du thé. Ce n'est pas si simple pour une artiste – même si elle évitait ce mot – de « s'atteler au travail ». Elle faisait un trait sur le papier, ça n'allait pas, le dessin était gâché et elle devait recommencer. Désormais habituée à être en compagnie du matin au soir, Irina ne savait plus être seule.

Au moins pour échapper à la quête dévastatrice de son talent, qui semblait s'être échappé comme un enfant désobéissant, Irina remplissait les vides laissés dans la maison par le pillage de Jude. D'ordinaire, elle se rendait à la boutique Oxfam de Streatham. Pendant le séjour de Ramsey à Bournemouth, elle y dénicha quelques pièces ravissantes pour trois fois rien, mais la MasterCard Platine dans son portefeuille suffit à détruire sa joie. Elle n'était pas faite pour être riche, et avec des sommes aussi phénoménales à sa disposition, le monde lui paraissait singulièrement déprécié. Survivre dans une ville chère avec un budget serré exigeait de la ruse et de l'ingéniosité. Autrefois, dénicher au supermarché des pois mange-tout soldés lui avait inspiré un sentiment de victoire. Cet été, leur note hebdomadaire de dîners au restaurant avait dû avoisiner mille livres, et elle ne pouvait décemment se vanter d'avoir économisé soixante pence.

Ramsey l'appelait tous les soirs de son portable depuis le bar du Royal Bath, et elle entendait le chahut en arrière-fond, les chansons, le vacarme et le cliquètement des verres. Lorsqu'elle avait été du voyage, le passage d'un hôtel à l'autre lui avait paru épuisant et dépersonnalisé ; mais de loin, la tournée reprenait inévitablement son éclat. Dans le désert de sa vie de femme au foyer, elle devint paranoïaque. Les joueurs de snooker étaient harcelés des bandes de fans en adoration, et pas toujours des garçons. Du moins, le point de vue de Ramsey sur le scandale Monica Lewinsky outre-Atlantique était rassurant ; le tohu-bohu progressait rapidement vers l'*impeachment* du président Clinton. Au contraire de la plupart des Européens, Ramsey ne tournait pas en ridicule le public américain pour sa réaction simpliste aux à-côtés du pouvoir. Il ne répétait pas non plus le cliché du jour qui avait dû inquiéter toutes les Américaines sans exception : *Tous les hommes mentent sur le sexe, pas vrai ?* Ramsey disait que si on ment sur le sexe, on ment sur le reste car, si un type n'est pas sincère avec sa femme, il ne l'est avec personne. Il pensait aussi qu'un homme qui risquait une carrière aussi prestigieuse pour « faire mumuse » avec une groupie était un peigne-cul.

Après des heures passées à grignoter sans faim, à allumer des cigarettes pour les éteindre deux minutes plus tard, et à affronter des pages blanches sans la moindre inspiration, qui l'eût blâmée de fuir cette vie lugubre pour retrouver en novembre la compagnie de l'homme charmant qui l'adorait au championnat du Royaume-Uni à Preston ?

Juste avant Noël, elle travailla trois nuits entières pour rendre *Miss Angleterre sans les mains* à la date reportée, fondant plus d'une fois en larmes. Quand elle se rendit chez Puffin avec son portfolio, elle savait que les derniers dessins étaient un peu « rapides » ; au moins, elle les avait terminés à temps. Mais la fatigue, le sentiment d'insécurité, et la sensation dégradante d'avoir bâclé son travail n'étaient pas la meilleure préparation pour un Noël à Brighton Beach, où elle comptait non seulement présenter Ramsey Acton à sa mère, mais lui apprendre son existence.

Après les reproches de Lawrence, Irina avait devancé les appels de sa mère à Borough en téléphonant elle-même fréquemment à Brighton Beach. Elle laissa entendre qu'elle avait une « surprise » en annonçant : « *Nous venons pour Noël* », mais refusa de préciser l'identité de son compagnon. Puisqu'il était impossible de prévoir comment sa mère réagirait en apprenant qu'elle avait quitté le très sérieux Lawrence Trainer pour un impétueux joueur de snooker, Irina décida de se présenter chez elle avec Ramsey, sans autre formalité. Ce projet était le signe d'une audace récemment acquise, ou d'un retour de désespoir enfantin tendant à repousser les situations désagréables le plus longtemps possible.

Le 23 décembre, sur la route de Heathrow, Ramsey conduisit la Jaguar avec des gestes nerveux et précis, manœuvrant habilement dans la circulation, et c'était grisant de filer ainsi à toute allure. Mais à Hammersmith, elle posa une main inquiète sur son bras. « Tu sais que ma mère est difficile, dit-elle.

— Tu me l'as assez seriné.

— Et tu sais que ce n'est pas facile pour moi de lui rendre visite, même quand le moment est bien choisi, ce qui n'est pas le cas. C'est-à-dire qu'elle ne t'attend pas. Elle a l'obsession de l'ordre, et les gens comme elle n'aiment pas être pris à l'improviste. Ils préfèrent savoir ce qui va arriver.

— Alors pourquoi tu lui as rien dit au téléphone ?

— Comme je te l'ai expliqué, quand tu as devant toi une personne en chair et en os, ça coupe court à toute discussion… et ça lui clouera peut-être le bec. Mais je veux que tu me fasses une promesse.

— Vas-y, dit Ramsey.

— Promets de ne te disputer avec moi sous aucun prétexte. À notre retour tu pourras m'engueuler tant que tu voudras. Mais même si je bois trop et que je danse nue sur la table, tu ne *dois* pas t'en prendre à moi à Brighton Beach.

— Pourquoi tu crois que ça se passera mal entre nous ? » demanda-t-il, l'air blessé. Chacune de leurs querelles s'était logée de façon indélébile dans la région du cerveau d'Irina où elle stockait les traumatismes majeurs tels que les accidents de voiture et les morts d'amis proches. Ramsey ne semblait jamais se souvenir de lui avoir adressé un seul mot désagréable.

« Je ne crois rien du tout, dit-elle. Je te demande de me faire une promesse. Croix de bois croix de fer, si je mens je vais en enfer. Tu n'as rien répondu encore.

— Bon. » Il haussa les épaules. « Pas de dispute, c'est promis. »

Irina lui étreignit le bras et le remercia, mais son assentiment lui avait paru désinvolte à un point inquiétant. Comme les jouets bon marché que des parents éloignés lui avaient offerts autrefois pour Noël, une promesse accordée à peu de frais était susceptible de se rompre à la première entorse.

Dans les boutiques hors taxes, Irina fut incapable de dissuader Ramsey d'acheter une bouteille de Hennessy XO. Elle n'avait pas réussi non plus à le convaincre de voyager autrement qu'en première classe. Fermer les yeux sur les liasses de billets que Ramsey sortait pour résoudre un problème ou s'offrir un plaisir devenait la norme. Au début, Irina avait parfois réglé d'autorité l'addition du déjeuner ; depuis quelque temps elle ne se donnait plus cette peine. Elle ne prétendait pas que l'argent de son mari fût aussi le sien maintenant. Mais Ramsey était riche, il aimait dépenser des fortunes pour elle, et il était stupéfiant qu'une femme qui avait autrefois récupéré la sauce cajun au fond du bol de pop-corn pour la réutiliser ensuite acceptât l'achat de billets d'avion qui coûtaient… eh bien, elle préférait ne pas y penser. Simplement parce que les nécessaires de toilette gratuits étaient, selon Ramsey, « la totale ». Un mini-vaporisateur d'eau de Cologne immonde, des boules Quiès en mousse, et deux cuillerées à soupe de bain de bouche coûtaient si cher que la somme à payer aurait suffi comme acompte pour l'achat d'une petite maison, mais peu importait.

Dans l'avion, les hôtesses étaient aux petits soins, et ils furent bientôt pompettes. Entre deux questions sur son succès au championnat du Royaume-Uni, le steward proposait à Ramsey une autre boîte de chocolats ou une couverture supplémentaire.

Celles-ci se révélèrent fort utiles. Irina avait toujours rejeté l'absurdité du *mile-high club,* ne voyant pas le charme d'une relation sexuelle sur le siège en plastique de toilettes exiguës et nauséabondes qui vibre sous l'effet de la ventilation. Mais au-dessus de l'Islande elle se rendit compte que le phallus de Ramsey aurait pu servir de matraque pour assommer des manifestants altermondialistes et décida d'en profiter. Quand il eut desserré sa ceinture sous leur tente obscure, sa main dessina les contours de la bite la plus splendide qu'elle eût jamais connue. Il était impossible de dire pourquoi. Irina n'avait peut-être jamais été de ces femmes qui trouvent un peu répugnantes les parties génitales d'un homme, mais jamais elle n'avait vu entre elles de grosses différences esthétiques. Pourtant cette bite-là était exquise à un point indicible – lisse, simple, droite, avec des testicules fermes et talqués blottis contre l'aine. Le mois dernier à Preston, quand Ramsey s'était forcé à aller à la table d'entraînement, il lui avait suffi d'évoquer l'image de son érection du matin pour émettre un grognement d'une urgence si désespérée que la serveuse du restaurant de l'hôtel était accourue pour lui demander si son café était trop fort. Franchement, elle était devenue l'esclave de cette queue, et elle s'inquiétait parfois de songer aux sacrifices extravagants qu'elle serait capable de faire et aux humiliations qu'elle serait prête à endurer juste pour avoir le droit de la toucher encore une fois.

Ils réussirent à mouiller la chemise de Ramsey. Lorsqu'il se glissa sous sa jupe pour lui revaloir sa gâterie, il gloussa dans son oreille : « Hé, je pourrais me laver les mains dans ta chatte ! » Quand il atteignit son col, elle parvint à se retenir de crier, mais ses yeux sortirent de leurs orbites et le son rauque de ses inspirations était sans doute audible. Aucune de leurs petites activités ne dura très longtemps, et ils prirent soin de ne pas se découvrir, mais les stewards savaient sans doute exactement ce qui se passait. L'Irina d'autrefois en eût été mortifiée. L'Irina d'autrefois ne s'était jamais beaucoup amusée dans les avions.

Quand la porte d'entrée s'ouvrit, la tenue de Raïssa annonça obligeamment que sa personnalité était elle aussi fabriquée et mûrement réfléchie : un chemisier rouge feu sur une jupe noire moulante, avec une écharpe, une ceinture et des hauts talons du même jaune citron éclatant. On aurait dit une gravure de mode tape-à-l'œil tirée du supplément magazine du *Sunday Times* : c'était trop.

D'habitude Raïssa instillait un enthousiasme artificiel dans chacune de ses phrases, tel un entrepreneur de pompes funèbres injectant du natron dans un cadavre. Mais elle fut si déconcertée de découvrir un inconnu mince et élancé à côté de sa fille qu'elle en oublia de jouer son numéro habituel. Elle l'embrassa distraitement, puis demanda d'une voix normale qu'Irina ne lui connaissait pas : « *Eto ktho takoï ?*

— Mama, je te présente mon mari, Ramsey Acton.

— *Tvoï muzh ? Bolje moï, Irina, ty vyskochila zamuzh !* » Elle lança un regard sceptique à la bague de radiateur de Ramsey, qu'il avait interdit à Irina de remplacer.

« Tu m'as entendue.

— *Tak !* s'exclama Raïssa. *Eto tvoï suprees !*

— Ramsey, voici ma mère, Raïssa McGovern. » Pour une raison obscure, Raïssa avait refusé d'abandonner le nom de son mari, comme pour le garder et en même temps prendre sa revanche sur lui.

« Enchanté », dit Ramsey, embrassant sa belle-mère sur les deux joues avec une élégance européenne. C'était exactement le genre d'homme que Raïssa pouvait admirer : plein de grâce, vêtu de tissus sombres et soyeux façonnés par de grands couturiers, malgré le clin d'œil menaçant du blouson de cuir. Pourtant, sa fille godiche et sans charme n'avait rien à faire avec un mari aussi séduisant, et plus âgé de surcroît. Raïssa eût été beaucoup plus à l'aise avec un gendre habillé de flanelle écossaise, d'une beauté passe-partout, de préférence plus petit que son mètre soixante-dix-huit, et avec une posture voûtée. Bref, Raïssa se sentait bien mieux avec *Lawrence*.

« *Akh, izveneete !* » Ayant recouvré une partie de son épuisante vitalité, Raïssa les fit entrer : « *Kakgroubo es moeï storony ! Pojalouïsta, prokhodite ! Dobro pojalovat !*

— Mama, Ramsey apprécierait beaucoup que tu parles *po-angliski* ; tu ne le devinerais jamais, chéri, mais ma mère vit dans ce pays depuis plus de quarante ans et parle un drôle d'anglais.

— *Ramsee ? Ramsee Actoun, da ?* » C'était de la comédie, y compris le *r* slave roulé du prénom de Ramsey. Quand elle daigna passer à un anglais scrupuleusement incorrect, c'était aussi une comédie. « J'en reviens pas ! Quand le mariage ? *Ee gdie Lawrence, Irina ? Chto slouchilos es Lawrence ?* » Comme si Ramsey ne comprenait pas ce nom.

« Lawrence et moi nous sommes séparés à l'amiable. Et, s'il te plaît, ne sois pas vexée de ne pas avoir été invitée. Personne ne l'a été. C'était juste une formalité, et nous étions seulement tous les deux.

— Si vite, *da* ?

— Oui, mama », mentit Irina. Ils avaient fêté leur premier anniversaire de mariage la semaine précédente. « Ç'a été très soudain. »

Raïssa conduisit Ramsey au premier pour qu'il dépose les bagages dans l'ancienne chambre d'Irina, puis lui fit faire le tour de la maison, qu'elle avait achetée pour une somme dérisoire avec les indemnités spartiates du divorce quand son couple était parti en fumée, la dernière année de lycée de sa fille. (La bicoque démodée valait maintenant une petite fortune, ce dont elle tirait vanité tout en en faisant mystère.) Elle avait jeté son dévolu sur cette enclave de plus en plus russe, où elle pouvait vivre avec *son peuple* en se sentant supérieure aux Juifs. Elle ne tarderait pas à montrer son studio à Ramsey, afin de lui faire comprendre qu'elle n'était pas n'importe qui, mais une ballerine accomplie et un professeur de danse connu pour sa sévérité (elle se vantait d'être redoutée par ses élèves), qui chaque jour travaillait encore inlassablement à la barre. Raïssa n'était pas en train de disparaître tranquillement dans les brumes de l'âge, et Irina ne put s'empêcher de se dire que la férocité de cette femme de soixante-quatre ans était impressionnante.

Épuisée à trois heures du matin, heure de Londres, après avoir trop bu dans l'avion et trop peu dormi afin de rendre à temps *Miss Angleterre sans les mains,* Irina s'écroula – malgré l'inconfort du mobilier – sur l'un des fauteuils de velours rouge du salon. Quitter un homme bien pour un joueur de snooker louche était assez scandaleux pour qu'on lui attribuât le rôle libérateur du mouton noir. Dans ce cas, pourquoi s'était-elle sentie tenue par la convention d'un Noël passé en famille ? Ramsey était le seul homme qui lui eût jamais donné le sentiment d'être belle. Sa mère avait tout fait pour qu'elle eût l'impression d'être moche, mal habillée, et terne, en comparaison. Sur la promenade, les hommes regardaient encore les jambes de Raïssa. D'une certaine manière, Irina était fière de sa mère, mais il n'était guère utile de présenter son mari à ce splendide spécimen tout en muscles – avec une taille plus fine, des pommettes plus hautes, une queue-de-cheval plus lustrée – dans le but de se mettre en valeur.

Quand ils revinrent, Ramsey glissa les mains sur ses épaules et baisa le creux derrière son oreille. Le regard de sa mère se durcit. Raïssa n'approuvait pas qu'on se « tripotât » en public. Même s'il était évident aux yeux d'Irina que cette expression réprobatrice cachait de la jalousie, Raïssa n'eût jamais admis que son sens des convenances était le fruit amer de la frustration sexuelle. Les êtres qui ne pratiquent pas d'auto-analyse – c'est-à-dire presque tout le monde – se moquent de la manière dont les autres perçoivent leurs motivations secrètes, et il est donc inutile de faire l'effort de les comprendre. Une fois que ce blâme eut été enregistré, Raïssa s'éclipsa dans la cuisine.

Le fauteuil en velours rouge assorti était placé de telle sorte que l'une des étagères où étaient posées les horribles figurines en porcelaine de Raïssa vous rentrait dans le cou si vous vous adossiez, et Ramsey le tira en avant pour s'asseoir. Les pieds du siège s'enfoncèrent dans la moquette bleu roi impeccable, et Irina écarquilla les yeux d'effroi. Lorsque, peu après, Ramsey monta au premier pour aller aux toilettes, elle se leva d'un bond et remit le siège en place.

Ramsey revint, rapportant la bouteille de Hennessy XO. Il regarda le fauteuil.

« Tu ne connais pas la règle, chuchota Irina. Elle va piquer une crise si tu fais de nouvelles marques sur la moquette !

— Je me fous de la *règle* ! » s'écria Ramsey d'une voix de stentor. Il avança de nouveau le fauteuil de trente bons centimètres – ce qui laisserait une seconde série de traces criminelles sur le tapis – et se rassit, étendant ses longues jambes comme s'il espérait faire trébucher quelqu'un. Il prit son paquet de Gauloises. Irina lui fit de grands signes frénétiques. En roulant les yeux, il le rangea.

Raïssa entra avec un plateau dont la présentation, avec ses verres posés sur des supports en filigrane d'argent, était l'essentiel, puisque personne ne voulait de thé. L'assiette de biscuits Pepperidge Farm avait aussi un but décoratif, car la maîtresse de maison n'en mangerait pas. Posant le plateau sur la table basse, elle fixa les pieds du fauteuil de Ramsey. Un peu plus, et son regard eût enflammé les fibres de la moquette.

« Alors, *Rrramsee*, commença Raïssa après avoir servi le thé. Comment gagnez-vous votre vie ?

— Je joue au snooker.

— *Snookers*, répéta-t-elle, tournant le mot dans sa bouche. C'est un… jeu ?

— C'est un jeu, répondit Ramsey d'un ton tolérant.

— Un jeu de cartes ? Comme le bridge ?

— Aux États-Unis, ce qui ressemble le plus au snooker, c'est le billard américain, intervint Irina. Tu sais, quand on pousse les billes dans des poches avec un bâton sur une table verte ? » Elle regrettait que sa description rendît ineptes toutes les formes de billard, mais la liste des mots anglais que sa mère prétendait ne pas connaître était illimitée. Dieu seul savait pourquoi Raïssa s'imaginait que vivre depuis des décennies dans un pays dont on ne maîtrisait toujours pas la langue était charmant. Honnêtement, elle avait dû passer ses journées à s'exercer dans cette maison à oublier les articles, à supprimer le verbe « être » sous toutes ses formes, et à convertir chaque *th* en *z* et *w* en *v*. Pour une femme brillante, conserver ce degré d'authenticité après quarante ans de visites de témoins de Jéhovah, d'envois de billets de sweepstake par le *Reader's Digest*, de minifeuilletons PBS et de pubs hurlantes pour Crazy Eddie avait dû être un vrai travail.

« Vous jouez à ce… *snookers* pour de l'argent ? dit Raïssa, s'adressant à Ramsey.

— *Da,* répondit-il, je joue au *snookers* pour de l'argent.

— Mais cet argent, vous l'avez seulement quand vous gagnez ?

— En plein dans le mille, maman. Je ne suis payé que lorsque je gagne.

— Ramsey gagne beaucoup, mama.

— Alors, avant de jouer votre... *snookers,* reprit Raïssa, sans le quitter des yeux un seul instant, vous ne savez jamais si vous avez une bourse bien garnie ou rien du tout.

— On peut voir ça comme ça, répliqua Ramsey d'un ton neutre – l'échange semblait l'amuser.

— Mama, tu ne comprends pas ! Au Royaume-Uni, Ramsey est célèbre. La comparaison avec le billard américain, ça n'aide pas. Le snooker est une grosse affaire en Grande-Bretagne. Les joueurs sont des superstars. On les voit tout le temps à la télé. Ramsey ne peut pas descendre dans la rue sans que cinq personnes lui demandent un autographe... » Elle parlait dans le vide.

« *Ramsee,* vous avez jamais pensé à avoir un vrai métier ?

— Quand les poules auront des dents, je suppose. » Jouant son rôle avec conviction, Ramsey repoussa son thé froid, et attrapa le cognac derrière son fauteuil. Il retira la capsule en plomb, fit sauter le bouchon décoré et se versa une triple dose. « Je me vois pas filer au bureau ou un truc du même genre. Vous voyez, Irina et moi, on aime bien dormir le matin. En général, je me suis tellement bourré la gueule la veille – il but une lampée de cognac en guise de démonstration – qu'il faut bien la journée pour me remettre d'aplomb. »

Raïssa se leva d'un air guindé pour ranger le plateau du thé.

« Bon, on va se coucher, annonça Irina en se massant les tempes.

— Hé, la fête ne fait que commencer ! s'écria Ramsey, étalant son accent du sud de Londres à la truelle.

— Pour toi peut-être, rétorqua Irina. Ce n'est pas l'idée que je me fais d'une fête. »

« Pourquoi tu ne m'as pas soutenue ? chuchota-t-elle quand ils revinrent dans son ancienne chambre. Je dis que tu es connu, et tu me laisses en plan ! Elle croit sans doute que tu m'as éblouie avec quelques breloques et tes tenues chic, et que je me suis imaginé avoir épousé une vedette au lieu d'un escroc de pacotille ! »

Ramsey roula sur le lit et pouffa. « J'la faisais marcher, c'est tout. C'est elle le dindon de la farce, non ?

— Non, c'est moi, grommela-t-elle, se blottissant contre lui. Mais peut-être que c'est pas important. Je pense que tu as déjà tout gâché. Elle s'attend à beaucoup de lèche-bottes, de baratin. Pour ma mère, être privée de flatteries revient à se faire insulter.

— Alors je dois lui dire quoi ?

— Chaque homme qui pénètre dans cette maison est supposé s'exclamer sur sa beauté, sur sa forme exceptionnelle, et jurer qu'elle fait trop jeune pour avoir une fille de quarante ans.

— J'le ferai pas, c'est sûr ! Pasqu'elle a l'air d'un putain de cadavre ! »

Irina se redressa. « Tu ne trouves pas qu'elle est vraiment bien ? Pour une femme de soixante-quatre ans ?

— Cette poule fait son âge au mois près, et plus encore. Elle est si maigre que sa peau se plisse, et son visage est dur... avec ce sourire figé sur les lèvres. Bon, elle est bien fichue, et elle sait se fringuer comme il faut. Mais elle est asexuée, lapin. J'aimerais mieux baiser une pomme de terre au four froide. Ta vieille t'arrive pas à la cheville, lapin. Tu t'en es pas encore aperçue ? Pourquoi elle s'en prend tout le temps à toi, comme tu m'as dit ? Elle a peur de toi pasque t'es *belle*. Et elle a fait le maximum pour que tu le saches pas.

— Euh, tu l'as jamais vue quand elle était jeune...

— Pas la peine, la coupa Ramsey. T'as *toujours* été la plus géniale. Et t'avise pas de l'oublier. »

Irina sourit et l'embrassa avec reconnaissance, mais c'était bizarre ; elle ne voulait pas penser qu'il disait vrai. Peut-être ne voyait-elle pas sa mère de façon très objective. Pourtant, quand elle était petite ses camarades de classe considéraient Raïssa avec un respect mêlé d'admiration et n'avaient jamais compris comment un vilain caneton aux dents en avant avait pu naître d'un cygne aussi gracieux – soigné jusqu'au bout des ongles, avec un maintien impérial et des tenues à la Audrey Hepburn. C'était l'image de Raïssa qu'elle voulait garder. La vision alternative d'une névrosée aux traits tirés, au visage émacié qui vieillissait seule était une abomination.

« Pas de petit déjeuner ? » demanda Ramsey le lendemain matin, qui était la veille de Noël.

Irina, assise à la table de la cuisine, lisait le *New York Times* devant une tasse de café solitaire, dont elle avait essuyé l'extérieur avec soin avant de la poser d'abord sur une soucoupe, et ensuite sur un dessous-de-bouteille. Plutôt que d'expliquer que sous ce toit manger était un signe de faiblesse, elle lui fit signe en marmonnant qu'elle n'avait pas faim.

Naturellement, Raïssa était debout depuis l'aube, ayant déjà travaillé des heures à la barre. Elle portait encore un collant blanc avec des jambières rouge cerise et des chaussons de danse assortis, dont le trottinement familier sur le lino fit remonter à la surface toutes les frustrations de l'enfance.

Ramsey ne comptait pas se plier à ce régime austère. Quand sa belle-mère lui proposa du pain noir grillé il répondit d'accord, ou des œufs brouillés, et il dit bien sûr, ignorant gaiement son expression horrifiée quand il accepta des saucisses et une assiette de kasha.

« *Bolje !* s'exclama Raïssa quand elle commença à s'activer dans la cuisine, feignant de ne pas se sentir exploitée. Quand je suis seule, je vais au magasin dans l'Avenue et je reviens avec un petit sac ! Maintenant, avec un *homme* dans la maison ! En une journée, plus de provisions ! C'est merveilleux, *tak mylo,* tout cet appétit sous mon toit ! Comme ton père, Irina... il mangeait comme un ours !

— Ne t'inquiète pas, mama », dit Irina. Le seul avantage de la subtilité cousue de fil blanc de sa mère, c'était qu'on n'avait jamais besoin de se creuser la cervelle pour comprendre ce qu'elle cherchait. « Si tu veux qu'on te rembourse les provisions, je suis sûre que ça peut se faire.

— *Tchepukha,* Irina, c'est pas ce que je voulais dire !

— Bien entendu. »

Ramsey avait dévoré trois tranches de pain grillé quand il remarqua les mains d'Irina. « Hé, pourquoi t'as des gants ? »

Ce n'était pas commode pour tourner les pages du journal. « Tu sais bien, c'est Raynaud. Il fait glacial ici. C'est toujours comme ça, alors j'en ai apporté plusieurs paires. Je me suis dit que je garderais les rouges pour Noël.

— Faites pas attention, *Ramsee,* intervint Raïssa avec humeur. Irina met des gants pour faire de la peine à sa mama. Elle veut se faire remarquer mais, si on l'ignore, ça marche pas.

— Elle a foutrement raison ! s'écria Ramsey. Je me les gèle ! Pourquoi on monte pas le chauffage ?

— Si vous voyiez la facture de gaz ! répliqua Raïssa, essuyant fébrilement les plans de travail. *K tomou je,* un peu de fraîcheur, ça réveille. C'est bon pour la circulation, *da* ?

— Non, mama, répondit Irina d'une voix neutre, être enfermée dans une armoire frigorifique n'est pas bon du tout pour ma circulation.

— Lève-toi plus tôt le matin et fais de l'*exercice,* Irina, tu auras chaud toute la journée !

— À quelle température est réglé ce foutu thermostat ? » Ramsey avait retiré un des gants d'Irina et massait ses doigts glacés entre ses paumes.

« Oh, aussi bas qu'au pôle Nord. C'est dans le séjour. » Il partit dans le couloir et elle le rappela : « Ramsey… »

Il revint : « C'est quoi, soixante, en degrés Celsius ?

— Seize ? proposa Irina. Plutôt quinze, peut-être.

— C'est de la cruauté pure ! »

Irina lui courut après et lui attrapa le bras. « Ne fais pas ça, chuchota-t-elle. Une fois, j'ai eu l'audace de le monter de deux degrés, et tu n'imagines pas le scandale. Ça n'en vaut pas la peine. Je peux porter des gants. Ça ne me dérange pas.

— Mais moi si, bordel ! » Ramsey pénétra dans la cuisine et annonça à Raïssa, qui s'acharnait à essuyer les miettes de son petit déjeuner à moitié mangé : « Voilà, ça me plaît pas que ma charmante épouse s'emmitoufle comme une Esquimaude pour lire le journal. » Il sortit son portefeuille, et jeta quatre coupures de cinquante dollars sur la table. « Ça devrait couvrir un ou deux jours de votre note de gaz, non ?

— *Niet*, c'est trop, reprenez votre argent ! protesta Raïssa, agitant les billets. J'en veux pas, vous êtes mon invité !

— Gardez la monnaie. » Ramsey se dirigea vers le salon d'un pas nonchalant et, médusée, Irina le regarda régler le thermostat à vingt-quatre degrés, violant effrontément les règles de la maison.

Après le petit déjeuner, Irina montra Brighton Beach à Ramsey, déçue que rien dans le quartier ne piquât sa curiosité. L'air ailleurs, il scrutait la rangée de boutiques sous le métro aérien, les inscriptions en cyrillique sur les auvents, les offres d'emplois affichées dans les vitrines, spécifiant « connaissance du russe obligatoire ». Il se montra assez poli quand elle le fit entrer dans des magasins remplis de produits importés d'Israël et des Pays baltes, avec leurs longs étals de poissons fumés et leurs rayons de pains noirs. Il s'anima brièvement quand ils s'arrêtèrent chez un marchand de caviar, à qui il acheta cent grammes de bélouga pour le dîner de Noël dans l'esprit d'agressivité-passant-pour-de-la-générosité qui illustrait parfaitement son approche de sa redoutable belle-mère. Mais la manière dont Ramsey Acton abordait un environnement était très spécifique. Quand ses yeux balayèrent l'ancien quartier d'Irina, ils cherchaient en vain, et d'une façon compulsive, un club de snooker.

Irina fit quelques courses pour anticiper (momentanément) la mauvaise humeur de sa mère, échangeant des propos futiles avec les caissières. Depuis plus d'un an elle pratiquait très peu le russe, une langue qui autorisait des débordements d'émotion que l'anglais était trop carré pour exprimer. Lawrence le comprenait mieux qu'il ne le parlait, et elle regrettait de ne plus pouvoir se lancer dans des diatribes contre les factures d'eau exorbitantes de Londres dont il ne saisissait pas la moitié. Ramsey lui demandait souvent de « parler russe » au lit, mais pour lui les mots doux qu'elle lui susurrait à l'oreille étaient du charabia.

À l'heure du déjeuner, ils avaient fixé rendez-vous à sa mère dans l'un des cafés en plein air de la promenade, qui au mois de décembre étaient abrités par des bâches en plastique. Quand ils arrivèrent, Raïssa trônait déjà à une table bien en vue. Sa robe moulante était d'un beau vert billard, un hommage involontaire à la profession de Ramsey, et si les accessoires qui agrémentaient sa tenue n'avaient pas été d'un bleu nuit soutenu, elle aurait eu un certain chic. Après avoir croisé sur le trottoir d'innombrables harpies drapées dans des manteaux en faux léopard et tirant des roquets derrière elles, Irina jugea que sa mère était un modèle de bon goût en comparaison.

Elle opta pour une salade. Raïssa se contenta de deux minuscules toasts garnis de caviar de saumon. Ramsey commanda des harengs marinés, de la soupe de riz à l'agneau, une seconde corbeille de pain, du poulet à la Kiev, et une bière. Raïssa avait souvent du plaisir à voir les autres s'empiffrer, mais la voracité de Ramsey ne manqua pas de l'agacer. Il mangeait comme un goinfre et restait mince.

Il s'enquit poliment de sa carrière de ballerine, ce qui permit à Raïssa de mentionner en passant que sa première grossesse avait mis un terme à son espoir de devenir danseuse professionnelle. Quand il lui posa une question sur ses cours, elle déclara avec dégoût qu'aujourd'hui les enfants américains n'avaient pas de discipline, pas de tolérance à la douleur, et étaient incapables de renoncer à s'amuser pour se mettre au service de l'art.

« Vous avez trouvé quelqu'un avec qui jouer au *snookers* ? dit-elle comme si elle demandait à un enfant de cinq ans s'il avait rencontré un petit camarade pour une partie de billes.

— Après avoir joué quatre tournois d'affilée, répondit-il posément, en avoir gagné un et être arrivé en finale pour les trois autres, je suppose que je peux supporter quelques jours sans *snookers*. »

Elle ne releva pas.

Après avoir bu sa troisième bière et avoir pratiquement jeté sa MasterCard Platine à la tête du malheureux serveur, Ramsey annonça qu'il avait une course à faire. Puisque sa réputation de gentleman dans le circuit n'était pas tout à fait une pose, il songea à replier sa serviette, à placer sa fourchette en travers de l'assiette, les dents vers le bas, et à souhaiter un agréable après-midi à Raïssa. Cependant, il quitta le café dans un état de fureur non déguisée qui n'échappa pas à Irina.

« Ton *mari*, remarqua Raïssa dans son sillage. Il a de bonnes manières à table. »

Ce compliment accablant, tant il manquait de conviction, fut le seul commentaire qu'elle daigna faire de toute la journée sur le compagnon qu'avait choisi sa fille, bien que l'absence de Ramsey pendant l'après-midi lui procurât largement l'occasion d'exprimer son approbation ou de formuler ses critiques personnelles. Certes, Raïssa avait été obligée d'abandonner sa carrière de danseuse à vingt et un ans à cause de l'horrifiante gestation de son premier enfant, mais elle était restée comédienne dans l'âme, et ses déclarations théâtrales seraient gâchées si elle les réservait à une seule personne.

Ramsey revint avec l'air calme et résolu qu'Irina avait observé chez lui lors des tournois. Il emmena sa femme et sa belle-mère dîner dans un restaurant classe (mais tapageur) de l'Avenue. Raïssa s'offrit un menu généreux, ce qui, savait Irina, n'était pas bon signe, le but étant de ne terminer aucun plat – car elle prétendait en être incapable.

Raïssa raconta à Ramsey des anecdotes sur la précocité artistique dont Irina avait fait preuve enfant. Une mère était censée se vanter de la sorte auprès de son nouveau gendre, mais ce qui mettait Irina mal à l'aise, c'était son agressivité. Raïssa suivait le protocole. Elle paraissait moins fière de sa fille que de la manière dont elle exhibait sa fierté. D'ailleurs, Irina eût été infiniment plus touchée si sa mère avait plutôt insisté sur ses succès substantiels à l'âge adulte.

Lorsque le plat principal fut servi – Raïssa mangea à peine trois bouchées de sa côtelette –, la conversation changea de tour. « *Nu, rasskajitïe,* dit-elle. Comment vous êtes-vous rencontrés tous les deux ?

— Je collaborais avec la première femme de Ramsey, dit Irina.

— *Bolje.* » Raïssa haussa les sourcils. « Comme disent les Américains, *l'histoire se corse*.

— Non, mama, pas tant que ça. Quand Ramsey était marié avec Jude, nous étions seulement amis. Lawrence et moi avions l'habitude de dîner avec eux deux fois par an. »

Malheureusement, la mention du nom de Lawrence accorda à Raïssa la permission implicite de l'utiliser elle aussi. « *Tak*, reprit-elle. *Ramsee*... vous êtes ami avec Lawrence ?

— On l'était, répondit-il d'un ton tolérant.

— Plus maintenant, observa-t-elle.

— Non, on peut pas dire qu'on soit très potes aujourd'hui.

— Et, Irina – le regard de Raïssa passait de l'un à l'autre –, comment va Lawrence ? Il est triste ?

— Lawrence... *se débrouille* », dit Irina, puisant dans le souvenir atroce du café pris à Borough.

Ramsey regarda sa femme. Comme elle n'avait manifestement pas revu Lawrence depuis qu'elle l'avait quitté, n'aurait-elle pas dû répondre qu'elle n'en savait rien ? Prise entre deux feux, Irina fut contrariée. Cet après-midi, elle eût volontiers répondu en privé aux questions de sa mère, mais dans l'intimité, elles auraient eu un autre sens.

« Mais comment ça se fait ? poursuivit Raïssa, enfonçant le clou. Vous dînez tous ensemble, les deux couples, et puis clac, tu épouses l'homme assis en face de toi ?

— Mama, écoute. Un soir, Lawrence était en voyage, et Ramsey était divorcé. Je ne cherchais rien de la sorte, et lui non plus. On ne décide pas de tomber amoureux, pas plus qu'on ne choisit le temps qu'il fait. Ça s'abat sur toi comme un ouragan. »

Hélas, le discours d'Irina était le reflet d'une réflexion qui l'obsédait. La question de savoir si on était responsable de ses propres sentiments – si les émotions étaient des bombardements qu'on subissait ou des stratagèmes dont on était consciemment complice – la torturait chaque jour. Est-ce quelque chose qu'on endure, ou qu'on fabrique ? On contrôle ses actes, mais peut-on dominer ses sentiments ? Avait-elle choisi de tomber amoureuse de Ramsey Acton ? Étant donné la douloureuse injustice dont Lawrence avait été victime dans le déluge qui avait suivi, à supposer qu'elle ait eu le choix, si le désir avait réellement fondu sur elle comme un « ouragan », aurait-elle décidé d'y renoncer ?

« Il y a dix ans, observa Raïssa, tu dis que tu es amoureuse de Lawrence. Il se passe quoi ?

— Je ne sais pas ce qui s'est passé. » Même en présence de Ramsey, Irina se troubla. « Et d'une certaine manière, j'aime encore Lawrence…

— Alors, quand ce nouvel amour tombe du ciel, tu pars le lendemain ? Tu épouses *Ramsee* ?

— Non, mama, je suis une adulte, et bien sûr, nous avons dû y réfléchir.

— Combien de temps tu… *réfléchis* ? » Un réflexe de désapprobation maternelle avait peut-être eu raison de sa stupéfaction admirative : sa fille ordinaire et complexée avait découvert le sex-appeal de l'adultère et eu le cran de passer à l'acte.

« Pas très longtemps. » Irina croisa les bras. « Mama, je sais que j'ai dit que j'aimais Lawrence, et c'était vrai. Je pense encore que c'est un homme merveilleux, et je refuse qu'on dise du mal de lui. Mais ce qui se passe entre moi et Ramsey, c'est différent.

— Différent comment ?

— Nous sommes plus *proches*.

— *Da, ja vidyela.* répliqua sèchement Raïssa. *Oui, je m'en suis aperçue.*

— En tout cas, mama… » Exaspérée, Irina renversa son verre de vin d'un geste malencontreux. Le châteauneuf-du-pape millésimé de Ramsey se répandit sur la nappe blanche qui, ainsi souillée, aurait pu faire l'objet d'un test de Rorschach. « Oh… rien n'a changé, je suis toujours aussi empotée !

— Pas du tout, lapin ! » Ramsey épongea le vin et recouvrit les taches de sa serviette sans paraître se formaliser, puis emplit de nouveau son verre à ras bord. Ne trouvant pas d'écho, le petit sourire narquois de Raïssa se perdit dans le vide.

« En tout cas, mama, reprit Irina, lançant un regard reconnaissant à son mari, tomber amoureuse de Ramsey est la chose la plus merveilleuse qui me soit jamais arrivée. Mais je ne veux pas que tu l'interprètes de travers. Quitter Lawrence a été infiniment douloureux, pas seulement pour lui, mais aussi pour moi. Ce n'est pas un engouement passager. »

Irina n'aurait pas dû dire ces mots, et dès qu'elle les eut prononcés elle se sentit humiliée. Pour une raison ou pour une autre, quand on est obligé de jurer qu'une relation n'est pas une « passade », c'est ainsi qu'elle apparaît.

« Oui, dit Raïssa, reposant sa fourchette d'un geste brutal. Je suis sûre que cela a été très désagréable. »

Peut-être le problème concernait-il seulement sa mère, mais Irina en doutait. Pour un parent, le plus difficile n'est pas d'accorder à son enfant le droit d'être traité comme un adulte, avec son métier, sa maison et le respect de gens importants, mais d'accepter qu'il ait des *sentiments* d'adulte. La mère est trop habituée à consoler ses petites chéries en larmes qui sont « amoureuses » du garçon du premier rang, persuadée que la semaine prochaine elles seront entichées de l'élève du fond de la classe. Raïssa parlait encore de son mariage avec le père d'Irina comme d'une tragédie tolstoïenne, alors que l'histoire comique de leur rencontre – fauchée, Raïssa jouait un petit rôle dans un film de série B intitulé *Tiny Dancer*, dans lequel Charles était supposé lui faire travailler son accent russe – sortait tout droit d'une pièce de Tchekhov. Mais il n'était pas naturel de reconnaître à une fillette aux dents en avant, exagérément attachée aux bouts usés de ses Crayola-64, la capacité d'éprouver un chagrin d'une ampleur aussi homérique. Toute interprétation du triangle Ramsey-Lawrence-Irina ne pouvait donc que paraître factice, banale et douteuse aux yeux de Raïssa. Quand Irina expliquait que quitter Lawrence avait été

« douloureux », sa mère entendait : « Ça n'a pas été facile et il m'a dit des méchancetés. » Quand elle précisait que son coup de foudre pour Ramsey avait été « la chose la plus merveilleuse qui (lui) soit jamais arrivée », Raïssa entendait seulement : « Il m'emmène dîner dehors, et il est beau garçon. » Et maintenant qu'Irina devenue femme affirmait être « tombée amoureuse de plus d'un homme dans sa vie », sa mère lui retirait le permis provisoire accordé à contrecœur après des années de loyauté envers Lawrence, sous prétexte qu'elle n'avait jamais « aimé » personne dans sa vie, c'est-à-dire aimé comme aiment les adultes.

Après avoir réglé la note salée, Ramsey fulminait, et en sortant du restaurant il chuchota à l'oreille d'Irina : « Ta mère est *grossière.* » Il se référait, dit-il par la suite, à sa manière de commander un assortiment de mets délicats dans l'unique but de les laisser repartir à peine entamés. Il se moquait de l'argent dépensé, mais sa manière affectée de chipoter la nourriture dissimulait son ingratitude. « Comme si elle me l'avait recrachée en pleine figure ! » Mais sur le moment Irina crut qu'il faisait plutôt allusion à l'attitude de sa mère qui les avait mis tous les deux dans l'embarras, essayant de prouver qu'une affaire sordide et retorse était à l'origine de tout ce *bonheur*.

Pourtant, cette accusation était assez juste, et rendit Irina pensive sur le chemin du retour. En 1988, quand Lawrence avait emménagé dans la 104e Rue Ouest, elle était allée voir sa mère à Brighton Beach pour lui annoncer qu'elle avait enfin rencontré « l'amour de sa vie ». Elle se souvint d'avoir employé sans gêne cette expression éculée, en y mettant tout son cœur. La scène avait créé une réelle douceur entre la mère et la fille, même si Raïssa avait mis des années à croire à cette extravagante déclaration, et à concevoir pour Lawrence, à son corps défendant, une affection aujourd'hui (malheureusement) fort tenace.

Ce genre d'aveu ne peut se répéter. Irina était fermement convaincue d'être arrivée hier chez sa mère avec un homme splendide, mais son manque de courage avait terni les présentations, et souillé rétrospectivement le précieux souvenir de 1988. Irina se dit que de nos jours les gens tendaient de façon systématique à se marier deux ou trois fois, et que rencontrer un autre grand amour n'avait rien d'exceptionnel. Mais au fond d'elle-même, elle avait l'âme romantique d'un autre temps. Elle aimait Ramsey, mais leur histoire ne lui plaisait pas vraiment.

Ce soir-là ils se blottirent dans son ancienne chambre avec la bouteille de cognac, essayant de parler tout bas. « Eh bien, on peut dire sans trop s'avancer que vous vous entendez comme chien et chat, observa Irina d'un ton résigné.

— Je me fiche de la façon dont elle me traite…

— Absurde, l'interrompit Irina. J'en crois pas un mot.

— T'as raison, je suppose. Jamais on m'a traité de bon à rien. La prochaine fois que cette poule dit *snookers* je lui fous mon poing sur la gueule.

— Écoute, Ramsey, la plupart des Américains – sans parler des Russes – ne savent pratiquement rien du snooker, et n'ont aucune idée du prestige dont tu jouis au Royaume-Uni. Ma mère est pleine de prétention et c'est une frimeuse de première, mais je suis à peu près certaine qu'elle ne ment pas sur ce point. Elle n'a jamais entendu parler de snooker.

— Elle écoute rien de toute façon.

— C'est possible. Mais même si tu racontes aux gens que "dans un autre pays, les joueurs professionnels sont des icônes", ça ne leur rentre pas dans le crâne s'ils ne peuvent pas l'intégrer dans leur propre expérience. Je peux te dire que John Kennedy était beau et respecté, mais si tu n'as jamais entendu parler de lui, tu ne saisis pas l'impact de son assassinat.

— C'est qui, John Kennedy ? » Son humour pince-sans-rire était parfait.

Elle lui donna un coup de coude. « Arrête.

— Bon, on oublie. Je supporte pas de te voir courir comme ça dans la maison. Tu te précipites pour remettre les fauteuils à leur place sur la moquette, t'embarques mon verre d'eau avant que je l'aie fini, tu le laves, tu l'essuies et tu le ranges dans le placard. Je suspends ma veste à une chaise au rez-de-chaussée, et dix secondes après je me retourne et elle a disparu. Si c'était elle, ça serait déjà chiant, mais c'était toi ! Pourquoi céder à cette poule ? Tu fais de la lèche à ces cinglés, et ça les rend encore pires ! Si c'était ma mère, je balancerais le contenu de ma valise dans tout le salon, je salirais le plus de vaisselle possible, exprès pour l'empiler dans l'évier. Et tu vois, lapin, avant d'en avoir fini, je me contenterais pas de saloper les assiettes, je les jetterais par terre.

— Je croyais que tu étais un joueur de *snookers*, et maintenant tu veux jouer aux *boules*. »

Alternant entre l'ironie et la complicité, leur paisible discussion était si amicale qu'Irina baissa sa garde. À l'instant où elle s'apprêtait à introduire dans son ancienne chambre la débauche de la vie adulte, Ramsey demanda, *comme si de rien n'était*, ce qu'elle avait voulu dire exactement ce soir en affirmant que « d'une certaine manière », elle « aimait encore Lawrence Trainer » ?

« J'ai bien dit "d'une certaine manière", confirma Irina d'une voix lasse, prenant soin de ne rien ajouter, car tout mot supplémentaire l'enfoncerait plus encore.

— Je t'épouse », dit-il, et Irina sentit son cœur chavirer, car elle connaissait cette voix, et il avait beau paraître modéré, raisonnable, et juste *désireux* de *clarifier* un petit détail, le ton était assez éloquent, évoquant le bruit d'un moteur qui tourne une fois et cale, tourne une seconde fois et cale à nouveau, mais il y avait de l'essence dans le réservoir et il *démarrait juste*. « On sort avec ta mère. Que j'ai rencontrée hier à peine. Et tu causes avec elle. Devant ton mari. Tu lui racontes que t'*aimes* un autre mec ?

— J'ai dit, "d'une certaine manière". J'ai été très claire, ça n'a rien à voir avec l'amour que je te porte. Je parlais d'un sentiment dont je n'ai pas honte et qui ne te menace absolument pas. Autrement, pourquoi j'en parlerais devant toi ? »

Si le bon ange d'Irina, qui brillait par son astuce et son objectivité, avait vu le tour que prenaient les événements, il aurait crié : « TAIS-TOI ! » Quand cette dispute éclata, la pire des choses à faire était de s'expliquer. De jeter de l'huile sur le feu. D'ajouter *d'autres mots*. Mais Irina, entre autres qualités, était polie. Ils avaient une conversation, ce qui semblait l'obliger à donner des réponses, même si elle savait qu'à chaque phrase elle accélérait le processus, et qu'elle eût mieux fait de se coller du scotch sur la bouche.

Ramsey était lancé. « Pourquoi t'as pas arrêté, t'as pas pensé que c'était humiliant pour ton mari ? Devant ta mère ? Que je vois pour la première fois, merde !

— Je ne comprends pas où est le mal, puisque le sentiment dont je parle est clair et net. J'ai vécu près de dix ans avec Lawrence. Tu n'imagines pas que je ne ressens rien pour lui, n'est-ce pas ? Je veux dire, si par malheur nous nous séparons un jour, ce que je ne voudrais pour rien au monde, ça te plairait que je m'en aille en n'éprouvant plus rien pour toi ? Absolument rien ?

— Voilà, voilà ! Ça dure depuis cinq minutes, et tu me quittes déjà !

— Je n'ai rien dit de tel, c'était juste en théorie…

— Et non seulement je dois entendre ma propre femme raconter avec des trémolos dans la voix qu'elle aime cet autre type, mais je suis censé avaler un autre kebab pendant qu'elle se pâme une fois de plus parce que "c'est un homme merveilleux" dont elle ne "supporte pas qu'on dise du mal" ! »

Cela dura des heures. Irina s'efforçait de réduire sa voix à un chuchotement rauque, mais le *sotto voce* de Ramsey n'avait pas tenu plus de deux phrases, et il offrait à Raïssa – dont la chambre se trouvait en face de la leur – une performance dont une ballerine qui avait un faible pour Tchaïkovski ne pouvait qu'admirer l'emphase. À deux, trois et quatre heures du matin, il était pourtant peu probable qu'elle continuât à l'apprécier. « Je t'en prie, parle moins fort ! le suppliait Irina, la gorge râpeuse à force de crier tout bas. Elle entend chaque mot que tu prononces ! Tu te rends compte de l'impression que tu lui donnes de moi ? De nous ? » Mais ses prières ne faisaient qu'attiser sa rage, et il rétorquait d'une voix tonitruante : « Je me fous de ce que pense cette poule ratatinée ! Qu'est-ce que ça peut te fiche, à toi ? Y a que les apparences qui t'intéressent ? Quand je mets mon cœur dans la balance pour toi ? Ce que pense ta vieille, quand pour moi, ce dont j'te parle, c'est une question de vie ou de mort ? »

Derrière les rideaux le jour commençait à poindre – et la bouteille de cognac à diminuer – quand Irina s'effondra sur le lit et tourna le dos. Le soleil se levait, mais elle avait comme un trou noir dans la tête, et peu lui importait que sa mère l'entendît sangloter de sa chambre. « Tu avais promis, dit-elle, avant de sombrer dans un sommeil sans rêves. Tu avais *promis*. »

Quand Irina descendit au rez-de-chaussée, hagarde, après avoir dormi deux heures, sa mère, armée d'une éponge, astiquait des plans de travail déjà impeccables, l'air très satisfait d'elle-même. « *Dobroye outro, milaya !* s'écria-t-elle gaiement. *Se rojdyestrom tebya ?*

— Joyeux Noël à toi aussi », répondit Irina sans entrain. Dieu, la gaieté pouvait être une forme d'agression.

« Bien dormi ? » Son anglais était lourd de sous-entendus.

La fixant à travers la fente de ses paupières gonflées, Irina croisa le regard de sa mère. « Pas vraiment. »

Elles n'en dirent pas plus au sujet de l'horrible scène qui avait empêché Raïssa de fermer l'œil ; elle avait déjà travaillé à la barre, et la moquette bleu roi du séjour portait encore les traces de l'aspirateur passé fébrilement, pour effacer, sans doute, les empreintes des pieds du fauteuil de Ramsey. Cependant la querelle de la veille se lisait sur le visage d'Irina, qui était bouffi et blanc comme la craie. Elle avait encore les yeux rouges, et quand elle se pencha sur sa tasse de café pour laisser la vapeur se condenser sur sa peau, elle eut des élancements dans le front. Elle avait une gueule de bois d'un genre particulier. Ramsey avait bu presque tout le cognac, mais au cours de l'année écoulée, Irina avait eu amplement l'occasion de constater qu'avec les larmes et l'alcool l'angoisse était beaucoup plus dévastatrice le lendemain matin. Ses yeux la brûlaient, ses muscles étaient engourdis, sa peau tirée, sa bouche pâteuse.

Pourtant Ramsey descendit d'un pas vif, l'air joyeux. Elle se demanda comment il pouvait boire une demi-bouteille de cognac et rester frais comme un gardon. L'art de métaboliser l'alcool était sans doute l'un des multiples talents qui le rendaient apte au snooker.

À un moment donné, pendant ces deux heures de sommeil, il avait dû tirer la couette sous elle et lui enlever ses vêtements, car elle s'était réveillée nue et enlacée par un homme tendre, beau et chaleureux. La douceur de son étreinte lui avait prouvé que, si la veille ils avaient fait l'amour au lieu de parler, ils auraient pu échapper à cette folie et se lever reposés pour Noël par-dessus le marché. Quand il s'agenouilla près de sa chaise avec ces yeux gris-bleu pleins de douceur et l'embrassa langoureusement sur la bouche, elle se sentit gagnée par une bouffée de gratitude qui frisait la perversité. Sa reconnaissance envers un homme qui l'avait fait pleurer parce qu'il était redevenu gentil avec elle relevait du syndrome que Lawrence déplorait concernant Gerry Adams, le parrain de l'IRA – qui était loué par son propre Premier ministre et dont la candidature au prix Nobel de la paix avait été proposée parce qu'il avait *renoncé* à faire sauter les îles Britanniques jusqu'à la fin des temps. Ramsey ne lèverait jamais la main sur elle, mais Irina craignait d'être retenue par cela même qui poussait les femmes battues à en redemander : la gratitude envers le bourreau qui a cessé de frapper, la tendresse, qui est d'autant plus précieuse qu'elle a été longtemps contenue, et le sexe, que les annonces des services publics à la télévision pour les numéros d'urgence ne prennent jamais la peine de mentionner. Au lit ce matin, ç'avait été fabuleux.

Par conséquent, lorsque Ramsey se redressa elle se cramponna à sa main pour se relever. Raïssa pouvait bien désapprouver le pelotage, mais Irina se blottit dans les bras de son mari et appuya la joue contre sa poitrine, non seulement parce qu'elle avait besoin de ce contact comme d'une drogue, mais aussi pour indiquer clairement à sa mère que, malgré la scène de la nuit dernière, ils s'étaient réconciliés. Malheureusement, à soixante-quatre ans, Raïssa avait acquis une petite expérience de la vie, et vu plus d'une femme battue dans son quartier. Elle jeta un coup d'œil au couple enlacé et son air supérieur s'accentua à peine, comme si cette volte-face amoureuse ne faisait que confirmer le verdict dévastateur auquel elle était arrivée à deux heures du matin.

Irina affronta le reste de la journée avec terreur. À Londres, après ce genre d'apocalypse, elle ne désirait rien d'autre qu'un contact physique – une main posée sur son genou, un bras glissé sous le sien –, tandis qu'ils buvaient un café revivifiant, s'aventurant main dans la main dans le parc pour une promenade silencieuse et flageolante, écourtée comme celle d'un handicapé ou d'un convalescent. Ils se rendaient de menus services ou s'offraient de petits cadeaux, Ramsey s'éclipsait pour lui rapporter une sauce piquante, pendant qu'elle encadrait l'affiche du China Open pour l'accrocher avec les autres dans le sous-sol. Mais aujourd'hui aucun rituel délicat ne rétablirait des sentiments normaux et leur respect mutuel. Il faudrait endurer ce putain de Noël. D'un instant à l'autre, Tatiana et sa famille feraient irruption dans la maison avec les ingrédients d'un dîner pantagruélique dont la perspective donnait un haut-le-cœur à Irina. Elle n'était pas disposée à vivre un tel événement. Pas du tout.

Ainsi qu'elle l'avait expliqué à Ramsey dans l'avion, jusqu'à l'âge de vingt ans, Tatiana, sa cadette de six ans, s'était efforcée de devenir la réincarnation de leur mère. Elle n'avait pas été conçue dans la rancœur, comme son aînée, et, ayant hérité de l'aisance et de la souplesse qui faisaient défaut à Irina, était devenue une élève modèle du cours de danse classique. Les joues plus rondes, les traits plus symétriques et les dents droites et régulières, Tatiana était la plus jolie des deux sœurs, dans un style classique. Elle était plus petite que Raïssa et tenait de son père une ossature plus solide, mais elle luttait efficacement contre sa nature, absorbant si peu de nourriture qu'en comparaison sa mère semblait avoir un bon coup de fourchette. Son régime devint plus sévère encore quand elle commença à avoir des seins – protubérances contraires à la loi de la danse. Elle fut admise dans une prestigieuse école de danse de Manhattan, et Irina se disait que, si elle avait dû renoncer à une compétition, l'histoire eût été fort triste. Tatiana avait travaillé d'arrache-pied. Et elle avait eu un début de carrière impressionnant, y compris un récital au Lincoln Center. Mais elle était un peu trop petite, et n'avait pas réussi, malgré les privations, à faire disparaître ces détestables mamelles pour plaire aux innombrables compagnies qui ne la rappelaient jamais après les auditions. La déception cuisante de Tatiana avait rendu Irina sensible au destin des laissés-pour-compte qui gravitaient autour de la plupart des arts. Les domaines où les places étaient rares engendraient toute une cohorte d'artistes talentueux qui travaillaient très dur et méritaient d'être récompensés pour leurs efforts, mais ne le seraient pas.

Tatiana était aussi l'exemple vivant du devenir des perfectionnistes qui atteignent le point de non-retour. C'est le tout-ou-rien qui les anime et, presque joyeusement, elle avait tourné la page. Irina, qui se rendait tous les jours à Hunter, était à la maison le soir où sa sœur annonça qu'elle abandonnait, et elle n'oublierait jamais le spectacle de cette minuscule jeune fille se préparant une assiette gigantesque de spaghettis. Leur mère était horrifiée, mais Irina s'était émerveillée de voir cette gorge chétive engloutir une livre de pâtes longues et fines. Tatiana avait transformé sa défaite en victoire, écrasant non seulement sa mère, mais elle-même.

Elle renonça à la danse, au régime, et à toute ambition professionnelle. Elle voulait un mari, et en trouva un dans l'année – un beau Russe de la deuxième génération qui habitait le quartier et travaillait dans le bâtiment. Elle voulait des enfants, et en eut deux, âgés à présent de dix et douze ans. Elle voulait tous les bagels, gâteaux d'anniversaire et bortschs dont elle s'était privée pendant deux décennies et, depuis, avait rattrapé le temps perdu. Irina avait toujours eu un peu pitié de Dmitri, son beau-frère, un homme silencieux à l'air désemparé. Sa femme avait franchi la barrière des espèces : l'oiseau s'était transformé en vache.

On aurait pu croire que la disgrâce de la jeune fille refroidirait les sentiments de la mère. Bien au contraire : flattée au début d'être imitée par sa cadette, elle l'était à présent par le contraste, et Tatiana était désormais la plus proche du cœur de Raïssa, son enfant.

Irina supposait que sa sœur était sans doute plus heureuse maintenant qu'elle avait tourné le dos à la danse. Ce serait probablement le cas de beaucoup d'Américains s'ils renonçaient à l'obligation d'avoir un « rêve ». Pourtant les perfectionnistes ne changent jamais vraiment, et Tatiana avait embrassé la vie domestique avec le même excès que la danse classique. Elle était perpétuellement en train de capitonner des fauteuils, de faire des conserves et de la pâtisserie, de tendre du tissu d'ameublement, et de tricoter des chandails dont personne n'avait besoin. De son zèle maternel émanait l'autosatisfaction caractéristique des femmes au foyer d'aujourd'hui. Elle était étouffante, pointilleuse, protectrice, car si les enfants devaient racheter son existence, ce serait par la vengeance.

La célébration serait très traditionnelle : sa sœur prendrait tout en main et arriverait avec une profusion de cadeaux, de petits plats, de guirlandes, et de chapeaux idiots. Il eût été plus rationnel d'aller passer la soirée chez elle plutôt que de l'obliger à tout transporter jusqu'ici, mais récemment, Tatiana s'était mis en tête de passer un « Noël à la maison », un sentimentalisme dont la mièvrerie jurait curieusement avec leur éducation draconienne et la destruction de la porcelaine bleu cobalt héritée de leur grand-mère russe.

Tatiana avait sans doute été mise au courant – elle et Raïssa se téléphonaient tous les jours sans exception – et ne commit pas d'impair en trouvant Ramsey qui fumait sur le perron quand elle remonta l'allée chargée de sacs de victuailles. Immédiatement réquisitionné pour transporter des plats enveloppés de papier d'alu et des paquets à l'emballage hermétique, il s'exécuta sans protester, l'air accablé : dans-quel-guet-apens-suis-je-venu-me-fourrer ?

Irina l'aida à glisser les plats dans le frigo, horrifiée de découvrir que sa sœur avait préparé un koulibiac authentique, décoré de feuilles de houx et de baies en pâte ; la préparation de la mousse de saumon compliquée qui garnissait le pâté exigeait presque une journée entière. Selon Irina, un filet de saumon cuit à point et assaisonné prenait beaucoup moins de temps et était bien meilleur, mais elle eut le tact de garder son avis pour elle.

« Irina, j'ai été sidérée par la nouvelle de ton mariage, chuchota Tatiana derrière la porte du réfrigérateur. Mama est peut-être choquée, mais je pense que c'est formidable que tu aies enfin quitté Lawrence. Je ne pouvais pas te le dire quand vous étiez ensemble, mais honnêtement, je le trouvais insupportable. Si condescendant ! Il me traitait avec *mépris*, simplement parce que je n'écris pas dans le *Wall Street Journal* et que ma charlotte russe est moyenne. Quel M. Je-sais-tout ! Toujours en train de palabrer sur un Dieu-sait-quoi incompréhensible en Afghanistan dont tout le monde se fiche !

— Bien sûr, tu n'avais pas les mêmes sujets d'intérêt, dit prudemment Irina. Mais quand il se lançait, c'était parce que la question le passionnait.

— *Chush*, l'interrompit sa sœur. C'était un m'as-tu-vu. Et il était froid. Tu es russe. Tu as besoin d'un homme qui ait une âme. »

Irina devait surveiller ses paroles après la scène de la veille, et parla tout bas. « Je ne pense pas que

Lawrence ait été... soit, puisqu'il n'est pas mort... je ne pense pas qu'il soit froid. » (En fait, elle prononça cette phrase en russe, par précaution.)

« Allons, tu n'as plus besoin de le défendre ! Il te traitait comme une gamine. Il te disait tout le temps quoi faire, il ne te laissait jamais finir une phrase. Et il n'avait vraiment pas l'air de comprendre les artistes.

— Il ne m'a jamais encouragée à être prétentieuse, si c'est ce que tu veux dire. » Elle aurait dû apprécier d'être ainsi soutenue dans son revirement brutal, mais l'hostilité insoupçonnée de sa sœur à l'égard de Lawrence lui causa un chagrin inattendu.

« Je n'ai pas encore eu l'occasion de lui parler, mais Ramsey a l'air charmant.

— Euh, oui, répondit Irina, beaucoup de gens le pensent, la première fois qu'ils le rencontrent.

— Il est gentil, non ? Tu l'as épousé !

— Bien sûr ! » Irina fit marche arrière. Mais si le mot « gentil » impliquait d'empêcher sa femme de dormir avant six heures du matin en proférant des accusations impitoyables, d'autant plus mortifiantes que sa mère les entendait, le qualificatif ne signifiait pas grand-chose.

Une fois que les pirojki eurent doré au four, les deux sœurs, complices depuis l'enfance pour les choses du ménage, lavèrent et séchèrent aussitôt la poêle, essuyèrent les miettes du plan de travail, et ramassèrent les écailles de croûte sur le sol d'un doigt humecté de salive, s'assurant qu'aucun débris ne bouchait le siphon de l'évier. Quand elles apportèrent les petits pâtés de viande sur un plateau, les deux enfants étaient figés sur leurs sièges. Soumis et trop nourris, ils n'osaient pas poser leurs chaussures sur la moquette ni balancer les talons contre les pieds de leurs chaises, comme l'auraient fait des enfants normaux. Quand Raïssa les interrogea sur leurs devoirs, ils accueillirent chaque question avec une terreur blanche, comme s'il s'agissait d'un concours d'orthographe.

Dmitri avait déjà ouvert la bouteille de vodka glacée que, pour sa part, Irina eût proscrite du petit déjeuner de son mari, bien que ce fût l'ingrédient indispensable de toute fête russe. En outre, l'analyse exhaustive des mérites de la Stolichnaya, de l'Absolut et de la Grey Goose à laquelle se livraient les deux hommes renforçait dans l'esprit de sa belle-mère l'impression que Ramsey y avait déjà malicieusement glissée. Il mourait d'envie de fumer une cigarette, et ne tarderait pas à vider son verre avec une excitation fébrile.

Après avoir passé des assiettes de pirojki à tout le monde sauf Raïssa, Tatiana s'installa à côté de Ramsey, qui aborda aussitôt le sujet que le reste de la famille s'efforçait d'éviter : « Irina m'a dit que tu étais danseuse, et qu'ensuite tu as tourné le dos à tout ça.

— C'est exact, répliqua Tatiana d'un ton crispé, jouant avec une croûte.

— Elle a précisé que t'étais drôlement douée.

— Eh bien, c'était gentil de sa part. Mais apparemment, je ne l'étais pas assez. »

La majorité des gens auraient alors vu clignoter un panneau POINT SENSIBLE ! POINT SENSIBLE ! et changé aussitôt de sujet. Mais à l'exception des plaisanteries sur le snooker, Ramsey n'avait guère de temps pour les bavardages futiles, et il poursuivit avec détermination : « J'ai pas bien pigé où était le problème. Les roberts, c'est ça ?

— Ça veut dire les nichons, expliqua Irina depuis sa place.

— Je suppose que si j'avais été vraiment ambitieuse, reprit Tatiana d'un ton hautain, j'aurais fait pratiquer une réduction mammaire.

— Mais ça te fait quoi, maintenant, d'avoir tout lâché ? Ça te chatouille jamais ? Du genre : j'aurais dû essayer encore ?

— Non, si je réfléchis bien, répondit Tatiana, se tournant enfin vers Ramsey et reposant son *pirojok*. Quand j'ai abandonné la danse, je me suis sentie soulagée d'un énorme poids, et tout m'a paru brusquement simple et reposant. J'aime les arts, mais si on y regarde de plus près, ils célèbrent souvent la douceur de la vie ordinaire. Les heures des repas, les enfants et les couchers de soleil sur la promenade. Alors il va sans dire que si les arts ont une raison d'être, votre vie en soi est l'œuvre d'art la plus importante de toutes… »

De sa place à l'autre bout de la pièce, Irina s'émerveilla d'entendre Tatiana, stimulée par la question de Ramsey, développer ses arguments avec ferveur. D'ordinaire, elle débitait des idioties sur les rénovations de leur salle de bains attenante. Elle dut enfin se rendre compte que son bavardage pouvait être interprété comme de l'impolitesse, mais en réalité, elle désirait surtout s'éloigner des feux de la rampe.

« Ramsey, dit-elle. Parlez-moi de vous. Ma mère raconte que vous êtes un escroc professionnel du billard américain ?

— C'est à peu près ça, répliqua-t-il, saluant cette description absurde en vidant un autre verre.

— Pas du tout, s'exclama Irina, s'approchant d'eux. Ça suffit.

— Je trouve ça excitant ! l'interrompit Tatiana, à bout de souffle. Tu sais, le milieu… noir, obscur.

— Si c'est mama qui t'a renseignée, le mot juste n'est pas *obscur*, mais *louche*. Ce que Ramsey n'est pas. Écoute, *chéri*, j'aimerais que tu…

— Ma femme veut que j'annonce tout de go que je suis célèbre. Elle a pas l'air de piger qu'un type connu se pavane jamais dans le salon de M. Tout-le-monde en déclarant qu'il est foutrement célèbre. Elle veut que j'aie l'air d'un abruti.

— C'est quoi, un abruti ? demanda Nadia de sa petite voix aiguë.

— Un con, expliqua Ramsey. Un branleur. Un type qui s'aplatit comme une crêpe.

— Comment on peut ressembler à une crêpe ? demanda Nadia. Une crêpe ne fait pas de bruit.

— Oh, que si ! cria Ramsey, soulevant la fillette de sa chaise avant qu'elle eût compris ce qui lui arrivait et la balançant au-dessus de sa tête. Elles disent : "Hé, mon pote, je fais partie des seize meilleurs joueurs de snooker, tu ferais mieux de me traiter comme quelqu'un d'important !" »

Une onde de choc parcourut l'assistance – peu habituée à l'intrusion d'un peu de vie – quand Ramsey fit pivoter l'enfant dans les airs de sorte que ses jambes tournoyèrent, frôlant dangereusement le samovar. Nadia riait – un son qu'Irina n'avait jamais entendu sortir de sa bouche. Elle sourit ; elle savait ce qu'on ressentait quand ces longs doigts enserraient sa cage thoracique et qu'on s'envolait loin du sol. Il lui vint à l'esprit avec mélancolie que Ramsey ferait un bon père.

Mais sa mère interpréterait ce tumulte comme la preuve que Ramsey était soûl. Et en effet, il l'était.

« Hé, vous autres, annonça Ramsey aux enfants, prenant les choses en main. On va ouvrir quelques cadeaux, hein ? » Avant qu'on ait pu l'arrêter – l'initiative était littéralement déplacée, car dans la tradition McGovern on attendait la fin du repas pour les déballer –, il avait attrapé une boîte sous l'arbre et l'avait lancée au garçon. Embarrassé, regardant autour de lui pour demander la permission, Sasha commença nerveusement à retirer l'une après l'autre les bandes de scotch.

« Bordel de merde ! cria Ramsey. Sasha, fiston, quel branleur coincé t'a appris à ouvrir les paquets comme ça ? Ta sœur veut savoir ce que c'est qu'un abruti, eh bien c'est ça ! T'es censé tout arracher, putain ! »

Ignorant que cette famille lissait et repliait le papier d'emballage pour le réutiliser l'année suivante, Ramsey entreprit de faire une démonstration à son neveu, qui finit par s'y mettre lui aussi, et ensemble ils déchirèrent le papier brillant, jetant les morceaux en l'air. Hélas, dans son abandon, Sasha renversa l'un des bols de crème aigre posés sur une petite table, qui atterrit à l'envers sur la moquette bleu roi.

« Ça fait rien, mon pote », dit Ramsey, ramassant la crème avec le bol et raclant le bord du doigt avant de le lécher.

Tatiana se précipitait déjà à la cuisine, criant avec une gaieté peu convaincante : « Je m'en occupe, mama, ne t'inquiète pas ! Ça partira très bien !

— On se fiche de la crème aigre, chérie ! » dit Ramsey, tirant de sa poche un mouchoir de soie qu'il imbiba de vodka pour frotter sommairement la tache. Quand Tatiana revint avec une armée d'éponges et de détachants, Ramsey roula les yeux, apparemment peu soucieux du regard de Raïssa. Elle l'avait vu.

Le cadeau ouvert par Sasha venait de Ramsey : une PlayStation Sony et une copie du jeu vidéo « Championnat du monde de snooker 1999 ». Étant donné que le logiciel comprenait le calendrier des matches de la tournée – commençant par le Grand Prix et finissant, bien sûr, par le Mondial –, Ramsey venait d'offrir à la famille d'Irina un guide animé de sa vie tout entière. Sasha et sa sœur semblèrent enchantés par la PlayStation, mais se penchèrent au-dessus de leur unique jeu vidéo d'un air penaud et désemparé. Fronçant les sourcils devant la boîte posée sur ses genoux, Sasha gémit : « C'est quoi, le *snooker* ? » – annonçant malgré lui le thème dominant de la journée.

« Le *snooker* – Ramsey s'agenouilla près de sa chaise – est *le jeu le plus génial au monde.*

— Dans mon lycée, personne n'y joue, répondit Sasha d'un ton maussade. J'en ai jamais entendu parler.

— Putain de merde », marmonna Ramsey. Après s'être levé et servi un autre verre de vodka, il se retourna vers le garçon avec le désespoir hyperactif d'un présentateur d'émissions pour enfants confronté à un public inhabituellement morose. « On va commencer par une chanson, hein ? Ça vous plairait d'apprendre une nouvelle chanson ? Pendant qu'on met ce connard en route ? *Nous sommes les dingues en délire du snooker/Moi et lui et eux et moi... !* »

Les enfants se recroquevillèrent alors, ce qui encouragea Ramsey à monter encore le son de ce chant de Noël exceptionnel. « *Pour la jaune, la verte, la marron, la bleue, la rose et la noire !* » Tandis que les modes d'emploi et les câbles de connexion se déployaient sur la moquette avec la rapidité de la rouille de la pomme de terre, Tatiana enfonçait frénétiquement les morceaux de papier cadeau et de cellophane dans un sac plastique rapporté de la cuisine. « *Nous sommes les dingues en délire du snooker... !*

— Irina. »

Le ton de Raïssa était mesuré, mais pour Irina, sa voix avait ce timbre particulier qui pouvait transpercer le rugissement d'une foule – lui rappelant les innombrables verres de lait qu'elle avait renversés, enfant, les vases qu'elle avait brisés.

Se levant de son fauteuil impérial, Raïssa continua : « *Pajalysta, ouymi svoïyevo mouja.*

— Je doute de pouvoir contrôler mon mari, même si je le voulais.

— *Nous sommes les dingues en délire du snooker...*

— *Irina, ya doumayou chto nam nado pogovorit.* »

La mère et la fille se retirèrent à la cuisine pour discuter dans l'intimité, un exercice de pure forme car quelques mètres à peine les séparaient du séjour ; les invités pouvaient entendre chaque mot, à moins qu'il ne fût murmuré. Certes, Raïssa était discrètement passée au russe, mais même les enfants le parlaient couramment, et si elle feignait de ménager les sentiments de Ramsey, elle savait très bien qu'il ne manquerait pas de demander des comptes, et que sa fille aînée ne tarderait pas à se trouver dans la situation inextricable où elle devrait soit blesser son mari, soit lui mentir.

« Il n'est que deux heures de l'après-midi », dit Raïssa *po russki*. La traduction qu'Irina fournirait plus tard à Ramsey serait très édulcorée, mais elle essaierait de lui faire comprendre qu'en russe, sa mère s'était exprimée d'un ton acide. « Et cet homme est déjà ivre.

— C'est Noël, mama, répondit Irina dans la même langue.

— Depuis son arrivée il boit sans arrêt. Crois-moi, à Brighton Beach on sait reconnaître ces types-là. Ce n'est pas une incapacité à assumer le *stress* – elle employa le mot anglais à la mode – causé par la rencontre de sa nouvelle belle-famille. Ce n'est pas réservé aux jours de fête. Cet homme est un poivrot. »

Elles se faisaient face, séparées par la table de la cuisine, les mains de Raïssa aux ongles rouge vif posées sur le dossier de la chaise du bout ; Irina s'agrippa à l'autre chaise.

« Il boit rarement pendant la journée, et d'habitude il tient très bien l'alcool...

— Trop c'est trop, et personne ne tient bien l'alcool. » (*Avec une tonne de billes et une queueue de snooker !* leur transperça les tympans depuis le séjour.) « Irina, j'ai essayé de tenir ma langue et de respecter le fait que... tu l'as épousé, ou du moins tu le prétends. Mais je ne comprends pas quelle mouche t'a piquée. Lawrence, d'après ce que j'ai pu voir, était très bon pour toi. Il était fidèle, économe et prévenant. Je n'ai pas toujours compris ce qu'il faisait, mais il m'a paru évident qu'il travaillait très dur. Il était sobre. Il n'aurait jamais rampé sur la moquette en chantant des chansons débiles avec une bouteille de vodka.

— Je vois que Ramsey ne te fait pas une très bonne impression, mais tu ne lui as laissé aucune chance. Tu n'as pas essayé de le connaître…

— *Je n'en ai pas besoin,* annonça Raïssa. Je connais ce genre d'homme. J'ai su ce qu'il était dès l'instant où il a franchi le seuil.

— Ah oui ? Et tu peux développer ? demanda Irina d'un ton malicieux.

— C'est un profiteur, répondit aussitôt sa mère. Il se permet de faire tout ce que tu l'autorises à faire, et plus encore. Au fond de lui, il n'y a que de la complaisance, des envies puériles et de mauvaises habitudes. Le fait que cet égoïsme, cette cupidité et ce vice se cachent sous son charme le rend d'autant plus dangereux. Des hommes comme lui ne durent pas, et ils t'entraînent dans leur chute.

— Je suis sidérée que tu sois parvenue à une analyse aussi clairvoyante de mon mari, considérant que tu lui as à peine adressé la parole.

— Je pourrais t'en dire beaucoup plus, déclara Raïssa, redressant les épaules avec l'arrogance qui la caractérisait. Bien sûr, tu n'es pas prête à l'entendre. Tu t'imagines qu'un homme comme lui te sera fidèle ? Oh, cette race-là joue la comédie à merveille… ça lui est aussi facile que d'ouvrir le robinet ou de monter le thermostat… Ils ont l'air si *intéressés*, si *tendres*. Tu as vu ce qu'il a fait avec Tatiana. Tu l'as vue s'animer. La pauvre fille s'épuise pour sa famille, et personne ne lui accorde jamais ce genre d'attention…

— Quel genre d'attention ?

— Tu sais exactement de quoi je parle. Bien sûr qu'elle a été touchée. Ça m'a donné la nausée de voir ça. Tu ne crois pas que derrière ton dos il fait le même numéro aux autres femmes, *oh, vous êtes si belle, si fascinante* ?

— Non, je ne le crois pas. » Irina eut très envie de répliquer que Raïssa semblait surtout offensée que Ramsey eût négligé de s'intéresser à sa belle-mère. Mais elle n'osa pas.

« Honnêtement, Irina, qu'est-ce qui t'a pris ? » Raïssa lâcha la chaise et commença à faire les cent pas de cet air menaçant – *ce n'est pas fini !* – qui la veille avait plongé sa fille dans l'angoisse. « Tu as réfléchi une seconde ? Ou bien ce qu'il y a sous ta jupe t'a fait perdre la tête ? Oh, je reconnais qu'il est assez séduisant. Mais tu t'imagines que ce visage va durer, à supposer que tu ne t'en lasses pas la première ? Il est dépravé, et trop vieux pour toi. Même s'ils tiennent le coup, ces hommes-là meurent dans vos bras, et vous laissent vieillir seules, sans argent.

— Il n'a que cinq ans de plus que moi !

— Quand il commencera à s'effondrer, il te restera quoi ? un ivrogne dans ton lit, et des créanciers à ta porte !

— Je t'ai dit que Ramsey a beaucoup d'argent !

— *Pour l'instant*. J'ai vu de quelle manière il le jette par les fenêtres. Exactement comme ton père ! Ensuite, tu te réveilles un matin et ils doivent t'emprunter un dollar pour acheter le journal.

— Tu sais, ton *refus* de saisir à quel point il est considéré en Grande-Bretagne est de la pure obstination ! Ramsey Acton est un *joueur de snooker de renommée mondiale* !

— Un joueur de *snookers* ! » Raïssa en crachait presque. « Et cette voix. Sa façon de parler. Si vulgaire. Je ne sais pas comment tu peux le supporter.

— Sa manière de parler me plaît beaucoup. Elle a du chien !

— Mon anglais n'est peut-être pas très bon, mais je suis capable d'entendre qu'il a un langage de charretier ! » Raïssa avait commencé à agiter les mains, comme si elle dirigeait son Tchaïkovski bien-aimé. « Je ne devrais pas avoir à te dire ces choses, à ton âge. Le mariage a un aspect pratique. Il ne concerne pas que l'amour. Dans ce domaine, j'ai commis moi-même une terrible erreur, et je ne supporte pas de te voir la répéter ! Lawrence n'était pas riche, mais il avait un salaire régulier…

— Mis à part le fait que Ramsey est riche, pourquoi est-ce que pour toi tout a toujours un rapport avec l'argent ?

— Je ne parle pas que d'argent ! Le mariage est une alliance. Je ne veux pas dire que c'est une création d'entreprise. Je ne suis pas aussi cynique que tu le crois. Ça ressemble plutôt à une alliance entre pays… qui doit servir vos intérêts communs ! Vous réunissez vos ressources…

— Tu vois ? Encore l'argent !

— Pas du tout. La ressource la plus importante à mettre en commun est la force de caractère. Mais si tu tiens à croire que ce que je t'explique s'inspire d'une perspective froidement matérielle du mariage, très bien : *le caractère est un bien.* Lawrence était solide. Il avait des principes, de la détermination et de la discipline ! Lawrence aurait pris soin de toi jusqu'à la fin de tes jours. Il était responsable, et l'homme avec qui tu t'es enfuie est un voyou ! » Par conséquent, Irina avait renoncé à des contrats à terme sur l'or pour des opérations à terme en porc.

« Tu ne le connais pas du tout ! » Irina s'efforçait de ne pas fondre en larmes.

« Irina, je sais de quoi je parle ! Ton père était séduisant. Il était beau. Il était drôle, avec toutes ces voix différentes. Au début, il m'a fait mener la grande vie. Mais Charles était un homme faible, sans volonté, qui ne prévoyait jamais l'avenir. Il pensait seulement à prendre du bon temps dans l'immédiat.

— *Dans l'immédiat*, Ramsey et moi passons des moments merveilleux ensemble, mais tu ne dois pas comprendre ce que ça signifie…

— Oh, que si ! À quatre pattes sur la moquette, ivre mort devant les enfants, c'est ça vos *moments merveilleux*…

— Eh oui, je le trouve attirant, plus que tous les hommes que j'ai rencontrés. Mais il est aussi très généreux, et très bon…

— *Bon ?* Ce que j'ai entendu cette nuit ? C'était de la bonté ? »

Irina baissa la tête. « Très bien. La relation est… volatile. Mais c'est parce qu'elle est pleine de fougue…

— Il t'a accablée de reproches ! Je n'ai peut-être pas tout compris – il emploie tant de vilains mots, et je ne désire certainement pas les apprendre –, mais j'ai reconnu le ton de sa voix. Jamais je n'ai permis à ton père de me parler de la sorte. Tu sais que nous avions nos différends, mais il y avait une limite à ne pas franchir, et il le savait.

— Il en a franchi beaucoup d'autres, et ne s'est pas privé d'avoir des aventures avec toutes les scriptes et figurantes aux yeux langoureux sur lesquelles il pouvait mettre la main dès qu'il s'échappait de cette maison. Mais ce n'est pas la faute de Ramsey ! Papa n'a rien à voir avec Ramsey !

— Tu changes de sujet parce que la vérité te dérange, hein ? Tu veux me rappeler toutes ces poules parce que tu n'as pas envie de parler d'hier soir ! » Raïssa se dressa derrière sa fille, qui lui avait tourné le dos. « Il est grossier ! Tu n'as pas de fierté ? Ce que j'ai entendu de l'autre côté du couloir n'était pas différent de ce qui se passe dans toutes les maisons de cette rue. Un mari ivre qui hurle, un type sans classe, sans dignité et, surtout, sans aucun respect pour sa femme.

— Écoute », dit Irina, faisant volte-face. Elle avait souvent rêvé de tenir tête à sa mère, et il était temps, à quarante-trois ans, mais quand elle avait imaginé la scène, elle ne tremblait pas. « Qu'est-ce que tu veux donc ? Que je demande le divorce ? Parce que tu le connais mieux après l'avoir vu cinq minutes que moi au bout de sept ans ?

— Si tu avais une once de bon sens, tu courrais retrouver Lawrence et tu le supplierais de te pardonner. Dis-lui que tu as eu... la crise de la quarantaine, comme disent les Américains. Que tu t'es conduite telle une idiote, mais que tu voudrais revenir. »

Irina considéra sa mère d'un œil détaché. Raïssa avait, elle, de la fierté à revendre, ce qui signifiait qu'elle ne reviendrait jamais sur son jugement, même si elle devait constater au fil des années que *Ramsee Achtoun* était un mari fidèle et maître de ses émotions. Irina et sa mère s'étaient querellées pour un tas de futilités – l'an dernier, parce que Irina s'était tamponné la bouche avec sa serviette en lin entre deux cuillerées de bortsch, croyant bien faire –, et les conflits précédents avaient été des prises de bec. Pas cette fois-ci. Aujourd'hui, le désaccord était réel. Les conséquences seraient d'autant plus contrastées.

Irina leva les mains. « Je regrette que tu ne l'aimes pas. »

Elle tourna les talons, mais sa mère cria dans son dos : « Je ne peux pas voir une tragédie se dérouler sous mes yeux et me taire ! » Apparemment elle ne pensait pas, comme sa fille, que la discussion était close.

Maintenant que le procès pour l'exemple avait pris fin dans la cuisine, Tatiana se précipita dans le couloir, chuchotant au passage à sa sœur : « Le koulibiac. » C'était donc ça, l'odeur de brûlé.

Dans le séjour, l'expression coupable des invités confirma que la scène hors champ avait procuré à

Raïssa le public qu'elle recherchait. Seul Ramsey semblait ailleurs, concentré sur le « Championnat du monde de snooker 1999 », qui le captivait autant qu'il ennuyait les enfants. Mais, qu'il comprît le russe ou non, le ton agressif, accusateur de Raïssa avait été suffisamment éloquent, la fréquence du nom de « Lawrence » dans le discours de sa belle-mère et de celui de « Ramsey » dans les protestations de son épouse avait dû l'éclairer sur le thème de la discussion.

Quand Irina se pencha pour poser son bras sur ses épaules, les yeux de Ramsey restèrent rivés sur le poste de télé. « Hé, ce jeu est très sophistiqué, lapin. Spin arrière, spin rétro… Et le bruitage est super ! Ils ont même la sonnerie de portable qui vous tape sur les nerfs ! »

Sur l'écran, elle reconnut la silhouette animée qui achevait le break, incarnation de son mari dans Looney Tunes. Avec son gilet gris perle, Cyber Ramsey était sévère et ne souriait pas, contrastant avec le personnage hyperactif et loufoque qui se cramponnait farouchement aux commandes. Les animateurs avaient accentué les longs traits du visage de son époux et grisé ses cheveux ; hélas, les jeunes penchés sur le jeu vidéo le considéraient comme un vieux schnoque ratatiné.

Pire, la ressemblance était carrément mauvaise. Raïssa, revenant dans la pièce d'un air hautain, jeta un regard de mépris à l'écran. Son gendre avait offert un jeu aux enfants pour Noël uniquement pour le monopoliser, et autour de la grande table verte elle ne vit évoluer qu'une caricature anonyme de dessin animé.

« Hé, dit Ramsey, le truc génial, quand on vient passer Noël en famille, c'est que la mère et la fille peuvent avoir une conversation bien sympa. »

À cet instant, une bille résonna dans le jeu, suscitant le commentaire émerveillé de Dennis Taylor :

« Ça, c'est un superbe spin arrière, Ramsey Acton ! » Mais Raïssa ne parut pas avoir entendu son nom dans le commentaire, et adressa un sourire glacé à son gendre. « Je ne vois Irina qu'une fois par an maintenant qu'elle vit en Angleterre. Il y a eu beaucoup de changements cette année, *da ?* Nous avons des tas de choses à nous dire. »

Il se releva, attirant Irina contre lui, et il glissa un bras autour de sa taille. « Heureux de l'apprendre. Et que vous ayez réglé ça. Parce que – il vida le verre qu'il tenait de sa main libre – nous sommes attendus ailleurs, vous voyez ce que je veux dire ? Irina, lapin, tu peux te dépêcher d'aller préparer les bagages ? J'ai réservé au Plaza, et nous devons arriver avant dix-huit heures, sinon nous perdrons la chambre. »

Croisant son regard, Irina lut dans ses yeux *C'est elle ou moi*. Le choix n'était pas difficile à quarante-trois ans, et elle courut au premier pour rassembler leurs affaires, dans un état d'étrange jubilation. L'idée iconoclaste qu'il était possible, à New York, d'habiter ailleurs que dans cette maison obscure et oppressante de Brighton Beach ne lui était jamais venue à l'esprit.

Quand elle arriva au bas de l'escalier en traînant les valises, Tatiana l'attendait. « Irina, chuchota-t-elle, ne partez pas ! Restez au moins pour le dîner de Noël. Il y a des zakouski dans la salle à manger, et aussi ce magnifique caviar que Ramsey a acheté... ça ira parfaitement avec les blinis. J'ai réussi à gratter le brûlé du koulibiac, et nous avons un cochon de lait rôti en plat principal !

— Je regrette, mais c'est impossible, répondit Irina. Tu as dû entendre la discussion, au moins en partie. Je ne peux pas demander à Ramsey de rester dans un endroit où il n'est pas le bienvenu.

— Essaie au moins de te raccommoder, sinon qui sait combien de temps va durer la brouille ! Tu sais à quel point mama est entêtée.

— Elle n'est pas la seule. Et ce n'est pas moi qui ai commencé. Je suis désolée, Tatiana. Je sais que tu t'es donné beaucoup de mal pour faire un magnifique repas. J'espère que ça ne l'a pas gâché. Essaie de réussir un joli Noël pour les enfants.

— Je veux juste te dire que je ne suis pas d'accord, reprit sa sœur, posant la main sur son bras. Je le trouve merveilleux. Superbe, exubérant, drôle. J'adore son accent. Il a la voix de Michael Caine ! Et il t'aime à la folie. Tu as beaucoup de chance. Vous avez quelque chose de très spécial tous les deux, et j'espère que vous serez heureux ensemble. Je regrette, mais il a l'air de l'agacer parce qu'il lui rappelle papa. »

Quand Irina revint dans le séjour, Ramsey et Raïssa se faisaient face, lui avec son blouson de cuir, elle dans sa robe moulante en lainage rouge à épaulettes qui lui donnait la même carrure que son adversaire. Élancés, musclés, hiératiques, ils se ressemblaient à un point catastrophique. À défaut d'autre chose, ils étaient tous les deux des prime donne.

« T'es prête, lapin ? » demanda Ramsey, glissant les mains sous les aisselles d'Irina et la soulevant du sol, puis la laissant lentement glisser contre lui pour la reposer sur la moquette ; l'ascension soudaine et la descente contrôlée évoquaient presque une figure de ballet. Elle eut un rire abandonné. Il était si reposant de ne plus chercher à plaire qu'elle se demanda pourquoi elle ne renonçait pas plus souvent à ce projet futile.

« Je regrette que vous deviez partir, dit Raïssa à Ramsey.

— Eh bien, je n'ai pas beaucoup de temps libre cette saison et – sans vouloir critiquer votre *hospitalité,* maman – j'ai pas l'intention de passer les fêtes à me demander si les pieds de mon fauteuil sont à la bonne place sur la moquette. Merci bien ! »

Prenant une Gauloise calée derrière son oreille, Ramsey se détourna, la cigarette éteinte pendant à ses lèvres, pendant qu'Irina disait tout bas « Au revoir, mama », lui déposant un baiser rapide sur la joue. Ramsey s'exclama : « Mince alors, j'ai failli oublier ! » d'un ton qui voulait dire tout le contraire. Raïssa n'était pas la seule dans la maison à avoir le sens du théâtre. Il fouilla dans son blouson, et lui lança un jeu de clés. « Joyeux Noël ! Elle est garée dans le parking à plusieurs niveaux au coin de la rue. Je t'ai acheté une voiture. »

Quand il glissa le ticket dans la poche de poitrine de sa robe, elle ne parut pas moins saisie que si Ramsey lui avait *mis son poing sur la gueule*. Quand ils quittèrent la maison, plusieurs idées tourbillonnaient dans l'esprit d'Irina : le modèle qui attendait sa mère dans ce garage était d'un luxe agressif, d'un prix agressif et – Raïssa n'ayant pas laissé entendre une seule fois qu'elle avait envie d'une voiture –, à part cette dépense inconsidérée, le geste était totalement absurde, et conçu comme tel ; sa mère ne remercierait jamais Ramsey pour ce cadeau extravagant, et elle ne le rendrait jamais.

Une fois que le taxi les eut déposés dans la 59e Rue, Irina passa le Noël le plus merveilleux de sa vie. Après avoir jeté des vêtements sur les meubles de leur chambre somptueuse parce que c'était permis, Ramsey s'empressa de monter le thermostat et de pousser bêtement les sièges sur la moquette, et ils se vautrèrent nus sous le dessus-de-lit avec une bouteille de champagne pour regarder *It's a Wonderful Life*. Ensuite, ils se mirent sur leur trente et un, et se rendirent à l'Oak Bar pour manger des huîtres fraîches. Au lieu du dîner traditionnel de Noël servi par l'hôtel, se réjouissant d'échapper aux pirojki et au koulibiac carbonisé, ils choisirent des crevettes charnues du Golfe avec du raifort frais et des pâtissons croquants.

Irina enchanta Ramsey par la traduction caustique de la scène avec sa mère dans la cuisine, et enchaîna sur une longue réflexion sur son père. Et le plus beau cadeau – de ceux qu'on adore car ils sont si rares – fut que, de toute la soirée, Ramsey ne mentionna pas une seule fois le *snooker*.

De retour dans leur chambre, à une heure du matin, Ramsey sortit son Discman et lui proposa de danser.

« Oh, je ne peux pas, s'écria Irina. Vraiment, je suis empotée, je n'ai pas le sens du rythme et je vais sûrement casser une lampe. Demande à mama.

— J'te jure que je demanderai plus jamais rien à ta mère ! Amène ton cul.

— Ramsey, non ! J'ai trop bu, et je vais me ridiculiser. »

Sans se décourager, il mit « Giant Steps » de John Coltrane, et l'entraîna dans une gigue. Au début elle riait sans arrêt, mais au bout d'un moment elle se laissa aller, et cette farce devint une fête. Toute sa vie elle avait évité les bals annuels de l'école, et fui dans la cuisine quand les hôtes dégageaient un espace près de la stéréo. Dans les années quatre-vingt, quand le tumulte des boîtes de nuit faisait vibrer jusqu'au granit de Manhattan, Irina avait préféré des rendez-vous paisibles dans les bistrots. Aux mariages, cherchant par tous les moyens à éviter la piste de danse, elle avait l'habitude de lier conversation avec son voisin, lui clouant littéralement la main sur la table avec un couteau à viande. Elle était incapable de danser, elle avait horreur de la danse, elle ne savait pas danser.

Pourtant, dans la chambre de l'hôtel Plaza, personne ne la regardait, sauf Ramsey, qui, à l'exception de la veille, était réellement gentil, et ne se moquerait jamais de ses premières tentatives. Lui-même était désinhibé, s'agitant avec un je-m'en-foutisme loufoque qui autorisait sa partenaire à esquisser à son tour les mouvements les plus absurdes. Tels des choristes de la Motown, ses index décrivaient des cercles ; il repliait le genou contre une hanche disloquée, la laissait partir en un tourbillon pour la ramener contre lui comme une feuille de papier qu'on roule, sans jamais la lâcher. Adoptant un éclectisme qui eût scandalisé Raïssa et Tatiana, ils mélangèrent le shimmy jitterbug, les tours de disco, les envolées du tango, le boogie rock'n'roll, et parfois même une *arabesque*, en souvenir du cauchemar qu'ils avaient jeté aux oubliettes l'après-midi même. S'improvisant DJ, Ramsey enchaîna avec Duke Ellington et Sonny Rollins, puis avec Glenn Miller, passa un morceau de R & B avec Captain Beefheart, et conclut avec un Sly and the Family Stone graveleux au volume maximum – par chance, les murs du Plaza étaient aussi épais que les parois d'une chambre forte. Le rythme qu'ils avaient découvert au lit s'était en partie transposé dans la danse, et quand Ramsey eut glissé dans le Discman sa dernière sélection, un petit point de modernité représenté par Ice-T, Irina commença à se demander si de manière générale il ne valait pas mieux chercher le partenaire idéal au bal plutôt qu'au lit – mais bien sûr, il n'y avait aucun mal à épouser les deux.

(8)

Cette année, ce fut au tour d'Irina de rappeler à Lawrence l'anniversaire de Ramsey, et cette perspective fut loin de l'enchanter. Il était débordé. À cause d'une coïncidence lointaine, devraient-ils dîner avec Ramsey Acton le 6 juillet jusqu'à la fin des temps ?

« Ça signifie que tu veux le laisser tomber ? demanda-t-elle, incrédule.

— C'est pas aussi violent que ça, répondit Lawrence. Simplement, on n'est pas obligés d'aller encore le chercher.

— C'est le meilleur moyen de lâcher quelqu'un.

— Mais il peut être un peu ennuyeux, non ? Le seul sujet dont il soit capable de parler, c'est le snooker.

— Avant, tu aimais beaucoup discuter de snooker ! »

Lawrence haussa les épaules. « Peut-être que j'ai dit tout ce que j'avais à dire. » Il feignit de se replonger dans sa lecture. Irina resta debout près du canapé jusqu'à ce qu'il levât les yeux de la page, l'air agacé. « Pourquoi cette mine horrifiée ?

— Nous le connaissons depuis des années. Et pour moi, ça sera pareil ? Tout d'un coup c'est fini, *do svidanya,* parce que *tu as dit tout ce que tu avais à dire* ? » C'était ce qui arrivait à certains couples, se disait Irina avec angoisse, un beau jour on était à court de texte, comme ça, sans prévenir.

« Je parle de l'anniversaire de Ramsey, et brusquement tu hurles que je vais te quitter ou un truc de ce genre. Calme-toi.

— Nous sommes amis. Il a toutes les raisons de penser que nous tenons à lui. Et c'est un homme charmant.

— Qui ne l'est pas ?

— Toi, en ce moment.

— Bon Dieu, l'an dernier j'ai dû te mettre le couteau sous la gorge pour que tu acceptes seulement de l'appeler ! »

En effet, elle avait vu Ramsey sur les instances de Lawrence, pour maintenir son idylle avec une vedette du snooker, mais au lieu de cela, la soirée s'était transformée en un long cœur-à-cœur. À Bournemouth, après quelques mois de résistance acharnée, Lawrence avait perdu la bataille. Qu'il s'agît de Ramsey ou de la Russie, il avait besoin d'avoir la priorité, à défaut de l'exclusivité, sinon il n'était pas intéressé. Son refus d'un nouveau dîner d'anniversaire signifiait donc : *Si je ne peux pas avoir Ramsey, tu ne l'auras pas non plus.* Mais elle ne voulait pas renoncer complètement. Elle tenait à Ramsey comme à ces deux ou trois cigarettes volées par semaine – une dose homéopathique, parfaitement inoffensive.

« C'est juste, dit Irina, et tu as observé que si je ne l'appelais pas il serait blessé.

— Tu fixes enfin un rendez-vous, à ton corps défendant, et ensuite tu me racontes que vous avez fait la fête toute la nuit et que vous vous êtes défoncés comme des fous. »

Elle avait espéré qu'il ne s'en souviendrait pas. « J'ai pas dit ça.

— Je suggère qu'on oublie l'anniversaire cette année, et tu piques une crise.

— Pas du tout. J'explique que nous devrions nous montrer attentionnés. Ça ne nous coûterait qu'une soirée. Je ferai tout le repas...

— Et j'achèterai la caisse de vin que ce type boira en une soirée. Ou plutôt, en une nuit.

— Je peux lui dire que tu dois te lever tôt pour aller travailler.

— Pas la peine. Pour Ramsey, se lever le matin – se lever tout court, et encore plus pour aller travailler – est un concept étranger. Il restera jusqu'à quatre heures du matin, comme d'habitude.

— Mais tu l'aimais bien.

— Ouais, mais quelquefois je me détache des gens.

— Je sais. » Il ne remarqua pas son ton mélancolique.

Pourtant, après cet échange, quand Irina téléphona à Ramsey, il avait d'autres projets. Se rappelait-elle l'Ooty Club dont il lui avait parlé ? Il évoqua cette soirée à Bournemouth comme un événement très ancien. Bien sûr que je m'en souviens, répondit-elle. Il partait faire un hadj en Inde. Elle fut surprise qu'il connût ce mot. Un pèlerinage, dit-elle. Oui, répliqua-t-il. Il serait absent jusqu'à la fin juillet. Examiner une table de snooker ne prendrait pas un mois entier, et elle se demanda si, à l'instar de tant d'Occidentaux, il n'était pas attiré par le sous-continent sous l'effet d'une quête mystique. Alors, bon voyage, conclut-elle. La communication fut si courte, la voix de Ramsey si distante, qu'elle raccrocha, intriguée de s'être sentie si proche de lui l'an dernier. Il lui vint cependant à l'esprit qu'il avait pu s'organiser de façon à passer son anniversaire à l'étranger.

Elle se sentit démunie pendant le reste de la journée. L'abandon d'une tradition rompait le charme, et Ramsey le savait sûrement. Lawrence serait enchanté. Désormais ils n'auraient plus l'obligation de voir Ramsey en juillet prochain, ni les mois de juillet suivants.

Il s'agissait d'un différend ordinaire, mais le souvenir de cet automne la marquerait. Avant d'aller se coucher, Lawrence s'enflamma au sujet de la procédure d'*impeachment* en cours au Congrès américain.

« Je croyais que tu détestais Clinton, dit-elle.

— C'est un lèche-bottes, répondit-il. Un mégalo dont l'unique principe est la perpétuelle élévation de William Jefferson Clinton. *Mais*... il est brillant.

— Incroyable, tu ne dis jamais ça de personne, et quand tu le fais, c'est à propos d'un homme qui a commis une erreur absolument stupide.

— Ce n'était pas *judicieux* d'avoir une aventure avec cette vache, mais sur le plan politique, c'est insignifiant.

— Le mensonge n'est pas dénué de sens en politique.

— Si, quand il s'agit de sexe.

— Oh, comment peux-tu dire une chose pareille ! *Tous les hommes ne mentent pas sur le sexe.*

— Mais si !

— *Et toi ?* »

Lawrence eut un geste de recul. « Bien sûr que non !

— Et pourquoi les hommes seraient-ils les seuls à mentir sur le sexe ? Si c'est un sujet aussi fallacieux, pourquoi les femmes n'en feraient-elles pas autant ?

— C'est sûrement le cas.

— Donc, tu penses que je te mens ?

— Pas vraiment.

— Ah oui ?

— Pas du tout !

— Alors, qu'est-ce qui nous rend si spéciaux ?

— Irina, nous parlons de généralités sans intérêt.

— Toi, sans doute. Mais pas moi. Je répète ma question : en quoi sommes-nous différents des autres ?

— Nous avons... du savoir-vivre, je suppose. Une bonne relation. Mais ça n'empêche pas un petit accroc de temps en temps...

— Par exemple ?

— Je ne sais pas, si je regarde passer dans la rue une femme qui a de jolies jambes, je ne pense pas que tu vas me faire une scène.

— Ce n'est pas de ça qu'on parle. Mais de lui fourrer ta bite dans la bouche, de jouir sur sa figure et de jurer ensuite tes grands dieux que ce n'est jamais arrivé !

— Bon. Je me permettrais pas ce genre d'accroc.

— Pourquoi exiger de nous-mêmes un niveau de moralité plus élevé que celui de notre président ?

— Qu'est-ce qui te prend d'être aussi prude tout à coup ? Qui se soucie du fait que Clinton éjacule sur la robe d'une stagiaire tant qu'il n'appuie pas accidentellement sur Le bouton pendant qu'il prend son pied ?

— Je ne suis pas prude, puisque ce n'est pas une question de sexe. Le sujet, c'était le mensonge.

— *À propos du sexe.*

— À propos de tout. En février, Clinton a fixé la caméra, me regardant droit dans les yeux, moi qui ai voté pour lui. Et il a déclaré sans ciller : "Je n'ai pas eu de relations avec... cette femme... Mme Lewinsky." *Bolje moï,* les secondes d'hésitation, comme s'il se rappelait même pas son nom. Je me suis sentie personnellement insultée.

— Bon, il a mal géré la situation. Ça ne devrait pas être un délit passible d'*impeachment*. Cette campagne lancée par les républicains, c'est de l'opportunisme pur et simple, et une interprétation abusive de la Constitution.

— Tu penses vraiment que ça ne compte pas ? Qu'il ait fait de l'obstruction pendant près d'un an ?

— À mon avis, non. Ce qui compte, c'est qu'il ait ordonné des frappes de missiles au Soudan et en Afghanistan, et aussi, malheureusement, qu'il ait manqué Oussama ben Laden. »

Irina ne reconnut pas le nom, mais elle n'était pas d'humeur à s'aplatir devant ses compétences. « La seule chose qui importe, c'est le noble travail accompli par les hommes. On se fiche qu'ils mentent comme des arracheurs de dents et qu'ils traitent mal leurs épouses.

— Je n'ai pas dit ça, mais nous parlions de politique, et non de ce que nous pensons de Clinton comme personne. En privé, d'accord, c'est un sale bonhomme. Mais il ne mérite pas de se faire virer de son poste pour avoir planté son cigare dans la gorge de Monica. Une vraie connerie. Comme la plupart des hommes américains de l'époque, Lawrence jugeait que le manque de goût était la plus grosse faute de Clinton. Monica était grasse, dénuée de charme, stupide, et le président des États-Unis aurait pu trouver mieux.

Irina s'affala dans son fauteuil. « Oh, je suppose que moi non plus, je n'aurais pas demandé sa destitution. Mais je voudrais qu'il divorce. Et ça n'arrivera pas. Hillary est pire que lui. Toutes ces idioties sur la *vaste conspiration de la droite*, quand on pense qu'ils ont intrigué pendant des jours ! Ensuite elle va faire semblant d'être choquée et blessée s'il s'en sort un jour blanc comme neige, et elle s'en tiendra toujours à sa version. Ils ne sont pas amants, ils ont monté une cabale – les Clinton font bloc. Ils conspirent, préparent des coups en coulisse, ils concluent des pactes et des compromis pour leur promotion mutuelle. C'est une manière d'agir, mais dans un mariage c'est désastreux. »

Irina s'interrompit. Sa description avait un écho troublant.

Dans l'ensemble, Lawrence s'était montré irritable depuis son retour de Russie, en juin, et la perspective d'un Noël à Brighton Beach n'améliora pas son comportement.

« Je sais que tu as une relation difficile avec ta mère », dit-il. Le train pour Heathrow s'était une fois de plus immobilisé entre deux stations. « Mais je veux que tu me fasses une promesse.

— Vas-y, répondit Irina.

— Promets de ne pas te disputer avec elle.

— C'est elle qui me cherche !

— Ne mords pas à l'hameçon, alors. Ce voyage est assez éprouvant sans un crêpage de chignon de plus. L'an dernier, ce scandale à propos de la serviette était ridicule.

— À quoi bon avoir une serviette, si on ne peut pas se tamponner les lèvres avec ?

— Elle avait raison, le jus de betterave tache. Moi je m'en fous, mais le lin coûtait bonbon. On ne va pas encore discuter de ça. C'était déjà assez ennuyeux comme ça l'autre fois. » Il avait toujours été taquin, mais depuis quelque temps, ses piques n'étaient plus drôles.

Bien sûr, chaque couple traversait des périodes où il se rapprochait, et d'autres où il s'éloignait. Lawrence était manifestement sous pression au bureau, et elle n'aurait pas dû l'obliger à gaspiller ses brèves vacances en les passant avec sa famille. Et après avoir attendu une heure dans la queue d'enregistrement de British Airways, n'importe qui se fût montré irascible. Par miracle, ils furent encore capables de plaisanter dans l'espace duty free, se proposant d'acheter à Raïssa une barre de Toblerone d'un kilo, avant d'arrêter leur choix sur une longue bouteille de sherry – en promotion.

À peine installé à bord, Lawrence alluma son ordinateur portable, qu'il devrait pourtant éteindre avant le décollage. Irina n'avait pas envie de lire, et songea à l'époque où prendre l'avion était plus une aventure qu'une épreuve – elle parvint à canaliser son dégoût à la perspective d'un repas immangeable. Elle voulait parler avec Lawrence, mais il aurait fallu trouver un sujet de conversation. Il y en avait bien un, mais elle ne parvenait pas vraiment à le formuler, et ses tentatives malheureuses pour l'aborder ne feraient qu'empirer encore son humeur.

Elle se concentra plutôt sur la boisson qu'elle allait choisir. Elle avait grande envie d'un verre de vin rouge, mais il était à peine quatre heures et demie de l'après-midi, et Lawrence n'approuverait pas. Tandis que l'avion progressait peu à peu sur la piste en attendant son tour de décoller, l'énergie qu'elle déploya pour comparer les bienfaits du vin et du jus de fruits était grotesque. Dieu merci, personne ne pouvait s'introduire dans son cerveau et découvrir cette prétendue illustratrice faisant une fixation sur une petite bouteille de beaujolais. Imaginez, si les autres pouvaient entendre vos pensées, ils auraient une idée de vous radicalement différente. Serait-il consolant ou déprimant de savoir que tous les autres passagers songeaient uniquement à la boisson qu'ils allaient commander ?

Quand le chariot s'arrêta en trépidant près de leurs sièges, Irina en était venue à se demander pourquoi elle craignait autant de provoquer le mécontentement de Lawrence. Ce n'était pas sa faute si sa mère buvait. D'ailleurs, son soi-disant alcoolisme demeurait une énigme ; lors de ses visites à Las Vegas, sa belle-mère avait absorbé deux ou trois verres, rien de bien inquiétant. Son penchant pour la boisson n'égalait peut-être pas le caractère rabat-joie de son fils.

Lawrence commanda une eau de Seltz, et Irina un jus de tomate.

Après le repas, un couple amoureux installé sur les sièges du milieu, de l'autre côté de l'allée, commença à se tripoter sous la mince protection d'une couverture. Grognements et sourds gémissements étaient ponctués de fous rires étouffés. Le plaid frissonnait, et par moments, une tête disparaissait dessous. Ces jeunes gens ne partageaient pas l'aversion de Lawrence pour la consommation de boissons alcoolisées l'après-midi, et, dès le décollage, avaient réclamé leur ration de vodka.

« Putain, marmonna Lawrence, assez fort pour être entendu. Prenez une chambre. »

Irina n'appréciait pas l'expression – d'une tonalité branchée, mais à l'esprit puritain. En quoi ça dérangeait-il Lawrence que ces gamins aient envie de se peloter ? Il n'était pas musulman ni rien. Elle pouvait comprendre qu'on soit amusé, fasciné, un peu lassé par ce genre de spectacle, ou même charmé, mais sûrement pas choqué, sinon pour des motifs religieux.

Pourtant le dégoût de Lawrence ne connaissait pas de bornes. « Irina, appelle l'hôtesse de l'air. Demande-lui si elle a une capote. Pendant qu'elle y est, réclame un sac à vomi pour moi.

— Lawrence ! chuchota Irina. Ils ne font aucun mal, et ils peuvent t'entendre !

— Ou peut-être une poignée de bouteilles de Finlandia, continua-t-il, montant le son. Encore deux tournées, et il ne verra plus la différence entre son coude et sa queue. Alors, *peut-être* qu'on pourra regarder le film tranquilles.

— Quel idiot tu fais !

— Je ne suis pas idiot, rectifia-t-il. Je suis un *trou-du-cul*. Traiter un trou-du-cul confirmé d'idiot, c'est comme d'oublier de dire *sir* à un MBE[1].

— *Sir Trou-du-cul*, donc, dit-elle. Tais-toi ! »

---

1. Member of the Order of the British Empire. (*N.d.T.*)

Ils se plongèrent dans *The Full Monty,* et le pelotage des sièges du milieu cessa à l'instant où Irina réussit à identifier le sentiment que lui avait inspiré le couple exhibitionniste. Elle n'était pas exactement amusée, ni fascinée, certainement pas lassée, et pas du tout choquée. Bon, si, elle était peut-être un peu charmée. Mais surtout, elle était jalouse.

Quand la porte s'ouvrit, Raïssa prit la pose – leur laissant le temps d'admirer son éblouissante tenue – avant de tendre les bras pour dispenser baisers et accolades avec une fougue qui, selon sa fille, n'avait rien de sincère. Irina se raidit au contact de sa mère.

« *Dobro pojalovat !* s'exclama Raïssa. *Ya tak rada vas vidyet ! Pojaluysta prokoditye !*

— Ça alors, s'écria Lawrence. C'est une robe à tomber par terre, Raïssa ! Après le grand jeu de l'année dernière, j'étais impatient de voir si vous alliez vous surpasser ! »

Irina roula les yeux sans rien dire. La réplique était typique. Avec Raïssa, Lawrence aimait avoir le beurre et l'argent du beurre.

Ils transportèrent les bagages au premier, rangèrent les vêtements dans les tiroirs et les valises sous le lit. C'était leur chambre, mais ça n'empêcherait pas Raïssa de s'énerver à la vue d'une chaussette qui traînait par terre. Lawrence descendit avec le sherry, mais quand elle lui proposa de l'ouvrir, il déclina ; elle parut satisfaite, comme s'il avait réussi un test. Il entreprit d'admirer sa coiffure, sa forme physique, et l'arbre de Noël. La mère d'Irina ignorait totalement combien le compagnon de sa fille était caustique et irrévérencieux ; c'était presque comme si elle ne l'avait jamais rencontré. Si Irina avait été sa mère, elle se serait demandé ce que sa fille pouvait bien trouver à ce sinistre lèche-bottes.

Raïssa alla préparer du thé. Lawrence se percha sur le velours rouge ; il paraissait mal à l'aise, avec cette étagère qui menaçait de lui rentrer dans la nuque, mais il se garda de déplacer le fauteuil. Quand Raïssa revint, il se leva d'un bond pour lui prendre le plateau.

« Votre service à thé, c'est de la dynamite, s'exclama-t-il. Il doit valoir une fortune. »

Raïssa s'illumina. Irina secoua la tête. La flatterie était si transparente qu'elle s'étonnait toujours de son efficacité. Et sa mère n'était pas la seule à être aussi crédule. Ça marchait avec *tout le monde*.

« *Da*, répondit Raïssa. Quelle honte. Le pot à crème et le sucrier sont les dernières pièces qui me restent du service en porcelaine que ma mère a emporté dans sa malle en quittant la Russie. L'héritage de sa propre mère. Pendant des années, les autres Russes de Paris, qui avaient tout laissé dans leur pays, ont envié notre famille. J'ai jamais vu ailleurs un bleu cobalt aussi extraordinaire. On dirait la couleur d'un vitrail ! »

Lawrence avait entendu cette histoire UN MILLION DE FOIS. Enfin, il plaça un mot aimable : « Quel dommage. J'ai appris que Charles vous avait jeté le service à la figure, une assiette après l'autre. »

Il avait édulcoré l'histoire. Irina avait précisé qu'*ils s'*étaient jeté la vaisselle à la figure.

Bien dressé, Lawrence versa le thé, tandis qu'Irina examinait le samovar qui trônait sur le buffet, et avait aussi survécu à la guerre dans la malle mythique de sa grand-mère. Magnifique bouilloire, d'un usage beaucoup trop laborieux, la haute urne ventrue était superbe, et Irina l'avait toujours un peu convoitée ; elle était empreinte du même hiératisme que sa propriétaire, et semblait constituer le siège du pouvoir dans cette demeure. Ses chances d'en hériter étaient minces. Le nom de Tatiana en était indissociable.

« *Tak*, Lawrence. Tu travailles à quoi, maintenant ?

— Eh bien, vous vous souvenez qu'au printemps j'ai passé un mois en Russie. Vous ne reconnaîtriez pas Moscou aujourd'hui. Restaurants, hôtels, magasins…

L'élite semi-criminelle a de l'argent à claquer, mais les prolos sont misérables. Il y a des mendiants et des ivrognes à tous les coins de rue. Vous saviez qu'en Russie, la bière est considérée comme une boisson non alcoolisée ? »

Tandis qu'il leur débitait son petit cours sur l'état de l'ancien empire du Mal, Raïssa croisait les mains, captivée. Il aimait faire autorité… soit. Mais dans un monde plus juste, ils auraient dû, ensemble, informer Raïssa de l'évolution du pays qu'elle avait quitté, alors qu'Irina en était réduite à jouer avec sa boule à thé pendant que sa mère et son compagnon sortaient les violons.

« *Votre robe est sensationnelle !* chuchota Irina dans son ancienne chambre à coucher. *Vous êtes dans une forme éblouissante !* Lawrence Lawrensovitch, tu n'as pas honte !

— Pourquoi aurais-je honte, si elle gobe tout ? répondit-il tout bas. Je lui ai demandé dix fois d'où venait ce samovar. Elle ne se souvient jamais qu'elle me l'a déjà dit.

— Pourquoi se le rappellerait-elle ? Elle raconte cette histoire à tout le monde.

— Le reste est peut-être un tas de conneries, mais elle est dans une forme étonnante pour ses soixante-quatre ans. »

Irina n'avait pas encore récupéré de son épisode boulimique de l'été dernier, et le retour chez sa mère avait un effet prévisible sur son moral. « Je le savais, dit-elle en s'examinant d'un œil critique dans la glace. Ma mère me donne toujours l'impression d'être grosse.

— Tu n'as pas pris tellement de poids », répondit Lawrence d'un ton léger.

C'était la première fois qu'il faisait une remarque sur sa ligne.

Le lendemain matin, Irina était recroquevillée au-dessus de sa tasse de café quand Lawrence entra dans la cuisine vêtu d'un jogging encore humide, respirant la satisfaction provocante particulière aux gens qui s'arrachent au sommeil pour se lancer sauvagement dans le froid en baskets. « Eh bien, j'ai dû faire près de dix kilomètres ! » s'exclama-t-il, encore essoufflé.

Irina fronça les sourcils. Détestant les dingues du jogging, elle appréciait sa modération. « D'habitude tu n'en fais pas plus de six.

— Hé. Ça fait pas de mal de se forcer un peu.

— Lawrence, tu veux un petit déjeuner ? demanda Raïssa qui portait son justaucorps. Des œufs ? Du pain noir ?

— Non. Juste un café, merci. »

La chaleur de la tasse de café qu'elle tenait dans ses mains ne traversait pas les gants, et Irina battit des mains pour faire circuler le sang.

« On a compris, Irina, pas la peine de faire ce cinéma avec tes mains », s'écria Raïssa, s'exprimant en anglais pour Lawrence. Il l'avait convaincue qu'il avait tout oublié de son russe appris à l'université, afin de surprendre ses apartés. Par conséquent, il savait exactement ce qu'elle pensait de sa conception de l'élégance.

« Je ne joue pas la comédie, j'essaie de me réchauffer. Tu penses toujours que je te fais marcher, mais j'ai un problème…

— Tous les Américains ont un *problème*. La concurrence est rude, c'est à celui qui aura le plus de *problèmes*. Aucun ne dira jamais : j'ai froid aux mains. Il faut trouver un mot compliqué.

— Ouais, tu devrais rentrer dans un groupe, dit Lawrence. Avec des réunions confessionnelles et un site Web.

— Tu es en train de me dire que la maladie de Raynaud est dans ma tête ? l'accusa Irina.

— Tu te lèves le matin et tu travailles ton corps, Irina, ensuite tu as chaud toute la journée.

— Elle a raison, renchérit Lawrence. Si tu commençais ta journée par quelques exercices de gymnastique suédoise, ça stimulerait sans doute ta circulation.

— Si je commençais par *monter le thermostat*, ça serait beaucoup plus efficace.

— Irina, si tu voyais la facture de gaz !

— Merde à la fin, c'est *la veille de Noël* ! »

Lawrence lança un regard d'avertissement à sa compagne, recroquevillée sur sa tasse de café : *Tu as promis*. « En fait, le prix du gaz naturel a monté en flèche. Les nouvelles explorations n'ont pas donné grand-chose, et même les réserves de la mer du Nord sont en train de se tarir.

— Quelquefois, dit Irina, ce serait agréable de ne pas aborder l'état global du monde comme si nous étions tous sur le plateau de *60 minutes*, et de reconnaître que ce matin, veille de Noël, la femme que tu aimes a froid sous le toit de cette modeste demeure.

— Bien, une modeste demeure, concéda Lawrence. C'est plus logique de conserver la chaleur corporelle avec un pull que de chauffer tout ton environnement.

— Un peu de fraîcheur te réveille, ça t'oblige à bouger ! » Comme pour le prouver, Raïssa s'agitait dans la cuisine, faisant d'innombrables allées et venues pour ranger une seule cuiller propre.

« Ça c'est bien vrai, reconnut Lawrence d'un ton féroce. Les appartements surchauffés m'endorment. »

Ils se promenaient dans l'Avenue sous le métro aérien après avoir pris leur café quand Lawrence lui donna une tape affectueuse sur l'épaule. « Hé, pourquoi tu es si grognon ?

— Tu ne prends jamais mon parti. Tu te ligues toujours avec elle contre moi, et c'est ma mère !

— J'essaie juste de faire régner la paix.

— Et pourquoi c'est si génial, la paix ?

— En fait, le sujet est quelquefois évoqué dans les études de conflits. La paix, c'est un peu terne. Ça pose toujours la question existentielle de savoir ce que tu essaies d'accomplir, pas seulement en tant qu'individu, mais en tant que pays.

— Alors, comment les *spécialistes des conflits* arrivent-ils à résoudre ce problème merdique ?

— De la même manière qu'un homme sain d'esprit qui rend visite à sa belle-mère : ils choisissent la solution la *moins pire.* »

Lawrence aimait Brighton Beach – une bonne chose, en réalité, car l'exploration de la dynamique interne d'une famille vous rendait claustrophobe, tandis que l'univers qui s'offrait à eux était aussi vaste que l'appétit qu'il leur inspirait. Après tout, le travail d'Irina exigeait la déconstruction méticuleuse du chatoiement d'une feuille, ou l'observation de la complexité de ses contours vus de profil quand la brise la soulève. Il y avait tant de choses à regarder dans le paysage le plus ordinaire que perdre son temps à tergiverser à propos d'un thermostat ou d'une serviette de table semblait être du gâchis. Elle appréciait toujours la façon dont Lawrence l'entraînait dans le monde même qu'elle feignait de peindre.

Irina ravala donc sa mauvaise humeur et entra avec lui dans les magasins, heureuse que son séjour à Moscou l'eût rendu plus loquace quand il discutait en russe avec les vendeurs. Ils envisagèrent de rapporter du caviar pour le dîner de Noël, mais le prix en était exorbitant. Ils profitèrent donc des plaisirs gratuits, comme le spectacle des ex-Soviétiques sur la promenade. Des hommes de soixante-dix ans, solidement charpentés, exposaient leur poitrine nue et flasque au ciel couvert de décembre et s'avançaient stoïquement dans l'eau glacée. Des adolescentes exhibaient des manteaux de fourrure blanche duveteuse comme le poil d'un caniche. Un individu échevelé fouillait dans les poubelles, sortant les bouteilles de bière, de vodka ou de vin pour en vider les dernières gouttes dans son gosier.

Quand ils retrouvèrent Raïssa au café Volna, Lawrence s'exclama « Quelle robe *géniale* ! » comme d'habitude. Il ne commanda qu'une salade, malgré les moqueries d'Irina qui critiqua son « appétit de jeune fille ». Piquée au vif par la remarque de sa mère sur « son air de bonne santé », Irina se fit un plaisir de commander des harengs marinés, de la soupe de riz à l'agneau, du poulet à la Kiev et une bière.

Quand Raïssa prit la peine de demander où en étaient les illustrations de sa fille, Irina répondit qu'elle manquait d'inspiration. Elle avait besoin de « se surprendre » et étudierait peut-être l'infographie, comme le lui avait conseillé Lawrence. Mais Raïssa ne l'écoutait que d'une oreille.

« *Skajityé*, Lawrence. Vous avez l'intention de rester encore longtemps à Londres ?

— J'ai une très belle opportunité à Blue Sky. J'envisage d'y rester encore plusieurs années.

— Depuis quand ? demanda Irina. Je croyais que tu avais envie d'obtenir un poste au Conseil des relations étrangères à New York.

— J'ai changé d'idée. À Londres, je peux profiter de cette relation particulière.

— Quelle *relation particulière* ? Avec qui ?

— Entre la Grande-Bretagne et les États-Unis, crétine. C'est une expression.

— Je t'interdis de me traiter de crétine.

— Irina, je traite tout le monde de crétin.

— Sauf moi. Jamais.

— Bon. Je regrette ! Merde. Je veux dire simplement qu'en Grande-Bretagne, je suis dans une position idéale pour jouer un rôle politique à la fois aux États-Unis et en Europe.

— Enfin, bordel, tu comptais m'en parler quand ?

— Je viens de t'en parler. »

Suivant la scène, Raïssa suggéra à Lawrence, en aparté : « Tu sais, plus Irina reste en Angleterre, plus son vocabulaire change, *da ?* Elle utilise des mots que j'entends jamais à New York. Et même sa manière de les prononcer. Chaque année, il y a de nouvelles différences.

— Ouais, je sais, grommela Lawrence. Dans l'avion, elle a commandé un jus de *tomahte*. »

Comme elle avait choisi cette boisson par égard pour sa paranoïa sur sa mère, qui n'avait même pas de vrai problème avec l'alcool, c'était un peu fort d'être critiquée à ce sujet. « Quand tu es bilingue depuis l'enfance, dit Irina, la langue semble moins figée. D'ailleurs, j'aime beaucoup l'accent britannique qui avale toutes les consonnes. »

Lawrence croisa les bras. « Au contraire, le fait d'être une Russo-Américaine de la deuxième génération t'a donné un problème d'identité. Pour empirer les choses, enfant tu as été rejetée par tes camarades à cause de tes dents en avant, alors, maintenant que tu es adulte, tu te mets en quatre pour t'intégrer. »

Les joues d'Irina étaient en feu. « Tu penses ça depuis quand ?

— En gros, depuis toujours. Mais cette manière artificielle de t'exprimer est aberrante. Tu essaies de plaire, et tu obtiens l'effet inverse. Tu t'attires le mépris. Les Britanniques veulent que tu parles comme une Américaine, parce que c'est ce que tu es. Quand tu commandes du jus de *tomahte*, tu passes pour une lèche-bottes sans dignité ! Je voudrais que tu te mettes ça dans le crâne, parce que d'autres Américains pensent que cette connerie de *tomahte* est prétentieuse. Tu donnes l'impresison d'être une bêcheuse.

— Pardonne-moi, répliqua Irina. *Toi,* tu es en train de me reprocher de chercher à plaire ? Après avoir répété à trois reprises à ma mère que tu adores sa robe ? »

L'expression de Lawrence s'assombrit. « La robe de ta mère me plaît, et je ne vois pas ce qu'il y a de mal à le dire. » Il consulta sa montre, et laissa sur la table un billet de vingt dollars. J'ai des courses à faire en ville. Je serai là pour le dîner. » En un clin d'œil, il avait disparu.

« Lawrence est sous pression au bureau », dit Irina pour l'excuser ; depuis des mois, cette explication éculée tournoyait dans sa tête comme une mouche.

Raïssa passa au russe. « Lawrence est un homme bien. Il est économe et attentionné. Il a un revenu régulier. Il travaille dur. Il surveille sa consommation d'alcool. Il n'est pas comme les hommes d'ici, tous des paresseux et des ivrognes qui sont incapables de garder un sou en poche. Je ne l'ai jamais vu lever la main sur toi. Tu devrais peut-être faire attention.

— Attention ? Il m'a accablée de reproches !

— Quelquefois, une femme doit prendre sur elle. Ne pas se soucier de toutes ces petites choses. Et c'est un homme. Il a sa fierté. Ce que tu as dit à propos de ses compliments sur ma robe. Tu l'as embarrassé.

— Mais lui aussi, il m'a embarrassée ! Cette sortie sur mes dents...

— C'est bien de ça que je parle. » Raïssa pressa le bras de sa fille. « N'en tiens pas compte. Tu es au-dessus de ça. Ce n'est pas de la faiblesse, mais de la maturité. Tous les hommes sont des petits enfants. Et la femme ne peut pas se permettre d'être une petite fille, sinon la maison devient un jardin d'enfants.

— Lawrence n'est plus lui-même depuis quelque temps. Quand il est parti en Russie, j'étais jalouse. Je voulais l'accompagner. J'ai été assez désagréable à ce propos. Peut-être qu'il m'en veut encore à cause de ça.

— Je suis sûre que tu as raison. Ça passera. Suis mon conseil, pour une fois. Ne tiens pas compte des choses sans importance. Prends sur toi. Et alors, si un événement sérieux survient, tu sauras quoi faire, tu auras déjà pris l'habitude. »

Lawrence revint en fin d'après-midi, marmonnant un commentaire sur les courses de Noël, bien qu'il ne rapportât aucun paquet. Il proposa de les emmener dîner sur l'Avenue, dans l'habituel restaurant russe tape-à-l'œil. Quand ils montèrent se préparer, Irina le retint dans le vestibule.

« Je regrette ce que j'ai dit au café Volna. Je ne voulais pas te mettre dans une situation désagréable en te reprochant d'avoir été obséquieux avec ma mère. Ou bien c'est ce que je voulais, mais je n'aurais pas dû. Tu m'as blessée, c'est tout. Je ne savais pas que ma manière de parler te tapait sur les nerfs. Je ne crois pas m'exprimer ainsi *parce que je cherche à m'intégrer*. J'utilise certaines expressions britanniques parce qu'elles me plaisent.

— Oh, laisse tomber. C'est pas grave. » Lawrence détestait ce genre de conversation.

« J'ai l'impression de beaucoup t'agacer.

— Mais non, pas du tout. »

Bien. Assez parlé de ça.

« Tu m'embrasses ? »

Lawrence la regarda d'un air absent, comme si elle lui avait demandé de se tenir sur la tête. Il haussa les épaules. « D'accord. » Un baiser bref, lèvres serrées.

« Non, pas comme ça. »

Le baiser profond était insolite, et d'autant plus excitant, comme si elle avait eu un rendez-vous galant avec un amant clandestin, et ce fut un immense soulagement. Pour une femme, à l'exception d'un autre orifice qu'Irina jugeait difficile à accepter, s'aventurer dans la caverne humide et vulnérable de la bouche d'un homme était la seule manière de s'introduire en lui. Quand Irina rouvrit les yeux, elle surprit le regard brillant d'approbation de sa mère, à l'autre bout de l'entrée.

Au dîner, par égard pour Lawrence qui payait l'addition, Raïssa commanda seulement un plat principal. Elle demanda comment ils se distrayaient à Londres, et il lui raconta que l'an dernier il avait emmené Irina voir son premier tournoi de snooker. Raïssa ne connaissait pas ce mot, et il lui fournit une description détaillée du jeu, vantant la dimension de la table et le nombre de coups qu'il fallait prévoir à l'avance. Elle feignit d'être captivée, posant des tas de questions avec un enthousiasme débordant. Il expliqua qu'ils connaissaient l'un des joueurs, considéré comme le gentleman du sport ; il précisa que leur ami était une vraie célébrité au Royaume-Uni, et donc très riche, et qu'il les invitait deux fois par an dans des restaurants somptueux. Peut-être à cause de ce détail elle parut pour une fois sincèrement intéressée.

« La philosophie est courtoise, civilisée, et peut-être, avant tout, élégante, ajouta Irina.

— Votre ami Philos, il est bien sapé ? »

Irina sourit. « Non, il s'appelle Ramsey. La *philosophie* se réfère à l'atmosphère générale et à l'ensemble des valeurs. S'il est courtois, civilisé, élégant ? À part une sorte d'accent populaire, c'est une bonne description de lui.

— Ce *Ramsee*… il est bel homme, *da* ?

— Je suppose, répondit Irina, comme si elle n'avait jamais réfléchi à la question. Et il est bien sapé. Il a du goût, en tout cas. Il a beaucoup de grâce, et raconte de merveilleuses histoires. » Elle en avait dit plus qu'elle n'en avait eu l'intention, mais, pour une mystérieuse raison, chaque fois que le sujet de Ramsey venait sur le tapis elle ne voulait plus le lâcher. Elle ajouta avec emphase : « Et il apprécie *vraiment* Lawrence. Je ne peux pas m'empêcher de le trouver un peu ennuyeux, parce que je ne m'intéresse pas beaucoup au snooker. Mais ces deux-là s'entendent à merveille. Ils échangent des anecdotes sur le snooker pendant des heures. Je ne parviens pas à placer un mot.

— La dernière fois tu as fait fort, marmonna Lawrence.

— Tout à fait mon type d'homme, intervint Raïssa. Si je viens te voir en Angleterre, tu me présenteras ce riche et célèbre joueur de snooker, *da ?* Pour caser ta vieille mama ? »

Ce fut sans doute l'image de Ramsey et de sa mère se promenant main dans la main dans la ville qui donna soif à Irina, mais elle eut un geste maladroit et renversa sur la nappe blanche cent millilitres du vin rouge le moins cher de la carte. « Oh, rien n'a changé ! s'exclama-t-elle, le visage en feu. Je suis toujours empotée !

— Ça, tu peux le dire, répondit Lawrence. Bon sang, Irina, quel gâchis ! » Il épongea le vin avec sa serviette, donnant l'impression d'accomplir une tâche titanesque, et déplaça le poivre, le sel, et le vase de fleurs. « Elle a toujours été comme ça, hein ?

— *Pravda*, reconnut sa mère avec un soupir entendu.

— À Londres, je lui sers son cabernet dans des verres minuscules. »

Elle n'avait pas renversé de verre depuis des années. Ils avaient pris une bouteille pour trois ; humiliée, Irina regretta amèrement d'avoir gâché une ration de vin dont elle avait grand besoin à présent.

« Quand tu es allé en Russie, demanda Raïssa en buvant son café, c'était avec qui ?

— Oh, avec tout un groupe, répondit Lawrence. De Blue Sky.

— Que des hommes ? Sans leurs femmes ? Tu as dû te sentir bien seul, pendant tout un mois. Quel dommage qu'Irina n'ait pas pu venir avec toi. »

Pourquoi diable avait-elle fait cette confidence à sa mère ? « Ils étaient en mission, mama. Et j'avais mon propre travail.

— Il n'y avait pas que des hommes. L'un des chercheurs était une femme – je m'exprime mal : une chercheuse faisait partie du groupe. » Il ajouta gratuitement : « Elle est assez agaçante, en fait.

— Irina me dit que tu travailles très dur ces temps-ci.

— Hélas oui. Le Département d'État a commandé une enquête sur le terrorisme à travers le monde, et c'est un énorme projet.

— Tu rentres tard ?

— Oh, vers neuf heures du soir.

— Ça fait de longues journées. Et pas beaucoup de temps à passer avec Irina, *da* ?

— Elle y est habituée.

— *Nu... mojet byt,* elle devrait pas.

— Ça m'est égal, intervint Irina. Lawrence est ambitieux. Je ne l'aiderais pas en le harcelant. »

Raïssa s'adressa alors en russe à sa fille : « Quand je t'ai dit cet après-midi que tu devais négliger les petits détails, je ne t'ai pas dit de tout négliger, n'est-ce pas ? »

Lawrence ne parut pas saisir l'allusion, et Irina encore moins.

« Eh bien, dit Lawrence tout bas, s'écroulant sur le lit. Que penses-tu de notre ami *Philos* ? Tu crois pas qu'elle fait exprès de tout interpréter de travers ? Elle se débrouille pour qu'on sous-estime ses connaissances. C'est sa stratégie. Mon hypothèse, c'est que l'anglais de ta mère a secrètement le niveau de celui de H.L. Mencken. Elle veut juste t'entraîner à dire des choses qu'elle prétend ne pas comprendre, de façon à te démasquer.

— C'est ce que tu fais avec elle pour le russe, répliqua Irina, retirant son chemisier.

— Ce sac d'os pourrait se permettre quelques extras, et elle a commandé un seul plat. Quelle idiote ! Je jurerais qu'elle descend à la cuisine pour s'empiffrer de ces biscuits Pepperidge Farm quand personne ne regarde. Sinon elle mourrait d'inanition.

— Non, un régime minimum ralentit énormément ton métabolisme.

— Et toi, tu fais le contraire ? Tu pousses ton métabolisme au maximum ? Je ne t'ai jamais vue manger autant en une journée. »

Irina referma son chemisier sur sa poitrine. « Je déteste être brusquée, même tacitement, et peut-être que ma rébellion est allée un peu loin aujourd'hui. Mais pour l'impressionner, tu es capable de te laisser mourir de faim. Chaque fois que nous revenons de Brighton Beach tu as perdu deux kilos.

— Tu es encore en train de m'embêter parce que "je cherche à plaire" ? Parce que ces quelle-jolie-robe-vous-avez-Mme-Cleavers sont une *blague*. Une blague qui t'est destinée, tu es donc supposée la comprendre.

— Je sais bien que c'est un jeu. Mais après tu es incroyablement méchant dans son dos, et j'aimerais que tu arrêtes.

— Veux-tu *parler plus bas* ? chuchota-t-il. Ce matin, je prenais trop son parti. Maintenant je suis trop méchant. C'est quoi le problème ?

— Je n'aime pas ce mélange. C'est de l'hypocrisie.

— Tu sais, je commence à me demander si je n'aurais pas dû te faire promettre de ne pas te disputer avec *moi* quand on était dans le métro.

— Je ne cherche pas à me quereller…

— Alors *arrête*. Ta mère dort dans la chambre juste en face, et si nous passons la nuit à nous engueuler ça fera désordre. Va te brosser les dents. »

Depuis six mois, sans doute parce qu'il travaillait aussi tard, la fréquence de leurs rapports sexuels avait diminué – peut-être d'une fois par semaine, rien d'alarmant, ce qui suffisait encore à assouvir l'appétit érotique d'Irina. Mais la satisfaction physique n'est qu'un but parmi d'autres dans l'amour, et joue un rôle mineur. Dans une relation établie, sa fonction essentielle est le réconfort. Aussi, quand Irina tendit la main pour lui caresser la hanche avec insistance et que Lawrence lui tourna le dos en marmonnant une phrase sur le décalage horaire avant de s'assoupir, elle ne fut pas seulement déçue, mais frôla la crise de nerfs.

Comme ils ne s'étaient pas disputés la veille et n'avaient pas fait l'amour non plus, Lawrence et Irina se réveillèrent bien reposés le jour de Noël.

« *Dobry outro milye !* s'écria gaiement Raïssa. *S rojdestvom vas !* »

De retour de son épuisant parcours matinal, Lawrence essuya le dessous de sa tasse de café avant de la poser sur une soucoupe. Au début, Irina avait été heureuse qu'il se pliât aux exigences absurdes de sa mère. Mais il n'y a rien de tel que l'imprimatur parental pour mettre le holà à votre attirance pour un homme, et ce matin son empressement à laver, essuyer et ranger sa tasse avant même qu'elle eût refroidi l'insupporta.

« Irina, dit Raïssa avec une légèreté feinte. Je te l'ai déjà expliqué, *da ?* Quand tu te douches, tu dois vider le porte-savon et le sécher. Si tu laisses le savon dans une flaque, il se transforme en gelée. Lawrence l'a bien compris. Quelquefois tu oublies. »

Irina remonta de mauvaise grâce à l'étage pour s'exécuter, puis rejoignit Lawrence dans la chambre pour emballer les cadeaux.

Juste avant leur départ pour New York, il s'était rendu compte qu'à Moscou il avait négligé d'acheter quelque chose à Raïssa. « Oh ! là là ! s'était exclamée Irina d'un ton inquiet. Et tu es allé dans la *mère patrie*. J'ai peur qu'elle en prenne ombrage. » Timidement, elle avait suggéré que, par souci de diplomatie, le mieux serait peut-être de donner à sa mère le ras-du-cou de Rostov.

Il est curieux qu'une proposition faite en toute sincérité laisse un sentiment amer quand on vous prend au mot. À la suite de cette offre saugrenue, elle avait espéré de tout son cœur que Lawrence la persuaderait d'y renoncer, et au diable Raïssa et sa susceptibilité ! Au lieu de cela il avait loué sa vivacité d'esprit et promis de remplacer le cadeau en temps voulu.

Elle n'était pas d'accord. L'ingratitude que lui avait inspirée le bijou la première fois avait été balayée par sa volte-face devant ce taxi dans Trinity Street, et la violence de son attachement à ce collier était inconsidérée. Aussi, quand ils étalèrent les cadeaux sur le lit à côté de la pile de papier d'emballage récupéré de l'année dernière, Irina ouvrit la jolie boîte à thé Twinings qu'elle avait trouvée pour le ras-du-cou et y jeta un coup d'œil possessif. « Tu veux encore le lui offrir ?

— Ce n'est pas moi qui l'ai proposé, c'est toi. Mais oui, pourquoi pas ?

— Je pensais juste… Euh, tu as dit que tu avais fait des courses hier. J'ai pensé que tu avais acheté autre chose à la place.

— Non. Je n'ai presque rien trouvé. C'était la veille de Noël, et une vraie galère. Si tu souhaitais que je cherche un cadeau différent, tu aurais dû me le dire.

— Oh, c'est très bien comme ça », répondit-elle tristement, et elle enveloppa elle-même la boîte.

Quand elle entendit Tatiana arriver *en famille*[1], Irina descendit aussitôt l'accueillir dans le vestibule. Tatiana lâcha ses sacs de provisions et ouvrit les bras pour étreindre son unique sœur. « Bienvenue ! Je suis si heureuse de te voir ! Ça fait des semaines que j'attends ce jour avec impatience ! Et, dis-moi, tu es *superbe* ! » Elle embrassa Lawrence avec la même chaleur. Par chance, elle ignorait qu'il la considérait comme une imbécile.

1. En français dans le texte. (*N.d.T.*)

Pendant que les sœurs déballaient les provisions dans la cuisine, Tatiana chanta les louanges de son beau-frère. « D'après ce que je sais, Lawrence réussit *formidablement* à Londres ! Une de mes voisines a apporté un numéro du *Wall Street Journal* le mois dernier, et qu'est-ce que je vois, en face de l'éditorial ? La signature de Lawrence, grande comme ça ! Ça m'a vraiment impressionnée ! Et moi qui étais tout simplement dans ma cuisine, occupée à préparer ma petite charlotte russe ! Ça doit être terriblement stimulant, de vivre avec un homme aussi *instruit*.

— C'est le mot juste, répondit Irina à mi-voix, empilant les blinis.

— Enfin, tu dois être si fière de lui !

— Lawrence est quelquefois... un peu M. Je-sais-tout. Un peu m'as-tu-vu, sur le plan intellectuel. » Elle parlait tout bas. Dans le séjour, il était déjà en train d'énumérer les complications de la situation en Afghanistan. « Ce poste de chercheur n'a pas amélioré son caractère. Il est devenu d'une condescendance chronique.

— *Chepouka,* se récria Tatiana. Il te traite toujours avec respect. Et il parle de politique avec tant de conviction ! Je trouve très séduisante cette passion chez un homme. »

Irina renonça. Il n'y avait rien de plus frustrant que de critiquer quelqu'un qu'on était supposé estimer et de se heurter à un mur. Elle passait pour une garce, et se retrouva le bec dans l'eau.

Elles se rabattirent sur un territoire qui aurait dû être sûr, mais c'était aussi un champ de mines. Les deux sœurs aimaient cuisiner mais chacune dans un genre différent. Irina faisait des expériences ; Tatiana suivait les recettes à la lettre. Irina aiguisait les saveurs – n'ajoutant jamais une gousse d'ail, mais la tête entière ; Tatiana se spécialisait dans des préparations élaborées, avec des touches de crème ou de beurre savamment dosées, mais qui manquaient d'esprit. Irina trouvait la cuisine russe trop lourde ; Tatiana s'attachait à reproduire leur héritage culinaire avec une authenticité insipide. Alors qu'Irina s'activait bruyamment (une preuve de négligence, disait sa sœur), mélangeant des poignées de ceci et de cela, convaincue que le résultat serait une réussite – et elle avait raison –, Tatiana répartissait des demi-cuillerées de cannelle à la pointe d'un couteau. Irina peignait des Kandinsky à grands traits, tandis que sa sœur faisait de la peinture d'après chiffres. Elles avaient eu de terribles disputes dans le passé – Irina avait « gâché » le glaçage de la bûche de Noël en y ajoutant trop de zeste de citron –, aussi elle choisit la substance la plus neutre possible.

« Je ne comprends pas cet engouement pour les moulins à sel, dit Irina, prenant la salière et le poivrier pour accompagner les zakouski. Le poivre moulu, ça change tout. Mais le sel moulu ?

— Oui, tu as raison, le goût est le même ! reconnut Tatiana avec emphase. Mais tu peux obtenir une certaine texture avec les différentes grosseurs de grains, tu ne crois pas ? Par exemple, j'aime bien la qualité cristalline et piquante du sel de Maldon.

— Et le sel gris ? enchaîna Irina. Il a ce merveilleux petit goût minéral... »

L'échange de points de vue sur ces sujets avait créé une indispensable connivence entre les sœurs, mais quand elles apportèrent les pirojki, Lawrence parlait du traité qui avait mis fin à trente années de guerre sectaire sans merci en Ulster, et Irina se sentit puérile.

Malgré l'intérêt qu'affichait Tatiana pour les discours intellectuels, elle fit avorter l'Irlande du Nord dans l'œuf. En moins de deux elle enchanta l'assistance par sa description des difficultés de redécorer leur salle de bains attenante, se plaignant des entrepreneurs qui laissaient du plâtre dans toutes les pièces. Quand Lawrence l'interrogea avec le plus grand sérieux sur le motif du papier peint qu'elle avait choisi, puis sur les carreaux, les cabinets, et les robinets, elle répondit avec une foule de détails, sans se rendre compte, fort heureusement, de la férocité de ses encouragements : « Des petites trompettes ou des petits bateaux... quel choix difficile !... Et quel remue-ménage ! Comment arrives-tu à gérer tout ça ?... Oui, c'est le dilemme de la vie moderne... les chasses d'eau silencieuses sont plus civilisées, mais elles ne remplissent pas leur office ! »

Fatigué de ce petit jeu, Lawrence essaya d'enseigner aux enfants un tour de barman consistant à incliner un dessous-de-bouteille au bord de la table, à le redresser et à le rattraper en un seul mouvement ; ils étaient fascinés par la répétition parfaite du geste, mais le tour de main leur échappait. Avec les adultes, Lawrence n'avait aucune patience ; mais avec les jeunes, c'était tout le contraire. Il ferait un bon père, se dit Irina avec mélancolie.

Hélas, à l'instant où Sasha était sur le point de réussir, il renversa un bol de crème aigre sur la moquette. Lawrence se précipita à la cuisine et revint les bras chargés d'éponges et de détachants, effaçant fébrilement la tache. Il réprimanda les enfants : « Nous ferions peut-être mieux de ne pas essayer le tour du barman au milieu de la belle vaisselle de votre grand-mère. »

La conversation des adultes reprit. Irina interrogea Dmitri sur son entreprise de construction, mais elle s'en fichait, Tatiana lui posa des questions sur son métier d'illustratrice, mais elle s'en fichait, Raïssa demanda aux enfants leurs résultats scolaires et s'en fichait, et Lawrence, coincé dans l'angle avec sa belle-sœur, fut contraint de poursuivre son enquête sur la salle de bains de Tatiana, renonçant à la mettre en boîte à son insu, ce qui avait donné du piquant à la première séquence. Tout le monde s'extasia sur les pirojki, mais Irina trouva qu'ils manquaient d'oignon

– de tout, en fait – et qu'ils avaient un goût de hamburger desséché.

C'était donc ça, la *paix* – qui, selon leur expert attitré en études de conflits, était « la solution la moins pire ». Personne ne se disputa. Personne ne prononça une parole insultante. Personne n'entonna de chanson bruyante ni n'éleva la voix. De minuscules serviettes bordées de dentelle accompagnaient les amuse-gueules, mais prudemment, Irina s'éclipsa pour aller essuyer ses mains grasses avec une serviette en papier.

Quand elle revint, elle se sentit si frustrée qu'elle était près d'exploser. Elle se revit petite fille, après l'église, vêtue d'une robe rose pimpante en tissu rêche et chaussée de souliers vernis, obligée de rester dans la maison pendant l'interminable cuisson d'une pièce de viande sans avoir le droit de dessiner, parce qu'elle risquait de salir sa tenue avec ses crayons. À quoi bon grandir si on ne pouvait échapper au syndrome du déjeuner du dimanche ? C'était le 25 décembre, mais Irina n'était pas une catholique pratiquante et, selon l'expression de Lawrence, elle aurait dû *disposer du pouvoir* de déplacer la fête à un autre jour de la semaine si elle le désirait. Pourquoi se proposait-elle pour faire le service alors qu'elle n'avait pas la moindre envie de goûter à cet extravagant plat de zakouski ? Pourquoi était-elle obligée de converser aimablement du travail de Tatiana à l'association de parents d'élèves alors que ça ne l'intéressait pas le moins du monde ? Pendant des années, elle s'était juré que quand elle serait grande elle ne gâcherait pas la moitié de son week-end à préserver des taches ses vêtements inconfortables et à parler de cette fichue APE. Elle s'était enfin hissée à l'âge adulte et voilà qu'elle se laissait une fois de plus entraîner dans les festivités d'un ennui désespérant qui plaisaient tant à sa famille. Pourquoi Lawrence et elle ne prenaient-ils pas une chambre d'hôtel où ils commanderaient du champagne et des huîtres et baiseraient comme des fous ? Elle avait quarante-trois ans – *pourquoi n'avait-elle pas le droit de dessiner ?*

Irina s'approcha de Dmitri, bien qu'il parût toujours un peu trop timide pour parler, car il semblait, plus que les autres, partager sa morosité. Pour se détendre pendant la fête, prétextant la tradition, il avait sorti la bouteille de vodka givrée qu'il avait glissée dans la glacière de Tatiana. Il ne buvait pas à la cosaque ; mais un lien s'était créé.

« Tu me sers ?

— *Da, konechno,* Irina, je vais te chercher un verre. »

Le regard noir que Lawrence lui lança avait un relent pavlovien. Il était *deux heures de l'après-midi.* Elle sourit d'un air encourageant quand Dmitri remplit le verre à ras bord. Puis elle porta un toast à son compagnon : *Na zdorovye !* » avant de faire cul sec, comme *un vrai Russe.*

Si les pirojki étaient seulement destinés à ouvrir l'appétit avant le plat grandiose de zakouski, Irina n'avait déjà plus faim. La veille, contrainte de se priver, elle avait trop mangé ; aujourd'hui, on la forçait à se gaver, et l'idée d'avaler la moindre nourriture la dégoûtait. Elle aida sa sœur à disposer les plats dans la salle à manger – harengs et pain noir, blinis et saumon fumé, betteraves marinées, « caviar du pauvre » à base d'aubergines, œufs durs, salade de concombre et l'énorme koulibiac (splendide, avec sa pâte légèrement dorée) – mais s'activa pour cacher qu'elle ne touchait à rien. L'excès de nourriture est répugnant, et quand Irina regardait l'amoncellement de victuailles, elle ne voyait qu'un étalage oppressant de restes. L'aversion que lui inspirait le buffet rendit terriblement efficaces sa deuxième et sa troisième vodka.

Quand on servit le plat principal – un cochon de lait rôti sur un lit de kasha, avec du chou rouge braisé, des latkes de pomme de terre et des haricots verts à l'huile de noix –, Irina se contenta de grignoter un peu de couenne rissolée pour accompagner son vin.

Un repas d'une telle abondance ressemble plus à une agression qu'à un festin. Les invités retournèrent dans le séjour en titubant, comme assommés. Même Tatiana reconnut qu'ils pouvaient faire une pause avant le dessert, et ouvrir leurs cadeaux.

La vodka avait été sagement escamotée avant le repas, mais Irina retrouva sans peine dans le freezer la bouteille délicieusement glacée. Quand elle revint dans le séjour avec son remontant, ses joues rosies avaient l'éclat saumoné des rhododendrons. Puis, on commença poliment à déballer les cadeaux un à un, et une rasade de plus l'aida à noyer ses regrets quand elle tendit son présent à sa mère. Raïssa mit le ras-du-cou, et Irina s'exclama qu'il lui allait à merveille ; on loua la prévenance de Lawrence qui l'avait rapporté de Moscou. Pour une fois la joie de Raïssa avait un accent de sincérité. Mais voir le collier disparaître définitivement de sa vie plongea Irina dans un chagrin hors de proportion avec l'ampleur de sa perte – une tristesse abyssale qu'elle-même ne comprenait pas tout à fait –, et une boule se forma dans sa gorge, à l'endroit précis où le bijou avait reposé. Sombre consolation, elle en hériterait sans doute à la mort de Raïssa.

La profusion d'autres cadeaux, qui partait d'un bon sentiment, était typique du Noël américain moyen – tant-d'histoires-et-de-dépenses-pour-quoi-faire ? Le lourd paquet que Tatiana destinait à sa sœur contenait une série de bougies informes que les enfants avaient aidé à mouler ; la résidence d'Irina à l'étranger était une abstraction pour sa famille, et Tatiana ne s'était pas posé la question de savoir si elle pouvait rapporter cinq kilos de paraffine colorée au Royaume-Uni dans ses bagages pleins à craquer.

Lawrence reçut deux cravates, alors qu'il n'en portait jamais ; les enfants avaient choisi pour Raïssa un châle synthétique, un pull artisanal et des bijoux fantaisie bon marché qui finiraient dans le tiroir du bas de la commode. Comme on offre toujours aux gens la dernière chose dont ils ont besoin, Tatiana reçut encore de la nourriture. Presque tout le monde avait acheté de la lotion après-rasage à Dmitri ; les flacons empaquetés s'alignèrent à ses pieds – il y en avait deux de la même marque –, créant l'embarras. Par ailleurs, Raïssa s'obstinait à donner à Nadia et à Sasha des jouets peu adaptés à leur âge – l'étiquette sur la poupée de la fillette spécifiait « de 4 à 7 ans » – et ce genre de lapsus, loin d'être mis sur le compte de l'ignorance, était interprété comme une insulte calculée.

Vers la fin, Irina tendit timidement à Lawrence une enveloppe d'où il tira un dessin de la taille d'une carte postale. Il fronça d'abord les sourcils, et elle fut blessée qu'il ne parût pas le reconnaître, car elle s'était donné la peine de reproduire l'illustration en miniature.

« C'est l'arrivée du Voyageur cramoisi, expliqua-t-elle, la première version, pour *Voir rouge*. Je te l'ai dit, c'était un personnage à part ; à la fin je n'ai pas pu l'utiliser, et j'ai dû refaire le tableau. J'ai encadré l'original pour toi. Ç'aurait été absurde d'apporter tout ce verre à New York… alors j'ai fait cette petite reproduction. Il t'avait tellement plu, tu te souviens ? Tu avais dit que le style était… *dingue*.

— Ah oui…, répondit-il d'un ton évasif.

— J'ai pensé que ça te ferait plaisir de l'accrocher dans ton bureau.

— Oui, c'est une très bonne idée », dit-il en déposant un baiser sur sa joue. Mais son enthousiasme sonnait faux, comme celui de sa mère, et elle garda l'impression qu'il ne se souvenait pas du tout de ce personnage. De plus, ce cadeau était peut-être un peu pervers. La sensation incontrôlée qui s'était emparée d'elle quand elle avait esquissé ce tableau inquiétant avait jailli d'un lieu où Lawrence ne souhaitait pas particulièrement la voir retourner.

À son tour, il alla chercher son cadeau sous l'arbre, et le cœur d'Irina bondit quand elle remarqua sa petite taille. C'était pour cela qu'il était parti faire des courses hier ! S'ils donnaient le ras-du-cou à sa mère, il était déterminé à compenser sa perte par un collier tout aussi ravissant le même jour. Il était si généreux !

À l'intérieur du paquet, il y avait un jeu de clés.

« Joyeux Noël ! Je t'ai acheté une voiture. »

Comme elle fixait les clés, muette de stupéfaction, il poursuivit : « Enfin, c'est pour nous deux, mais je continuerai d'aller à pied au bureau, aussi tu t'en serviras dans la journée. Tu pourras faire tes achats au grand Tesco d'Old Kent Road, et tu n'auras plus besoin de traîner tes sacs de provisions jusqu'à la maison. C'est une Ford Capri d'occasion, rien de tape-à-l'œil, mais *Consumers Weekly* a dit le plus grand bien du modèle 1995. »

Il eût été peu diplomatique de rétorquer que porter ses courses à bout de bras ne la dérangeait pas du tout. Avec l'assurance, l'essence et le parking, avoir un véhicule impliquait un engagement financier important, même s'il était acheté d'occasion, et ce cadeau sentait le diktat. Il était agréable d'être surprise, mais elle aurait préféré être consultée. Après l'avoir embrassé pour le remercier – « Évite de craquer une allumette près de ta bouche ! » marmonna-t-il –, Irina fut encore plus perturbée, car elle n'avait jamais émis le souhait de posséder une voiture. Plus encore que l'autoritarisme, cette acquisition sentait la dépense à l'emporte-pièce, supposée remplacer un bien plus précieux, qui n'était pas forcément un avantage fiscal.

À l'exception du ras-du-cou, offert à regret, aucun cadeau n'avait été choisi à bon escient. Irina avait espéré que le Discman qu'ils avaient acheté aux enfants leur ferait plaisir. Mais Tatiana avait chuchoté dans la cuisine qu'ils réclamaient une PlayStation depuis des mois, et la plateforme était trop coûteuse ; quand Sasha déballa le paquet, il n'y avait plus rien sous l'arbre, et il comprit que personne n'avait tenu compte de son souhait. Percevant sa déception, Irina vanta l'album d'Alanis Morissette qui l'accompagnait, et aida le garçon à le glisser dans le lecteur de CD portable pendant que Tatiana servait le dessert – au cas où quelqu'un aurait encore de l'appétit après ce repas gargantuesque.

Oh, Alanis Morissette était sans doute plus proche d'Irina que de Sasha, qui à douze ans n'était guère sensible à la musique de fille. Une fois le papier d'emballage rangé pour l'année suivante, et le butin empilé à côté de chaque siège, la moquette était dégagée. Tournant la page de son passé de jeune fille sage – pour chasser la déception insidieuse qui imprégnait la pièce, et exalter une sensation de légèreté après cet écœurant festin –, Irina se mit à danser.

Elle ne parvint pas à entraîner Sasha – il était à un âge ingrat, et très timide – et ne chercha même pas à convaincre le triste Lawrence d'être son *partenaire* dans le sens qu'aurait employé la génération précédente. Quel gâchis d'avoir cédé un passe-temps aussi réjouissant à sa mère et à sa sœur, alors que pour elles cela n'avait été qu'une source de souffrance. Bien sûr, elle était un peu chancelante sur ses jambes. Ignorante dans ce domaine, et dénuée de l'entraînement dû à une jeunesse débridée, Irina se trémoussa dans un style éclectique, associant disco, jitterbug, boogie. Elle accompagnait la chanteuse à tue-tête, couvrant les grognements de Lawrence en coulisse : « Irina, tu te ridiculises. » Malicieusement, pour ponctuer un refrain larmoyant, elle décrivit une arabesque avec sa jambe.

Et elle renversa le samovar.

« Lawrence, dit Raïssa du ton désespéré qui, contre toute attente, avait tant fait pleurer Irina autrefois, *pojalouïsta.* Peux-tu maîtriser ma fille ? »

Il le pouvait. Et il le fit.

9

Si au cours de l'année précédente Irina avait glorieusement vaincu la tyrannie de sa nature volontaire et étriquée, elle s'efforça péniblement de remettre sur pied la femme stricte et diligente qu'elle en était venue à détester. Comme dans la plupart des révolutions, créer le chaos est un jeu d'enfant, mais rétablir l'ordre ensuite est une entreprise à la fois redoutable et monumentale. Si oppressant que soit votre propre caractère, quand votre métamorphose a duré un certain temps, il commence à vous manquer.

Elle avait vécu une expérience similaire en première. On lui avait retiré son appareil pendant l'été. Quand elle souriait, ses dents de devant n'avançaient plus sur sa lèvre inférieure, et les gens les plus charmants répondaient aussitôt à son sourire. Peu à peu, elle avait appris à tenir la tête haute, à se déhancher, et à croiser le regard des élèves des classes supérieures avec l'air provocant d'une vamp en herbe. Mais cette révélation avait pris des années, et elle avait dû attendre l'instant où elle s'était appuyée contre Ramsey Acton, le soir de son anniversaire, et où cet homme superbe et désirable lui avait rendu son baiser, pour comprendre enfin qu'elle n'était plus un laideron.

Les enfants parias recherchent souvent l'agrément des adultes en guise de compensation, aussi Irina avait-elle toujours été une excellente élève. Mais à présent les élèves branchés aux cheveux longs en jean taille basse et T-shirts en coton indien délavé l'attiraient dans les cages d'escalier de leur sous-sol, où ils lui offraient des joints aussi fins, tassés et pointus que la queue de Ramsey. Elle se mit à sécher les cours, une expérience pernicieuse. Grâce à sa réputation irréprochable, elle s'en tirait auprès des professeurs avec une phrase embarrassée sur ses règles.

Mais un jour vint où elle dut en payer les conséquences. Vers la fin de sa première, son professeur de dessin organisait une sortie éducative au Modern Art Museum, et pour y participer, un niveau scolaire minimum était requis. D'une voix qui trahissait sa déception, Mme Bennington annonça que les notes d'Irina McGovern étaient trop basses et qu'elle ne serait pas autorisée à venir. Comme un seul homme, ses camarades se retournèrent, stupéfaites, vers cette petite sainte, et l'image de marque acquise grâce à sa moyenne en chute libre ne compensa pas sa honte. Qu'avait-elle fait ? L'élève modèle avait été remplacée par une je-m'en-foutiste. Irina avait piétiné sa dignité pour s'amuser.

Ce mois de janvier, sa déconvenue eut donc un goût désagréablement familier. Il avait été assez mortifiant pour l'excellente élève de demander un délai supplémentaire à Puffin. Elle avait respecté à la lettre sa date limite, mais au fond d'elle-même elle savait que ses dessins n'étaient pas seulement « bâclés ». Ils étaient très mauvais.

Dans tous les métiers, beaucoup de professionnels reconnus publient des travaux d'une qualité exécrable pour lesquels ils sont parfois complimentés. Après tout, la majorité des gens ne connaissent pas la différence entre la rare splendeur du vrai génie et la facture banale du parfait écrivaillon. Mais par malchance, l'éditrice de *Miss Angleterre sans les mains* était une femme intègre, une noble qualité qui s'avère désastreuse pour qui en fait les frais. À leur retour de Brighton Beach, Irina sut qu'il y avait un problème quand elle reçut une lettre à la place d'un coup de téléphone ou d'un courriel. En deux phrases d'une brièveté terrifiante, son éditrice l'informait qu'un autre illustrateur avait été chargé du projet. Les dessins étaient « inacceptables ». Elle entendit le mot avec la voix de Mme Bennington.

En fait, alors que l'éditrice avait été concise, la Mme Bennington qu'elle imaginait n'en finissait plus. *Reconnaissez-le*, lui reprochait-elle. *Un jour ordinaire, vous ne vous levez pas avant midi ; vous fumez la moitié d'un paquet de cigarettes et vous buvez au moins une bouteille de vin. Vous lisez un journal par semaine, tout au plus. Même pendant les répits occasionnels de votre vie érotique, vous passez un temps excessif à penser au sexe – à supposer qu'il vous reste du temps pour autre chose. Les seules notes de votre agenda sont « Preston, Ramsey Acton contre Ebdon, les treize meilleurs joueurs » – des repères qui concernent l'activité de votre mari, et non la vôtre. Vous aviez six mois pour achever un projet, et vous les avez gâchés. Vous êtes encore plus dépravée que votre époux, qui du moins – vous ne l'avez pas remarqué ? – remplit ses obligations.*

Ce rejet fut un « avertissement », une expression employée à tort et à travers ces jours-ci. Le soir même, Irina mit cartes sur table. Non, elle n'irait pas avec Ramsey au Benson & Hedges Masters. Non, elle ne l'accompagnerait pas au Regal Scottish Open. Elle devait rester chez elle pour travailler. L'air morose, il céda. Ils savaient tous les deux qu'une époque s'achevait. Elle le regretterait.

Par la suite, comme la plupart des épouses de joueurs, Irina accepta son destin de veuve du snooker. Ramsey reviendrait entre les tournois quand il le pourrait, mais durant des semaines d'affilée Irina arpenterait seule les quatre niveaux de la maison de Victoria Road.

Les démarches sans conviction qu'elle fit auprès des auteurs furent vaines, et Puffin était une planche pourrie. Pendant des années elle s'était reposée sur Lawrence pour chercher du travail – l'aspect de son métier qu'elle détestait. En outre, son inspiration avait toujours découlé de la structure et de la ligne directrice du récit d'autrui ; en ce sens, Irina n'était pas vraiment une artiste, mais une illustratrice-née. Peut-être la solution n'était-elle pas de s'attacher à un créateur aux intrigues prévisibles et moralisatrices, mais de devenir elle-même auteur. Beaucoup d'illustrateurs composaient aussi le texte et, au moins, l'écriture d'une histoire de son cru lui épargnerait ces courriels humiliants.

Lorsque Irina était enfant, l'une de ses poupées préférées avait une longue jupe ample. Quand on la maintenait debout, les cheveux étaient en laine marron hérissée, la robe en tissu foncé à fleurs. Quand on la renversait, la jupe se retournait sur la tête de la brunette pour révéler un alter ego blond avec une robe en tissu écossais bleu clair.

Irina conçut un livre de contes qui s'inversait, comme la poupée. Une histoire commençait à partir de la première de couverture, avec des légendes en bas, et l'autre se lisait en tournant le livre à l'envers. Les deux histoires avaient le même héros. Elles commençaient toutes les deux au même tournant de son enfance. Mais les récits se déroulaient différemment, en fonction de la manière dont le protagoniste résolvait son dilemme initial. Quant au sujet, lorsque Irina l'aborda, elle ne put s'empêcher d'en rire.

Depuis dix-huit mois, Irina regardait des sphères lumineuses filer sur un fond vert luxuriant encadré de rebords en acajou. Elles surgissaient dans ses rêves, et quand elle fermait les yeux, elle voyait souvent des globes jaunes, rouges et bleus. Les images s'étaient imprimées dans son cerveau. Elle avait voulu y échapper, mais à la fin il lui apparut que l'intrigue du premier livre de contes dont elle serait l'auteur et l'illustratrice tournerait fatalement autour du snooker.

Martin est un prodige du snooker dès l'instant où il dépasse la hauteur de la table. Mais ses parents croient que les clubs de snooker sont des lieux de perdition (encore faut-il transmettre le concept de débauche à des petits enfants qui ne sont pas censés savoir ce que c'est, alors que c'est tout le contraire). Ils tiennent absolument à ce qu'il poursuive ses études, car ils veulent qu'il aille à l'université, comme son père. Ils lui interdisent de s'approcher d'une table de snooker. Mais Martin est déjà plus fort que la plupart des adultes de son club local. Rien d'autre ne l'intéresse. Que va-t-il faire ?

Dans une histoire, Martin défie ses parents. Il manque l'école pour jouer au snooker. Il s'améliore sans cesse et irrite quelquefois beaucoup les adultes, parce qu'ils n'aiment pas être battus par un petit garçon arriviste. Martin paraît intelligent, et ses parents ne comprennent pas pourquoi ses notes en classe sont si mauvaises. Enfin, quand un voisin les félicite parce que leur fils est en train de gagner un tournoi junior, ils se rendent compte que l'enfant a passé outre à leur volonté. Ils l'informent que s'il ne renonce pas, il devra quitter la maison. Martin sent qu'il n'a pas le choix, et il est maintenant assez bon pour gagner sa vie en jouant au snooker. Mais ses parents lui manquent, et la souffrance causée par leur silence semble ne jamais s'estomper.

Martin devient un joueur de snooker célèbre. Il gagne des sommes folles. Il a beaucoup d'aventures. Il se fait un tas d'amis, même si les gens qui jouent au snooker ne sont pas très intelligents, et quelquefois un peu ennuyeux. D'ailleurs, Martin est lui aussi un peu ennuyeux, parce que en dehors du snooker, il ne sait pas grand-chose. Il a négligé ses études, et n'est jamais allé à l'université. Dans sa vie, il y a du bon et du mauvais. Il se sent seul, même si les gens le saluent souvent dans la rue. De temps en temps il en a un peu assez du snooker. Mais c'est toujours un jeu merveilleux, et on ne peut pas se lasser plus que ça de quelque chose qu'on fait aussi bien. Il y a beaucoup de moments sublimes. Puisque même les gens de très haut niveau ne deviennent pas toujours les meilleurs, Martin ne gagne jamais vraiment le championnat du monde, mais ça ne fait rien. (Cette note réaliste de bon aloi était sans doute inspirée par *La Course hors sac* de Casper.) Il regrette de ne pas avoir été proche de ses parents, qui ne lui ont jamais pardonné d'avoir défié leur autorité. Mais quand il repense à sa vie, Martin se rend compte qu'il a fait ce qu'il aimait pendant tout ce temps, et à ses yeux, c'est ce qu'il y a de plus beau.

Si on retourne le livre, l'histoire se déroule très différemment – c'est du moins l'impression qu'elle donne au début. Au tournant de sa vie, Martin décide d'obéir à ses parents. Plus vieux que lui, ils doivent savoir ce qui est bien pour lui. Il regrette d'abandonner le snooker, et au début il en souffre beaucoup, mais il se concentre sur ses études ; il fait toujours ses devoirs et rapporte des bulletins scolaires avec des notes magnifiques. Ce qu'il apprend est très intéressant. L'habileté qu'il déployait à la table de snooker lui permet d'exceller dans certaines matières. Il est doué en géométrie. Il calcule les angles avec brio, saisit les rapports mathématiques entre les objets. Quand il entre à l'université, il étudie l'astronomie. Au lieu de contempler des petites sphères rouges sur un tapis vert, il scrute les planètes rougeoyantes dans l'obscurité, et quelquefois, quand sont transmises les photographies lors de missions d'exploration sur Mars ou Vénus, les images ne sont pas très différentes de celles qu'on voit quand on vise une rouge pour l'empocher dans une poche d'angle.

Martin devient astronaute. (Peu importait à Irina que ce fût une orientation de carrière crédible ; dans un livre pour enfants on dispose d'une marge de manœuvre.) Il y a du bon et du mauvais dans sa vie. Ses parents sont fiers de lui, mais il passe souvent des années d'affilée dans l'espace, et il se sent seul. Bien que les autres trouvent son métier passionnant, c'est quelquefois un peu ennuyeux de vérifier les instruments jour après jour. De temps à autre, quand il regarde les étoiles, il se demande à quoi sa vie aurait ressemblé s'il avait joué au snooker. Mais il sait que si on fait un choix, on en assume les conséquences, avec les bons et les mauvais côtés. Il a la chance de connaître beaucoup de moments sublimes. Il adore décoller dans une fusée, et amerrir dans un éclaboussement d'écume. Son nom est cité dans la liste de favoris pour le prix Nobel, qui va finalement à quelqu'un d'autre, mais ça ne fait rien. Lorsqu'il repense à sa vie, Martin se rend compte qu'il s'est consacré à ce qu'il aimait, et c'est merveilleux.

Quand Irina attaqua les illustrations, elle oublia combien elle avait envié les longues soirées alcoolisées de Ramsey dans les bars et cessa de s'inquiéter au sujet des autres femmes. Fataliste, elle supposa que s'il l'aimait il saurait se contrôler ; elle savait au fond d'elle-même que sa mère se trompait sur ce point. Alors que quelques meubles auraient été nécessaires pour équiper la maison, Irina s'en passait très bien à présent. Elle travaillait souvent tard le soir, et même la préparation d'un sandwich l'irritait. Elle buvait moins. Elle avait réduit sa consommation de tabac.

L'essentiel de son travail s'était jusqu'ici cantonné à une coloration fondue, graduée avec soin, et à une fluctuation de nuances luxuriantes, dans le style de Rembrandt – ce qui prenait beaucoup de temps, et était l'une des raisons pour lesquelles ses dessins « hâtifs » avaient été si insuffisants. Les nouvelles illustrations étaient tout sauf bâclées. Pourtant, avec ces nouvelles images, elle découvrit le trait pur et le contraste audacieux. Les formes ne se fondaient pas dans l'arrière-plan, mais s'imposaient, les billes rouges brillantes ressortant sur le tapis d'un vert lumineux. L'intrigue se concentrait sur l'activité professionnelle de Martin plutôt que sur un drame interpersonnel, aussi elle dessina chaque tableau sans personnages humains ; les parents étaient hors champ, projetant des ombres sur la moquette verte, telles des queues dressées au-dessus du tapis éclairé. L'absence de silhouettes et les matériaux solides – les billes, la queue, les rebords, les casiers – lui permettaient de puiser dans les ressources du constructivisme russe, du cubisme et de l'expressionnisme abstrait, et pour évoquer la projection des objets dans l'espace elle ajouta aussi des traits futuristes. *Le média n'est pas le message*[1]. Elle utilisa la craie, le crayon de couleur, le fusain ou le tube d'acrylique afin d'obtenir l'effet souhaité et quelquefois, afin de souligner un trait pur ou une tache de couleur voyante, elle collait des échantillons de papier glacé découpés au rasoir dans des publicités de *Snooker Scene*.

Pour l'astronaute, le style était identique. Les planètes ressemblaient à des billes de snooker, les étoiles des constellations de rouges contre le rebord de la table. Même les exercices de géométrie de Martin ressemblaient à des diagrammes de jeux de quatre bandes compliqués. Elle n'assista pas à un seul des tournois de Ramsey pendant le reste de la saison – pas même au Mondial – mais se sentit plus proche que jamais de son activité. C'était toujours ainsi – quand elle dessinait quelque chose elle se l'appropriait.

1. Référence à Marshall McLuhan. *(N.d.T.)*

Irina garda son projet secret. Quand Ramsey revenait entre les tournois, il avait interdiction de pénétrer dans son atelier au dernier étage, et elle s'irritait de ses incessantes interruptions. En fait, il commençait à lui taper sur les nerfs.

D'abord, Ramsey ne cessait de se plaindre de ses intestins. C'est le genre de chose qu'on n'apprend jamais sur un homme à moins de vivre avec lui, et il avait tendance à s'enfermer une heure entière dans les toilettes, parfois trois ou quatre fois par jour ; et elle préférait ignorer les mystères qu'il y dissimulait. Au début, ce fut un vague inconfort cœliaque. Il souffrait d'une tendinite du bras gauche. Il avait mal dans les lombaires. Il eut une étrange douleur dans le rein – ou peut-être était-ce la vésicule biliaire ? – qu'elle interpréta comme des gaz.

Au désespoir d'Irina, alors même qu'elle progressait dans ses illustrations, Ramsey annula son voyage en Asie au mois de mars à cause d'un rhume de cerveau. On aurait pu croire que le malheureux avait attrapé la peste bubonique. Gardant le lit et sirotant des grogs, il déclara que ce n'était pas un rhume « ordinaire » mais peut-être bien une pneumonie, ou la maladie du légionnaire. Comme ses symptômes se résumaient à un nez qui coulait et à une toux sèche forcée, Irina suggéra que l'abus de Gauloises en était peut-être la cause.

Irina était d'ordinaire une infirmière complaisante, et allait lui chercher des grogs et du thé, des mouchoirs et des toasts. Mais Ramsey était un patient exigeant, et sa tendance à insister sur la gravité de ses maux la rendit moins indulgente que s'il avait fait preuve d'un minimum de stoïcisme. Aussi, quand elle attrapa son rhume, elle le traita par le mépris, vaquant à ses occupations afin de prouver qu'il existait une manière plus énergique d'affronter la maladie. Hélas, il se persuada alors qu'il était atteint d'une forme beaucoup plus meurtrière de ce mal.

Heureusement, si le reste du corps de Ramsey se languissait au bord du Styx, une partie de son anatomie se portait à merveille. Les séparations engendraient un appétit sexuel explosif, leur épargnant la satiété ou l'ennui qui menace toujours quand on abuse des bonnes choses. Le feu qui coulait dans ses veines quand elle couchait avec Ramsey embrasait les pages de sa table à dessin, et les billes et les planètes de ses illustrations vibraient d'une énergie qui l'eût fait condamner pour commerce de pornographie infantile, si quelqu'un avait compris son origine.

Ramsey survécut miraculeusement à son rhume de cerveau et reprit sa tournée, continuant à lui téléphoner tous les soirs, mais ses appels étaient souvent bizarres. Irina était convaincue qu'il était jaloux d'une pile de papiers. À sa surprise, toutes leurs communications décousues concernaient Lawrence. Irina était venue voir Ramsey en cachette pendant des mois, n'est-ce pas ? Elle avait menti à Lawrence, n'est-ce pas ? Ce manque de moralité était permanent chez elle. Ramsey était convaincu qu'elle voyait Lawrence en douce pendant son absence.

Et c'était vrai.

Mais elle n'avait aucune liaison sordide avec son ex. Ils se rencontraient pour d'innocentes tasses de café. Raviver l'affection qui avait survécu à la rupture signifiait que l'investissement des dix années de vie commune ne se résumait pas à un lien futile. Ils s'aimaient bien, alors que le pire s'était produit dans leur couple. Certains après-midi où elle le retrouvait pour prendre un cappuccino près de Blue Sky, elle oubliait par moments qu'ils avaient rompu. Leur seul échange acrimonieux fut celui où il souligna qu'il n'aurait pas dû apprendre son mariage à la télévision, de la bouche de Clive Everton.

Sa gratitude pour ce qui semblait être un pardon timide – à en juger par son empressement à la voir – n'avait pas de limites. Elle lui avait fait ce qu'on pouvait imaginer de pire, et il acceptait de s'asseoir en face d'elle, de l'interroger sur son travail, et même de s'enquérir du voyou pour lequel elle l'avait quitté. Dans sa loyauté inconditionnelle à l'égard de l'enfant prodigue, Lawrence se comportait comme les pères sont censés le faire, mais ne le font jamais.

Comme la première fois où ils s'étaient revus officiellement après leur séparation, Lawrence détournait le regard de son visage, et elle pouvait le contempler à loisir, émerveillée. À ces moments-là elle se disait que c'était un homme bon. Qu'elle avait de la chance de l'avoir connu, et plus encore qu'il l'ait aimée, et que peut-être elle n'aurait pas dû risquer tout ce dont une femme pouvait rêver pour avoir tout, et un peu plus encore.

Pendant cette période elle prit une autre habitude qu'elle se garda de révéler à son mari, et qui n'impliquait pas exactement Lawrence. Certains jours de semaine, quand ce dernier était au bureau, elle faisait une longue promenade à pied vers le sud. Sans bruit, puisqu'elle avait encore les clés (Lawrence les lui avait peut-être laissées simplement pour s'épargner l'embarras de les lui réclamer), elle se glissait dans l'immeuble de Trinity Street et s'introduisait dans son ancien appartement. Convaincue qu'elle ne l'espionnait pas, car ce n'était pas son intention, elle ne pouvait s'empêcher de s'attarder, ni de remarquer que rien n'avait changé. Elle n'inspectait pas son courrier, n'ouvrait pas son ordinateur portable. Quelquefois elle restait simplement debout dans le séjour durant des minutes entières, ou elle s'avançait dans le couloir, jetant un coup d'œil aux rangées d'épices éventées, touchant les reproductions de Miró ou de Rothko, stupéfaite que ce diorama de son ancienne vie fût resté intact au point qu'elle pouvait se promener dans le passé. D'autres fois elle s'asseyait dans son vieux fauteuil rouille, contemplant les rideaux qu'elle avait cousus, feuilletant peut-être le *Daily*

Telegraph laissé le matin sur la table basse en marbre vert – prenant soin de le replier et de l'orienter de la même façon. Elle lissait les plis du tissu avant de repartir, et comme Lawrence ne faisait jamais de commentaire, elle supposa qu'elle avait réussi à rendre sa présence invisible.

C'était un curieux passe-temps. Mais dans Victoria Park Road, elle était environnée d'affiches de snooker, de trophées de snooker et de magazines de snooker. Lors de ces passages clandestins à Borough, Irina ne rendait pas visite à Lawrence, mais à elle-même.

Elle n'avait toujours pas reparlé à sa mère, et la situation était maintenant si bloquée qu'elle ne voyait pas quel événement pourrait faire bouger les choses. Alors que le silence était théoriquement intemporel, elle fut surprise de découvrir combien il l'épuisait au quotidien. Ce silence particulier lui prenait beaucoup d'énergie, et elle perdait plus d'une nuit de sommeil à se demander si, la prochaine fois qu'elle reverrait sa mère, ce serait dans un cercueil. Mais la seule manière de se réconcilier avec elle serait d'admettre que Raïssa avait vu juste à propos de Ramsey. Irina parvenait à obtenir des informations par Tatiana, qui semblait apprécier son rôle d'interlocutrice secrète. Elle lui distillait des potins sur les gains lucratifs de Ramsey et sa fidélité sans faille, mais sa sœur aimait jouer sur les deux tableaux, et Irina ne savait jamais si ses bouteilles à la mer atteignaient les rives de Brooklyn. Elle chercha par tous les moyens à rayer sa mère de sa vie, mais Raïssa résistait, comme les graffitis décapés à la sableuse par les autorités, qui réapparaissent dès le lendemain. Irina était donc confrontée à l'exaspérante ténacité des liens du sang. Oh, il n'était pas nécessaire de s'aimer ; on pouvait même s'injurier. Mais rétrograder un membre de votre famille dans la catégorie des *indifférents* était du domaine de l'impossible.

Dans sa solitude, Irina se rendit compte avec un choc qu'elle avait totalement négligé ses amies. Maintenant qu'elle s'était enfin souvenue d'eux, comme du dernier article de la liste de courses qu'on court chercher en demandant à quelqu'un de garder sa place à la caisse, Irina ne se fût pas offusquée de les entendre protester : « Ha, ha, ton mari est en tournée, et tu veux qu'on dîne ensemble, alors qu'avant tu n'avais pas besoin de nous ? Non merci ! » Heureusement, la plupart des amies d'Irina étaient passées par les affres de l'amour et considéraient que les pauses dans l'amitié pendant lesquelles la vie se reconstruisait, ou explosait, n'avaient rien de surprenant.

Cependant, ces retrouvailles étaient faussées. L'été dernier, elle était allée dîner avec Ramsey chez Betsy et Leo. En apparence, l'événement avait été une réussite – leurs hôtes avaient fait assaut de politesse et de sollicitude, et mis les petits plats dans les grands – mais, rétrospectivement, un désastre. Betsy aimait beaucoup Lawrence. Il lui manquait, et elle en voulait sans doute à Irina car, si elle l'invitait à dîner à présent, elle n'avait pas le plaisir de le voir. Elle était peut-être aussi blessée qu'Irina eût ignoré son conseil de ne pas « claquer tout son fric pour un gadget de luxe » qui ne durerait pas, et pensait manifestement que son amie avait perdu la tête. Leo avait disserté sur l'état de l'industrie musicale, mais ni l'un ni l'autre ne s'intéressaient, même de loin, au snooker. Le discours de Ramsey au sujet de la montée en puissance du jeu d'attaque qui reléguait la stratégie au second plan avait été reçu avec une attention fervente qui tranchait sur la brutalité naturelle de Betsy quand elle était elle-même. Au moment de se séparer, les deux couples jurèrent de se revoir bientôt, ne le pensaient pas, et en restèrent là.

Tous les jours, Irina décidait donc qu'elle appellerait Betsy le lendemain. Elle redoutait sa désapprobation, son incompréhension, et surtout son manque de diplomatie. D'ailleurs, un groupe de ses relations considérait la désertion d'Irina avec un joueur de snooker comme un engouement irrationnel qui se terminerait dans les larmes. Ce contingent pro-Lawrence fut expédié sans ménagement. Melanie, au contraire, appartenait à une constellation d'amies qui avouèrent n'avoir jamais supporté Lawrence et félicitèrent Irina d'avoir accompli, en le quittant, le geste le plus courageux et le plus déterminant de toute son existence. Ce clan s'avéra d'une compagnie des plus agréables.

Cette année, Irina fut sincèrement désolée que Ramsey eût perdu le Mondial une fois de plus. Pire, il fut battu dès le premier tournoi, et (hélas) rentra chez lui plus tôt que d'habitude. En mai et juin, alors qu'il était libre comme l'air et à sa disposition, elle l'ignora complètement pendant la journée. Elle était sur le point de terminer son projet.

Travaillant d'arrache-pied, elle respecta la date limite qu'elle s'était fixée avec un jour d'avance. En juillet, pour les quarante-neuf ans de Ramsey, elle l'entraîna au dernier étage, l'introduisant dans la pièce d'où il avait été banni depuis le mois de janvier.

Il tourna lentement les dessins ; chacun d'entre eux, destiné à être reproduit à petite échelle, était de format 60 × 90. Au début, son silence la rendit nerveuse, et elle craignit qu'il ne les aimât pas, ou lui en voulût de son incursion dans son territoire. Ses peurs furent apaisées par son expression de stupeur. Il ne parlait pas parce qu'il redoutait de prononcer un mot déplacé. À la fin, il dut se résigner à s'exprimer à sa manière. Arrivé au dernier tableau de l'histoire de l'astronaute, il déclara d'un ton solennel : « C'est foutrement génial. »

La phrase fit l'affaire.

Ce soir-là, ils dînèrent simplement au Best of India. Après avoir encore chanté les louanges de son travail, Ramsey risqua : « Je ne veux pas avoir l'air d'un idiot fini, je sais bien que l'histoire est destinée aux gamins. Mais ça veut dire quoi ?

— L'idée, c'est que nous avons plusieurs destins. On pousse de plus en plus tôt les gosses à décider ce qu'ils veulent faire de leur vie, comme si tout dépendait d'une seule décision. Mais quelle que soit la direction que tu prends, il y a des avantages et des inconvénients. Tu fais face à une succession de compromis, et non à une trajectoire parfaite à côté de laquelle tout le reste ne vaut rien. L'idée est d'alléger la pression. Dans chaque histoire, Martin exprime beaucoup des mêmes talents, mais d'une manière différente. Chaque avenir contradictoire a des bons et des mauvais côtés. Dans les deux versions, tout est parfait, vraiment. Tout est parfait. »

Ramsey demanda d'un ton plaintif : « Dans l'histoire du snooker... pourquoi il gagne pas le Mondial ? »

Irina rit. « Parce que ça affaiblirait ma thèse. Le snooker n'est pas sa seule destinée, même si, sous beaucoup d'aspects, ça lui réussit à merveille. Et tu n'as pas besoin de gagner le Mondial pour être un grand joueur de snooker, pas vrai ?

— C'est des conneries ! » répondit-il en riant, et il trinqua avec elle.

Malgré la morale de l'histoire, tout ne réussit à Irina qu'après de longues tribulations. Pendant des mois, elle envoya des JPEG par courriel à des maisons d'édition successives. Plus d'un éditeur britannique admira son travail, mais répondit que les coûts de production seraient trop élevés. De plus, elle n'avait guère d'espoir de vendre l'idée aux éditeurs américains, car il lui faudrait leur expliquer franchement, comme à sa mère, que le snooker n'était pas un jeu de cartes. Elle en vint à croire que le fruit de son labeur fébrile ne verrait jamais le jour.

Un malheur n'arrive jamais seul – si ce caprice de la fortune en était un – car à l'automne, pendant cette période de mendicité, Irina tomba enceinte. En effet, dans l'idée de reposer son corps, puisque Ramsey devait s'absenter trois semaines pour le LG Cup, elle avait arrêté la pilule. Battu au deuxième tournoi, il était rentré plus tôt que prévu, et ils avaient mis des capotes. Sauf une nuit… Depuis le jour où elle avait perdu sa virginité avec Chris, elle avait toujours eu de la répulsion pour le sexe empaqueté. Mais, pour l'amour de Dieu, elle avait quarante-quatre ans ! Ce n'était pas une déesse de la fertilité, et ils n'avaient commis qu'une seule négligence ! D'un autre côté, la conception d'un enfant après tous ces mois d'amour était génétiquement inévitable. Après tout, c'était ça l'important.

Elle subodora que l'un des têtards qui s'étaient efforcés de franchir le canal avait enfin atteint son objectif deux jours après le départ de Ramsey pour le championnat du Royaume-Uni. En montant et descendant les étages, elle avait les seins douloureux. Quand ils gonflèrent et devinrent plus sensibles, elle acheta un test de grossesse. Avant qu'elle ait eu le temps de redresser la tige blanche en plastique, selon les instructions du mode d'emploi, une ligne solide avait dessiné dans la fenêtre la barre limpide d'un panneau de sens interdit. L'absence de Ramsey en un jour aussi particulier annonçait inéluctablement le genre de maternité qui l'attendait.

À moins que Ramsey ne renonçât à sa tournée, Irina serait mère célibataire pendant les deux tiers de l'année. Elle se lèverait pour les biberons de la nuit. Elle se coucherait avec le nourrisson au sein en regardant les mauvaises émissions de fin de soirée. Elle achèterait seule les vêtements et les boîtes de lait maternisé, casant tant bien que mal la poussette dans la Jaguar. Ramsey téléphonerait de temps en temps et lui demanderait de lui passer le petit, il le lancerait gaiement dans les airs pendant ses courtes visites, mais le plus souvent elle ne recevrait aucune aide d'un père en tournée à Bangkok. Il prendrait goût à la paternité comme à un divertissement. Mais Ramsey n'était pas responsable. Ce serait le genre de père qui arrivait avec des jouets tape-à-l'œil mais ne rentrait jamais avec de la crème apaisante pour les fesses du bébé. Tous les aspects les plus pesants de la vie de parent lui échoiraient. L'enfant en voudrait à sa Méchante Maman férue de discipline et idolâtrerait son Papa Indulgent jamais à la maison, star mondiale du snooker – Irina savait d'expérience qu'on préfère le parent le moins disponible.

Elle était émue, stupéfaite, et émerveillée, elle était donc aussi réaliste. Néanmoins, la perspective de jeter à la poubelle le bébé de son bien-aimé comme les miettes de la nappe lui était intolérable.

Tandis qu'Irina s'efforçait de garder son équilibre, elle se refusait à apprendre la nouvelle à Ramsey par téléphone, et tergiversait – et par conséquent, leurs conversations étaient hachées et manquaient de sincérité. Elle craignait qu'il ne prenne le large. Il n'avait jamais parlé de fonder une famille, ni regretté de ne pas avoir eu d'enfant de Jude. Peut-être considérait-il la grossesse comme un désagrément ou pire encore, et elle craignait de ne plus l'attirer si elle prenait du poids.

Son retard était accidentel. Vers la fin du championnat du Royaume-Uni, elle se mit à saigner. Hébétée, elle se rendit à l'hôpital pour un curetage. Elle ne l'informa que quand tout fut terminé.

Bien sûr, elle savait ce qu'il dirait : il était terriblement désolé de ne pas avoir été auprès d'elle pendant une épreuve aussi pénible. Il promettrait de rentrer bientôt. Mais la nature avait sûrement raison. Irina était un peu vieille pour devenir une jeune maman ; il prendrait soin de ne pas blesser sa fierté, mais ferait gentiment remarquer qu'elle aurait accouché à quarante-cinq ans. Mener une grossesse à terme aurait été un peu dur pour elle, et son corps l'avait reconnu. Les risques d'anomalies n'auraient-ils pas été terriblement élevés ? Souvent, quand une femme fait une fausse couche, c'est parce que le fœtus a un problème, c'est pourquoi son organisme le rejette. Et puis, à ce stade de leur relation, ils n'étaient pas prêts à avoir un enfant, n'est-ce pas ? Adolescent, il aurait eu des parents âgés. Bien sûr, s'ils s'étaient mariés vingt ans plus tôt… Mais ce n'était pas arrivé. Alors, peut-être la vie leur avait-elle épargné un choix angoissant. Tout cela était sans doute vrai, mais Irina n'était pas d'humeur à l'entendre. Elle reculait devant la perspective du soulagement muet mais palpable de son mari.

Ramsey la surprit. Il ne dit rien de tout cela, pas même qu'il regrettait de ne pas avoir été auprès d'elle – mais plus tard il se reprocherait de ne pas être revenu. Sur le moment, il se contenta de pleurer.

Cherchant la compensation classique d'une femme ambitieuse sans enfant, Irina finit par repérer à Londres une petite maison d'édition qui s'appelait Snakes'Head et fut si emballée par son livre sur le snooker qu'elle en assuma les coûts de production, même si l'avance proposée était ridiculement petite.

La Manche et le Tournoi parut en septembre 2000 sans grand tapage. L'éditeur essaya de tirer parti du fait que l'auteur était l'épouse de Ramsey Acton, mais ne disposait pas du budget publicitaire nécessaire pour mettre en valeur cet atout. Les critiques furent élogieuses, mais rares. Le tirage était réduit, le prix de vente élevé, et l'enquête d'Irina chez Waterstone's et WHSmith confirma qu'ils avaient commandé un nombre de livres réduit. Mais d'une certaine manière, *tout était bien*. Elle reçut ses dix exemplaires, qu'elle distribua au compte-gouttes, à Betsy, à Tatiana et

– à contrecœur – à sa mère, par colis postal, un geste d'apaisement. Irina n'était pas célèbre et ne touchait pas de royalties ; elle n'avait pas *conquis le monde*. Mais elle avait fait quelque chose qu'elle aimait et, à ses yeux du moins, c'était merveilleux.

(9)

La sensation tenace qui tourmentait Irina depuis le retour de Russie de Lawrence se dissipa peu à peu. S'il lui avait durement reproché de s'être donnée en spectacle à Noël et d'avoir cabossé le samovar de sa mère, Lawrence avait un sens marqué des convenances et, dans cette situation, elle n'avait pu que s'incliner devant ses remontrances – et se plier à sa décision d'apporter l'objet chez un ferronnier local et de prendre la réparation à sa charge. Si un changement s'était réellement produit, l'esprit est généreux en la matière et pratique souvent une mémoire sélective. La période de subtile perturbation avait été étrange – comme si elle avait détecté une petite lueur à la périphérie de son champ de vision, mais découvrait un horizon figé quand elle se tournait pour la fixer. Par la suite, le souvenir de cette perception s'était lui aussi évanoui, et sa version des événements fut que tout allait bien, qu'il ne s'était rien passé, et qu'elle l'avait toujours su.

Le cinéma vous exposait sans cesse à l'« amour obsessionnel » : le genre de passion où on se perd dans l'autre, où on s'échappe de ses murs pour se laisser porter par les flots de l'extase. Irina se demandait comment ces gens s'en sortaient dans le quotidien – pour gagner leur vie, régler les factures, et faire les courses pour le dîner ; on ne les voyait jamais vaquer à ce genre d'occupations dans les films. Et la « passion dévorante » était toujours décrite comme une destruction mutuelle, conduisant inexorablement à un Armageddon privé.

En tout cas, Irina et Lawrence avaient adopté un modèle amoureux alternatif, qui n'aurait pas produit un film fascinant, mais était la base d'une vie fructueuse. Ou plutôt, de deux vies. Séparées, fécondes. N'ayant nulle intention de « se perdre » en elle ni ailleurs, Lawrence considérait que leur projet commun – car c'en était un – devait leur permettre de s'aider mutuellement à parfaire leur développement personnel.

Lawrence faisait appel à son être responsable, compétent, professionnel. En juin, elle avait remis, bien avant la date limite, le portfolio de *Miss Angleterre sans les mains*, dont chaque tableau avait été exécuté avec le plus grand soin. Son éditrice n'était pas tombée en pâmoison, mais avait apprécié et admiré son travail. Irina avait la réputation d'être fiable et méticuleuse, et resta donc dans les bonnes grâces d'une maison de plus : on lui proposa un autre contrat pour un petit livre déjà confié à un autre auteur – grâce à Lawrence qui la pressait toujours de garder un projet sur le feu.

Irina n'avait pas la formation nécessaire pour aider Lawrence dans ses recherches sur les Tigres tamouls, aussi elle l'aidait en retour en assumant gaiement le fardeau quotidien des courses et de la cuisine. En fait, quand il l'avait prise à part en janvier, après leur retour de Brighton Beach – lui glissant qu'il préférait déjeuner près de Blue Sky et lui épargner la préparation des sandwiches qu'il emportait au bureau –, elle s'était sentie curieusement blessée. Depuis, elle avait toujours un pincement au cœur quand elle passait devant le rayon des viandes toutes préparées au supermarché.

Il fallait remarquer, à l'honneur de Lawrence, que sa réussite professionnelle depuis l'accord du

Vendredi saint l'avait incité à promouvoir la carrière d'Irina. Il ne voulait pas d'une épouse humble et soumise, se contentant de s'assurer qu'il restait du lait à la maison. Il consacra un temps prodigieux à stimuler ses progrès en informatique graphique. Comme cadeau de Noël tardif, il lui offrit l'Apple neuf dont elle avait envie, plus adapté à l'art graphique qu'un PC, et tous les logiciels nécessaires.

Depuis des mois, Irina discutait d'une tout autre question avec Betsy. (Elles s'étaient rapprochées – alors qu'Irina avait pris ses distances avec Melanie, comédienne dynamique mais stressée dont la vivacité tournait au vinaigre pour un rien, et avec qui elle devait toujours prendre garde à ce qu'elle disait. Melanie la raillait d'être devenue aussi pantouflarde sous la coupe de Lawrence, et sa remarque avait jeté un froid définitif sur leur amitié.) Irina était une illustratrice de livres pour *enfants*. Aux yeux de Betsy, la seule manière « d'aller de l'avant » pour un couple était d'avoir un enfant. À quarante-quatre ans, on ne pouvait rien garantir. Mais Irina ne devait pas se laisser une fois de plus influencer par le mépris dont faisait preuve Lawrence à l'égard de tout ce qui comptait vraiment dans la vie. Avec un assentiment passif, Irina rangea sa plaquette de pilules dans l'armoire à pharmacie comme on lance un jeu de dés, puis s'efforça de chasser le sujet de son esprit. Elle poursuivrait son travail, prendrait des suppléments d'acide folique, et aviserait ensuite.

Lawrence lui inspira l'idée de créer son propre ouvrage, une fois qu'elle aurait maîtrisé le nouveau logiciel. Il dénigrait le matériau inconsistant qu'elle était contrainte d'illustrer ; si elle n'était pas capable de faire mieux, le résultat ne serait pas pire. Fortifiée par sa foi en elle, Irina se lança.

Quand elle était petite, l'un de ses jouets favoris était son Écran magique. Elle se souvenait que si elle était assez minutieuse, et si sa sœur ne venait pas secouer son image cul par-dessus tête par pure méchanceté, elle pouvait améliorer des contours grossiers, et esquisser ou même noircir des volumes entiers. Une enquête au rayon jouets de Woolworth's confirma que le jouet classique était toujours fabriqué. L'allusion n'échapperait pas aux enfants d'aujourd'hui.

Après de longues heures et de nombreux appels aux cracks en informatique recommandés par des amis, Irina finit par reproduire grâce à son logiciel la qualité de trait d'un Écran magique d'une exactitude stupéfiante. Ayant mis au point la technique sur le clavier, Irina entreprit d'ébaucher une intrigue pour accompagner les dessins.

Un petit garçon du nom d'Ivan a un meilleur ami qui s'appelle Spencer. Les deux garçons ne se quittent pas – ils construisent des cabanes dans les arbres, font du skate, essaient de se battre à la course en sac. À l'école, ils sont tellement inséparables que les professeurs les éloignent l'un de l'autre dans la classe, pour les empêcher de chuchoter pendant les cours. Mais la mère d'Ivan pense toujours à remplir deux verres de lait après la classe, et à découper deux pommes en tranches (ce que les parents bobos qui achetaient ces livres préféreraient aux biscuits), car Spencer venait jouer tous les après-midi sans faute. Spencer est intelligent, et aide souvent Ivan à faire ses devoirs. Ensuite, ils apprennent à préparer du pop-corn tout seuls – mais la première fois, ils oublient de mettre le couvercle, et les grains volent dans toute la cuisine. Plus tard, quand ils partent faire du camping, la description du pop-corn jaillissant à travers la pièce et se collant à leurs cheveux, flottant dans l'eau de vaisselle comme des petits bateaux blancs, devient leur histoire préférée les soirs de pluie sous la tente.

Un jour, Spencer reste chez lui parce qu'il est malade, et Ivan, qui se morfond tout seul à l'école, rencontre un autre garçon à la récréation. Aaron est grand, plein d'esprit, astucieux, et doué pour le kickball. Il a l'air d'aimer beaucoup Ivan. Bientôt celui-ci s'amuse tellement avec lui qu'il oublie tout à fait que Spencer lui manque, et propose à Aaron de venir chez lui après l'école.

La mère d'Ivan est surprise de voir un garçon différent arriver avec son fils, mais on ne sait jamais avec les amitiés enfantines, aussi elle leur sert du lait et des fruits sans poser de questions. Les deux enfants vont faire de la planche à roulettes, et il se trouve qu'Aaron connaît toutes sortes de tours dont Ivan n'avait jamais entendu parler. En vérité, il s'amuse beaucoup plus avec lui qu'il ne l'a jamais fait avec Spencer.

Brusquement, Ivan lève les yeux et voit Spencer qui le regarde tout triste à l'entrée de l'arrière-cour où Aaron est en train de lui apprendre à faire des volte-face. Spencer commence à aller mieux, et sa mère lui a permis de venir jouer. Il se détourne et prend ses jambes à son cou, mais Ivan n'oubliera jamais l'expression de son ami.

Ce soir-là, il se sent très mal. Il ne peut pas avaler son dîner. Il n'arrive pas à dormir, et se tourne et se retourne jusqu'à l'aube. Il revoit sans cesse le regard désespéré de Spencer, et se souvient de tous les jeux qu'ils ont partagés, de tous les devoirs qu'il n'aurait jamais été capable de faire correctement sans son aide. Il se rappelle l'après-midi du pop-corn sans couvercle, et fond en larmes.

Le lendemain à la récréation, Ivan prend Aaron à part. Ivan avoue qu'il l'apprécie vraiment, et pense qu'il est le plus grand skater qu'il ait jamais vu. Mais il a déjà un meilleur ami. Son ancien meilleur ami n'est peut-être pas doué pour le skate, et peut-être qu'ils s'ennuient un petit peu ensemble certains après-midi, mais c'est normal quand on connaît quelqu'un de vraiment bien. Ivan dit à Aaron qu'il devra choisir un autre camarade de jeux, parce qu'il ne veut plus jamais se sentir aussi mal qu'hier.

Mais ce n'est pas la fin de l'histoire. Quelques semaines plus tard Aaron trouve un autre garçon avec qui jouer, et en un après-midi ils deviennent de très bons amis – les meilleurs amis du monde. En fait, ils sont inséparables, eux aussi. Et le meilleur ami d'Aaron s'appelle Spencer.

Ce soir-là, Ivan se sent très mal.

Quand elle montra l'histoire à Lawrence, il l'apprécia, mais la fin ne lui convenait pas. « Pourquoi tu ne t'arrêtes pas là ? demanda-t-il, indiquant le passage où Ivan dit à Aaron de chercher un autre compagnon de jeux. Coupe le reste, et tu auras un conte simple, solide, harmonieux sur la loyauté que n'importe quel gamin pourra comprendre.

— Je ne veux pas que ce soit trop simple, objecta-t-elle.

— C'est un livre pour enfants !

— La plus grosse erreur que commettent les auteurs de littérature enfantine, c'est de sous-estimer leur public. Les enfants sont petits. Ça ne signifie pas qu'ils soient stupides.

— Mais la fin fout la merde !

— C'est l'expression idoine.

— Écoute, jusqu'à cet avant-dernier point, tu dis, au fond, accrochez-vous à vos vieilles amitiés – et oublions une seconde le fait qu'on peut avoir plusieurs amis.

— On ne peut avoir qu'un seul meilleur ami, tous les écoliers le savent. Qui occupe ce créneau, et qui se fait jeter, c'est le cœur du drame de l'enfance.

— Mais ici, la morale de l'histoire est que le protagoniste était une andouille, et aurait dû s'enfuir avec son nouveau copain à la première occasion. Du genre : que les vieux amis aillent se faire foutre, nous vivons dans un monde darwinien, chacun pour soi.

— C'est une manière de voir les choses, dit-elle froidement. Sous un autre angle, on peut dire qu'Ivan se sent mal dans les deux cas. L'auteur ne précise pas à quel moment il souffre le plus. En fait, je suggère que – puisque la formulation est identique – entre trahir ou être trahi, le tourment est le même.

— Aucun enfant ne comprendra jamais ça, insista Lawrence.

— Je ne vois pas pourquoi », rétorqua Irina.

Lawrence fut froissé qu'elle ne tînt pas compte de son conseil éditorial, mais Irina résista et commença les illustrations. Dessiner avec une souris lui inspirait un sentiment de privation, mais d'un certain côté, l'ordinateur n'était pas moins attachant que la gouache ou les crayons. Elle aimait en particulier reproduire les grains de pop-corn volant dans les airs, la trépidation de la ligne évoquant une explosion. Elle regrettait l'absence de couleur, mais le format en noir et blanc lui permettait de se concentrer sur l'expressivité des personnages – la grâce effilée d'Aaron, le gros plan du visage dévasté et des yeux écarquillés de Spencer, quand il découvre que son ami l'a remplacé en l'espace d'une journée. Pour refléter avec précision la nature d'un Écran magique, le dessin ne devait jamais s'interrompre, et reproduire des éléments isolés tels que les sourcils ou les boutons de chemise était un défi sur le plan technique. Quand elle était satisfaite, Irina entourait l'illustration du cadre rouge du jouet d'origine, ajoutant les deux boutons blancs en bas.

Son travail était bien avancé quand Lawrence rentra, un soir de mars, pâle comme un linge. Il reconnut s'être senti « un peu bizarre » toute la journée, mais avoir tenu bon au bureau jusqu'à la tombée de la nuit. Elle sut que c'était sérieux quand il fut incapable de croquer un seul grain de pop-corn. Peu après, il s'éclipsa et s'enferma dans les W-C, mais le bruit de vomissements violents lui parvint à travers les fissures de la porte. Le lendemain, qui était un samedi, Lawrence se traîna devant son ordinateur pour travailler à un article sur la guérilla au Népal. À intervalles réguliers, il se précipitait aux toilettes, se brossait les dents en silence, et revenait à son clavier.

C'était un patient exaspérant. Pendant deux bonnes semaines, il s'extirpa du lit à sept heures du matin, s'habilla pour se rendre au travail, et s'attabla devant une tasse de café qui, manifestement, le révulsait. Irina le rapportait à la cuisine, lui préparait un thé léger et un morceau de pain grillé sans beurre, et le remettait au lit. Il maigrissait à vue d'œil, mais la pressait sans arrêt de retourner à son projet, et s'excusait de la distraire avec son « stupide petit virus ». À la fin de sa convalescence, quand elle attrapa un léger mal de gorge et un petit rhume, Lawrence, encore chancelant, le teint blême, lui apporta oreillers, mouchoirs, et citrons pressés chauds, affrontant même l'horrible Elephant & Castle pour aller lui chercher des romans et des pastilles. C'était bien la première fois qu'elle avait envie d'encourager un homme à se ménager.

Elle termina son projet le jour de l'anniversaire de Ramsey – le quarante-neuvième, calcula-t-elle –, et ce n'était pas tout à fait une coïncidence. Oh, elle n'avait pas proposé à Lawrence de renouer avec leur ancienne tradition ; près de deux ans s'étaient écoulés depuis Bournemouth, et il vient toujours un moment où on renonce à rappeler les gens, simplement parce qu'on est gêné d'avoir si longtemps hésité à le faire. L'année dernière, Ramsey leur avait épargné cet effort. Mais le 6 juillet restait une date marquante dans son esprit, et elle jugea approprié de choisir ce soir-là, dont la signification échappait à Lawrence, pour lui montrer les illustrations.

« C'est foutrement génial ! » annonça-t-il quand il eut terminé de feuilleter les sorties papier. Hélas, il ne put s'empêcher d'ajouter : « Je pense malgré tout que cette fin est déplacée. Mais tu n'écouteras que l'avis de l'éditeur, qui te dira la même chose. »

Malgré ses réserves, Lawrence participa au lancement commercial d'*Ivan et les enfants terribles* avec une détermination qui faisait de l'ombre aux équipées d'Irina au supermarché. Il déclara qu'il était grand temps de remplacer son agent de troisième ordre par un personnage plus influent, et il fit des recherches exhaustives sur Internet pour découvrir quels agents britanniques avaient des ventes lucratives aux États-Unis. Pour étayer sa proposition, il « l'aida » à mettre au point un dossier professionnel comprenant un CD des illustrations d'*Ivan* et les photos numériques de ses travaux précédents, un CV impeccable et une lettre de motivation convaincante. Ou, plutôt, il s'en chargea lui-même. Dans l'atelier d'Irina s'empilèrent des enveloppes en papier kraft garnies d'étiquettes imprimées et timbrées. Elle était un peu gênée qu'il s'impliquât autant ; en même temps, les efforts de Lawrence pour sa carrière la touchaient infiniment.

Six mois s'étaient écoulés depuis qu'elle avait cessé d'aller chercher ses plaquettes de pilules au dispensaire de Bermondsey, et pourtant, à intervalles réguliers, son ventre se gonflait et son humeur redevenait revêche, en parfaite harmonie avec les cycles lunaires. À l'automne, elle persuada Lawrence de voir son généraliste, et fit elle-même un bilan de santé. Ses analyses de sang confirmèrent que pour une femme de son âge les taux d'hormones étaient parfaits. Mais quand le médecin de Lawrence lui téléphona, il émit un grognement bourru qui, même chez lui, frisait l'impolitesse.

« Eh bien voilà, dit-il en raccrochant. Le nombre de spermatozoïdes est trop bas. » Il s'écroula sur le canapé. Il n'alluma pas la télévision, bien que ce fût l'heure des informations.

Irina s'assit près de lui, et glissa une mèche derrière son oreille. « C'est vraiment sans espoir ?

— On dirait ! répondit-il. Tu sais, j'ai lu que la fertilité masculine chutait en Occident à cause de l'usage très répandu des contraceptifs oraux. Vous, les filles, vous avalez toutes ces pilules qui partent dans les urines, et les œstrogènes polluent les nappes phréatiques. »

Irina sourit. « Tu es en train de me dire que c'est ma faute ?

— C'est la faute de personne, répliqua-t-il d'un ton féroce.

— Ça te perturbe vraiment, hein ? Mais sur le chapitre des enfants, je sentais que tu ne voulais pas prendre position. »

Lawrence se leva.

« Eh bien, ça vaut sans doute mieux comme ça, non ? Tu as quarante-quatre ans. Une grossesse serait pénible pour toi, et à ton âge les risques de malformations augmentent. Peut-être que si on s'y était mis il y a longtemps… Mais bon Dieu, le jour où le gamin ira à l'université, on touchera l'aide sociale. En plus, je suis à Blue Sky toute la semaine, et tu ferais tout le boulot, ce qui ne serait pas juste. Ta carrière en souffrirait. »

Son sentiment d'avoir été dépouillé de sa virilité inspirait de la compassion à Irina, mais elle luttait contre sa propre déception, et le dépit ne l'aidait pas. « Non, je te connais. Entre les week-ends et les soirées, tu trouverais le moyen de faire ta part de travail. Regarde comment tu t'es occupé de moi quand je ne me sentais pas bien, ou de quelle façon tu m'as aidée pour *Ivan*. Tu es chroniquement responsable. Tu te lèverais à quatre heures du matin pour bercer le bébé et roucouler à son oreille, et lui donner des biberons de lait maternel conservés au frigo pour que je puisse dormir. »

Lawrence fourra les mains dans ses poches et fixa le sol. « Oui, sans doute. » Levant les yeux, il parut se souvenir de son existence. « Tu y tenais ?

— Oh, on a tellement attendu, je ne pouvais pas me permettre d'y compter. J'ai juste eu l'impression que quelque chose d'autre devait arriver. Qu'à force de continuer comme ça… » Elle haussa les épaules.

« Un tas d'autres choses peuvent arriver, dit-il – mais sa promesse ne présageait rien de bon. Je suis désolé.

— Tu sais, hasarda-t-elle, on pourrait envisager une alternative.

— L'adoption ?

— C'est un pari que je ne suis pas prête à tenir. Je voulais dire… peut-être une fécondation in vitro.

— Si mon foutre vaut pas un clou, il ne fera pas de miracles dans une boîte de Petri.

— Non, il faudrait bien sûr que ce soit celui d'un autre. » Elle évita d'employer le mot de sperme.

« Une banque ? » Lawrence ne se montra pas plus explicite. « C'est encore plus risqué. Comment savoir si le donneur n'est pas un tueur en série ?

— Je pensais plutôt qu'on aurait pu demander… à quelqu'un qu'on connaît.

— Qui, par exemple ? »

Elle détourna les yeux. « Tout de suite, il me vient personne à l'esprit… »

Lawrence avança la tête dans son champ de vision. « *Quelqu'un qu'on connaît*, et tu n'aurais pas besoin d'une fécondation in vitro, hein ?

— Lawrence ? Je ne ferais pas une chose pareille.

— À supposer que le foutre d'un autre type entre là-dedans, tu proposes sérieusement que je tombe constamment sur quelqu'un qu'on connaît, et qu'il sache et que je sache qu'il est le père biologique de mon gosse ? Sers-toi de tes méninges ! Tu te sentirais comment si tu devais élever le fils ou la fille que j'aurais conçu, disons, avec Betsy ? »

Elle sourit. « Ça pourrait être pire.

— Oublie ça. Oublie toute cette putain d'histoire. Si c'est pas nickel, ça m'intéresse pas. » Si c'est pas *le mien,* j'en veux pas – un thème récurrent.

Irina abandonna le sujet. Lawrence avait des convictions solides sur ce qui se faisait ou non. Par exemple, il lui était impossible, du moins sur un plan émotionnel, d'emprunter un verre de sucre en poudre aux voisins de palier. Mais cette fois Irina se désespéra de la raideur de son compagnon, de sa notion stricte de la virilité qui restreignait sa propre existence. Peut-être qu'une femme sait ces choses dans son corps. Peut-être qu'elle s'en rend compte. Irina avait la certitude que le premier donneur qui lui était venu à l'esprit aurait été le partenaire idéal. In vitro ou autrement, ça aurait marché – du premier coup.

Elle se tourna donc vers la compensation classique que recherche une femme ambitieuse sans enfant, et bientôt trois agents prestigieux lui offrirent leurs services. Le critère qui détermina son choix la surprit elle-même ; il ne lui ressemblait pas.

Toute sa vie, elle avait fait preuve de sobriété. Sa mère était obsédée par l'argent et, petite fille, elle avait utilisé ses crayons jusqu'au bout. Lawrence gagnait bien sa vie à présent, mais elle n'avait jamais eu l'impression que son argent lui appartenait aussi, et elle était gênée de ne pas pouvoir payer la moitié du loyer avec ses avances misérables d'illustratrice. En fréquentant les boutiques d'articles d'occasion, en achetant ses meubles chez Oxfam, elle contribuait à sa manière aux frais du ménage.

Pourtant cette perspective avait quelque chose de mesquin, elle impliquait un refus de croquer la vie à belles dents. Cette économie de bouts de chandelle excluait les accès de folie – on-ne-vit-qu'une-fois – et le frisson je-m'en-foutiste des achats imprudents qui coûtent les yeux de la tête. Cela dégrisait Irina de se rendre compte à quel point la parcimonie régissait ses décisions à tous les niveaux. Quand elle avait proposé de payer elle-même son voyage en Russie, avait-elle parlé sérieusement, ou fait ce geste en sachant que Lawrence ne voudrait pas d'elle ? Ils se trouvaient à un jet de pierre du continent, mais jamais elle ne demandait à Lawrence de l'emmener en vacances à Rome ou à Venise, parce que c'était trop cher. Depuis combien de temps n'avait-elle pas acheté de robe neuve ? Pas une robe neuve d'occasion, mais une robe toute neuve ? Elle ne s'en souvenait plus. Ils avaient maintenant la Ford Capri, mais elle faisait encore la plupart de ses courses à pied, pour économiser l'essence. À Tesco, elle prenait toujours les pois mange-tout soldés, malgré son envie de haricots verts français – qui étaient si chers. Si marchander procurait un malin petit plaisir, l'extravagance ne procurait-elle pas certaines joies – comme de claquer délibérément deux cents livres en une seule soirée ?

Le premier agent était charmant. Le deuxième semblait étrangement en accord avec sa sensibilité artistique. Le troisième promit qu'*Ivan* se vendrait une fortune.

Bingo.

Faisant du battage simultanément en Grande-Bretagne et aux États-Unis, le nouvel agent d'Irina mit le livre aux enchères et, entre les deux marchés, le projet Écran magique rapporta cent vingt-cinq mille dollars. Elle emmena Lawrence dîner au Club gascon, et s'ils ne réussirent pas à gaspiller deux cents livres en consommant cinq plats avec les vins assortis, ils n'en furent pas loin.

Ils étaient donc d'humeur festive pour passer un autre Noël à Brighton Beach. Cette fois, il n'y eut pas de disputes à propos du chauffage, des serviettes ni des porte-savons, pas d'écarts de comportement dus à l'excès d'alcool ni de samovar renversé, mais quand les réunions de famille se déroulent sans heurt et dans la convivialité, elles semblent aussi infiniment ternes. Dans l'avion du retour, Irina chercha à imaginer la querelle décisive qui pourrait aboutir à une période de silence bienvenue entre elle et sa mère. Ce genre d'impasse lui épargnerait tant de tracasseries, sans parler de ces appels internationaux passés tous les mois pour donner des nouvelles. Pourtant, cette visite avait eu un côté réconfortant. Tatiana n'avait cessé de la serrer dans ses bras, de lui prendre l'épaule et de déclarer sans raison aucune qu'elle « adorait sa grande sœur » dont elle était « incroyablement fière », ce qui signifiait qu'au fond d'elle-même elle était rongée par la jalousie.

Ivan et les enfants terribles fut publié en septembre 2000 à grand fracas des deux côtés de l'Atlantique. Son budget publicitaire était généreux, et si les comptes-rendus l'étaient moins, de grands encarts dans le *New York Times* et le *London Times* compensaient largement les ergotages des critiques. Le tirage était énorme, le prix de vente largement réduit, et l'enquête d'Irina chez Waterstone's et WHSmith confirma que les chaînes de distribution avaient commandé un nombre de livres conséquent. On peut toujours dénigrer ce parti pris commercial de vente au rabais, mais Irina assumait avec joie ce mode d'exploitation particulier – à supposer que ce fût une tare. Personne n'allait lui dire que ces piles d'albums brillants encadrés de rouge sur les présentoirs de Waterstone's n'étaient pas *splendides*.

10

Irina se dit qu'elle pouvait faire une petite promenade, cependant, les pas qui la conduisirent en bas de Grove Road avaient le même écho trompeur que ses passages dans la chambre à coucher où elle venait l'après-midi sous le prétexte de ranger une paire de chaussettes, alors que son intention réelle était de se masturber. Si elle marchait jusqu'à Borough, il y avait de fortes chances pour qu'elle cédât à son vice secret.

Le temps de cette matinée de la mi-avril était doux et couvert, mais elle eut l'étrange sensation d'être suivie de près par une ombre. Elle avait prévu tout le temps nécessaire pour cette équipée – le trajet de retour chez elle puis, en fin d'après-midi, le train pour Sheffield qui partait de King's Cross. C'était dimanche, mais elle avait pris ses précautions en s'assurant par courriel que Lawrence se trouvait à Dubaï pour une conférence. Ce moment d'abattement était dû à la finale du Mondial qui aurait lieu le lendemain. Ramsey s'était une fois de plus forgé des espoirs, et s'il échouait sur ce coup-là, il aurait joué et perdu huit finales du Championnat. L'été dernier il avait eu cinquante ans, et s'il ne l'emportait pas dans celui de 2001, il n'aurait peut-être jamais plus l'occasion de gagner ce titre.

Pour être honnête, elle redoutait d'assister à un tournoi de snooker de plus, point barre – comme une bonne petite épouse au sourire niais. Il était rarement arrivé à Ramsey dc se sentir invisible, sauf en septembre dernier, le jour du lancement du livre chez Foyle's, qui avait réuni assez peu de monde – vu l'état des finances de Snake's Head, il avait dû acheter le vin.

La présence d'Irina aux tournois était désormais une perpétuelle pomme de discorde. La première saison, pendant laquelle il l'avait entraînée dans son sillage, Ramsey avait gagné plus de titres qu'au cours des dix années précédentes, le point culminant étant la septième finale au Crucible. Pourtant, lors des deux tournées suivantes, la compagnie d'Irina avait été sporadique et son classement avait brutalement chuté. Sa baisse de statut se traduisit par la perte d'avantages tels que le service de limousine, et s'il ne se souciait guère du confort, il attachait de l'importance au sens de ce privilège. Pire, en étant éjecté du Top 16 des meilleurs joueurs, ce géant du sport était contraint de se qualifier pour être admis dans les tournois dont les trophées ornaient l'entrée de sa salle de snooker, ce qui lui donnait l'impression, disait-il, de devoir tirer la sonnette de sa propre maison.

Ramsey avait donc conclu que la présence d'Irina faisait toute la différence, et la pressait à chaque tournoi de le rejoindre. Elle avait protesté qu'elle avait sa propre carrière et n'était pas sa patte de lapin porte-bonheur. Elle ne voulait pas se lasser du snooker (une formule diplomatique) et n'irait le voir jouer que si elle en avait envie (pratiquement jamais, en fait). Oh, son désir qu'elle assiste à la finale demain était très raisonnable, et hier soir elle n'aurait pas dû rester chez elle pour regarder la demi-finale à la télé – d'un œil distrait, car pendant le match elle avait été occupée à envoyer un courriel à Lawrence qui se trouvait à Dubaï.

Gagnée par un sentiment doux-amer, elle traversa London Bridge pour gagner Borough High Street, et se rappela avec regret, en passant devant Borough Market, qu'elle ne faisait plus guère la cuisine à présent. Mais peut-être que la confection de toutes ces tartes avait été une perte de temps. Elle n'en savait rien.

Dès l'instant où elle introduisit sa clé dans la serrure et se glissa à l'intérieur de l'appartement, elle perçut un changement. L'air était plus parfumé. Un béret noir coquin ornait le portemanteau.

À première vue le séjour était identique, mais elle découvrit, indignée, qu'un Lissitzky avait remplacé le Miró. Lawrence aurait acheté des gravures ? Sur la table était posé l'*Independent,* un journal qu'il jugeait ridicule et outrancier. Où était donc le *Telegraph* ?

Avançant à pas de loup dans le couloir, très mal à l'aise, Irina passa la tête dans son ancien atelier, depuis longtemps devenu le cabinet de travail de Lawrence. À la place de son ancienne table à dessin se dressait un autre bureau flambant neuf, très différent des meubles Oxfam qu'affectionnait Irina. Une visite plus approfondie révéla un fouillis de maquillage sur sa commode – des rouges à lèvres criards qu'Irina évitait et, dans la salle d'eau, un shampoing myrtille-mangue.

Lawrence utilisait Head & Shoulders.

Dans la cuisine, Irina fronça les sourcils. À sa consternation, les longues rangées de bocaux d'épices avaient été limitées à quelques condiments classiques sans saveur, comme la sauce italienne toute prête et le persil déshydraté. Une vingtaine d'assaisonnements pour pop-corn, dont plusieurs Old Bay et Stubb's Barbeque Spice Rub, rapportés de New York, avaient disparu. Le garde-manger avait aussi été nettoyé, sa purée de sésame complet, son eau de rose, et sa mélasse à la grenade remplacées par des soupes en sachet, des granulés de sauce instantanée et de la bolognaise en conserve. Le cachet du bocal d'anchois espagnols marinés dans l'huile d'olive pour les jours sans avait été brisé ; elle ne devait pas laisser de trace de son passage ici, et dut faire un effort surhumain pour ne pas ranger dans le frigo cette superbe jarre.

Son pouls s'accéléra. D'un moment à l'autre, la porte allait s'ouvrir, même si Lawrence était à Dubaï. Il eût été sage de prendre la poudre d'escampette, mais elle avait fait tout le trajet depuis l'East End pour baigner dans le flot de lumière qui pénétrait par les hautes fenêtres et s'immerger dans son ancienne vie. Au lieu de fuir, elle imagina un alibi plausible – « Désolée de vous avoir effrayée. Je suis Irina, l'ex de Lawrence, je passais juste pour récupérer une… paire de chaussures ! » – et s'installa dans son fauteuil couleur rouille pour réfléchir à cette extraordinaire situation.

Dans ces circonstances, la jalousie était ridicule. C'était Irina qui était partie, et si Lawrence avait trouvé une main à tenir trois ans et demi après, ce n'était pas seulement son droit, mais son dû. La tournure des événements la soulagerait sans doute de la culpabilité qui pesait lourdement sur elle quand elle songeait à la vie solitaire de Lawrence. Elle continuait de se sentir responsable de lui, et devait se retenir, quand elle passait ici, de déposer des brocolis dans le réfrigérateur. Mais elle n'était pas égoïste au point de le garder à sa disposition pour une éventuelle tasse de café. Elle était un peu blessée qu'il n'eût pas jugé utile de l'informer de l'existence d'une autre femme dans sa vie, mais ça ne la regardait pas. Cependant, en furetant dans l'appartement elle avait eu l'impression d'être le petit ours qui crie : « Qui a dormi dans mon lit ? » et « Qui a mangé mon porridge ? ».

Au bout d'une heure de rêverie, Irina se leva, et enfila sa veste. Peut-être serait-elle guérie pour de bon de ce passe-temps pervers, maintenant que Boucle d'Or risquait de surgir à l'improviste à tout moment. Soucieuse d'avoir un alibi au cas où elle la rencontrerait à l'entrée de l'immeuble, elle fouilla dans sa vieille penderie pour dénicher une paire de chaussures – reléguée derrière une rangée de talons aiguilles.

Elle descendit précipitamment au rez-de-chaussée et referma la porte derrière elle. À l'instant précis où elle s'apprêtait à pousser un soupir de soulagement, son cœur s'arrêta.

Au bord du trottoir, Ramsey était adossé à sa Jaguar XKE d'un vert opalin, fumant une cigarette. La scène reproduisait fidèlement son apparition au bas du perron, le soir de ses quarante-sept ans – cette fois encore, droit comme un I, Ramsey ressemblait à une queue de snooker posée contre la voiture –, mais cet été-là, quand il était venu la chercher pour l'emmener manger des sushis, ces exhalaisons songeuses l'avaient fascinée, tandis qu'aujourd'hui ce spectacle lui donnait envie de vomir.

« Qu'est-ce que tu fais ici ? demanda-t-elle d'une voix étranglée.

— C'est drôle, j'allais te poser la même question. » Il ne l'escorta pas jusqu'à la portière passager, mais lui fit signe d'entrer d'un mouvement de tête. « Monte. »

Irina hésita. « Je sais de quoi ça a l'air. Mais il n'est pas là. Je peux te montrer.

— Loin de la table, je n'aime pas les petits jeux. Ton mec se cache dans le placard, ou sort par-derrière ?

— Ramsey, je t'en prie ! Viens avec moi ! Il n'y a personne là-haut !

— Tu m'as assez humilié pour aujourd'hui, *mon chou*, et je vais pas me chamailler sur la route. *Monte.* » Il jeta son mégot dans le caniveau, avec les autres, se mit au volant, et lui ouvrit la portière. L'air abattu, elle s'exécuta.

La Jaguar démarra en trombe. Le regard buté de Ramsey était braqué sur la chaussée. Il était atrocement séduisant – les manches de son blouson de cuir révélant ses poignets frêles tandis qu'il agrippait le volant, la fureur ciselant les traits de son visage avec plus de force encore. Quand il s'éloignait d'elle, son désir en était accru, il lui manquait physiquement, et elle devait s'empêcher de glisser la main dans le creux brûlant de sa cuisse. Jetant un coup d'œil nerveux au siège du chauffeur, elle songea avec un sentiment d'impuissance : *J'aurai toujours envie de baiser avec lui*.

À cet instant, elle fut visitée par une vision troublante, et se vit divorcée, peut-être à cause d'un grossier malentendu du même style, et rencontrant ensuite par hasard son ex-mari dans un bar. Elle savait avec une parfaite certitude que même après des années de silence hostile, il lui suffirait de poser les yeux sur ce joueur de snooker dégingandé, beau à pleurer – l'air distant, feignant l'indifférence, il allumait une Gauloise en riant d'un air complice avec ses compagnons – pour avoir envie de baiser avec lui. Isolée au fond de son siège-baquet, Irina se rappela l'un de ses fantasmes sexuels les plus éculés, que Germaine Greer n'eût guère apprécié : agenouillée devant ces longs jeans noirs, impeccables, elle le suppliait de la laisser le sucer. Les fantasmes d'avilissement étaient courants, et *malsains,* mais elle s'obstinait. Elle n'avait pas croisé l'homme depuis dix ans, et n'avait reçu ni courriel, ni carte, ni appel téléphonique, mais elle se voyait s'écrouler sur le sol et le supplier de sortir sa queue ; elle voulait la toucher, la sucer et la sentir se raidir dans sa bouche. Elle se souvenait de l'avertissement de Betsy, qui avait dit que le désir sexuel ne durait jamais, mais personne ne l'avait mise en garde contre une obsession tout aussi désastreuse, qui ne vous lâchait plus, et vous collait aux doigts comme du goudron.

« On va où ? demanda-t-elle après plusieurs horribles minutes de silence.

— À Sheffield, rétorqua-t-il. Au cas où tu l'aurais oublié, ce qui est apparemment le cas, je joue la finale du championnat demain.

— Mais je n'ai rien emporté ! » Elle considéra le fourre-tout en plastique sur ses genoux, se demandant comment elle allait justifier la présence de ces chaussures.

« Il y a pire, dit-il d'un ton aigre.

— Je me rappelle en avoir pris pour mon grade il y a quelques années, parce que j'étais venue sans bagages.

— À Bournemouth, mon chou, c'était juste une différence d'opinion. Je vais te donner une bonne leçon. »

Irina ferma les yeux. « Comment savais-tu que j'étais là ?

— Je t'ai suivie, non ? »

Elle se tourna vers lui, incrédule. « Tu es censé être à Sheffield. Tu as fait tout le trajet jusqu'à Londres pour espionner ta propre porte, et suivre ta femme ? Et si j'étais allée au Safeway ? Ça aurait fait un vrai scandale, non ? Horreur, elle achète encore ces mange-tout à moitié prix ? Mon Dieu ! Tu te méfies de moi à ce point ?

— L'histoire prouve que je me méfie pas assez.

— Ce n'est pas facile de filer un piéton quand on est en voiture. Tu es paresseux à ce point, ou bien le défi t'a plu ?

— Écoute, je viens te chercher pour t'éviter de prendre le train. C'est supposé être une surprise. À l'instant où je me gare, je te vois quitter la maison. Alors, je suis… curieux, quoi.

— Tu n'es pas curieux. Mais paranoïaque.

— La paranoïa, chérie, est une crainte injustifiée. Dans ce cas, c'est le contraire.

— Ramsey, *je n'ai pas de liaison avec Lawrence*. » La phrase retomba, inutile, comme les chaussures sur ses genoux, même pas assorties à sa tenue.

— Tu peux répéter la même chose sans arrêt, c'est pas pour ça que c'est vrai.

— Je ne l'ai dit qu'une fois. Et je ne le redirai pas. » Irina avait le sentiment désagréable qu'elle devrait beaucoup se répéter une fois que cette scène aurait pris fin.

« Bien. Tu foutais quoi chez lui, alors ? Tu prenais le thé ? »

Irina jeta un regard accablé à ses souliers ; elle ne fourguerait jamais à Ramsey l'excuse peu plausible qu'elle avait concoctée pour Boucle d'Or. Qui sait, peut-être cela permettrait-il à son mari de mieux la comprendre. « J'y vais... de temps en temps. Quand Lawrence n'est pas là. J'aime bien... me promener dans l'appartement. Je m'assieds dans mon vieux fauteuil. Quelquefois je lis le journal. C'est tout. »

Comme outil de raisonnement, la vérité était surfaite. Ramsey grogna *Hum-hum* d'un air dégoûté : elle aurait pu trouver mieux. « Et pourquoi tu ferais ça ? »

Elle regarda par la fenêtre. « Je t'aime, mais... quelquefois je me sens attirée. Par mon ancienne vie. Presque comme si elle continuait en même temps que celle-ci. Ce n'est pas que je regrette précisément d'avoir quitté Lawrence, mais je ne peux pas m'empêcher de me demander à quoi aurait ressemblé mon existence si j'étais restée. J'ai une vie formidable avec toi. Mais elle est irrégulière, tu dois l'admettre... Tu es absent pendant des semaines, et quand tu es à la maison nous avons des horaires bizarres et nous buvons trop... Alors, certaines choses de ma vie avec Lawrence me manquent. L'ordre. La simplicité. La paix. J'aime aller là-bas. Ça me relie à mon passé, et j'ai plus l'impression d'être moi-même.

— Sa bite dans ta chatte doit aussi te donner *l'impression d'être toi-même.* »

Irina appuya deux doigts contre son front. « Et ce qui me manque aussi, c'est que Lawrence ne me disait jamais des horreurs pareilles.

— Il aurait dû, non ? T'étais pas en train de t'amuser avec moi ?

— Alors je suis une pute aujourd'hui. Parce que je suis tombée amoureuse de toi.

— Tu ne regrettes pas *précisément* d'avoir quitté Anorak Man. Un type a besoin de se raccrocher à des garanties. » Ramsey passa sa rage sur les autres automobilistes, et cette fois-ci Irina ne se sentit pas rassurée à l'idée que ses talents au snooker se reportaient sur sa conduite. Brusquement, les petites billes colorées ne ressemblaient plus du tout à des deux tonnes.

« Écoute, dit-elle. Je sais que mon explication t'a paru étrange. Mais tu joues demain en finale. Pour préserver ta concentration, tu dois mettre ça de côté...

— Très aimable à toi. Pour me préserver, je dois oublier que tu baises un autre mec à ma barbe.

— Je me soucie de toi, idiot ! Est-ce que tu n'as pas tout fait pour gagner le Mondial depuis que tu as sept ans ? Tu n'as pas besoin de tous ces embêtements ! Il te faut un *bon repas, une agréable soirée avec ta femme*, et *une bonne nuit de sommeil.* »

Hélas, ce scénario harmonieux était on ne peut plus irréaliste.

« J'ai déjà vu ton homme en meilleure forme », chuchota Jack Lance à l'oreille d'Irina une fois qu'elle se fut installée en hâte dans la section du Crucible réservée aux invités.

Elle lui lança un regard aigu par-dessus son épaule. « Il est là, non ?

— Il s'en est fallu d'un cheveu. On ne croirait pas qu'un vieux schnoque classé trente-deuxième traiterait avec autant de désinvolture une finale de championnat. Il nous a tous tenus sur des charbons ardents, vraiment. Un air de prima donna, il entre d'un air dégagé avec trente secondes d'avance. Et, imagine, sans même prendre la peine de se coiffer.

— Les *ablutions* de Ramsey, répondit-elle d'un ton guindé en se retournant vers la scène, ont été un peu écourtées.

— Et t'as dû passer une bien mauvaise nuit toi aussi, ma mignonne, c'est écrit sur ta figure.

— Merci pour votre sollicitude. » Elle haïssait Jack Lance. Pas seulement parce qu'il était obséquieux et la détestait lui aussi. Quand Ramsey avait été éjecté du Top 16 des meilleurs joueurs, toutes les petites attentions – fleurs, champagne et sushis offerts par le room-service – avaient disparu aussi soudainement que le sourire du visage du manager. Maintenant que Ramsey Acton, contre toute attente, était revenu pour la finale, Jack Lance se répandait de nouveau en flatteries, comme s'il ne l'avait pas viré depuis deux ans. Le manager avait ses raisons – car toutes les vingt minutes les retardataires étaient privés d'une manche – mais c'était seulement grâce à Irina qui avait cherché et secoué *Jack* au téléphone que le corps inerte de Ramsey n'était pas couché en travers du matelas de leur chambre d'hôtel.

Les lumières baissèrent. Sous les applaudissements, le maître de cérémonie présenta Ronnie O'Sullivan : l'héritier présomptif, la *bête noire*[1]. Bien que la règle du nœud papillon eût été assouplie, O'Sullivan en avait mis un, avec la chemise blanche et le gilet noir traditionnels ; il avait troqué la queue-de-cheval de sa jeunesse de mauvais garçon contre une coupe courte classique. Après sa cure dans les

1. En français dans le texte. (*N.d.T.*)

colonies chic pour adultes, il n'avait pas mis K-O un seul membre officiel de la WSBA pendant au moins deux ans. Se dirigeant à grands pas vers son siège, à l'âge respectable de vingt-cinq ans, Ronnie respirait un sérieux tout neuf, et son sourire modeste à la foule révéla qu'il avait tourné la page et s'était amendé.

Quand le maître de cérémonie présenta son adversaire, Ramsey Acton apparut lui aussi comme un homme changé, mais en pire, car un joueur réputé pour sa grâce, son esprit sportif et sa tenue ne pouvait évoluer autrement. Son nœud papillon était à l'envers, et malheureusement une chemise blanche amidonnée se fripe aussi. Les poils de sa barbe de deux jours luisaient sous les projecteurs. Avant de repérer sa chaise, Ramsey s'immobilisa, un peu chancelant, et jeta un coup d'œil à la foule, comme s'il était surpris de se trouver dans un tournoi de snooker alors qu'il se croyait sur le chemin de la laverie automatique.

Irina porta la main à sa tempe. La veille, il avait commandé une bouteille de cognac au room-service, et malgré ses protestations, il en avait demandé une deuxième au lever du soleil. Elle avait été pétrifiée à l'idée qu'il jouerait la finale avec une gueule de bois, mais n'avait pas songé à se préoccuper d'une éventualité plus désastreuse encore : à savoir qu'il serait encore soûl.

Le mythe de l'alcool était monnaie courante dans le snooker, mais cela restait un mythe. Même Alex Higgins, réputé pour avoir joué ivre mort, n'avait jamais vraiment bénéficié de son incapacité à distinguer la bille blanche. En outre, même si les embardées légendaires de Hurricane autour de la table avaient paru plus vraies que nature dans les récits, à l'époque, ces performances avaient sans nul doute provoqué chez son public un sentiment de malaise. Ramsey lui-même n'avait jamais cru à ces foutaises sur le pouvoir d'inspiration de l'alcool, affirmant que

Higgins avait obtenu des résultats décevants dans toute sa carrière justement parce qu'il jouait soûl.

Irina ne comprit pas pourquoi Ramsey palpait ses vêtements, et fut interloquée quand, au lieu de commencer la manche, il s'approcha de l'arbitre en traînant les pieds pour conférer avec lui. Et quand ce dernier annonça : « Manche, Ronnie O'Sullivan » alors qu'aucun joueur n'avait ébauché un coup, elle se demanda ce qui se passait.

Jack s'éclipsa et, au retour, lui chuchota, furieux : « Ton homme a oublié sa craie.

— Et alors ? répondit-elle tout bas. Quelqu'un ne peut pas lui en prêter un morceau ?

— C'est pas la question. C'est une pénalité. Une manche. Une putain de manche. »

Démarrant sans que O'Sullivan eût empoché une seule rouge, Ramsey élabora le premier break. Il se cramponna au bord de la table pour se remettre d'aplomb, et son coup sauvage (« Irrégulier, et manque ! ») ne parvint pas vraiment à toucher la blanche. La foule, qui avait jusqu'alors observé un silence absolu, gronda de stupéfaction et l'arbitre la rappela à l'ordre d'un sévère : « Du calme, s'il vous plaît ! »

Irina était-elle responsable de l'état déplorable de son époux ? Depuis leur arrivée à Sheffield elle avait essayé de lui faire entrer dans le crâne qu'entretenir une liaison avec l'homme qu'elle avait quitté pour lui n'aurait eu aucun sens. Après un festival de pleurs, de cris et de bouderies dans les toilettes, ponctué par les protestations de la direction de l'hôtel derrière la porte et les grands coups frappés sur les murs par les clients des chambres voisines, il avait enfin paru la croire, mais c'était déjà le matin. Il s'était habillé pour la finale en prenant son temps, mais le mélo entre brouille et réconciliation avait redémarré, et ils avaient roulé sur le lit – d'où le désordre de la tenue de Ramsey. Elle avait espéré que baiser le retaperait, mais à présent que des millions de téléspectateurs de la BBC pouvaient juger du résultat, il semblait que l'étreinte désespérée du matin n'avait fait que l'épuiser. D'ailleurs, la notion de faute n'existe pas dans le monde qui nous entoure, et peu importe qui est responsable – ce qui compte, c'est ce qui se passe.

Ce fut un désastre.

Du point de vue de O'Sullivan, le degré d'alcoolisation répugnant de son adversaire avait dû évoquer les moments les moins honorables de sa propre carrière. De même, les coups enfantins que le malheureux avait dû empocher à l'âge de sept ans, la première fois qu'il avait manié une queue, rappelèrent sans doute à Ronnie les manches qu'il avait gâchées dans ses accès de défaitisme. Peut-être était-il effaré de voir dans ce miroir le reflet de sa jeunesse, ou l'image du has been débraillé qu'il deviendrait vers la cinquantaine. En tout cas, plus Swish frappait des billes à tort et à travers sans jamais les empocher, plus Rocket s'appliquait à mettre de l'ordre dans le gâchis que Ramsey avait laissé. Le spectacle était réellement gastronomique, comme de voir le client d'un restaurant couvrir la nappe de miettes de pain, tandis qu'après chaque plat un serveur s'empresse de nettoyer poliment la table avec une brosse roulante.

Au début du match, les huit habitués des tournois précédents, dont les T-shirts arboraient chacun une lettre de G-O-R-A-M-S-E-Y s'étaient placés avec exubérance dans une rangée du milieu. Après l'entracte, le A, le M, le S et le E avaient disparu. G-O-R-Y annonçait le massacre.

Lorsque la session de l'après-midi s'acheva par une raclée de huit à zéro, Irina se leva de son siège, mais Jack la rabroua : « T'as fait assez de dégâts pour aujourd'hui, ma petite. J'y vais le premier. » Elle se morfondit le temps que Jack revienne en disant que « Son Altesse » refusait d'ouvrir. En effet, quand Irina elle-même supplia et cajola, la porte de sa loge resta verrouillée, et le seul son qui lui parvint fut un tintement de verre. Inconsolable, elle se retira dans leur chambre d'hôtel.

Elle revint s'asseoir à sa place pour le tournoi du soir, se faisant toute petite, et Jack ne lui adressa pas la parole – une bénédiction, sans doute. À l'intérieur du Crucible, l'atmosphère était électrique, mais l'excitation du public à l'approche d'un combat entre deux géants du jeu n'était pas très différente de celle qui précède une séance de strip-tease, avec regards paillards et coups de coude à l'appui.

Ramsey donna un spectacle abracadabrant. Comme il s'était barricadé dans sa loge pendant des heures, ses cheveux hérissés, sa barbe de plusieurs jours, ses vêtements si fripés qu'ils auraient pu servir à frotter le parquet témoignaient du je-m'en-foutisme délibéré qui avait fait la réputation d'Alex Higgins vingt ans plus tôt.

À ce propos, Irina avait vu les vidéos, et les singeries sur scène reproduisaient à merveille les démonstrations de mépris les plus colossales d'Alex. Quand il s'asseyait, Ramsey s'affalait, les jambes allongées et les pieds tournés en dehors, son visage exprimant tour à tour l'ennui et l'agacement. À la table, il se laissa aller à essayer les coups éclatants qu'il avait joués à l'Ooty Club. Beaucoup de ces coups spectaculaires à quatre ou cinq billes empochaient la bille objet, mais il n'avait pas réfléchi à la position qu'elles auraient après, et cette flamboyance ne lui procurait qu'un seul point. Plutôt que de déguiser son état, Ramsey l'affichait, se dirigeant de la table à sa chaise en titubant exagérément, buvant sa bouteille de Highland Spring avec des soupirs d'aise, comme si elle avait contenu un liquide plus revigorant que de l'eau minérale.

Si la session de l'après-midi avait été pénible – Ramsey avait été incapable de jouer –, celle du soir fut mortifiante. Irina avait vu le jeu de son mari se déglinguer ; *elle ne l'avait jamais vu faire preuve de grossièreté*. Pourtant, une fois que O'Sullivan eut gagné par dix à zéro, Ramsey marmonna une phrase du genre : « Chochotte de mes deux ! » En tout cas, il s'en tira avec un avertissement, et serait expulsé du match au moindre « écart de comportement ». Quand il réalisa un remarquable break de 133 points, Ramsey ne tapota pas discrètement le bord de la table, comme le font les joueurs de snooker au lieu de tirer leur chapeau, mais roula des yeux. O'Sullivan répondait avec une grâce qui eût enchanté Amy Vanderbilt – laissant toujours délicatement la dernière noire sur le tapis après une série d'empochages – et les deux adversaires avaient donc échangé leurs rôles au détail près, comme si Ramsey ne cédait pas seulement la finale, mais aussi son âme. Par arrogance, Higgins avait défié les conventions courtoises du sport ; Ramsey agissait de même, mais par haine de lui-même.

Chez les garçons en T-shirt noir, seuls le G et le O firent une apparition. Après l'entracte, ils avaient suivi leur propre conseil et étaient partis.

Une fois le carnaval achevé, elle frappa doucement à la porte de la loge de Ramsey. Cette fois-ci il ouvrit. Il était encore hirsute, mais son visage tiré, couleur de cendre, était sombre. Malgré tout le jeu de scène avec la bouteille Highland Spring, il n'avait bu que de l'eau.

Il ne dit rien. Il la laissa enlacer son costume fripé, et l'entoura de ses bras sans vie. Elle posa sa paume contre sa joue, et lui assura qu'elle allait revenir ; dehors, elle informa les reporters que M. Acton était *indisposé*, et qu'il n'y aurait pas d'interviews après le match. Quand elle retourna dans la loge, Ramsey était toujours debout, immobile. Elle prit son blouson sur le divan, et le lui présenta. Il enfila les manches d'un air hébété. Tandis qu'ils se dirigeaient vers la limousine, et qu'elle repoussait les micros tendus, le fait que Ramsey ne protesta pas, selon le rite habituel, que même sa femme n'avait pas le droit de toucher à la ravissante *Denise* lui laissa une impression amère. Mais si elle n'avait pas pensé à prendre la queue, il l'aurait laissée par terre.

Hélas, la comédie n'était pas terminée. La finale du championnat du monde comporte au mieux trente-cinq manches, un marathon qui se déroule d'ordinaire en quatre sessions et deux jours. Ce dimanche soir, Ramsey accepta de manger dans leur chambre, portant à sa bouche la fourchette comme si c'était une bêche de fossoyeur. Il but beaucoup d'eau, et pas une goutte d'alcool. Il continua de se taire. Il dormit dix heures, agrippant Irina comme un oreiller, après quoi il se doucha, se rasa, et avala un petit déjeuner fortifiant qu'il ne parut pas apprécier. Il enfila méthodiquement son pantalon noir, sa chemise blanche et son gilet gris perle, fraîchement lavés et repassés par l'hôtel. Son nœud papillon était horizontal.

Quand il s'avança sur la scène pour la session de l'après-midi, il ne restait aucune trace de son imitation d'Alex Higgins de la veille. Son maintien était digne, son attitude polie. Le fait est qu'il joua extrêmement bien, gagnant à trois manches contre une avant l'entracte.

Mais la veille, Ronnie O'Sullivan était entré dans l'histoire du Crucible en remportant les seize premières manches *à la suite*. Il n'avait besoin que de deux manches supplémentaires pour décrocher le titre. Bien sûr, sur un plan technique, Ramsey pouvait encore gagner le championnat. Mais dès le début il avait perdu la seule manche qu'il pouvait se permettre de perdre, c'est-à-dire qu'il devait à présent gagner quinze manches d'affilée pour l'emporter. Même lors de la victoire inattendue la plus célébrée du snooker, la finale du Mondial de 1985, le terrier Dennis Taylor n'avait jamais eu plus de huit manches de retard sur le soi-disant insupportable Steve Davis.

Quand les joueurs émergèrent pour la deuxième moitié de la session, Irina imagina le commentaire que la BBC avait dû diffuser : l'admiration réticente de Clive Everton, qui avait dû se sentir profondément insulté par le manque d'esprit sportif de Ramsey la veille, concédant que cet après-midi Swish « avait un sacré cran ». Ramsey ne partit pas sans se battre. Sa forme était exquise, ses breaks substantiels. Il n'eut aucun accès autodestructeur de fanfaronnade au détriment de sa posture. Ses safeties étaient calibrées, ses snookers diaboliques. Il gagna encore trois manches d'affilée. Il offrirait à ces gens chic qui payaient pour le voir un excellent spectacle.

Mais il avait cinquante ans. Il n'était plus tout à fait le joueur qu'il avait été, et n'avait jamais été un surhomme. Dans la dernière manche de la session, il manqua de justesse une jaune extraordinairement difficile, et laissa Ronnie gagner. O'Sullivan acheva le break avec empochage de la noire. La poignée de main ferme et discrète de Ramsey, le sourire qu'il ébaucha en soutenant son regard pour le féliciter de son premier titre en championnat du monde parurent aussi sincères qu'on pouvait le souhaiter. Il était beaucoup trop professionnel pour pleurer comme un veau devant les caméras, mais sa femme était assez près de lui pour voir ses yeux briller.

Bien que Ramsey Acton eût défendu son honneur avec un score final de dix-huit à six qui lui évitait l'humiliation, il n'y aurait pas de quatrième session ; les détenteurs de billets pour la séance du soir pourraient demander des laissez-passer gratuits pour l'an prochain. Ce résultat était si inexorable que Jack Lance n'avait pas même pris la peine d'assister à la partie de l'après-midi.

La merveilleuse nouvelle qu'Irina reçut une quinzaine de jours après leur retour à Londres aurait donc pu tomber à un meilleur moment. À sa stupéfaction, un appel enthousiaste de Snake's Head l'informa que *La Manche et le Tournoi* venait d'être sélectionné pour le prestigieux Lewis Carroll Medal, un prix international de littérature enfantine qui avait la réputation de faire vendre grâce à son autocollant doré en relief sur la couverture. Elle ignorait comment son obscur volume avait pu retenir l'attention des membres du jury, car la moitié de son modeste tirage de deux mille exemplaires avait déjà été retournée en janvier. Le caractère inattendu de sa bonne fortune l'eût d'autant plus stimulée dans des circonstances ordinaires.

Le contexte était bien différent. Ramsey mangeait à peine. Il dormait de longues heures, et faisait des siestes l'après-midi. Il se plongeait encore dans des biographies de joueurs de snooker, et lisait *Snooker Scene* de la première à la dernière page, mais toujours avec un air renfrogné. Il disparaissait des heures d'affilée dans le sous-sol, refermant la porte derrière lui, et inspirait à sa femme un sentiment de malaise – du genre *qu'est-ce qu'il fabrique làdedans ?* –, quand il se retirait dans les toilettes pendant une éternité. La seule fois où elle franchit les remparts parce qu'on l'appelait au téléphone, elle le découvrit étalé sur le sol au milieu d'un amas de vis et de bords de table, le regard fou. « Si ça t'intéresse, Jack a organisé un match-exhibition », dit-elle ; et il railla, sans lever les yeux : « Je me suis déjà suffisamment exhibé, non ? » Comme elle demandait, intriguée, pourquoi une extrémité de la table était démontée, il marmonna vaguement : « Trop de rebond. Impossible de jouer sur cette table. » Elle eut l'impression d'avoir surpris Jack Nicholson en train de taper « Un tiens vaut mieux que deux tu l'auras » des milliers de fois dans *Shining*, et le laissa tranquille.

Aussi, plutôt que de dévaler les escaliers et de marteler la porte du sous-sol en le priant instamment de lui ouvrir, Irina reposa le combiné sur son support et retourna à la série de natures mortes en noir et blanc qu'elle était en train d'esquisser sur son carnet au rapidographe. Le léger sourire sur ses lèvres fut la seule célébration qu'elle s'autorisa.

Pendant une semaine, elle n'en dit rien – le moment ne semblait jamais approprié – et elle finit par admettre qu'elle redoutait de lui annoncer la nouvelle, et s'en voulait de sa réaction. Ramsey menait toute sa vie professionnelle sous les feux de la rampe. Même pour sa deuxième place au Crucible, il avait gagné presque cent cinquante mille livres, et bien qu'il le regrettât amèrement, sa performance avait été retransmise à la télévision. À présent que son talent à elle était reconnu, Irina se sentait obligée de le cacher.

Cependant, les organisateurs étaient désireux de fixer une date pour le dîner de remise du prix, auquel tous les candidats sélectionnés pourraient assister, et ils proposaient l'un des soirs de septembre, avant lequel Irina et son mari se rendraient en avion à New York, où ils seraient logés à l'hôtel. Elle devait leur fournir une réponse, et indiquer également si Ramsey souhaitait l'accompagner. Fin mai, au Best of India, pendant un dîner jusque-là dénué d'éclat (la règle du riz complet-légumes faisait qu'il mangeaient dehors presque tous les soirs), Irina révéla la chance qui s'offrait à elle.

Elle prétendit avoir appris la nouvelle le jour même, ce qui rendit un peu artificielle sa joyeuse stupéfaction. Elle s'empressa d'ajouter que, bien sûr, elle ne pensait pas gagner le prix – ce qui était sans doute la vérité – mais que le fait d'avoir été sélectionnée aurait pour résultat la vente de « quelques » exemplaires supplémentaires. Après tout, dit-elle, le Lewis-Carroll Medal était peut-être d'envergure « internationale », mais il provenait de Manhattan ; l'éventualité qu'il fût accordé à un livre traitant d'un sport que les

Américains confondaient avec le jeu de petits chevaux était négligeable.

Ramsey l'embrassa par-dessus la table, fila dans le magasin voisin de vins et spiritueux d'où il rapporta une bouteille de champagne ordinaire, et proposa d'organiser un dîner d'un coût exorbitant pour fêter l'événement un autre soir. Cependant, quand elle expliqua que *La Manche et le Tournoi* n'obtiendrait jamais le prix, il en convint – se lançant dans un discours amer de plus sur l'ignorance sidérante du snooker à laquelle il s'était heurté à Brighton Beach. Il lui assura qu'il l'accompagnerait en septembre à la cérémonie – à condition qu'elle n'interférât pas avec le Royal Scottish Open. Au bout de quelques minutes à peine, leur discussion dévia sur les tournois auxquels Ramsey participerait la saison prochaine, et la bonne nouvelle fut oubliée.

La semaine se poursuivit, le temps passa, ils dînèrent dehors de nombreuses fois, mais pas officiellement pour célébrer la sélection de son livre, et la promesse de Ramsey ne se concrétisa pas vraiment.

Bien entendu, pendant qu'elle s'habillait pour la réception à l'hôtel Pierre de la Cinquième Avenue, Irina se sentit nerveuse, mais l'intensité de son appréhension paraissait disproportionnée. Elle s'était répété encore et encore qu'être sélectionnée était suffisant et persuadée que *La Manche et le Tournoi* ne décrocherait jamais le Lewis-Carroll Medal. Applaudir, sourire et feindre une euphorie peu crédible pour le compte d'un autre serait une épreuve, mais de courte durée et facile à surmonter. L'origine de son agitation tandis qu'elle tentait de coiffer sa chevelure rebelle n'avait donc guère de rapport avec une possible déconvenue.

Par une heureuse ou infortunée coïncidence, selon le point de vue d'où on se plaçait, Lawrence Trainer se trouvait à New York la même semaine – pour assister à une ennuyeuse conférence intitulée « La croissance de la société civile globale ». Il était depuis longtemps son plus fidèle supporter, et les quatre années qui s'étaient écoulées depuis leur séparation avaient transformé l'amant plaqué en camarade. Il avait paru si heureux pour elle au mois de mai, quand elle lui avait appris par courriel la nouvelle de sa sélection pour le Lewis-Carroll Medal (la présence constante de Ramsey à la maison avait exclu les confidences autour d'une tasse de café près de Blue Sky pendant toute la durée de l'été). D'ailleurs, c'était sa réception. Elle avait donc invité Lawrence à venir ce soir, et il avait accepté.

Irina aurait pu maintenir sa décision sans regret si elle avait informé Ramsey très à l'avance que Lawrence viendrait au dîner de remise du prix et refusé toute discussion, ou même si elle avait donné à son mari l'illusion d'être consulté sur le sujet avant de lancer l'invitation. Mais non. Tous les soirs d'août où elle avait envisagé d'évoquer avec Ramsey la présence de son « camarade », elle s'était sentie défaillir – mais pas autant que ce soir, une demi-heure avant le début de la réception et la belle surprise qui attendait son époux.

Pour empirer les choses, l'un des cinq autres auteurs sélectionnés était son ex-femme.

« Cette robe montre presque tout, lapin, dit Ramsey derrière elle, tandis qu'elle arrangeait ses cheveux devant le miroir de la coiffeuse. L'ourlet dépasse ta foufoune de cinq centimètres à peine.

— Continue de me casser les pieds, et je l'enroule autour de ma taille. »

Il glissa un doigt dans son décolleté. « Tu comptes mettre une veste ?

— Bien sûr », répondit Irina. Elle avait appliqué son eye-liner d'une main si tremblante qu'elle ressemblait à Boris Karloff. « J'ai dépensé deux cents livres pour cette robe, et je vais la cacher sous un grand sac de jute.

— Non, tu vas descendre à moitié à poil, et tous les branleurs du coin voudront te sauter.

— Avant, ça te plaisait que je sois sexy. » Bon sang, rien ne changeait donc jamais ? Il lui rappelait Lawrence.

« Ça me plaît que tu sois sexy… enfermée dans un placard avec un cadenas. »

Elle se détourna de la glace comme il enfilait sa veste et s'exclama : « Waouh ! » Elle s'était habituée à son costume de joueur de snooker, mais l'avait rarement vu en smoking. « C'est toi qu'il faut enfermer dans une penderie. »

Il faudrait beaucoup plus de compliments encore pour apaiser son mari. Ils avaient partagé un grand nombre de chambres d'hôtel, mais c'était la première fois qu'ils remplissaient la fiche au nom d'Irina. Ramsey s'était hérissé quand le porteur l'avait appelé « M. McGovern », et hier, son anonymat abrupt à l'arrivée à JFK l'avait défrisé. En ouvrant le passeport de *Ramsey Acton*, l'employé de l'immigration n'avait pas haussé un sourcil, et son « Bienvenue aux États-Unis » n'avait pas différé d'un iota de la formule qu'il resservait à tous les touristes de la queue.

« Si tu n'arrêtes pas de marcher de long en large, dit-elle, nous allons être pénalisés à cause des marques sur la moquette. Tu es nerveux à l'idée de revoir Jude ?

— Pas particulièrement. Mais je suppose qu'en te voyant attifée comme ça elle va être jalouse.

— Pourquoi ? Elle a divorcé.

— Les poules n'aiment pas qu'on apprécie leurs déchets. C'est comme quand tu fouilles dans les ordures de quelqu'un et que tu trouves une bricole en bon état. Tout d'un coup elles se disent : *Hé, rends-moi ça ! Cette bricole est en parfait état de marche !*

— Je crains que Jude ne pense qu'on sortait ensemble quand tu étais encore marié avec elle.

— *Et alors ?* » Ramsey glissa les paumes dans le creux de ses hanches. « On s'en fiche. »

Irina était si préoccupée par l'arrivée de Lawrence Trainer qu'elle n'avait guère pensé à Jude Hartford – elle ne l'avait pas croisée depuis leur brouille, cinq ans plus tôt. Quand ils descendirent dans l'ascenseur doré, la rencontre avec cette femme était imminente. La plupart des gens réagiraient à une situation inconfortable de cette nature en prenant les choses de haut – la félicitant mollement d'avoir été sélectionnée, sans faire la moindre allusion aux querelles passées, ni même au fait incongru que Jude et Ramsey avaient été mariés, et en présentant un front uni de bonheur conjugal sans faille. Mais l'embarras en société provoquait toujours chez Irina une bizarre incontinence qui la poussait aux aveux, et au bout de quelques minutes elle était capable de lâcher que Ramsey était d'une jalousie maladive, s'était sans doute mis à trop boire, et se disputait pour un oui ou pour un non – alors que son interlocutrice ne manquerait pas d'utiliser le moindre renseignement désagréable pour salir Irina dans son dos.

Cramponnée à la main de Ramsey, Irina pénétra dans la salle de réception, repérant Jude à l'autre bout de la pièce, près de la table des boissons – mais dans ce caftan ivoire qui descendait jusqu'au sol, on aurait pu la confondre avec une tente-buvette. Jude se tourna vers l'entrée dans un tourbillon, et son expression de joie stupéfaite mit une fraction de seconde à se figer sur ses traits. Tel Lawrence d'Arabie avançant sur Aqaba, Jude s'élança les bras ouverts, et quand elle vit s'approcher ce derviche, Irina craignit de laisser paraître l'horreur sur son visage.

« Ma chérie ! » Jude étouffa son ex-amie dans un scintillement de soie synthétique haut de gamme. « Tu es *splendide* ! » « Toi aussi », répondit Irina d'une voix ténue. Les flots de tissu ne parvenaient pas à dissimuler que Jude avait grossi. Pourtant il émanait toujours d'elle cette hystérie particulière – la quête désespérée d'une beauté de la vie qui, telle une chèvre, lui échappait à l'instant même où elle croyait la saisir. « Et Ramsey ! Ce cher homme ! » Elle posa les lèvres sur son front, comme si elle lui donnait sa bénédiction. « *Jude* », répondit-il. Tout était dit.

Un homme grand et fort s'avança derrière elle. Il émanait de lui une langueur – ne-comptez-pas-sur-moi-pour-faire-l'effort-d'être-agréable – en général associée à l'argent. Quand Jude présenta pompeusement Duncan Winderwood comme le « dépositaire de (sa) tendresse », il déclara : « Je suis *infiniment* enchanté de faire votre connaissance », avec un accent snob et avec ce raffinement aristocratique destiné non à vous assurer de son amitié, mais à vous écraser de sa supériorité. Il inspira à Irina une antipathie immédiate, et elle vit qu'il s'en moquait. Étant britannique, Duncan était, dans la salle, le seul qui connaîtrait presque certainement Ramsey Acton, mais son échange avec son époux fut bref et neutre.

« Quelle coïncidence, dit Irina au hasard. Pour le Lewis-Carroll Medal.

— Foutaises ! Pour être honnête, ce n'est pas une coïncidence ! s'écria Jude, riant entre les mots. Le talent perce au grand jour ! *Le talent perce au grand jour !* » Elle semblait avoir oublié qu'elle avait critiqué le travail « plat » et « sans vie » d'Irina.

« Le mien n'aura sûrement pas le prix, reprit Irina. Le sujet est trop obscur. » À côté d'elle, Ramsey changea de position, et elle ajouta aussitôt : « Aux yeux des Américains, je veux dire.

— Pour être honnête, j'ai bien ri quand j'ai vu que tu avais illustré un livre sur le snooker, intervint Jude.

Autrefois, tu ne trouvais pas que c'était un sport assommant ?

— J'ai fini… par m'y intéresser beaucoup, répondit faiblement Irina.

— Je suppose que tu n'as guère eu le choix ?

— Toi, t'avais choisi, l'interrompit brutalement Ramsey, s'imposant dans la conversation. Tu débinais ma profession à tout bout de champ.

— Je crois que Ramsey essaie de nous dire, traduisit Irina, que nous avons tous besoin d'un verre. »

Revigorée par un verre de vin rouge qui menaçait de se renverser sur toute cette toile à voile immaculée, Jude s'exclama : « J'ai été bluffée quand j'ai lu que vous vous étiez mariés, tous les deux !

— Nous avons été les premiers surpris, répliqua Irina avec détermination. J'espère que tu n'y vois pas d'inconvénient.

— Un inconvénient ? Pour être honnête, peut-être qu'autrefois nous aurions dû échanger nos places à la table du dîner, ça nous aurait épargné beaucoup d'ennuis ! » Le tic de langage de Jude commençait à s'user, même si l'expression *pour être honnête* s'était répandue comme une poussée d'herpès génital dans la bourgeoisie britannique. De même que son équivalent redoutable chez les jeunes – *tu vois ce que je veux dire ?* – exprimait un doute persistant et souvent justifié sur la maîtrise de l'anglais, l'insertion répétitive de *pour être honnête* semblait impliquer qu'à moins d'avoir été informé du contraire, on pouvait être sûr que son interlocuteur mentait.

« Ramsey, mon vieux, continua-t-elle, je crains d'avoir manqué quelque chose dans le carnet mondain du *Guardian*. Tu ne fais pas plus de quarante-neuf ans, chéri, mais tu en as cinquante depuis l'an dernier, non ? J'aurais cru que tu louerais le Savoy pour la haute société.

— On voulait pas de chichis », répliqua-t-il d'un air sombre. L'été dernier, pour ses cinquante ans, Irina avait pris pour argent comptant la requête de Ramsey, qui « n'avait pas envie d'en faire tout un ramdam », et elle avait reproduit le dîner de sushis aux chandelles qui l'avait tant impressionné en 1995. Il n'avait cessé de lancer des regards furtifs autour de lui, comme si une centaine d'invités-surprises allaient surgir de l'ombre. Elle n'avait pas su déchiffrer les signaux qu'il lui avait adressés – *non* signifiant *non* uniquement dans les cas extrêmes.

La salle se remplissait, et les organisateurs de l'événement entraînèrent les deux couples à l'écart pour leur présenter les directeurs de la fondation, les journalistes, et les membres du jury. Irina lut le regret dans leurs yeux (désolés, mais nous n'avons pas voté pour vous), mais ils couvrirent d'éloges *La Manche et le Tournoi*, vantant la vivacité des coloris, la gaieté de son matériau… Irina, privée d'encouragements substantiels pendant presque toute sa carrière, resta sourde à cet hommage. Les compliments étaient pleins de calories vides, comme le pop-corn.

Elle expliqua au groupe que le rouge du rouge à lèvres, le jaune citron et le vert crème reproduisaient les billes de snooker le plus fidèlement possible. « En fait, ajouta-t-elle, le snooker a démarré au Royaume-Uni grâce à l'avènement de la télévision couleur. La BBC avait besoin d'une programmation colorée, au sens littéral. L'émission *Pot Black* a été créée alors, les joueurs sont devenus des vedettes nationales, et ce qui a commencé comme un jeu déstructuré d'amateurs s'est organisé, avec des classements et des tournois avec de gros enjeux financiers. »

Jude eut une expression de pitié : *Ma pauvre chérie, on t'a fait un lavage de cerveau.*

« Ramsey – Irina l'attira près d'elle – est une star de *Pot Black* depuis le début. » Hélas, elle ne fit que le mettre dans l'embarras. Les autres se contentèrent de s'exclamer : « Ah, vous êtes un joueur de snooker ! » Et il répondit : « Ouais. » Silence.

Au milieu de ce fiasco, Lawrence fit son entrée.

Irina aurait pu aussi bien inviter un tueur kamikaze des Territoires palestiniens, ou le masque de la Mort rouge. Mais dès qu'elle croisa les yeux noisette de Lawrence à l'autre bout de la pièce, ils s'emplirent d'une telle chaleur qu'elle oublia momentanément l'importance de son erreur. Les iris gris-bleu de Ramsey se déployaient tel l'océan, l'entraînant dans leur sillage, mais ils avaient aussi le pouvoir terrifiant de se figer comme la glace. Malgré le mépris que la bouche de Lawrence laissait souvent paraître, ses yeux d'un ocre brun si particulier n'exprimaient qu'un nombre limité d'émotions : la tendresse, la gratitude, la peine, et le besoin. Quand ils vivaient ensemble, elle s'était souvent irritée de son aspect négligé ; aujourd'hui, le Dockers noir familier et la chemise élimée à col boutonné sans cravate la firent sourire. Tout ce qui l'avait autrefois agacée chez lui l'enthousiasmait à présent. Elle aimait son humilité foncière, qui cadrait si peu avec les fanfaronnades de l'expert de haut niveau. Elle aimait sa posture avachie, mal assurée. Lors d'un événement de cet ordre, on pouvait toujours compter sur lui pour trouver sa place ; il était à l'aise dans n'importe quel milieu. Elle aimait sa rigueur et sa discipline, qui camouflaient sa terreur noire de la gloutonnerie, de l'intempérance et de la paresse qui s'ensuivraient s'il s'écartait du droit chemin. Lawrence était réellement capable de se féliciter de la bonne fortune d'autrui, et quand il s'approcha, tout son être rayonnait de joie. Enfin, alors qu'elle avait depuis longtemps perdu le désir de le dépouiller de ses vêtements, elle aimait toujours son visage. Elle aimait ses traits ciselés, son air égaré, sa beauté.

Pour Ramsey, le fait qu'elle eût invité Lawrence était aussi impardonnable que son expression de joie quand elle le vit entrer. Lorsqu'elle jeta un regard à son mari, ses yeux étaient de glace.

Lawrence l'embrassa timidement sur la joue. « Bravo !

— Merci », dit-elle. Ramsey entoura ses épaules de son bras gauche, meurtrissant sa chair. « Ramsey ? Lawrence est de passage à New York, alors je lui ai proposé de venir.

— Il est *de passage* à New York. Quel heureux hasard !

— Hé, Ramsey ! » Lawrence lui serra la main chaleureusement. « Sans rancune. Je suis vraiment content de te voir.

— Anorak Man », répondit Ramsey. Pour Irina, le sobriquet sonnait comme une insulte ironique, c'était le signe de son refus à gratifier son ancien compagnon d'un vrai nom ; pour Lawrence, l'emploi du diminutif ravivait inévitablement un peu de l'affection qui avait autrefois inspiré son auteur. Mais Ramsey se refusait à éprouver la moindre sympathie pour son ancien ami. Il souhaitait encore moins affronter l'horrible vérité, à savoir que Lawrence Trainer était un homme charmant.

« Hé, bravo pour ta qualification à la finale de Sheffield ! dit Lawrence. Ça en fait combien ? Huit ?

— Tu devrais le savoir. » Ramsey arrivait à peine à parler, tant cette conversation le rendait furieux. « C'est toi l'expert. »

Sa main gauche continuait de malaxer l'épaule d'Irina. Exaspérée, elle dit : « Lawrence, je vais te chercher un verre de vin », se dégageant discrètement de l'étreinte de son mari. En science-fiction, la collision d'univers parallèles met souvent en péril l'intégrité moléculaire du monde entier, à présent elle savait pourquoi.

« Écoute », dit Lawrence tout bas près du bar. Six mètres séparaient les deux hommes, et les particules atomiques de la pièce retombèrent. « J'ai jeté un œil aux autres concurrents chez Barnes & Noble. Ma chère, c'est du gâteau ! Les autres sont nuls ! Je veux dire, si tu lisais le boulet à chier que Jude a écrit ! Et maintenant que je la vois, *boulet* est le mot juste. Quand j'ai vu le titre, j'ai attrapé une hernie ! »

Dans *L'Enfant en surpoids*, une petite fille grassouillette est amoureuse d'un camarade d'école et, pour gagner ses faveurs, fait toutes sortes de régimes. Elle est tout le temps affamée et la gamine joyeuse devient grognonne. Le *dépositaire de sa tendresse* avoue enfin en pleurnichant qu'il s'était lui aussi entiché d'elle, avant qu'elle devienne aussi désagréable. Imaginez, il les aime bien potelées. La fillette apprend à manger correctement et à aimer son corps, même si elle ne peut espérer devenir mince un jour. Tout est bien qui finit bien.

« Tu sais, Ramsey n'a pas eu l'air très content de me voir arriver, dit Lawrence. Je peux juste boire un verre et m'en aller. Je ne veux pas tout gâcher. C'est ta soirée.

— *Davaï gavorit po rousski, ladno ?* demanda-t-elle, et elle poursuivit à mi-voix : Oui, c'est ma soirée. Ce qui signifie que j'ai le droit de t'inviter si j'en ai envie. Et ta place est ici. Tu m'as encouragée à poursuivre ma carrière d'illustratrice pendant des années difficiles. Je t'en prie, ne pars pas. S'il te plaît …

— Je resterai si tu me le demandes, lui assura-t-il. Mais pourquoi est-il si nerveux, après toutes ces années ? » Le russe de Lawrence était d'une surprenante fluidité.

— *Mojet byt potomy chto on vidit chto yavsyo yechko tebya lioubliou.* »

Embarrassé, Lawrence passa de nouveau à l'anglais. « Tu m'aimes seulement d'une certaine manière. Peut-être devrais-tu lui dire que je vais me marier. Ça le calmerait. »

Irina inclina la tête. « Ça serait un mensonge ?

— *Niet* », dit doucement Lawrence.

Irina fixa ses orteils avant de lever de nouveau les yeux. « Félicitations. Je suppose que c'est une bonne nouvelle. » Elle n'aurait pas dû le formuler ainsi, mais elle n'avait pas pu s'en empêcher.

— *Da, na samom dele*, dit-il avec ferveur. Une très bonne nouvelle. J'espère que tu ne m'en voudras pas que toi et moi… que nous ne nous soyons jamais… mariés, mais nous aurions peut-être dû, et cette fois je vais faire les choses bien.

— Lawrence Trainer ! hurla la tente-buvette. Vous voilà réunis, comme au bon vieux temps ! Notre ancien quatuor est de retour ! Un peu embrouillé, mais rien de bien grave.

— Bonjour, Jude », répondit Lawrence d'un ton las. Il n'avait jamais supporté Jude Hartford.

Elle présenta Duncan, et le dandy débita son baratin de somnambule, disant qu'il était absolument enchanté de rencontrer un nouvel invité dont il n'avait rien à foutre. Lawrence riposta du tac au tac : « Moi aussi, je suis terriblement, terriblement ravi de faire ta connaissance, mon pote », imitant à merveille l'accent de l'aristo. Pour la première fois depuis son arrivée, une lueur éclaira ces yeux glauques, et Duncan parut se réveiller.

« Ça alors, dit-il. On se fiche de moi, hein ?

— Pigé », répliqua Lawrence, et il lui tourna le dos.

« Je t'adore, murmura Irina.

— Autrefois tu m'adorais, dit-il d'un ton léger. Et pourquoi pas ? Je suis adorable. » Une tension avait disparu en lui – la revoir ne le faisait plus souffrir –, et Irina se rendit compte qu'il avait fini par tourner la page.

Au dîner, servi dans la salle attenante, les concurrents du Lewis-Carroll et leurs compagnons furent réunis autour d'une grande table ronde. Par malchance, Irina était placée entre Ramsey et Duncan. Lawrence se trouvait tout près, et Irina le surveilla mélancoliquement du coin de l'œil, remarquant avec quelle facilité il engageait une conversation animée avec ses voisins de table. Sur la politique, sans aucun doute – le Népal, la Tchétchénie, qui sait ? Bizarre, autrefois sa façon d'occuper le terrain en société l'avait irritée ; aujourd'hui, elle était complètement sous le charme.

Quand elle l'interrogea sur la nature de son travail, Duncan répondit qu'il « boursicotait » ; en d'autres termes, la reine et lui s'étaient partagé la meilleure partie de l'Angleterre. « On ne peut pas dire que je m'intéresse beaucoup à la finance », dit Irina et il répliqua : « C'est ce qui fait tourner le monde, ma chère », à quoi elle rétorqua : « Pas le mien. » Il n'y a rien de plus réfrigérant que la condescendance réciproque, et Irina, qui ne baissait jamais les bras dans ce genre de situation, conclut abruptement que la vie était trop courte.

Mais Ramsey ne fit pas grand-chose pour la tirer de ce mauvais pas. Il était figé sur sa chaise. Son verre de vin était vide, et, au regret d'Irina, les serveurs s'empressèrent de le remplir de nouveau. Elle avait épousé un homme qui détestait parler de banalités, et ne se sentait jamais à l'aise à l'extérieur du monde raréfié du snooker, mais son numéro de poisson-hors-de-l'eau de ce soir était excessif, même pour quelqu'un d'aussi peu sociable. Bien avant que l'arrivée d'un certain invité eût révélé le grand péché d'Irina, il n'avait adressé la parole à pratiquement personne, et jusqu'ici elle avait l'impression de traîner avec elle une plante verte.

« Je déteste quand on prépare cette sorte d'entrée avec une cuillerée de mayonnaise. »

Ramsey la considéra d'un air incrédule.

« La terrine de saumon n'est pas mauvaise, continua-t-elle dans le vide, si on gratte le dessus. »

Un serveur emporta l'assiette intacte de Ramsey. Il ne toucha pas non plus au plat principal, et des regards méfiants se tournèrent vers lui.

« C'est un peu embarrassant que tu ne manges rien, chuchota-t-elle.

— Moi, je t'embarrasse ? » marmonna-t-il d'un ton amer.

Gâchant sa soirée, elle demanda alors : « Bon. Qu'est-ce qu'il y a ?

— Tu m'as humilié. »

Le reste de la tablée ayant décidé d'ignorer ce couple distant, elle parviendrait peut-être, avec un peu de chance, à étouffer leur querelle sous les bavardages. « J'aurais cru que la sélection du livre de ta femme pour un prix prestigieux t'aurait rempli de fierté. Je me suis trompée.

— Ça, oui. Compte là-dessus ! » Haussant un sourcil, le serveur remporta son assiette, tandis qu'un autre remplissait son verre à ras bord.

« Cette grève de la faim aurait-elle un rapport quelconque avec la présence de Lawrence ?

— À ton avis ? »

Les garçons débarrassèrent le reste de la table, et Irina croisa le regard de Jude. Lorsqu'elle avait imaginé une rencontre fortuite avec son ancienne amie, Irina s'était vu offrir l'image du couple bien assorti et follement amoureux qu'elle formait avec Ramsey. Voici comment se comporte Ramsey Acton quand il a trouvé la femme idéale, aurait-elle insinué : il est détendu, épanoui, parfois hilare, et exquis au lit. Dans ce sens, et seulement dans ce sens, Irina eût aimé rendre jalouse Jude Hartford. Mais à cet instant une pitié dédaigneuse luisait dans ses yeux. Ce n'était pas un homme nouveau, concentré, maître de lui, joyeux, qui avait appris, même tardivement, à mordre dans la vie à belles dents ; c'était le Ramsey que Jude ne connaissait que trop bien. Son visage rayonnait du soulagement béat d'avoir réussi à se débarrasser du Pouilleux de son jeu.

La cérémonie commença sur l'estrade, le directeur de la fondation Lewis-Carroll présentant chaque concurrent avec une brève biographie de l'auteur et de l'illustrateur. Quand ce fut le tour du livre d'Irina, Ramsey continua de marmonner d'un ton furieux qu'il était déjà « assez calamiteux » qu'elle eût invité Anorak Man à un dîner officiel, mais qu'il était particulièrement scandaleux d'exhiber « l'état bordélique de son mariage » devant son ex-femme. Comme il se penchait vers son oreille, sa tête bloquait la vue des projections de *La Manche et le Tournoi*.

« Lawrence a été un supporter actif de ma carrière », murmura-t-elle – il était de plus en plus impossible de cacher leur dispute. « Sa présence est tout à fait opportune.

— Ce qui est *opportun*, ronchonna Ramsey, c'est que tu te ramènes à une fête avec ton mari, point barre. Et qu'est-ce que tu penses de ton pote qui s'en prend à moi à propos de la finale du Mondial ?

— Il s'en est pas pris à toi, il t'a félicité d'avoir été qualifié pour la finale ! »

Quand le directeur de la fondation demanda l'enveloppe, le chuchotement de Ramsey était si proche qu'elle avait mal à l'oreille. « Il m'a fourré le nez dans les deux premières sessions, avec un clin d'œil du genre *j't'ai vu tomber sur le cul, j't'ai regardé te faire baiser*...

— Arrête ! » Elle se contrôlait depuis une heure, s'efforçant de contenir les eaux d'un barrage en plantant le doigt dans la digue, mais elle lâcha prise, et fondit en larmes.

« J'ai vu ton visage ce soir, continua Ramsey sans se démonter. Tout ému, tout tremblant. Les papotages secrets en russe. Tu es encore amoureuse de lui ! Tu es amoureuse de ce mec, et notre mariage est une comédie ! »

Les applaudissements crépitèrent, puis le public se leva pour une ovation. Essuyant ses yeux en hâte, Irina se mit debout et tira Ramsey avec elle, bien que l'annonce du nom du gagnant lui eût échappé. Ce n'était pas très joli, mais elle espéra que ce n'était pas Jude, et éprouva un soulagement coupable quand elle la vit battre des mains avec les autres. Pour sa part, Irina manquait d'enthousiasme. Elle avait redouté de devoir feindre la joie face au succès d'un autre concurrent, mais à présent elle était très heureuse... que cet événement cataclysmique fût bientôt terminé. Cependant, l'ovation parut durer un temps odieusement long, et quand elle regarda autour d'elle, tous les autres candidats applaudissaient, lui adressant des paroles qu'elle ne comprenait pas. Le calme revint enfin ; tandis que quelques invités plus âgés se rasseyaient, tous les autres restèrent debout. Grand bien leur fasse, se dit Irina, qui, épuisée, montra l'exemple en s'affalant sur sa chaise.

« Madame McGovern, commença le directeur – et le public pouffa, mal à l'aise. D'après nos informations, personne d'autre n'a été désigné pour accepter la médaille à votre place. »

Le visage d'Irina s'enflamma. Elle avait des picotements dans tout le corps. Elle lança un regard circulaire à la table pour s'assurer qu'elle avait bien compris, et tout le monde lui sourit en hochant la tête d'un air entendu. Elle repoussa sa chaise d'un geste mal assuré et gravit les marches humblement. L'officiant lui accrocha au cou un disque doré de la taille d'une sucette.

« Mm... merci », bégaya Irina trop près du micro, qui grésilla. Elle avait la tête vide, ou presque. Il y avait une seule personne qu'elle voulait remercier. Un seul être qui l'avait soutenue pendant les années de vaches maigres. Il l'avait toujours encouragée à croire en son talent, il s'était émerveillé devant ses dessins à la fin de sa dure journée de travail. Et parmi tous les gens réunis ici, c'était le seul qu'elle ne devait pas saluer si elle voulait se préserver. Très bien, mais elle ne rendrait pas non plus hommage à l'homme qui venait de gâcher son succès. Elle se contenta de dire merci, et repartit chancelante.

Dans la vague de poignées de main qui suivit, Lawrence se tint humblement à l'écart. Quand ce fut enfin son tour de la féliciter, il essaya de lui serrer simplement la main comme les autres, mais elle l'en empêcha et le prit dans ses bras. Elle espérait que ses yeux rouges et bouffis feraient croire qu'elle avait versé des larmes de joie, mais quand ils se séparèrent il fixa attentivement son visage ; il n'avait pas vécu près de dix ans avec elle pour rien. Se tournant vers Ramsey, planté à ses côtés avec autant d'entrain qu'un porte-parapluies, Lawrence se retint visiblement de l'attraper par les revers de sa veste.

« Si tu la traites mal, dit-il entre ses dents, bouillant de rage, je te casse la gueule. » Il effleura la tempe d'Irina, et disparut.

Un geste touchant de galanterie, mais qu'elle paierait cher.

« Tu es soûl, dit Irina dans l'ascenseur. Nous n'en parlerons pas maintenant.

— Vraiment, et quand ma princesse daignera-t-elle reprendre notre conversation ?

— Si nous devons poursuivre ce désagréable échange, nous ne le ferons qu'à notre retour à Londres. D'ici là, je me fiche de ce que tu pourras dire, je ne participerai à rien. »

Elle tint parole. Elle resta stoïquement sourde aux multiples tentatives de Ramsey pour la faire sortir de ses gonds, et le seul son qu'elle émit dans la chambre d'hôtel fut le crissement du fil dentaire et de la brosse à dents. Elle retira sa robe et son collant, puis se glissa dans le lit. Quand elle tendit la main pour éteindre, Ramsey demanda plaintivement : « Tu me dis même pas bonne nuit, lapin ? » Le claquement sec de l'interrupteur lui répondit. Quand leur relation devenait houleuse elle avait toujours des insomnies, mais ce soir-là elle s'endormit d'un coup, comme si elle avait sauté du haut d'un gratte-ciel pour atterrir sur le trottoir.

Le lendemain, elle avait prévu de prendre un café avec sa sœur, et quand elle quitta la chambre Ramsey n'avait pas encore ouvert les yeux, cuvant les innombrables bouteilles de vin qui avaient remplacé le rosbif du dîner. Le tête-à-tête rapide avec Tatiana était censé compenser l'absence de leur mère à la réception du Lewis-Carroll. En outre, sa sœur avait décliné l'invitation, prétextant que Raïssa lui aurait reproché de prendre le parti d'Irina. Elles se retrouvèrent dans un Starbucks sur Broadway, et Irina fut heureuse que Tatiana n'eût pas assisté à la réception de la veille. Sa sœur était une alliée peu fiable, et eût été enchantée de décrire à leur mère le comportement dissolu de Ramsey, qui semblait confirmer tout ce que Raïssa avait perçu dès les premiers instants.

« Tu n'as pas l'air tellement contente, observa Tatiana après les embrassades habituelles. Pourtant, j'ai lu dans le *Times* de ce matin que tu as gagné le prix.

— Eh bien, comme on dit, gagner n'est pas tout. » Irina devrait réprimer son envie de se confier ; les commérages iraient bon train à Brighton Beach. « En fait, c'est un peu une déception. D'obtenir ce que tu as toujours désiré.

— Ça ne serait pas plus décevant de perdre ?

— Oh, sans doute. Je prendrai un cappuccino. Et un muffin. Je meurs de faim. »

Tandis que Tatiana allait chercher la nourriture, Irina se dit que Lawrence était la seule personne à qui elle avait envie de se confier ; savoir qu'il se trouvait en ce moment même quelque part dans cette grande ville était une torture. De toute façon, ça n'aurait rien changé. Désormais, elle devrait se passer définitivement de ses conseils.

« J'ai un potin, s'exclama-t-elle vivement. Lawrence se marie.

— Pas possible ! Avec qui ? »

Irina fronça les sourcils. « Zut, j'ai oublié de demander.

— Ton potin ne vaut pas grand-chose, grande sœur. Comment tu prends ça ? »

Irina inspira profondément. « Je suis heureuse pour lui. *Très* heureuse.

— Tu es sûre ? Tu n'en as pas l'air.

— Oh… Je suppose que ça me rend un peu triste, reconnut prudemment Irina – une litote grossière qui transformait en farce ce cœur-à-cœur. C'est si définitif. Une époque révolue. Peu importe qui c'est, en tout cas elle a beaucoup de chance.

— Comment tu l'as découvert ?

— Lawrence est venu hier soir. Je l'avais invité, puisqu'il se trouvait à New York de toute manière.

— Ce n'était pas horriblement gênant ?

— Oh, pas du tout ! s'écria Irina avec chaleur. Ramsey sait si bien se comporter en société, et nous sommes tous des adultes. En fait, Ramsey a paru enchanté de voir Lawrence, et il m'a été reconnaissant d'avoir pensé à le prévenir. Ils se sont toujours appréciés. Deux secondes après, ils étaient en train de discuter de snooker, comme au bon vieux temps.

— Comment ça va, avec Ramsey ?

— Bien, répondit Irina d'un ton neutre – puisqu'elle avait pris le parti de mentir, elle décida de le faire avec panache. Il était aux anges quand j'ai reçu la médaille, hier soir. Il n'arrêtait pas de faire mon éloge aux gens. J'étais embarrassée. J'ai essayé de lui rappeler que c'était vulgaire de vanter les mérites de sa propre épouse, mais il était si fier qu'il ne voulait pas m'écouter. Il a juré de fêter ça à notre retour. » Ce qu'il ferait, en un sens.

Quand elles se séparèrent, après avoir donné des nouvelles de Dmitri, de Raïssa et des enfants, Tatiana pencha la tête. « Je ne comprends toujours pas. Tu es amoureuse, tu as gagné un grand prix... et on dirait que tu es à l'article de la mort. Tu as un visage tourmenté.

— C'est le maquillage. J'ai mis de l'eye-liner hier soir et j'ai dormi avec. Ça me donne des yeux de fantôme.

— Achète du cold-cream, alors !

— D'accord », marmonna Irina, qui doutait que l'inquiétude détectée par sa sœur s'effaçât aussi facilement.

Irina rentra au Pierre en fin d'après-midi. Ramsey s'était douché et avait fait les bagages. Il semblait avoir saisi le programme et, comme elle, ne prononça pas une parole. Quand il croisa son regard, un éclair de colère brilla dans ses yeux. Elle refusa absolument de céder à son charme. Tandis qu'elle se réfugiait dans les formalités de départ à la réception, elle serrait si fort les dents qu'elle en eut la migraine. Dans le taxi pour JFK, la salle d'embarquement du terminal 4, et la cabine du 747, ils respectèrent le protocole, ne disant que le strict nécessaire au chauffeur et aux hôtesses de l'air, sans s'adresser un mot. Le lendemain, à dix heures du matin heure de Londres, lorsqu'ils remontèrent à bord de la Jaguar garée dans le parc de stationnement de Heathrow, ce mutisme était devenu habituel, presque reposant.

Sur le chemin du retour, Irina lui fit signe de s'arrêter pour acheter du lait – un geste prévoyant. La porte de Victoria Park Road qu'elle referma derrière elle ne se rouvrirait pas avant deux jours.

« J'attends toujours tes excuses », annonça-t-elle dans le vestibule, dos à la porte.

Ramsey le prit de très haut, beaucoup plus qu'il n'était nécessaire. « Le jour où ça arrivera, ma poule aura les cheveux blancs. Et moi je les aurai quand, mes excuses ?

— Quand les poules auront des dents », répliqua-t-elle, se glissant près de lui pour aller ranger le lait dans le réfrigérateur.

Rétrospectivement, la querelle avait sans doute tourné au marathon parce qu'elle s'était écartée du schéma classique. D'habitude, Ramsey lançait une accusation ; Irina se défendait ; il répétait ses griefs. La monotonie du processus finissait toujours par le lasser. Mais cette fois, Irina avait pris l'initiative, et elle tira la première salve.

« *Tu te prends pour qui ?* » dit-elle, les mains sur les hanches. Elle avait trouvé le registre le plus bas de sa voix, qui était déjà sourde. Quand Ramsey se dressa du haut de son mètre quatre-vingt-dix dans l'embrasure de la porte, avançant le menton d'un air de défi, elle fut heureuse d'avoir chaussé ses talons de cinq centimètres. « J'ai passé des *heures*, et des *heures*, et des *heures* à t'écouter te plaindre parce que personne ne t'attribue le mérite d'avoir inventé le "jeu d'attaque" qui est devenu une pratique courante chez les jeunes joueurs. À t'entendre t'indigner de ne pas être reconnu à ta juste valeur et d'être victime de l'horrible injustice d'avoir gagné aussi peu d'argent au début, quand les sommes en jeu étaient minuscules, alors que les arrivistes d'aujourd'hui gagnent cent mille livres dès la demi-finale. Et te lamenter parce que *Snooker Scene* n'a pas fait un portrait de toi depuis dix ans. Je suis allée de tournoi en tournoi – et tout ce dont tu te souviens, c'est des matches que j'ai manqués. Mais est-ce qu'il nous arrive seulement de discuter de mes déceptions à moi pendant un dîner ? Non ! Je me suis cassé le cul pour *La Manche et le Tournoi*. J'ai touché une misère, et le tirage et la distribution ont été catastrophiques. Est-ce que j'ai déploré ce manque de reconnaissance ? Je me suis plainte d'avoir travaillé toute ma vie dans une relative obscurité ? Non ! Alors *enfin,* pour la *première fois*, il m'arrive quelque chose de bien, j'obtiens un peu de reconnaissance, une journée au soleil, je te prie de m'accompagner pour fêter mon succès, et tu sabotes l'événement de A à Z ! Tu déverses tout ton fiel dans mon oreille, tu refuses d'avaler une bouchée et tu bois comme un trou ! Tu me houspilles à l'instant même où on annonce le nom du gagnant, que je n'entends pas, et à la seconde où je devrais ne plus toucher terre j'ai l'impression d'être une idiote finie ! C'est du vandalisme ! L'épreuve de force classique – *Inutile de monter sur tes grands chevaux, salope, parce que même si tu deviens très célèbre, je trouverai toujours le moyen de faire de ta vie un enfer.* Tu te fichais que j'aie été sélectionnée, et tu te fichais que je gagne. Tout ce qui t'intéressait, c'était le fait que j'aie prévenu Lawrence, qui avait parfaitement le droit d'être là, et que j'avais tout à fait le droit d'inviter ! Et si tu t'es senti offensé, franchement, mon cher, *je n'en ai rien à foutre*. La soirée de dimanche *n'avait rien à voir avec toi*. Un concept qui t'est sans doute étranger. Tout doit tourner autour de toi, tu n'es qu'un imbécile prétentieux et narcissique ! Eh bien, ce dimanche soir était supposé être *ma* soirée. »

C'était, en termes de snooker, un break spectaculaire, achevé avec empochage de la bille noire, mais l'événement serait leur finale du Mondial privée, et elle n'avait joué qu'une manche. Comme à Sheffield, ce match était programmé pour durer deux jours et deux nuits, et Irina n'eut pas l'énergie d'empocher à l'infini les mêmes billes rouges. Ramsey était un vrai professionnel, beaucoup plus habitué à garder son calme quand son adversaire tentait toutes sortes de coups éclatants, certain qu'une erreur ou un rerack[1] lui permettrait d'intervenir. Comme elle reprenait

1. Il s'agit d'une phase de jeu où l'arbitre décide que le bon déroulement du jeu n'est plus assuré. *(N.d.T.)*

son souffle près du frigo, Ramsey prit sa queue pour jouer à son tour.

« Parfait, dit-il. Mais pourquoi je dois rester dans l'ombre pendant ta *journée au soleil* ? Tu m'as totalement ignoré ! Aux tournois, ma femme *s'abaisse* à venir, je te présente à droite et à gauche, je vais te chercher à boire, je te tiens par l'épaule, non ? Je me dégage pas, genre *lâche-moi, sale brute !* devant tout le monde...

— Tu me tordais le bras ! Et je devais parler à des gens. Pendant une seule soirée, tu n'étais pas le centre de mon univers, et c'est ça que tu n'as pas pu supporter !

— ... et il m'est jamais arrivé d'inviter une poule que j'aimais avant, et que j'aime encore comme un fou, et de l'entraîner à part en parlant notre langue à nous, en te faisant passer pour une conne ! »

À ce moment, la mémoire d'Irina commença à se fragmenter. Des bribes de souvenirs lui revinrent ensuite : dans la version de Ramsey, Lawrence, véritable *dépositaire de sa tendresse,* était resté tapi dans les coulisses. Il refusait de croire qu'Anorak Man s'était trouvé « par hasard » en ville, et était certain que le prédateur avait fait le voyage depuis Londres pour impressionner Irina. Lawrence attendait son heure depuis des années, prêt à bondir dès l'instant où son mari laisserait paraître des signes de lassitude. Et cette phrase qu'elle avait dite à Jude, espérant « qu'elle ne voyait pas d'inconvénient » à ce qu'elle l'ait épousé ? Devaient-ils s'excuser, avoir honte de s'être mariés ? Après la cérémonie de remise du prix, elle n'avait pas embrassé Lawrence, mais lui avait « sauté dans les bras ». Le « défi » lancé par son ex à Ramsey s'était en l'espace d'une journée transformé en « une menace de mort ». Il avait cru découvrir un amour durable, et se trouvait aux prises avec « cette connerie d'infidélité conjugale de second ordre » dont tout le monde s'accommodait, et à laquelle il préférait la solitude. Quand Irina tenta de le convaincre que le jour où il l'avait surprise devant l'immeuble de Borough Lawrence était à Dubaï, elle fut renvoyée sans hésitation à la case départ, et mardi soir, les palabres qu'elle avait endurées à Sheffield recommencèrent pendant au moins trois ou quatre heures. Au cours de ces deux jours Ramsey monta une véritable rétrospective de ses transgressions depuis le soir du premier anniversaire : le « rendez-vous télé » organisé pour zieuter Lawrence aux infos, sa « déclaration d'amour à Anorak Man » devant sa mère, le soir où elle l'avait « critiqué » devant les autres joueurs à Preston – jusqu'à *Tu aurais dû préparer un sac.*

Irina se refusa à jouer sa carte maîtresse : à savoir que Lawrence allait se marier, ce qui aurait suffi à neutraliser les divagations de Ramsey. Cette information lui faisait encore mal, et elle était d'ordre privé. Irina ne violerait pas ce qu'elle avait de plus sacré en le brandissant comme un rouleau à pâtisserie.

Pendant ce temps, la maison de Victoria Park aurait aussi bien pu être emportée par une tornade, comme celle de Dorothée dans Le Magicien d'Oz, et rien ne filtrait du monde extérieur. Elle n'avait pas l'intention de sortir pour acheter le *Daily Telegraph,* et, vu les circonstances, allumer la télévision eût été un acte d'hostilité flagrante qu'elle ne pouvait se permettre. De même, il était hors de question de lire ses courriels, bien qu'elle fût impatiente de voir défiler la multitude de messages de félicitations qui planaient dans le cyberespace. Mardi après-midi, le téléphone sonna vers trois heures et, pour une raison mystérieuse, continua de retentir à intervalles réguliers jusqu'au soir, mais décrocher au milieu d'une scène de ménage n'eût guère été diplomatique, et Irina, en larmes, n'était pas en état de répondre. Au début de la soirée, elle ôta le combiné de son support pour réduire au silence cette saleté d'appareil.

On se souvient surtout du début et de la fin des grands événements sportifs, aussi Irina garda-t-elle en mémoire le moment le plus crucial de la dernière manche.

C'était peu avant l'aube du jeudi, et si ce passage de la nuit au jour vous laisse toujours une légère sensation de malaise, comme le lait écrémé dans le café, la lueur grisâtre qui apparut dans la fente des rideaux, annonçant la fin d'une seconde nuit de veille, après celle dans l'avion où Irina avait à peine fermé l'œil, lui donna la nausée. Dire que la fatigue provoquait chez elle des hallucinations eût été exagéré, mais elle ne savait plus vraiment quel objectif cette logorrhée était censée servir.

Ramsey avait plongé dans l'une de ses phases larmoyantes. Il lui avait tout donné, sans rien garder pour lui. Il avait même sacrifié ce qui comptait le plus au monde pour lui, la finale du championnat.

« Qu'est-ce que tu racontes ? demanda Irina, le regard embrumé, levant la tête de la table de la cuisine. Comment tu arrives à cette conclusion ?

— Je te surprends la veille en train de baiser avec Anorak Man, ça me coupe tous mes moyens, hein. C'est un miracle que j'aie su de quel côté pointer ma queue.

— En effet, puisque tu étais soûl comme un Polonais ! » Elle lui avait répété encore et encore que ce samedi-là, elle avait simplement rendu visite « à son passé ». Son explication avait fini par lui paraître absurde, et elle avait appris à s'en dispenser.

« J'étais aveuglé par le chagrin, lapin. Pendant les deux premières sessions, je te voyais collée à Anorak Man dans ce lit…

— Après une bouteille et demie de cognac, tu ne distinguais même pas ta main devant ton visage ! C'est clair, non ? Tu me rends *sérieusement* responsable de ce fiasco à Sheffield ? »

Ramsey la considéra avec la même incrédulité. « Qui m'a poussé à boire ? Tu te considères pas comme *responsable* de la plus grande honte de ma vie ? Mon chou, tu as beaucoup de chance que ton Ramsey Acton soit un homme indulgent ! »

Il était surprenant qu'après ces longues heures de querelle Irina eût encore l'énergie de s'indigner, mais c'était l'effet de l'adrénaline. De plus, par son attitude, il avait libéré toute la fureur rentrée en elle depuis le mois de mai.

« Tu t'es toi-même couvert de honte ! Et moi avec ! Tu crois que c'était facile de voir mon propre mari tituber autour de la table, incapable de pousser une bille à moins de cinquante centimètres de la poche ? Et ficelé comme l'as de pique – les vêtements chiffonnés, avec des cheveux comme une perruque de clown ? Toutes ces remarques grossières que tu as faites à O'Sullivan – j'aurais voulu rentrer sous terre et mourir ! Je t'ai servi des tonnes et des tonnes de pardon !

— Dans le monde enchanté où j'avais une épouse fidèle qui ne s'envoyait pas en l'air la veille avec un autre mec, j'aurais démoli cette andouille de O'Sullivan, ça fait pas un pli !

— Dans *le monde enchanté* où tu croyais ta femme sur parole, peut-être que tu aurais gagné la finale. Je ne suis pas responsable de ta méfiance !

— Je t'ai offert mon trophée sur un plateau. Et je te rappelle, mon chou, que sans moi, tu n'aurais jamais gagné cette connerie de médaille à New York. »

Irina ouvrit la bouche, stupéfaite. « Non seulement c'est à cause de moi que tu as perdu la finale, mais c'est toi qui as obtenu mon prix. Tu peux m'expliquer comment ça marche ?

— Je t'ai donné le snooker. Pas de snooker, pas de *Manche et le Tournoi*, et pas de médaille snob non plus.

— Tu m'as *donné* le snooker ? Eh bien, je te le rends de bon cœur ! Parce que j'en ai marre du snooker, j'en ai par-dessus la tête du snooker, je vomis le snooker, et si j'avais la chance de ne plus jamais voir un seul match de snooker de toute ma vie, je me prosternerais face à l'est et je baiserais le sol ! »

Ramsey pâlit. Il se leva et tourna les talons, puis se dirigea vers la porte du sous-sol. Elle supposa d'abord qu'il se réfugiait dans sa tanière pour contrôler ses pulsions violentes. Mais la violence a autant de parfums qu'une glace, et une minute après il ressortit avec *Denise* dans les bras. D'un geste posé qui révolta Irina, il cala son pied sur une chaise, et cassa sa queue en trente-trois morceaux sur le dossier.

Le meurtre de la rivale d'Irina eut l'unique mérite de dissiper toute la tension de la pièce. L'air même parut retomber, et le tic-tac de la pendule ralentit au-dessus de la cuisinière. Le soleil s'était levé, dardant ses rayons à travers les rideaux.

Irina se releva à grand-peine de sa chaise pour préparer du café, tressaillant quand le moulin émit sa plainte prémonitoire, comme s'il pleurait la disparition d'un autre objet inanimé. Elle s'aperçut qu'ils n'avaient plus de lait.

« Je ne peux pas boire mon café si j'ai l'estomac vide, dit-elle d'un ton pesant. Je vais faire quelques courses. Tu as besoin de quelque chose ? »

Serrant dans ses poings les fragments de sa queue explosée, il fit non de la tête. Par chance, il ne proposa pas de l'accompagner.

Quand Irina sortit dans l'air vif du matin, elle découvrit avec un choc l'existence du monde extérieur. Elle se sentit soulagée, mais seulement parce qu'elle avait échappé à Ramsey.

Lorsqu'elle paya à la caisse du Safeway, l'employée habituelle ne croisa pas son regard. De nos jours, c'est une pratique courante dans les supermarchés, mais détail très curieux, après s'être ressaisie, la fille regarda Irina en face, avec insistance. Elle déposa la monnaie dans sa main d'un geste solennel, de la même façon qu'on glissait un quarter dans la paume tendue d'un enfant, à l'époque où les gosses attachaient de la valeur à ces pièces. « Mince alors, dit la petite. Je suis vraiment désolée, je sais vraiment pas quoi dire. »

Déconcertée, Irina resta sans voix. Peut-être s'était-elle trompée en lui rendant la monnaie, mais elle l'avait déjà mise au fond de sa poche. Elle n'avait pas dû perdre grand-chose puisqu'elle n'avait tendu qu'une livre à la caissière. Elle haussa les épaules, et marmonna « c'est pas grave » par politesse. Mais sa réponse était insuffisante, car l'autre lui lança un regard étrangement perçant.

Le marché de Roman Road était déjà très animé, et Irina n'était pas pressée de retourner dans la cuisine où Ramsey tenait encore dans ses mains les deux moitiés de sa vie. Elle se dirigea donc vers son marchand de légumes habituel, et choisit des haricots grimpants. Souriant au commerçant, elle eut l'impression que ses joues allaient se craqueler ; depuis des jours, ses lèvres étaient comme figées.

La première fois qu'elle avait arpenté Roman Road au bras de Ramsey, l'accueil avait été réservé ; les habitants de l'East End ne cédaient pas de bon cœur le trésor national du quartier à une Américaine. Mais elle n'avait pas tiré profit de son statut, et peu à peu ils avaient paru se dégeler. Quand elle présenta son panier plein à l'homme trapu derrière son étal, il scruta lui aussi ses yeux avec une intensité troublante. « Merde alors, dit-il. C'est terrible, ce qui est arrivé, hein ? »

Il y avait peut-être eu un accident ou un incendie dans les environs, mais honnêtement, elle était si diminuée, si affaiblie par le manque de sommeil et si torturée par l'image de cette queue en frêne brisée dans la cuisine qu'elle n'avait pas l'énergie de se soucier du malheur d'inconnus. Ce n'était pas bien, mais des jours comme celui-ci le monde entier pouvait aller au diable, elle s'en moquait. *C'est pas grave* ne ferait pas l'affaire cette fois-ci, et elle se contenta d'un *hum hum* neutre.

« Tenez, prenez ça, dit le marchand de légumes, choisissant trois énormes oranges navel et les glissant dans son sac.

— Oh, mais il ne faut pas... »

Il ajouta un avocat. Elle le remercia et, bien qu'elle s'enorgueillît d'avoir été acceptée dans le quartier, elle ne s'était pas rendu compte que les gens l'appréciaient au point de lui offrir des fruits. Touchée, elle rebroussa chemin en direction de la maison et, se ravisant, s'engouffra chez le marchand de journaux pour acheter le *Telegraph*.

Devant la rangée de gros titres, Irina, déjà blême, pâlit encore. Elle se sentit flageoler et faillit s'évanouir, mais ce n'était pas à cause du manque de sommeil.

Prostré sur sa chaise, Ramsey se cramponnait toujours à sa queue brisée. En silence, elle déposa les journaux sur la table, repoussant son cendrier plein. Sur la photo de la première page en haut de la pile, les poutres grises enchevêtrées ressemblaient à des agrandissements de mégots. Irina courba la tête. De grosses larmes s'écrasèrent sur le papier – les seules qui valaient la peine d'être versées, dans le flot fétide où elle noyait son chagrin depuis deux jours.

« Je n'ai jamais... je n'ai jamais..., dit-elle, la voix entrecoupée de sanglots. Je n'ai jamais eu aussi honte. »

(10)

Ce fut sur les instances d'Irina qu'ils regardèrent la finale du championnat 2001 entre Ramsey et Ronnie O'Sullivan, car l'histoire d'amour de Lawrence avec le snooker semblait définitivement terminée. Soit, ils n'avaient pas vu Ramsey depuis trois ans et demi, et désormais il n'était pour eux qu'une ancienne connaissance, rien de plus. Pendant la première session du soir, elle se demanda si Ramsey avait trouvé une autre femme et se laissa aller à espérer que non, une idée absurde et égoïste. Il était devenu l'objet d'une curieuse obsession chez elle, comme si une autre vie se déroulait parallèlement à celle-ci, une vie ni pire ni meilleure, mais différente, et qu'elle aimait toucher de temps en temps, plongeant la main dans le courant de la rivière.

La tenue de Ramsey était impeccable, comme toujours – rasé de près, le cheveu lisse, les vêtements repassés, le nœud papillon coquin parallèle au sol. O'Sullivan, avec ses traits sans finesse, s'était peut-être amendé, mais même dans un costume respectueux de la tradition, il avait l'air d'un rustre. Les gestes de Ramsey étaient sûrs, fluides, précis, et s'ils jouaient vite tous les deux, Ramsey était vigoureux, et O'Sullivan impatient. Ramsey réussissait de superbes empochages, mais jamais au détriment de sa posture, tandis que Ronnie ne pouvait résister à des coups spectaculaires destinés à impressionner, qui lui rapportaient un seul point. Il n'était jamais ouvertement grossier, mais la conduite exquise de son aîné – qui tapotait le rebord de la table d'un air approbateur chaque fois que son adversaire achevait un break – l'encourageait à se montrer plus grossier encore. Avachi sur son siège, Rocket manifestait tour à tour son ennui ou son exaspération. Pendant l'un des breaks les plus élégants de Ramsey, il se drapa le visage dans une serviette – sans doute pour rester concentré, mais plutôt pour ne pas être obligé de regarder. Clive Everton observa que le classement de Ramsey avait peu à peu dégringolé au cours des trois dernières années, mais Irina eut l'intuition que leur vieil ami avait enfin atteint le sommet.

« Je pense qu'il va l'emporter », prédit-elle à la fin de la première soirée, alors que Ramsey avait gagné dix manches contre six. Pour Irina, le succès commercial d'*Ivan et les enfants terribles* avait ouvert une ère somptueuse d'optimisme et d'espoir.

« Sûrement pas, répliqua Lawrence, que ses quelques jours de célébrité sur le petit écran après l'accord du Vendredi saint n'avaient nullement affecté. Le pauvre gars est maudit. Et quel âge il a aujourd'hui ? Il a passé la cinquantaine. C'est terminé pour lui. »

Les bookmakers pensaient comme lui, et avant la finale, ils avaient donné Ramsey perdant à huit contre un. Pourtant il garda son avance le lendemain, et au début de la quatrième session il menait à quatorze manches contre dix.

Le lendemain soir, elle convainquit Lawrence de regarder avec elle la dernière session. Pour une fois, O'Sullivan ne se comportait pas en bébé et, selon l'expression d'Everton, il « donna un coup de collier » ; avant l'entracte, il avait réduit l'avance de Ramsey à quinze contre treize. Irina, qui ne s'intéressait à aucun sport en particulier, était maintenant si excitée qu'elle ne tenait plus en place, se levant de son fauteuil pour arpenter la moquette tel un lion en cage. Quand le score passa à seize contre quinze, puis s'égalisa à seize partout, elle était si agitée qu'elle ne supportait plus de regarder le match.

« Qu'est-ce qui te prend ? demanda Lawrence. Ce n'est qu'un tournoi de snooker.

— Il fut un temps où tu n'aurais pas dit ça, *milyi*. D'ailleurs, le drame personnel qui se déroule devant nous est fascinant. Ça doit faire trente ans que Ramsey joue au snooker en professionnel. Gagner cette finale, c'est le rêve de sa vie. Il est maintenant à deux manches... Une manche ! Dix-sept contre seize ! Incroyable ! »

Irina sautait littéralement de joie, et le public aussi. Les supporters de Ramsey s'étaient clairsemés au cours des années, mais tous les fans de snooker connaissaient le mythe de Ramsey l'éternel perdant. Comme Lawrence, la plupart croyaient qu'il était maudit et ne décrocherait jamais le titre. La perspective d'une victoire de Swish qui romprait le charme, telle la Belle au bois dormant découvrant le réveille-matin, provoqua une vague d'euphorie, même chez les spectateurs arborant des T-shirts avec l'inscription « Rotherham pour Rocket ! ».

Avec la foule, Irina grogna et se cacha le visage dans les mains quand Ramsey manqua une rouge facile et laissa la place à O'Sullivan. C'était exactement le genre de faute soudaine et inexplicable, due à la pression, qui lui avait coûté les six finales précédentes. Quand O'Sullivan nettoya la table pour égaliser le match, Lawrence gronda : « Je te le répète, Ramsey en est incapable. Il y a en lui quelque chose qui s'y refuse. Toute son identité tient à ce *presque, mais pas tout à fait*. S'il gagne un jour le championnat, il se réveillera le lendemain matin en se demandant qui il est. Regarde bien. Il va tout saboter.

— On parie ? proposa Irina. Mille livres.

— Tu es folle.

— Mille livres ! » Le généreux à-valoir touché pour *Ivan et les enfants terribles*, avec un autre contrat à six chiffres en prévision, lui enseignait les joies grisantes de la prodigalité.

« Tope là ! dit Lawrence. Mais tu vas le regretter. »

Irina ne regrettait rien du tout. Même si Ramsey fichait en l'air la manche décisive, sa foi farouche en leur vieil ami illuminait ces instants, et semblait améliorer ses chances.

« Oh, quel *dommage* ! » entonna Clive Everton. O'Sullivan sentait lui aussi la pression, et son break-off balourd avait laissé une rouge disponible à l'entrée de la poche d'angle. Il retourna d'un air renfrogné à sa chaise, où il prit son mal en patience, car non seulement Ramsey empocha cette rouge, mais il entreprit de libérer ses petites compagnes du triangle initial comme s'il cueillait les grains d'une grappe de raisin un après-midi d'été.

Pour le spectateur, il existe deux sortes de sportifs : ceux à qui on fait confiance, et les autres. La répartition dépend de la confiance du sportif en lui-même, mais de toute manière, regarder un joueur en qui on ne croit guère génère de l'anxiété. Au contraire, le spectacle d'un joueur sûr de lui est reposant. Certains caractères inspirent invariablement à leur public une confiance indéfectible, et l'absence de tension qui en résulte les rend inintéressants. En raison de l'histoire de Ramsey Acton, Irina l'eût classé dans la première catégorie.

Mais avec les mille dollars qu'elle avait misés sur sa performance, quand le break atteignit quarante, quarante et un, quarante-huit, elle se cala confortablement dans son fauteuil. Quand Ramsey approcha du nombre magique auquel O'Sullivan aurait besoin de snookers[1],

---

1. Le *nombre magique*, c'est le moment où un joueur a pris une telle avance que son opposant ne peut plus gagner simplement en empochant toutes les billes qui restent. Ici, O'Sullivan doit en plus conduire Ramsey à commettre des erreurs pour des points de penalty, par le biais des « snookers » (qui l'obligent à mettre une bille entre la blanche et la bille à empocher). (*N.d.T.*)

l'appréhension d'Irina aurait dû devenir intolérable ; cependant, à soixante-quatre, soixante-cinq, et soixante-douze, elle prit une pose alanguie. À soixante-treize, Ramsey avait encore besoin d'une couleur pour s'assurer la victoire, et il l'empocha. Tout simplement. Comme elle l'avait prévu. Elle n'avait jamais empoché mille livres aussi facilement.

La foule applaudit à tout rompre. Irina adressa un sourire serein à Lawrence. L'arbitre fit taire le public. Le résultat avait été concluant, mais la manche n'était pas terminée.

« Ça alors, dit Clive Everton. Ramsey Acton a peut-être une chance d'atteindre un 147 ? »

Saint-Graal du snooker, inhabituel à la table d'entraînement et extrêmement rare dans les conditions d'un tournoi, le 147, ou *maximum*, est le score le plus élevé qu'il soit possible de réaliser dans un seul break. Pendant tout le tournoi, Ramsey avait misé sur la noire, et les rouges restantes s'offraient sur la table telles les cuisses d'une prostituée. Ramsey Acton se mit donc à l'œuvre avec le sentiment somptueux d'avoir déjà gagné, et quand il dépassa cent ce fut le délire. Les fans de O'Sullivan avaient abandonné leur idole ; la foule, surtout composée d'ouvriers, avait tourné le dos à la vanité feutrée du sport, et le naturel était revenu au galop. L'arbitre sembla se résigner à l'idée que réduire au silence cette populace déchaînée était une mission impossible. Un 147, c'était la cerise sur le gâteau ; ce n'était pas nécessaire. Mais le snooker ne l'était pas non plus.

Lorsque la dernière noire compléta le maximum, la foule explosa. Les applaudissements et les sifflets durèrent deux ou trois minutes. Depuis des mois le journal télévisé regorgeait d'horribles barbecues destinés à éradiquer la fièvre aphteuse – des troupeaux entiers grillant à flanc de colline pendant que les robustes fermiers du Yorkshire pleuraient comme des bébés et que le taux de suicides en milieu rural augmentait ; ces temps-ci, il était rare de voir un spectacle agréable sur le petit écran.

« Je me demande si ce n'est pas un peu décevant, médita Irina. D'obtenir ce que tu as toujours désiré.

— Perdre peut être beaucoup plus décevant, répliqua Lawrence. Tu vois, je viens de perdre mille livres.

— Fais-en don à l'association caritative de ton choix. Il y a bien une caisse pour les joueurs de snooker à la retraite qui traversent une mauvaise passe... Regarde-le ! C'est si touchant. Il ne pleure pas, et il fait tout ce qu'il peut pour s'en empêcher... mais je jurerais qu'il a les larmes aux yeux... »

Sur un plan intellectuel, elle songea que Ramsey aurait été heureux d'avoir à ses côtés une épouse avec qui se réjouir du couronnement de sa carrière. Dans le brouhaha qui suivit la présentation du trophée, aucune femme frêle et rayonnante ne se pendit à ce cou musclé de pur-sang, et Irina en éprouva un secret plaisir.

L'accomplissement du rêve de toute une vie n'était pas dénué d'une sensation de vide insidieuse, d'une interrogation suffisamment déplaisante pour inspirer une nostalgie de l'époque où on était encore fasciné par l'objet de son désir. Mais Ramsey préférait sans doute considérer que l'urne d'argent qu'il serrait dans ses mains ce soir-là n'était qu'un morceau de métal froid, inutile, qui aurait pu échoir à un autre joueur. Même si, sur le moment, la récompense ne lui avait pas paru plus gratifiante que la bague lunaire au fond des boîtes de Captain Crunch, Irina avait toujours rêvé de gagner un prix. Le souhait était puéril. En fait, c'était le côté enfantin de son envie – comme le ruban bleu dont rêvait Spacer dans *La Course hors sac* – qui la rendait aussi tenace.

Aussi, quand l'éditeur de Transworld l'appela un après-midi de la fin mai pour l'informer qu'*Ivan et les enfants terribles* avait été sélectionné pour le prix Lewis-Carroll, Irina réagit comme une gamine de dix ans. Elle tourbillonna dans son atelier. Elle cria : « On a gagné, yi-haa ! » sans se soucier d'être entendue par les voisins. Mais ces bêtises n'avançaient à rien, elle ne croyait pas vraiment à sa bonne fortune. La nouvelle ne prendrait tout son sens que lorsqu'elle l'aurait annoncée à Lawrence.

Un coup de téléphone parut inutile. Elle attrapa sa veste, et s'élança au-dehors. Sur le chemin de Blue Sky, son pas s'allongea et devint si léger qu'elle se mit à courir. Dans l'entrée de Churchill House, elle supplia la réceptionniste de ne pas l'annoncer à son « mari » – ici tout le monde croyait qu'ils étaient mariés – parce qu'elle voulait lui faire une surprise.

Elle le surprit. La porte était fermée, mais aucune épouse n'eût pris la peine de frapper.

Quelque chose ne collait pas. Ces deux-là auraient dû être assis de chaque côté du bureau, ou contempler l'écran de l'ordinateur. Même s'ils étaient en train de conférer sur le canapé, ils auraient dû avoir des papiers dans les mains, non ? Pourtant, ils n'avaient pas l'air très intimes ; quand elle réussit à ouvrir la lourde porte, ils étaient bizarrement assis à un mètre l'un de l'autre.

« Qu'est-ce que tu fais là ? demanda Lawrence d'une voix étranglée.

— C'est curieux, répondit Irina d'un ton léger. J'allais poser la même question à *Bethany*.

— Oh, on discutait juste boulot, dit la fille d'un ton vif, qui se leva d'un bond et lissa sa jupette. Ça t'ennuierait. Salut, *Yasha* ! » Adressant un sourire radieux à Irina, la petite pute s'éclipsa.

Irina était arrivée avec une merveilleuse nouvelle. Désirant la présenter sous un jour *merveilleux*, elle raya les soixante dernières secondes d'un trait noir d'Écran magique, comme l'un de ces documents déclassifiés publiés pour satisfaire les exigences de la loi sur la liberté d'information. Elle occulta même le fait que *Bethany* appelait Lawrence par son petit nom – un diminutif russe de son deuxième prénom qu'elle n'avait aucune raison de connaître. *Bethany* et Lawrence étaient collègues. Ces gens passaient sûrement leur temps à naviguer d'un bureau à l'autre.

Étant donné le caractère joyeux de l'événement, elle parvint même à chasser de son esprit le fait contrariant que l'illustration de *Voir rouge* qu'elle avait encadrée pour Lawrence en guise de cadeau de Noël deux ans et demi auparavant était toujours posée contre le mur – bien qu'elle l'eût elle-même apportée ici. Blue Sky n'aimait guère qu'on perce des trous dans ses murs, et Lawrence n'avait jamais pris la peine de demander au personnel d'entretien de tendre un fil depuis la corniche.

Elle lui annonça donc la nouvelle. Il l'étreignit, et proposa de dîner dans un restaurant de luxe pour fêter l'événement le soir même. Il se déclara sûr de son succès. Une fois dans ses bras, elle y crut enfin.

Tout en s'habillant pour la réception de l'hôtel Pierre dans la Cinquième Avenue, Irina se sentait nerveuse. À juste titre, mais son anxiété paraissait disproportionnée. Elle avait beau essayer de ne pas trop y compter, elle savait au fond d'elle-même qu'*Ivan et les enfants terribles* décrocherait le prix. La raison de son agitation, alors qu'elle tentait de coiffer sa chevelure rebelle, n'avait donc guère de rapport avec l'appréhension d'un échec.

Par une malheureuse coïncidence, Jude Hartford était aussi sélectionnée pour le Lewis-Carroll. Depuis qu'Irina avait repéré son nom dans l'article du *Telegraph*, elle s'était efforcée de se composer une attitude pour affronter cette femme. Dans son passé, curieusement, elle ne trouvait aucun exemple de rupture amoureuse qui l'eût marquée à ce point – lui inspirant du soulagement ou de la joie. Par contraste, la seule amitié qui lui avait explosé à la figure lui avait laissé un goût amer que, des années après, elle pouvait encore sentir sur sa langue comme une feuille d'absinthe. Les amitiés ne sont pas supposées se construire sur le modèle dantesque de l'amour ; tels les vieux soldats, elles faiblissent, mais ne meurent jamais. Les ruptures comme celle qu'Irina avait vécue avec Jude, émaillées des paroles cinglantes et des reniements absolus que les amants se jettent à la figure, défiaient l'ordre naturel des choses. Les collisions mortelles entre amis sont empreintes d'une gratuité sauvage ; rétrospectivement, la fatalité d'une séparation amoureuse apporte un certain réconfort. Même après cinq années, la rancœur d'Irina était encore vivace.

« Hé, voilà une tenue très excitante ! » s'exclama Lawrence.

Irina se mordit la lèvre. « Tu ne la trouves pas trop courte ?

— Pas du tout. Elle dépasse le ras des fesses de cinq bons centimètres.

— Quand je l'ai achetée, je ne me suis pas aperçue qu'elle était aussi décolletée. Je devrais peut-être mettre cette petite veste noire ?

— Surtout pas. Tu es très sexy. »

Irina fut surprise ; d'habitude, il disait *mignonne*. « Je croyais que ça te mettait mal à l'aise que j'aie l'air sexy.

— C'est quoi ces conneries ? D'où tu sors cette idée ?

— Tu n'aimes pas que je m'habille.

— Je n'aime pas être obligé de m'habiller.

— À propos... » Elle lança un coup d'œil peu flatteur au Dockers noir familier et à la chemise élimée à col boutonné sans cravate. Il aurait été si beau s'il s'était redressé et avait fait un effort vestimentaire ! « Je suis désolée de t'annoncer que la plupart des hommes seront en smoking.

— Eh bien, j'aurai pitié d'eux, ça c'est sûr. Tu es nerveuse à l'idée de revoir Jude ?

— Un peu, reconnut-elle. Je n'ai aucune idée de ce que je vais lui dire.

— Dis-lui d'aller se faire foutre. Dis-lui que tu as plus de talent qu'elle, que tu es plus brillante, et que tu es très soulagée de ne plus avoir à écouter le flot de ses platitudes au dîner. Dis-lui que tu vas gagner ce soir et que *Le Régime d'amour* est l'échantillon le plus pathétique de merde politiquement correcte qu'on ait jamais vu. Ce n'est pas parce qu'elle ne peut pas se passer de Twinkies que tous les gamins gras comme des cochonnets doivent *s'èèèmééér,* et que c'est bien d'avoir des kilos en trop.

— En fait, le livre est une méthode Atkins pour enfants de huit ans. Mais merci pour ton conseil diplomatique. » Lawrence soutenait Irina d'une façon si extrême qu'il la poussait à défendre sa propre adversaire.

En fait, il n'avait pas lu attentivement les autres concurrents. Jude racontait l'histoire d'une fillette qui s'amourache si fort d'un garçon de son école qu'elle en perd l'appétit. Indigne objet de son affection, il se montre glacial et désagréable. À force de se languir d'amour, la petite maigrit, et tous les autres garçons de la classe lui courent après – tout est bien qui finit bien.

Emboîtant le pas à Lawrence, Irina entra dans la salle de réception et repéra aussitôt Jude à l'autre bout de la pièce, près du buffet – vêtue d'une robe du soir moulante, étonnamment svelte. Mais ce ne fut pas la vue de Jude qui lui transperça le ventre comme un hameçon.

La sensation rappela à Irina un épisode de sa vie qui aurait pu inspirer *Le Régime d'amour*. Au collège, avant qu'on lui eût retiré son appareil dentaire, elle se rendait souvent à la cafétéria et repérait le beau président du comité des délégués de classe, pour qui elle avait depuis trois ans un béguin sans espoir. Elle s'asseyait tout près, mais jamais à la même table, s'efforçant d'entendre sa conversation, osant à peine demander à sa camarade ce qu'elle pensait de la mousse de thon, tant elle était gênée. À cette époque, sa crainte d'attirer l'attention lui avait paru naturelle. À quarante-six ans, elle ne parvenait pas à s'expliquer pourquoi cette apparition inattendue dans l'hôtel Pierre la bouleversait au point de lui donner la nausée. Le gentleman élancé en smoking qui se tenait auprès de Jude Hartford n'était autre que Ramsey Acton.

Tandis qu'Irina et Lawrence s'approchaient, leurs anciens amis, conversant à voix basse d'un air préoccupé, ne leur prêtèrent pas attention. La main de Ramsey sur le bras de Jude confirmait qu'ils s'étaient remis ensemble. Irina eut un petit coup au cœur.

Jude leva les yeux avec une expression distraite et soucieuse. « Oh, salut ! » Son intonation était mondaine, mais son regard vide. Ils s'embrassèrent ; en posant ses lèvres sur la joue de Ramsey, Irina s'attarda pour respirer son odeur.

« Comme autrefois ! s'écria-t-elle avec une fausse gaieté. Notre quatuor est de nouveau réuni.

— Oui, quelle coïncidence, dit Jude au hasard.

— Peut-être pas, répliqua Irina, s'efforçant d'être généreuse. Peut-être que c'est juste le talent... notre talent à toutes les deux... Tu sais, la crème qui remonte à la surface. » Elle se détesta de se comporter comme si toute cette acrimonie n'avait jamais existé. Mais la grimace de Jude indiquait qu'elle ne se rappelait pas la laideur de leur dernière rencontre, car la difficulté qui l'occupait à l'instant présent chassait tout le reste.

« Vous me trouverez partial, dit Lawrence, mais je pense qu'*Ivan et les enfants terribles* est un livre formidable. » Il enlaça Irina.

Ramsey posa à son tour le bras sur les épaules de Jude, qu'il massa de la main gauche comme s'il pétrissait une pâte à pain sèche et résistante. Jude n'avait jamais paru très sensuelle – elle était trop tendue, trop nerveuse – et ne sembla pas apprécier son geste. Il avait de belles mains. *Quel gâchis*, pensa Irina.

« Alors, vous deux, dit-elle avec un hochement de tête, vous vous donnez une seconde chance ? »

Jude ébaucha un pâle sourire. « Les auteurs ont tendance à aimer les histoires à rallonge.

— La comparaison n'est pas flatteuse, lapin, lui reprocha Ramsey. La rallonge n'est jamais aussi passionnante que l'original.

— Pour être honnête, dit Jude avec ce rire légèrement hystérique, changeant de position pour se dégager de l'étreinte de Ramsey, tenter d'éclipser son propre succès n'est un problème que si on a déjà réussi. »

Irina se demanda où ils avaient mis les pieds, et passa à un sujet plus neutre. « Nos dîners d'anniversaire m'ont manqué, dit-elle à Ramsey.

— À moi aussi, répondit-il avec chaleur. Et vous avez raté une sacrée soirée l'été dernier.

— J'ai remué ciel et terre pour les cinquante ans de Ramsey, dit Jude. J'ai loué une salle au Savoy. J'ai invité tout le monde du snooker, et une bonne partie de la haute société. Pour être honnête, c'était vraiment charmant. Mais tout le monde... tous les autres... ont dit que c'était l'événement de l'année.

— J'aime pas les chichis, marmonna Ramsey.

— Oui, chéri, s'écria Jude avec un sourire pincé. J'ai dépensé plusieurs milliers de livres, et après le message m'est clairement parvenu.

— Hé, Ramsey, s'exclama Lawrence, tapant sur l'épaule du joueur de snooker. Félicitations pour ta victoire au Championnat !

— À la tienne, mon pote, répondit Ramsey d'un ton léger.

— Nous avons regardé la finale sur la BBC, intervint Irina, omettant de préciser que Lawrence avait insisté pour regarder *Les Experts* à la place. C'était magnifique ! Et tu as fini sur un 147 !

— Ça n'arrive pas tous les jours, concéda-t-il. Dommage que notre amie Jude ici présente ait dû rester pour se laver les cheveux.

— J'avais déjà des engagements ! marmonna Jude, exaspérée.

— Tu n'y es pas allée ? demanda Irina, stupéfaite.

— Je serais venue si j'avais pu. Mais, pour être honnête, le snooker n'a jamais été mon truc.

— Oh, ça m'intéresse de plus en plus, dit Irina avec passion.

— C'est un peu différent quand tu n'as pas le choix. »

Devenue une vraie fan, Irina ne comprenait pas comment Jude pouvait vivre avec un professionnel du snooker et éprouver un tel dégoût pour ce sport. Si elle avait été la compagne de Ramsey Acton, elle aurait assisté à tous les matches ! Mais Irina avait décidé d'être aimable. « Toutes mes félicitations, Jude !

— Pardon ? » Elle semblait avoir oublié la raison de sa présence ici.

« D'avoir été sélectionnée pour le Lewis-Carroll.

— Oh, ça ? dit Jude d'un ton absent. Je n'ai aucune chance de gagner.

— Pourquoi pas ?

— Simple pressentiment. » Jude paraissait épuisée. Des plaques de fard ressortaient sur la peau tirée de ses joues. « Le tien, par contre, a toutes les chances d'être primé. Les illustrations sont très habiles. »

Habiles était à des lieues de *bonnes,* le mot rendait un son creux et sans âme, et le conflit qui les avait opposées cinq ans plus tôt resurgit aussitôt.

« Je vois que tu t'es mise au graphisme sur ordinateur, ajouta Jude.

— C'est exact, répondit Irina d'un ton froid. Le livre s'est vendu comme des petits pains.

— Oui, répliqua Jude d'une voix tout aussi glaciale. Ce n'est pas surprenant.

— Je pense que nous avons tous besoin de boire un verre », proposa Irina.

Comme ils se dirigeaient vers le buffet, elle rattrapa Ramsey et le prit à part. « Après tout ce que tu m'as dit à Omen, dit-elle tout bas, je suis surprise que tu te sois remis avec Jude.

— À mon âge, je suis trop bousillé pour commettre une nouvelle erreur. C'est plus facile de répéter la même.

— Mais ça va entre vous ? » Ils retrouvaient la même complicité qu'à Bournemouth, quatre ans plus tôt. « Elle semble… nerveuse.

— Tu veux dire qu'elle se comporte comme une vraie conne. Un peu de chance… eh bien, le succès n'a pas toujours un effet heureux sur les gens.

— Tu dois le savoir. Tu es sûrement satisfait d'avoir enfin gagné ce titre.

— Tu te souviens de ce que je t'ai dit d'autre ce soir-là ? » Il avala son vin d'un trait. « *Je ne suis jamais satisfait.* Quand tu obtiens ce que tu voulais, tu vois ce qui te manque.

— Et c'est quoi ? » demanda-t-elle en levant la tête.

Il lui rendit son regard, mais ne répondit pas. « Tu sais, quelque chose me dit que tu vas gagner la médaille, ce soir. »

Il n'aurait pas dû parler ainsi à une concurrente de Jude. « Je parie que tu as répété ça à toutes les filles qui figurent sur la liste, espèce de mufle ! »

Il ne sourit pas. « Je ne suis pas un coureur de jupons. Tu dois le savoir. »

Il ne la quittait plus des yeux, et ça la troubla, mais si elle tournait la tête pour éviter son regard, ce serait une preuve de lâcheté. « Tu as lu *Ivan* ?

— Oui.

— Tu l'as compris ?

— Oui. » Pour le démontrer, il prononça la phrase suivante de la façon la plus naturelle du monde : « Irina, Jude et moi on va se remarier. »

Elle fixa ses chaussures avant de redresser la tête. « Je suppose que c'est une très bonne nouvelle. » Elle n'aurait pas dû ajouter le *Je suppose*, mais n'avait pu s'en empêcher.

« Du moins, je vais peut-être récupérer la maison en Espagne, dit-il, mais son effort pour dissiper la tension fut vain. Et de toute manière tu es mariée, plus ou moins. Qu'est-ce que je peux faire d'autre ? T'en demandes trop, lapin. Tu veux le beurre et l'argent du beurre. »

Il n'avait jamais évoqué en des termes aussi clairs ce moment de tentation le jour de son quarante-septième anniversaire, et Irina se sentit si mal à l'aise qu'elle fut reconnaissante de l'intrusion derrière elle. « Irina Galina ! » Une seule personne au monde prononçait ce double prénom sans ironie, et elle se retourna pour embrasser sa mère avec effusion.

« *Pojdravlyayou tebya !* » Raïssa félicitait sa fille, mais sa robe cramoisie au décolleté plongeant indiquait qu'elle n'avait pas tout à fait compris quel membre de la famille était la star du jour. « *A eto chtoja krasavets ?*

— Le *beau monsieur* est Ramsey Acton, un vieil ami à moi. Tu t'en souviens, Lawrence et moi t'en avons parlé il y a quelque temps. Le joueur de snooker. »

Irina dut s'éloigner pour parler aux membres du jury et à la presse, et elle laissa sa mère faire son numéro de Russe passionnée à Ramsey, gesticulant tant et si bien qu'elle faillit renverser un plateau de toasts aux crevettes. Elle en rajoutait des tonnes avec son accent slave, jurant que le snooker la fascinait depuis toujours. Confrontée à cette effroyable vision d'un avenir possible, Irina se sentit soudain reconnaissante que Ramsey fût fiancé.

Plus tard, elle se trouva à côté d'un homme d'allure aristocratique dont l'air perdu éveilla sa compassion. Elle lui demanda ce qui l'avait amené ici.

« Je me trouvais à New York pour une réunion de conseil d'administration, et Jude Hartford m'a prié de venir, dit-il avec un fort accent britannique. Mais cette dame m'a à peine adressé deux mots. Et ce joueur de snooker qui l'accompagne... est vraiment grossier !

— Ramsey, grossier ? répéta Irina, incrédule. Vous avez dû mal comprendre.

— Je crains de n'avoir que trop bien compris, madame. Bonsoir, chère amie. Et bonne chance. »

Un homme charmant, mais son histoire ne tenait pas la route ; Ramsey était l'homme le plus poli, le plus attentionné du monde. Pour preuve, il vint lui dire à l'oreille : « Je viens de rencontrer ta sœur. Elle a pas arrêté de caqueter...

— De quoi ?

— T'es vraiment pédante, dit-il avec affection. D'expliquer qu'elle était seulement une ménagère, une maman, si différente de sa sœur qui était si célèbre et tout ça. J'ai jamais entendu une poule si modeste et en même temps si teigneuse. Et puis ta vieille s'est mise à raconter que t'étais vraiment pas faite pour avoir des enfants. Que tu t'intéresses qu'à ton travail, et à te balader à l'étranger, et que si t'avais un morpion tu le suspendrais la tête en bas avec des billes dans le nez pour aller peindre une marguerite. J'en pouvais plus de ses conneries.

— T'as répondu quoi ?

— Qu'est-ce que tu crois ? Quc t'étais une femme formidable, brillante, chaleureuse, et que tu ferais une mère géniale. Ça lui a fermé son clapet. »

Irina éclata de rire, et dit sans réfléchir : « Je t'adore ! » à l'instant où on les invitait à gagner la salle à manger.

Autour de la grande table ronde, Irina et Lawrence étaient placés côte à côte, mais Ramsey et Jude se trouvaient à l'opposé. Les gens normaux lançaient la conversation par une phrase anodine, du genre « Je déteste quand on prépare ce genre d'entrée avec une cuillerée de mayonnaise ! » Mais Lawrence procédait autrement. Très vite, il entraîna presque tous les convives dans une discussion passionnée sur la nouvelle administration Bush. Ramsey ne s'intéressait pas à la politique, point barre, aussi Irina ne s'étonna pas de son absence de réaction. Mais elle jugea curieux que Jude Hartford, fidèle lectrice du *Guardian* et supportrice fanatique de l'Old Labour, restât silencieuse.

Pour un menu d'hôtel, le rosbif était délicieux, et très saignant. Sans doute Ramsey ne se sentait-il pas très bien, car il ne toucha pas à son dîner.

Le couple resta donc à l'écart, refusant de se mêler à la conversation, mais le joueur de snooker, égaré dans une réunion littéraire où il se sentait comme un poisson hors de l'eau, avait des excuses. Et il était timide par nature. Au contraire, Jude se trouvait dans son élément, et aurait dû participer. Quelle femme impossible ! Pauvre Ramsey. Irina espéra qu'il savait ce qu'il faisait en se réconciliant avec elle.

Une fois que les serveurs eurent débarrassé la table, le directeur de la fondation présenta chaque concurrent avec des diapositives. Jude chuchotait quelque chose à l'oreille de Ramsey. Incroyable ! Elle n'avait pas dit un mot de tout le dîner, et se mettait parler à l'instant précis où il fallait se taire. Ramsey était bien obligé de lui répondre, mais il était sûrement gêné de faire preuve d'impolitesse pendant le discours du directeur. S'il s'était agi d'un match de snooker, l'arbitre aurait expulsé Jude de la salle.

Quand vint le tour d'*Ivan et les enfants terribles*, Irina sentit monter la colère. Elle attendait ce jour depuis des mois, et le comportement de Jude l'agaçait. Lorsque les compositions encadrées de rouge de l'Écran magique défilèrent sur l'écran, Irina et Lawrence échangèrent un regard en hochant la tête. Il était stupéfiant que Jude eût choisi ce moment précis pour se quereller. Ramsey devait être mort de honte. Il répondait à voix basse, la suppliant sans doute de reporter ce différend – mais ses remontrances furent vaines. Plus stupéfiant encore, pendant la projection des dessins de l'illustratrice de Jude pour *Le Régime d'amour*, celle-ci ne leva pas les yeux, et ne prit pas la peine d'écouter le résumé admiratif de son propre livre.

Le directeur demanda l'enveloppe. Lawrence s'empara de la main d'Irina, la serrant très fort dans sa paume moite, tel un enfant chez le dentiste. L'inquiétude de son beau visage la fascina tant qu'au lieu de se tourner vers le podium à l'instant qui devait être celui de son triomphe, Irina plongea le regard dans les yeux noisette de son compagnon.

Elle avait été si sûre de gagner ce concours que ses oreilles lui jouèrent des tours, et au début elle aurait juré qu'elle avait entendu son nom déformé par les parasites du micro. Mais l'identité du vainqueur était écrite en toutes lettres sur le visage de Lawrence, qui devint blanc comme la craie et se fripa comme un vieux mouchoir.

C'était très étrange. Alors qu'elle s'était laissé bercer par l'espoir et avait pris le risque d'une déconvenue, elle se sentait bien. Elle adressa un sourire béat à Lawrence. Tel Jésus prenant tous les péchés du monde sur ses épaules, Lawrence semblait avoir endossé le fardeau de sa déception. Soucieuse avant tout de le consoler, elle déposa un baiser rapide sur sa main avant de la relâcher, pour applaudir avec lui la gagnante. La gagnante ? Peu importe ce que les journaux écriraient le lendemain. Irina McGovern était le vainqueur de la soirée. Quand elle se leva pour se joindre à l'ovation, elle sut qu'aucun prix ne vaudrait jamais celui qu'elle avait reçu treize ans plus tôt dans son appartement de la 104e Rue Ouest.

Jude s'était mise debout, et battait faiblement des mains avec tous les autres. Elle devait pourtant savoir qu'on n'était pas censé s'applaudir soi-même ? L'air perdu, elle cessa d'agiter ses paumes comme des nageoires inertes, et s'écroula sur sa chaise. Irina croisa le regard de son ancienne amie, articulant *Bravo !* et *Vas-y !*, et fut surprise de voir que ses yeux étaient rouges et gonflés. C'était bizarre d'avoir pitié de la seule personne de cette table qui venait d'empocher cinquante mille dollars et le produit de la vente de cent mille exemplaires supplémentaires de son dernier livre.

Sur les instances du directeur de la fondation, Jude monta sur l'estrade, aussi furtivement qu'une élève convoquée dans le bureau du proviseur. Son discours d'acceptation frisa l'incompétence. Elle pensa à remercier Ramsey, avec qui elle n'était même plus mariée, et se répandit en flatteries immondes, mais oublia de faire l'éloge de l'illustratrice et de saluer les membres du jury. Elle avait l'air hébété, le regard flou, comme si elle était surprise de se trouver au milieu d'une cérémonie de remise de prix alors qu'elle croyait se rendre à la laverie automatique. Si flamboyante et survoltée d'habitude, elle bredouillait d'un air penaud, l'air pressée d'en finir au plus vite et de voir tout le monde s'en aller. Si c'était censé être l'un des plus beaux jours de la vie de Jude, Irina n'avait guère envie de connaître les pires.

Quand elle eut terminé de débiter ses idioties, Lawrence serra Irina dans ses bras. « Je suis vraiment désolé, lui murmura-t-il. Ton livre était cent fois meilleur, il aurait dû avoir le prix.

En se dégageant, Irina, au contraire de Jude, avait les yeux secs et joyeux. « Merci. Je sais que tu le penses, et pour moi, c'est une récompense suffisante. »

Déconcerté, il scruta son visage. « Tu n'as pas l'air très perturbée.

— Je ne le suis pas. C'était très excitant d'être sélectionnée, et je t'aime. » Quelle curieuse sensation : tous les trente-six du mois, elle revoyait ses priorités.

« Oh, ma pauvre chérie ! s'écria Tatiana, la serrant si fort dans ses bras qu'elle faillit étouffer. Tu dois être désespérée !

— Je suis sûre que le jury regrette déjà sa décision, déclara Raïssa d'une voix empreinte de majesté. Ce discours que ton amie a fait… *otchin plokho*. T'aurais été bien meilleure si t'avais gagné. »

Dans la cohue, l'un des membres du jury s'approcha d'elle. L'air soucieux et attentif de cette femme d'âge mûr lui rappela Mme Bennington, son professeur de dessin en première. « La fondation ne décerne pas de médailles d'argent, dit-elle en posant la main sur le bras d'Irina. Mais vous devez savoir, mon petit, que vous étiez en deuxième position. Le vote était très serré.

— Je vous remercie. Peut-être aurais-je dû tenir compte de l'avis de mon compagnon. » Irina adressa un sourire à Lawrence. « Il était persuadé que j'aurais dû choisir une fin plus simple. M'en tenir à *Gardez-vos-vieux-amis* et couper la dernière scène. Mais comme auteur, je n'ai pas d'expérience. Je ne suis qu'une illustratrice.

— Mais non, reprit la femme. L'énigme de la fin est merveilleuse, et si juste. Le problème, c'était les illustrations.

— Oh ! l'idée de l'Écran magique… ?

— Le concept était charmant. Et sur un plan technique, l'exécution était parfaite. Mais nous n'avons pas beaucoup apprécié les images de synthèse. Elles étaient un peu froides... c'est toute la différence entre un 33 tours et un CD. Si vous aviez reproduit les dessins sur un vrai Écran magique, vous auriez sans doute gagné.

— C'est ma faute, observa Lawrence d'un ton morose une fois qu'elle fut partie. C'est moi qui t'ai poussée à travailler sur ordinateur.

— Ne sois pas stupide. J'aurais dû y penser, mais l'idée d'utiliser un Écran magique normal ne m'est jamais venue à l'esprit. C'est comique, en fait. À huit ans, j'excellais à ce jeu. »

Ils firent la queue pour féliciter Jude, qui donnait l'impression d'avoir tiré le Pouilleux aux cartes, et non d'avoir gagné un prix prestigieux. De retour dans leur chambre, ils couchèrent ensemble pour se consoler, ce qui n'était pas si mal, même si Irina regardait le mur, et elle persuada Lawrence de laisser la lumière. Malgré son échec, elle flottait sur un petit nuage de bonheur, et sombra dans un sommeil aussi vertigineux que si elle avait sauté du haut d'un gratte-ciel pour atterrir sur le trottoir.

Le lendemain, pendant que Lawrence transportait leurs bagages dans l'hôtel meilleur marché de l'Upper West Side qu'avaient réservé les organisateurs de la conférence sur « La société civile globale », Irina retrouva sa sœur dans un Starbucks de Broadway.

« Tu es bien réjouie, commenta Tatiana après l'avoir serrée dans ses bras avec compassion. Pour quelqu'un qui a perdu.

— Eh bien, comme on dit, gagner n'est pas tout ! » répliqua Irina gaiement.

Pendant que sa sœur allait chercher leurs cafés, elle eut l'envie impérieuse de parler à Lawrence, alors qu'ils s'étaient quittés à peine une heure plus tôt. Autrefois, cette nostalgie de sa compagnie au milieu de la journée la tenaillait quand il était au bureau, et elle regrettait de ne plus l'éprouver. Ces dernières années, la séparation était devenue trop facile. Son élan de gratitude de la veille avait ravivé les sentiments d'une époque antérieure, où le son de sa clé dans la serrure de la porte d'entrée faisait bondir son cœur.

« J'ai un potin, dit-elle quand Tatiana revint. Que tu peux transmettre à mama, pour la mettre en garde. Le grand type mince sur qui elle a flashé hier soir ? Il va se marier.

— Oh, elle va être vraiment déçue ! » Tatiana éclata de rire. « Bien sûr, elle se jette à la tête de tous les hommes. Mais ça fait longtemps que je ne l'ai pas vue aussi emballée. Dans le train du retour, elle n'a pas arrêté de répéter qu'il était si élégant, si distingué, et qu'elle adorait son accent. Si tu veux mon avis, je pense qu'il lui a rappelé papa... peut-être qu'il imitait les accents britanniques dans le temps. Et elle a parlé sans cesse de... attends un peu... de *snookers* ?

— Snooker. Mais dis-lui qu'il est pris », dit Irina d'un ton neutre. Car la perspective de voir Raïssa faire la cour à Ramsey – ou inversement – lui donnait envie de hurler.

Tatiana donna à sa sœur des nouvelles de la famille, puis aborda le sujet de la cérémonie de la veille. « Tu dois être tellement déçue. Faire tout le voyage jusqu'à New York pour être obligée d'applaudir quelqu'un d'autre. Et c'est une de tes amies, hein ? Ou c'était ? Je me demande si ça ne rend pas les choses encore pires. »

Irina haussa les épaules. « Jude peut bien avoir son prix, ça n'a pas eu l'air de lui faire grand plaisir. Et Lawrence était vraiment consterné que je ne l'aie pas obtenu... j'ai presque eu l'impression d'avoir gagné. Même à la réception, il n'arrêtait pas de chanter mes louanges aux gens. J'ai essayé de lui rappeler que c'était vulgaire de vanter les mérites de sa compagne, mais il était si fier qu'il n'écoutait rien. Hier soir je me suis brusquement rendu compte que j'avais exactement ce que j'avais toujours souhaité : un homme beau, brillant, drôle et loyal. »

Au moment de partir, Tatiana pencha la tête. « Je ne pige toujours pas. Tu viens de te faire souffler cet énorme prix. Et tu es rayonnante ! » Elle paraissait agacée.

La reconnaissance d'Irina pour ce bien précieux fut de courte durée. Car si elle considérait que l'équilibre de sa vie personnelle allait de soi, l'architecture de la ville d'où elle était originaire était indestructible à ses yeux. Certes, l'Histoire nous apprend que rien ne s'arrête jamais, qu'un répit est aussi bienvenu qu'éphémère, que la nature même de l'existence est instable et qu'il vaut donc mieux se préparer à l'arrivée imminente d'une catastrophe. La seule vraie surprise serait donc de se réveiller par une belle matinée ensoleillée des plus banales. Mais, au mépris de ce que nous enseigne la théorie, il est assez courant de partir du principe que les affaires du monde continuent de progresser cahin-caha, de la même façon que Galilée percevait les rotations du globe terrestre sur lui-même.

Plus tard, Irina retiendrait avant tout la normalité de ce mardi matin où elle était en train de boire le café insipide du room-service de l'hôtel Esplanade. Par nature, l'*avant* n'est jamais perçu comme tel. Irina était debout depuis trois quarts d'heure et ce 11 septembre 2001 n'était encore qu'une date sur le calendrier ! Elle ne pouvait pas savoir combien ces instants étaient précieux.

Elle les gâcha par sa mauvaise humeur contre Lawrence qui avait insisté pour qu'elle se lève de bonne heure, alors qu'elle aurait voulu dormir. L'euphorie inattendue du dimanche soir s'était dissipée, et elle commençait à réaliser qu'elle avait perdu le Lewis-Carroll. Il n'y aurait pas de ruée d'acheteurs chez Barnes & Noble, pas de médaillons en relief collés fébrilement sur le stock restant, pas de « prix Lewis-Carroll » dans la bio des jaquettes à venir. La chance d'être ainsi reconnue ne se représenterait sans doute jamais, et l'avenir lui parut soudain bouché. Il n'était pas surprenant que Ramsey se fût senti tellement frustré par son statut de loser perpétuel. Les Américains font une distinction sans équivoque entre l'échec et la victoire, et même si on perd de justesse – ce membre du jury n'avait-il pas dit qu'il s'en était fallu d'un cheveu ? –, le challenger et le rien du tout se fondent en une seule personne.

Le désespoir de Lawrence avait atteint son apogée, et ne la bouleversait plus autant. Au dîner chez Fiorello, elle avait été enchantée par son numéro sur le livre minable de ce chameau de Jude (qu'il qualifiait à présent, après l'avoir parcouru, de bible des anorexiques) et son lamentable discours de remerciement (son imitation la fit rire aux larmes), et sur Ramsey qui avait dû perdre la raison pour en redemander. Mais ce matin Lawrence était une fois de plus plongé dans son ordinateur ; il se concentrait à présent sur l'exposé qu'il ferait le lendemain sur la Tchétchénie. Peu désireuse de voir sa mère ce soir, elle craignit que Raïssa ne prît la nouvelle des fiançailles de Ramsey comme un défi ; elle imagina le cauchemar que ce serait de la voir arriver à Londres avec armes et bagages, insistant pour qu'ils invitent à dîner ce charmant joueur de snooker. L'échange avec Ramsey au Pierre vibrait dans son cœur comme une corde de guitare. Certes, Lawrence était l'homme de sa vie, elle en avait eu la révélation, mais elle était peinée que l'amant imaginaire de son monde parallèle, le Type qu'elle avait failli embrasser, fût sur le point de se remarier. L'Esplanade était plus bas de gamme que le Pierre, et ne fournissait ni les brosses-éponges à chaussures, ni les nettoyants visage aux plantes dont Irina ne se servait jamais mais qu'elle glissait dans son sac, jugeant ridicule de payer cinq dollars une petite bouteille d'eau minérale.

« Oh, grogna Lawrence devant l'écran, tandis qu'elle contemplait West End Avenue par la fenêtre, s'apitoyant sur son sort. AOL dit qu'un avion a heurté le World Trade Center.

— Ils peuvent pas faire attention ! s'exclama Irina d'un ton irrité. Je sais que les pilotes des avions privés s'écartent quelquefois de leur trajectoire, mais bon Dieu, le Trade Center est plus gros qu'une boîte d'allumettes ! Ils n'auraient pas pu obliquer avant ! Le ciel est limpide ! »

Sans se soucier des objections d'Irina – elle détestait la pollution sonore des jacasseries de la télé le matin –, M. Reporter dut s'en assurer par ses propres yeux. Il marmonna qu'il cherchait à capter une chaîne locale, mais sur CNN la tour fumait.

« Mon Dieu, quel énorme trou ! s'écria Irina, consternée, posant sa tasse de café pour se rapprocher de l'écran. Lawrence, il faudra des années pour réparer ça. Quelle galère ! Wall Street va disparaître sous ces horribles échafaudages qui transforment les trottoirs en labyrinthes...

— L'appareil est trop gros, ça peut pas être un avion privé. Je me demande si c'était une ligne commerciale... C'est difficile à croire. Quel pilote peut être aussi crétin ?

— Cet incendie est terrifiant. Si les gens étaient déjà au travail...

— Chut. Je veux écouter ça. »

Mais à l'instant même où il la faisait taire, le commentateur cessa de parler. La caméra pivota vers l'autre tour, et la séquence repasserait toute la journée, toute la semaine, et ensuite de façon épisodique, aussi longtemps que le permettrait la technologie, mais la première fois, ce fut différent.

« Lawrence, qu'est-ce qui se passe ? hurla Irina. Deux accidents dingues dans la même matinée, la coïncidence est impossible !

— Ce n'est pas une coïncidence, répondit Lawrence d'un ton posé. C'est du terrorisme. »

À Londres, les « terroristes » les plus proches étaient ces imbéciles de l'IRA qui couraient dans tous les sens avec leurs cagoules, et avaient l'air franchement ridicules. Elle ne l'avait jamais dit tout haut, pour ne pas le blesser, mais jusqu'ici la spécialisation de Lawrence lui était apparue comme une gaminerie risible.

« Mais qui ferait une chose pareille ? cria-t-elle. C'est de la folie ! Pour quoi faire ? »

Bientôt, les commentateurs de CNN et les « experts » contactés en hâte au téléphone se lancèrent dans des suppositions sur l'identité des coupables, passant des suprémacistes blancs à Saddam Hussein. Mais Lawrence n'hésita pas. « C'est Oussama ben Laden.

— Qui ça ? » Elle était furieuse.

« Il a été mêlé au premier attentat contre le Trade Center, à l'attaque du USS *Cole,* et aux attentats à la bombe contre l'ambassade de Nairobi et celle de Dar es-Salaam. Tu n'y as pas fait attention. »

Dans des circonstances normales, elle se serait vexée. Mais ce ne fut pas le cas. Il avait raison. Elle n'y avait pas prêté attention.

Elle ne protesta même pas quand il la pria de se taire. Il monta le son. Deux autres avions avaient été détournés. L'un d'eux avait éventré le Pentagone. Le quatrième s'était écrasé en Pennsylvanie. Pour la première fois dans l'histoire, tous les avions des États-Unis reçurent l'ordre de rester au sol. Irina et Lawrence demeuraient debout. Elle répétait sans cesse les mêmes banalités : *C'est horrible.* Pendant longtemps, les mots n'auraient plus aucun sens. Mais les événements de ce matin éclipsaient tout le reste, et ce qu'ils pensaient ou disaient était si petit en comparaison qu'ils semblaient ne plus exister. Irina n'eut donc pas le loisir de regretter de ne s'être jamais tourmentée pour un colifichet du nom de médaille Lewis-Carroll, car lorsque les gens commencèrent à se jeter du haut des étages supérieurs, sa carrière d'illustratrice, ses frustrations, sa rivalité avec une mère trop sexy et son attirance rebelle pour Ramsey Acton flétrirent si vite que leur mesquinerie n'eut pas le temps de voir le jour. Elles s'évanouirent, simplement.

Faut-il rappeler que pendant la Seconde Guerre mondiale nul ne savait si Hitler allait gagner – durant quelques heures, ce matin du 11 septembre, personne ne sut si d'autres avions allaient suivre, si la Maison Blanche ou l'Empire State Building seraient les prochaines cibles, si le gouvernement menaçait d'être renversé ou si l'île de Manhattan allait se retourner dans la mer. Le globe terrestre que nous arpentions n'était pas immobile, et l'impensable était arrivé.

Quand la tour s'effondra tel un accordéon poussiéreux qu'on piétine, Irina saisit pour la première fois de sa vie le sens du mot *horreur*. En quelques secondes, un gratte-ciel qui depuis son adolescence était la proue de l'île de Manhattan, et qu'elle n'avait jamais beaucoup aimé, avait été réduit en cendres. Il n'était pas tombé, mais s'était évaporé. Les tourbillons qui disparaissaient défiaient les lois de la physique, selon lesquelles l'énergie n'est ni créée, ni détruite. L'érection de cette tour de cent huit étages avait demandé beaucoup d'énergie, et elle avait été détruite.

Les vrais jumeaux gardent souvent le même lien que les couples mariés depuis longtemps, et lorsque l'un meurt, l'autre dépérit. Dans l'heure qui suivit, la deuxième tour imita la première – s'affaissant à côté de sa sœur avec une grâce étrange, comme si elle abandonnait la lutte. Tel le jour où on avait annoncé la mort de Diana dans un tunnel parisien et où Irina s'était amèrement reproché d'avoir dit que la malheureuse était *insipide* et *mièvre* quand elle était encore en vie, prise de superstition, elle souhaita retirer toutes les paroles insultantes qu'elle avait prononcées sur le World Trade Center – critiquant les entrées tape-à-l'œil, comparant ses espaces commerciaux sans imagination à une offre géante Deux-pour-un de Colgate. Comme si quelqu'un l'avait entendue, elle jurait n'avoir jamais pensé, non, non, jamais, qu'elle souhaitait voir disparaître ces tours. Peut-être qu'aimer quelque chose était moins important que de s'y habituer.

Lawrence posa son bras sur ses épaules pendant qu'elle sanglotait. Ce n'étaient pas les larmes qu'elle avait versées autrefois – à cause de son inaptitude à la danse, des railleries au collège sur son « museau d'âne », de la rupture avec Jude, de sa solitude en l'absence de Lawrence. Elle s'étonnait d'avoir pleuré pour des motifs aussi dérisoires, alors que se déroulait à sa porte la grande tragédie de la race humaine – son histoire pernicieuse et révoltante. Les commentateurs de CNN disaient déjà que rien ne serait plus pareil. C'était faux. Tant de tragédies avaient déjà eu lieu, mais rien n'avait changé. Ce n'était pas la première fois qu'un acte atroce était commis et ce ne serait pas la dernière.

Elle aurait pu pleurer tout le jour, mais ne le fit pas. Autrefois il lui était arrivé de sangloter des soirées entières à cause d'un petit ami qui l'avait quittée, mais aujourd'hui elle se sentit incapable de pleurer plus de quelques minutes la perte de tous ces gens – un fait honteux parmi d'autres dont elle devrait s'accommoder.

Après s'être mouchée, elle téléphona à sa mère. Pas de réponse. « C'est la fin du monde, se désespéra-t-elle en raccrochant, et je parie qu'elle fait ses exercices. »

Il paraissait absurde de suivre à la télévision des événements qui avaient lieu à une dizaine de kilomètres de là. « Lawrence, je veux le voir de mes propres yeux. Pour y croire.

— Aucun train ne roule. Et ils ont dû bloquer le bas de la ville. Tu ne pourras pas t'en approcher.

— Je t'en prie. Viens avec moi ! » dit-elle en lui prenant la main.

Ils firent donc un pèlerinage, un hadj, s'enfonçant dans Riverside Park : depuis l'allée qui longeait l'Hudson, la courbure de l'île cachait le brasier qui couvait au sud. Arrivés au bout du quai, au niveau de la 72e Rue, ils virent s'élever le nuage blanc au loin, une masse terne, compacte. Irina associait la catastrophe à une grande clameur, pourtant aucun son n'était audible dans le parc, le silence irréel, les cris d'oiseaux ici et là et, parfois, le pas d'autres New-Yorkais qui les rejoignaient dans cette marche hébétée. Ils se taisaient ou murmuraient. Tout le monde était poli, discipliné, même sur la piste cyclable du West Side où, d'ordinaire, files de patineurs, cyclistes et poussettes se disputaient âprement l'espace. Au mépris des règles de la vie citadine, les regards se croisaient. Elle ne se souvenait pas d'avoir jamais connu la ville aussi unie, et si on se référait souvent à ses communautés, il était rare de se sentir intégré dans l'une d'elles.

« Je te dois des excuses », dit doucement Irina vers la 50e Rue Ouest. À leur gauche, à part les véhicules d'urgence qui passaient en trombe, le West Side Highway, où les voitures roulaient d'habitude pare-chocs contre pare-chocs, était désert. *Mad Max*. « Ton travail… Je ne pensais pas que c'était aussi important.

— Ce n'est pas grave », répondit Lawrence. Il n'avait pas lâché sa main un seul instant. « Quelquefois je l'oublie moi-même. »

Ils durent s'arrêter à West Houston Street, barrée par un cordon de police. Une foule immense, respectueuse, s'était rassemblée en silence. Une odeur âcre de caoutchouc brûlé et de nickel planait dans l'air, et une fine cendre baptismale s'accumulait sur les garde-fous de la piste cyclable. Les bras ballants, tous faisaient face au bûcher funéraire qui s'élevait au loin et rendaient hommage aux disparus pendant quelques minutes avant de repartir sans bruit. Irina et Lawrence se figèrent un instant, puis cédèrent leur place.

Pour remonter vers le haut de la ville, ils passèrent par l'intérieur. Même quand le métro recommença à fonctionner, vers cinq heures de l'après-midi, il ne leur vint pas à l'idée de le prendre. On ne fait pas un pèlerinage en passant un tourniquet. Dans Times Square, aucune voiture ne roulait et ils avancèrent lentement au milieu de la Septième Avenue. Sur le panneau lumineux au-dessus de leurs têtes défilait l'annonce en boucle : LES ÉTATS-UNIS SONT ATTAQUÉS... DES AVIONS DÉTOURNÉS DÉTRUISENT LES TOURS JUMELLES ET S'ÉCRASENT SUR LE PENTAGONE... Des fragments d'épave emportés par le vent tourbillonnaient sur la voie déserte comme à la fin d'une nuit de nouvel an glaciale, quand le bal est fini, et que toute la ville a la gueule de bois. Quelques restaurants avaient ouvert, mais tous les établissements à l'air proche-oriental avaient baissé leurs rideaux.

« Je déteste paraître mesquine, dit Irina, à Columbus Circle. Mais si ça devait arriver... je suis heureuse que nous soyons à New York. Si nous étions en Angleterre, je me sentirais à l'écart.

— C'est un peu mesquin, reconnut-il. Mais qu'est-ce qui ne l'est pas aujourd'hui ?

— Je vais te le dire », répliqua-t-elle, s'arrêtant pour l'attirer contre elle. Ils bloquaient l'entrée de Central Park, mais les piétons autour d'eux étaient pleins de déférence, et s'écartèrent. Irina lui prit le visage dans ses mains et l'embrassa. Les larmes ruisselaient sur ses joues, mais ce n'étaient pas des larmes de honte.

11

Après les deux jours où Ramsey et elle s'étaient disputés comme des chiffonniers alors que se déroulait l'événement historique le plus terrible de leur existence, le dégoût d'Irina eut un effet positif : elle jura de ne plus jamais se quereller avec son mari. Ramsey lui-même, dont la lecture du journal se limitait aux pages Sports, fut ébranlé par ce drame, et la promesse de s'amender qu'elle lui arracha parut sincère.

Irina ressentit l'exil comme une peine infligée pour son comportement futile. À travers ses fréquentes conversations téléphoniques avec Tatiana, elle comprit qu'à New York une insidieuse rivalité s'était déjà créée entre les gens qui revendiquaient leur part de la tragédie : qui avait perdu des êtres chers, qui s'était échappé à temps du Trade Center, qui se trouvait dans le quartier par hasard ce matin-là, qui avait vu les tours tomber en direct (et non à la télé), qui avait des crises d'asthme à cause de l'air pollué de la 18e Rue, au lieu de respirer l'air pur de l'Upper West Side, à l'abri des émanations nocives. À Brighton Beach, où elle avait même manqué les premières images télévisées de l'effondrement des tours pendant qu'elle faisait quelques courses dans l'Avenue, la position de Tatiana était un peu plus privilégiée que si elle s'était trouvée dans l'Idaho. Elle était enchantée de décrire à sa sœur les bouches de métro fermées, l'étrange atmosphère de ville occupée à

Manhattan, où la police et les troupes de la Garde nationale étaient visibles à chaque coin de rue, comme dans une république africaine après un coup d'État militaire. Elle ne pouvait se donner le rôle de témoin de première main qu'en regard d'une expatriée.

Car l'événement n'appartiendrait jamais à Irina. Même pas un tout petit peu. Elle n'avait pas le droit d'émettre une opinion sur la structure qui remplacerait le World Trade Center, ni sur l'invasion de l'Afghanistan décidée en guise de représailles, et chaque fois que ces sujets étaient abordés dans la conversation, elle se réfrénait. Le cataclysme prenait la forme d'une remontrance particulière, d'un désastre conçu pour rappeler à Irina Galina que le monde du dehors pouvait dérailler dangereusement quand on avait le dos tourné, et il resta toujours lié dans son esprit à une disgrâce personnelle. Elle combattit même une superstition absurde : si elle n'avait pas été en train de se chamailler avec son mari, si elle avait lu le journal, et s'était concentrée sur l'essentiel, cela aurait suffi à sauver les tours du désastre.

Ce matin, elle avait accusé Ramsey d'avoir « saboté » sa soirée à l'hôtel Pierre ; en vérité, ils étaient tous les deux coupables de s'être tiré une balle dans le pied. Ils reconnurent humblement que ce serait très dommage de gâcher par des disputes les vingt ou trente années de vie de couple qui leur restaient, et après le 13 septembre 2001, ils firent assaut d'amabilité et de tendresse.

Ramsey emmena *Denise* chez un artisan de la City censé faire des miracles. Mais après une réparation de deux mille cinq cents livres , il déclara qu'il aurait aussi bien pu arracher une branche à un arbre du jardin. Il chercha longtemps, et dépensa plusieurs milliers de livres en substituts clinquants. C'était comme en amour, cinq à-peu-près ne remplaçaient pas une passion sincère ; il ne pouvait pas plus remplacer

Denise qu'Irina. Il se retira de la LG Cup, puis du championnat du Royaume-Uni et, pour la première fois, envisagea de tout arrêter.

Irina était déchirée. Elle n'avait pas envie ni de le suivre dans sa tournée ni de redevenir neuf mois de l'année une veuve de snooker dans l'East End. L'idée qu'il tire sa révérence sur la note amère de la finale du Crucible où il avait joué ivre et débité des grossièretés lui était insupportable. À quarante-six ans à peine, et juste après avoir obtenu le Lewis-Carroll, Irina n'avait aucune intention de renoncer à sa carrière et redoutait que les journées désorganisées de Ramsey ne soient source de discorde. Il l'interrompait déjà sans arrêt – « Où est mon pull noir ? » – quand elle dessinait fébrilement pour terminer dans les délais. Elle craignait qu'il se sente perdu sans le snooker, et redoutait d'être privée d'un élément vital de sa propre existence. Elle était tombée amoureuse de Ramsey Acton, star du snooker mondialement connue. Ramsey Acton, ancienne star du snooker, n'avait pas le même prestige.

Ils passèrent plus d'une soirée languissante à explorer les voies où Ramsey pourrait s'engager après avoir raccroché – commenter les matches à la BBC, tourner des publicités pour un sponsor, ouvrir un camp de snooker pour les défavorisés, rédiger ses Mémoires. Mais au fond d'elle-même, elle savait que Ramsey ne ferait rien de tout cela. Dans sa retraite, il feuilletterait *Snooker Scene* avec humeur et regarderait d'un œil mauvais les tournois à la télévision ou bien se planterait, l'air absent, devant *C'est du propre !*.

Pourtant, il y aurait des avantages. Si l'on oubliait la règle de l'Ooty Club – à savoir que Ramsey s'intéressait seulement aux voyages en rapport avec le snooker –, Irina supposait qu'ils pourraient faire bon usage de ses gains généreux et visiter le monde. S'il ne passait pas en tournée la plus grande partie de l'année, ils pourraient enfin mener une vic agréable et jouir des plaisirs simples d'un café et d'un *Daily Telegraph,* de la tranparence des vitres et des jonquilles du jardin, et regarder l'émission politique *Newsnight* avec un verre de cabernet.

Pendant l'hiver, envisager les possibilités qui s'offraient à lui devint une occupation de tous les instants. Noyer le présent dans ses rêves d'avenir était un passe-temps d'adolescent qui ne convenait guère à un homme de cinquante et un ans. Il savait très bien qu'il n'achèterait pas une ferme bio et ne partirait pas s'installer en Amérique du Sud.

Comme le gaz, la névrose se dilate et remplit tout l'espace disponible, et Ramsey, libre comme l'air, devint un hypocondriaque plus flamboyant encore. Ces derniers temps, il ne se plaignait plus d'un vague problème intestinal, mais de difficultés à uriner. Il se levait deux ou trois fois par nuit pour vider sa vessie, et se plaignait sans cesse d'un mal de reins, ou d'un engourdissement du haut des cuisses. Il ne se passait pas une journée sans qu'il déclarât se sentir « patraque », mais lui demander de décrire précisément ce qu'il éprouvait, ou s'il était constipé, donnait l'impression d'interroger un enfant de trois ans.

Tout le monde avait ses lubies, et Irina pouvait supporter celles de Ramsey. Elle savait depuis des années qu'il avait un rapport obsessionnel avec son corps – persuadé qu'une horrible maladie incurable le guettait – et, franchement, elle avait de la peine à prendre au sérieux ses inquiétudes pour sa santé tant qu'il continuait de fumer. Ses symptômes imaginaires variaient, et les réponses d'Irina aussi. Quelquefois elle se montrait sensible à ses plaintes ; ces derniers temps elle était plutôt d'humeur à les ignorer.

C'était gérable. Travaillant à un nouveau projet d'illustration, Irina supportait ses interruptions ; désireux de s'occuper, son mari faisait la plupart des courses. Remplir ses journées de rien du tout était un art, et il semblait posséder ce talent. Un horizon serein et convivial s'ouvrait devant eux, mais il y avait un point noir dans le paysage.

Le 11 Septembre et cette atroce dispute les avaient tous deux laissés abasourdis, et il était naturel que leur vie sexuelle eût perdu de sa vigueur. Mais en octobre, le rythme de leurs rapports intimes aurait dû reprendre. Après tout, aux pires moments de conflit, le sexe les avait toujours réconciliés.

Pourtant Ramsey se contentait le plus souvent de se serrer contre son dos. La position était, comme toujours, très agréable, mais il existait d'autres configurations qui plaisaient aussi beaucoup à Irina, et pour lesquelles Ramsey manifestait de moins en moins d'intérêt. Un soir de novembre ils parvinrent à leurs fins, mais sa queue, sans doute effrayée par l'obscurité de son ventre, se recroquevilla timidement et se retira, épuisée. Une autre fois, ils essayèrent pendant une demi-heure, mais à force de manipuler ce pénis spongieux, Irina se rappela la première fois qu'elle avait essayé d'utiliser un Tampax sans comprendre qu'on était censé laisser le coton dans l'étui en carton. Ensuite, les rares soirs où elle fit une tentative, glissant les doigts sur son ventre lisse et plat pour… – eh bien, elle eut l'impression de plonger la main dans un bocal de cornichons oublié hors du frigo. « Ça marche pas, lapin », marmonnait-il, et après une caresse rassurante elle le laissait en paix.

Peut-être le conflit leur était-il devenu nécessaire, et la tranquillité imposée par les événements ne suffisait-elle pas à attiser leur désir. Il était absurde d'avoir la nostalgie de leurs scènes de ménage, mais elle n'avait pas eu l'intention de jeter le bébé avec l'eau du bain. Bien qu'il eût déclaré que renoncer au snooker pour de bon serait un « soulagement », peut-être était-il accablé par la perspective de la retraite et souffrait-il de dépression. L'impuissance – un mot qu'elle évitait – était un symptôme classique.

Elle préférait ces deux théories à la troisième : à savoir que Betsy avait eu raison. Qu'on ne pouvait pas « maintenir la cadence ». Que leur besoin continuel de se toucher avait duré plus de quatre ans, une vraie chance, mais que toutes les relations suivent le même déclin : le sexe devient une habitude plaisante, ordinaire, familière, et bien souvent fastidieuse. Sa déception la démoralisa. À quoi bon avoir quitté Lawrence et causé tous ces ravages, pour revenir au point de départ ?

Mais dans ce cas, elle était totalement déphasée par rapport à Ramsey. Elle le désirait toujours, avec une intensité qui virait à l'obsession. Quand il faisait des courses au Safeway, elle avait pris l'habitude de se masturber frénétiquement dans son atelier. Ses fantasmes étaient vivaces, sonores et diversifiés, mais ils avaient toujours un point commun : son mari.

Le sujet frôlait donc le mauvais goût, mais avant de l'embarrasser en soulevant le problème au dîner, ou de chercher un soutien thérapeutique, Irina se tourna vers les accessoires vestimentaires. Pour la Saint-Valentin, elle essaierait la ruse des dessous affriolants. La fraîcheur de la nouveauté l'exciterait peut-être, et du moins cet accoutrement insolite les ferait bien rire.

Elle s'aventura dans Agent Provocateur avec, lui sembla-t-il, la moitié des hommes de Londres, et découvrit que la lingerie avait beaucoup évolué depuis l'époque de la dentelle rouge et des jarretelles exposées dans les sex-shops de Christopher Street dans sa jeunesse. Certains des teddies étaient de bon goût, les soutiens-gorge jolis mais pas inconfortables, et elle finit par s'amuser beaucoup. À la caisse, son butin lui revint à trois cent douze livres et douze pence, une somme effarante, mais qu'importe. Ramsey était riche.

« Je regrette, madame, mais votre carte a été rejetée. »

Rougissant, Irina se retint d'annoncer qu'elle n'était pas à découvert, merci beaucoup ; que son mari était un sportif de renom international qui avait gagné des millions... mais la vendeuse ne la croirait pas et s'en moquait.

« Oh, dit-elle. Peut-être que mon mari a oublié de... ou bien il y a eu une erreur informatique. Prenez donc celle-ci. »

À la grande honte d'Irina, la Visa et la Switch furent aussi rejetées, et derrière elle, la queue, à l'heure de pointe de la Saint-Valentin, se prolongeait dans l'allée. La seule carte à sa disposition était la MasterCard de Lawrence, où leurs deux noms figuraient encore, et qui n'expirait pas avant le mois prochain. Il était hors de question de faire payer à Lawrence une facture d'Agent Provocateur. « Pouvez-vous mettre ceci de côté ? murmura-t-elle. Je reviens avec des espèces. » L'air guindé, la caissière glissa sous le comptoir la pile de boîtes joliment enrubannées, doutant visiblement que cette bonne à rien revienne jamais les chercher. Elle avait raison.

Les mains vides et son projet à l'eau, Irina regagna Victoria Park Road dans un état second. Il y avait une explication, une embrouille financière temporaire. Elle trouva Ramsey dans la cuisine, en train de fixer un embout sur l'une de ces queues neuves, dont chacune avait coûté dans les mille livres. Elle regrettait qu'au lieu de prendre la décision de se retirer officiellement, il se contentât d'abandonner les tournois un à un – car dans ce cas, il était vain de coller ce minuscule rond de feutre au bout d'un bâton qui ne valait guère plus qu'un mât improvisé.

« T'étais où, chérie ? » demanda-t-il, et elle répondit : « J'ai fait des courses. » « Je vois pas de paquets », observa-t-il, et elle dit : « Non. » Il partit aux toilettes, et quand il revint, il proposa : « C'est la Saint-Valentin, hein ? Il est temps qu'on aille dans ce restau de Smithfield dont tu parles toujours, et qu'on le reprenne à Anorak Man.

— Le Club gascon nous coûterait trois cents livres, connaissant ton goût pour le vin. Je pense qu'on devrait manger à la maison, suggéra-t-elle d'un ton neutre.

— Hé, on vit qu'une fois !

— En ce qui concerne les dîners de luxe, nous avons déjà eu plusieurs vies. » Impatiente d'entendre qu'une série de chèques n'étaient pas arrivés à bon port, Irina poursuivit, mal à l'aise : « Ramsey... D'après toi, pour quelle raison tes cartes de crédit seraient-elles rejetées ? »

Très concentré, Ramsey lissa les bords de l'embout avec une lame de rasoir. « Peut-être qu'y a plus de sous.

— Et comment ça se fait ? » demanda-t-elle, impassible – bien que parfois le calme frise la folie. Elle s'était mise à trembler. « Tu dois transférer des fonds ?

— On peut dire ça comme ça. Du compte d'un autre mec sur le mien. »

Elle dut s'asseoir. « Qu'est-ce que tu racontes ? »

Il examina la virole d'un œil critique ; il avait fait une encoche sur le cuivre. « Dans l'ensemble c'est pas très clair... le pognon me fait chier, pour être honnête... mais je crois bien que chuis raide.

— Tu es à sec ?

— C'est ça. »

C'était une curieuse expérience de se mettre à respirer profondément, assise sur une chaise. « Ramsey, veux-tu bien arrêter de tripoter cette queue et me répondre ? »

Il reposa l'objet et la regarda, et elle vit que les choses étaient beaucoup plus claires pour lui qu'il ne l'avait laissé entendre.

« D'après ta page Web, reprit-elle, les gains de toute ta carrière ont atteint plus de quatre millions de livres. *Où est cet argent ?* »

Il haussa les épaules. « Jude m'en a pris un bon paquet. Et, mon chou, y a rien de plus simple que de claquer quelques millions de livres.

— Assez avec tes *mon chou* ! Tu as promis. Plus de *mon chou*, point barre. »

Il s'assit en face d'elle, respirant fort.

« Tu as gagné cent cinquante mille livres pour la finale de Sheffield. » Ils ne se disputeraient pas, elle ne voulait pas se disputer, mais sa gorge s'était contractée et ses poumons lui faisaient mal. « Tu as acheté ces queues, et fait réparer *Denise* – embaumer, plutôt, puisque ça a simplement permis de l'enterrer convenablement. Nous avons dîné dehors. Mais nous ne pouvons pas avoir dépensé cent cinquante mille livres pendant les neuf derniers mois.

— J'ai boursicoté sur les résultats de la finale.

— Ta propre finale ? C'est légal ?

— Tant que tu paries pas sur ton adversaire, y a pas de règle qui l'interdise. J'ai misé sur moi. Ça prouvait que j'étais sûr de moi. À huit contre un, j'aurais gagné un bon paquet.

— Et tu as parié combien ?

— Cent. »

Saisissant qu'il ne voulait pas dire cent livres, mais cent mille, Irina sentit son visage la brûler. La chaleur qu'il dégageait aurait suffi à faire cuire un gâteau dans le four Easy-Bake de ses jeux d'enfant. « Tu ne m'as jamais dit que tu avais un problème avec le jeu.

— Jamais dit que c'était un problème.

— Ça l'est, à présent.

— Foutaises. Clive Everton dirait juste que c'est *malheureux*.

— Quand Everton utilise cet adjectif, c'est en général parce qu'il pense que c'est *stupide*. » C'était une faute de tact d'avoir répété cette phrase de Lawrence, et ce commentaire ressemblait fortement à une injure, aussi elle le retira. « Excuse-moi. Ça m'a échappé. Je ne veux pas me disputer. » La poussée d'adrénaline la laissa sans force. « Pourquoi tu ne m'as pas prévenue que tu avais des ennuis financiers ?

— Je voulais pas que tu t'inquiètes. J'adore dépenser du pognon pour toi, lapin. »

Il était temps de se comporter en adulte. Jusqu'à présent, Irina ne l'avait jamais fait. Elle ne savait rien de ses finances, car elle ne lui avait jamais posé la question. Elle avait joué les femmes-enfants. Comme Ramsey, elle s'était laissé griser par la folie des grandeurs du nouveau riche, persuadée qu'avoir beaucoup d'argent, c'était en avoir toujours.

« Alors, ce n'est pas vraiment le moment de te retirer, tu ne crois pas ? Tu n'as pas joué un seul tournoi cette saison.

— L'une des raisons qui m'ont poussé à renoncer à la tournée, c'est la thune, lapin, dit-il doucement. La bouffe, l'essence, les frais... Le circuit, ça coûte. Et ces queues neuves valent pas mieux qu'une gaffe. Si j'arrive pas au moins au quart de finale, les premiers tournois nous enfoncent encore plus.

— Tu aurais pu m'en parler !... Mais il n'y a aucune raison de paniquer. Cette maison vaut une fortune au prix du marché d'aujourd'hui. Nous pouvons prendre une hypothèque. »

Ramsey fronça les sourcils. « Tu veux en prendre trois ?

— Je pensais que tu ne devais plus rien, que tu en étais propriétaire ! » Elle respira profondément. Bien. Une pause. « Mais ça signifie que tu n'es pas simplement à sec, réfléchit-elle. Et avec les cartes de crédit dans le rouge... Tu es endetté.

— C'est une manière de dire les choses.

— Tu en as une autre ?

— Pas spécialement.

— Tu vas où ?

— Pisser un coup.

— Tu y es allé il y a trois minutes.

— C'est le thé », répondit-il, mais elle en doutait : le cognac était posé sur le plan de travail. Quand il revint, il se tenait le bas-ventre et ressemblait à un vieillard de quatre-vingt-dix ans. « Chuis patraque », marmonna-t-il.

Quand on met en place une évacuation sur un réseau sous pression, une fuite se produit ailleurs ; enfin, l'exaspération perça dans la voix d'Irina. « Vas-tu te décider à voir un médecin ? Fais soigner ce que tu as, ou bien tais-toi ! »

Ramsey leva les mains. « Très juste.

— Je suppose que tu as une couverture sociale ?

— Mmm. Il me semble que mon assurance privée a été l'une des premières choses à sauter.

— Bon sang de bonsoir. Il y a encore le National Health Service. Tu as un généraliste ?

— Chuis pas inscrit.

— Tu es hypocondriaque, et tu n'as même pas de médecin ? » Elle n'avait jamais utilisé le mot devant lui.

Il s'assombrit. « C'est ma plomberie qui me joue des tours, pas mon cerveau. Et j'aime pas les toubibs.

— Ton dernier check-up date de quand ?

— Chais pas, dit-il d'un ton las.

— Tu as plus de cinquante ans. Tu es supposé faire une coloscopie, et je ne sais plus quoi d'autre. Je te trouverai un généraliste demain. Tu vas t'inscrire, et on prendra rendez-vous pour un bilan complet. Tu as dû payer une fortune en impôts. Tu peux bien en récupérer une partie. »

Irina prit donc officieusement les choses en main, et elle n'était pas près de renoncer.

Elle alla voir le comptable de Ramsey – une dépense supplémentaire qu'ils ne pouvaient apparemment pas se permettre – et il lui apprit l'étendue du désastre. Ramsey avait fait quelques placements qui n'avaient rien donné, mais ça valait sans doute la peine de sacrifier des intérêts pour réduire la dette des cartes de crédit confisquées. En attendant, pour couvrir les hypothèques de la maison et les dépenses de tous les jours, ils devraient vivre des revenus d'Irina.

Ses économies constituaient un petit pécule, mais ça ne leur suffirait pas. Les dettes de Ramsey étaient si écrasantes que les cinquante mille livres du Lewis-Carroll ne représentaient pas grand-chose en comparaison. Quant aux chèques de droits d'auteur mirobolants qu'elle aurait dû toucher, son nouvel éditeur d'outre-Atlantique avait été déçu par les ventes de *La Manche et le Tournoi*. Apparemment, même l'autocollant doré en relief n'avait pas réussi à convaincre les Américains d'acheter un livre sur le snooker. Elle ne toucherait la première moitié de son avance suivante qu'à la remise de son travail. Ramsey lui avait fait mener la belle vie pendant près de cinq ans, et elle ne se plaindrait pas de prendre à sa charge les dépenses courantes. Mais elle regrettait de ne pas avoir été prévenue à temps que toutes les factures de champagne et de sushis lui reviendraient. Ils avaient gaspillé tant d'argent !

Brusquement privé de pouvoir d'achat et d'activité professionnelle, Ramsey dut se sentir dépouillé de sa virilité. Il ne supportait pas d'être entretenu par sa femme, mais n'avait pas le choix ; il capitula, devenant aussi dépendant qu'un enfant. Irina, qui s'était conduite à beaucoup d'égards comme une petite princesse, se mit à tout faire. Elle congédia la femme de ménage, et nettoya elle-même la maison de fond en comble. Quand elle annonça qu'ils ne mangeraient plus au restaurant, et que le menu d'ashram était désormais exclu, il n'opposa aucune résistance. Mais le nouveau régime l'obligeait à préparer tous les repas, et comme elle n'utilisait pas n'importe quels ingrédients, elle faisait la plupart des courses. Tout cela la retarda dans ses nouvelles illustrations, qui étaient leur seule source immédiate de revenus. Ramsey était si désemparé qu'il refusa de se rendre seul au rendez-vous avec son nouveau généraliste – pour un banal check-up. Le médecin certifierait sans aucun doute qu'il se portait comme un charme, mais du moins ce verdict officiel obligerait-il Ramsey à oublier ses maux de ventre, alors qu'ils avaient dans l'immédiat des problèmes plus graves que ses troubles imaginaires.

Dans l'austère salle d'attente de leur dispensaire local de l'East End, Irina passa en revue les autres patients – d'un côté des Bangladais, de l'autre des Blancs, soit obèses, soit squelettiques, qui eurent l'air ébahi en voyant Ramsey ; hochements de tête et coups de coude indiquèrent qu'ils avaient reconnu la star du snooker locale. Irina s'en voulut d'être snob, mais le fait de voir dans ce vieux dispensaire minable l'homme qui plusieurs fois par an enchantait leurs écrans de télévision la consternait autant qu'eux.

Son nom s'afficha, et elle lui dit d'être courageux, d'un ton qui ressemblait déjà à celui d'une mère. Ramsey détestait les prises de sang, mais personne n'aimait ça. Avec un petit signe de la main, il disparut dans le couloir vert pomme, et elle eut l'étrange pressentiment de dire au revoir, non à son mari, mais à un bonheur simple et magnifique qui ne reviendrait peut-être jamais. Scrutant l'affichage numérique qui priait les patients d'informer leurs praticiens quand les traitements réussissaient afin de « garder le moral », Irina regretta de n'avoir pas pris de livre.

La consultation dura longtemps. Quand il revint enfin, les manchettes déboutonnées, son blouson traînant par terre, son visage était empreint d'un sérieux inhabituel. Il était arrivé à Irina de lui reprocher d'être aussi grognon. Mais en voyant son expression, Irina se souvint de ce graffiti désinvolte des années soixante : MÊME LES PANANOÏAQUES ONT DE VRAIS ENNEMIS. Le corollaire était que même les hypocondriaques tombent malades.

« J'ai pensé que je ne t'attirais plus », dit-elle.

D'instinct, ils étaient descendus dans la salle de snooker, au sous-sol, où Ramsey se sentait le plus chez lui. Mais ils se blottirent sur le canapé de cuir un peu comme des réfugiés, des demandeurs d'asile sous leur propre toit. Sous le cône de lumière qui éclairait la table de snooker, le tapis rutilait tel le pâturage verdoyant d'un pique-nique, mais il évoquait plutôt l'herbe plus verte du voisin. La sérénité qui s'en exhalait appartenait au passé.

« Mais c'est que tu ne peux pas, hein ? Pourquoi ne m'as-tu rien dit ? » Comme si tout ce temps Ramsey ne s'était pas plaint de ce qui aurait dû la préoccuper.

« Je me suis dit que ça s'arrangerait. Et j'avais peur.

— La vieillesse est si longue qu'il ne faut pas commencer trop tôt ? » Cette vanne éculée n'était pas drôle ; les plaisanteries passaient mal. Même le *C'est ma prostration* de Ramsey était tombé à plat. Il n'était pas ignare à ce point ; il connaissait la différence.

« Ça paraît si injuste, dit-elle. Pourquoi ça ne pouvait pas être une petite tache suspecte sur ton omoplate ? C'est comme si là-haut quelqu'un cherchait à nous avoir. À frapper littéralement *au-dessous de la ceinture*.

— On tue pas toujours ce qu'on aime le plus, mais putain, ce coup-là un autre va s'en charger.

— Ce n'est pas définitif. Tu dois faire d'autres examens.

— Ouais, répondit-il sans espoir. Mais quand ce *Paki* a enfoncé le doigt dans mon cul, il a fait une drôle de tronche. Il avait pas l'air content.

— Tu ne devrais pas l'appeler comme ça », dit Irina d'un ton morne. Ce n'était pas bien, mais les nombreux médecins du tiers-monde qui se pressaient dans les dispensaires inspiraient une méfiance générale, à cause de leur prétendu manque de formation. « Tu auras quand les résultats ?

— Chais pas.

— Qu'est-ce qu'on va faire en attendant ? Je ne me vois pas préparer le dîner, ni aujourd'hui ni jamais. On finira par mourir de faim. Plus de petits dessins stupides. Comment font les gens dans ce genre de situation ? Comment ça se fait qu'on ne tombe pas tous les jours sur des centaines de malheureux effondrés sur les trottoirs ? Voilà votre *cancer de la prostration.* » Une porte s'était brusquement ouverte sur l'angoisse qui menaçait depuis des années cette maison enchantée, et elle se rendit compte que, jusqu'à ce jour, sa vie avait été exceptionnellement agréable. Elle aurait dû s'en apercevoir plus tôt.

Irina retrouva ses talents culinaires – en fait, elle était si désireuse de s'occuper de Ramsey qu'il protesta, disant qu'elle allait le faire grossir – et, par ailleurs, passa l'essentiel des jours suivants à lire des pages médicales sur Internet. D'un côté, ces recherches lui donnaient quelque chose à faire, de l'autre elles la rendaient malades.

Selon ces sites Web, chaque homme serait atteint tôt ou tard d'une forme du cancer de la prostate, une affirmation rassurante, mais qui ne rendait pas la maladie plus acceptable. Toutes les thérapies décrites, et elles étaient légion, affichaient des taux de succès encourageants, mais aussi une liste d'effets secondaires possibles, dont la gravité et les détails variaient, mais dont le schéma se ressemblait : douleurs pelviennes, besoin fréquent d'uriner, enflure du scrotum, *impuissance*. Infection autour de l'incision, saignements post-opératoires, incontinence, *impuissance*. Sang dans les urines, sensation de brûlure dans le bas du scrotum, mictions difficiles, *impuissance*. Diarrhées, irritation du rectum, nausées, *impuissance*.

Il eût été incongru de s'apitoyer sur son sort, mais elle espérait avoir le droit de s'attendrir sur son couple. À l'époque où elle envisageait de se séparer de Lawrence, elle avait beaucoup pensé au rôle joué par le sexe. En choisissant Ramsey, elle avait conclu que ce rôle était capital. Il était temps de réexaminer la question et, dans l'intérêt de son mari, d'elle-même, et de leur futur bonheur, de conclure qu'ils pouvaient vivre sans.

Bien sûr que c'était possible. Malgré tout le ramdam culturel sur le sujet, le sexe ne prenait pas tellement de temps, n'est-ce pas ; il n'occupait qu'une part infime de la journée. Le plaisir qu'on en tirait était fugace. C'était juste un exercice, une manière de rentrer un objet dans un autre, une femme pouvait obtenir la même sensation par d'autres moyens. Quant à la privation affective, elle eût peut-être été plus angoissée si une maladie telle que le cancer de la gorge d'Alex Higgins les avait empêchés de s'embrasser. Elle pouvait encore se perdre au fond de sa bouche avec la sensation de se lâcher dans le vide en pleine nuit ; leurs corps s'emmêlaient toujours le matin comme un puzzle indéchiffrable. Ils dînaient ensemble (mais plus au restaurant...), se tenaient la main en allant au cinéma. Ramsey était plus beau que jamais, et l'émotion la prenait aux entrailles quand elle levait les yeux de sa tasse de café. Le somptueux buffet de la vie s'étalait sous leurs yeux, et faire une fixation sur le plat goûteux qui avait disparu de la table semblait inopportun.

Mais si faire l'amour ne prenait guère de temps, la diversion que cela procurait bénéficiait au reste de la journée. Alors qu'elle avait assez de ressources pour reproduire la sensation, elle ne voulait pas les exploiter. Quand Ramsey l'approchait, elle repoussait doucement sa main, car la perspective d'être seule à jouir lui répugnait autant que l'idée de partir sur une île romantique en solitaire et d'envoyer des cartes postales. Depuis son check-up, même leurs baisers avaient changé. Dans la journée, elle avait l'habitude de l'embrasser à tout moment, sans aller plus loin. Mais à présent c'était un rappel de la contrainte qui s'imposait à eux. Même en privé, Irina se fixa un moratoire. Les galipettes dans son atelier pendant que Ramsey faisait les courses au Safeway lui donnaient l'impression de le tromper, comme si elle avait mangé des tablettes de chocolat en cachette alors que son mari était au régime. Si Ramsey s'en passait, Irina l'imiterait. Un tout petit sacrifice... n'est-ce pas ? En principe. Hélas, il n'en était rien.

Toute épouse eût médité la question très naturellement, mais la perspective d'un célibat éternel torturait Irina avec une intensité pour le moins suspecte. Peut-être cette obsession était-elle un moyen de détourner son attention d'une menace d'un autre ordre, plus irréversible.

« C'est normal que ton esprit batte la campagne, dit Irina tandis qu'ils marchaient en direction du dispensaire où Ramsey avait enfin été convoqué. Mais tout ce que j'ai lu sur Internet m'a plutôt réconfortée. Même si tu es atteint, tant que c'est à un stade relativement précoce, tu as de bonnes chances de te remettre complètement. La recherche a beaucoup progressé, et il existe une quantité de traitements différents. Bien sûr, ça ne va pas sans certains... inconforts... mais la plupart sont provisoires.

— Ça veut dire quoi, *plutôt* ? demanda Ramsey, qui ne s'était pas approché de l'ordinateur. Et qu'est-ce qui n'est pas provisoire ? »

Irina avait gardé pour elle le... euh... *schéma* qu'elle avait repéré dans la description des effets secondaires. « Il n'y a aucune raison qu'on en discute avant d'être sûrs que tout va bien.

— Mais tu étais en train d'en parler.

— Je suis nerveuse. Je bavarde trop. Ça ne sert à rien, excuse-moi. »

Avec ses cerisiers en fleur, Victoria Park était d'une beauté cruelle. La main de Ramsey, d'ordinaire asséchée par la craie de queue, était moite. « Irina, dit-il doucement, ils vont me couper le zizi, c'est ça ?

— Chut. »

Dans la salle d'attente, Irina se demanda comment elle avait pu s'inquiéter pour autre chose. Elle s'étonna d'avoir pu se soucier de la victoire de Ramsey à un match de snooker, ou perdre dix minutes de sommeil pour une babiole comme le Lewis-Carroll. Il était inconcevable qu'elle se fût mise dans tous ses états à cause de la réaction d'un éditeur devant quelques dessins insignifiants, et le fait qu'elle ait pu accorder une once d'attention à une tache récalcitrante au lavage lui parut grotesque, et même sacrilège. Mais peut-être que tout cela n'avait aucun rapport avec l'*anxiété*. Peut-être que choisir le mauvais bleu pour une toile de fond, égarer des chèques dans le courrier, et perdre un bouton irremplaçable de votre chemisier préféré dans un collecteur d'eaux pluviales n'étaient que des formes de distraction.

Une fois qu'ils furent assis devant le bureau du médecin – qui n'était pas pakistanais, mais indien –, le Dr Saleh passa un long moment à étudier le dossier de Ramsey avant de lever la tête, ce qui ne plut pas à Irina. Pas du tout.

« Monsieur Acton, commença le petit homme brun. Je vous adresse à un oncologue de Guy's et St Thomas.

— Excusez-moi, intervint Irina, rouge de colère. C'est de cette façon que vous annoncez à mon mari qu'il a un cancer ? En lui disant que vous "l'adressez à un oncologue" ?

— C'est une manière comme une autre, répondit le médecin d'un ton las.

— Ramsey est un joueur de snooker. Je doute qu'il connaisse ce terme !

— Madame Acton, dit-il calmement. Je ne suis pas votre ennemi.

— Je suis désolée », répondit-elle. Mais elle voulait garder sa rage. Elle s'effondra, et fondit en larmes.

Stoïque, Ramsey lui caressa les cheveux. Si les difficultés financières l'avaient rendu puéril, la probabilité d'une maladie grave eut l'effet contraire. Depuis son check-up, il prenait les choses avec sérieux, et se comportait en adulte. « Mais dites-nous… vous n'allez pas nous envoyer à un autre toubib et la boucler.

— Votre test PSA indique un taux élevé d'acide prostatique dans le sang. Votre oncologue prescrira d'autres examens pour déterminer dans quelle mesure… mais votre analyse d'urine n'a pas fourni d'autre explication pour ces résultats. Il est donc très probable qu'il y ait des métastases… Vous connaissez ce mot ?

— Vous voulez dire que le mal a sans doute atteint les ganglions lymphatiques, intervint Irina. Ou même les os. Ce serait le stade 3. Ou même le stade 4. Déjà.

— Nous ne devons pas tirer de conclusions hâtives avant d'avoir fait des examens supplémentaires. Mais c'est une possibilité, en effet. » Il pensa à ajouter : « Je regrette.

— Et la biopsie ? demanda Irina – prendre les choses en main était devenu une habitude. Quel est le score de Gleason ? »

Le médecin pencha la tête. « Vous vous êtes renseignée sur le sujet, madame ? »

Irina haussa les épaules. « Internet… » Elle ignorait si le corps médical était exaspéré par les experts en ligne qui faisaient irruption dans ses bureaux, certains d'en savoir plus long que les généralistes, ou si les praticiens étaient reconnaissants de ne pas avoir à tout expliquer depuis le début.

En tout état de cause, les professionnels se réfugient souvent dans les faits, et la réponse du médecin fut très simple : « Le score de Gleason est de 5. »

Irina s'affaissa comme si elle avait reçu un coup de poignard.

« C'est quoi, lapin ? »

Elle s'en voulut de ne pas l'avoir mis au courant avant ce rendez-vous. Mais elle n'avait pas voulu l'effrayer. Et elle s'était refusée à croire que c'était possible. « Ça signifie, dit-elle en glissant un doigt sur la peau lisse de sa tempe, que le cancer est très agressif.

— Mais l'échelle va de 1 à 10, non ? Cinq, c'est pas si terrible.

— Non, chéri, dit-elle avec un triste sourire, l'échelle va de 1 à 5.

— Vous comprenez donc pourquoi il est très important que vous fassiez le nécessaire pour voir ce spécialiste le plus tôt possible, dit le Dr Saleh.

— Je sais que ce n'est pas votre travail, reprit Irina, qui en l'espace de quelques instants avait renoncé à son ton belliqueux pour l'implorer. Pourriez-vous nous donner une idée de la thérapie que l'oncologue est susceptible de recommander ?

— La cryothérapie…

— Nous l'avons essayée, le coupa-t-elle sèchement. Ça ne marche pas. »

Pas de réaction. C'est un étranger. Il n'a pas compris. « La cryothérapie et la brachythérapie ne sont des options que si le cancer ne s'est pas trop étendu au-delà de la prostate. Si une biopsie des ganglions lymphatiques est positive, une prostatectomie ne sera pas non plus recommandée. »

Irina éprouva un soulagement égoïste et stupide. Les risques d'une impuissance permanente à la suite d'une prostatectomie radicale étaient de quatre-vingts pour cent.

— La thérapie hormonale, la radiothérapie, la chimiothérapie, peut-être associées. Votre médecin décidera. »

Il fallait poser la question, et elle admira Ramsey d'oser en parler. « Et pour baiser, demanda-t-il, on fait comment ?

— Si vous vous en sentez capable, répondit prudemment le Dr Saleh, vous ne risquez pas de vous faire du mal.

— Je comprends que ça n'a plus d'importance à présent, reprit Irina. Mais y a-t-il une raison ? Une erreur qu'il aurait commise ? Ramsey est un peu jeune, non ? D'après les statistiques ? » Elle se reprit trop tard ; si elle entendait par là que le tabac avait été un catalyseur, c'était pour accuser Ramsey, et ce n'était pas très gentil.

« Les statistiques ne sont qu'une indication générale. En médecine, tout peut arriver sous le soleil. Ou peut-être pas, dans ce cas précis, dit Saleh, se hasardant à faire une plaisanterie. Ce n'est pas prouvé, mais il semble y avoir un lien entre un taux croissant de cancer de la prostate et le manque de vitamine D. »

Se forçant à sourire, elle caressa la joue de Ramsey, qui était pâle comme la craie à force d'être enfermé. « Trop de snooker, alors ?

— Sûrement pas, lapin. » Ils se levèrent pour partir.

D'un point de vue philosophique, Irina avait foi en la Sécurité sociale de Grande-Bretagne. C'était une belle idée que toutes les prestations soient gratuites dans le système de gestion médicale hospitalière, même si les critiques, étonnamment rares considérant le montant du prélèvement social sur le salaire moyen, s'empressaient de souligner que le National Health Service était tout, sauf gratuit. Pourtant le NHS, remarquable en théorie, manquait constamment de fonds. Les listes d'attente pour des traitements étaient d'une longueur notoire et parfois fatale. Des cas scandaleux d'ablation du mauvais sein, du mauvais rein ou d'amputation de la mauvaise jambe faisaient les gros titres de la presse. Les hôpitaux publics étaient infestés d'une « super-bactérie » du nom de MRSA qui en 2002 tuait mille deux cents patients par an. Un tiers du budget du NHS servait à payer les procès pour faute professionnelle. Quand ils ressortirent du cabinet du Dr Saleh, Irina eut une réaction ignoble, mais elle s'en moquait : le NHS, décréta-t-elle, était bon pour les autres.

Pour les tests qui établiraient le niveau de référence de l'état de Ramsey, Irina se tourna vers le privé. Du moins ils n'eurent pas besoin d'attendre. Elle convainquit son mari de subir un second test PSA et une biopsie de la prostate, au cas où les labos du NHS aient mélangé ses prélèvements avec ceux d'un malheureux patient vraiment atteint de la maladie, ce qui aurait été une erreur médicale de plus à mentionner dans les pages intérieures des journaux. Une fois qu'un labo indépendant eut malicieusement fourni les mêmes résultats, un oncologue privé prescrivit une tomographie aux rayons X assistée par ordinateur, une scintigraphie osseuse isotopique, une biopsie des ganglions lymphatiques, et une IRM. Mais en cédant au besoin d'acheter ce qu'il y avait de mieux, Irina tomba sous l'emprise d'une motivation qui conduisait beaucoup de ses compatriotes à dépenser leur épargne dans le même but. Elle ne voulait pas obtenir les meilleurs tests, mais les meilleurs résultats.

Elle gaspilla donc son argent – beaucoup d'argent. Après avoir dépensé la plus grande partie de ses économies, Irina dut reconnaître qu'ils étaient obligés de retourner au NHS, la queue entre les jambes. Beaucoup de médecins du NHS augmentent leurs revenus par des consultations privées, et après un délai crispant le système les renvoya, par coïncidence, à l'oncologue qu'ils avaient déjà vu et qui, du moins, était blanc – car une maladie mortelle révèle la face la plus sombre de votre personnalité, celle que vous avez toujours cachée. « Alors, dit-il sèchement, vous voilà de retour chez les prolos. »

Cela se passa comme l'avait prédit le Dr Saleh. Le Dr Dimbleby prescrivit une thérapie hormonale associée à des rayons, et une chimio s'il n'y avait pas d'amélioration. Largement au courant des effets secondaires de ces horribles traitements, Irina refoula sa terreur en se récitant les résolutions on-va-se-battre et je-sais-que-tu-vas-tenir-bon qu'elle avait dû entendre dans bon nombre de téléfilms qui semblaient confondre maladie incurable et campagne électorale retorse de l'opposition conservatrice. Mais Ramsey demanda alors s'il ne pouvait pas simplement rentrer chez lui et laisser la nature suivre son cours, car si le cancer ne le tuait pas, le traitement s'en chargerait. Il n'avait pas l'air de croire que la thérapie hormonale ressemblait le moins du monde au courageux défi lancé un an plus tôt par les tories à la majorité retranchée des travaillistes. De plus, il résistait curieusement à l'idée qu'on attendait de lui, non seulement qu'il endure ce traitement pénible et douloureux, qu'il perde sa virilité, qu'il se sente de plus en plus *patraque,* avec la perspective d'une aggravation de son état dans les jours à venir, mais qu'il rassemble le peu d'énergie qui lui restait pour monter à la tribune et lancer des slogans à ses supporters pour les encourager à s'inscrire sur les listes électorales.

Quand Irina dit combien elle était frustrée que Ramsey ne reprît pas son refrain – *on va se battre* –, l'oncologue, qui avait un côté espiègle, intervint. « Au contraire des idées reçues, répondit-il, des études approfondies ont comparé les patients déterminés et optimistes à ceux qui, je cite, *renoncent*. D'après les statistiques, le comportement n'exerce aucune influence marquante sur le taux de survie ou de guérison. »

Brandir une épée vers le ciel ou la jeter dans la Tamise n'était donc qu'une question d'humeur.

Après les batteries de tests et son humble retour dans la queue du NHS, les traitements de Ramsey ne furent programmés qu'à la veille de son cinquante-deuxième anniversaire. Certaine que quelques jours ne changeraient rien, Irina demanda discrètement au Dr Dimbleby de repousser après le 6 juillet la première série d'anti-androgènes et la radiothérapie.

Malgré l'état lamentable de leurs finances, une soirée à Omen ou un autre somptueux dîner de sushis maison n'eût pas ruiné la banque. Mais Irina n'aimait pas se répéter.

Elle alluma deux bougies sur la grande table en bois de la cuisine, entièrement vide. Il faisait jour si tard en juillet qu'elle avait attendu onze heures du soir pour poser devant Ramsey un plateau d'argent, à la lueur ambrée des chandelles. Au milieu brillait une pilule bleue solitaire.

Ramsey regarda cette entrée minimaliste, tel un épisode des *Jetson*, puis tourna les yeux vers sa femme. « C'est bien ce que je crois ?

— Dimbleby a dit que ça ne pouvait pas faire de mal, et que ça valait la peine d'essayer. Il a aussi précisé qu'une fois que tu auras commencé les traitements... tu voudras sans doute “te concentrer sur ton état”.

— Ça veut dire que je vais en chier, traduisit Ramsey.

— Tu connais les médecins.

— Tous des menteurs.

— Ils sont discrets. Tu es partant ?

— Ma chère, je suis partant si ce bâton de sucette peut me servir de béquille. »

Elle lui versa un verre de son sauvignon blanc préféré – trente livres la bouteille, la dernière du casier.

Il porta un toast : « À la tienne Étienne – ou à ce que je pense », et ingurgita le cachet.

Ils sirotèrent leur vin et attendirent. Une aventure de son adolescence revint à Irina, et elle lui raconta qu'au lycée elle avait obtenu un lot de champignons hallucinogènes d'origine douteuse. Avec son amie Terri, dont les parents étaient sortis, elle avait passé une soirée dans la cuisine. Elles avaient versé de l'eau chaude sur les tortillons marron ratatinés et, au bout de quelques minutes, avaient absorbé un verre de ce breuvage amer. Ensuite elles avaient fixé les murs jaunes, attendant que la couleur change, que les lettres au crochet de BLESS THIS HAPPY HOME se mettent à danser, et que le réfrigérateur fredonne des airs de comédie musicale. Trop tard pour retirer une anecdote futile dont le dénouement, comprit-elle, ne présageait rien de bon, Irina dit que leurs espoirs avaient été déçus. Mais, ajouta-t-elle, entre le moment où elles avaient absorbé cette tisane infecte et celui où elles s'étaient résignées à l'idée que ces champignons n'avaient pas plus d'effets que les shiitakes de Chinatown, la couleur des murs s'était mise à vibrer toute seule, la peinture jaune scintillant avec exubérance à la lueur de la lanterne magique. La devise crochetée dansait déjà, et le bourdonnement du frigo, cette petite musique rassurante qui prouvait que tout allait bien, devenait un genre d'air populaire. Les champignons ne valaient rien, mais la cuisine de Terri était une révélation, et par la suite Irina avait été remplie d'une joie intense à chacune de ses visites.

La même chose se produisit par le visage de Ramsey : avec ou sans les champignons hallucinogènes de la maturité, ce fut une révélation. Elle l'embrassa. Elle dit : « Si ça ne marche pas ça ne fait rien.

— Je sais, répondit-il – et ils finirent le vin. Mais je pense que ça fonctionne. »

Ils descendirent dans la salle de snooker. Il alluma la lampe au-dessus de la table ; ce soir, le tapis les invitait à un nouveau pique-nique. Dans le triangle des billes écarlate, jaune canari, et vert émeraude psychédéliques, brillait le secret de la cuisine de Terri : à savoir que le monde visuel génère sa propre psylocibine. Célébrant les matches joués en Malaisie, à Hong Kong et Bingen-am-Rhein, les sous-verres des affiches rappelaient la belle vie que Ramsey avait eue. L'idée que ses exploits étaient terminés et appartenaient au passé était nouvelle et déplaisante, mais il valait mieux s'émerveiller devant un travail bien fait que se laisser dévorer, comme ses fans, par l'obsession du seul tournoi qu'il avait perdu. Quand Ramsey déboutonna lentement son chemisier, Irina essaya de chasser cette pensée : *C'est fini ? Ces cinq années dérisoires ? Terminées ?* On espère toujours que la vie va commencer, à l'image des murs de la cuisine de Terri dont elles ne voyaient pas la beauté. On peut passer un temps infini à anticiper l'arrivée de ce qu'on possède déjà, comme lorsqu'on tambourine des doigts en guettant une livraison FedEx alors que le paquet attend sagement devant la porte.

Ils se déshabillèrent sans se presser. Le ventre musclé de Ramsey vacillait, tel un banc de petits poissons, et son pénis en érection avait retrouvé sa longueur habituelle, qu'elle avait prise autrefois pour sa taille normale. « Tu sais, on faisait l'amour pendant des mois, dit-elle en glissant le doigt sur son vieil ami, et je ne l'avais jamais vu plus petit. Je croyais que tu te promenais dans la rue avec cette… batte de base-ball.

— C'était le cas, répondit-il. Les semaines où on était séparés, dans les hôtels de la tournée… je te faisais des choses terribles dans ma tête.

— … Tu te sens bien ?

— Je me sens mieux que bien », dit-il en se rapprochant d'elle.

Ne voulant pas l'éprouver, Irina voulut venir sur lui, mais il refusa. « Non, lapin. Je te baise comme un homme ce soir, ça c'est sûr. »

Elle fut heureuse. Elle aimait qu'il la domine ; le spectacle lui plaisait. Cette amnésie provisoire avait mis du temps à s'installer, car on ne regrette pas ce qu'on a oublié ; quand il la pénétra la première fois, ses yeux s'écarquillèrent de surprise.

« Irina ? » Il l'appelait si rarement par son prénom – comme s'il appartenait à son ancienne vie avec Lawrence, ou à Lawrence lui-même. « Je suis désolé pour...

— *Chut*, dit-elle, mais il poursuivit.

— Pour les disputes. Je t'aime si fort, mais je sais pas toujours...

— *Ahhh.*

— ... comment le gérer.

— Globalement, chuchota-t-elle, globalement, tu t'en es très bien tiré. » Le sexe avec Ramsey aurait toujours dû être aussi fabuleux, se dit-elle, et en fait, il l'avait été.

« T'es super, lapin. Mais je me suis conduit comme un con. Vraiment. J'espère juste que... que tu me pardonneras un jour. »

Il n'était pas possible de le dire tout haut, mais ils savaient tous les deux que c'était la dernière fois. Mais pour chacun de nous, il y a toujours une dernière fois. Pour lacer ses souliers. Pour consulter sa montre.

Ramsey s'était comporté en bébé quand il avait un rhume de cerveau ou un problème de constipation, mais il accepta la vraie souffrance avec un vaillant stoïcisme – comme s'il avait passé toutes ces années à se débarrasser de toutes ces pleurnicheries pour se préparer à affronter le désastre sans se plaindre. Les séances de rayons, cinq jours par semaine pendant deux mois pleins, provoquèrent une inflammation du périnée et des diarrhées, et l'affaiblirent tant qu'au retour de l'hôpital il devait se mettre au lit. La nausée étant plus ou moins constante, il touchait rarement aux repas qu'elle lui servait – dont l'assaisonnement subtil ne lui était pas naturel. Il aurait perdu du poids, sans le traitement de blocage androgénique, qui le rendait boursouflé. La testostérone, apparemment, nourrissait le cancer, mais elle avait son utilité ; sous l'influence des drogues destinées à supprimer l'apport hormonal, Ramsey ne glissait plus la main dans le creux de sa cuisse. Son corps se ramollit. Les minuscules poissons de ses muscles abdominaux disparurent. Les légers mamelons se transformèrent en petits seins. Les lignes aiguës et précises de son corps se brouillèrent, de la même façon que les traits incisifs du moule du bonhomme en pain d'épice s'épaississent quand on glisse la pâte froide dans le four.

Avantage pervers dû aux longues heures où Ramsey languissait dans un demi-sommeil à l'étage, Irina pouvait s'organiser pour voir Lawrence si elle le souhaitait, sans être découverte. Une liberté à laquelle elle eût volontiers renoncé, mais le besoin de lui parler était le plus fort. Après tout ce qu'ils avaient vécu, ils se parlaient encore. C'était un vrai miracle et, à défaut de faire miroiter la vie éternelle, cela augurait de la guérison des pires traumatismes.

Ils se retrouvèrent fin août dans un Starbucks, sur le Strand, près de son bureau. Ramsey venait de terminer un de ses traitements aux rayons, et ne reprendrait pas ses esprits avant des heures. Elle avait échangé des courriels avec Lawrence pendant tous ces mois, mais près d'un an s'était écoulé depuis qu'ils s'étaient croisés à l'hôtel Pierre. Elle eut un petit choc ; elle avait oublié à quoi il ressemblait.

Il dut avoir un choc encore plus grand, et ne chercha pas à le dissimuler. « *Irina Galina !* s'écria-t-il avec nostalgie. Tu as une mine de chien. »

Elle regarda ses mains, ses ongles sales, en dents de scie, les fines lignes parallèles striant la peau. « Ramsey a une mine bien pire.

— Tu manges assez ? »

Irina avait remarqué, la dernière fois qu'elle avait pris un bain, que son sternum saillait et que la peau de son ventre était flasque ; elle était assez vieille à présent pour qu'il commence à se friper. « Je grignote les plats que je prépare à Ramsey et qu'il est trop mal pour manger, mais tu comprendras que je n'ai pas assez d'appétit pour les terminer.

— Tu es si maigre ! Tu ne peux pas prendre soin de lui si tu ne prends pas soin de toi !

— Je t'assure que ce n'est pas moi qu'il faut plaindre.

— Comment réagit-il ? Parce que si tu veux vraiment vaincre la maladie, l'état d'esprit peut faire une énorme…

— Son oncologue affirme tout le contraire. Même si tu es désespéré et fataliste, ça n'a aucun effet sur le résultat. »

Lawrence fronça les sourcils. Il croyait fermement au pouvoir de la volonté, la sienne étant prodigieuse. « Je l'ignorais. Je ne prendrais pas l'avis d'un médecin…

— Ce n'est pas parce que l'idée ne te plaît pas, le coupa-t-elle, que c'est un mensonge. Et si tu y réfléchis, demander à quelqu'un qui souffre de convoquer les pom-pom girls n'est pas très raisonnable. Cela dit, il a du cran. Quand il ne s'effondre pas. Il dort beaucoup.

— Quel est le pronostic ? »

Elle haussa les épaules. « Nous n'arrivons pas à avoir une réponse claire. Et peu importe ce qu'ils nous disent. Ce qui compte, c'est ce qui se passe. Il va sans doute faire une chimio pendant l'hiver.

— La perte de cheveux… les nausées… tout ça ?

— *Tout ça.*

— Je suppose qu'il ne joue plus guère au snooker.

— Assez curieusement, quand il retrouve de l'énergie, si. Il dit que ça le détend. Et pour la première fois depuis qu'il était gosse, il peut jouer pour le plaisir – le pur plaisir d'empocher les billes, d'entendre cette sonorité cristalline quand elles se heurtent. Et comme plus rien n'est en jeu, il ne se flagelle pas quand il est *patraque.* »

L'état de Ramsey était un tel tourbillon qu'elle devait faire attention à ne pas parler de ses seules préoccupations. « Alors dis-moi... c'est comment, ce mariage ? » Dans un courriel, elle avait réparé l'impair commis à New York en oubliant de demander le nom de sa fiancée.

« C'est différent. De toi et moi. Plus... orageux, si tu vois ce que je veux dire. »

Elle sourit. « Je crains de savoir de quoi tu parles. Tu préfères ça ? Ou tu aimerais mieux retrouver une relation paisible et harmonieuse comme la nôtre ? Le calme. L'affection. La journée régulière. La passion au ralenti, sans mots pour l'exprimer. C'était pas si terrible, tu sais. Bien au contraire.

— Les pommes et les oranges.

— Oui, mais il y a des moments dans la vie où tu dois faire un choix. »

Lawrence s'agita sur sa chaise. « Je n'aime pas revenir sur le passé.

— Moi si. Je repense à certains moments et à ce qui aurait pu se passer.

— Une perte de temps.

— Sans doute, reconnut-elle gaiement.

— Tu sais, même si... le pire se produit. Du moins tu seras à l'abri du besoin. »

Irina avait pris soin de ne pas mentionner leurs problèmes financiers dans ses courriels. « Pas exactement, précisa-t-elle. Ramsey est à sec.

— C'est impossible !

— Toutes ces notes de restaurant qu'il réglait quand nous sortions tous les quatre : tu multiplies ce je-m'en-foutisme par des milliers.

— Comment tu t'en sors ?

— Pas très bien. J'ai dépensé la plus grande partie de mes économies en soins médicaux privés. Et ces six derniers mois, j'ai dû mettre l'illustration entre parenthèses. »

Lawrence ne supportait pas d'entendre parler de difficultés qu'il ne pouvait résoudre d'une manière concrète – c'était un homme *efficace* – et ses yeux s'illuminèrent avant qu'elle n'ait pu l'arrêter. « Je vais t'aider ! Je peux te passer dix mille sans problème, peut-être même vingt mille ! Ce ne serait même pas un prêt. Je t'en ferais cadeau. »

Elle posa la main sur son bras. « Non, ce n'est pas possible. C'est adorable de ta part, mais Ramsey ne voudra jamais, et moi non plus. Ne t'inquiète pas, j'ai d'autres ressources. »

Quand ils se séparèrent, elle dit : « Je ne devrais peut-être pas, mais quelquefois tu me manques. Ta ténacité, ta solidité. Ce n'est pas trop déloyal, n'est-ce pas ?

— Non », répondit Lawrence. Il ajouta d'un ton un peu désinvolte : « Hé, toi aussi tu me manques parfois ! Tes tartes à la rhubarbe et à la crème, et tes monceaux de piments.

— Tu regrettes ma cuisine ?

— C'est mieux que de me réjouir d'en être débarrassé. Et bien sûr, il y a d'autres choses. Mais oui, je regrette tes petits plats. Si tu n'y vois pas d'inconvénient. Tu fais partie de ces femmes qui s'occupent des autres. Je ne m'en suis rendu compte que récemment, mais elles ne sont pas toutes comme ça. »

Irina s'éloigna lentement sur le Strand, perplexe. Toutes ces années, elle avait eu l'impression que c'était Lawrence qui prenait soin d'elle.

Concernant ses *autres ressources,* Irina repoussa le coup de téléphone le plus tard possible, mais un autre remboursement d'emprunt immobilier les guettait. Elle appuya si lentement sur les touches... – 7... 1... – que la communication s'interrompit, et qu'elle dut recommencer.

« Mama ? » Sa voix prit un son aigu. « C'est Irina... Écoute, je sais que nous avons eu des désaccords, mais Ramsey est très malade... Oui, je pensais qu'elle te l'aurait dit. Mais ce qu'elle ne sait pas c'est que nous avons des... ennuis d'argent... Mama, je t'en prie, épargne-moi tes je-te-l'avais-dit, ce n'est pas le moment !... Oui, nous avons encore la maison, et oui, s'il n'y avait que moi, je pourrais y renoncer, mais Ramsey... il est si malade et il aime tant cet endroit... je ne peux pas lui faire ça en ce moment. Alors je voulais savoir... tu as toujours la voiture ?... Je suis désolée de devoir te le demander, mais je voudrais que tu la vendes. »

En février, tout le monde ne parlait que de la guerre imminente avec l'Irak, mais Irina luttait contre une autre sorte d'invasion, et contre des armes de destruction massive qui jusque-là s'étaient avérées beaucoup plus visibles que celles de Saddam Hussein. Quand Ramsey restait cloué au lit après les séances de chimiothérapie, discerner sous les bouffissures les contours étroits et les lignes aiguës du visage qu'elle avait aimé était devenu un art, une discipline. Il n'avait plus la barbe piquante qui irritait autrefois le menton d'Irina et trahissait son inconstance, son teint avait viré au brun jaunâtre des parchemins anciens, et même la peau de ses bras et de ses jambes était lisse et glabre. Mais avec les rares mèches blanches qui lui restaient sur le crâne, elle pouvait recréer une masse de cheveux drus, de la même façon qu'elle évoquait un volume en quelques coups de pinceau. À mesure que les mois s'écoulaient, le projet était devenu paléontologique – comme reconstituer la présence d'un fossile à partir de traces fugaces sur une grande dalle nue. Quand il était trop faible pour se lever elle avait appris à manipuler le bassin sans dégoût, se rappelant que nous sommes tous faits de sang, de merde et d'urine, même si nous parvenons à le dissimuler le plus longtemps possible derrière une porte de toilettes.

La perte la plus difficile à accepter semblait minime : l'odeur de sucre et de musc qui émanait autrefois de sa nuque, ce parfum enveloppant de crème brûlée en train de cuire. Comme si le ramequin était resté dans un four trop chaud, la crème s'était figée ; le sucre s'était caramélisé. À cause des médicaments, sa peau dégageait une odeur âcre, et si le goût de ses lèvres était encore suave, il lui soulevait le cœur.

Abruti par les cachets antidouleur, il ne paraissait jamais oublier qui elle était, mais d'autres détails se brouillaient. Un jour de la semaine dernière, il s'était levé très agité, persuadé qu'il devait se trouver une demi-heure plus tard à Wembley pour jouer le Masters, s'il ne voulait pas être disqualifié. (Une idée astucieuse pour faire illusion ; cette semaine, le Masters avait effectivement lieu dans North London, et Irina en conclut que le circuit du snooker était bien ancré dans le cerveau de Ramsey.) Cet après-midi-là se détacha du reste. Ses yeux gris-bleu n'étaient plus mouchetés d'écume, mais apaisés, et transparents tel le cristal. Il était faible mais lucide, et les rares minutes d'affilée où elle pouvait vraiment parler au centre de contrôle lui étaient devenues chères.

« Mon amour ? » dit-il, lui prenant la main comme elle s'asseyait au bord du lit. Sa paume était parcheminée et parsemée de taches brunes prématurées. « Il y a quelque chose que je dois te dire tant que je suis encore capable de te parler. »

Elle aimait tant sa voix. « D'accord, mais ménage-toi. »

Sans tenir compte de sa recommandation, il s'efforça de se rasseoir, et elle l'aida à arranger les oreillers. « Je te dois des excuses, lapin.

— Si c'est à cause des disputes...

— C'est pas pour ça. J'ai été super égoïste. La première fois que je t'ai amenée chez Omen pour mon anniversaire, j'aurais dû payer l'addition et te raccompagner chez toi.

— Sans m'embrasser par-dessus la table de snooker ? Mais c'est l'un des souvenirs les plus merveilleux de ma vie !

— Je sais que j'ai été jaloux d'Anorak Man, poursuivit-il. Mais c'est pas parce que t'étais une salope. T'as été une bonne épouse. Au fond de moi j'sais que t'as jamais baisé avec lui quand on était mariés. Mais j'sentais le goût de métal de la jalousie sur ma langue, comme si j'avais sucé une pièce de cinquante *cents*.

— J'ai quitté Lawrence pour toi. Ça ne suffisait pas ?

— T'aurais pas dû, dit-il. Chais que t'as fait une erreur. T'aurais été mieux avec Anorak Man, ça fait pas un pli.

— Foutaises ! Les antidouleurs te montent au cerveau.

— Me contredis pas, petite. J'ai pas pu le dire avant, pasque ça me fout les boules. Mais y a un avantage dans ce discours d'adieu... »

Elle voulut protester, mais il leva la main. Ses forces ne tarderaient pas à le quitter, et elle devait le laisser parler.

« Je peux dire la vérité. Je suis un gaspilleur, lapin. Tout ce que j'ai pu t'offrir, c'était ma queue, qui te plaisait pour des raisons que j'ai jamais vraiment comprises, et maintenant elle est aussi sexy qu'une saucisse farineuse sur de la purée froide. Pire, j'ai claqué toute la thune, et je te laisserai que des factures et une maison hypothéquée. Je peux même pas te donner un trophée du championnat du monde, pasque t'avais raison : je t'ai fait honte au Crucible. Tout était ma faute – tu l'as dit, après le 11 Septembre, et t'es tombée pile dessus. Mais c'était pas juste l'alcool, le problème, lapin. C'était pas le cognac. J't'aime trop, lapin, j't'aime à en crever. Tellement que j'ai fait quelque chose de terrible, lapin.

» T'enlever à Anorak Man a été la pire faute de toute ma putain de vie. Je voyais que vous étiez bien ensemble. Et il avait la tête sur les épaules. Il t'aidait avec ton travail et tout ça, alors que j'vois pas la différence entre un éditeur de livres pour enfants et un pâté en croûte. Il aurait pris soin de toi, lapin, et il est intelligent, beaucoup plus que moi. Il fait des blagues sur la politique que je pige jamais. Il est même agréable à regarder, si on aime ce genre-là. Il m'a toujours bien traité, il a fait des compliments sur mon jeu, il s'est tenu à jour de toutes les stats comme les centuries et tout ça. Pour le remercier, je saute sa poule – la poule qu'il aime plus que tout au monde, même s'il est pas toujours très doué pour le montrer. Mais je te veux pour moi tout seul, pasque j'suis un type égoïste. Si y a un saint Machin-Chose assis aux portes du paradis, c'est la première phrase qui sortira de sa bouche : "Pourquoi t'as pris Irina ? Pourquoi tu l'as prise à Anorak Man, espèce de fêtard ? Comment t'as pu foutre en l'air la vie de cette poule magnifique ?" »

Ce soliloque l'avait épuisé, et il s'affaissa contre les oreillers. Elle tamponna la sueur de son front avec un linge, et lui fit boire une gorgée d'eau.

« Tu ne crois pas que la décision est venue de moi ?

— Non, dit fermement Ramsey. J'ai jamais rencontré une poule qui sache ce qui est bien pour elle.

— Vraiment ? Maintenant c'est mon tour. Et toi, *tais-toi*. D'accord ? » Il émit un grognement.

« D'abord, oublie ces sottises sur les portes du paradis, tant que tu es là. Mais peut-être que tu as raison, quand tu dis qu'il y a des choses qui auraient été plus difficiles à dire avant. Je t'accorde que Lawrence a la tête sur les épaules. Je n'ai jamais hésité à dire qu'il m'avait très bien traitée, et je sais que ç'a été un fardeau pour toi. Ç'aurait été tellement plus facile s'il m'avait battue, s'il avait bu ou couru les filles, et alors j'aurais été reconnaissante de lui échapper. J'avoue que ma gratitude n'a pas été tout à fait pure. Tu dis que ta plus grande faute a été de m'enlever à Lawrence. Eh bien, la pire faute de ma vie a été de le quitter, et depuis, je n'ai plus été la même. Je n'ai jamais retrouvé ma propre estime. J'aimais Lawrence ; je sais que ce n'est pas facile à entendre pour toi, mais je l'aime encore, d'une manière qui ne devrait pas te rendre jaloux.

» D'un autre côté, si je ne t'avais pas embrassé pardessus cette table de snooker, je n'aurais jamais connu les temps forts de ma vie. Et ça n'a pas été seulement ce baiser, mais tous les baisers. Il y a eu ces instants uniques où je t'embrassais, où je couchais avec toi… Et au cas où tu t'imagines qu'il s'agissait seulement de ta queue mystérieusement attirante, il y a eu ces instants où je t'ai regardé venir vers moi d'un pas sautillant sur cette scène de Purbeck Hall, jetant sur ton épaule ton blouson de cuir noir… Où je t'ai vu empocher une rouge avec la blanche tout près du rebord alors que Clive Everton venait d'annoncer que le coup était impossible… Où je t'ai entendu chanter les cinq couplets de « Snooker Délire » en duo avec Ken Doherty… Où j'ai surpris l'expression de ma mère quand tu lui as filé ces clés de voiture à Brighton Beach… Où j'ai dansé avec toi au Plaza, sur la musique de Charlie Parker… Eh bien, ça valait la peine de supporter tout le reste, comme tu dirais. Les engueulades, les soirées solitaires quand tu étais à Bangkok, le fait que nous n'ayons plus d'argent du tout. Je ne suis pas sûre d'avoir le droit de dire que ça valait la peine de blesser Lawrence aussi cruellement, mais ça m'a appris à me voir sous un jour moins flatteur – comme une femme normale, imparfaite, inconstante, et non plus une sainte. Ces moments, ils valaient même la peine de supporter… ceci. J'espère encore que tu vas t'en sortir, mon amour, et que tous ces horribles traitements sont le pire qui puisse nous arriver. Mais même si tu ne t'en tires pas, je t'embrasserai encore pour tes quarante-sept ans. Sachant ce que je sais, je me pencherai dans tes bras et je t'embrasserai par-dessus cette table de snooker, et j'en assumerai les conséquences, bonnes ou mauvaises. »

À un moment donné, beaucoup trop tôt dans son monologue, il s'était assoupi.

(11)

Dans la pénombre du 11 septembre, tout paraissait stupide. Le dîner semblait stupide, et l'achat de serviettes en papier aussi. Passer l'aspirateur semblait stupide. L'illustration aussi. Se souvenir que le lundi soir *ER*[1] passait à dix heures était stupide, même s'ils s'en souvenaient. Une sensation pesante, laborieuse accompagnait l'entreprise la plus insignifiante, et plus la tâche était minime, plus il était pénible de l'accomplir.

Le travail de Lawrence fut la seule chose à ne pas se racornir comme ces débris momifiés sous la cuisinière, si dénués d'intérêt que même les souris les ignorent. Avant, il avait toujours paru un peu stupide à Irina, mais plus maintenant. Il était un peu embarrassé de justifier ce qu'il avait déclaré au Tas de but en blanc, à savoir qu'il serait normal de « tirer profit » des catastrophes qui se sont déjà produites. Mais depuis des années, Lawrence jouait effectivement la même combinaison à la loterie, et son numéro était enfin sorti. Le terrorisme n'était plus un à-côté ennuyeux. En une poignée de secondes – le temps qu'il avait fallu aux tours pour s'effondrer –, la spécialité de Lawrence était devenue le premier point de l'ordre du jour international.

1. *Urgences*. *(N.d.T.)*

La part du 11 Septembre qu'ils revendiquaient était modeste, et des millions de New-Yorkais avaient plus souffert qu'eux. Ils s'étaient simplement trouvés dans la ville à ce moment-là et, qui plus est, au nord de Manhattan ; ils n'avaient perdu ni parents ni amis. Mais peu à peu, Lawrence s'appropria l'événement. Il avait effectué des travaux préliminaires sur le terrorisme alors que la plupart de ses collègues avaient écarté la question, la jugeant datée et ennuyeuse, et il avait mérité sa part de reconnaissance sur le plan professionnel, même dans des circonstances aussi terribles.

Du jour au lendemain, Lawrence fut très demandé. Il participa au même programme d'émissions politiques qui avait sollicité son expertise après l'accord du Vendredi saint, mais cette fois il déployait toute son éloquence sur un sujet d'intérêt mondial, et pas simplement sur un traité de paix signé au fin fond de nulle part. Le *Wall Street Journal* et le *New York Times* lui commandèrent des chroniques. Simon & Schuster signa avec lui un contrat pour un livre sur « l'ancien » et le « nouveau » terrorisme, avec une avance conséquente à six chiffres. Il obtint une augmentation à Blue Sky, qui craignit brusquement de le perdre.

Au début de l'année 2003, Lawrence et Irina avaient donc largement de quoi subvenir à leurs besoins, et leur trois-pièces loué commença à paraître exigu. Malgré l'emballement du marché immobilier – en cinq ans, la valeur des logements avait doublé à Londres –, Irina proposa qu'ils achètent une maison. Elle fit remarquer qu'on pouvait encore en trouver à des prix abordables dans le quartier de Ramsey, à Hackney et Mile End.

La réponse évasive de Lawrence fit écho à sa proposition de mariage six ans plus tôt. Son emploi des mêmes phrases – *Je suppose, Si tu veux, Les deux solutions me conviennent* – ne parut pas fortuit. Ces temps-ci, n'importe qui pouvait annuler une publication des bans inconsidérée mais en attendant une cabane de pêcheur de vingt-cinq mètres carrés à Suffolk valait deux cent cinquante mille livres – c'est-à-dire, quatre cent mille dollars. En ville, un investissement commun dans l'immobilier *était* une forme de mariage avec à la clé un contrat effrayant et compliqué qui vous engageait, excluant toute séparation précipitée. Rien d'étonnant à ce que Lawrence tergiversât. Mais, pour l'amour du ciel, ils vivaient ensemble depuis près de quinze ans. Pourquoi cherchait-il encore des échappatoires ?

C'était le matin de la Saint-Valentin, un événement qu'ils se contentaient de saluer d'un petit baiser et d'un « bonne fête ! ». Une mauvaise habitude, et Irina avait décidé à l'avance de faire mieux cette année.

Attrapant son vêtement, Lawrence se rua vers la porte, et elle le retint : « Ne mets pas cette veste sport. Tu as oublié, mais il y a une tache de graisse sur le revers. » Quand il protesta qu'il s'en moquait, elle insista : « Si je l'apporte au teinturier aujourd'hui, je pourrai la récupérer à temps pour ton interview avec *Dispatches*, et c'est ton émission préférée. D'ailleurs, tu es maintenant une star à Blue Sky, et tu ne peux pas te permettre d'avoir l'air négligé.

— Non ! s'écria-t-il d'un ton féroce qui lui fit perdre contenance. Je suis pressé, laisse tomber ! Je trouverai autre chose pour *Dispatches* !

— Lawrence ! » Les mains sur les hanches, elle n'en revenait pas. « J'accepte de déposer ta veste au pressing, ce qui est une *faveur*, tu t'en souviens ? Et cette tache se voit comme le nez au milieu de la figure. Prends plutôt la bleue, elle ira très bien avec cette chemise. »

Debout dans le couloir, il fut forcé d'obtempérer, mais elle ne comprit pas pourquoi sa proposition le mettait dans cet état. Il retira le vêtement incriminé avec la même lenteur solennelle que s'il l'avait déployé sur le visage aux yeux vitreux d'un piéton renversé par une voiture. Quand elle le lui prit, il s'y cramponna quelques secondes, et ils faillirent déchirer une couture.

Sur un coup de tête, Irina alla faire des courses chez Ann Summers ce matin-là. C'était une idée pour rire (une plaisanterie qui se révéla fort coûteuse), plutôt qu'une velléité de mettre du piment dans leur vie sexuelle, dont la routine était si ritualisée que l'introduction d'un élément nouveau eût été aussi révolutionnaire que Vatican II. Les hommes carrés tels que Lawrence classaient les sous-vêtements osés dans le camp de *Rocky Horror*. Mais elle nourrissait l'espoir secret de l'exciter avec son teddy en satin noir. Jusqu'à ce jour, elle ne savait toujours pas ce qui l'excitait. Une chose était sûre : si la lingerie sexy le laissait froid, il ne l'en avait jamais informée.

Se demandant s'il valait mieux garder son emplette dans sa boîte ou la porter au lit pour le surprendre, Irina palpa la veste sport afin d'en retirer pièces de monnaie ou cartes de visite, et elle s'apprêtait à prendre le chemin de la teinturerie quand elle sentit une bosse dans la poche intérieure.

Un portable.

Une découverte assez ordinaire, sinon qu'à sa connaissance, Lawrence n'en possédait pas. En tout cas, il ne lui avait jamais donné le numéro. Et ils avaient évoqué le sujet. C'était dans leurs moyens, mais Irina considérait que dépenser de l'argent pour ça revenait à glisser son bulletin de vote dans l'urne, et elle réprouvait la tarification exorbitante pratiquée au Royaume-Uni ; les enfants britanniques gaspillaient en mobiles une si forte proportion de leurs maigres ressources que les ventes de chocolat avaient chuté. Comme ils étaient tous les deux facilement joignables sur un fixe, Lawrence avait paru du même avis, et elle supposa qu'il avait récupéré un téléphone oublié dans une salle de réunion, dans l'intention de le rendre à son propriétaire.

Pour en trouver confirmation, elle l'ouvrit et appuya sur la touche « Carnet d'adresses ».

Bethany.

À défaut d'un nom de famille, la liste commençait sans doute par *B*. Mais quand elle fit défiler les noms, elle ne découvrit que six autres numéros enregistrés dans la mémoire permanente : Club gascon, Irina, National Liberal Club, Omen, Ritz, hôtel Royal Horseguards.

Le cœur battant, elle remonta jusqu'au *B*, et cliqua sur « Appel ».

« *Yasha !* Mais pourquoi tu... ? »

Elle coupa la communication.

Irina passa le reste de l'après-midi dans un état second. Il y avait une explication, une nécessité professionnelle qui justifiait l'existence de ce portable, peut-être fourni par Blue Sky. Elle tenta de se distraire en s'interrogeant sur l'enregistrement du numéro d'Omen, une curieuse coïncidence, qui frisait l'incohérence : Lawrence détestait la nourriture japonaise. Elle bâtit une théorie partant du principe que cette cuisine était devenue populaire pour sa légèreté et que, pour cette raison, les femmes adoraient déjeuner dans ce restaurant.

À son retour à la maison, plus tôt que d'habitude, Lawrence se montra exubérant. « Désolé d'avoir oublié, ce matin... Bonne fête ! » Son baiser sur les lèvres rebondit comme un ballon de basket. Le père inhibé d'Irina saluait sa fille avec la même terreur effervescente, comme si d'une minute à l'autre les flics allaient sortir des buissons et l'arrêter pour conduite incestueuse. « J'ai pensé qu'on pourrait téléphoner au Club gascon et demander s'il y a une annulation. »

Quand elle fit remarquer qu'il n'avait manifestement pas organisé la soirée à l'avance, il reconnut qu'il n'avait pas pensé à réserver.

« Une soirée au Club gascon nous coûterait cent cinquante livres, observa-t-elle sans enthousiasme.

— Bah, on ne vit qu'une fois ! Et je croyais que ton souci d'économie s'était un peu dissipé. »

C'était vrai. L'argument financier manquait de sincérité. Avoir trouvé le Club gascon enregistré dans ce mobile caché au fond de sa poche qui la privait de son énergie lui donnait l'impression d'être dépossédée de leur restaurant préféré pour les grandes occasions. « J'ai déjà décongelé le poulet », dit-elle.

Il n'insista pas. Une annulation au Club gascon le soir de la Saint-Valentin était de toute façon une hypothèse grotesque, à moins qu'une autre femme dans cette ville n'eût aussi trouvé un mystérieux portable dans la veste sport de son compagnon. Lawrence s'affaira, jetant les imprimés publicitaires, étudiant les programmes de télévision, époussetant la table, bien que cette tâche incombât à Irina. D'ordinaire il rentrait épuisé, tendu, et ne desserrait pas les dents. Pourtant, en faisant la vaisselle, il débita un rapide monologue sur l'administration Bush qui s'était maladroitement aliéné des alliés potentiels de l'ONU pour l'Irak, dont Lawrence déplorait l'invasion, tout en l'espérant. Il lâcha alors avec désinvolture : « T'as apporté ma veste au pressing ? » Elle répondit que oui. « Merci ! Ne prends pas la peine d'aller la chercher. Je m'en occuperai.

— Ce ne sera pas nécessaire », dit-elle, et elle surprit le regard qu'il lui lança pendant que l'eau continuait de couler. Mais ce fut seulement quand elle dit : « On oublie le pop-corn pour ce soir ? Je ne suis pas d'humeur » que l'inquiétude assombrit ses yeux. *Ils mangeaient toujours du pop-corn.* Son assaisonnement – Thai T-Spice ou American Barbecue – variant peut-être selon l'humeur, mais le bol posé devant les informations, jamais.

Gardant ses pensées pour elle pendant le dîner, Irina savait qu'elle aurait dû l'interroger aussitôt sur le téléphone ; plus elle retardait le moment de poser la question, plus elle semblait malveillante. Mais la terreur est une force de dissuasion puissante, et après avoir débarrassé elle le laissa mettre le Masters.

Elle était devenue une fan avide de snooker, mais cette saison Ramsey avait été mystérieusement absent du circuit, et sa fascination pour le jeu avait décliné. Elle ne connaissait pas bien les joueurs de ce match, et ne se souciait pas de savoir qui allait gagner. Elle ne savait pas pourquoi ils regardaient cette émission. Ou plutôt, si.

Pourtant, ce soir, Lawrence était cloué devant la télévision. Quand elle l'interrompit par un commentaire sur la coiffure féminine de Paul Hunter, il l'écarta du geste.

« Veux-tu...

— Quoi donc ?

— Eh bien... te taire, pour que je puisse suivre ça !

— Il y a quelques années, tu as dit que tu en avais assez du snooker, déclara Irina. Depuis quand ça te passionne autant ?

— Arrête avec ton pseudo-accent britannique, s'exclama-t-il. J'en ai assez de tes airs prétentieux ! Tu es aussi américaine que moi, et les Américains ne s'intéressent pas au *snoooooker* ! »

Les *OOO* résonnèrent dans la pièce. Irina hésitait entre la colère, l'humiliation et l'effarement. Le visage grave, elle se leva de son fauteuil et éteignit la télé.

« Écoute, je suis désolé de t'avoir parlé sur ce ton, se reprit Lawrence. J'ai eu une dure journée, c'est tout. »

Irina garda le dos tourné, s'appuyant des deux mains sur le meuble. « Moi aussi, j'ai eu une dure journée, dit-elle tout bas.

— Allons ! cria-t-il depuis le canapé, retrouvant l'exubérance du début de la soirée. Rallume le poste, et je promets de ne plus être désagréable. »

Elle fit volte-face, l'empêchant de voir l'écran, le forçant à la regarder, ce qu'elle aurait dû faire des années plus tôt. « Lawrence. Pourquoi tu ne m'as jamais dit que tu avais un portable ? Et pourquoi tu ne m'as pas donné son numéro ? »

Son visage s'enflamma. Avant même qu'il eût ouvert la bouche, cela suffit à lui briser le cœur. La crispation de ses muscles laissait paraître son hésitation à dire la vérité. Quand il parla enfin, sa décision d'être honnête ne compensa guère son parti pris de la sincérité. À supposer qu'il ait eu une autre alternative, c'était sans doute prudent.

« Je suppose que nous devons parler, dit-il en fronçant les sourcils. »

Irina se laissa tomber dans son fauteuil et se maudit. Si elle s'était tue, elle aurait peut-être gagné une ou deux précieuses journées de vie normale. Certes, la vie normale ne l'était pas vraiment, et ce depuis un certain temps, mais si mentir à son compagnon était une abomination, se mentir à soi-même était une joie.

« Tu veux dire, répondit-elle – et il n'était pas vraiment juste qu'elle dût aborder elle-même le sujets –, parler de *Bethany*.

— Ouais », croassa-t-il.

Cela avait toujours été une plaisanterie. Mettre le nom de la femme en italique, le prononcer avec un soupçon de sarcasme. La jalousie avait été un jeu. Elle avait prétendu être jalouse parce que cela ajoutait au charme de Lawrence, mais elle n'y avait pas cru une seconde. Cette petite garce, Bethany – enfin, *Bethany* –, était trop VOYANTE, non ? Mais bien sûr, si un fou de Dieu veut attaquer l'Occident, il ne fait pas sauter un Rotary Club du Nebraska. Il démolit le World Trade Center. Un monomaniaque africain n'organise pas des élections libres et démocratiques, mais truque les résultats pour se déclarer ensuite président à vie. Si le monde semblait aussi ennuyeux, c'était à cause de sa prévisibilité ; les apparences sont rarement trompeuses, et quand votre compagnon a pour collègue une jolie femme aux jupes ultra courtes qui flirte avec lui sans vergogne, c'est elle qui devient sa maîtresse, *imbécile,* mais vous refusez de vous rendre à l'évidence.

Le fardeau de ces scènes est non seulement leur banalité, mais l'obligation de solliciter toutes les informations que vous ne voulez pas entendre. « Ça dure depuis combien de temps ? » demanda-t-elle.

L'hésitation crispa de nouveau son visage. Il aurait pu répondre : « Seulement quelques semaines » et s'en serait tiré, mais Lawrence parut avoir compris qu'avouer *l'essentiel* pour ensuite éluder les détails aurait rendu cette conversation tout à fait futile. « C'est difficile à dire..., commença-t-il.

— Je comprends que ce soit difficile à *dire,* répliqua-t-elle. Je doute que ce soit compliqué à calculer. »

Il continua de fixer l'angle droit de son fauteuil. « Cinq ans, articula-t-il. Ou un peu moins. »

Irina posa sur lui un regard vide. Elle ne savait plus qui il était.

Pendant les instants suivants régna un silence trompeur, car le tumulte de son âme était assourdissant, tel le grondement d'un train tout proche décrit par les témoins en fuite pendant la chute des tours jumelles. Irina eut honte de ce détournement d'une tragédie nationale à des fins égoïstes, mais la sensation d'implosion était similaire. Après tout, en regardant CNN ce matin-là, elle avait été stupéfaite par la facilité avec laquelle, en l'espace de quelques secondes, une merveille de la technique, un labeur de plusieurs années, une preuve de dévouement inlassable avaient été réduits en cendres. De la même façon, son alliance avec Lawrence, qui avait mis encore plus longtemps à se forger, venait d'être anéantie en l'espace d'un instant. L'existence était une ville à part entière, et Lawrence se dressait telle une tour à la proue de son île. Maintenant qu'il s'était écroulé – lui, ou plutôt le mythe qu'il représentait, comme elle venait de le comprendre –, sa ligne d'horizon s'était aplanie et banalisée. Le sentiment qu'elle éprouvait devant les décombres de son apocalypse personnelle rappelait sans aucun doute l'impression d'inutilité qui l'avait habitée après le 11 Septembre. Mais à l'époque, une chose, une seule, avait résisté à ce marasme. Désormais, son estime pour le travail de Lawrence s'était elle aussi envolée.

« Pourquoi ? » Une autre obligation, mais comme la question impliquait ce qui avait pu se passer dans la tête d'une totale étrangère, elle n'était pas certaine de vouloir entendre la réponse.

« Eh bien, je pourrais... »

Elle l'interrompit. « La mention contre l'usage. »

Son visage se plissa. « Je ne sais pas.

— Tu as dû y réfléchir ». Elle était calme, mais d'un calme plat, toutes voiles pendantes.

« Quelquefois. À d'autres moments, pas du tout. Je garde les choses... séparées. Tu sais, je...

— Tu ne vas pas dire que tu les *compartimentes* ?

— Euh... Plus maintenant ! » Elle ne sourit pas. « Je suppose que je n'aimais pas mon personnage de bosseur de *think tank*, de type fiable, solide, loyal... brave type, bon soldat... J'avais envie d'être... mauvais.

— J'aurais préféré que tu fumes en cachette », répliqua-t-elle sèchement. Rétrospectivement, son vilain petit secret semblait bien dérisoire.

Il haussa un sourcil. « J'étais au courant, tu sais. Ton haleine...

— Tu sais que je fume en douce deux cigarettes par semaine, et depuis cinq ans, tu as une liaison à mon insu. Ce qui fait de moi une *crétine*.

— Non, ça veut dire que j'ai été prudent. Je n'ai pas laissé traîner des indices dans l'espoir d'être découvert.

Je craignais de te blesser. J'ai fait tout ce que j'ai pu pour t'épargner.

— Je suis censée me sentir flattée ? Que tu m'aies trompée habilement ? Parce que si tu avais voulu m'*épargner*, tu n'aurais baisé personne. » Elle avait revendiqué cette *supériorité morale* légendaire, mais à cette altitude l'air se raréfiait, le paysage était lugubre, et la compagnie inexistante. La supériorité morale était une steppe désertique. Elle aurait préféré vivre à la dure dans une plaine boueuse, avec tout le monde.

« C'est juste », dit-il en fixant ses mains.

Il était inutile de retourner le couteau dans la plaie ; elle regretta sa remarque, comme si elle s'était liguée avec lui *contre lui*. « C'est tout ? demanda-t-elle doucement. Tu en avais assez d'être un enfant de chœur ?

— Je me suis senti... emprisonné. Fermé aux autres et à moi-même. À toi aussi. Je sais que tout ça ne me ressemble pas. Et je me suis torturé les méninges à ce propos. Mais j'en suis arrivé à la conclusion que c'était aussi parce que ça ne me ressemblait pas que j'en avais envie. Je voulais faire quelque chose de scandaleux.

— Mais ton comportement n'a rien de scandaleux. Il est tout ce qu'il y a de plus banal.

— Ce n'était pas mon impression », reconnut-il.

Des images surgirent dans l'esprit d'Irina, et elle tressaillit.

« Je voulais quelque chose qui m'appartienne », poursuivit-il.

La Russie n'avait pas suffi ? « Je t'appartenais.

— Rien qu'à moi.

— Un secret, tu veux dire.

— Bon. Un secret. Je ne le comprends pas tout à fait, médita-t-il. Je t'aime.

— Et Bethany ? » Elle avait réussi à éliminer l'italique.

« Je ne sais pas.

— Tu lui dis que tu l'aimes ?

— Parfois, répondit-il d'un ton las. Mais seulement dans… certaines circonstances.

— Dans ces *circonstances*, comme tu dis. Avec moi. C'était si horrible ?

— Pas du tout, c'était super !

— Un mot bien faible quand on parle de baiser l'amour de sa vie.

— Écoute, je ne veux pas te faire de mal. Et tu es une cuisinière formidable, une artiste talentueuse, et une femme superbe…

— Arrête, l'interrompit-elle. Je ne sais pas pourquoi, mais plus tu me sers cette soupe, plus je me sens insultée.

— Avec, euh… c'est différent.

— Plus passionné, tu veux dire.

— C'est une manière de l'exprimer.

— Tu en as une autre ?

— Pas vraiment », répondit-il d'un air sombre.

Irina se demanda si sa question suivante était motivée par le besoin de comprendre ou de souffrir. Elle n'était pas sûre de vouloir s'infliger cette peine, ni d'avoir commis une faute méritant un châtiment. « Tu l'embrasses ? chuchota-t-elle.

— Quelle drôle de question.

— J'attends une réponse.

— À ton avis ? répliqua-t-il, troublé.

— Parce que tu ne m'embrasses pas, moi.

— Mais si ! objecta-t-il.

— Les baisers sur la joue ne comptent pas. Ça fait des années que tu ne m'embrasses plus. Donc c'est elle qui a cet honneur. Je pense que ça me blesse encore plus. Je pourrais te pardonner de la sauter un millier de fois. Mais pas de l'embrasser une seule fois. »

Elle aurait pu continuer à regarder ailleurs, glisser le portable discrètement dans la poche de sa veste quand elle l'aurait rapportée de la teinturerie. À présent, ils devraient sans doute prendre une décision. Ça paraissait inutile. C'était juste une histoire de fesses, non ? Une petite transgression... Non ? Il aurait dû en être ainsi. Mais la vie en avait décidé autrement.

« J'aimerais pouvoir te mettre en garde, te dire qu'elle n'en vaut pas la peine », reprit Irina d'une voix neutre. Dans son discours, rien ne servait ses propres intérêts. « Qu'elle est bête, sans cervelle et sans instruction. Que vous n'avez rien en commun. Que tu es habitué à être entouré de gens qui se soucient du monde et qui lisent les journaux, et que tu vas t'ennuyer avec une ravissante idiote à la musculature parfaite. Que c'est un engouement insensé qui ne durera pas cinq minutes... alors qu'il dure depuis déjà cinq ans. Parce que rien de tout cela n'est vrai, n'est-ce pas ? Elle est brillante. Elle parle six langues. Elle a un doctorat. Elle travaille dans le domaine du terrorisme, comme toi, et je suppose que sa carrière a pris un essor prodigieux. Vous avez tout en commun... plus que nous, je suppose. J'ai apprécié tes efforts pour m'expliquer tes recherches, et tu es convaincant quand tu veux me faire croire que mon avis t'importe. Mais ces échanges d'idées, cette complicité intellectuelle, ça ne marche pas vraiment. Je suis illustratrice. Cerise sur le gâteau, tu craques pour elle. Vous êtes parfaitement assortis. »

Lawrence avait baissé le menton et deux larmes discrètes coulèrent sur ses joues – une pour elle, une pour lui. « Je suis désolé, dit-il. J'avais ce que je désirais le plus au monde, et je l'ai gâché. »

Elle étudia son visage. Quand il était rentré de cette conférence à Sarajevo, alors que la veille elle s'était interdit cette autre vie qu'il s'accordait généreusement depuis cinq ans, elle avait pensé que le chemin de la vraie intimité passait par la déconstruction : une découverte progressive de l'Autre qui-n'est-passoi, du compagnon qu'on connaît si peu, qu'on méconnaît. Pourtant, bien qu'elle ait souvent contesté les généralisations contraignantes qui, selon Lawrence, l'*emprisonnaient* et le *fermaient* aux autres – à savoir qu'il était « gentil » ou « sûr de lui » ou « trop strict » –, la pierre de touche de son caractère qu'elle n'avait jamais essayé de desceller était la loyauté de James Lawrence Trainer. En théorie, ils étaient maintenant plus proches qu'ils ne l'avaient jamais été, parce que le processus de méconnaissance était achevé.

Si curieux que cela pût paraître, ils dormirent ensemble cette nuit-là. La situation aurait été encore plus bizarre s'ils étaient restés habillés – mais la surprise du teddy en satin noir ne semblait plus appropriée. Irina attira Lawrence contre sa poitrine et lui caressa les cheveux. D'après le scénario, elle aurait dû bouillir de rage. Pourtant elle n'éprouvait rien de tel, et elle scruta son cœur assez longtemps pour conclure que la colère ne viendrait pas. Elle eut pitié de lui. Un choix étrange, et fortuit. Un privilège fugace, car elle aurait tout le temps de s'apitoyer sur son propre sort.

Quand ils s'éveillèrent le lendemain matin, elle se demanda si la colère la guettait et ne se dresserait pas d'un seul coup pour se déchaîner contre Lawrence qui se recroquevillait dans les draps, hurlant telle une sorcière possédée. Mais rien ne vint. Elle ne cria pas à cause de tous ses mensonges, elle ne chercha pas, par masochisme, à découvrir ses stratagèmes. Hébétée, elle alla préparer le café. Elle se sentait diminuée, effrayée, et vaincue. Et de plus en plus responsable, obscurément, du triste dénouement de cette histoire. Comme Lawrence se croyait coupable lui aussi, ils errèrent dans l'appartement, faisant assaut de respect et de sollicitude, exprimant leurs regrets mutuels. Lawrence ne prit pas de toast.

Sur un coup de tête, elle l'accompagna dans la rue pour lui dire au revoir. Ils s'étreignirent. Quand elle le vit s'éloigner en direction de Borough High Street, le dos voûté, elle se rendit compte que depuis sa découverte du portable elle n'avait pas encore pleuré. Mais lorsque Lawrence arriva au feu et se retourna pour la saluer encore avec son air de chien battu, elle se souvint de cette simple séquence, quelques années plus tôt, où elle avait couru après lui en chaussettes, sous la pluie, pour lui tendre son imperméable et son sandwich au jambon – un souvenir si doux, car si banal, une tranche de vie normale si rare qu'elle l'avait savourée comme un gâteau. Quand elle avait voulu lui rendre son salut, la force lui avait manqué, et sa main s'était arrêtée au niveau de sa taille. Ses doigts s'agitèrent faiblement, tandis que ses traits se brouillaient comme de l'encre sous la pluie. Ce matin il ne pleuvait pas, mais il aurait dû. Parce que Lawrence ne revint jamais.

Irina se glissa dans la rame et trouva miraculeusement un siège. Il n'était que six heures et demie du soir, et pour un rendez-vous à huit heures elle s'était accordé trop de temps. Bien sûr, la Northern Line avait l'art de réduire votre emploi du temps au strict minimum. Entre London Bridge et Monument, le train finit par s'immobiliser, et ses paisibles passagers n'y prêtèrent pas plus d'attention qu'à un énième coucher de soleil.

L'objet de sa visite aurait pu sembler incongru, mais les gens qui n'ont plus rien à perdre ont déjà perdu, avec tout le reste, le sens de l'incongruité. Elle aurait pu attendre d'avoir eu une bonne nuit de sommeil, mais comment savoir ce que le lendemain lui réservait, et l'irrationalité de sa requête l'aida à la mener à bien.

La veille, elle avait accompli les gestes habituels parce qu'elle ne savait pas quoi faire d'autre. Elle avait préparé le dîner. L'heure du retour de Lawrence avait passé. Elle remit dans le frigo les filets de poulet farcis à la ricotta et à la pancetta de sanglier. Elle écouta le répondeur, au cas où il aurait appelé pendant qu'elle sortait les ordures. Elle songea enfin à ouvrir son courriel, et le message envoyé depuis son bureau était bref : « Je regrette, mais je ne pense pas que mes excuses puissent changer quelque chose. Tu as entièrement le droit de m'en vouloir. Je ne rentrerai pas à la maison. Nous devrions prendre le temps de réfléchir. » Sachant chez qui il était allé, elle imagina qu'il ferait tout autre chose.

Elle s'assit dans son fauteuil rouille. Elle ne but rien. Elle ne mangea rien. Elle ne mit pas Shawn Colvin. Elle attendit.

Toute la nuit, elle attendit fébrilement la colère. Depuis cinq ans, Lawrence sautait sa collègue arrogante et pédante dans son dos, et elle avait en effet « entièrement le droit de lui en vouloir ». La rage vous protège ; elle tient à distance les émotions plus obscures. Pourtant l'abattement et le désespoir ont raison de la moindre velléité de résistance, à l'image de ces intrus chaussés de Doc Martens qui piétinent une étroite bordure de buissons d'airelles autour d'une maison abandonnée.

Une flamme solitaire tremblota enfin, telle une bougie sur un gâteau, et elle la fixa, comme hypnotisée.

Le quarante-septième anniversaire de Ramsey. Ce jardin de Gethsémani au-dessus de sa table de snooker. Elle avait dit non, n'est-ce pas. Elle avait détourné le visage et s'était enfuie dans les toilettes, où elle avait scruté son image dans la glace. Pourquoi Lawrence n'avait-il pas agi de même ? Pourquoi, à ce carrefour, n'avait-il pas vu le mal sur la gauche, et choisi délibérément de prendre à droite ? Et voilà. Elle s'était dupée elle-même, par souci de loyauté. Le courant qui était passé entre elle et Ramsey ce soir-là, et dont elle avait perçu les infimes secousses à Bournemouth et à l'hôtel Pierre, lui avait donné l'impression de planter deux doigts dans une prise à nu. Mais elle avait refusé de céder. Et pour quel résultat.

Elle dut s'assoupir deux heures vers le lever du jour. Elle se réveilla en sursaut dans son fauteuil ; elle n'avait plus de temps à perdre. Ces deux-là avaient-ils attendu et pris le temps de réfléchir ? Jude était du genre à vouloir un grand mariage, même la deuxième fois, et cela exigeait des mois de préparation. Peut-être n'était-il pas trop tard. Elle s'approcha du téléphone avec des gestes saccadés, tel Dustin Hoffman à la fin du *Lauréat*. Après avoir composé le numéro, elle se rappela qu'il devait jouer le Masters dans North London, et qu'il avait besoin de dormir.

« C'est Irina », dit-elle, précisant « Irina McGovern » pour rappeler qu'ils se connaissaient à peine. Elle se rendit compte qu'elle risquait de passer pour une folle, mais c'était le dernier de ses soucis à présent. « Tu t'es marié ? »

Un moment de flou ; elle l'avait réveillé. « Hé, maintenant que tu m'en parles, j'ai pas l'impression qu'on l'ait fait. »

Submergée de soulagement, elle dut s'asseoir. « Je voudrais te voir. » « *D'accord, je vais consulter mon agenda* », mais elle le coupa : « Ce soir, ça te va ? »

Quand il indiqua un lieu commode pour lui – Best of India, dans Roman Road –, elle fut déçue. Tout restaurant qui avait « enfin » (remarqua-t-il) obtenu une licence de débit de boissons était minable. Elle avait espéré une reprise de la soirée chez Omen, afin de retourner au même carrefour et de bifurquer à gauche. Elle se sentit défaillir quand il lui proposa de la retrouver au restaurant – elle n'était donc plus digne de monter dans sa Jaguar. « Je viendrais bien te chercher, ajouta-t-il, mais j'ai fourgué ma bagnole. » Elle fut consternée. *Vendre* cette voiture ancienne de

1965 ? La XKE faisait partie de son paysage privé et il aurait pu la consulter – de la même façon, lorsqu'un arbre déploie ses branches au-dessus d'une clôture, on demande l'autorisation de son voisin avant de l'abattre.

Elle ne prendrait pas la Ford Capri, qui depuis quatre ans n'avait pas servi à grand-chose, sinon à poser un problème de parking, et qui n'avait été, somme toute, qu'un geste destiné à l'acheter. Elle était donc assise dans une rame de la Northern Line, sous le fleuve, vêtue de la même jupe bleu marine qu'elle avait portée chez Omen, se maudissant d'avoir jeté à la poubelle le chemisier blanc au col déchiré.

On était en février, et quand elle sortit de la Central Line à Mile End, un vent cinglant soufflait. En ce somptueux mois de juillet, le ciel avait eu des reflets irisés jusqu'à dix heures du soir ; aujourd'hui il faisait nuit noire depuis longtemps déjà. Dans l'atmosphère magique de ce soir d'anniversaire – Oxo Tower à gauche, Tower Bridge à droite, le dôme de Saint-Paul illuminé par le couchant –, la vue de carte postale de la Tamise par la vitre baissée de la Jaguar lui avait rappelé combien elle avait de la chance de vivre dans l'une des villes les plus spectaculaires du monde. Pourtant, les alentours de la station de Mile End étaient crasseux, avec une quantité de gargotes empestant le poulet rôti, mal éclairées et vaguement louches. La circulation était dense, les feux piétons trop brefs ; des conducteurs agressifs foncèrent dans les clous, à quelques centimètres de ses chaussures. À deux rues de Grove Road, ses mains gantées étaient déjà glacées.

Le restaurant était plein de courants d'air, et des vestiges de guirlandes de Noël ornaient encore la corniche. Elle avait quelques minutes de retard, mais Ramsey, d'habitude si ponctuel, n'était pas visible. Elle prit place, frappant ses mains l'une contre l'autre, et commanda un verre de vin rouge, qui après une nuit d'insomnie ne manquerait pas de lui monter à la tête. L'effet se fit sentir dès qu'elle l'eut terminé. À cet instant, la porte tinta et Ramsey se glissa à l'intérieur. Il était huit heures et demie.

Elle fut aussitôt frappée par son teint blafard, olivâtre, et son crâne presque chauve. Certains hommes perdaient leurs cheveux d'un coup, supposa-t-elle – mais elle fut surprise qu'il eût grossi. Oh, il n'avait pas de bedaine, mais son visage était bouffi et empâté. À moins que ce ne fût un effet de lumière sur les plis de sa chemise, il avait les petits seins d'un épicurien. Il buvait trop ? Connu autrefois pour la grâce fluide et rapide de ses breaks, Ramsey s'approcha avec une légère boiterie de vieillard ; il était toujours plein d'élégance, mais d'une lenteur pénible. « Désolé d'être en retard, s'excusa-t-il en l'embrassant sur la joue – ses lèvres étaient gercées, son haleine désagréablement sucrée. J'ai été retenu par un rendez-vous. »

Le vin aida Irina à aller droit au but : « Au téléphone, tu m'as dit que tu ne t'étais pas marié. Ce mariage est encore à l'ordre du jour ?

— Non, répondit-il. Jude a bien réfléchi. À ce qui l'attendait. Cette poule connaît ses limites, je le lui accorde. Et je préfère qu'elle ait fait marche arrière à ce moment-là, plutôt que de craquer en route et de décider qu'elle pouvait pas assumer.

— À t'entendre, le mariage est vraiment une épreuve, le taquina-t-elle en souriant. C'est vraiment si terrible ?

— Hé, faut pas t'y tromper, répliqua-t-il sans entrain.

— Je suis désolée que ça n'ait pas marché. » Elle avala d'un trait les dernières gouttes de vin âcre. « Je retire ce que je viens de dire. Je ne suis pas du tout désolée. » Elle reposa son verre comme on jette un gant et le regarda dans les yeux.

Les iris gris-bleu étaient troubles, son regard lointain. Dans sa réserve, Ramsey paraissait très sage, mais d'une manière peu agréable. Une personne avisée, par exemple, ne croit pas devoir relever le gant juste parce que quelqu'un l'a jeté sur sa table, et il se tut. Embarrassée, elle étudia la liste des vins. Il la laissa prendre l'initiative, et elle commanda un merlot.

« Alors, comment va Anorak Man ?

— Je suis mal placée pour le dire. Lawrence est parti au bureau hier matin, et il n'est pas revenu.

— Ça ne lui ressemble pas ! » s'exclama-t-il d'un ton énergique. Il sembla avoir présumé de ses forces, et s'affaissa.

« C'est juste. Ces derniers temps son comportement a changé.

— T'es inquiète, lapin ? T'as appelé la police ?

— Il n'y a aucune raison d'alerter le service qui enquête sur les personnes disparues. J'ai une bonne idée de l'endroit où il peut être. »

Le serveur déboucha le vin avec de grands gestes, comédie ridicule pour une bouteille qui coûtait sans doute trois livres dans High Street, et Irina perdit le goût de jouer les saintes-nitouches. « Il a avoué avant-hier qu'il avait une liaison avec une collègue depuis près de cinq ans. Il a disparu parce qu'il a honte. Et peut-être parce qu'il est plus amoureux d'elle qu'il ne veut bien l'admettre. Ou qu'il la désire plus, ce qui revient à peu près au même.

— Je suis vraiment désolé, mon petit, dit-il – et il le paraissait sincèrement, alors qu'elle-même avait aussitôt reconnu son manque de franchise. Ce doit être terrible pour toi. »

Ça l'était. Elle avait organisé ce rendez-vous avec une détermination farouche, hystérique, mais l'image de Lawrence lui disant au revoir de la main, peut-être pour la dernière fois, au coin de Borough Street, se glissait insidieusement dans cet intermède.

Sous les bouffissures, Irina distinguait encore les traits puissants et les contours étroits du visage qu'elle avait eu follement envie d'embrasser. Mais sa chemise de coton froissée était mal boutonnée, et il ne portait pas de ceinture. Au lieu d'arriver avec son superbe blouson de cuir, il s'était affublé d'un *anorak* bleu passé. Incapable de rétablir le contact qui les avait si fortement rapprochés à l'Omen, elle eut l'impression de tâtonner, comme si elle avait essayé de brancher une grosse fiche britannique contre un cache-prise dans le noir.

Elle n'avait guère d'appétit, mais le rituel du menu la réconforta. D'instinct, elle commanda un vindaloo, et lui un poulet tikka ; manquant de diplomatie, elle marmonna que le plat n'était pas vraiment indien, mais une invention britannique parfaitement insipide.

« Je prends que ce que je peux avaler, j'aime pas me torturer.

— Tu n'aimes pas les piments ? s'exclama-t-elle, stupéfaite, et elle lança sans réfléchir : Toi et moi, nous serions un couple impossible.

— Tu crois ? » demanda-t-il, avec une légèreté qui lui redonna espoir.

On les servit, diversion dérisoire. Ramsey buvait à peine ; il s'était peut-être rendu compte qu'il était temps d'arrêter. De plus, avec les allées et venues des clients, le chauffage du restaurant était inefficace, et Irina se frictionnait les mains, un geste qui dut la faire paraître plus inquiète qu'elle ne l'était. Ils se regardèrent par-dessus les ramequins fumants, et l'idée leur vint au même instant : pour la première fois depuis leur rencontre, ils étaient libres tous les deux.

« Tes mains... ? » demanda-t-il. L'explication qu'elle fournit au sujet de son « problème » était incohérente, mais elle parvint à lui dire qu'elles étaient froides. Il écarta les assiettes, et glissa ses longs doigts effilés du bout de ses phalanges jusqu'à ses paumes, les nouant sous ses pouces. Ce fut alors que tout s'éclaira : la fiche cessa de cliqueter sur la toile cirée et se glissa dans la prise.

« T'es secouée, lapin », murmura-t-il. Ses mains ne cessaient de pétrir, de lisser, de masser, ses doigts frôlant l'intérieur vulnérable de ses poignets. Si la chorégraphie inventive et naturelle de leurs mains était un indicateur, ils seraient des partenaires merveilleux sur une piste de danse. « Au bout d'une journée, je dirais que c'est le contrecoup.

— Ça fait plus d'une journée », dit-elle. Ses mains réchauffées glissaient dans les vallées et filaient sous les surplombs tels des patins décrivant des cercles au fond de l'océan. « Tu te souviens quand nous sommes allés fêter ton anniversaire à Omen ? Après tu m'as emmenée chez toi. Il y a eu un moment où tu m'as montré comment tenir la queue au-dessus de la table de snooker. Je n'ai jamais été sûre que tu en aies été conscient. J'ai eu follement envie de t'embrasser. Mais je voulais être une bonne fille. Je ne voulais pas blesser Lawrence, ni gâcher ma vie. Alors je me suis abstenue, et j'ai couru aux toilettes. Maintenant… quand je repense à cet instant, je me dis que j'ai commis une erreur. »

Ses doigts cessèrent de masser les nœuds de ses articulations, et s'immobilisèrent. Quand elle essaya de dégager ses paumes pour les poser sur ses mains veinées de bleu, il l'en empêcha ; les pinces d'un homard s'étaient refermées sur les patins. Il était temps qu'il répondît quelque chose.

« Si c'est vraiment fini avec Jude », dit-elle, brisant le silence tel Vil Coyote courant dans le vide. En règle générale, les personnages de bande dessinée tombent toujours quand ils regardent vers le bas, et elle s'en garda. « Je voudrais venir chez toi. »

Après une dernière pression, les mains de Ramsey se retirèrent.

Irina faillit crier. Le courant fut coupé si brutalement que les lampes du restaurant miteux durent s'éteindre. Le choc produisit la même implosion dans ses entrailles que la confession de Lawrence l'avant-veille. Deux attaques terroristes et en si peu de temps étaient plus qu'elle ne pouvait en supporter.

« Je te servirais à rien, dit-il pesamment. T'es une belle poule. Tu mérites mieux.

— Tu ne crois pas que c'est à moi d'en décider ?

— Non, dit fermement Ramsey. J'ai jamais connu une poule qui sache ce qui est bon pour elle. »

Elle fixa son vindaloo, recouvert d'une couche de graisse figée. « Alors c'était dans ma tête, c'est ça ? J'ai cru que c'était réciproque. J'ai pensé que toi aussi tu avais envie de m'embrasser. »

Pour préserver sa fierté, il aurait dû protester que non, même au prix d'un mensonge. Au lieu de cela il dit : « À ma table de snooker, il y a quelques années ? Tu t'es pas trompée. C'est moi qui ai commis une faute. J'aurais dû payer l'addition et te ramener chez toi.

— Au contraire, répliqua-t-elle. Cette soirée a été l'un des moments les plus merveilleux de ma vie.

— Écoute, lapin. » Il eut l'air peiné. Elle eut honte d'avoir si mal apprécié la situation, et de l'avoir embarrassé à ce point. Le manque de sommeil et le surcroît d'angoisse avaient altéré son jugement. « Tu t'en tires mieux avec Anorak Man, ça fait pas un pli.

— Très bien, dit-elle, vaincue. Sauf que ce n'est pas l'avis d'*Anorak Man*.

— Mon conseil, pour ce qu'il vaut, c'est que vous recolliez les morceaux. Ça fait des années que vous êtes bien ensemble. Je suppose que t'as du mal à encaisser ce que tu viens d'apprendre, pasque quand je vous voyais c'était un type qu'avait la tête sur les épaules. Il t'aide avec ton travail et tout ça, alors que j'vois pas la différence entre un éditeur de livres pour enfants et un pâté en croûte. Il a pris soin de toi, lapin, et il est intelligent, beaucoup plus que moi. Il fait des blagues sur la politique que je pige jamais. Il est même assez beau. Il m'a toujours bien traité, il suit toutes les stats comme les centuries et tout ça. Autant que je puisse en juger, il t'aime plus que tout au monde, même s'il sait pas très bien le montrer.

— En tout cas, ça fait cinq ans qu'il ne se donne aucun mal pour le prouver, dit-elle d'un ton las. C'est très gentil de me renvoyer vers Lawrence dans un noble esprit de sacrifice. Mais j'aimerais mieux que tu acceptes mes compliments. » Puisqu'elle s'était déjà humiliée, elle irait jusqu'au bout. « Je pense que je pourrais tomber amoureuse de toi. Le jour de ton anniversaire, ça a failli arriver. Même si ça ne t'intéresse pas, c'est agréable, non ? Je voudrais au moins que tu te sentes flatté. »

Ramsey prit son temps, tapotant une cigarette avant de l'allumer. « C'est super gentil, dit-il d'une voix aussi blanche que son teint. Je suis flatté. Vraiment. Mais je ne suis bon à rien, lapin. Et aussi sexy qu'une saucisse farineuse sur de la purée froide.

— Je n'en sais rien.

— Moi si, reprit-il tout bas, exhalant la fumée. Je le sais.

— Tu sembles tenir Lawrence en si haute estime », continua-t-elle, essayant de se contrôler. Elle l'avait mis dans une position si intenable qu'elle ne pouvait pas se mettre à pleurer. « Et je ne te connais pas très bien. Mais je sais que tu ne m'as jamais trahie comme Lawrence. Tu ne m'as jamais abandonnée.

— Tu crois ? » dit-il d'un ton sceptique, faisant tomber sa cendre dans son poulet tikka. Je parie que tu aurais dit la même chose d'Anorak Man il y a trois jours.

— Peut-être, répondit-elle à contrecœur.

— D'ailleurs, rayon de soleil, ajouta-t-il doucement, lui effleurant le front, il y a différentes espèces de trahisons. Et toutes sortes d'abandons. »

Le serveur demanda s'il y avait un problème avec leur commande, mais ils répliquèrent qu'ils n'avaient pas faim ; il débarrassa et apporta l'addition. D'habitude, Ramsey s'en emparait aussitôt, mais la note resta sur la table, intacte. « C'est pour moi, dit Irina en la prenant. Tu m'as invitée tant de fois.

— Je pourrais te prendre au mot », dit-il d'un air penaud.

La tension avait disparu. Si elle s'était ridiculisée, tant pis, à présent ils pouvaient siroter leur vin et bavarder comme de vieux amis, ce qu'ils resteraient sans doute. Elle lui prit une Gauloise. « Après t'avoir appelé ce matin, j'ai pensé que tu devais jouer le Masters cette semaine, dit-elle. Mais je ne t'ai pas vu une seule fois cette saison sur la BBC. J'ai raté quelque chose ?

— Oui, le fait que je me suis retiré. C'était l'idée de Jude, mais j'en ai vu l'avantage. Partir sur une consécration, disparaître dans le couchant avec ce trophée du Crucible. Elle se disait que je pouvais être commentateur, où fourguer un produit à la télé. J'en ai pas eu l'énergie ces derniers temps... Mais ça m'aurait bien rendu service. En fait, je suis un peu raide.

— Toi ? Tu es à sec ? »

Il soupira. « J'ai mal géré mes ressources, comme on dit. Jude vit sur un grand pied, tu sais bien, et les cinquante mille dollars qu'elle a gagnés à New York se sont évaporés. Alors, avec tous les voyages en Espagne en grand tralala, mes gains du Crucible ont fondu comme neige au soleil à la fin de l'année.

» Mais c'est bizarre, réfléchit-il. À propos de ce que tu me disais... sur ce tournant où on revient toujours, comme ici ce soir-là à ma table de snooker. Tu vois, il m'arrivait de parier sur mes matches. Et j'étais à ça – il écarta à peine le pouce et l'index – de miser mes dernières cent mille livres sur cette finale de 2001. Mais à ce moment-là je me suis remis avec Jude, et cette femme… bon, tu sais ce qu'elle pense du snooker. Je suppose qu'elle m'a jeté un sort. Je n'étais plus vraiment sûr de gagner. J'ai même décroché le téléphone, mais j'ai coupé la communication. Nom de Dieu ! À huit contre un, j'aurais touché un joli paquet. Ce soir je t'aurais emmenée dans le bistrot le plus chic de la ville, après avoir empoché huit cent mille livres. »

Ils marchèrent en silence jusqu'au bout de Roman Road, où Irina tournerait à gauche vers la station de métro. Il était encore si tôt qu'elle n'avait pas besoin de se soucier de l'heure du dernier train, et elle se sentit abattue.

Posant les mains sur ses épaules, il la fit tourner dans la clarté orangée du réverbère. « Irina, le soir de mon anniversaire, ça s'est pas passé que dans ta tête. Mais ce qui compte avant tout, c'est de choisir *le bon moment.* »

Il est tard. Plus de huit heures du soir, presque neuf. Délivrée de l'obligation d'accueillir son guerrier, de lui préparer du pop-corn frais, des escalopes de porc roses, des brocolis sauce à l'orange, elle n'a pas besoin d'écourter sa longue promenade. Ces marches extravagantes se sont encore étendues ces derniers mois – à Green Park, Saint-James Park, Hyde Park, jusqu'à Regent's Park ou, aujourd'hui, Hampstead Heath. Elle a déambulé sans répit durant cinq heures, et rentrera fatiguée à Borough. Elle veut s'épuiser, c'est son objectif. Ces premières semaines, errer à travers la ville dans un état de stupeur ascétique lui a simplement permis de se tenir à distance du placard à alcools, du vin et du paquet de cigarettes qu'elle n'a plus besoin de cacher.

Elle porte le col roulé bleu passé. Une légère ombre dorée hante encore le sein gauche. Pendant dix minutes, Lawrence avait frotté la tache de curry avec un détachant au-dessus de l'évier. Elle a toutes les raisons de rejeter ces souvenirs. Mais qui pourrait garder rancune à un compagnon, ou à un ex-compagnon, d'avoir tenté de sauver un pull en loques parce qu'il y était attaché – ou parce qu'il y tenait par amour pour elle ? Un amour qui appartient désormais au passé. La jolie écharpe rouge nouée à son cou est un souvenir qu'il lui a rapporté d'Indonésie, après une conférence à Jakarta. Un voyage aux frais de la princesse qu'il avait certainement fait avec elle, *mais elle est incapable de mettre le foulard en pièces dans un accès de colère. Au contraire, ce présent et tous les cadeaux qui peuplent cet appartement lui sont infiniment précieux car elle n'en recevra plus d'autres.*

Tandis qu'elle s'approche de chez elle en longeant la Tamise, dans les lumières de South Bank, de l'autre côté du fleuve, miroite l'éclat de toutes les pièces de Shakespeare et de Pinter que Lawrence n'avait jamais le temps de voir. Délivrée de ce bourreau de travail, elle pourra maintenant aller au théâtre aussi souvent qu'elle le souhaite. Elle ne le souhaite pas. Gravissant la pente de Blackfriars Bridge, elle sent Hampstead Heath dans ses genoux. Bien sûr, elle a fait vingt kilomètres à pied aujourd'hui, peut-être trente.

*Une perte de temps. Elle devrait se mettre à ses nouvelles illustrations. À cause du succès commercial d'*Ivan, *on la presse de produire plus – et c'est normal. Il n'y a pas longtemps, personne ne se souciait du prochain livre pour enfants d'Irina McGovern, et elle aurait donné son bras droit pour se trouver dans sa position actuelle. Maintenant qu'elle a le public, elle voudrait qu'il l'oublie. Si l'humiliant merci-mais-non-merci de Ramsey quand elle s'était jetée à la tête du pauvre homme en février peut lui servir de guide, il doit exister une règle disant : « Bien, tu peux avoir ce que tu veux, mais pas quand tu en as encore envie. » Si Lawrence s'était trouvé* *dans sa situation, il se serait réfugié dans le travail – appréciant son aridité, sa froideur, son ennui, même. Pourtant elle est incapable de se plonger aveuglément dans ses dessins de la même façon. Même l'œuvre d'art la plus sombre, la plus morbide exige une vitalité qu'elle ne peut puiser au fond d'elle-même.*

En s'approchant de la maison, elle parcourt des yeux le quartier post-industriel, avec ses vestiges victoriens massifs en brique rouge. Elle cherche dans sa mémoire ce sentiment de propriété, cette satisfaction d'avoir annexé le meilleur des mondes loin de Brighton Beach, où sa mère lui donne l'impression d'être maladroite et ordinaire. Au contraire, elle se sent de nouveau comme une étrangère, et se demande ce qu'elle fait ici. C'est le poste de Lawrence à Blue Sky qui les a conduits en Grande-Bretagne. À présent, elle ne savoure plus comme avant les expressions locales, et l'Angleterre semble être un quelconque ailleurs, où elle n'est pas à sa place. De toute manière la ville est envahie par les Américains et, plus, par des nouveaux riches de Russie en voyage organisé, qui parlent un argot post-soviétique particulier qu'elle ne sait pas décrypter. Elle ne se sent plus unique. Pire, elle se sent abandonnée, comme si elle était descendue d'avion pendant une escale et que l'appareil avait redécollé sans elle. Peut-être que repartir aux États-Unis éloignerait la sensation déroutante qui la saisit presque toutes les nuits : le besoin démesuré de rentrer « chez elle », alors qu'elle y est déjà.

Devant la porte de son appartement, elle cherche ses clés. La minuterie de la cage d'escalier est éteinte. Elle ne s'est occupée de rien ces derniers temps ; elle ne pense jamais à téléphoner au syndic pendant les heures de bureau. L'appartement est trop sombre. Depuis quelque temps elle laisse les rideaux tirés pendant la journée. Elle tâtonne pour trouver l'interrupteur. Le silence est terrible. Ironiquement, elle a participé pendant dix ans à la campagne du voisinage pour qu'un portail soit placé au milieu de Trinity Street afin de bloquer le passage des voitures. Offrant un raccourci pour rejoindre une artère principale au sud, l'étroite rue historique était saturée aux heures de pointe. Pendant des années, du haut de ses fenêtres, elle avait pesté contre les automobilistes bruyants et grossiers. Quelques jours après le départ de Lawrence, le Southwark Council avait donné son consentement. Maintenant qu'elle a ce qu'elle voulait, le silence du dehors l'oppresse. Elle regrette le vrombissement des moteurs et le bruit exaspérant des klaxons, qui lui auraient procuré la sensation rassurante d'une vie trépidante toute proche.

À la surprise de l'Irina d'avant, elle allume la télé. Après avoir reproché des années à Lawrence de trop la regarder, c'est elle qui la laisse maintenant jacasser toute la nuit. Cela remplace avantageusement le bruit de la circulation, et Irina ne va pas jouer seule au Scrabble.

BBC2 annonce la rediffusion imminente du championnat du monde de snooker à Sheffield. Elle se dépêche de changer de chaîne. Elle ne veut pas se torturer. Ce n'est pas seulement parce que Ramsey s'est retiré.

Il a téléphoné peu après la proposition incongrue qu'elle lui avait balancée au Best of India, pour s'assurer qu'elle allait bien. Elle avait suggéré maladroitement qu'ils pouvaient rester amis. D'ordinaire, les adultes n'offrent pas leur amitié de manière aussi abrupte, et elle avait ressemblé au petit Ivan du livre, qui n'avait pas reçu de prix. Ramsey avait hésité. Il avait finalement craint de la blesser, et avait avoué la vérité.

Elle s'était excusée de n'avoir rien remarqué au restaurant, trop absorbée par son propre drame. Maintenant qu'elle s'est arrêtée plusieurs fois à

Hackney, elle trouve que la maladie de Ramsey les rapproche car ils sont tous les deux en convalescence – à supposer qu'elle ait la vanité de le croire sur la voie de la guérison. Certains après-midi elle croise des stars du snooker qui viennent le voir. Stephen Hendry et, plus surprenant, Ronnie O'Sullivan sont particulièrement prévenants, et elle a honte d'avoir jugé Hendry ennuyeux et O'Sullivan grossier. Hendry a un sens subtil de l'humour, et O'Sullivan a du cœur. De temps en temps, elle apporte un hachis Parmentier ou un riz au lait, que Ramsey ne mange sans doute pas. Ils ne sont pas assez proches de toute manière pour qu'elle l'aide dans ses besoins quotidiens : en manipulant le bassin, ou en le lavant avec une éponge. Bien sûr, il a une aide-soignante envoyée par le NHS, une Irlandaise d'un certain âge terriblement possessive, une fan de snooker, qui essaie toujours de chasser les visiteurs. À l'étage, Irina dit à Ramsey, pour le taquiner, que la fille est folle de lui. Il est frêle et prématurément vieilli, mais il trouve la plaisanterie plus drôle qu'elle ne l'aurait souhaité. Malgré cette triste situation, elle est soulagée d'avoir trouvé quelqu'un sur qui veiller. Quand il la pousse à vivre sa vie, elle lui assure qu'il lui rend service, et non l'inverse, et elle le pense.

Heureusement, le courant n'est jamais revenu entre eux ; les tiges de la fiche ne cliquettent même plus contre le cache-prise. L'essentiel, c'est de choisir le bon moment.

Elle a décidé, dans son propre intérêt, de prendre des repas convenables avec des légumes. Mais jusqu'ici elle grignote des crackers et du fromage, elle ne se résout pas à faire cuire des brocolis à la vapeur. (À cause de ces marches insensées, elle perd du poids. Mais pour être honnête, elle compense largement les calories éliminées par de l'alcool. Tandis qu'elle ramasse les miettes sur la planche à découper, elle passe en revue les rangées d'aromates à côté de la cuisinière : baies de genièvre, thym sauvage, graines d'oignon. Maintenant qu'elle n'a plus personne à nourrir, les épices vont s'éventer. Les huiles des condiments exotiques vont rancir – les aubergines marinées, la sauce satay thaïe.

Bientôt elle devra trier toutes ces choses, parce que l'appartement est trop grand et trop cher pour une seule personne. Le 1er avril, pour la deuxième fois, le loyer a été discrètement déduit du compte courant de Lawrence. Elle ne peut pas le laisser subvenir à ses besoins s'il n'habite plus là. Il aurait dû annuler tous les prélèvements automatiques depuis des semaines – la redevance télé, les impôts locaux. Elle décide vaguement de le rembourser. Mais dans sa vie de célibataire forcée, le souci d'argent la ronge. Peut-être que c'est un truc de fille. Elle a mis de côté plus de cent mille livres. Mais aucun pécule ne suffira à lui procurer le sentiment de sécurité qu'elle a éprouvé pendant quinze ans, le plus souvent avec très peu d'argent à la banque – mais sous la protection d'un homme solide, capable, et plein de ressources.

Elle a appris à la manière dure qu'il n'y a pas de sécurité. Qu'il n'y en a jamais eu. C'est donc l'illusion de sécurité qui lui manque, rien de plus. Avec regret, elle se rappelle ce qui a longtemps été sa pierre de touche, son refuge privilégié – cette tente résistant aux éléments dans Talbot Park, quand elle avait dix-huit ans. Elle y voyait à présent le symbole d'une fausse sécurité, du danger de s'imaginer une seule fois qu'on va s'en sortir. Parce qu'elle aurait dû étanchéifier les coutures. À trois heures du matin, les gouttelettes le long des points avaient formé des torrents. Une ligne sombre d'humidité avait commencé à remonter depuis l'extrémité de leurs duvets vers leur cou, et elles avaient eu froid. Frissonnantes et trempées, elles s'étaient précipitées sur le sentier boueux jusqu'à la cabine téléphonique en face du bureau, qui était fermé. Mais aujourd'hui elle n'avait personne à appeler, comme la mère de Sarah, pour demander qu'on la ramène à la maison.

Elle débouche une bouteille de montepulciano. Elle la boira à petites doses, se dupant elle-même. Dieu merci elle a fini la vodka. Elle ne s'est pas autorisée à la remplacer. Elle s'écroule dans le fauteuil rouille. Après plus de deux mois, elle ne s'est pas encore allongée sur son canapé vert. Elle allume une cigarette, la troisième de la journée, l'un des avantages discutables de la solitude. Elle est libre de se détruire à petit feu sans qu'on l'en empêche. Mais elle regrette ses remontrances. Une voix plus ténue résonne dans sa tête, chuchotant simplement qu'elle arrêtera « bientôt ! » ou « le mois prochain ». Les premières semaines, elle fumait un paquet par jour. Elle s'en moquait. Elle a réduit de moitié sa consommation. Mais la moquette est déjà imprégnée de l'odeur révélatrice d'une tanière de fumeur. De vrai fumeur.

Les bouffées sont contemplatives. C'est un joli appartement. Mais elle se désole d'avoir pris elle-même toutes les décisions concernant la décoration, et d'être environnée par ses propres acquisitions, ses propres choix. Il a vécu si discrètement ici. Plutôt que d'être tourmentée par de multiples signes de sa présence, elle regrette qu'il y en ait aussi peu. Sa tasse à café – c'est aussi elle qui l'a achetée. Ses vêtements – rangés ; il lui faudrait ouvrir les tiroirs et les penderies pour épancher sa tristesse. Il restait du linge, mais elle l'a tendrement plié depuis des semaines, et si elle presse contre son visage ces chemises en flanelle elles sentiront seulement le Persil.

Récemment, elle a retrouvé la tondeuse, et s'est rappelé la seule fois où elle s'en est servie. Couper les cheveux d'un homme est un geste sensuel, intime, animal, comme lorsqu'un chimpanzé enlève la bourre de la fourrure de sa partenaire. Elle avait tellement savouré ce moment qu'il s'était impatienté.

Les mèches du front étaient trop courtes et il avait annoncé d'un ton péremptoire que la prochaine fois il retournerait chez le coiffeur algérien de Long Lane. La tondeuse était donc l'emblème d'une expérience ratée, et d'un après-midi où il n'avait pas été gentil. C'était donc absurde d'avoir mis en route l'appareil, d'avoir saisi le cylindre vibrant – un genre d'accessoire sexuel, lui sembla-t-il – mais, apparemment, on pouvait aussi avoir la nostalgie des mauvais moments. Et quand elle avait penché la tête vers son petit bureau en chêne (il avait emporté son ordinateur ce matin-là – il savait qu'il ne reviendrait pas), elle avait encore eu un geste ridicule. Posant le front sur le bois, à la manière des musulmans qui touchent le sol en se prosternant, elle l'avait caressé comme on flatte un chien. Mais il était très tard, et elle n'avait pas encore fini la vodka.

Elle sait qu'elle devrait éprouver de la colère, mais l'indignation ne ferait que l'épuiser encore. D'ailleurs elle ne croit pas une seconde que Lawrence se soit réjoui de son subterfuge. Il peut fort bien s'être dégoûté de lui-même, mais ce sentiment a éveillé sa curiosité, et la fascination, plus que la délectation, a été sa perte. De plus, elle s'est rendue complice de son propre destin, ce qui n'a fait qu'aggraver la situation. Certains soirs, elle a fait un effort pour changer le programme au lit. Elle lui a proposé une ou deux fois de lui faire l'amour en la regardant dans les yeux. Mais elle n'a pas vraiment essayé. Elle a eu peur, mais de quoi ? Elle a été paresseuse. Aussi elle ne peut pas en vouloir à cette pute de Blue Sky. Si ça n'avait pas été Bethany Anders, ç'aurait été une pétasse d'assistante beaucoup moins intelligente. Parce qu'il était apparu que Lawrence n'aimait pas plus qu'elle la position en petites cuillers. Les baisers lui avaient manqué à lui aussi. Sa conquête de Bethany le rendait moins vertueux, et plus ambitieux.

Cette disparition soudaine a été brutale, et elle aurait dû en éprouver de la colère. Mais il a téléphoné ensuite, pour s'excuser. Et elle comprend : Lawrence a joué avec l'idée d'être « mauvais ». Mais au fond de lui il a un solide sens moral. La seule chose qu'il ne supporte pas, c'est d'être dans son tort. Il serait capable de l'affronter. Mais il ne peut pas se regarder en face. C'est sa seule lâcheté.

Irina réfléchit beaucoup à ce qu'elle ressent. Au troisième verre et à la cinquième cigarette, l'esprit pragmatique de Lawrence reprend le dessus. Bientôt elle devra étouffer tous ces sentiments dans l'œuf, et décider ce qu'elle va faire.

Encore une tranche de port-salut. Bien sûr, à cette heure de la nuit, la solution la plus raisonnable pour satisfaire un petit creux serait le pop-corn, riche en fibres et pauvre en calories. Même quand on a un peu bu, cinq minutes suffiraient pour le préparer. Des dizaines d'assaisonnements ne demandent qu'à être utilisés. Mais elle a essayé une fois de refaire les gestes. Épanoui comme un bouquet de mariage, le bol intact l'a fait pleurer. Il y a quatre sachets de grains inentamés dans le placard, et elle finira par les jeter.

Chancelante, elle éteint la télé, verrouille la porte, baisse le chauffage. Elle ne considère plus comme allant de soi ces petits rituels, même le brossage de dents. Il y a peu, ne s'est-elle pas réveillée la bouche pâteuse, dans un appartement honteusement surchauffé après une nuit où elle avait laissé le thermostat au maximum, pour trouver l'évier plein de verres et de couteaux sales ? La maîtrise de soi exige qu'elle se mette au lit, et se relève ensuite, elle a dû repartir de zéro, comme une victime d'attaque cérébrale qui réapprend les mots temps *et* seau.

Sous la couette d'hiver, elle a trop chaud, et pense à se masturber, mais renonce. Elle ne sait plus sur quoi fantasmer. Et bizarrement, la sensation insondable, presque douloureuse de l'excitation sexuelle semble un peu perverse.

Elle feuillette quelques pages du livre de Ian McEwan, Expiation, *et ne retient rien. Comme prévu, elle n'a rien accompli de la journée. Ça confirme le score d'aujourd'hui. Cette promenade jusqu'à Hampstead Heath a été infructueuse, et sa vision lui a joué des tours : elle n'a cessé de confondre les feuilles mortes recroquevillées avec des excréments, les fleurs blanches d'une prairie avec des ordures. Ayant passé un après-midi aussi improductif, elle devrait être dégoûtée d'elle-même. Ce n'est pas le cas. Elle est très contente. Coûte que coûte, une journée de plus est finie.*

12

« Je viens de rencontrer les parents de Ramsey pour la première fois, dit Irina, faisant tourner le pied de son verre de vin. Ils étaient très gentils – très britanniques et civilisés. Mais je vais te confier un détail hilarant : ils ne parlent pas du tout comme Ramsey. Ils ont un langage châtié, rien à voir avec l'accent prolo du sud de Londres. Ils s'expriment comme à la BBC. Son père est professeur d'histoire à Goldsmiths College, et pourrait pratiquement remplacer Jeremy Paxman.

— L'accent de Ramsey était artificiel ?

— Non, je ne crois pas. Appris, c'est tout.

— Ouais, répondit Lawrence. Je parie que ça t'aide pas au snooker, avec tes potes, de parler comme Jeremy Paxman.

— Mais tu sais ce qui me fend le cœur ? dit-elle. Je parie que Ramsey aurait été beaucoup plus touché si, au lieu d'être venus à son enterrement, ils avaient assisté à une finale du championnat du monde. »

Leur restaurant à l'étage se trouvait à deux pas de l'église, et Lawrence et Irina n'avaient pas résisté à la tentation de s'éclipser après le service pour boire un verre au Club gascon. Sinon Lawrence se serait évanoui dans la nature, car certaines choses ne changent jamais ; il détestait les événements mondains, quels qu'ils soient. Elle n'avait pas réussi à le convaincre d'assister à l'importante cérémonie commémorative qui aurait lieu plus tard dans l'après-midi.

« Tu es sûr ? avait-elle insisté. Toutes les stars du snooker seront là : Stephen Hendry, Ronnie O'Sullivan, John Parrot.

— Non, avait-il répondu. Je ne suis ni un membre de la famille ni un ami proche. Je me sentirais mal à l'aise, c'est tout. » Mais il était venu, et c'était gentil de sa part. Ramsey aurait été touché.

« Qu'est-ce qui s'est passé alors ? demanda-t-il. Pourquoi ce rejet des parents ?

— Oh, j'imagine qu'ils l'ont prévenu que, s'il arrêtait ses études et s'accrochait à cette lubie, il gâcherait sa vie. Et puis il s'est retrouvé à la télé pendant trente ans. Certaines personnes ne supportent pas d'avoir tort. Tu dois le savoir. Tu n'es pas très différent.

— Hé, t'as vu le cinéma que Jude a fait ? »

Irina éclata de rire. La sensation fut un tel soulagement qu'elle se souvint de n'avoir pas beaucoup ri ces derniers temps. « Je sais ! Quelle comédienne ! Tous ces sanglots, ces gesticulations ! On aurait cru que c'était elle la veuve, au lieu de l'ex-femme dont il a divorcé il y a huit ans.

— C'est une plaie, dit Lawrence, avec cette méchanceté qui l'avait tant perturbée autrefois, et qui lui mettait à présent du baume au cœur. Profiter de la mort de quelqu'un pour attirer l'attention sur soi est vraiment vulgaire. Hé, tu veux manger quelque chose ?

— Avec la cérémonie… Nous n'avons pas le temps, mais merci quand même. »

Il plissa les yeux. « Tu es trop maigre.

— Eh bien. Tu sais ce que c'est, avec tout… Les derniers mois… Faire des tartes à la crème et à la rhubarbe était le dernier de mes soucis.

— J'imagine que ç'a été dur pour toi.

— Oui. Très dur », dit-elle.

Cette semaine, elle avait été ravagée par le chagrin. Pour les vivants, la mort ressemble à un vol et elle s'était sentie dévalisée, comme si un cambrioleur s'était introduit chez elle et lui avait pris sa stéréo. Mais il y avait des répits. En ce moment précis elle était tranquille, d'humeur pensive. La mortalité permettait de prendre du recul. La vie apparaissait si triste, si étrange, si vaste. La fatalité qui vous guettait depuis le berceau avait une curieuse tendance à disparaître de votre esprit. Irina avait souvent dû l'extraire du fond de l'oubli, en guise de discipline, pour méditer le fait que nous allons tous mourir. Les enterrements étaient donc l'occasion d'y réfléchir, quand vous étiez assis dans l'église, face à l'orgue. Et elle était tellement heureuse de voir Lawrence. Cela faisait si longtemps. L'affection qui les rapprochait avait un effet apaisant, et lui procurait un bien-être inattendu.

« Ramsey, dit Lawrence. C'était un type super.

— Ramsey, répondit Irina, était ce que j'appellerais un homme *charmant*. Toi, tu es un homme *bien*.

— Oh, j'en suis pas si sûr, répliqua-t-il en regardant ailleurs.

— Mais si, je t'assure, insista-t-elle. Un homme *bien*. Une distinction intéressante, tu ne crois pas ?

— Alors, que préfèrent les femmes ? Un homme *bien* ? Ou un homme *chaarmant* ?

— Oh, peu importe qui elles choisissent, elles se demandent toujours si l'autre ne leur plaît pas davantage.

— Je crains d'avoir dit sur Ramsey certaines choses que je regrette à présent.

— Tu avais tes raisons. » Elle lui tapota la main. « Ne t'en fais pas. »

Ce contact, si bref fût-il, lui parut étranger, et pourtant elle avait couché avec cet homme pendant des années. Mais quand on se sépare, l'intimité se transforme en pudeur. Elle l'avait vu uriner des milliers de fois, mais elle était sûre qu'aujourd'hui, s'il allait aux toilettes en sa présence, il fermerait la porte.

« Je ne crois pas te l'avoir jamais avoué franchement, dit Irina. J'ai toujours voulu que tu me croies ambitieuse… tu sais, professionnelle, sérieuse et tout ça. Et j'aime mon métier, je m'efforce de l'exercer le mieux possible… ou du moins, c'est ce que je faisais, et je suppose que je vais recommencer. Mais en réalité, il y a une seule chose que j'ai toujours voulue plus que n'importe quoi d'autre, et ce n'est pas le succès professionnel. Je pourrais m'en passer. Mais je ne peux pas vivre sans homme. Ça doit être horrible, d'entendre ça dit aussi crûment ! Au risque de paraître nunuche, je voulais un vrai amour qui dure. Je pense même que vieillir pourrait être intéressant si je suis avec quelqu'un. Je voulais de la compagnie. Peut-être pas jusqu'au dernier souffle ; l'un des deux doit partir le premier. Mais au moins jusqu'à soixante-dix ans ! Le problème, c'est que… je pensais que c'était une ambition modeste. Je me suis dit qu'en visant aussi bas, j'avais des chances d'obtenir ce que je voulais. Et même avec un objectif aussi mince, j'ai échoué. Comprends-moi bien, je supporte d'être seule. C'est gérable. Mais je n'avais pas l'impression de demander la lune, Lawrence. D'autant plus que j'étais prête à sacrifier tout le reste pour ça… l'argent, la célébrité, le prestige ; sauver le monde, trouver un remède contre le cancer. Alors je me sens flouée. Je demandais juste une main à tenir au crépuscule de ma vie, et cela même m'est refusé. »

Lawrence avait subi sa propre épreuve du feu, et sa réaction fut pensive. Il se caressa le menton. « Peut-être que cette ambition n'est pas modeste. Peut-être que tu demandais l'impossible. »

Elle sourit. Elle l'aimait bien.

« D'ailleurs, ajouta-t-il, ce n'est pas parce qu'une relation ne dure pas toute la vie, jusqu'à tes soixante-dix ans et après, jusqu'à ce que tu claques, qu'elle est dénuée de sens. Si c'était le cas, rien n'aurait de sens. Qu'est-ce qui dure toujours ? Rien ni personne. Regarde-nous. Je pense qu'on a fait un sacré bout de chemin ensemble. La plupart des gens ne peuvent pas se vanter d'avoir eu autant de *compagnie*. »

Elle but une toute petite gorgée de vin blanc. C'était le milieu de l'après-midi, l'alcool coulerait à flots pendant la commémoration, et elle essayait de se restreindre. « Tu sais, les derniers jours ça m'a tourmentée. De façon générale, les femmes survivent aux hommes six ou sept ans, c'est ça ? Bien sûr, c'est la dernière chose à quoi on pense quand on tombe amoureux. Mais pour une femme… l'une des choses essentielles, quand elle jette son dévolu sur un partenaire, c'est *qui elle va aider à mourir*.

— Je n'aurai pas besoin d'aide, répondit-il avec un petit rire.

— Oh, que si ! Et j'espère que tu en trouveras. » Elle lutta contre l'envie de fumer une cigarette. S'exposer à la réprobation de Lawrence l'eût rendue nostalgique, mais elle s'efforçait de réduire sa consommation de tabac. « Ce que je viens de te raconter. Sur ce désir d'avoir un compagnon plus que toute autre chose. C'est un truc de fille ?

— Non, répliqua Lawrence, rejetant l'idée d'un geste de la main. Mais les hommes ne veulent pas le reconnaître.

— Merci. J'ai toujours eu un peu honte. De cette faiblesse.

— Une faiblesse sympathique », s'exclama-t-il avec chaleur. Pour qu'il réagît ainsi, il avait dû vraiment changer. « C'est ce qu'il y a de plus charmant chez toi. »

Depuis quelque temps, elle regrettait d'avoir mis au rebut ses grandes idées romantiques. Pendant des années elle avait aimé en même temps Lawrence Trainer et Ramsey Acton. Cela avait rendu suspecte l'intégrité de ses sentiments pour les deux hommes, qui avaient fini par se diluer. Mais peut-être avait-elle été doublement heureuse, sa passion n'ayant pas été divisée, mais multipliée par deux. Après tout, elle avait toujours éprouvé une frustration : si on réunissait les deux hommes – la discipline de Lawrence, son intelligence et son sang-froid, l'érotisme, la spontanéité et l'abandon de Ramsey –, on obtenait l'homme parfait.

« Je me suis souvent demandé si la personne avec qui tu décides de vivre ou de te marier, ça compte tant que ça, médita-t-elle. Après tout, en chacun de nous, il y a quelque chose qui ne va pas, non ? Nous finissons tous par nous établir.

— Oh si, ça compte, grogna-t-il.

— J'aurais dû te poser la question avant. Comment ça va avec *Bethany* ? » L'italique lui rappelait le bon vieux temps.

Il haussa les sourcils, puis baissa les yeux, vaincu. « Pas terrible.

— Je suis désolée. » La sincérité de ses regrets la surprit elle-même.

« En quelque sorte… elle est partie.

— *En quelque sorte ?*

— Elle me trouve barbant.

— Tu l'es. C'est adorable. Tu seras un vieil homme bougon et irascible.

— Je le suis déjà.

— Alors tu es précoce. »

À contrecœur, elle fit signe au garçon de lui apporter l'addition ; elle devait y aller. La réunion commémorative avait lieu à Clapham, dans l'ancien club de snooker de Ramsey, le Rackers, qui se trouvait à l'autre bout de la ville. Comme ils franchissaient le seuil sans se presser, Irina demanda : « Et le terrorisme, ça va comment ?

— Tu lis les journaux, répliqua-t-il. Ça marche du tonnerre. Et toi ? Tu as un projet en vue ?

— Oh, j'ai pensé rentrer aux États-Unis. Pour oublier les fantômes.

— Ça réussit pas toujours, dit-il d'un ton léger. Quelquefois ils te suivent. Moi-même, j'ai songé à retourner là-bas. »

Dehors, dans l'air estival de Smithfield Square, elle considéra longuement Lawrence – ils ne s'étaient pas vraiment regardés en face pendant cette rencontre, sans doute à cause d'une gêne résiduelle – et elle prit la mesure de ses sentiments. Elle l'aimait, mais ce n'était pas suffisant. Le mot « amour » était censé couvrir un registre d'émotions si vaste qu'il ne signifiait presque rien. Étant donné que l'amour distillé à chaque être cher se conforme à une recette si spécifique et si succincte, avec un soupçon de ressentiment ou de pitié, et parfois même une pincée d'hostilité, nous avons besoin, pour exprimer ce sentiment, de mots différents pour chacune des personnes que nous avons aimées au cours de notre vie.

Cet amour était curieusement charnu. Elle aimait tout chez Lawrence, elle l'aimait tel qu'il était – avec sa dureté envers les autres, sa mauvaise posture, sa dépendance à l'égard de la télévision. Son absence avait laissé un vide pernicieux que durant toutes ces années elle n'avait pas réussi à combler. Soudain, elle sentit un relâchement. L'amour romantique est une corde tendue, un combat, même, car on lutte sans cesse contre son propre asservissement à l'autre, contre son bien-aimé. Peut-être une autre forme d'amour existait-elle, une fois qu'on avait abandonné cette lutte acharnée – un amour généreux et protecteur, un amour détendu, paisible et facile –, comme après un après-midi de sport exténuant, quand vous êtes assis sur la véranda avec une vodka tonic, les pieds posés sur la balustrade. Mais il était aussi possible qu'elle eût renoncé à lui, en l'acceptant ainsi dans son entièreté, en cessant de combattre les nombreux défauts qu'elle corrigerait, et de s'irriter qu'il eût à tant d'égards failli à son idéal.

« Je ne sais pas pourquoi j'ai envie de t'en parler, puisque ça s'est passé il y a si longtemps », dit-elle enfin. Le silence le rendait nerveux, et si elle ne l'en détournait pas il allait se mettre à parler d'al-Qaïda. « Mais tu te souviens, quand tu es parti à Sarajevo pour cette conférence ? Tu m'a poussée à dîner avec Ramsey le soir de son anniversaire, et je ne voulais pas y aller.

— Ouais, ça me dit vaguement quelque chose. Et ?

— Il y a eu un moment, ce soir-là. J'ai été submergée par le désir de l'embrasser. Une tentation mineure, pourrait-on croire, mais c'est faux. Je n'avais pas l'habitude d'embrasser d'autres hommes, ni même d'en avoir envie. En fait, j'ai eu la conviction farouche, à cet instant précis, que je devais prendre la décision la plus importante de ma vie. Ça paraît dingue ? Depuis ce jour-là, ça m'obsède.

— Alors, tu as fait le bon choix ?

— Oui, déclara-t-elle en fronçant les sourcils. Je crois. »

Retrouvez du même auteur
aux Éditions J'ai lu :

Il faut qu'on parle de Kevin

La veille de ses seize ans, Kevin se livre à un massacre sanglant dans son lycée. Dans des lettres adressées au père, Eva, sa mère, retrace l'itinéraire meurtrier de Kevin. Avec une effrayante lucidité, Lionel Shriver dresse le portrait inoubliable d'une mère confrontée à la monstruosité de son fils. Une vision au vitriol de l'*American dream* et un roman coup de poing, plus percutant qu'une leçon de psychiatrie, captivant comme un thriller.

N°8605

9367

Composition
NORD COMPO

Achevé d'imprimer en Espagne
par ROSES
le 6 septembre 2010.

Dépôt légal septembre 2010. EAN 9782290023518

EDITIONS J'AI LU
87, quai Panhard-et-Levassor, 75013 Paris

Diffusion France et étranger : Flammarion